백치 1

세계문학전집
205

Фёдер Достоевский : Идиот

백치 1

표도르 도스토옙스키 장편소설

김희숙 옮김

문학동네

일러두기

1. 번역 대본으로는 1972~1990년 소련과학아카데미의 레닌그라드 나우카 출판사에서 발간한 도스토옙스키 전집 30권 중 1973년에 발간된 8권을 사용했다. Идиот, Фёдор Михайлович Достоевский, Полное собрание сочинений в тридцати томах, Издательство Наука(Ленинградское отделение), 1973.
2. 주석은 모두 옮긴이주이다.
3. 원서의 프랑스어 또는 기타 언어 부분은 이탤릭체로 처리했고, 강조 부분은 고딕체로 처리했다.
4. 외래어 표기는 국립국어원 외래어 표기법을 참고하되 일부는 원지음과 관용에 따랐다.
5. 줄표 및 문장부호의 쓰임은 원서의 형식을 따랐다.
6. 성서 인용은 대한성서공회 개역개정에 따랐다.

차례

주요 등장인물

레프 니콜라예비치 므이쉬킨 … 므이쉬킨 가문의 마지막 공작
나스타시야 필립포브나 바라쉬코바 … 토츠키의 정부
파르폰 세묘노비치 로고진 … 큰 재산을 물려받은 불한당

이반 표도로비치 예판친 … 사업가, 장군
옐리자베타 프로코피예브나(리자베타) … 예판친 장군의 부인
알렉산드라 이바노브나 … 예판친 장군의 큰딸
아젤라이다 이바노브나 … 예판친 장군의 둘째딸
아글라야 이바노브나 … 예판친 장군의 막내딸

아르달리온 알렉산드로비치 이볼긴 … 퇴역 장군
니나 알렉산드로브나 … 이볼긴 장군의 부인
가브릴라 아르달리오노비치(가네치카, 가냐, 간카) … 이볼긴 장군의 큰아들, 예판친 장군의 비서
바르바라 아르달리오노브나(바리카, 바랴) … 이볼긴 장군의 딸
니콜라이 아르달리오노비치(콜랴) … 이볼긴 장군의 막내아들

아파나시 이바노비치 토츠키 … 사업가, 거부
루키얀 치모페예비치 레베제프 … 아첨꾼
베라 루키야노브나 … 레베제프의 딸
이반 페트로비치 프치츠인 … 가냐의 친구, 고리대금업자
입폴리트 체렌치예프 … 콜랴의 친구, 말기 폐결핵 환자

제1부

I

11월 하순, 언 눈이 녹을 정도로 추위가 풀린 어느 날 아침 아홉시 즈음, 페테르부르크-바르샤바 구간을 운행하는 열차가 전속력으로 페테르부르크에 접근하고 있었다. 공기가 매우 습하고 안개가 자욱한 걸로 보아 이제야 겨우 날이 밝은 모양인데, 철길 좌우로 열 발짝 거리의 것들조차 차창을 통해서는 아예 분간하기가 힘들었다. 승객 중에는 외국에서 돌아오는 사람들도 있었으나, 더 붐비는 삼등칸을 꽉 채운 이들은 죄다 그리 멀지 않은 곳에서 기차에 오른, 신분이 변변찮은 사람들과 장사치들이었다. 늘 그렇듯이 모두가 지쳐 있었고, 밤사이에 눈꺼풀이 무거워지고 몸은 추위에 꽁꽁 언데다, 얼굴은 안갯빛을 닮아 하나같이 희뿌여니 누르스름했다.

이 열차의 어느 삼등칸 바로 창가에, 동틀 무렵부터 두 승객이 서로 마주보며 앉아 있었다—둘 다 젊고, 둘 다 짐이 거의 없고, 둘 다 멋을 부리지 않은 옷차림에, 둘 다 상당히 눈에 띄는 용모였는데, 이제는 둘 다 서로 말이라도 붙여보고 싶어했다. 만약 이 두 사람이 서로에 대해 알았더라면, 대체 무엇 때문에 특히 이 순간 서로에게 눈길이 끌리는지 알았더라면, 자신들을 페테르부르크-바르샤바 열차의 어느 삼등칸에 마주앉게 한 이 기이한 우연에 그야말로 놀랐으리라. 둘 중 한 사람은 크지 않은 키에 스물일곱 살가량으로, 곱슬곱슬한 머리카락은 거의 새까맣다고 해도 좋을 정도였고, 잿빛 눈은 작았으나 불처럼 이글거렸다. 코는 펑퍼짐하니 납작한데다 얼굴에는 광대뼈가 불거졌고, 얇은 입술은 끊임없이 비죽거리며 어딘가 불손하고 사람을 비웃는 듯한, 아니, 심지어 독기마저 서린 듯한 미소를 머금고 있었지만, 그래도 이마만큼은 높고 잘생겨서, 천박하게 발달한 얼굴의 아랫부분을 감싸주었다. 이 얼굴에서 특히 눈에 띄는 것은 죽은 사람처럼 창백한 안색이었다. 그게 체격이 제법 다부진데도 불구하고 이 젊은이를 매우 지쳐 있는 사람으로 보이게 했으나, 한편으로 거기엔 뻔뻔하고 불손한 미소나 자만에 찬 날카로운 시선과는 어울리지 않는, 고통에 가깝게 열정적인 무언가가 들어 있었다. 그는 나사羅紗를 씌운 폭 넓은 검은색 양모피 외투를 두툼히 껴입은 덕에 간밤에도 떨지 않았지만, 맞은편 승객은 러시아의 습기 찬 11월 밤이 선사하는 온갖 감미로움을 덜덜 떨리는 등줄기로 고스란히 견뎌내야만 했으니, 이런 추위에 전혀 대비하지 못한 게 분명했다. 그는 큼직한 두건이 달린, 꽤나 품이 넉넉하고 두툼한, 소매 없는 망토를 걸치고 있었는데, 그건 물론 아이트쿠넨*에서 페테르부르크까지 가는 것 같은 긴 여정 따위는 애당초 생각지도 않는 사람들이 어디 먼 나라, 그러니까 스위스나 혹은 예컨대 북부 이탈리아에서 겨울에 여행할 때 흔히 입곤 하는 그런 옷이었다. 하지만 이탈리아에선 쓸모 있고 더없이 만족스러웠던 것이 러시아에 와서 보니 별로 소용이 없었다. 두건이 달린 망토의 주인공 역시 스물예닐곱 살쯤 된 청년으로, 키는 보통보다 살짝 크고, 숱이 많고 아주 밝은 금발에 볼이 홀쭉했으며, 새하얀 색에 가까운 수염을 쐐기 모양으로 한줌 기르고 있었다. 크고 푸른 두 눈은 가만히 응시하는 버릇이 있었고 그 시선 속에는 뭔가 고요하면서도 무거운 것이 담겨 있었는데, 거기에 깃든 기묘한 표정으로 가득찬 무언가에서 어떤 이들은 첫눈에 뇌전증의 징후를 짐작해낼 법도 했다. 그럼에도 이 젊은이의 섬세하고 마른 얼굴은 인상이 좋았으나, 다만 혈기라곤 없는 안색이 지금은 추위에 얼어 파래 보이기까지 했다. 그의 두 손에선 낡고 빛바랜 명주로 만든 홀쭉한 보따리가 달랑거렸고, 보아하니 그게 행장의 전부인 듯했다. 발에는 밑창이 두껍고 각반이 달린 편상화를 신고 있었다—말하자면, 모든 게 러시아식이 아니었다. 모피 외투 차림인 맞은편의 검정머리 사내는 달리 할일이 없기도 해서 이 모든 것을 꼼꼼히 살펴보다가 이윽고 무례한 미소를 지으며 물었는데, 그것은 이웃의 불운을 볼 때 이따금 느끼는 속물적인 만족감이 너무도 염치없고 거리낌없이 드러나 있는 웃음이었다.

"춥소?"

그러면서 그는 어깨를 움츠려 보였다.

"굉장히요." 상대방은 놀랄 만큼 선뜻 대답했다. "풀린 날씨가 이 정

* 프로이센과 러시아의 국경에 위치한 도시로 지금의 체르니셉스코예.

도라뇨. 진짜 추운 날이라면 어떻겠어요? 우리 나라가 이렇게 추울 거라고는 생각지도 못했습니다. 잊어버렸던 거죠."

"외국에서 오는 길이시군?"

"네, 스위스에서."

"휘이! 그래서 당신 행색이!……"

검정머리 사내는 휘파람을 불더니 으하하 웃어댔다.

대화가 시작됐다. 스위스식 망토를 입은 금발의 청년은 맞은편 검정머리 사내의 질문 하나하나에 놀랄 만큼 성실히 대답하면서, 그중 어떤 질문들은 정말로 무례하고 엉뚱할뿐더러 그저 심심풀이로 던지는 것에 불과하다는 사실을 전혀 알아채지 못했다. 이것저것 대답하면서 그는 자신이 사실 오랫동안, 그러니까 사 년 남짓 러시아를 떠나 있었고, 병 때문에 외국으로 보내졌으며, 그 병은 뇌전증이나 무도병 같은 일종의 이상한 신경질환으로, 발작과 경련 등을 일으키는 것이라고 밝혔다. 그의 말을 들으며 검정머리는 몇 차례나 히죽 웃었다. 특히 "어떻소, 완쾌시켜줍디까?"라는 물음에 금발 청년이 "아니, 완쾌시키진 못했어요"라고 대답하자 마구 소리내어 웃어댔다.

"헤! 그러니까 돈만 괜히 뿌리고 왔군. 뭐, 우리야 여기 의사들을 믿지." 검정머리가 독살스럽게 말했다.

"정말 옳은 말씀입니다!" 마흔 살쯤 돼 보이는 너절한 옷차림의 사내가 옆자리에 앉아 있다가 얘기에 끼어들었는데, 서기보 자리에 매달려 있는 닳아빠진 관리 정도로나 보이는 이 사내는 억센 체격에 코가 빨갛고 얼굴에는 부스럼자국이 가득했다. "옳은 말씀입죠, 그자들은 그저 러시아의 등골을 몽땅 빼먹고 있지요!"

"오, 내 경우를 아주 오해하고 계시군요." 스위스에서 온 환자가 조용하고 유화적인 목소리로 말했다. "물론, 내가 다 아는 건 아니니 당신들과 논쟁을 할 순 없지만, 내 주치의는 자신이 가진 것을 다 털어서 이곳으로 오는 내 여비를 마련해줬고, 게다가 거의 이 년 동안이나 나를 자비로 맡아주었답니다."

"아니 왜, 돈을 대줄 사람이 아무도 없었다는 거요?" 검정머리가 물었다.

"네, 나의 그곳 체류비를 대주던 파블리셰프 씨께서 이 년 전에 돌아가셨어요. 그후 먼 친척뻘 되는 이곳의 예판친 장군 부인에게 편지를 썼지만, 답장이 없더군요. 그래서 이렇게 돌아오는 길입니다."

"대체 어디로 돌아간다는 거요?"

"어디서 머물 거냐는 말씀이죠?…… 글쎄, 아직 잘 모르겠어요, 실은…… 그러니까……"

"아직 정하지 못했단 거로군?"

그의 말을 듣고 있던 두 사람은 또다시 으하하 웃기 시작했다.

"그리고 그 보따리 속에 당신의 전 재산이 들어 있나본데?" 검정머리가 물었다.

"분명 그럴 겁니다, 내기를 해도 좋아요." 코가 빨간 관리가 더없이 흡족한 표정으로 말을 받았다. "수하물칸에 따로 맡긴 짐도 없을걸요, 물론 가난은 죄가 아니라는 점을 거듭 말해둡니다만."

이 또한 사실임이 밝혀졌다. 금발의 젊은이는 무척이나 서두르며 즉석에서 그렇다고 고백했다.

"그렇지만 댁의 보따리엔 어떤 의미가 있어요." 관리는 실컷 웃고 나서 말을 계속했다(재미있게도, 보따리 주인마저 그들을 바라보다 마침내 웃음을 터뜨렸고, 그게 그들의 흥을 더 북돋워주었다). "그 안에 나폴레옹도르*나 프리드리히스도르**, 또는 네덜란드의 아랍칙***이라도 포함된 외국의 금화 뭉치가 들어 있지 않다는 건 내기라도 걸 수 있소. 그건 댁의 외국제 편상화에 두른 각반만 봐도 알 수 있으니까요. 하지만…… 댁의 보따리에다, 예컨대 예판친 장군 부인과 같은 댁의 친척이라는 분을 더할 경우엔, 그 보따리도 대번에 어떤 다른 의미를 지니게 되죠. 물론 예판친 장군 부인이 실제로 댁의 친척이고, 당신이 정신이 산만한 탓에 착각을 일으키는 게 아니라면 말입니다…… 사실 이건 인간에게 흔히 있는 일이죠, 뭐 그러니까…… 상상력의 과잉 때문이라고나 할까요."

"오, 이번에도 알아맞히셨습니다." 금발의 청년이 말을 받았다. "정말 착각하고 있는 거나 다름없죠. 실은 친척이랄 수도 없는 사이랍니다. 게다가, 저쪽에 있을 때 답장을 받지 못했지만, 실은 조금도 놀라지 않았어요. 처음부터 그러려니 했으니까요."

"공연히 우푯값만 날렸군요. 흠…… 댁은 최소한 순박하고 솔직한 양반이야, 그건 칭찬할 만해요! 흠…… 예판친 장군이라면 우리도 알고 있습니다요, 그야 뭐, 널리 알려진 분이니까. 그리고 또 댁이 스위스에 있을 때 체류비를 대줬다는 돌아가신 파블리셰프 씨도 알았습죠. 다

---

* 나폴레옹 1세와 3세 때에 사용된, 나폴레옹의 초상이 새겨진 프랑스 금화.

** 나폴레옹도르를 본떠 프로이센의 프리드리히 대제가 만든 금화.

*** 1735년에서 1868년까지 국내외 시장에서 사용할 목적으로 러시아에서 비밀리에 주조된 네덜란드 금화. 금화에 새겨진 무사의 모습이 러시아인들에겐 아랍인처럼 기이하고 이국적으로 여겨졌던 까닭에 '아랍칙(아랍인)'이라고도 불렸다.

만 그분이 니콜라이 안드레예비치 파블리셰프라면 말이죠. 왜냐하면 그분에겐 같은 성을 가진 사촌이 있거든요. 그 사촌은 지금껏 크림 지방에 살고 있고, 돌아가신 니콜라이 안드레예비치는 아주 존경할 만하고 인맥이 넓은 분으로, 한때는 사천 명의 농노를 소유했습지요……"

"맞아요, 그래요, 그분 이름은 니콜라이 안드레예비치 파블리셰프였습니다." 청년은 이렇게 대답하고, 호기심 어린 눈으로 이 안다니 신사를 유심히 바라보았다.

이런 안다니 신사들은 이따금, 아니 어떤 특정한 사회계층에서는 꽤 자주 만날 수 있다. 그들은 모르는 게 없고, 그들의 오성과 능력이 지닌 어지럽고 요란한 탐구열은 막무가내 한쪽으로만 쏠리는데, 물론 이는 현대의 사상가가 할 법한 말을 빌리자면, 인생에서 더 중요한 관심과 견해가 결여됐기 때문이다. 그건 그렇고, '모르는 게 없다'는 말은 상당히 제한된 범위에서 이해할 필요가 있다. 아무개가 어디서 근무하고, 누구와 친분이 있고, 재산이 얼마나 되고, 어느 현의 지사로 있었고, 누구와 혼인했고, 처가에서 지참금을 얼마나 받았고, 누구와 사촌 사이고, 누구와는 육촌 사이다 등등, 죄다 이런 종류의 것들이기 때문이다. 이 안다니들의 대부분은 팔꿈치가 다 해진 옷을 입고 다니며, 한 달에 17루블을 받는 봉급쟁이다. 물론, 그들에게 세세한 비밀까지 몽땅 털린 사람들은 어떤 흥미가 그들을 지배하는지 짐작조차 할 수 없을 테지만, 그들 중 상당수는 하나의 온전한 학문에도 비견될 만한 이 지식을 통해 진실로 위안을 얻고, 자존감을 획득하고, 심지어는 드높은 정신적 만족에까지 도달한다. 게다가 이것은 매혹적인 학문이기도 하다. 나는 바로 이 학문에서 자신이 다다를 수 있는 최고의 타협과 목표에

도달하고자 했고 또 도달했으며, 심지어 오직 그것 하나만으로 출세한 학자, 문필가, 시인, 정치인을 보아왔다. 이 모든 대화가 오가는 동안 검정머리 청년은 하품을 하기도 하고, 멀거니 차창 밖을 바라보기도 하면서, 여행이 끝나기를 초조히 기다리고 있었다. 그는 어쩐지 넋이 나가 있었는데, 뭔가 아주 넋이 나가 안절부절못하는 지경이 돼서는 어딘가 이상한 태도마저 보였다. 어떤 때에는 상대방의 말을 듣고 있는데도 그 말이 귀에 들어오지 않고, 무엇을 보고 있는데도 아무것도 눈에 들어오지 않는 모양이었으며, 이따금 소리내어 웃으면서도 무엇이 우스워서 웃는지 자신도 알지 못하고 이해하지 못하는 듯했다.

"그런데 실례지만, 성함이 어떻게 되시는지……" 부스럼자국투성이인 사내가 보따리를 든 금발의 청년에게 불쑥 물었다.

"레프 니콜라예비치 므이쉬킨 공작입니다." 청년은 머뭇거리지 않고 아주 선선히 대답했다.

"므이쉬킨 공작요? 레프 니콜라예비치? 모르겠구먼요. 들어본 적도 없어서 말입죠." 관리는 고개를 갸웃거렸다. "그러니까 이름 얘기가 아닙니다, 이름이야 유서가 깊죠, 카람진의 『역사』에도 나오던가, 아니 틀림없이 나올 겁니다.* 내가 말하는 건 사람입니다요. 어찌된 셈인지 므이쉬킨 공작들은 이제 어디서도 만날 수 없고, 소문조차 들을 수 없게 됐으니깝쇼."

---

* 러시아의 역사가 니콜라이 카람진이 쓴 『러시아 국가사』에 므이쉬킨이 나오긴 하나, 그는 공작이 아니라 1471년 모스크바 대주교로부터 성모안식대성당을 새로 짓도록 위임받은 두 건축가 중 한 사람이다. 대성당은 짓는 도중에 지진으로 무너졌으며, 이후 이 작업은 이탈리아의 건축가 피오라반디에게 맡겨졌다.

“오, 왜 아니겠습니까!” 공작이 곧바로 대답했다. “므이쉬킨 공작이라고는 이제 나 말고 아무도 없으니까요. 내가 마지막인 듯합니다. 우리 조상은 대대로 소지주였죠. 우리 아버지만 군대에서 소위로 있었는데, 육군유년학교 생도 출신이었어요. 그런데 정말 알 수 없는 건 어떻게 예판친 장군 부인도 므이쉬킨 공녀公女에 속하게 됐는가 하는 겁니다, 그녀 또한 자기 가문에서 맨 마지막이죠……”

“헤-헤-헤! 자기 가문에서 맨 마지막이라! 헤-헤! 말을 희한하게 비틀었군요.”* 관리가 히히거리며 웃기 시작했다.

검정머리도 히죽 웃었다. 금발의 청년은 자기가 말장난을, 꽤나 고약한 것이긴 해도 어쨌든 말장난을 하는 데 성공했다는 사실에 적이 놀랐다.

“이것참, 아주 무심코 한 말인데.” 마침내 그가 놀란 얼굴로 해명했다.

“다 압니다요, 안다굽쇼.” 관리가 유쾌하게 맞장구를 쳤다.

“어떻소, 공작, 당신은 거기서 여러 학문도 배웠던 거요? 그 교수 밑에서?” 검정머리가 갑자기 물었다.

“네…… 좀 배웠지요……”

“나로 말하면, 단 한 번도 무슨 공부를 한 적이 없는 사람이오.”

“나도 겉만 조금 핥아봤을 뿐입니다.” 공작은 마치 용서라도 구하듯 덧붙였다. “다들 내가 병 때문에 체계적인 교육을 받을 수 없다고 판단했거든요.”

---

* 러시아어에서 ‘자기 가문에서 맨 마지막’이라는 표현에는 ‘가문에 남은 마지막 사람’ 혹은 ‘자기 족속에서 가장 하찮은 말종’이라는 뜻이 있다.

"로고진 집안을 알고 있소?" 검정머리가 빠른 소리로 물었다.

"아뇨, 모릅니다, 전혀. 나는 러시아에 아는 사람이 거의 없어요. 혹시 당신이 로고진 씨인가요?"

"그렇소, 내가 로고진, 파르폰이오."

"파르폰이라고요? 그럼 당신이 바로 그 로고진 집안의……" 관리가 애써 점잔을 빼며 막 입을 열었다.

"그래, 그 집안, 바로 그 집안이야." 검정머리는 참을 수 없다는 듯 퉁명스러운 어조로 재빨리 관리의 말을 가로챘는데, 사실 그는 부스럼자국투성이 관리에겐 눈길 한번 주지 않고, 처음부터 공작 한 사람에게만 말을 걸고 있었다.

"아니…… 어떻게 이럴 수가?" 관리는 놀란 나머지 망연자실해서 눈이 튀어나올 지경이 되었다. 그의 얼굴은 한순간에 비굴하리만큼 공손하고 겁에 질리기까지 한 표정으로 일변했다. "그럼 한 달 전쯤에 작고하시면서 250만 루블이나 되는 재산을 남기신 세습 명예시민*, 바로 그 세묜 파르표노비치 로고진 씨의?"

"어디서 주워들었어? 순재산 250만을 남겨놨다고?" 이번에도 검정머리는 관리에겐 눈도 주지 않고서 말을 가로챘다. "글쎄, 저렇다니까! (그는 공작에게 관리를 눈짓으로 가리켰다.) 이게 자기들하고 무슨 상관 있다고, 금세 꼬리를 흔들면서 이렇게 기어와? 하지만 우리 아버지가 돌아가신 건 사실이오. 한데 난 프스코프**에서 한 달이 지나서야 소식을 듣고, 신발도 제대로 못 꿴 채 집으로 가는 길이거든. 망할 놈의

---

* 공로를 인정받은 비귀족 계급 출신 또는 상인에게 부여되던 칭호로 세습되었다.

** 러시아 북서부에 있는 도시. 모스크바의 북서쪽, 페테르부르크의 남서쪽에 있다.

동생도, 어머니도, 돈이고 기별이고—아무것도 안 보내줬단 말이오! 아예 개새끼 취급이지! 나는 프스코프에서 열병으로 한 달 내내 누워 있었는데!……"

"하지만 이제 당장 백만 루블이 넘는 돈을 한꺼번에 받게 되시잖습니까, 최소한 그만큼을요, 오, 하느님!" 관리는 손뼉을 짝 쳤다.

"아니, 저 친구가 왜 저래, 제발 당신이 말씀 좀 해보시구려!" 로고진은 참을 수 없다는 듯 증오에 찬 얼굴로 다시 그를 가리켰다. "네가 내 앞에서 물구나무를 선 채 걸어다녀도, 너한텐 한푼도 안 줘."

"할게요, 그렇게 걸어볼게요."

"쳇! 일주일 내내 춤을 춰봐라, 그래도 안 준다, 안 줘!"

"그럼 주지 마세요! 괜찮아요, 주지 마세요! 하지만 그래도 저는 춤을 출 겁니다요. 마누라건 자식새끼건 다 팽개치고, 당신 앞에서 춤을 추고말고요. 그래보라고 한마디만 던져주세요, 한마디만!"

"뭐 이딴 녀석이 다 있어!" 검정머리는 침을 퉤 뱉었다. "오 주일 전엔 나 역시 지금의 당신과 같은 처지였소." 그는 다시 공작을 보며 말했다. "보따리 하나를 들고 아버지 집을 뛰쳐나와 프스코프에 있는 아주머니에게로 달아났지. 그런데 거기서 열병에 걸려 드러누워 있는 동안 아버지가 돌아가셨단 말이오. 뇌졸중이 아버지를 거꾸러뜨린 거요. 주여, 고인에게 영원한 안식을 주소서! 그런데 아버지가 살아 계실 때 난 하마터면 아버지 손에 맞아죽을 뻔했지! 믿을지 모르지만, 공작, 맹세코 진짜요! 그때 도망치지 않았다면 틀림없이 맞아죽었을 거요."

"무슨 일로 아버지의 노여움을 샀던가보군요?" 공작은 모피 외투를 두른 백만장자를 어떤 특별한 호기심을 가지고 살펴보며 대답했다. 하기야. 백만 루블과 유산 상속 자체에 뭔가 특별한 관심을 끌 만한 게 있었을 수도 있지만, 공작을 놀라게 하고 그의 흥미를 불러일으킨 것은 또다른 무언가였다. 게다가 로고진 자신도 무엇 때문인지 공작을 상대로 얘기하기를 특별히 좋아했는데, 다만 그가 대화 상대를 원한 까닭은 정신적이라기보다는 기계적인 욕구 때문인 듯했다. 그러니까 솔직하고 열린 성격 때문이라기보다 초조한 심정 때문에, 불안과 흥분 때문에, 그저 누군가를 바라보며 아무 얘기로나 혀를 마구 놀리고 싶은 듯 보였다. 그는 지금도 열병에, 만약 열병이 아니라면 적어도 오한에 시달리는 것 같았다. 옆자리의 관리로 말하자면, 이자는 로고진 쪽으로 잔뜩 몸을 구부린 채 숨조차 제대로 쉬지 못하고 마치 다이아몬드라도 찾으려는 듯이 그의 말 한마디 한마디를 세밀하게 감정하고 있었다.

"아버지가 노했던 건 사실이지, 그래, 어쩌면 그럴 만도 했소." 로고진이 대답했다. "하지만 나한테 제일 못되게 군 건 동생 놈이오. 어머니에 대해선 아무 말도 않겠소. 늙은 여자여서, 순교전이나 읽으면서 노파들하고 어울려 앉아서는, 동생 센카* 놈이 하자는 대로 하니까. 하지만 어째서 그놈은 나한테 제때에 알려주지 않았느냔 말이오? 뻔하지! 내가 그때 의식을 잃고 누워 있었던 건 맞소. 전보도 치긴 쳤다더군. 아니, 전보가 아주머니한테 왔다 한들 무슨 소용이람. 아주머니는 삼십 년 전에 홀몸이 되어 아침부터 밤까지, 그저 하느님한테 미쳐버린 인간들과 함께 앉아 지내는 형편인데. 얼추 수녀요, 아니 수녀보다 더하지. 전보를 받자 아주머니는 겁이 더럭 나서, 뜯어보지도 않고 바로 지서支

---

* 세묜의 비칭.

署에 갖다바쳤고, 그래서 아직도 거기 처박혀 있소. 다행히 코네프, 그 바실리 바실리치가 나를 도와주면서 모든 걸 소상히 적어 보내왔지. 아버지의 관을 덮은 비단보에서 야밤중에 동생 놈이 묵직한 순금 끈 장식을 잘라냈다는 거요. '엄청나게 값나가는 것들이지'라면서. 내가 마음만 먹으면 이것 하나만으로도 그놈을 시베리아로 보낼 수 있단 말씀이야. 이건 성물절취니까. 이봐, 자네, 콩밭의 허수아비!" 그는 관리에게로 얼굴을 돌렸다. "법적으로 어떻게 되나? 성물절취죄지?"

"성물절취죄! 성물절취죄!" 관리는 곧바로 맞장구를 쳤다.

"그거면 시베리아행이지?"

"시베리아행, 시베리아행! 즉각 시베리아행!"

"그들은 아직 내가 아파 누워 있는 줄 알고 있소." 로고진은 공작에게 말을 계속했다. "하지만 나는 아무 소리도 않고, 아직 병이 다 낫진 않았지만 몰래 기차를 타고 이렇게 가는 중이오. 동생 놈한테 '야, 세묜 세묘느이치*, 문 열어!' 하고 호통을 쳐줄 작정이지. 그놈이 돌아가신 아버지에게 내 일을 꼬치꼬치 고자질했다는 걸 난 알고 있거든. 하긴 그때 내가 나스타시야 필립포브나 때문에 아버지를 노엽게 한 건 사실이오. 그 문제라면 어디까지나 내가 잘못했으니까. 마귀에 홀렸던 게지."

"나스타시야 필립포브나 때문이라고요?" 관리는 뭔가 헤아려보는 듯, 비굴한 어조로 물었다.

"너 따윈 알지도 못해!" 로고진은 참지 못하고 그에게 버럭 소리를 질렀다.

---

* 일상어에서 부칭 세묘노비치 대신에 자주 사용된다.

"하지만 저도 아는데요!" 관리가 의기양양하게 대답했다.

"무슨! 나스타시야 필립포브나가 어디 한둘이야? 뭐 이렇게 뻔뻔한 자식이 다 있어! 하긴, 나도 이런 자식이 곧바로 달라붙을 거라고는 생각했지!" 그는 공작에게 시선을 돌리며 말을 이었다.

"하지만 아마 저도 알 텐뎁쇼." 관리가 끈질기게 끼어들었다. "이 레베제프는 안다굽쇼! 고귀하신 나리, 당신께선 저한테 핀잔을 주시지만, 만약 제가 그걸 증명하면 어떡하시려고요? 제가 말하는 바로 그 나스타시야 필립포브나 때문에 나리의 아버지는 까마귀밥나무 지팡이로 나리를 혼내주려 했죠. 그 나스타시야 필립포브나의 성은 바라쉬코바로, 이른바 고귀한 가문 출신의 부인에다 어찌 보면 공작 영양이라고도 할 수 있는데, 토츠키라는 사람, 그러니까 지주에다 대자본가에다 여러 회사와 조합의 중역이고 사업상 예판친 장군과도 두터운 교분을 나누는 아파나시 이바노비치 한 사람하고만 예외적으로 관계를 맺고 있단 말씀입니다……"

"햐, 이놈 봐라!" 이쯤 되자 로고진도 정말 놀랐다. "이거야, 젠장, 진짜 모르는 게 없군."

"모르는 게 없죠! 레베제프는 모르는 게 없습니다요! 저는 말이죠, 나리, 리하쵸프 알렉사쉬카의 길동무가 되어 두 달 동안 같이 돌아다녔는데, 그때도 그 사람의 아버지가 죽은 뒤였거든요. 저는 말이죠, 온갖 곳을, 그러니까 온갖 구석, 온갖 골목을 훤히 꿰고 있어서, 결국 그 친구는 이 레베제프 없인 한 발짝도 못 떼는 지경에 이르렀단 말씀입니다. 지금은 그 친구도 채무자 구치소에 들어가 있지만, 그때 저는 아르만스, 코랄리야, 파츠키 공작 부인, 나스타시야 필립포브나를 알게 될 기회를 얻었고, 그밖에도 많은 것을 알 수 있었답니다."

"나스타시야 필립포브나를? 설마 그 여자가 리하쵸프 따위와……" 로고진은 입술까지 새파랗게 질려 파르르 떨면서 험악한 얼굴로 그를 노려보았다.

"아-아네요! 아-아-아닙니다! 절대 아닙니다!" 관리는 퍼뜩 눈치를 채고 황급히 늘어놓기 시작했다. "리하쵸프가 아-아무리 돈이 많아도 그 여자하곤 어림도 없었죠! 그럼요, 그 여잔 아르만스 따위와는 격이 다르니까요. 그 여자한텐 토츠키 정도나 가능해요. 그 여자가 저녁에 볼쇼이극장*이나 프랑스 극장** 지정석에 앉아 있으면, 장교들은 자기들끼리 온갖 얘길 지껄이지만, 아무것도 증명하지 못해요. '이봐, 저 여자가 바로 나스타시야 필립포브나야'라고 쑥덕이는 게 전부죠. 더이상은—아무것도 없어요! 왜냐하면 정말 아무것도 없으니까요."

"그건 다 사실이야." 로고진은 미간을 잔뜩 찌푸린 채 음울한 얼굴로 말했다. "그때 잘료제프도 나한테 그런 얘길 해주더군. 공작, 나는 그때 아버지에게서 물려받은 지지난 시대의 외투를 걸치고 넵스키 대로***를 막 건너고 있었는데, 그 여자가 상점에서 나와 사륜마차에 오르지 않겠소. 순간, 내 온몸에 불이 확 붙어버립디다. 마침 잘료제프를 만났는데, 나 같은 놈은 발끝도 못 따라갈 말쑥한 차림에다 이발사 조수처럼 멋을 내고 걸으면서 손잡이 달린 안경까지 눈에 턱 갖다대고 있는 거

---

* 1783년에 페테르부르크의 극장 광장에 세워졌던 일명 석조극장. 1886년에 건물이 헐리고 그 자리에 페테르부르크 음악원이 들어섰다.

** 프랑스 극단이 해마다 다양한 작품을 공연했던 미하일롭스키극장을 말한다.

*** 페테르부르크의 가장 번화한 거리.

요. 우리 아버지 집에서는 기름칠한 장화를 신고, 멀건 배춧국을 허구한 날 먹어야 하는데 말이오. 그 친구가 말하길, 저 여잔 너 따윈 어림도 없어, 어엿한 여공작으로 이름은 나스타시야 필립포브나, 성은 바라쉬코바인데, 토츠키하고 같이 살고 있지, 하지만 토츠키는 저 여자를 떼어내지 못해 안달이 나 있어, 지금 쉰다섯 살이나 처먹은 주제에 페테르부르크 전체에서 제일가는 미녀하고 결혼할 속셈이거든, 이러잖겠소. 그러면서 그 친구는 나한테, 오늘 볼쇼이극장에 가면 나스타시야 필립포브나를 볼 수 있을 거다, 칸막이가 된 일층 지정석에 앉아 발레를 보고 있을 테니까, 라고 귀띔까지 해줍디다. 우리집에서 아버지한테 발레 구경을 가겠다고 어디 한번 말해보라죠—당장에 날벼락이 떨어지고—나는 맞아죽을 거요! 그런데도 나는 몰래 극장으로 달려가 나스타시야 필립포브나를 다시 한번 보고 한 시간 만에 돌아왔소. 그러고는 밤새 잠을 이루지 못했지. 이튿날 아침 아버지가 5퍼센트 이자가 붙은 5천 루블짜리 채권 두 장을 나한테 주면서, 가서 이걸 팔아 7천5백은 안드레예프네 사무실에 갖다내고, 1만에서 남은 돈은 어디 딴 데 들르지 말고 곧장 나한테 가져와라, 기다릴 테니까, 그러지 않겠소. 나는 그 채권을 팔아 돈을 받았지만 안드레예프네 사무실엔 들르지도 않고, 앞이든 옆이든 쳐다볼 것 없이 곧장 영국상점으로 달려가서는 돈을 몽땅 털어 귀고리 한 쌍을 골랐는데, 호두알만한 다이아몬드가 하나씩 달린 것이었소. 4백 루블이 모자랐지만, 내 이름을 댔더니 믿고 내줍디다. 나는 귀고리를 들고 잘료제프를 찾아가, 여차저차해서 왔으니, 여보게, 나스타시야 필립포브나의 집에 같이 가세, 라고 졸라서 둘이 함께 길을 나섰소. 그때 내 발밑에 무엇이 있었고, 내 앞에 뭐가 있었고,

내 좌우로 뭐가 있었는지—하나도 모르겠고 기억조차 나지 않소. 그 여자의 집에 도착해서 곧장 홀 안으로 들어가자, 그 여자가 직접 우리 쪽으로 나오는 거요. 그때 나는 내가 바로 당사자임을 밝히지도 못했는데, 잘료제프 녀석이 '파르푠 로고진이 보내서 왔습니다. 어제 만나뵌 기념으로 드리는 것이니, 부디 받아주셨으면 합니다' 그러더란 말이오. 그 여자는 포장을 풀고 들여다보더니 싱긋 웃으며, '이처럼 친절하게 마음 써주셔서 감사드린다고 친구 되시는 로고진 씨께 전해주세요' 라고 고개 숙여 인사하고는 그냥 들어가버리지 않겠소! 젠장, 내가 왜 그때 그 자리에서 콱 죽어버리지 않았는지! 어쨌든 내가 거기 갔던 것도, '에라 상관없다, 살아서 돌아오지 않으면 그만 아니냐!'라고 생각해서였는데. 하지만 제일 분통이 터지는 건, 그 교활한 잘료제프 놈이 혼자서 생색을 다 냈다는 거요. 나는 키도 작고 옷도 하인같이 입고서 부끄러워 입도 못 열고 그냥 멀거니 선 채 그 여자만을 눈이 빠지게 쳐다보는데, 그놈은 하나에서 열까지 유행에 맞는 옷차림에 머리는 곱슬곱슬 지져 포마드를 바르고, 불그스레한 혈색에 격자무늬 넥타이까지 매고서—연방 알랑거리며 아부를 늘어놓고 있으니, 그 여자는 분명 그놈을 나로 생각했을 거요! 그래서 밖으로 나왔을 때 그놈한테 말해줬소. '다시는 이 일에 끼어들 생각도 하지 마라, 알겠냐?' 그러자 그놈은 껄껄 웃으면서, '그런데 자네 이제 세묜 파르표느이치*한테 뭐라고 둘러대려나?' 하더군요. 나는 사실 집에 들를 것도 없이 바로 그 자리에서 물에 풍덩 빠져 죽고 싶었지만, '뭐 어차피 마찬가지다'라는 생각이 들

* 일상어에서 부칭 파르표노비치 대신에 자주 사용된다.

어 저주받은 죄인처럼 집으로 돌아갔소."

"원! 저런!" 관리는 상을 찌푸리며 몸까지 부르르 떨었다. "돌아가신 분께선 1만 루블은 고사하고 단돈 10루블만 어찌돼도 바로 저세상으로 보내버리는 어른이었거든요." 그는 공작에게 고갯짓을 했다. 공작은 호기심어린 눈으로 로고진을 살펴보고 있었다. 그 순간 로고진은 더 창백해진 듯했다.

"보내버리지!" 로고진이 뇌까렸다. "그런데, 어찌됐는지 아나?"* 그는 다시 공작을 향해 말을 계속했다. "아버지가 금세 모든 걸 알게 됐네. 게다가 잘료제프 놈이 만나는 사람마다 붙들고 지껄였단 말일세. 아버지는 나를 붙잡아 위층에 가두고 한 시간 내내 으르렁거렸어. 그러면서 '이건 맛보기에 불과해. 나중에 다시 들러 네놈한테 밤 인사를 해주마' 라더군. 그런데 자네, 어떻게 생각하나? 머리가 허연 영감이 나스타시야 필립포브나를 찾아가 마룻바닥에 머리를 조아리고 빌며 울었던 거네. 마침내 여자는 상자를 가지고 나와 아버지에게 내던지며, '자, 텁석부리 영감, 이게 당신 귀고리야. 이렇게 무서운 벼락을 무릅쓰고 파르폰이 그걸 사 왔다니, 그 값어치가 내겐 열 배나 더 소중해지는군요. 파르폰 세묘느이치에게 감사하다는 인사나 전해줘요'라고 했다지 뭔가. 그사이 나는 어머니의 승낙을 받고, 세료쥐카 프로투쉰한테 20루블을 빌려 기차에 올라 프스코프로 출발했는데, 도착하니 으슬으슬 오한이 나더군. 그곳 노파들이 성자력에 적힌 기도문을 읽어주기 시작했지만, 나는 술에 취해 앉아 있다가 이 술집 저 술집 돌아다니며 마지막 한푼

---

* 이 대목부터 로고진은 공작에게 높임말을 거의 사용하지 않는다.

까지 다 털어 마시고 인사불성이 되어 밤새 길바닥에서 뒹굴었는데, 어이쿠, 아침이 되자 열이 마구 나는 거야. 게다가 밤새 개새끼들한테 물어뜯기기까지 했네. 겨우 정신이 들었지."

"됐다굽쇼, 됐다굽쇼, 이제 나스타시야 필립포브나 쪽에서 먼저 노래를 부르기 시작할걸요." 관리는 손을 비비며 히히거렸다. "이제, 나리, 그따위 귀고리가 뭡니까! 이제 그 여자에게 아주 굉장한 귀고리로 보상해주는 거예요……"

"이봐, 나스타시야 필립포브나에 대해 단 한 번이라도 무슨 소릴 지껄이면, 각오해, 아주 두들겨패줄 테니. 네가 아무리 리하쵸프하고 어울려 다녔다 해도 소용없어!" 로고진이 그의 팔을 꽉 잡고 소리쳤다.

"두들겨팬다면 아주 내친다는 소린 아니군요! 두들겨패시죠! 두들겨 패는 만큼 저와의 인연을 더 깊이 새기시는 거니까…… 아, 드디어 도착했군요!"

정말로 기차는 역으로 들어서는 중이었다. 로고진은 아무도 몰래 떠나왔다고 얘기했지만, 이미 몇 사람이 그를 기다리고 있었다. 그들은 소리를 지르며, 그를 향해 모자를 흔들어댔다.

"쳇, 잘료제프 녀석도 와 있군!" 로고진은 의기양양하고 증오마저 엿보이는 미소를 띠고서 그들을 바라보며 중얼거리다가, 갑자기 공작 쪽을 돌아보았다. "공작, 왜인지 몰라도 자네가 맘에 들었네. 어쩌면 이런 순간에 만나서 그런지도 모르지. 그런데 이 친구하고도 여기서 만났지만 (그는 레베제프를 가리켰다) 이 친구는 맘에 들지 않는단 말이야. 내 집으로 찾아오게, 공작. 그 꼴사나운 각반을 벗기고 최고급 담비모피 외투를 입혀줄 테니. 연미복도 제일 좋은 것으로 맞춰주고, 조끼도

흰색이든 무슨 색이든 원하는 걸로 지어주고, 주머니에 돈을 꽉꽉 채워 주지, 그리고…… 함께 나스타시야 필립포브나한테 가자고! 올 텐가, 안 올 텐가?"

"받아들이시오, 어서, 레프 니콜라예비치 공작!" 레베제프가 훈계하듯 엄숙히 덧붙였다. "오오, 이 기회를 놓치지 마시오! 오오, 절대로 놓치지 마시오!……"

므이쉬킨 공작은 몸을 일으키고 로고진에게 정중히 손을 내밀며 상냥하게 말했다.

"아주 기꺼이 가지요. 그리고 내가 마음에 드신다니 대단히 고맙습니다. 시간이 나면 오늘 중으로라도 찾아뵐지 모르겠군요. 솔직히 말씀드려, 나도 당신이 무척 마음에 드니까요, 특히 다이아몬드 귀고리 얘기를 했을 때. 아니, 얼굴 표정이 어둡긴 했지만, 귀고리 얘기가 나오기 전에도 호감을 느꼈어요. 약속해주신 옷과 외투도 고맙습니다. 사실 옷과 외투는 나한테 당장 필요할 것들이니까요. 지금 수중에 돈이라곤 동전 한푼도 없다시피 하답니다."

"돈은 곧 생겨, 저녁때까진 생길 테니, 오기만 하게!"

"생겨요, 생길 겁니다." 관리가 맞장구를 쳤다. "저녁때까지, 해지기 전까진 생기고말고요!"

"그런데, 공작, 당신은 여자를 몹시 좋아하오? 그것부터 알아둡시다."

"나는, 아-아-아니요! 나는 실은…… 당신은 아마 짐작이 안 가겠지만, 나는 타고난 병 때문에 여자라곤 통 모르고 살아왔습니다."

"오호, 그렇다면," 로고진이 탄성을 내질렀다. "공작, 자넨 유로지브이*와 다를 바 없군, 하느님은 자네 같은 사람을 사랑하시지!"

"그럼요, 주 하느님께선 저런 사람들을 사랑하신답니다." 관리가 맞장구를 쳤다.

"이봐, 서기, 넌 내 뒤나 따라와." 로고진이 레베제프에게 말했고, 모두 기차에서 내렸다.

레베제프는 기어이 자신의 목적을 달성했다. 왁자지껄한 무리는 곧 보즈네센스키 대로 쪽으로 멀어져갔다. 공작은 리체이나야 거리 쪽으로 꺾어 들어가야 했다. 습하고 눅눅한 날씨였다. 공작은 행인들에게 자세히 물어본 결과—목적지까지 3베르스타**가량 된다는 걸 알고 삯마차를 타고 가기로 했다.

II

예판친 장군은 리체이나야 거리에서 구세주 변용 대성당 쪽으로 조금 들어간 곳에 있는 자기 소유의 저택에서 살고 있었다. 전체의 6분의 5를 세주고 있는 이 (위풍당당한) 저택 이외에도 예판친 장군은 사도바야 거리에 엄청나게 큰 집을 가지고 있었는데, 거기서 얻는 수입도 굉장했다. 이 두 채의 집 말고도 페테르부르크에서 무척 가까운 곳에 수익성이 대단히 높은 훌륭한 영지가 있었고, 페테르부르크군에는 무슨 공장까지 있었다. 예판친 장군이 예전에 독점판매 사업에 손을 댔다는 건 모두가 아는 일이었다. 지금 그는 탄탄한 몇몇 주식회사에 관여

* 보통 성(聖)바보 또는 바보 성자로 번역되는 기독교의 백치 성자, 고행자, 수난자.
** 1베르스타는 1.067킬로미터에 해당한다.

하면서 아주 상당한 발언권을 행사하고 있었다. 그는 돈이 많고, 하는 사업이 많고, 인맥이 넓은 사람으로 통했다. 여러 곳, 특히 자신의 근무처에서 그는 자신을 없어서는 절대 안 될 사람으로 만드는 데 성공했다. 그러나 한편으론 이반 표도로비치 예판친이—교육을 전혀 받지 못한 사람이며 사병 집안의 아이로 태어났다는 사실도 잘 알려져 있었다. 사병 집안의 아이로 태어났다는 건 의심의 여지 없이 그에게 오로지 명예가 될 만한 일이었으나, 장군은 비록 현명한 인간이긴 해도 그리 대단치 않은 작은 약점이 없진 않아서, 남들이 넌지시 그런 얘기를 꺼내면 좋아하지 않았다. 하지만 그가 영리하고 처세에 능한 사람이라는 사실만은 분명했다. 예를 들어 그는 자신이 물러서 있어야 할 자리에선—절대로 나서지 않는다는 원칙을 지켰고, 많은 사람이 그의 소박함, 즉 언제나 자기 자리를 안다는 바로 그 점 때문에 그를 높이 평가했다. 하지만 자기 자리를 그토록 잘 안다는 이반 표도로비치의 마음속에서 이따금 무슨 일이 일어나곤 했는지 그 판관들이 알기나 한다면! 실제로 그는 세상 사는 일에서 실제적 지식과 경험을 지녔고 아주 비범한 여러 능력도 지녔지만, 자신을 자기 생각의 주인으로보다는 타인의 생각을 실행하는 사람으로, '아첨하지 않는 충직한'* 사람으로, 그리고 심지어는—요즘 세상에 무슨 일인들 없으랴?—뼛속까지 솔직한 진짜 러시아인으로 내보이고 싶어했다. 이 마지막 점과 관련해서는 몇 가지 우스운 사건마저 있었다. 하지만 아무리 우스운 꼴이 돼도 장군은 눈곱만큼도 풀이 죽는 법이 없었다. 게다가 그는 카드놀이에서도 운이 좋아

* 파벨 1세가 그의 총신 아락체예프 장군에게 수여한 문장에 새겨진 제명.

서 엄청나게 큰돈을 걸곤 했는데, 카드놀이라면 사족을 못 쓴다는, 약점이라면 약점인 이 사소한 사실을 숨기려 들긴커녕 일부러 떠벌리기까지 했고, 이 약점은 사실 많은 경우 그에게 상당한 이득을 가져다주었다. 그는 아주 다양한 사람들과 교제했고, 물론 어느 경우에나 '일류'에 속하는 인사들뿐이었다. 그러나 모든 것은 시작일 뿐, 아직 시간이 있고, 조급해할 필요는 전혀 없었으니, 모든 것은 때가 되면 차례대로 오게 돼 있었다. 더구나 나이로 봐도 예판친 장군은 이른바 한창때로, 그러니까 쉰여섯 살, 거기서 조금도 더 먹지 않은 쉰여섯이니, 여하튼 꽃이 만개하는 나이, 정말로 진짜 인생이 시작되는 나이였다. 건강, 얼굴빛, 검지만 튼튼한 치아, 다부지고 탄탄한 체격, 아침에 출근했을 때의 진중한 표정, 저녁에 카드판 앞에 앉았을 때나 상관 집을 방문했을 때의 유쾌한 표정—이 모든 것이 현재와 미래의 성공을 돕고, 장군 각하의 생애를 장미꽃으로 장식해주었다.

장군에게는 꽃이 만발한 가정이 있었다. 하기야 전부 다 장미라 할 수는 없지만, 그 대신 이미 오래전부터 장군 각하가 자신의 가장 중요한 희망과 목표를 진지하고도 간절하게 집중시키기 시작한 것들도 적지 않았다. 더구나 인생에서 그 어떤 목표가 부모로서의 목표보다 더 중요하고 더 신성하랴? 가정에 대한 애착보다 더 강한 애착이 어디 있으랴? 장군의 가정은 아내와 나이 찬 딸 셋으로 이루어져 있었다. 장군은 벌써 아주 오래전에, 그러니까 아직 중위였을 때, 그와 거의 동갑내기이며 특별히 예쁘지도 않고 교육을 많이 받지도 못한 처녀와 혼인했는데, 그가 지참금 조로 받은 것은, 비록 그게 그후의 삶에서 행운의 기반이 되어준 건 사실이라 해도—고작 오십 명의 농노가 전부였다. 그러나 장군은 지금껏 자신의 이른 혼인을 한탄하거나 분별없는 젊은 시절의 객기였다며 코웃음 치는 일이 한 번도 없었을뿐더러, 오히려 부인을 무척 존경하고 때로는 무척 두려워했으며, 마침내는 사랑을 느끼기까지 했다. 장군 부인은 그리 화려하진 못해도 매우 유서 깊은 므이쉬킨 공작 가문 출신으로, 자신의 혈통에 대한 자부심이 대단했다. 그 당시의 유력인사였던 어떤 사람, 그러니까 후원자라지만 금전적으로 후원해주는 일은 없는 그런 후원자 중 하나가 젊은 공작 영애의 혼인에 관심을 가져주겠다고 나섰다. 그는 젊은 장교에게 쪽문을 열어주며 등을 떠밀었다. 하지만 떠밀 필요도 없었고 그저 한 번의 시선만으로 족했으니—공연히 허탕을 칠 염려가 없었기 때문이다! 몇 번 안 되는 예외적인 경우를 제외하면, 이들 부부는 오랜 혼인 기간 내내 화목하게 살아왔다. 아주 젊었던 시절만 해도 장군 부인은 공작가의 영애로서, 가문의 마지막 대표자로서, 또 어쩌면 개인적인 성격 때문이었는지도 모르지만, 몇몇 아주 지체 높은 귀부인들을 자신의 후견인으로 삼고 있었다. 그러다 훗날 재산이 생기고 남편의 지위도 높아지면서 그녀는 이 상류사회에서 웬만큼 당당하게 행동할 수 있게까지 되었다.

최근 몇 년 사이, 장군의 세 딸—알렉산드라, 아젤라이다, 아글라야는 모두 나이가 차서 성숙한 여성이 되었다. 하기야 세 처녀 모두 그저 예판친이라는 성을 가졌지만, 어머니 쪽으로는 공작 가문인데다, 지참금도 적지 않을뿐더러, 앞으로 매우 높은 지위를 기대할 만한 아버지를 두었으며, 또 이것 역시 상당히 중요한데, 셋 모두 보기 드문 미인으로, 벌써 스물다섯 살을 넘긴 맏딸 알렉산드라도 예외가 아니었다. 둘째딸은 스물셋, 막내딸 아글라야는 갓 스물이 된 처녀였다. 이 막내딸은 그야말로 흠잡을 데 없는 미인이어서 사교계에서 크게 주목받기 시작했다. 하지만 이게 전부가 아니었다. 세 딸 모두 교양과 지성, 재능이 뛰어났기 때문이다. 그들이 서로 극진히 사랑하고 서로 돕는다는 것은 잘 알려져 있었다. 집안 전체의 우상인—막내를 위해 두 언니가 일종의 희생을 하고 있다는 말까지 떠돌았다. 사교계에서 그들은 앞에 나서려 들지 않을 뿐만 아니라 지나치게 겸손하기까지 했다. 어느 누구도 이들이 거만하고 콧대가 높다고 비난할 순 없었으나, 이들이 자부심이 강하고 자신의 가치를 잘 안다는 점은 아무도 부인할 수 없었다. 맏딸은 음악에 조예가 깊고, 둘째딸은 뛰어난 화가였다. 그러나 이 사실은 오랫동안 거의 아무도 몰랐다가 아주 최근에 와서야, 그것도 우연히 알려지게 되었다. 한마디로 말해서, 이 처녀들에 대한 칭찬은 일일이 늘어놓을 수 없을 만큼 많았다. 하지만 반감을 품은 사람도 없지 않았다. 그들은 젊은 아가씨들이 얼마나 많은 책을 읽었는지 몸서리까지 쳐가며 얘기하곤 했다. 딸들은 혼인을 서두르지 않았다. 그들은 사교계의 어떤 그룹을 좋아하긴 했지만, 그리 대단한 정도는 아니었다. 딸들의 아버지가 지닌 성향, 성격, 목표, 희망을 모든 사람이 알고 있던 탓에 이런 점은 더욱더 눈에 띄었다.

공작이 장군 집의 초인종을 울렸을 때는 이미 열한시 무렵이었다. 장군은 이층에 살면서 자기 지위에 걸맞으면서도 가능한 한 검소하게 꾸민 공간을 사용하고 있었다. 제복을 입은 하인이 공작에게 문을 열어주었는데, 공작은 그의 차림새와 보따리를 처음부터 의심스럽다는 듯 쳐다보는 이자를 상대로 오랫동안 설명을 해야 했다. 그가 자신은 틀림없는 므이쉬킨 공작이고 긴요한 용건으로 장군을 꼭 만나야 한다고 누차 명확히 밝힌 다음에야, 하인은 미심쩍어하면서도 결국 그를 서재 옆 응접실 앞에 붙은 조그만 문간방으로 데려가, 오전 시간에 이 문간방을 지키면서 장군에게 손님들의 내방 소식을 전하는 다른 하인에게 인계했다. 이 하인은 연미복을 입고 딱딱한 표정을 한, 마흔이 넘은 사내였는데, 각하의 서재 전속 종복에다 방문객 내방 보고까지 맡고 있는 탓에 제법 거드름을 피웠다.

"응접실에서 기다리십시오. 그 보따리는 여기 두시고요." 그는 느긋하게 점잔을 빼며 등받이의자에 앉다가, 공작이 두 손에 보따리를 든 채 바로 옆의 걸상에 걸터앉는 것을 보자 위엄 있으면서도 놀라움이 담긴 표정으로 말했다.

"괜찮다면" 하고 공작이 말했다. "여기서 당신과 함께 기다리는 편이 낫겠군요, 저기서 나 혼자 뭘 하겠소?"

"문간방에 계시면 안 됩니다. 당신은 방문객, 다시 말해 손님이니까요. 직접 장군 각하를 만나뵈러 오신 겁니까?"

하인은 이런 방문객을 들여놓기가 아무래도 꺼림칙한 듯, 다시 한번 물어보기로 결심한 모양이었다.

"네, 용무가 있어서……" 공작이 말을 꺼내려 했다.

"어떤 용무인지 묻는 게 아닙니다. 저의 직분은 단지 당신이 와 있다고 보고드리는 것뿐이니까요. 하지만 비서님이 나오실 때까지는 당신에 대해 보고드릴 수가 없습니다."

하인의 의심은 점점 커져가는 듯했다. 공작은 그가 일상적으로 대하는 방문객들 부류와는 너무나 달랐는데, 장군은 꽤나 자주, 아니 거의 매일 일정한 시간에 특히 업무상의 이유로 손님들을 접견해야 했고 그중엔 이따금 아주 색다른 사람들도 있었지만, 이러한 관행과 상당히 관대한 훈령에도 불구하고 시종은 강한 의심을 품고 있었다. 아무래도 보고하기 전에 반드시 비서와 의논을 해봐야 했다.

"그런데 댁은 틀림없이…… 외국에서 오신 분 같은데요?" 이윽고 그는 지나가듯 이렇게 물었으나—이내 당황하고 말았다. 아마도 그는 '당신은 정말 므이쉬킨 공작인가요?'라고 물어보고 싶었을 것이다.

"네, 방금 기차에서 내렸지요. 당신은 내가 정말 므이쉬킨 공작인지 물으려다 예의상 묻지 못한 것 같은데."

"흠……" 깜짝 놀란 하인은 입속으로 신음소리를 냈다.

"분명히 말하지만, 나는 당신한테 거짓말을 하지 않았고, 나 때문에 당신이 책임질 일은 없을 거요. 이런 행색에다 보따리까지 들고 있다고 놀랄 필요는 전혀 없어요. 지금 내 형편이 말이 아니어서 그러니까."

"흠. 제가 뭐 그런 걸 걱정하는 건 아닙니다. 보고드리는 게 제 의무이고, 또 곧 비서님이 여기로 곧 나오시겠기에, 게다가 혹시 또 손님께서…… 저기 그게 그게, 저기 그러니까, 만약에 또…… 감히 여쭤봐도 된다면, 혹시 손님께선 돈이 궁해서 장군님께 도움을 청하러 오신 게 아닌지요?"

"오, 천만에. 그 문제라면 전혀 걱정 말아요. 다른 일로 온 거니까."

"용서하시기 바랍니다. 저는 당신의 차림새만 보고 물었던 겁니다. 비서님이 오실 때까지 잠깐만 기다려주십시오. 각하께선 지금 대령님과 면담중이시라, 그게 끝나는 대로 비서님도 나올 테니까요…… 회사 일을 보는 비서시죠."

"그럼 오래 기다려야 한다면, 한 가지 부탁이 있는데, 여기 어디 담배

피울 곳이 없겠소? 파이프와 담배는 가지고 있어요."

"다-암-배요?" 시종은 아직도 자기 귀를 못 믿겠다는 듯, 경멸과 의혹이 담긴 눈초리로 그를 힐끗 쳐다보았다. "담배를 피워요? 안 됩니다. 여기서 담배는 못 피우십니다. 게다가 그런 생각을 하시다니, 부끄러운 줄 아셔야죠. 허…… 별일이구먼요."

"오, 이 방에서 피우겠다는 게 아니오. 그 정도는 나도 아니까. 당신이 알려주는 장소로 나가려 했던 것뿐이오. 아주 습관이 됐는데, 벌써 세 시간가량이나 피우질 못해 그래요. 하지만 편한 대로 하시구려. 왜, 이런 격언도 있잖소, 남의 수도원에선 그곳의 법도를 따르라는……"

"그런데 당신에 대해 뭐라고 보고드려야 할까요?" 시종은 거의 무심결에 중얼거렸다. "첫째, 당신은 이곳에 계시면 안 되고 응접실에 앉아 계셔야 합니다. 왜냐하면 당신은 어디까지나 방문객, 즉 손님이시니까요. 안 그러면 제가 추궁을 당합니다…… 그래, 어떠신가요, 손님께선 이 집에서 머무르실 생각인가요?" 그는 다시 한번 공작의 보따리를 곁눈질하며 덧붙였는데, 보따리가 아무래도 마음에 걸리는 모양이었다.

"아뇨, 그럴 생각은 없어요. 그러라고 청을 해와도 여기 머무르진 않을 거요. 나는 그저 인사를 드리고 가까이 알고 지내고 싶어 왔을 뿐, 다른 용무는 없어요."

"뭐라고요? 인사를 드린다고요?" 깜짝 놀란 시종은 세 배는 더 의심쩍어하며 물었다. "그런데 왜 처음엔 용무가 있어서 왔다고 하셨죠?"

"오, 용무랄 것도 없어요! 뭐, 굳이 말하자면 용무가 하나 있긴 있죠. 그러니까 그저 조언을 청하려고요. 하지만 주된 목적은 역시 인사를 드리는 데 있어요. 왜냐하면 나는 므이쉬킨 공작이고 예판친 장군 부인 역시 므이쉬킨가의 마지막 공녀인데, 나와 그분 말고는 므이쉬킨 가문에 아무도 남아 있지 않거든요."

"그럼 친척까지 되신단 말씀입니까?" 이미 잔뜩 겁을 먹다시피 한 하인은 몸을 부르르 떨었다.

"친척이랄 수도 없어요. 하기야 억지로 끌어다 붙인다면 물론 친척이 되겠지만, 촌수가 워낙 멀어서 정말 어떻게 되는 사이인지조차 알 수 없군요. 한번은 외국에서 장군 부인께 편지를 보낸 적이 있지만, 답장은 받지 못했고요. 그래도 귀국하면 꼭 가까이 알고 지내야겠다고 생각했죠. 당신한테 지금 이런 말까지 다 하는 건 당신이 아직도 불안해하는 게 보여서 더이상 의심하지 않도록 하기 위해서요. 그냥 므이쉬킨 공작이 찾아왔다고만 말씀드려요. 그러면 나의 방문 목적을 충분히 아실 테니. 만나주신다면—잘된 일이고, 만나지 않겠다 하셔도—아주 잘된 일일지 모르겠군요. 아마 만나지 않겠다고 하시진 않을 거요. 장군 부인께서도 분명 자기 가문의 장손이자 생존해 있는 유일한 대표자를 보고 싶어하실 테니. 내가 확실하게 듣기로, 부인께선 자신의 혈통을 무척 자랑스럽게 여긴다더군요."

공작의 말은 그야말로 꾸밈없는 것이었는지도 모른다. 그러나 꾸밈이 없으면 없을수록 지금 이 경우에는 더욱더 우스꽝스러운 게 돼버렸고, 노련한 시종은 사람과 사람 간의 대화에선 지극히 예의바른 태도겠지만 손님이 하인과 말할 때는 지극히 부적절한 게 돼버리는 그 무엇을 느끼지 않을 수 없었다. 하인이란 대체로 주인이 생각하는 것보다 훨씬 영리한 법이라, 이 시종의 머릿속에도 이건 다음 두 가지 경우 중 하나라는 생각이 떠올랐다. 이 공작이란 작자는 돈이 없어 구걸하러 온 게 틀림없는 일종의 건달이거나, 아니면 자존심이라곤 전혀 없는 그저 바보인 게 분명하다. 왜냐하면 똑똑하고 자존심이 있는 공작이라면 문간방에 앉아 하인에게 자기 일을 이러쿵저러쿵 늘어놓을 리가 없잖은가. 그렇다면, 이 경우든 저 경우든 이런 자를 들여놓았다고 혹시라도 자기가 책임져야 하지는 않을까?

"아무튼 응접실로 가주십시오." 그는 최대한 끈질지게 재촉했다.

"내가 저기 들어가 앉아 있었더라면 당신에게 이 모든 걸 설명해줄 수도 없었을 거요." 공작은 유쾌하게 웃기 시작했다. "그리고 당신은 여전히 내 망토와 보따리를 보며 불안해하고 있겠죠. 하지만 이제 비서를 기다릴 필요도 없을 테니, 직접 가서 알려도 무방할 거요."

"저는 댁 같은 방문객이 찾아왔다고 비서님과 의논도 없이 보고드릴 순 없습니다. 게다가 조금 전에 각하께서도 대령님이 와 계신 동안은 누구도 들여보내지 말라고 특별히 분부하셨습니다. 가브릴라 아르달리오느이치* 한 분만 보고 없이 바로 들어갈 수 있습니다."

"관청에 근무하는 분인가요?"

"가브릴라 아르달리오느이치 말씀입니까? 아닙니다. 회사일을 보는 분이죠. 그 보따리라도 여기에 좀 내려놓으시지요."

"괜찮다면 그럴 참이었어요. 망토도 벗었으면 하는데?"

"물론입니다. 망토를 입으신 채 각하를 만나뵐 수야 없는 일이죠."

공작은 일어나서 얼른 망토를 벗었고, 그러자 이미 다 낡긴 했지만 꽤나 고상하고 맵시 있게 지은 재킷 차림이 되었다. 조끼에는 강철로 만

* 일상어에서 부칭 아르달리오노비치 대신에 자주 사용된다.

든 사슬이 드리워져 있고, 사슬 끝에는 제네바산 은시계가 달려 있었다.

비록 공작이 바보일망정—하인은 이미 그렇게 단정했다—장군의 시종인 주제에 자기 쪽에서 방문객과 더이상 얘기를 주고받는다는 것은 비록 공작에게 물론 그 나름의 어떤 호감을 느끼고 있을지라도 예의가 아니라고 생각했다. 그러면서도 한편으론 공작에게 격렬하고 거친 역정이 치솟았다.

"장군 부인께선 언제 손님을 맞으시오?" 공작은 다시 원래 자리에 앉으며 물었다.

"그건 제 소관이 아닙죠. 손님에 따라 다릅니다. 재봉사는 열한시에도 들여보냅니다. 가브릴라 아르달리오느이치도 다른 사람들보다 일찍 불러들이십니다. 때로는 이른 조찬중에도 불러들이시죠."

"여긴 겨울에 방안이 외국보다 따뜻하군요." 공작이 말했다. "대신 바깥은 거기가 우리보다 따뜻하지만, 겨울에 집안에선—러시아 사람은 익숙지 않아 살 수가 없죠."

"불을 때지 않나요?"

"때긴 때는데, 집 구조가, 그러니까 난로와 창문이 달라요."

"흠! 오랫동안 외국에 계셨습니까?"

"사 년 동안. 하지만 거의 한곳에만 있었죠, 시골에서요."

"이곳의 모든 게 서먹서먹하시겠군요?"

"정말 그래요. 곧이들릴지 모르지만, 러시아어를 잊어버리지 않은 게 신기할 정도요. 당신과 지금 이렇게 말하면서도 '내가 러시아어를 곧잘 하는구나' 하고 속으로 생각하죠. 그래서 아마 이렇게 말이 많은지도 몰라요. 실은, 어제부터 내내 러시아말을 너무나 하고 싶었거든요."

"흠! 헤! 전에 페테르부르크에 사셨습니까?" (아무리 단단히 마음을 먹어도 하인은 이렇게 정중하고 예의바른 대화를 자기 쪽에서 끊어버릴 수가 없었다.)

"페테르부르크에요? 그런 적은 거의 없어요. 그저 지나는 길에 들러본 정도죠. 전에도 이곳에 대해 전혀 몰랐지만, 듣기로, 지금은 새로운 게 너무 많이 생겨서, 예전에 알았던 사람도 새로 배워야 한다는군요. 요즘 여기서는 재판 얘길 많이 한다는데요."

"흠!…… 재판이라. 그렇죠, 재판, 재판에 대해서죠. 그런데 어떤가요, 저쪽에선 재판이 더 공정합니까, 어떻습니까?"

"모르겠군요. 나는 우리의 재판제도에 대해 좋은 말을 많이 들었어요. 우리 나라에선 사형이 다시 없어졌잖습니까."*

"그럼 저쪽에선 사형을 집행하나요?"

"물론이죠, 프랑스 리옹에서 봤어요. 슈나이더 씨가 나를 거기 데리고 갔거든요."

"목을 매다나요?"

"아뇨, 프랑스에서는 언제나 목을 자르지요."

"그럼 울부짖나요?"

"어디 그럴 틈이 있어야죠! 한순간에 벌어지는데. 사람을 눕혀놓자마자 어마어마하게 큰 작두날이 기요틴이라고 하는 기계장치에 의해 미끄러져 내려오죠, 육중하고 우람하게…… 눈 깜짝할 새도 없이 머리

---

* 제정러시아에서는 18세기 중반 황제 옐리자베타 페트로브나의 칙령으로 사형제도가 폐지됐다가 예카체리나 2세 때 다시 도입됐으며, 므이쉬킨 공작의 말과 다르게 1860년대에는 사형이 특히 자주 집행됐다.

통이 떨어져나가요. 그때까지가 괴롭죠. 판결문이 낭독되면 죄수를 준비시키고 포박한 다음 단두대로 끌고 올라가는데, 정말 끔찍하지요! 군중이 몰려들고, 여자들까지 달려와요, 거기서도 여자들이 구경하는 건 좋아하지 않는데 말입니다."

"여자들이 볼 게 아니죠."

"물론이죠! 물론이죠! 그처럼 끔찍한 고통을 구경하다뇨!…… 죄수는 영리하고 대담하고 강인한 중년 남자로, 성이 레그로라고 했어요. 아니, 그런데 말이죠, 믿든 말든 당신 마음이지만, 그 사내는 단두대로 올라가자—얼굴이 백지장처럼 새하얘져서 엉엉 울음을 터뜨리더군요. 정말 이게 있을 수 있는 일인가요? 정말 무서운 일 아니오? 아니, 두려워서 엉엉 우는 사람이 어디 있느냐고요? 어린애도 아니고 지금껏 한 번도 울어본 적이 없는 사람이, 마흔다섯 살이나 먹은 사람이, 두려움 때문에 엉엉 울 수도 있다니, 나는 정말 꿈에도 생각지 못한 일이었어요. 하지만 그 순간 당사자의 영혼 속에선 무슨 일이 벌어질까요, 얼마나 극심한 경련이 일어날까요? 이것은 영혼에 대한 거친 조롱이자 능욕이지요, 그 이외의 아무것도 아녜요! 성경에도 '사람을 죽이지 말라'라는 말이 있듯, 그가 살인을 저질렀다 해서 그 사람까지 죽여야 할까요? 아뇨, 절대로 안 되지요. 내가 그 광경을 목격한 지 벌써 한 달이 지났지만, 아직도 눈에 선해요. 꿈까지 대여섯 번 꾸었으니까요."

얘기를 하면서 공작은 차츰 활기마저 띠기 시작했는데, 어조는 전과 마찬가지로 조용했으나 그의 창백한 얼굴에는 엷은 홍조가 떠올랐다. 시종은 공감한다는 듯 흥미 있게 그의 말 한마디 한마디에 귀를 기울이는 품이 이야기를 중단시킬 생각은 전혀 없어 보였다. 어쩌면 이 시종 역시 상상력과 강렬한 사고 욕구를 지닌 사람이었는지도 모른다.

"머리가 날아갈 때 고통이 적을 테니 그 점에선 괜찮죠." 그가 한마디 했다.

"그런데 아세요?" 공작이 흥분해서 말을 받았다. "방금 당신도 그렇게 말했지만, 다른 사람도 다들 꼭 당신처럼 말하거든요. 기요틴이라는 기계도 바로 그럴 목적으로 발명된 거였죠. 하지만 그때 내 머릿속에 한 가지 생각이 들더군요. 만약 이게 오히려 더 나쁜 거라면 어쩌지? 하고 말이죠. 당신한텐 이게 우스꽝스럽고 해괴해 보일지 모르지만, 상상력을 조금이라도 지녔다면 그런 생각이 저절로 머리를 스칠 거요. 한번 생각해봐요, 예를 들어 고문이란 것을. 고문을 당하면 상처를 입고 고통을 당하지만, 그건 육체적 고통이어서 이 모든 고통이 오히려 영혼의 고통을 잊게 해주고, 따라서 죽는 순간까지 오직 상처에서 오는 고통만을 느낄 뿐이거든요. 하지만 가장 강하고 으뜸가는 고통은 아마도 상처에서 느끼는 고통이 아니라, 이제 한 시간 뒤면, 그다음엔 십 분 뒤면, 그다음엔 삼십 초 뒤면, 그다음엔 이제, 지금 당장—영혼이 육체에서 날아가버리고 자기는 이미 인간이길 멈추게 된다는 사실을 확실하게 안다는 점, 이것이 이미 확실하다는 점 바로 그것입니다. 무엇보다 중요한 건, 이것이 확실하다는 점이지요. 머리를 작두날 바로 밑에 들이대고 그 작두날이 머리 위로 미끄러져 내려오는 소리를 듣는 그 4분의 1초보다 더 무시무시한 게 어디 있겠어요. 아세요? 이건 나의 공상이 아니에요. 다른 많은 사람도 그렇게 말해왔거든요. 나는 그걸 굳게 믿기 때문에 당신한테 내 의견을 솔직히 말하는 거요. 살인했다 해서 사람을 죽이는 건 그 범죄 자체와는 비교도 안 될 정도의 가혹한 형벌이에요. 판결에 따라 사람을 죽이는 건 강도의 살인과는 비교가 안 될 만큼 훨씬 더 끔찍한 짓이죠. 밤중에 숲속 같은 데서 강도에게 살해당하는 사람은 맨 마지막 순간까지도 목숨을 구할 수 있으리라는 희망을 절대로 놓지 않는 법이에요. 그런 예는 얼마든지 있죠. 이미 목이 잘렸는데도 여전히 희망을 잃지 않고 도망을 치거나 애원하거나 하거든요. 이 마지막 희망이 있으면 열 배나 쉽게 죽을 수 있는데, 사형선고는 이 마지막 희망 전부를 확실하게 앗아가버리잖아요. 일단 선고가 떨어지면 이제 절대로 달아날 수 없고, 바로 이 점에 그 모든 끔찍한 고통이 있는 거요. 이보다 더한 고통은 세상 어디에도 없어요. 전쟁터에 병사를 끌고 와서 대포 바로 앞에 세워놓고 그에게 쏘려고 해봐요. 그는 여전히 희망을 버리지 않을 거요. 하지만 바로 이 병사에게 사형선고문을 확실하게 낭독해줘보시죠. 그는 미쳐버리거나 울음을 터뜨릴 거요. 인간의 본성은 미치지 않고서도 이것을 견뎌낼 수 있다고 말한 자가 대체 누군가요? 무엇 때문에 그런 추악하고 불필요하고 헛된 폭언을 한단 말이오? 사형선고문 낭독을 듣고 온갖 고통을 겪은 뒤, '가라, 너를 용서해준다'라고 말해주는 것을 들은 사람이 혹시 있을지도 모르겠군요. 그런 사람이라면 정확하게 얘기해줄 수 있겠죠.* 이런 고통과 이런 공포에 대해서 그리스도께서도 말씀하신 바가 있어요. 아뇨, 인간을 그렇게 대하면 절대로 안 돼요!"

시종은 이 모든 것을 공작처럼 표현할 수 없었을지 모르나, 그의 감동어린 얼굴에서도 알 수 있듯이, 전부는 아니더라도 대체적인 요점은

* 도스토옙스키는 1849년 페트라솁스키 사건에 연루돼 사형대에 섰다가 집행 직전에 시베리아 유형으로 감형받은 적이 있다. 이 경험은 도스토옙스키에게 큰 영향을 끼쳤다.

이해한 것 같았다.

"정 그렇게 담배가 피우고 싶으시면" 하고 시종이 말을 꺼냈다. "그러시지요, 괜찮습니다. 다만 얼른 피우고 오십시오. 갑자기 안으로 모시라고 할 때, 안 계시면 곤란하니까요. 저기 저 계단 밑에 문이 보이죠. 문으로 들어가시면 오른쪽에 골방이 있습니다. 거기서 피우시면 됩니다. 다만 통풍구는 열어두십시오. 원래 담배를 피울 수 없게 돼 있어서……"

하지만 공작은 담배를 피우러 갈 겨를이 없었다. 두 손에 서류를 든 청년이 갑자기 문간방에 들어왔기 때문이다. 시종이 그의 외투를 벗겨주기 시작했다. 청년은 곁눈으로 공작을 힐끗 쳐다보았다.

"저어, 가브릴라 아르달리오느이치," 시종은 거의 가족처럼 신뢰에 넘치는 어조로 입을 열었다. "이분은 마님의 친척뻘이 되는 므이쉬킨 공작이시랍니다. 방금 외국에서 기차로 돌아오시는 길이어서 손에 보따리를 들고 오셨는데, 다만……"

그다음부터는 시종이 속삭이기 시작해서 공작에겐 들리지 않았다. 가브릴라 아르달리오노비치는 주의깊게 귀를 기울이며 호기심이 가득한 눈으로 이따금 공작을 바라보았으나, 마침내 더이상은 듣지 않고 황급히 공작에게 다가갔다.

"므이쉬킨 공작 되십니까?" 매우 상냥하고 정중하게 그가 물었다. 그는 나이가 역시 스물여덟 언저리로 보이는 매우 아름다운 청년이었는데, 늘씬한 중키에 금발이었고, 수염을 나폴레옹식으로 짧게 다듬은데다, 총명하면서도 무척 아름다운 얼굴을 하고 있었다. 단지 그의 미소는 무척 상냥하긴 해도 왠지 너무 얇은 느낌을 주었고, 미소 지을 때 드러나는 치아는 왠지 지나치게 진주알처럼 반짝이고 가지런했다. 시선은 더없이 명랑하고 솔직해 보이면서도 왠지 너무 집요하고 뭔가를 캐내려는 듯했다.

'이 사람은 분명 혼자 있을 때는 전혀 다른 얼굴일 거야, 미소 짓는 일조차 없을지도 모르지.' 공작은 어쩐지 이런 느낌이 들었다.

공작은 자기가 설명할 수 있는 모든 것을 서두르며 얘기했는데, 앞서 이미 시종에게, 그리고 그보다 앞서 로고진에게 들려준 것과 거의 같은 내용이었다. 그러는 동안 가브릴라 아르달리오노비치는 뭔가가 생각난 모양이었다.

"혹시" 하고 그가 물었다. "일 년 전쯤, 아니면 그보다 덜 된 때, 아마 스위스로 기억하는데, 거기서 옐리자베타 프로코피예브나에게 편지를 보내지 않으셨던가요?"

"바로 그렇습니다."

"그러시다면 장군 내외분께서 당신을 알고 계시고 분명히 기억하실 겁니다. 각하를 만나시려는 거죠? 바로 보고드리겠습니다…… 손님은 금방 돌아가실 테니까요. 다만…… 그때까지 응접실에서 기다려주셨으면 합니다…… 왜 이분을 이런 데다 모셨나?" 그는 엄한 얼굴로 시종을 돌아보았다.

"말씀드렸지만, 원하지 않으셔서……"

이때 갑자기 서재 문이 열리더니, 서류가방을 손에 든 어떤 군인이 커다란 소리로 말하면서 허리 굽혀 인사를 하고 나왔다.

"가냐*, 자네 거기 있나?" 서재에서 누군가의 목소리가 소리쳤다. "이

* 가브릴라의 애칭.

리 좀 오게!"

가브릴라 아르달리오노비치는 공작에게 머리를 끄덕여 보이고 급히 서재로 들어갔다.

이 분가량 지나 문이 다시 열리며, 가브릴라 아르달리오노비치의 낭랑하고 상냥한 목소리가 들렸다.

"공작, 어서 들어오십시오!"

III

이반 표도로비치 예판친 장군은 자신의 서재 한가운데 선 채, 안으로 들어오는 공작을 대단한 호기심을 품고 바라보다가 그를 향해 두 걸음 내딛기까지 했다. 공작이 다가와서 자기소개를 했다.

"그러시군요." 장군이 대답했다. "그래, 무슨 용무로 오셨소?"

"딱히 급한 일이 있는 건 아닙니다. 제가 들른 것은 그저 장군님과 지인으로 지냈으면 해서입니다. 폐를 끼쳐드리고 싶진 않았지만, 장군님의 접견일이나 일정이 어찌되는지 몰라서 이렇게…… 저는 방금 기차에서 내렸습니다…… 스위스에서 오는 길이지요……"

장군은 빙긋 웃으려는 것 같았으나 잠시 생각해보더니 곧 원래의 얼굴로 돌아갔다. 그러다 다시 생각해보고는 실눈을 뜨고서 손님을 발끝부터 머리끝까지 다시 한번 훑어본 다음, 재빨리 그에게 의자를 권하고 나서 자기도 약간 비스듬히 마주앉아, 성급한 기대를 품고 공작에게 얼굴을 돌렸다. 가냐는 서재 구석에 놓인 사무용 책상 옆에 서서 서류를 정리하고 있었다.

"나는 대체로 누구와 교제를 할 만한 시간적 여유가 없지만" 하고 장군은 입을 열었다. "당신이 이렇게 찾아온 데는 물론 무슨 목적이 있겠고, 그러니……"

"그러리라고 진작에 느끼고 있었습니다." 공작이 말을 가로막았다. "분명, 제가 무슨 특별한 목적이 있어 찾아온 줄 아시리라고 말입니다. 하지만 맹세코, 장군님과 알고 지낸다면 그것만으로 큰 기쁨이며, 그 이외에 어떤 특별한 목적도 없습니다."

"큰 기쁨이야 나로서도 마찬가지이외다. 하지만 언제나 재미있는 일만 있는 건 아니고, 때로는 용무라는 것들도 생기게 마련이지…… 더구나 나는 아직 우리 사이의 공통점…… 말하자면, 이렇게 만나야 할 이유를 전혀 발견할 수가 없어서……"

"이유는 당연히 없고, 공통점도 물론 별로 없습니다. 제가 므이쉬킨 공작이고 부인께서 우리 가문 출신이라 하더라도, 그게 물론 이유가 될 수는 없으니까요. 그 점은 저도 아주 잘 압니다. 하지만 제가 댁을 방문한 동기는 전적으로 그 점에 있습니다. 저는 사 년 남짓 러시아를 떠나 있었습니다. 게다가 떠날 당시 저는 거의 정상이 아니었지요! 그때도 저는 세상에 대해 아무것도 몰랐는데, 지금은 더더욱 모릅니다. 제겐 좋은 사람들이 필요합니다. 사실 조언을 구해야 할 일이 하나 있긴 한데, 누굴 찾아가야 할지도 모르겠더군요. 그래서 베를린에 있을 때부터 저는 '그분들은 친척이나 다름없으니, 그분들부터 찾아뵈자. 아마도 그분들은 나에게, 나는 그분들께, 서로 도움이 될 수도 있을 거야—만약 그분들이 좋은 사람들이라면' 하고 생각했습니다. 그리고 저는 두 분이 좋은 분들이라고 들었습니다."

"대단히 고맙소이다." 장군은 상당히 당황했다. "실례지만 숙소는 정했소?"

"아직 아무데도 정한 곳이 없습니다."

"그럼 기차에서 내려 곧장 우리집으로 오신 거로군? 그래…… 짐도 있소?"

"짐이라곤 속옷가지가 든 작은 보따리 하나뿐이고, 다른 건 없습니다. 보따리는 보통 손에 들고 다니죠. 여관방은 저녁에라도 잡을 수 있을 겁니다."

"그럼 아직도 여관에 숙소를 정할 생각이오?"

"오, 네, 물론입니다."

"당신 이야기를 듣고, 우리집에 머무를 생각으로 곧장 온 줄 알았소."

"그럴 수도 있겠지만, 장군님께서 권하시는 경우에 한해서입니다. 하지만 솔직히 말씀드려, 장군님께서 권하시더라도 댁에 머무를 마음은 없습니다. 별다른 이유가 있어서가 아니라, 그냥…… 성격이 그래서요."

"뭐, 그럼 내가 그렇게 청하지 않은 것이, 아니 지금도 청하지 않는 게 좋겠구먼. 실례지만, 공작, 아예 단번에 모든 것을 분명히 밝히겠소. 방금 서로 합의에 이르렀듯이, 우리가 무슨 친척관계라는 건 말도 안 되는 소리요. 물론 그렇다면 나로서도 무척 영광이겠지만—그러니……"

"그러니 그만 일어나 나가달라는 말씀이시죠?" 공작은 몸을 일으키며, 아주 곤란한 상황이 돼버린 게 뻔한데도 명랑하게 웃기까지 했다. "정말이지 장군님, 저는 이곳의 관습이나 이곳 사람들이 사는 방식에 대해 실제로 아무것도 알지 못하지만, 저의 방문이 틀림없이 이런 결과가 되리라고는 생각했습니다. 뭐, 오히려 당연한 일인지도 모르죠…… 그때도 제 편지에 답장을 주시지 않았으니까…… 그럼 안녕히 계십시오. 폐를 끼쳐 죄송합니다."

이 순간 공작의 눈길은 더없이 상냥했고, 그의 미소에서 불쾌한 기색이라곤 숨은 그림자조차 찾아볼 수 없었던 까닭에, 장군은 한순간 멈칫하며 갑자기 어딘가 아주 다른 시선으로 손님을 바라보았다. 그 변화는 순식간에 일어난 것이었다.

"공작, 잠깐만." 그는 완전히 달라진 듯한 목소리로 입을 열었다. "나는 어쨌든 당신을 잘 모르지만, 옐리자베타 프로코피예브나는 같은 가문인 당신을 만나보고 싶어할지도 모르오…… 괜찮다면 잠시만 기다려주시오, 아직 시간이 있다면 말이오."

"오, 시간은 있습니다. 제 시간은 온전히 제 것이니까요. (공작은 곧 자신의 부드럽고 둥근 털모자를 탁자 위에 놓았다.) 솔직히 말씀드려 저는 옐리자베타 프로코피예브나께서 제 편지를 기억하고 계실지도 모른다고 은근히 기대하기도 했습니다. 조금 전 저기서 기다릴 때도, 댁의 하인은 제가 형편이 궁해서 도움을 청하러 왔나 의심하더군요. 저도 그걸 눈치챘습니다. 댁에서는 필시 그 점에 관해 엄격한 지시를 내려두시는 모양이지요. 하지만 저는 정말로 그런 것 때문에 온 게 아닙니다. 정말, 사람들과 사귀고 싶어서 왔을 뿐입니다. 다만 장군님께 방해가 되었다 싶어 마음에 걸립니다."

"이봐요, 공작." 장군은 쾌활한 웃음을 띠고 말했다. "당신이 정말 겉보기와 다른 사람이 아니라면, 당신과 알고 지내는 건 아마 유쾌한 일이 될 거요. 다만 보시다시피 나는 바쁜 사람이 돼놔서, 이제 또다시 책상 앞에 앉아 이것저것 훑어보고 서명을 하고, 그런 다음 각하한테 갔다가 그다음엔 근무처로 가야 하오. 형편이 이러니, 사람들과…… 훌륭한 사람들과 사귀는 걸 좋아하긴 해도, 말하자면…… 그게…… 그건 그렇고, 당신은 물론 훌륭한 교육을 받았을 줄 믿지만…… 한데, 공작, 나이가 몇이시오?"

"스물여섯입니다."

"허! 그보단 훨씬 아래로 봤는데."

"네, 얼굴이 앳돼 보인다고들 하더군요. 어쨌든 장군님께 폐가 되지 않도록 조심하겠습니다. 저 자신도 폐를 끼치는 걸 아주 싫어하니까, 그런 건 금방 깨칠 수 있을 겁니다…… 그리고 기왕에 말씀드리자면, 제 생각에 장군님과 저는 겉보기엔 아주 다른 사람들입니다…… 여러 점에서 말이죠. 따라서 저희 사이엔 공통점이 별로 없을지도 모르지만, 그래도 말이죠, 저 자신은 그렇게 믿지 않습니다. 왜냐하면 그저 공통점이 없는 듯 여겨질 뿐이지, 실제로는 공통점이 무척 많은 경우가 아주 흔하니까요…… 그건 그저 겉보기에 따라 서로를 분류할 뿐 아무런 공통점도 찾아낼 줄 모르는 인간의 나태함 때문에 생기는 일입니다…… 하지만 제 말이 따분하신가보군요? 장군님께선 어쩐지……"

"두 가지만 물어보리다. 당신은 다소나마 재산을 가졌소? 아니면 무슨 직업이라도 가질 의향이시오? 죄송하오, 이렇게 물어서……"

"천만에요, 저는 장군님의 질문을 매우 존중하고, 잘 이해하고 있습니다. 현재로선 아무런 재산이 없고 직업도 아직 없지만, 직업을 가져야겠지요. 지금 저한테 있는 돈은 다른 사람한테 받은 것으로, 스위스에서 저의 치료와 교육을 맡으셨던 슈나이더 교수께서 여비로 주셨는데, 여비에 딱 맞게 주신 터라 지금 제 수중엔 전부 해서 고작 몇 코페이카가 남아 있을 뿐입니다. 실은 용건이 하나 있어서 조언이 필요합니다만……"

"그럼 당장 어떻게 살아갈 건지, 무슨 계획이라도 있소?" 장군이 말을 가로챘다.

"무슨 일이든 해볼까 했습니다."

"오, 정말 철학자시구먼. 그보다…… 무슨 재능이나 능력이라도 있으시오? 그러니까 끼니라도 해결할 수 있는 그런 것 말이오. 또다시 실례되는 말을 해서 미안하오만……"

"오, 아뇨, 괜찮습니다! 제겐 재능도 없으려니와 특별한 능력도 없는 것 같습니다. 오히려 그 반대죠. 저는 병이 있어서 정규교육을 받지 못했습니다. 끼니 문제에 관해선 제 생각에……"

장군은 다시금 말을 가로채고 또다시 꼬치꼬치 묻기 시작했다. 공작은 앞서 다른 사람들에게 얘기했던 것을 전부 또 한번 말해주었다. 알고 보니, 장군은 고인이 된 파블리셰프에 대해 들은 적이 있을뿐더러, 개인적으로도 알고 지낸 사이였다. 파블리셰프가 왜 공작의 교육에 관심을 가졌는지는 공작 자신도 설명할 수 없었는데—어쩌면 그저, 죽은 공작 선친과의 옛 우정 때문이었는지 모른다. 양친이 세상을 떠났을 때 공작은 아직 어린애였고, 그의 건강에는 전원의 공기가 필요했기 때문에 줄곧 시골 마을들을 전전하며 자랐다. 파블리셰프는 그를 자기 친척인 나이든 어느 여지주들에게 맡겼고, 그를 위해 처음엔 여자 가정교사가, 다음엔 남자 가정교사가 고용됐다. 하지만 공작은 자신이 모든 걸 기억하고 있긴 하나, 그 무렵엔 많은 것을 제대로 이해하지 못했던 탓에 지금 제대로 설명해줄 수가 없다고 했다. 지병인 발작이 자주 일어나서 당시 거의 백치나 다름없었다는 것이다(공작 자신도 '백치'라는 말을 사용했다). 끝으로 그는, 파블리셰프가 언젠가 베를린에서 스위스인인 슈나이더 교수를 만난 얘기를 했는데, 그 교수는 바로 이 병을 전문적으로 연구하면서 스위스의 발레주에 요양원을 세우고 자신의 독특한 냉수요법과 체조요법으로 백치와 정신착란을 치료하는 한편 환자들을 가르치고 그들의 정신발달을 위해 전반적으로 애쓰는 사람이었다. 그래서 파블리셰프는 오 년 전쯤 공작을 그 스위스 교수에게 보냈으나, 본인은 이 년 전에 아무런 유언도 남기지 않은 채 갑작스레 죽고 말았다. 슈나이더는 그후에도 이 년 정도 공작을 맡아 치료를 계속했고, 공작은 비록 완쾌되진 못했지만 상태가 많이 호전됐다. 그래서 슈나이더는 마침내, 자신이 원하기도 했고 또 어떤 사정이 생겨서, 이제 공작을 러시아로 돌려보내게 됐다는 것이다.

장군은 몹시 놀랐다.

"그럼 러시아에 아는 사람이 아무도 없단 말이오? 단 한 사람도?" 그가 물었다.

"지금은 아무도 없습니다. 하지만 앞으로는…… 게다가 편지도 한 통 받은 게 있고 해서……"

"아무튼," 장군은 편지 얘긴 들으려고도 하지 않고 말을 가로챘다. "거기서 뭐라도 배웠을 테니까. 그런데 병 때문에 무슨 일을 하는 데 지장은 없을지, 이를테면 관청 같은 데 그리 힘들지 않은 자리라면?"

"오, 분명히 아무 지장 없을 겁니다. 일자리라면 저도 무척 바라기까지 하던 참입니다. 제게 어떤 능력이 있는지 저 자신도 알고 싶으니까요. 저는 사 년 동안 꾸준히 공부했고, 비록 제대로 된 정규과정이 아니라 그분의 독특한 체계에 따른 것이었지만, 덕분에 러시아 책을 아주 많이 읽을 수 있었습니다."

"러시아 책? 그럼, 읽고 쓸 줄도 알겠군, 그래, 틀리지 않게 글을 쓸 수도 있소?"

"오, 문제없습니다."

"아주 잘됐구먼. 그럼 필체는 어떻소?"

"필체는 아주 훌륭합니다. 아마 이쪽에 재능도 있는 것 같습니다. 솔직히 달필가라 할 만하죠. 원하신다면, 지금 시험삼아 뭐든 써서 보여드리겠습니다." 공작은 열띤 어조로 말했다.

"그럼 보여주시오. 봐둘 필요도 있으니까…… 당신의 솔직한 태도가 마음에 드는구려, 공작, 당신은 정말 아주 사랑스러운 사람이오."

"장군님의 필기도구는 정말 훌륭하군요. 웬 연필과 펜이 저렇게 많습니까, 종이도 튼튼한 게 정말 그저 그만이고…… 서재도 얼마나 멋진지! 저기 저 그림 속의 풍경은 저도 잘 압니다, 스위스의 풍경이죠. 화가가 자연을 직접 보고 그린 게 틀림없습니다. 분명히 저도 저곳을 본 적이 있어요. 저건 우리주에 있는……"

"다분히 그럴 거요, 여기서 산 것이긴 하지만. 가냐, 공작에게 종이를 갖다드리게. 자, 여기 펜과 종이가 있으니, 이 작은 탁자에서 쓰시구려. 이게 뭔가?" 장군은 가냐에게 얼굴을 돌렸는데, 가냐가 이때 자신의 서류가방에서 커다란 인물 사진을 꺼내어 장군에게 건넸기 때문이다. "야아! 나스타시야 필립포브나로군! 그 여자가 직접, 직접 자네한테 보낸 건가, 직접?" 그는 활기를 띠고 강한 호기심을 드러내며 가냐에게 물었다.

"방금 제가 축하차 들렀더니 주더군요. 벌써 오래전부터 부탁해뒀거든요. 어쩌면 오늘 같은 날 제가 선물도 들지 않고 빈손으로 찾아간 걸 비꼬려는 뜻으로 준 건지도 모르겠습니다." 가냐는 이렇게 덧붙이며 입맛이 쓰다는 듯 히죽 웃었다.

"아니, 그건 아냐." 장군은 자신 있게 그의 말을 가로막았다. "자넨 정말이지 무슨 그런 생각을 하나! 그 여자가 비꼬다니…… 더구나 그 여자는 절대로 욕심꾸러기가 아닐세. 그래, 자넨 뭘 선물할 건가? 그러자면 몇천 루블은 있어야 할 텐데! 설마하니 얼굴 사진이나 한 장 줄 셈인가? 말이 나왔으니 말인데, 어때? 그 여자도 자네한테 얼굴 사진을 달라고 하진 않던가?"

"아뇨, 아직 그러지 않더군요. 아마 앞으로도 절대 그러지 않을 겁니다. 이반 표도로비치, 오늘 저녁에 파티가 있다는 건 물론 기억하고 계시죠? 각하는 특별히 초대된 손님 중 한 분이십니다."

"기억하지, 기억하고말고, 꼭 갈 거네. 아무렴, 스물다섯번째 생일인데! 흠…… 그런데 가냐, 자네한테 정말 솔직히 얘기하네만, 마음 단단히 먹어야 해. 그 여자가 오늘 저녁 자기 집에서 가부간 확답을 주겠다고 나와 아파나시 이바노비치에게 약속했거든! 그러니까 정신 바싹 차리고 있으란 말야, 알겠나?"

가냐는 갑자기 당황한 나머지 약간 창백해지기까지 했다.

"그 여자가 분명히 그런 말을 했습니까?" 그가 이렇게 물었는데, 목소리가 떨리는 듯했다.

"그저께 약속했네. 우리 두 사람이 달라붙어 간신히 약속을 받아냈네. 다만 자네한텐 당분간 말하지 말아달라더군."

장군은 가냐를 뚫어지게 바라보았다. 가냐가 당황하는 모습이 마음에 들지 않는 모양이었다.

"기억하시겠지만, 이반 표도로비치," 가냐는 불안한 어조로 머뭇거리며 입을 열었다. "그 여자는 자신의 결심이 서는 마지막 순간까지는 제게 완전히 자유로운 결정권을 준다고 했습니다. 그리고 그 여자가 이미 결심했다 해도 저에 대한 결정권은 여전히 제게 있습니다……"

"그럼 자네는 설마…… 설마……" 장군은 갑자기 겁을 집어먹었다.

"그저 그렇다는 겁니다."

"원, 이럴 수가, 대체 우리한테 어쩌겠다는 건가?"

"그렇다고 거절한다는 말은 아닙니다. 혹시 표현이 신통찮았는지도 모르겠습니다만……"

"당치도 않지, 자네가 거절한대서야!" 장군은 분노를 억누르려는 기색조차 없이 그대로 분통을 터뜨리며 말했다. "이봐, 지금 문제는 자네가 거절하지 않는다는 게 아니란 말이야, 문제는 흔쾌히, 더없이 만족스럽고 기쁘게 그 여자의 혼인 승낙을 받아들이는 데 있단 말일세…… 자네 집에서는 어떤가?"

"저희 집요? 집에선 모든 게 제 뜻에 달렸습니다. 다만 아버지가 여전히 바보짓을 하고 있지만, 뭐, 완전히 타락해버린 인간인걸요. 아버지하고는 아예 말도 않고 지냅니다만, 그래도 제가 완전히 휘어잡고 있습니다. 사실 어머니만 아니라면 문밖으로 내쫓았을 겁니다. 물론 어머니는 밤낮으로 울고 누이동생은 짜증만 부리기에, 마침내 저는, 내가 내 운명의 주인이다, 그러니 가족들은 모두 내 말을…… 따라주기 바란다, 라고 그들에게 딱 잘라 말해줬죠. 적어도 누이동생에게는 어머니가 있는 자리에서 이 모든 것을 못박아뒀습니다."

"그런데 여보게, 나는 아직도 이해가 안 가네." 장군은 어깨를 약간 으쓱하고 두 팔을 조금 벌려 보이면서 생각에 잠긴 표정으로 말했다. "니나 알렉산드로브나도 요 얼마 전에 나를 찾아와서, 자네도 기억하지, 연방 탄식을 하고 한숨을 내쉬지 않겠나. '왜 그러십니까?' 하고 물어봤지. 그랬더니 이번 일이 집안에 무슨 불명예나 되는 것처럼 여기더란 말일세. 어디 한번 물어보자고, 대체 뭐가 불명예라는 거야? 누가 어떤 점을 가지고 나스타시야 필립포브나를 비난하거나 손가락질을 할 수 있다는 건데? 그 여자가 토츠키하고 함께 있었다 해서? 하지만 그런 건 정말 말도 안 되는 소리야, 어떤 사정이 있어 그리된 거니까 더 그렇지! '댁 같으면 그 여자가 댁의 따님들한테 얼씬도 못하게 하시겠죠?' 라더군. 원! 쳇! 아이, 아이, 니나 알렉산드로브나! 아니, 어째서 알지 못할까, 어째서 알지 못할까……"

"자기 처지를요?" 가냐가 곤란해하는 장군의 말끝을 얼른 받았다. "어머니는 잘 알고 있으니, 어머니에게 화내지 마십시오. 어쨌든 어머니한텐 남의 일에 참견하지 말라고 제가 그때 단단히 주의를 줬습니다. 하지만 아직은 마지막 한마디가 나오지 않아서 오로지 그 덕분에 집안의 모든 것이 지금까진 그럭저럭 유지되고 있지만, 곧 뇌우가 몰아칠 겁니다. 만약 오늘 마지막 한마디가 나오면, 모든 게 모조리 얘기되겠죠."

공작은 구석에 앉아 글씨 견본을 쓰며 이 모든 대화를 다 듣고 있었다. 쓰기를 끝내자 그는 책상으로 다가가 글쓴 종이를 내놓았다.

"그럼 이분이 나스타시야 필립포브나인가요?" 그는 호기심어린 눈으로 주의깊게 사진을 보며 중얼거렸다. "놀랄 만큼 아름답군요!" 그는 곧 열띤 어조로 덧붙였다. 사진에는 정말로 보기 드문 미인의 모습이 있었다. 사진 속의 그녀는 아주 단순하고 우아하게 만들어진 검은 비단옷을 입고 있었다. 짙은 아맛빛인 듯싶은 머리는 집안에 있을 때처럼 수수하게 빗었고, 눈은 검고 깊었으며, 이마는 생각에 잠겨 있는 듯했다. 표정은 열정적이면서도 어딘가 오만해 보였다. 얼굴은 약간 여윈 편에 창백한 듯도 싶었다…… 가냐와 장군은 깜짝 놀라 공작을 쳐다보았다……

"뭐라고, 나스타시야 필립포브나냐고! 그럼 벌써 나스타시야 필립포브나를 알고 있단 말이오?" 장군이 물었다.

"네, 러시아에 온 지 하루밖에 안 됐지만, 벌써 저런 대단한 미인을 알고 있습니다." 공작은 이렇게 대답하고는, 로고진과 만났던 일과 그가 했던 얘기를 그 자리에서 전부 들려주었다.

"이거 또 뜻밖의 소식인걸!" 공작의 얘기에 대단히 주의깊게 귀를 기울이던 장군은 또다시 불안한 표정으로 탐색하듯 가냐를 힐끗 쳐다보았다.

"아마도 추태나 부리고 말겠죠." 가냐 역시 약간 당황한 어조로 중얼거렸다. "장사치 아들이 좀 놀아보자는 거라고요. 저도 그자에 대해선 벌써 좀 들은 바가 있습니다."

"나도 들어봤네, 친구." 장군이 말을 받았다. "그 귀고리 소동이 있고 나서 나스타시야 필립포브나가 자초지종을 다 얘기해주더군. 하지만 이젠 이미 문제가 달라졌어. 이번엔 실제로 백만 루블이라는 돈이 개입

됐을 수도 있으니까, 그리고…… 열정도 말이지, 설령 추악한 열정일망정 어쨌든 열정 냄새가 풍긴단 말씀이야, 알잖나, 이런 작자들은 무엇에 아주 미치면 무슨 짓이든 저지른다고!…… 흠!…… 무슨 소동이든 벌어지진 않아야 할 텐데!" 장군은 생각에 잠겨 말을 맺었다.

"백만 루블이 두려우십니까?" 가냐는 이를 드러내 보이며 웃었다.

"자네는 안 그런가, 당연히?"

"공작, 당신 눈엔 어떻게 보입디까?" 가냐는 느닷없이 공작에게 말을 걸었다. "그자가 대체로 진지한 인간이던가요, 아니면 그저 막돼먹은 놈이던가요? 공작 자신의 의견은 어떤가요?"

이 질문을 던지는 동안, 가냐의 마음속에선 뭔가 특이한 일이 일어나고 있었다. 그 어떤 새롭고도 특이한 상념이 그의 머릿속에서 확 타올라 이제 그의 두 눈에서도 초조하게 번쩍이기 시작한 것처럼 보였다. 마음속으로부터 정말로 불안해하던 장군도 곁눈으로 공작을 바라보았으나, 그 대답에 그리 기대를 걸지는 않은 듯했다.

"어떻게 말해야 할지 모르겠군요." 공작이 대답했다. "제겐 다만 그의 내면에 많은 열정이, 병적이라고까지 할 수 있는 어떤 열정이 숨어 있는 것처럼 생각됐습니다. 게다가 그 사람 자신도 아직 병자나 다름없어 보였어요. 어쩌면 페테르부르크에 도착하자마자 바로 며칠 안에 다시 병석에 눕기 십상일 겁니다, 특히 술이라도 진탕 마셔댄다면 말이지요."

"그래요? 그렇게 보이더란 말이지?" 장군은 공작의 말에 희망을 거는 눈치였다.

"네, 그렇게 보였습니다."

"하지만 그런 종류의 소동이야 며칠 뒤는 고사하고 오늘 당장, 저녁이 되기도 전에 일어날 수 있지요, 아마도 무슨 일이 벌어지고야 말 겁니다." 가냐는 장군에게 히죽 웃어 보였다.

"흠!…… 물론…… 그럴지도 모르지, 하지만 그렇게 되면 이 모든 일은 그 여자의 머릿속에 어떤 생각이 떠오르느냐에 달려 있을 걸세." 장군이 말했다.

"하지만 장군님은 그 여자가 이따금 어떻게 돼버리는지 아시잖습니까?"

"어떻게 돼버리다니?" 장군은 몹시 기분이 상해서 또다시 소리를 버럭 질렀다. "잘 듣게, 가냐, 제발 부탁이니, 오늘 그 여자한테 너무 맞서지 말고 어떻게든 좀 노력해보게, 알잖나, 그러니까…… 요컨대, 마음에 들게 좀 해보란 말일세…… 흠!…… 아니, 자네, 입은 왜 그렇게 일그러뜨리나? 잘 들어두게, 가브릴라 아르달리오느이치, 마침 좋은 기회니까, 더구나 아주 좋은 기회니까, 이참에 자네한테 말하겠네. 대체 왜 우리가 이 법석을 떠는가? 이 일과 관련된 나 자신의 이익으로 말하자면, 보장받은 지 이미 오래라는 사실을 자네도 잘 알 테지. 나는 어떤 방식으로든 이 일을 나한테 유리하게 결정할 걸세. 토츠키도 이미 결심했고 확고부동하니까, 나는 그 점을 완전히 확신하네. 따라서 내가 지금 무엇을 바란다면, 그건 오직 자네의 이익뿐이란 말일세. 스스로 판단해보게. 아니면 나를 못 믿겠다는 건가, 그런가? 더구나 자넨 사람이…… 사람이…… 한마디로, 분별 있는 사람이니까, 나는 자네한테 기대를 걸었던 걸세…… 그리고 그게 지금의 경우에는, 그게…… 그게……"

"그게 제일 중요하단 말씀이시죠." 가냐는 말문이 막힌 장군을 거들어 또 한번 말끝을 받아주고는 입술을 틀어 더없이 표독스러운 미소를 지으면서, 이젠 그것을 감추려고도 하지 않았다. 그는 활활 타는 눈으로 장군의 두 눈을 똑바로 쳐다보았는데, 마치 장군이 그 시선 속에 담긴 자신의 생각을 전부 다 읽어내길 바라는 것 같았다. 장군은 분통이 터져 얼굴이 시뻘게졌다.

"뭐, 그래, 분별이라는 게 제일 중요하지!" 그는 동의하며 날카로운 눈초리로 가냐를 쳐다보았다. "하지만 가브릴라 아르달리오느이치, 자넨 웃기는 인간이군! 보아하니 자넨 그 장사꾼의 아들이 나타난 걸 마치 도망칠 구멍이라도 생긴 듯이 정말로 기뻐하고 있잖은가. 하지만 이 문제는 애초부터 다름 아닌 분별을 통해 접근해야 했던 거야. 즉 이 문제에선 쌍방이 서로 성실하고 솔직하게 이해하고 또…… 또 행동해야 하고, 불가피한 경우에는…… 다른 사람들의 명예를 훼손하는 일이 없도록 적어도 미리 알려줘야 한단 말일세. 더구나 그럴 시간은 충분히 있었고, 심지어 지금도 충분하니까(장군은 의미심장하게 눈썹을 치켜올렸다), 비록 몇 시간뿐이라 해도 말이지…… 자네, 알아들었나? 알아들었어? 도대체 자넨 원하는 건가, 원하지 않는 건가? 원하지 않는다면, 말하게, 그럼—대환영이니까. 가브릴라 아르달리오느이치, 아무도 당신을 붙잡지 않고, 아무도 당신에게 억지로 올가미를 씌우려고 하지 않소이다. 혹시라도 당신이 여기에 무슨 올가미 같은 게 있다고 본다면 말이외다."

"저는 원합니다." 가냐는 나직하지만 단호히 말하고는 눈을 내리깔고 침울한 얼굴로 입을 다물었다.

장군은 흡족해했다. 장군은 흥분해버렸지만, 이제는 자기가 너무 심했다고 후회하는 눈치였다. 그는 갑자기 공작에게 얼굴을 돌렸는데, 공작이 이 자리에 있었으니 틀림없이 다 들었을 거라는 불안한 생각이 문득 그의 얼굴을 스치고 지나갔다. 그러나 그는 이내 마음을 놓았다. 공작의 얼굴을 보자마자 완전히 안심할 수 있었기 때문이다.

"오호!" 장군은 공작이 내놓은 글자 쓰기 견본을 보고 탄성을 내질렀다. "이건 정말 글씨본이나 다름없군! 그것도 보기 드문 글씨본이야! 가냐, 좀 보게, 굉장한 재능 아닌가!"

공작은 두꺼운 모조지에 중세 러시아식 서체로 다음과 같은 구절을 써놓았다.

'겸손한 수도원장 파프누치가 서명하다.'

"여기 이건," 공작은 더없는 만족감을 느끼며 매우 활기찬 목소리로 설명했다. "이건 수도원장 파프누치의 자필 서명을 14세기의 사본에 들어 있는 그대로 흉내낸 것입니다. 우리 나라의 옛날 수도원장들, 대주교들의 서명은 모두가 하나같이 명필로, 때로는 얼마나 뛰어난 미적 감각과 얼마나 큰 고심의 흔적까지 담고 있는지 모른답니다! 장군님, 혹시 댁에 포고진판版*이라도 한 권 갖고 계시지 않으신지요? 그리고 여기 이쪽에는 다른 서체로도 써보았습니다. 이건 지난 세기의 프랑스식 서체인데, 둥글고 큼직한 게 특징이죠. 어떤 글자들은 다르게도 썼습니다. 광장廣場식 서체, 공중서기들의 서체로, 그들의 글씨본을 보고 쓴 겁니다(저한테 한 부가 있었거든요)—장군님 생각에도 볼 만한 가치가 없진 않죠? 이 둥글둥글한 д와 a를 보십시오. 저는 프랑스식 서

* 역사가 미하일 포고진이 펴낸 『슬라브-러시아 고문서의 본보기』에는 9세기에서 18세기에 이르는 마흔네 가지의 필사본 서체가 소개되어 있다.

체의 특성을 러시아 글자에 옮겨봤는데, 매우 어려운 일이었지만 성공적으로 해냈습니다. 또 이쪽에도 아름답고 독창적인 서체가 있습니다. '노력은 모든 것을 극복한다'라는 여기 이 글귀 말입니다. 이것은 러시아 서체, 러시아 서기들의 서체로, 특히 러시아군軍 서기들의 서체라고 할 수 있겠죠. 높은 사람들에게 보내는 공문서가 이런 서체로 쓰이는데, 이것 역시 둥글둥글하고 아주 아름다운, 검은빛이 짙은 굵은 서체로, 굵고 검게 썼지만 놀랄 만한 미적 감각을 보여주죠. 서예가라면 이런 장식, 혹은 더 정확히 말해, 글자에 장식을 더하려는 이런 시도, 글자 끝에 반쯤 붙이다 만 이런 꼬리를 허용하지 않겠지만—잘 보십시오—전체적으로 바로 이것이 어떤 특성을 이루고 있지 않나요, 한번 보십시오, 정말이지 군 서기의 영혼이 여기에 오롯이 드러나 있지 않습니까? 날개를 펴고 마음껏 날아다니고 싶어 재기가 몸부림을 치지만, 후크를 채운 군복깃이 꽉 졸라매고 있는 형국이지요. 군인의 기강이 서체에서도 드러나고 있으니, 얼마나 멋집니까! 얼마 전에 저는 이런 글씨본 하나를 우연히 발견하고 깜짝 놀란 적이 있습니다. 더구나 그걸 어디서 발견한 줄 아십니까? 러시아가 아닌 스위스에서였어요! 자, 계속하죠, 여기 이것은 단순하고 평범한, 아주 순수한 영국식 서체인데, 이보다 더 우아한 서체는 없을 겁니다. 모든 게 너무나 매혹적이고, 모든 게 수정구슬이고 진주이지요. 아주 완벽합니다. 하지만 여기엔 변종도 있는데, 이번에도 프랑스식 변종입니다. 저는 이것을 프랑스인 지방 순회 판매원한테서 따왔습니다. 앞의 영국식 서체와 동일하지만, 검은 선이 영국식보다 약간 더 검고 굵어서—빛의 균형이 깨져버렸죠. 그리고 이것도 잘 보십시오. 이 타원형 부분이 좀 달라졌죠, 약간 더 둥글고 장식까지 덧붙여졌어요. 하지만 장식이야말로—가장 위험합니다! 장식은 비상한 미적 감각을 요구하니까요. 그러나 장식이 성공하기만 하면, 균형이 잡히기만 하면, 그 서체는 무엇과도 비교할 수 없게 될 뿐더러, 거기에 반해버릴 수도 있을 겁니다."

"오호! 당신은 아주 섬세한 단계에까지 들어섰구먼." 장군이 웃으면서 소리쳤다. "그 정도면 그저 달필가가 아니라 예술가라고 해야지, 안 그런가? 가냐?"

"놀랍습니다." 가냐가 말했다. "게다가 자신의 천직이 무엇인지까지 깨닫고 있군요." 그는 빈정거리듯 웃으며 이렇게 덧붙였다.

"실컷 웃게, 웃어, 하지만 이건 훌륭한 출세의 방편이야." 장군이 말했다. "공작, 지금 당신에게 맡겨서 쓰게 하려는 문건이 어떤 고관에게 보내려는 건지 아시오? 그만한 솜씨라면 당장 처음부터 한 달에 35루블씩은 줄 수 있소. 하지만 벌써 열두시 반이군." 장군은 시계를 보더니 하던 말을 멈추었다. "공작, 용건부터 얘기합시다. 오늘은 내가 급한 일이 있어서 또 만나지 못하게 될지도 모르니까! 잠깐만 좀 앉구려. 이미 밝혔듯이, 당신을 아주 자주 만나줄 여유는 없지만, 약소하나마 성심껏 돕고 싶소. 물론 약소한 도움이어서 가장 필수적인 것만 해결해주는 정도니까, 나머지는 당신 스스로 알아서 하도록. 관청에 조그만 자리를 하나 찾아주겠소. 힘들진 않아도 정확성이 요구되는 일이오. 이제 다음 문제. 가브릴라 아르달리오노이치 이볼긴, 즉 바로 여기 있는 내 젊은 친구인데, 앞으로 이 사람하고도 가깝게 지내기 바라오. 이 사람의 집, 다시 말해 이 사람의 가정에서는 어머니와 누이동생이 자신들이 사는 공동주택의 가구 딸린 방을 두세 칸 비워, 믿을 만하다고 추천받은 하숙인들에게 세를 놓는데, 식사와 하인의 시중이 포함돼 있소. 나의 추천이라면 니나 알렉산드로브나도 틀림없이 받아들이리라 믿소. 더구나 공작, 당신에게 이것은 금은보화보다 더 소중한 거요. 무엇보다, 당신은 이제 혼자가 아니고 이른바 가정의 품안에 있게 될 테니까. 내가 보기에 당신은 페테르부르크 같은 수도에서 첫발을 내디딜 때부터 절대로 혼자 있어선 안 될 사람이오. 가브릴라 아르달리오노이치의 어머니 니나 알렉산드로브나와 누이동생 바르바라 아르달리오노브나는— 내가 무척 존경하는 숙녀분들이오. 니나 알렉산드로브나는 퇴역 장군 아르달리온 알렉산드로비치의 부인이신데, 장군은 나와 군생활을 함께 시작한 옛 동료로 지금은 약간 사정이 있어 내 쪽에서 교제를 끊었지만, 그래도 나 나름대로 여전히 그분을 존경하고 있소. 공작, 내가 이런 것을 당신한테 전부 밝히는 이유는, 내가 당신을, 말하자면, 직접 추천하고 있고, 따라서 당신의 보증인이나 다름없다는 점을 당신에게 이해시키기 위해서요. 하숙비는 아주 적당한 수준이니까, 곧 당신의 봉급으로 완전히 충당할 수 있을 거요. 물론 사람은 비록 얼마라도 용돈이 꼭 있어야 하지만, 이렇게 말한다고 화내지 말구려, 공작, 당신은 용돈을 안 가지는 게 제일 좋고, 주머니에 아예 돈을 넣고 다니지 마시오. 내 눈엔 당신이 그렇게 보여서 이런 말을 하는 거요. 하지만 지금 당신의 지갑이 텅텅 비었을 테니까, 첫출발을 위해 이 25루블을 받아두기 바라오. 물론 나중에 셈하는 걸로 합시다. 당신이 정말 당신의 말이 주는 느낌 그대로 솔직하고 진실한 사람이라면, 우리 사이에 곤란한 일은 절대로 일어나지 않을 거요. 내가 당신한테 이렇게 관심을 보이는 까닭은 당신과 관련해 어떤 목적이라 할 만한 것까지 품고 있기 때문이오.

그건 차차 알게 될 거요. 보다시피 나는 공작을 아주 허물없이 대하고 있소. 가냐, 공작이 자네 집에 하숙하는 데, 자네도 아무 이의가 없을 테지?"

"오, 정반댑니다! 어머니도 무척 기뻐하실 겁니다……" 가냐가 공손하고 매우 친절한 어조로 보증했다.

"자네 집엔 지금 방 한 칸만 사람이 들어 있는 줄 아는데. 그 누구라더라, 페르드…… 페르……"

"페르드이셴코입니다."

"아, 그래. 나는 그 페르드이셴코가 맘에 안 들어. 아주 추잡한 광대 녀석이야. 나스타시야 필립포브나가 왜 그놈을 그렇게 치켜세우는지 이해가 안 가. 그놈이 그 여자의 친척뻘이라는 게 사실인가?"

"오, 천만에요, 죄다 허튼소립니다! 친척 비슷한 냄새조차 안 납니다."

"쳇, 그까짓 녀석이야 알 게 뭐야! 그래, 당신은 어떻소, 공작, 만족하시오, 아니오?"

"고맙습니다, 장군님, 이렇게 과분한 친절을 베풀어주셔서. 더구나 제 쪽에서 부탁을 드리지도 않았는데 말입니다. 자존심 때문에 이렇게 말하는 게 아닙니다. 저는 사실 어디다 머리를 뉘어야 할지도 몰랐으니까요. 하긴 아까 로고진이 자기 집에 오라고는 했습니다만."

"로고진이? 아니, 안 될 말이오. 아버지 같은 입장에서, 아니 그게 싫다면, 친구로서 당신에게 충고하고 싶은데, 로고진 씨에 대해선 깨끗이 잊어버리시오. 이제 곧 들어가게 될 가정에 의지하라고 특별히 충고하고 싶소."

"이토록 친절하시니," 공작이 말을 시작하려 했다. "한 가지 상의드릴 일이 있습니다. 실은 제가 통지를 하나 받았는데……"

"저기, 실례지만," 장군은 말을 가로챘다. "이제 일 분도 더는 지체할 수 없소. 지금 곧 리자베타* 프로코피예브나한테 당신이 왔다고 얘기하리다. 만약 아내가 지금 당장 당신을 만나고 싶어한다면(그렇게 되도록 잘 소개해보겠소), 이 기회를 잘 이용해 아내의 마음에 들도록 하시오. 리자베타 프로코피예브나는 당신에게 큰 도움이 될 수 있을 테니까. 당신은 같은 가문 사람이잖소. 만약 만나고 싶지 않다고 하면, 죄송하지만, 언제 다음에 또 오시구려. 그런데 가냐, 자네는 그동안 이 계산서나 좀 봐주게, 아까 페도세예프하고 둘이서 끙끙대며 만든 거야. 끝나면 잊지 말고 안에 넣고 잠그게……"

장군은 밖으로 나갔고, 결국 공작은 벌써 네 번이나 말을 꺼내려 했던 자신의 용건에 대해 끝내 얘기하지 못했다. 가냐는 담배를 피우기 시작하며 공작에게도 한 대 건넸다. 공작은 담배를 받았으나, 방해가 될까봐 아무 말도 하지 않고 서재를 둘러보기 시작했다. 하지만 가냐는 장군이 그에게 가리켜 보였던, 숫자가 잔뜩 적힌 종잇장에는 거의 눈도 주려 하지 않았다. 그는 마음이 어수선해 보였다. 이렇게 단둘이 남게 되자, 공작에겐 가냐의 미소와 시선, 그리고 생각에 잠긴 모습이 더욱 더 부담스럽게 여겨졌다. 갑자기 가냐가 공작에게 다가왔다. 이때 공작은 다시 몸을 굽히고 나스타시야 필립포브나의 사진을 열심히 들여다보는 중이었다.

---

* 일상어에서 옐리자베타를 편하게 부르는 이름.

"그런 여자가 그렇게 맘에 듭니까, 공작?" 가냐가 공작을 뚫어지게 바라보며 불쑥 물었다. 무슨 심상찮은 의도가 있는 것만 같은 말투였다.

"경탄할 만한 얼굴이군요!" 공작이 대답했다. "나는 이 여자의 운명이 평범치는 않을 거라고 확신해요. 얼굴은 명랑하지만, 아마 끔찍한 고통을 당했을 겁니다, 그렇지 않나요? 이 눈이 그렇게 말해주고 있어요. 여기 이 조그만 광대뼈, 볼이 시작하는 곳에 있는 눈 밑의 두 지점도 그걸 말해주고요. 오만한 얼굴, 무섭도록 오만한 얼굴입니다. 그런데 착한 사람인지는 잘 모르겠군요. 아아, 착한 사람이라면 좋으련만! 그러면 모든 게 구원받을 텐데!"

"하지만 당신이라면 이런 여자와 혼인하겠습니까?" 가냐는 이글거리는 눈을 공작에게서 떼지 않은 채 계속 물었다.

"나는 누구와도 혼인할 수 없습니다. 건강한 몸이 아니거든요." 공작이 말했다.

"그럼 로고진이라면 혼인할까요? 어떻게 생각하시죠?"

"왜 못하겠어요, 혼인이라면 내일 당장이라도 할 수 있다고 생각합니다. 혼인하겠죠, 하지만 일주일 뒤면 아마 그녀를 죽여버리고 말 겁니다."

이 말이 끝나자마자 별안간 가냐가 무섭게 몸을 떠는 바람에 공작은 하마터면 소리를 지를 뻔했다.

"왜 그러십니까?" 공작은 그의 팔을 잡으며 말했다.

"공작님! 각하께서 공작님을 마님께로 모시라고 분부하셨습니다." 하인이 문간에 나타나서 알렸다. 공작은 하인의 뒤를 따라갔다.

IV

예판친가의 딸들은 셋 모두 건강한데다 이제는 발육할 만큼 발육하여 만발한 꽃과도 같은 아가씨들로, 감탄이 나올 정도로 탐스러운 어깨와 터질 듯 풍만한 가슴, 거의 남자처럼 강한 팔을 가지고 있었는데, 물론 이러한 체력과 건강 때문에 이따금 엄청나게 먹어대길 좋아했고, 그것을 감추려 들지도 않았다. 그들의 엄마인 장군 부인 리자베타 프로코피예브나는 딸들의 노골적인 식욕에 더러 눈을 흘길 때도 있었지만, 딸들의 표면적인 공손함에도 불구하고 실제로 어머니의 여러 의견은 딸들에게서 누렸던 예전의 절대적인 권위를 잃은 지 벌써 오래됐을 뿐만 아니라, 세 딸의 전원합의제 비밀회의가 그새 이미 체계를 굳히고서 연이어 승리를 거두기 시작했으므로, 마침내 장군 부인도 자신의 위신을 지키기 위해서는 딸들과 다툴 게 아니라 양보하는 편이 상책임을 깨닫게 되었다. 하지만 실상, 그녀의 성격은 이성의 결정을 거역하고 복종하지 않는 경우가 아주 허다했다. 리자베타 프로코피예브나는 해가 갈수록 변덕이 점점 더 심해지고 참을성이 없어져서 좀 괴팍스럽기까지 한 사람이 돼버렸으나, 그래도 매우 고분고분하고 잘 길들여진 남편이 그녀의 손아귀 안에 남아 있던 덕에 쌓이고 쌓인 울분은 으레 그의 머리 위에 쏟아졌고, 그러고 나면 가정의 평화가 다시 회복되어 모든 것이 더없이 순조롭게 돌아갔다.

그렇지만 장군 부인 자신도 식욕을 잃은 건 아니어서, 보통 열두시 반이면 딸들과 함께 거의 정식 못지않게 차려진 풍성한 아침식사를 했다. 아가씨들은 그보다 앞서 열시 정각에, 잠에서 깨어나자마자 침대에서 커피를 한 잔씩 마셨다. 딸들이 그러기를 아주 좋아하다보니 이제는 아예 일과가 돼버린 것이다. 열두시 반이 되면 엄마의 방들 가까이에 있는 작은 식당에 식탁이 차려졌고, 시간이 날 때면 장군 자신도 이 가족적이고 친밀한 아침식사 자리에 이따금 나타나곤 했다. 식탁에는 차, 커피, 치즈, 꿀, 버터, 장군 부인이 좋아하는 특별한 올라지야*, 커틀릿 등이 나오고, 심지어 뜨겁고 진한 부용**까지 나왔다. 우리 이야기가 시작된 이날 아침에도 온 가족이 식당에 모여 열두시 반까지 오겠다고 약속한 장군을 기다리고 있었다. 만약 그가 일 분이라도 늦었다면 당장에 사람을 보냈겠지만, 그는 정확한 시각에 나타났다. 아내에게 인사를 하고 그녀의 손에 입을 맞추러 다가갔을 때, 그는 아내의 얼굴에서 이번엔 아주 심상찮은 무언가를 눈치챘다. 하긴 이미 어제저녁에 그는 오늘 어떤 한 가지 '사건'(그 자신이 습관적으로 이 표현을 썼다) 때문에 이렇게 되리라 예감했고 밤에 잠자리에 들어서도 그것 때문에 걱정했지만, 그래도 지금 이렇게 아내의 얼굴을 대하니 또다시 겁이 덜컥 났다. 딸들이 그에게 키스하려고 다가왔다. 딸들은 그에게 화를 내고 있진 않았으나, 그래도 역시 뭔가 심상치 않은 게 있는 듯했다. 하긴 장군도 어떤 사정 때문에 지나치게 의심하는 버릇을 갖게 된 게 사실이었다. 하지만 그는 노련하고 수완 좋은 아버지이자 남편이었으므로 즉각 자신이 취할 조치를 강구했다.

여기서 잠시 펜을 멈추고, 이 이야기의 첫머리에서 예판친 장군 가족이 서로 어떤 관계, 어떤 상황에 서 있는가를 사실대로 아주 정확히

---

* 작고 두껍게 구운 핫케이크.

** 고기, 생선, 뼈 등을 넣고 맑게 우려낸 육수.

보여주기 위해 도움삼아 몇 가지 설명을 먼저 한다 해도, 우리 이야기의 선명한 인상을 그다지 해치지는 않을 듯싶다. 조금 전에 이미 얘기한 대로, 장군 자신은 교육을 그리 많이 받지 못했고 오히려 그 자신의 말을 빌자면 '독학자'에 불과한 사람이었지만, 그래도 노련한 남편이자 수완 좋은 아버지였다. 특히 그는, 딸들에게 혼인을 재촉하지 않겠다, 즉 '딸들의 마음마저 압박'하지는 않겠다, 딸들의 행복을 염려하는 아버지의 사랑으로 오히려 딸들을 지나치게 괴롭히고 불안하게 하는 짓은 하지 않겠다, 라는 방침을 세워두고 있었는데, 나이 찬 딸들이 점점 많아지는 가정이라면 가장 분별 있다는 가정에서조차 그런 불상사가 어쩔 수 없이 자연스레 계속 벌어지고 있었기 때문이다. 그는 리자베타 프로코피예브나까지 자신의 방침에 따르도록 하는 데 성공했지만, 그건 물론 힘든 일이었고—원래가 부자연스러운 일인 만큼 힘들 수밖에 없었다. 그러나 장군의 논리는 대단히 훌륭했고, 구체적인 사실에 근거를 두고 있었다. 게다가 혼기를 맞은 처녀들도 전적으로 자기 의지와 결정에 맡겨놓으면 결국엔 자연히 스스로 정신을 차리게 돼 있고, 그리 되면 일이 일사천리로 진행되니, 왜냐하면 변덕이나 쓸데없는 까탈을 부리지 않고 열심히 일을 추진하기 때문이다. 부모는 그저 딸들이 무슨 엉뚱한 선택이나 부자연스러운 탈선을 하지 않도록 끈기 있게, 그리고 가능한 한 눈에 띄지 않게 지켜보고 있다가, 적당한 기회를 봐서 온 힘을 다해 단숨에 도와주고 모든 영향력을 동원해 일을 이끌어가기만 하면 될 터였다. 마지막으로 또 한 가지 말해둘 것은, 예를 들어 장군 가족의 재산과 사회적 지위가 해를 거듭할수록 기하급수적으로 성장해갔다는 사실이다. 따라서, 날이 가면 갈수록 딸들 역시 신붓감으로도 더욱더 유리한 위치에 서게 됐다. 그러나 이러한 움직일 수 없는 모든 사실 한가운데로 또하나의 사실이 덜컥 들어섰다. 맏딸 알렉산드라가 느닷없이, 정말이지 거의 부지불식간에(이런 일은 언제나 그런 법이다) 만 스물다섯 살을 넘겨버린 것이다. 이와 거의 때를 같이하여, 최고의 인맥과 막강한 재산을 가진 상류사회의 인사인 아파나시 이바노비치 토츠키가 오래전부터 품어온 혼인 의사를 또다시 밝혀왔다. 그는 우아한 성품에 남달리 세련된 취향을 지닌, 쉰다섯 살가량 된 사람이었다. 그는 훌륭한 혼인을 원했다. 여인의 아름다움을 특별히 중요시하는 사람이었기 때문이다. 토츠키는 여러 금융회사에 예판친 장군과 공동으로 참여하면서 매우 친밀한 사이가 되었고 덕분에 얼마 전부터는 각별한 우정을 나누어왔는데, 그러던 차에 그가 장군의 영애 중 하나와 자기의 혼인을 상상한다는 게 과연 허용될 수 있는 일인지 아닌지를 물으면서, 이른바 친구로서의 조언과 지도를 부탁한다고 했다. 조용하고 아름답게 흘러가던 예판친 장군의 가정생활에 엄청난 소용돌이가 휘몰아치기 시작했다.

이미 얘기했듯, 이 집안 최고의 미인은 두말할 나위 없이 막내딸 아글라야였다. 그러나 토츠키가 제아무리 지독한 이기주의자라 해도, 여기는 자기가 문을 두드릴 곳이 아니며 아글라야가 결코 그의 몫으로 태어난 여자가 아니라는 것쯤은 깨닫고 있었다. 어쩌면 언니들의 어느 정도 맹목적인 사랑과 지나치게 뜨거운 우정이 사태를 과장하고 있었는지도 모르지만, 아글라야의 운명은 그저 평범한 운명이 아니라, 얼마든지 실현가능한 지상낙원의 이상으로서 그들 사이에 더없이 진지하게 예정돼 있었다. 장차 아글라야의 남편 될 사람은 모든 면에서 완벽하고 성공한 사람이어야 했고, 막강한 재산을 가져야 함은 새삼 말할 필요조차 없었다. 언니들은 별다른 말을 많이 하진 않았지만, 만약 필요하다면 아글라야를 위해 자신을 희생해도 좋다고 서로 합의까지 본 상태였다. 아글라야의 지참금으로는 어마어마한 금액이 예정돼 있고, 그들 두 사람의 몫보다 훨씬 많았다. 부모는 두 큰딸의 이러한 합의를 알고 있었으므로, 토츠키가 조언을 청해왔을 때 이들 두 딸 중 하나는 분명히 부모의 희망을 거스르지 않으리라는 것을 거의 의심조차 하지 않았고, 더구나 아파나시 이바노비치라면 지참금 문제로 주저하며 곤란해할 리가 없었으니 더욱 그랬다. 장군은 즉시 자신의 처세관에 입각해서 토츠키의 제안을 대단히 높이 평가했다. 그러나 당사자인 토츠키가 여러 특별한 사정으로 당분간 한 걸음 한 걸음 극도로 조심스럽게 움직이며 그저 탐색만을 계속하는 탓에, 부모는 딸들에게 아직까진 그저 모호하기 짝이 없는 암시만 슬쩍 던졌을 뿐이다. 이에 대한 딸들의 반응 역시 완전히 확실하지는 않았으나 적어도 안심이 될 만한 의향은 표명했는데, 맏딸인 알렉산드라가 아마 거절하지는 않으리라는 거였다. 알렉산드라는 성격이 단호하긴 해도 착하고 분별이 있는데다 아주 붙임성 있는 처녀여서 토츠키한테라도 기꺼이 시집갈 수 있고, 한번 언약하면 정직하게 지킬 게 틀림없었다. 그녀는 지나치게 화려한 것을 좋아하지 않았고, 시끄러운 문제를 일으키거나 갑작스레 변덕을 피울 염려도 없을뿐더러, 인생을 조용하고 즐겁게 만들어나갈 줄 아는 여자였다. 강렬한 인상을 주진 못해도 용모 또한 무척 아름다웠다. 토츠키로서야 무엇을 더 바랄 수 있으랴?

하지만 혼담은 여전히 더듬더듬 제자리걸음이었다. 토츠키와 장군

사이에는 더없이 진지하게 적당한 시기가 올 때까지, 나중에 되돌이킬 수 없는 형식적인 절차는 일절 피하기로 친구로서 서로 약속이 돼 있었다. 부모조차 아직은 딸들에게 완전히 털어놓고 얘기하지 않았다. 그런데 웬일인지 불협화음 같은 것이 시작되었다. 집안의 어머니인 예판친 장군 부인이 무엇 때문인지 불만을 품게 됐는데, 이것은 대단히 중대한 일이었다. 여기에는 모든 것을 방해하는 한 가지 사정, 곤란하고도 골치 아픈 그 어떤 우연한 사건이 있었고, 이 일 전체가 그 사건 때문에 돌이킬 수 없이 와해될 수도 있었다.

이 곤란하고도 골치 아픈 '우연한 사건'(토츠키 자신의 표현이다)은 이미 아주 오래전, 그러니까 거의 십팔 년 전으로 거슬러올라간다. 중부지방의 어느 현에 있는 아파나시 이바노비치의 매우 부유한 영지 한 곳과 이웃하여, 몹시 가난한 소지주가 궁핍하게 살고 있었다. 사람들 입에 오르내릴 만큼 터무니없는 실패를 연이어 겪어 정말 이상할 지경이었지만—퇴역 장교로서 훌륭한 귀족 가문 출신이었고, 그 점에선 심지어 토츠키보다 더 번듯한 사람으로, 필립프 알렉산드로비치 바라쉬코프가 그의 이름이었다. 그는 산더미 같은 빚을 지고 재산을 모조리 저당잡힌 신세였으나, 농사꾼이나 다름없는 중노동 끝에 드디어 자신의 조그만 살림살이를 그럭저럭 만족할 만하게 꾸려나갈 수 있게 됐다. 사소하기 그지없는 이 성공에 그는 무척 고무되었다. 원기를 얻은 그는 희망에 부풀어 자신의 주主채권자 중 한 명을 만나 최종적으로 합의를 보고자 며칠간의 예정으로 자기가 사는 곳의 군청 소재지인 소도시로 떠났다. 그런데 도시에 도착한 지 사흘째 되던 날, 볼에 화상을 입고 수염이 그을린 그의 마을관리인이 말을 타고 달려와서, "대대로 내려온 지주 저택과 마을이 불타버렸습니다", 어제 정오에 그랬는데, 그 와중에 "마님도 불에 타서 돌아가셨고, 아이들만 무사히 살아남았습니다"라고 보고했다. 이 청천벽력 같은 재난에는 '운명의 시퍼런 멍'에 이골이 난 바라쉬코프도 끝내 버텨낼 수 없었다. 그는 미쳐버렸고 한 달 뒤에 열병으로 죽었다. 불타버린 영지는 집을 잃고 이리저리 헤매던 농노들과 함께 빚잔치를 위해 팔렸다. 여섯 살과 일곱 살 난 바라쉬코프의 어린 두 딸은 아파나시 이바노비치 토츠키가 자비를 베풀어 자기 돈으로 양육하기로 했다. 두 고아는 아파나시 이바노비치의 영지관리인으로 많은 식구를 거느린 독일인 퇴직 관리의 자녀들 사이에서 자라게 됐다. 얼마 안 지나 밑의 아이는 백일해로 죽고, 나스차*라는 여자아이만 혼자 살아남았다. 토츠키는 외국에서 지내느라, 이 두 아이에 대해서는 곧 까맣게 잊어버렸다. 오 년쯤 지난 어느 날, 아파나시 이바노비치는 그곳을 지나다가 문득 자기 영지에 한번 들러봐야겠다는 생각이 들었고, 뜻밖에도 자신의 시골집에서 무척 귀여운 아이 하나가 독일인 관리인의 가족 틈에 섞여 있는 것을 발견했는데, 열두 살쯤 된, 활발하고 귀엽고 총명하고 장차 뛰어난 미인이 될 게 확실한 소녀였다. 이 방면에 관한 한, 아파나시 이바노비치는 절대로 실수가 없는 전문감정인이었다. 그때 그는 고작 며칠밖에 영지에 머물지 않았으나, 여러 조치를 다 취해놓고 떠났다. 소녀의 양육에는 엄청난 변화가 일어났다. 여성 고등교육 경험이 있는, 나이가 지긋하고 사람들의 존경을 받을 만한 스위스 태생의 부인이 가정교사로 초빙됐는데, 교양이 있고 프랑스어 이외에

* 나스타시야의 애칭.

도 여러 학과를 가르쳐본 사람이었다. 가정교사가 시골집에 와서 살게 되면서, 어린 나스타시야가 받는 교육의 범위는 놀랄 만큼 넓어졌다. 이 교육은 정확히 사 년 만에 끝났다. 가정교사가 떠나고, 이번에도 어떤 마님이 왔는데, 이 여자는 멀리 떨어진 또다른 현에 있는 토츠키 씨의 영지에 이웃해 사는 지주로, 아파나시 이바노비치로부터 전권을 부여받고 그의 지시에 따라 나스챠를 데려갔다. 이 자그마한 영지에도 비록 크진 않지만 방금 지어놓은 목조가옥이 있었다. 이 집은 특별히 우아하게 장식돼 있고, 마을의 이름까지 일부러 그렇게 지은 양, 오트라드노예 셀초*였다. 지주는 나스챠를 곧장 이 조용한 집으로 데려왔는데, 자기도 고작 1베르스타 떨어진 곳에서 남편도 자식도 없이 지내던 터라 아예 나스챠와 함께 이 집으로 옮겨왔다. 나스챠에게는 살림을 도맡아볼 노파와 젊고 경험 많은 하녀가 딸리게 되었다. 집안에는 악기, 어린 숙녀를 위해 엄선된 총서, 그림, 동판화, 연필, 붓, 물감, 놀랄 만큼 귀여운 보르조이종 강아지가 있었고, 두 주일 뒤에는 아파나시 이바노비치가 몸소 이곳을 찾아왔다…… 그때부터 그는 초원의 벽촌에 있는 자신의 이 조그만 마을을 무엇 때문인지 무척 사랑하게 됐으며, 여름마다 이곳에 들러 두 달, 어떨 땐 석 달씩이나 묵었고, 그런 식으로 사 년이라는 꽤 오랜 시간이 평온하고 행복하고 멋지고 우아하게 흘러갔다.

그러던 것이 어느 날 다음과 같은 일이 일어났는데, 어느 해 초겨울, 그러니까 아파나시 이바노비치가 그해 여름엔 그저 두 주일 예정으로 오트라드노예에 왔다가 돌아간 지 넉 달가량 지난 때에, 아파나시 이

* '즐거움과 위안을 주는 작은 마을'이라는 뜻.

바노비치가 페테르부르크에서 부유하고 집안 좋은 미인과 혼인한다는, 요컨대 아주 굉장한 정식 배우자를 얻는다는 소문이 퍼진 것이다—아니 퍼졌다기보다는 어쩌다가 나스타시야 필립포브나의 귀에 들어갔다. 나중에 이 소문은 모든 세세한 부분이 다 사실은 아니었다는 게 밝혀졌다. 혼인은 그 당시 아직 기획 단계에 불과했고, 모든 것이 아직은 대단히 막연했지만, 어쨌든 그때부터 나스타시야 필립포브나의 운명에는 엄청난 변화가 일어났다. 그녀는 갑자기 비범한 결단력을 보여주었고, 전혀 예상치 못한 성격을 드러냈다. 그녀는 오래 생각하지도 않고 자신의 시골집을 버린 채 혈혈단신으로 돌연 페테르부르크로 상경해 토츠키 앞에 곧장 모습을 나타냈다. 그는 깜짝 놀라 무언가 말하려고 했다. 그러나 거의 첫마디부터, 말하는 스타일, 목소리의 음역, 지금까지 그토록 성공적으로 먹혔던 이전의 유쾌하고 우아한 화제들, 논리, 이 모두를 완전히 바꾸지 않으면 안 된다는 사실을 갑자기 깨달았다—이제 모든 것, 모든 것, 모든 것을 모조리 바꾸어야만 했다! 그의 앞에 앉아 있는 여자는 그가 지금껏 알아왔고 바로 지난 7월에 오트라드노예 셀초에 두고 온 여자와는 전혀 닮지 않은, 완전히 다른 여자였다.

첫째, 이 새로운 여자는 이제 보니 놀랄 만큼 많은 것을 알고 이해하고 있었다—너무도 많은 것을 알고 이해해서, 도대체 어디서 그런 지식을 얻고 그토록 정확한 이해력을 기를 수 있었는지 그저 놀라지 않을 수 없었다. (정말로 그 어린 숙녀를 위한 총서에서 얻은 것일까?) 더구나 그녀는 법에 대해서도 무척 많은 것을 이해하고 있었고, 세상 전부에 대해서는 아닐지라도 적어도 이 세상에서 어떤 일들이 어떤 식으로 되어가는지에 대해 정확한 지식을 가지고 있었다. 그리고 둘째로,

성격이 완전히 달라져서, 전에는 어딘가 수줍은 데가 있었고, 기숙학교 학생들처럼 아직 틀이 굳어지지 않아 때로는 기발한 장난기와 천진함으로 더없이 귀엽게 구는가 하면, 때로는 우울에 빠져 생각에 잠기고, 놀란 얼굴로 의심하고 불안해하며 눈물바람을 하곤 했는데, 이제 그런 모습은 흔적조차 찾을 수 없었다.

그렇다, 지금 그의 눈앞에는 꿈에도 생각지 못했던 괴이한 존재가 깔깔대고 웃으면서 표독스러운 야유로 그를 사정없이 찌르고 있었고, 자기는 지금 이 순간까지, 처음 그 일이 있었을 때의 놀라움 뒤에 곧바로 솟구쳤던 깊디깊은 경멸, 구역질이 날 것 같은 경멸 이외엔, 그에게 그 어떤 감정도 마음속에 품어본 적이 없노라고 거침없이 선언하고 있었다. 이 새로운 여자는 그가 지금 당장 혼인을 하든 말든, 또 누구와 하든 말든 자기한텐 아무 상관 없지만, 자기는 이 혼인을 용납하지 않기 위해, 오로지 악의에서 이 혼사를 결단코 용납하지 않기 위해 온 것이다, 그 까닭은 그저 그러고 싶기 때문이고, 따라서 반드시 그렇게 해야만 하기 때문이다, 라고 선언했다. "뭐, 그저 당신을 실컷 조롱하기 위해서라도 말이죠, 이젠 나도, 드디어, 남을 조롱하고 싶으니까요."

그녀는 적어도 이 정도의 말을 했다. 어쩌면 그녀는 자기 머릿속에 있던 것을 전부 다 털어놓진 않았는지도 모른다. 그러나 새로운 나스타시야 필립포브나가 깔깔 웃어대며 이 모든 말을 하는 동안, 아파나시 이바노비치는 이 일을 마음속으로 곰곰 헤아려보면서, 한쪽 모퉁이가 무너져내린 자신의 생각을 될 수 있는 대로 바로잡으려 했다. 이 심사숙고는 꽤 오래 계속됐다. 그는 거의 두 주일 동안이나 여기에 몰두하여 최종적인 단안을 내리려고 고심했다. 하지만 두 주일 뒤엔 단안이

내려졌다. 중요한 것은, 그 당시 아파나시 이바노비치가 이미 쉰 살 언저리로, 자신의 가치를 완전히 확고하게 굳힌 인간이었다는 점이다. 사교계와 일반사회에서의 지위도 무척 오래전부터 아주 공고한 기반 위에 서 있었다. 최상류 계층의 신사들이 으레 그러듯, 그는 자기 자신과 자신의 안녕과 안락을 이 세상의 그 무엇보다 사랑했고 높이 평가했다. 전 생애를 바쳐 쌓아올린 끝에 이토록 아름다운 형식에 도달한 것이 조금이라도 훼손되거나 흔들리게 된다면, 그건 도저히 묵과할 수 없는 일이었다. 다른 한편, 오랜 연륜과 세상사에 대한 깊은 안목은 토츠키에게, 그가 지금 상대하는 것은 절대로 보통 여자가 아니며, 그저 입으로만 위협하지 않고 기필코 그것을 실행에 옮길 여자라는 사실, 그리고 정말 무서운 점인데, 이 여자는 그 무엇 앞에서도 절대로 멈추지 않을 것이며, 더구나 이 세상의 그 무엇도 소중히 여기지 않으므로 그런 것으로 꼬드길 수도 없는 여자라는 사실을 매우 신속하고도 놀랄 만큼 확실하게 일러주었다. 여기에는 분명 뭔가 다른 것이 있었으니, 영혼과 심장의 탁한 응어리 같은 것—누구에 대한, 무엇에 대한 것인지는 모르나 일종의 소설적인 원한, 무엇으로도 잠재울 수 없는 더없이 지독한 모멸감이 숨어 있다는 게 느껴졌고—한마디로 말해, 품위 있는 사회에서는 극도로 우스꽝스럽고 절대로 용납될 수 없는 그 무엇, 누구든 품위 있는 사람이라면 그것과 맞닥뜨린다는 게 그야말로 천벌과도 다름없이 여겨질 무언가가 느껴졌다. 물론 토츠키 정도의 재산과 연줄이라면, 이런 불쾌함을 모면하기 위해서, 그리 죄가 될 것도 없는 무슨 조그만 악행 정도야 당장이라도 저지를 수 있었을 것이다. 다른 한편, 나스타시야 필립포브나로서도 그에게 이를테면 법률적인 면에서 거의 어떤 해도 끼칠 수 없다는 점이 명백했다. 심지어 무슨 굉장한 추문을 일으킬 만한 짓도 할 수 없을 테니, 그녀를 통제하는 일쯤이야 언제나 아주 손쉬웠기 때문이다. 하지만 이 모든 것은 나스타시야 필립포브나가, 여느 사람들이 이런 경우에 일반적으로 행동하는 방식대로 상식의 잣대를 지나치게 뛰어넘지 않고 행동하기로 결심한 때에나 해당하는 얘기였다. 그러나 바로 이 대목에서도 토츠키의 정확한 판단은 당사자인 그에게 도움이 됐다. 즉 그는, 나스타시야 필립포브나 자신도 법률적인 면에서는 그에게 아무런 앙갚음을 할 수 없다는 점을 잘 알고 있지만, 그녀의 머릿속, 그리고…… 번쩍이는 눈 속에는 분명 전혀 다른 생각이 들어 있다는 사실을 알아챌 수 있었던 것이다. 아무것도 소중히 여기지 않고, 무엇보다 자기 자신을 소중히 여기지 않는 나스타시야 필립포브나는 (그녀가 이미 오래전부터 그녀 자신을 소중히 여기지 않게 됐다는 점을 지금 이 순간에 간파하고 그 감정이 얼마나 심각한지 깨닫기 위해서, 토츠키 같은 회의론자이자 세속적인 냉소주의자에겐 대단한 지혜와 통찰력이 필요했다) 그저 자신이 그토록 무섭게 혐오하는 인간에게 실컷 모욕만 줄 수 있다면, 시베리아로 가든, 징역을 살든, 어떤 끔찍한 짓이라도 저질러 자기 자신을 되돌이킬 수 없이 추하게 파멸시킬 수 있는 여자였다. 아파나시 이바노비치는 자기가 겁이 좀 많다는 점을, 아니, 좀더 좋게 말해서, 극도로 보수적이라는 사실을 굳이 숨기려 한 적이 없었다. 예를 들어, 누가 자기를 혼례식 석상에서 죽이려 든다든가 또는 그런 종류의 대단히 무례하고 우스꽝스럽고 사회적으로 용인되지 않는 어떤 일이 일어나리라는 것을 미리 알게 된다면, 그는 물론 겁을 집어먹을 테지만, 그럴 때 그가 정말로 무서워하는 것은,

누가 그를 죽이거나 피투성이로 만들거나 혹은 사람들이 다 보는 데서 얼굴에 침을 뱉는다든가 하는 등등의 사건 그 자체보다도, 그런 사건이 부자연스럽고 용인되지 않는 형식으로 자기에게 일어난다는 점이었다. 그런데 나스타시야 필립포브나는 아직 입 밖에 내진 않았지만, 바로 이 점을 예고하지 않았던가. 그녀는 그의 사람됨을 잘 이해하고 연구까지 한 까닭에, 무엇으로 그를 칠 수 있는지 훤히 꿰뚫고 있었고, 이것은 토츠키 자신도 잘 알고 있었다. 그리고 사실, 혼인 문제는 아직 의향을 내비친 데 지나지 않았으므로, 아파나시 이바노비치는 나스타시야 필립포브나에게 굴복하고 그녀의 요구에 따르기로 했다.

그가 이런 결심을 하게 된 데는 또 한 가지 사정이 있었다. 이 새로운 나스타시야 필립포브나의 용모가 옛날의 그녀에 비해 얼마나 달라졌는지 상상도 못할 지경이었던 것이다. 예전엔 그저 아주 예쁜 소녀에 지나지 않았는데, 지금은…… 토츠키는 그녀를 사 년 동안이나 보아왔으면서도 참된 모습을 제대로 보지 못한 자신을 오랫동안 용서할 수가 없었다. 하긴, 이런 경우 양쪽 모두에게 갑작스럽고 커다란 내적 변화가 일어나고 있다는 점도 중요한 의미를 가진다. 그러나 그는 예전에도 예컨대 그녀의 눈을 바라보고 있노라면 이따금 이상한 생각이 떠오르던 순간이 있었다는 것을 기억했다. 그 눈 속에서 깊고도 신비로운 어떤 어둠을 예감하게 되는 것만 같은 순간들이었다. 그리고 그 시선은 그를 응시하면서—마치 수수께끼를 던지는 듯이 보였다. 지난 이 년 동안 토츠키는 나스타시야 필립포브나의 얼굴빛이 보여주는 변화에 자주 놀라곤 했다. 그녀는 가끔 무서울 정도로 창백해지곤 했는데—이상하게도—그것이 그녀를 더욱 아름답게 했다. 토츠키는 한창때 좀 놀아본 신사들이 다 그렇듯, 세상 모르는 이 어린 영혼이 얼마나 헐값에 자기 손에 들어왔는가를 생각하며 처음엔 경멸 섞인 눈으로 바라보았으나, 최근에 와서는 자신의 견해에 어느 정도 의혹을 품게 됐다. 어쨌든 그는 지난봄만 해도 나스타시야 필립포브나를 다른 현에서 관리로 근무하는 분별 있고 착실한 어느 신사에게 지참금까지 붙여 번듯하게 시집보낼 작정이었다. (오, 방금 나스타시야 필립포브나가 이 계획에 대해 얼마나 사납고 얼마나 무섭게 웃었던가!) 그러나 지금 그녀의 새로운 아름다움에 매혹된 아파나시 이바노비치는 또다시 이 여자를 이용해먹을 수 있을지도 모른다는 데까지 생각이 미쳤다. 그는 나스타시야 필립포브나를 페테르부르크에 살게 하면서 사치스럽고 안락한 생활을 누리게 해주기로 결심했다. 한쪽이 안 된다면 다른 쪽이라도 가지는 거다. 나스타시야 필립포브나 정도라면 어디든 과시용으로 내보일 만했고, 심지어 어떤 특정 그룹에서는 그의 허영심을 채워줄 수도 있으리라. 사실 아파나시 이바노비치는 이 방면에서의 명성을 매우 중요하게 여겼다.

그로부터 페테르부르크 생활도 벌써 다섯 해가 지났고, 물론 그동안 많은 것이 일정한 틀 속에 자리하게 됐다. 아파나시 이바노비치의 처지는 그리 만족스럽지 못했다. 무엇보다 고약한 것은 한번 겁을 먹은 뒤로는 다시는 마음을 놓을 수 없다는 점이었다. 그는 두려웠다—자신도 그 이유를 알 수 없었지만—그저 나스타시야 필립포브나가 두려웠다. 얼마 동안, 그러니까 처음 두 해 동안은, 나스타시야 필립포브나가 자기와 혼인하고 싶으면서도 그 유별난 자존심 때문에 말을 못하고, 이쪽에서 청혼해주기를 끈질기게 기다리는 거라는 의심도 해보았다. 요구치고는 괴상한 요구였을 테지만, 그런 의심을 품은 아파나시 이바노비치는 미간을 찌푸리고 무거운 마음으로 생각에 잠기곤 했다. 그런데 갑자기 우연한 기회에 설사 자기 쪽에서 청혼한다 해도 그녀가 받아들이지 않으리라는 것을 확신하자, 그는 무척 놀랐을 뿐만 아니라 조금 서운한 마음마저 들었다(사람의 마음이란 그런 법이다!). 오랫동안 그는 이것을 이해할 수가 없었다. 결국, 그가 생각해낼 수 있었던 단 한 가지 설명은, '능욕을 당한 공상적인 여자'의 자존심이 이미 광적인 상태에 이른 나머지, 자신의 지위를 영원히 굳히고 얻기 힘든 행복과 영화를 손에 넣기보다는, 차라리 단 한 마디의 거절로 자신의 경멸감을 단번에 보여주는 것에 훨씬 큰 쾌감을 느끼게 됐다는 것이다. 무엇보다 고약한 점은, 나스타시야 필립포브나가 그보다 훨씬 더 우위를 점하고 있다는 사실이었다. 또한 그녀는 이득 같은 것에는, 비록 그것이 막대한 금액일지라도 굴복하려 들지 않았고, 자기에게 제공되는 안락한 생활을 받아들이긴 하나 매우 검소하게 살면서 지난 다섯 해 동안 자기 앞으로 거의 아무것도 모아놓지 않았다. 아파나시 이바노비치는 자신을 얽매고 있는 사슬에서 벗어나기 위해 아주 교활한 수법을 써보기로 했다. 그는 상대방이 눈치채지 못하도록 능란한 수법을 교묘히 동원하여, 가장 이상적인 여러 가지 유혹으로 그녀를 꾀기 시작했다. 그러나 이상의 화신이라는 공작, 경기병, 영사관의 비서, 시인, 소설가, 심지어 사회주의자라는 사람들까지 모두—나스타시야 필립포브나에게 어떤 인상도 주지 못했는데, 그녀의 가슴속에는 심장 대신 돌덩이가 들어앉아 있고, 감정은 메말라 영원히 죽어버린 듯했다. 그녀는 집에서 혼자 지낼 때가 더 많아, 책을 읽고, 심지어 공부도 하고, 음악을 즐겼다. 사람들과는 그리 교제하지 않았다. 가난하고 우스꽝스러운 어떤 관리 부인들과 곧잘 어울렸고, 그 밖에도 어떤 여배우 두 명, 어떤 노파들을 알고 있었으며, 어느 점잖은 교사의 대가족을 무척 좋아했는데, 그 집에서도 그녀를 매우 좋아해서 반갑게 맞아주었다. 저녁에는 그녀의 집에 아는 사람들이 모이는 일이 제법 잦았으나, 기껏해야 대여섯 명을 넘지 못했다. 토츠키는 무척 자주, 꼬박꼬박 찾아오곤 했다. 최근엔 예판친 장군도 어렵사리 나스타시야 필립포브나와 알게 됐다. 같은 때에 페르드이셴코라는 어느 젊은 관리가 아무런 공도 들이지 않고 아주 쉽게 그녀와 사귀게 됐는데, 몹시 무례하고 추잡한 어릿광대 주제에 명랑한 성격을 지녔다고 자처하는 술쟁이였다. 프치츠인이라는 성을 가진 이상한 젊은이도 그녀와 알고 지냈으며, 겸손하고 정확한데다 제법 매끈한 이 젊은이는 찢어지게 가난한 집안 출신으로 지금은 고리대금업을 하고 있었다. 마지막으로, 가브릴라 아르달리오노비치도 그녀와 알게 됐다…… 이 모든 것은 나스타시야 필립포브나에게 이상한 명성을 안겨주는 결과를 가져왔다. 그녀의 아름다움에 대해서는 누구나 알고 있었지만, 그게 전부일 뿐, 어느 누구도 그녀와의 관계를 두고 내세울 만한 자랑거리가 없었고 얘깃거리마저 없었기 때문이다. 이러한 명성, 그녀의 교양, 우아한 몸가짐, 기지—이 모든 것에 고무되어, 아파나시 이바노비치는 드디어 어떤 계획을 실행에 옮기기로 결심을 굳혔다. 바로 이때가 예판친 장군 자신이 이 일에 대단히 적극적으로 개입하기 시작하는 순간이다.

토츠키는 예판친 장군에게 그의 딸 중 한 명과 혼인이 가능할지 친구로서 조언해달라고 상냥하게 부탁하는 자리에서, 이 모든 사정을 아주 고결한 태도로 솔직히 고백했다. 그러면서 자신의 자유를 얻기 위해서는 그 어떤 수단도 마다하지 않겠노라고 밝혔다. 설사 나스타시야 필립포브나가 앞으로 그의 평온을 조금도 방해하지 않겠다고 제 입으로 선언한다 해도 자기는 절대로 마음을 놓을 수 없다, 말만으로는 부족하고 그에겐 가장 완전한 보증이 필요하다는 것이었다. 두 사람은 여러 의논 끝에 함께 행동하기로 결정했다. 처음에는 가장 부드러운 방법을 써서 이른바 '고결한 심금'에 호소해보기로 했다. 두 사람은 나스타시야 필립포브나를 찾아갔고, 토츠키는 곧바로 자신의 처지가 얼마나 참을 수 없이 끔찍한지부터 밝히기 시작했다. 그리고 이 모든 책임이 자기한테 있다고 했다. 그렇긴 해도 자기가 그녀에게 했던 맨 처음 행위만은 뉘우칠 수가 없는데, 왜냐하면 자기는 뼛속까지 호색한이어서 도저히 자신을 통제할 수 없기 때문이다, 라고 솔직히 털어놓으면서, 하지만 이제 혼인을 하려 하는데, 상류사회의 법도에도 맞는 그지없이 훌륭한 이 혼인의 운명은 전적으로 그녀의 손에 달려 있다, 한마디로 자기는 그녀의 고결한 마음씨에 모든 희망을 걸고 있다고 말했다. 그다음에는 예판친 장군이 장인 될 사람의 자격으로 말하기 시작했는데, 그는 감정에 호소하는 말은 피하면서, 다만 그녀가 아파나시 이바노비치의 운명을 결정할 권리를 가졌음을 전적으로 인정한다는 뜻만 간략히 표했고, 그 외엔 조리 있게 찬찬히 말하면서도 특유의 겸손함을 교묘히 과시하며, 자기 딸의 운명이, 어쩌면 다른 두 딸의 운명 또한 이제 그녀의 결심 하나에 달렸음을 암시했다. 나스타시야 필립포브나가 "그래, 나한테 뭘 원하시죠?"라고 묻자, 토츠키는 아까처럼 완전히 숨김없이 솔직히 고백하길, 자기는 오 년 전에 너무 놀라서, 나스타시야 필립포브나 자신이 누구한테 시집을 가지 않는 한, 지금도 절대 마음을 놓을 수 없다고 했다. 그러면서 만약 자기가 아무런 근거도 없이 이런 부탁을 한다면 그야말로 어리석은 짓일 거라고 곧바로 덧붙였다. 자기가 아주 정확하게 깨달았고 확실히 알고 있는 사실이 하나 있는데, 매우 좋은 집안 출신으로 더없이 훌륭한 가정에서 사는 청년, 즉 그녀도 잘 알고 있을뿐더러 집에서 손님으로 맞기도 하는 가브릴라 아르달리오노비치 이볼긴이 이미 오래전부터 온 열정을 다 바쳐 그녀를 사랑하고 있고, 물론, 그녀의 호감을 사겠다는 단 한 가지 희망만으로도 목숨의 절반쯤은 기꺼이 바치려 한다, 이것은 이미 오래전에 가브릴라 아르달리오노비치가 직접 자기, 즉 아파나시 이바노비치한테 청년다운 순수한 마음으로 친구로서 고백했으며, 청년의 후원자인 이반 표도로비치도 벌써 오래전부터 알고 있는 사실이다. 끝으로, 자기, 즉 아파나시 이바노비치가 착각하는 게 아니라면, 나스타시야 필립포브나 자신도 이미 오래전부터 이 청년의 사랑을 알고 있으며, 심지어 이 사랑을 호의적으로 바라보고 있는 것 같다. 물론 자기로서는 이런 얘기를 하기가 누구보다도 괴롭다. 하지만 만약 나스타시야 필립포브나가 자기, 즉 토츠키의 마음속에 이기심이라든가, 자신의 삶을 행복하게 하려는 욕구라든가 하는 것 이외에 그녀가 잘됐으면 하는 바람이 다소나마 있다는 걸 인정하고자 한다면, 자기가 그녀의 고독한 삶을 오래전부터 얼마나 착잡하고 괴롭기까지 한 심정으로 봐왔는지 이해할 것이다. 자기가 보기에 그녀의 삶에는 앞을 분간할 수 없는 어둠과, 삶을 새로이 만들어가는 일에 대한 완전한 불신만이 있는데, 하지만 삶이란 사랑과 가정 속에서 아름답게 소생하여 새로운 목적을 갖게 될 수도 있지 않은가.

그런데 지금 그녀의 삶에는 어쩌면 눈부신 것일지도 모를 재능을 망가뜨리고 자신의 우수에만 빠져들어 탐닉하려는 마음, 나스타시야 필립포브나의 건전한 지성과도, 고결한 심성과도 어울리지 않는 일종의 낭만주의마저 잠재해 있다. 그는 이런 얘기를 하기가 누구보다 괴롭다는 말을 다시 한번 반복하고 나서, 자기는 나스타시야 필립포브나에게 앞으로의 삶을 보장해주고 싶은 진실한 마음의 표시로 7만 5천 루블을 제공하려 한다, 이런 성의에 냉소로써 답하지 않기를 바라 마지않는다, 라며 말을 끝맺었다. 그러더니 여하튼 이 금액은 자신의 유언장에도 그녀에게 주기로 이미 적혀 있다고 설명을 덧붙였다. 요컨대, 이 돈은 절대로 무슨 보상금이 아니며…… 그리고 끝으로, 어떻게든 양심의 가책을 덜어보려는 자신의 인간적 소망을 왜 받아들이고 용서해주지 못하느냐 등등, 이런 경우에 이 문제를 두고 누구나 할 만한 말들을 늘어놓았다. 아파나시 이바노비치는 입심을 자랑하며 오랫동안 말했는데, 그런 와중에 아주 흥미로운 사실을 이른바 지나가는 말처럼 슬쩍 덧붙였다. 이 7만 5천에 대해서는 지금 처음 입 밖에 낸 것이고, 따라서 심지어 바로 옆에 앉아 있는 이반 표도로비치조차 이 돈에 대해선 몰랐으며, 한마디로 아무도 모른다는 얘기였다.

나스타시야 필립포브나의 대답은 이들 두 친구를 놀라게 했다.

그녀의 태도에는 전과 같은 냉소, 전과 같은 적의와 증오, 떠올리기만 하면 지금도 토츠키의 등골이 오싹해지는 전과 같은 웃음소리는 눈곱만큼도 찾아볼 수 없었을 뿐만 아니라, 드디어 누군가와 이렇게 솔직하게 친구처럼 말할 수 있게 돼서 오히려 반가워하는 눈치였다. 그녀는 자기도 오래전부터 우정어린 조언을 청하고 싶었으나 오직 자존심 때문에 그러지 못했는데, 이제 그 얼음장이 깨졌으니, 이보다 더 좋을 수가 없노라고 털어놓았다. 그러면서 처음엔 서글픈 미소를 띠고 있었지만 나중엔 명랑하고 쾌활하게 웃으면서, 어쨌든 전과 같은 폭풍은 이제 없을 거라고 말했다. 자기는 사물을 보는 눈이 부분적이나마 이미 달라진 지 오래다, 가슴속은 변하지 않았을지라도 웬만한 것은 다 과거지사로 돌릴 수밖에 없게 됐다, 일어난 일은 일어난 일이고 지난 일은 지난 일이다, 그러니 아파나시 이바노비치가 아직도 그렇게 겁을 먹고 있는 게 오히려 이상할 지경이다, 라는 얘기였다. 그러면서 그녀는 이반 표도로비치에게 눈을 돌리고 깊디깊은 존경의 뜻을 표하면서, 자기는 벌써 오래전부터 따님들 얘기를 무척 많이 들었으며, 벌써 오래전부터 따님들을 진심으로 깊이 존경해왔다고 밝혔다. 그분들에게 어떤 도움을 줄 수 있다는 생각만으로도 자기는 행복하고 자랑스러울 것이다. 사실, 자기는 지금 답답하고 권태롭다, 몹시 권태롭다. 아파나시 이바노비치는 자신의 꿈을 알아맞혔다. 자기는 사랑이 아니라면 가정 속에서라도 새롭게 태어나고 싶고, 새로운 목표를 깨닫고 싶다. 하지만 가브릴라 아르달리오노비치에 대해서는 별로 할말이 없다. 그가 자기를 사랑하는 건 사실인 것 같다. 그의 애정이 확고하다는 걸 믿을 수 있다면 자기도 그를 사랑할 수 있을 거라 느낀다. 하지만 그가 진심이라 해도, 그는 아직 너무 젊다. 그래서 결정을 내리기 곤란하다. 어쨌든 그가 일을 하고 있고 자신의 노동으로 혼자서 가족 모두를 부양한다는 게 무엇보다 마음에 든다. 자기는 그가 정력적이고 자존심이 강하며 출세와 성공을 위해 애쓰는 사람이라 들었다. 가브릴라 아르달리오노비치의 어머니인 니나 알렉산드로브나 이볼기나가 매우 존경받는 아주 훌륭한 부인이라는 것도 들은 적이 있다. 그의 누이동생인 바르바라 아르달리오노브나가 아주 흥미롭고 정력적인 아가씨라는 것도 알고 있다. 자기는 프치츠인한테서 그녀 얘기를 많이 들었다. 그들 모녀가 불행을 꿋꿋이 견뎌내고 있다는 말도 들었다. 자기는 무척이나 그들과 사귀고 싶지만, 문제는, 그들이 자기를 가족으로 반갑게 맞아주겠느냐? 여하튼 자기는 이 혼인이 아예 불가능하다고 보진 않지만, 그래도 역시 생각을 많이 해봐야겠다. 그러니 재촉하지 말아줬으면 한다. 7만 5천과 관련해서는—아파나시 이바노비치가 그 말을 꺼내느라 그렇게 곤란해할 필요도 없었다. 자기도 돈의 가치를 알고 있고, 그 돈은 물론 받겠다. 가브릴라 아르달리오노비치에게뿐만 아니라 장군에게도 이에 대해 알리지 않은 아파나시 이바노비치의 세심한 배려에 감사드린다, 하지만 가브릴라 아르달리오노비치에게 미리 알려줘서 안 될 이유는 없잖느냐? 그들의 가족으로 들어간다 해서 자기가 이 돈을 부끄럽게 여겨야 할 이유는 없다. 어떤 경우에도 자기는 누구한테 용서를 빌 생각이 전혀 없으니, 이 점은 다들 알아주기 바란다. 자기는 가브릴라 아르달리오노비치와 그의 가족들이 자기에 대해 어떤 석연찮은 생각도 품고 있지 않다는 걸 확신할 때까지는 그와 혼인하지 않겠다. 어쨌든 자기는 양심의 가책을 받을 일이 전혀 없다고 생각하며, 자기가 어떤 연유로 페테르부르크에서 지난 오 년 동안 살았고, 아파나시 이바노비치와는 어떤 관계였는지, 또 재산은 많이 모았는지에 대해 가브릴라 아르달리오노비치도 알아두는 게 낫다고 본다. 끝으로, 자기가 지금 이 돈을 받는다 해도, 그것은 자기 잘못은 조금도 없이 더럽혀진 처녀의 순결에 대한 보상이 아니라, 망가진 운명에 대한 보상으로 받는 것일 뿐이다.

그녀는 이렇게 자기 생각을 모두 밝히면서 막바지엔 몹시 흥분하고 초조한 모습까지 보였기 때문에(하지만 이것은 너무나 자연스러운 일이었다), 예판친 장군은 무척 흡족해하며 이제 일이 끝났다고 여겼다. 그러나 한번 호되게 혼이 난 토츠키는 지금도 완전히 믿지 못하면서, 혹시 꽃송이 아래 뱀이 숨어 있진 않을까 싶어 오랫동안 마음을 놓지 못했다. 어쨌든 교섭이 시작됐다. 이들 두 친구의 작전에서 핵심적인 문제, 즉 나스타시야 필립포브나의 마음이 가냐에게로 기울 수 있을지 여부가 조금씩 분명하고 확실해져가자, 토츠키마저 때로는 성공의 가능성을 믿기 시작했다. 그러는 동안 나스타시야 필립포브나는 가냐와 얘기를 나누어보았다. 하지만 그녀는 말을 몇 마디 하지 않았는데, 이런 문제를 의논해야 한다는 게 그녀의 순결한 마음에 고통스러운 듯했다. 어쨌든 그녀는 그가 자신을 계속 사랑해도 좋다고 허락했지만, 자신은 무엇에도 얽매이기 싫다고 단호히 밝히면서, 혼인 직전까지는(만약 혼인이 성사되는 경우) 가장 마지막 순간에조차 '아니요'라고 말할 수 있는 권리를 계속 가지겠으며, 가냐에게도 똑같은 권리를 인정한다고 선언했다. 얼마 안 지나, 가냐가 우연한 기회에 분명히 알게 된 사실이지만, 나스타시야 필립포브나는 가냐의 가족들이 이 혼인과 나스타시야 필립포브나 자신에 대해 좋지 못한 감정을 가졌고, 그 때문에 집안에 소동이 자주 일어난다는 것을 벌써 훤히 꿰뚫고 있었다. 그는 그녀가 이 이야기를 꺼내지 않을까 매일같이 기다렸으나, 정작 그녀는 아무 말도 입에 올리지 않았다. 그 밖에도 이 혼담과 교섭을 계기로 드러난 모든 얘깃거리와 정황을 계속 늘어놓자면 끝도 없겠지만, 그러잖아도 우리는 너무 앞질러 달려온데다 이러한 정황 중 어떤 것들은 아직 너무나 막연한 소문에 지나지 않았다. 예를 들어 토츠키가 어디서 알아낸 바로는, 나스타시야 필립포브나가 사람들의 눈을 피해가며 예판친가의 아가씨들과 더 자세히는 알 수 없는 어떤 비밀 교제를 시작했다는데—이건 그야말로 믿을 수 없는 소문에 불과했다. 반면, 다른 소문의 경우, 토츠키도 믿을 수밖에 없었으며 악몽이라도 꿀 것처럼 두려워했다. 그는, 나스타시야 필립포브나가 다음과 같은 것들, 즉 가냐가 혼인을 하려는 건 오직 돈 때문이며, 가냐는 속이 시커멓고 탐욕스럽고 참을성이 없을뿐더러 질투가 심하고 자존심이 터무니없이 강하다는 것, 그리고 사실 가냐는 처음엔 나스타시야 필립포브나를 자기 여자로 만들려고 열정적으로 덤볐으나, 두 친구가 이들 쌍방 간에 불타오르기 시작한 열정을 이용해서 나스타시야 필립포브나를 법적인 아내로 팔아넘기려고 가냐를 매수하려 들자, 그녀를 끔찍한 악몽처럼 증오하기 시작했다는 것, 가냐의 마음속에는 열정과 증오가 기괴하게 얽혀 있고, 그가 오랫동안 고민하고 망설인 끝에 결국 이 '추잡한 여자'와 혼인하는 데 동의하긴 했지만, 이 모든 것에 대해 나중에 그녀에게 철저히 복수하고, 그가 했다는 말 그대로 '끝장을 내주겠다'고 속으로 맹세했다는 것까지 아주 잘 알고 있다는 얘기를 듣고는 사실로 여길 수밖에 없었다. 게다가 이 모든 것을 아는 나스타시야 필립포브나가 비밀리에 무언가를 준비하고 있다는 것이다. 토츠키는 너무 겁이 나서, 이제 예판친에게조차 자신의 불안감을 말하지 않게 됐다. 그러나 약한 인간이란 으레 그렇듯, 또다시 결정적으로 고무되어 재빨리 원기를 회복하는 순간도 있었다. 이를테면, 나스타시야 필립포브나가 드디어 자기 생일날 저녁에 최종 확답을 주겠다고 두 친구에게 약속했을 때, 그는 전에 없이 고무되었다. 반면, 더없이 존경해 마지않는 이반 표도로비치와 관련된 그야말로 해괴하고 도저히 믿을 수 없는 소문은, 아아, 어쩐다! 점점 더 사실임이 판명되고 있었다.

이 소문은 얼핏 듣기에 전부 다 순전한 헛소리로 여겨졌다. 존경받을 정도로 나이도 지긋하고 탁월한 분별력과 인생에 대한 확실한 식견 등등을 갖춘 이반 표도로비치 같은 사람이 스스로 나스타시야 필립포브나에게 혹하다니—더구나 그 혹한 정도가 일시적으로 마음이 들뜬 상태를 넘어 열정과 거의 다를 바 없다니, 믿기 어려웠다. 이 경우 그가 무엇에 기대를 걸고 있었는지 짐작조차 잘 가지 않았다. 어쩌면 가냐 자신의 협력까지 기대했는지도 모른다. 토츠키는, 적어도 그런 종류의 뭔가가 있다는 의심이 들었고, 장군과 가냐 사이에는 상호교감에 근거한 어떤 묵계와도 같은 것이 있다는 생각이 들었다. 하긴 알다시피, 열정에 과도하게 빠져버린 인간은, 특히 나이가 지긋한 경우, 완전히 눈이 먼 나머지 희망이라고는 전혀 없는 곳에서도 희망을 품는 법이다. 그뿐이랴, 아무리 지혜로운 자라도 판단력을 잃고 어리석은 아이처럼 행동하게 마련이다. 알려진 사실이지만, 장군은 나스타시야 필립포브나의 생일 선물로 엄청나게 비싸고 아주 멋진 진주 패물을 장만해놓고, 나스타시야 필립포브나가—욕심 없는 여자라는 걸 알면서도 이 선물이 가져올 결과에 비상한 관심을 가지고 있었다. 나스타시야 필립포브나의 생일 전날, 그는 흡사 열병에라도 걸린 사람 같았지만, 그것을 교묘히 숨겼다. 그런데 바로 이 진주 얘기가 예판친 장군 부인의 귀에까지 들어가고 말았다. 사실, 옐리자베타 프로코피예브나는 이미 오래전부터 남편의 바람기에 시달려왔고, 이제 어느 정도 만성이 돼 있었다.

하지만 이번만은 도저히 그냥 넘어갈 수가 없었다. 진주에 대한 소문이 그녀를 극도로 자극했던 것이다. 다행히도 장군은 그런 낌새를 제때 알아챘다. 이미 전날 저녁에 아내한테서 무슨 소리를 몇 마디 들었기 때문이다. 그는 아내가 시끄럽게 따지고 들겠구나 싶어 겁이 났다. 우리의 이야기가 시작된 그날 아침, 식구들과 함께 식사하기가 끔찍이 싫었던 것도 바로 그래서였다. 그는 공작이 오기 전까지만 해도 일이 바쁘다는 핑계로 식사 자리를 피할 생각이었다. 장군이 피한다는 것은 때로는 그냥 내뺀다는 뜻이기도 했다. 그는 오늘 하루만이라도, 특히 오늘 저녁만이라도 불쾌한 일 없이 무사히 보내고 싶었다. 이런 판국에 아주 때마침 공작이 불쑥 나타난 것이다. '이건 정말이지 하느님이 보내주신 거야!' 공작은 부인이 있는 방으로 들어가며 속으로 생각했다.

V

장군 부인은 자신의 혈통을 무척 자랑스레 여기는 사람이었다. 그러니 자기도 이미 무슨 소문을 들어본 적은 있는, 친정 가문의 이 마지막 므이쉬킨 공작이 불쌍한 백치나 다름없을뿐더러 동냥이라도 구해야 할 만큼 빈털터리라는 말을 아무런 준비도 없이 곧바로 들었을 때, 그 심정이 어떠했으랴. 단번에 아내의 관심을 사로잡아 그녀의 모든 생각을 어떻게든 다른 방향으로 돌리려 한 장군의 계략은 적중했다.

장군 부인은 어떤 극단적인 상황에 처하면 눈을 휘둥그렇게 뜨고 상체를 약간 뒤로 젖힌 채 아무 말 없이 앞을 멍하니 쳐다보는 습관이 있었다. 그녀는 남편과 같은 나이로 키가 크고 말랐으며, 백발이 희끗희끗 많이 섞였으나 여전히 숱이 많은 짙은색 머리에 약간 휘어진 코, 움푹 들어간 누르스름한 볼, 안으로 오므라든 얇은 입술을 가진 여자였다. 이마는 높지만 좁고, 상당히 큰 회색 눈은 이따금 전혀 예상치도 못한 표정을 띠었다. 예전에 그녀는 자신의 눈빛이 대단히 매력적이라고 믿는 약점이 있었다. 이 자신감은 지워지지 못하고 그녀의 마음속에 그대로 남았다.

"만나보라고요? 그 사람을 만나보라는 얘긴가요? 지금, 당장?" 장군 부인은 두 눈을 힘껏 부릅뜨고, 자기 앞에서 부산을 피우는 이반 표도로비치를 바라보았다.

"오, 아주 허물없이 만날 수 있을 테니 하는 말이오, 여보, 다만 당신이 만나고 싶으면 그러라는 거지." 장군이 황급히 설명했다. "완전히 어린애요, 그것도 아주 불쌍한 어린애. 무슨 병 때문에 발작도 일으킨다더군. 지금 스위스에서 오는 길인데, 방금 기차에서 내렸대요. 옷도 괴상하게 무슨 독일 옷 같은 걸 입고, 게다가 무일푼, 글자 그대로 무일푼이오. 아주 울상이더구먼. 그래서 내가 25루블을 선물했소. 그리고 우리 사무실에 무슨 조그만 서기 자리라도 얻어줄 작정이오. *아가씨*들, 너희는 그 사람한테 식사라도 좀 대접하렴, 배가 고파 보이니까……"

"정말 사람을 놀라게 하는군요." 장군 부인은 여전한 표정으로 말을 이었다. "배가 고프다느니 발작이라느니! 어떤 발작인데요?"

"오, 발작이 그렇게 잦은 건 아니오, 더구나 어린애나 다름없소, 하긴, 교육을 받은 어린애이지만. *아가씨들*" 하고 그는 다시 딸들을 돌아보며 말했다. "너희가 그 사람을 한번 시험해봤으면 하는데. 어쨌든 어느 쪽에 능력이 있는지 알아두는 게 좋겠지."

"시-험-을-요?" 장군 부인은 한 음절 한 음절 길게 끌며 말하고는, 소스라치게 놀란 표정으로 또다시 눈을 굴리면서 딸들과 남편을 번갈아 쳐다보았다.

"아니, 여보, 그렇게 심각하게 생각할 건 없어…… 어쨌든 당신 좋을 대로 하구려. 난 그저 친절하게 대해주고 우리 가족과 왕래하게 하려던 것뿐이오. 나쁠 건 없잖소."

"우리 가족과 왕래를 하게 해요? 스위스에서 온 사람을?!"

"스위스에서 왔다는 게 무슨 상관이오. 어쨌든 다시 한번 말하지만, 당신 좋을 대로 하구려. 나는 그저, 첫째, 그 사람이 당신과 성씨가 같고 심지어 친척일지도 모르는데다, 둘째, 당장 오갈 데 없는 처지라서 이러는 거요. 그래도 같은 집안 출신이니 당신이 조금은 관심을 보일 줄 알았는데."

"그렇게 하세요, *엄마*, 허물없이 대해도 괜찮은 사람이라잖아요. 더구나 먼길을 왔으니 시장할 거예요. 오갈 데 없는 처지라면 식사 좀 대접한다고 안 될 게 뭐예요?" 맏딸 알렉산드라가 말했다.

"게다가 완전히 어린애야, 같이 술래잡기도 할 수 있을걸."

"술래잡기를요? 아니, 어떻게?"

"아이, *엄마*, 괜히 딴청 피우지 마세요, 제발." 아글라야가 짜증을 내며 말을 가로막았다.

원래 잘 웃는 둘째딸 아젤라이다는 더이상 참지 못하고 웃음을 터뜨렸다.

"그 사람을 부르세요, *아빠*, *엄마*가 괜찮대요." 아글라야가 결정해버렸다. 장군은 초인종을 울려, 공작을 모셔오도록 일렀다.

"하지만 그 사람이 식탁 앞에 앉으면 반드시 냅킨을 목에 둘러줘야 겠어요." 장군 부인이 선언했다. "표도르나 아니면 마브라라도 불러서…… 그 사람이 식사할 때 뒤에 서서 지켜보도록 해야 해요. 발작이 일어났을 때 적어도 얌전하긴 할까요? 이상한 손짓 같은 건 안 하고요?"

"그 반대요, 심지어 교육을 아주 잘 받았고 몸가짐도 썩 훌륭한 사람이오. 가끔 좀 지나치게 순진한 구석이 있어서 그렇지…… 아, 저기 오는군! 자, 소개하겠소, 므이쉬킨 가문의 마지막 공작, 같은 성씨에다 심지어 친척일지도 모르니, 반갑게 맞아주고 친절히 대해주구려. 그럼, 공작, 이제 곧 아침식사를 하러 갈 거니, 함께 드시도록…… 하지만 나는 시간이 늦어서, 실례지만 급히 가봐야겠소……"

"다 알고 있어요, 어딜 급히 가는지." 장군 부인이 위엄 있게 말했다.

"급해, 급하다고, 여보, 벌써 늦었다니까! *아가씨*들, 너희는 공작에게 앨범을 갖다주고 뭘 좀 써달라고 해, 글씨 솜씨가 대단하더라, 보기 드문 명필이야! 재능이 있다니까. 저기 내 서재에서 옛 서체로 '수도원장 파프누치가 서명하다'라고 멋지게 써주었단다…… 그럼, 다들 안녕."

"파프누치? 수도원장? 아니, 잠깐, 잠깐만, 당신 어딜 가는 거죠? 파프누치는 또 뭐예요?" 불안에 휩싸이다시피 한 장군 부인이 끈덕지게 역정을 내며, 달아나는 남편에게 소리쳤다.

"응, 응, 여보, 옛날에 그런 수도원장이 있었소…… 그런데 난 지금 백작한테 가봐야 해, 기다리고 있을 거요, 한참 전부터, 더구나 백작이 직접 시간을 정해줬거든…… 공작, 또 봅시다!"

장군은 빠른 걸음으로 멀어져갔다.

"난 알아, 저이가 어떤 백작한테 가는지!" 옐리자베타 프로코피예브나는 날카롭게 내뱉고서, 잔뜩 신경이 곤두선 시선을 공작에게 돌렸다. "그게 뭐였지?" 그녀는 언짢고 노여운 마음으로 뭔가 생각해내려 애쓰며 입을 열었다. "그래, 그게 뭐더라? 아, 맞아, 그래, 무슨 수도원장이라고요?"

"*엄마*," 알렉산드라가 입을 열려고 했고, 아글라야는 발을 구르기까지 했다.

"방해하지 마셔, 알렉산드라 이바노브나." 장군 부인이 그녀에게 잘라 말했다. "나도 알고 싶으니까. 여기 앉으시죠, 공작, 이 안락의자에, 마주보고, 아니, 여기, 햇빛 쪽으로 좀더 가까이 오세요, 내가 잘 볼 수 있게. 그래, 무슨 수도원장이랬죠?"

"파프누치라는 수도원장입니다." 공작이 조심스럽고 진지하게 대답했다.

"파프누치? 재밌군요, 그래, 그 사람이 어쨌다는 거죠?"

장군 부인은 공작에게서 잠시도 눈을 떼지 않고서 날카로운 어조로 성급하고 빠르게 물어댔고, 공작이 대답할 때면 그의 한마디 한마디에 고개를 끄덕였다.

"수도원장 파프누치는 14세기 사람인데," 공작은 설명을 시작했다. "지금의 코스트로마현에 있던 볼가 강변의 수도원을 관장했습니다. 성자다운 삶으로 이름난 분으로 킵차크 칸국*에 가서 그 당시 여러 일의 틀

---

* 13세기 칭기즈칸의 손자 바투가 키르기스 초원과 남러시아의 킵차크 초원 일대에 세운 나라. 몽골제국 4칸국의 하나로 러시아의 여러 공국을 침략해 정복했다.

이 잡히도록 도왔는데 한 문건에 서명을 했고 그 서명의 사본을 제가 보았습니다. 그 필체가 마음에 들어서 그걸 배워 익혔지요. 조금 전에 장군님께서 일자리를 알선해주기 위해 제 글씨를 보고 싶다고 하시기에 여러 서체로 문구 몇 개를 써보았는데, 그중에 '수도원장 파프누치가 서명하다'를 수도원장 파프누치의 필체 그대로 쓴 게 있었습니다. 장군님께서 그것을 무척 마음에 들어하시더니, 방금도 그걸 떠올리신 겁니다."

"아글라야," 장군 부인이 말했다. "잘 기억해둬라, 파프누치라고 말이야. 아니, 적어두는 게 낫겠구나, 안 그러면 나는 늘 잊어버리니까. 한데 난 좀더 재미난 건 줄 알았어요. 그래, 그 서명은 어딨죠?"

"장군님 서재의 책상 위에 있을 겁니다."

"지금 바로 가져오게 해야겠군요."

"그보다, 원하신다면 다시 한번 써서 보여드리죠."

"그렇게 해요, *엄마*." 알렉산드라가 말했다. "하지만 일단 아침부터 먹는 게 좋겠어요. 우린 배가 고파요."

"하긴 그렇구나." 장군 부인도 그렇게 하기로 했다. "갑시다, 공작. 몹시 시장하시죠?"

"네, 지금 무척 시장합니다. 대단히 감사합니다."

"예의바르신 분이셔서 참 좋네요. 내가 보기엔, 사람들한테 얘기 들었던 그런…… 이상한 사람이 전혀 아니군요. 자, 식탁으로 가시죠. 바로 여기, 제 맞은편에 앉으세요, 당신을 잘 보고 싶으니까요." 식당에 들어가자 그녀는 공작을 자리에 앉히고 여러 가지로 마음을 썼다. "알렉산드라와 아젤라이다는 공작의 시중을 들어드리렴. 정말 그렇잖니, 이분은 전혀 그런…… 환자가 아니잖아? 아마 냅킨도 필요 없을 듯한

데…… 공작, 식사 때 냅킨을 목에 두르시나요?"

"전에 한 일곱 살 적엔 사람들이 목에 둘러주었던 것 같습니다만, 지금은 보통 무릎 위에 놓고 식사를 합니다."

"물론 그래야죠. 그럼 발작은?"

"발작요?" 공작은 조금 놀랐다. "이제 발작은 어쩌다 아주 간혹 일어날 뿐입니다. 하긴 잘 모르겠군요, 이곳 기후가 제게 해로울 거라고들 하니까요."

"이분은 말씀을 잘하시는구나." 장군 부인은 딸들에게 이렇게 말하면서 공작의 말 한마디 한마디에 계속 고개를 끄덕였다. "생각했던 것과 완전 딴판이야. 그러니까 아까 그건 죄다 허튼소리이고 거짓말이야, 그 양반 얘기야 으레 그렇지. 어서 드세요, 공작. 그리고 얘기해주세요, 어디서 태어나시고 어디서 자라셨나요? 모든 걸 알고 싶군요. 당신은 굉장히 흥미로운 분이세요."

공작은 감사를 표한 뒤 아주 맛있게 식사를 하며, 이날 아침에 벌써 몇 번이나 해야 했던 얘기를 전부 또다시 반복하기 시작했다. 장군 부인은 점점 더 만족스러운 표정이 되어갔다. 젊은 아가씨들 역시 매우 주의깊게 귀를 기울였다. 친척관계도 따져보았다. 이제 보니 공작은 자기 집안의 계보를 꽤 정확히 알고 있었다. 하지만 아무리 끌어다 대봐도, 그와 장군 부인 사이에는 친척관계라고 할 만한 어떤 관계도 거의 없다는 게 밝혀졌다. 양쪽의 조부모대로 올라가면 그나마 먼 친척 관계라고 추정해볼 수 있을 듯도 했다. 그러나 이 무미건조한 화제가 장군 부인에게는 무척 마음에 들었는데, 늘 자기 가문의 계보 얘기를 하고 싶은 마음이 간절했으나 지금껏 그럴 기회가 거의 한 번도 없었기 때문이었다. 그래서 그녀는 몹시 흥분한 상태로 식탁에서 일어났다.

"자, 그럼 다들 우리의 모임방으로 갑시다." 그녀가 말했다. "커피도 그리로 가져올 거예요. 우리집엔 가족들이 공동으로 쓰는 방이 있어요." 그녀는 공작을 데리고 나가면서 설명했다. "그냥 나의 자그마한 응접실 같은 건데, 손님이 없고 우리끼리 있을 땐 거기 모여서 각자 자기 일을 해요. 여기 있는 이 아이, 내 맏딸 알렉산드라는 피아노를 치거나 책을 읽거나 수를 놓곤 하죠. 아젤라이다는—풍경화와 초상화를 그리고요(하지만 완성해본 적은 한 번도 없답니다). 아글라야는 앉아서 아무것도 안 해요. 나 역시 일거리를 손에 들어도 제대로 안 되지요. 무엇 하나 만들어져 나오는 게 없거든요. 자, 다 왔어요. 공작, 이쪽으로, 난로 쪽에 앉아서 얘기를 들려주세요. 당신이 무슨 얘기를 어떻게 하시는지 알고 싶군요. 당신에 대해 다 확실하게 알아뒀다가, 벨로콘스키 공작 댁 할머니를 뵈면 죄다 말씀드릴 거예요. 나는 그분들이 모두 당신한테 관심을 가지셨으면 하거든요. 자, 어서 말씀하세요."

"*엄마*, 그러면 공작님이 얘기하시기가 너무 거북하잖아요." 아젤라이다가 한마디했는데, 그사이에 화가畵架를 고쳐세우고 붓과 팔레트를 손에 든 그녀는 이미 오래전에 착수한 풍경화를 동판화에서 모사하기 시작하려던 참이었다. 알렉산드라와 아글라야는 조그만 소파에 함께 앉아 팔짱을 끼고 대화에 귀를 기울일 자세를 취했다. 공작은 자신에게 사방에서 특별한 주의가 쏠리고 있음을 알아챘다.

"그런 식으로 명령하면, 나 같으면 입도 안 떨어질 거야." 아글라야가 말했다.

"왜? 거북하긴 뭐가 거북해? 왜 이분이 얘길 못 하신다는 거냐? 혀가 있는데. 나는 이분의 말솜씨가 어떤지 알고 싶구나. 자, 뭐든 좋아요. 얘기해보세요, 스위스는 맘에 들던가요? 첫인상은 어땠죠? 자, 봐라, 이제 곧 시작하실 테니, 아주 멋지게 시작하실 거다."

"인상이 강렬했습니다……" 공작이 입을 열었다.

"봐, 봐." 성질이 급한 리자베타 프로코피예브나가 딸들을 돌아보며 그의 말을 끊어놓았다. "시작했잖아."

"일단, 얘기는 좀 하시게 해요, *엄마*." 알렉산드라가 그녀를 제지하고는 아글라야에게 속삭였다. "저 공작은 아마 굉장한 사기꾼일 거야, 백치는 절대 아냐."

"틀림없이 그럴 거야, 나도 아까부터 그렇게 생각했어." 아글라야가 대답했다. "저런 연극을 하다니 비열해. 저걸로 뭔가 얻어내겠다는 거겠지, 응?"

"첫인상은 매우 강렬했습니다." 공작은 한 번 더 말했다. "사람들 손에 이끌려 러시아를 떠나 독일의 여러 도시를 지날 때 나는 그저 말없이 바라보고만 있었고, 지금도 기억하지만, 무엇 하나 물어보려고도 하지 않았습니다. 그때는 병 때문에 격렬하고 고통스러운 발작이 연거푸 일어난 뒤였는데, 병이 악화돼서 발작이 몇 차례 연이어 반복될 때면 늘 아주 멍한 상태가 되어 기억을 완전히 잃어버렸고, 비록 두뇌가 활동하고 있다 해도 생각의 논리적인 흐름은 끊어져버리는 듯했습니다. 둘이나 셋 이상의 상념을 순서대로 연결할 수가 없었으니까요. 아무튼 그랬던 것 같습니다. 그러다 발작이 잠잠해지면 지금처럼 또다시 건강과 원기를 되찾곤 했죠. 지금도 기억하지만, 그때 나는 견딜 수 없이 우울했습니다. 울고 싶기까지 했어요. 늘 깜짝깜짝 놀랐고 몹시 불안했습니다. 이 모든 것이 나와 아무 관계가 없다는 사실이 내게 무시무시하게 작용했던 겁니다. 그걸 깨닫게 됐지요. 나와 아무 관계 없고 생소한 것이 나를 죽이고 있었습니다. 내가 이런 암흑 상태에서 완전히 깨어난 건, 지금도 기억하지만, 스위스에 막 들어선 저녁 무렵, 바젤에서였는데, 그곳 장터에 있던 당나귀 울음소리가 나를 번쩍 깨웠던 겁니다. 당나귀는 나를 지독히도 놀라게 했지만, 왜 그런지 나는 그 당나귀가 무척 맘에 들었고, 동시에 내 머릿속의 모든 것이 갑자기 환해지는 느낌이었습니다."

"당나귀가요? 어머나, 이상도 해라." 장군 부인이 한마디했다. "하긴 이상할 거 하나 없지, 우리 중의 누가 당나귀한테 반할지도 모르니까." 그녀는 이렇게 말하며, 킥킥거리는 딸들을 화가 난 눈으로 쏘아보았다. "그건 신화에도 나오는 일이야.* 계속하세요, 공작."

"그때부터 나는 당나귀를 무척 사랑하게 됐습니다. 당나귀에게 어떤 공감마저 느끼니까요. 그때까지 나는 당나귀를 본 적이 없었기 때문에 이 동물에 대해 이것저것 물어보았고, 그 결과 당나귀가 일을 잘하고 힘이 세고 참을성이 강하고 값이 싸고 지구력이 강한 아주 유익한 동물이라는 것을 곧바로 확신하게 됐습니다. 나는 이 당나귀 때문에 갑자기 스위스 전체가 좋아지기 시작했고, 이전의 우울한 마음도 완전히 사라져버렸습니다."

"모두 아주 이상한 일이군요, 하지만 당나귀 얘긴 그만해도 좋을 테니, 다른 화제로 넘어가죠. 넌 왜 웃기만 하니, 아글라야? 그리고 너, 아

---

* 아풀레이우스의 소설 『황금 당나귀』를 연상시키는 듯한 내용. 소설의 주인공 루키우스는 마법 때문에 당나귀가 된 후 여러 가지 일을 겪는다.

젤라이다는 왜 그래? 공작은 당나귀 얘기를 아주 훌륭하게 해주셨잖아. 이분은 당나귀를 직접 보셨어, 그런데 넌 뭘 봤니? 외국에 가보기라도 했어?"

"나는 당나귀를 본 적 있어요, *엄마*." 아젤라이다가 말했다.

"나는 우는 소리도 들어봤어요." 아글라야가 말을 받았다. 세 딸 모두 또다시 깔깔대고 웃기 시작했다. 공작도 그들과 함께 웃음을 터뜨렸다.

"너희 아주 못쓰겠구나." 장군 부인이 딸들을 나무랐다. "공작, 애들을 용서해주세요, 그래도 착한 애들이랍니다. 나는 매일같이 애들과 싸우지만, 애들을 정말 사랑해요. 다만 좀 팔랑개비 같고 변덕이 심하고 머리가 좀 이상해진 애들이 돼놔서요."

"별말씀을!" 공작은 웃었다. "나도 따님들 입장이라면 웃을 기회를 놓치지 않을 겁니다. 하지만 나는 그래도 당나귀 편입니다. 당나귀는 선량하고 유익한 인간이니까요."

"그럼, 공작, 당신은 선량하신가요? 호기심에서 물어보는 거예요." 장군 부인이 물었다.

모두 또다시 웃음을 터뜨렸다.

"그놈의 당나귀가 또 튀어나왔네. 그런 생각으로 한 말이 아니었는데!" 장군 부인이 소리쳤다. "제발 믿어주세요, 공작, 나는 절대로……"

"비꼴 생각은 없었단 말씀이시죠? 오, 믿지요, 물론!"

그러면서 공작은 계속 웃어댔다.

"웃으시니까 아주 좋군요. 정말 선량하신 분인 것 같아요." 장군 부인이 말했다.

"선량하지 않을 때도 더러 있습니다." 공작이 대답했다.

"하지만 나는 선량한 사람이에요." 장군 부인이 불쑥 끼어들었다. "언제나 선량하다고도 할 수 있죠. 그게 내 유일한 결점이랍니다. 왜냐하면 언제나 선량해야 하는 건 아니니까. 나는 곧잘 화를 내요, 저애들이나 특히 이반 표도로비치한테 말이죠. 그런데 고약하게도, 내가 화를 낼 때가 실은 제일 선량할 때거든요. 아까도 당신이 오기 전에 나는 마구 화를 내면서, 아무 말도 못 알아듣고 알아들을 수도 없는 척했죠. 나는 종종 그런답니다, 꼭 어린애처럼요. 아글라야가 훈계를 해주더군요. 고맙다, 아글라야. 그렇지만 다 괜한 걱정이죠. 나는 보기처럼 어리석진 않아요, 딸애들이야 나를 그렇게 보려 들지만 말예요. 나는 강단 있는 성격인데다 그리 소심하지도 않거든요. 하지만 이건 노여워서 하는 소리가 아녜요. 이리 와, 아글라야, 나한테 키스해주렴, 자…… 그래, 이만하면 됐다." 아글라야가 입술과 손에 다정하게 키스를 하자 그녀는 이렇게 말했다. "계속해주세요, 공작. 당나귀보다 좀더 재밌는 이야기도 생각나실 것 같은데."

"정말이지 이해가 안 가, 어떻게 그렇게 곧바로 얘기할 수 있겠어요." 아젤라이다가 또다시 한마디했다. "나 같으면 아예 갈피를 못 잡을 거야."

"하지만 공작은 해내실 거다. 공작은 아주 현명하시고, 너보다 열 배, 아니 아마도 열두 배는 현명하실 테니. 나중에라도 네가 그걸 느낀다면 좋겠구나. 애들한테 그 증거를 보여주세요, 공작. 어서 계속하세요. 당나귀 얘긴 이제 정말 관둬도 되겠죠. 그래, 당나귀 말고 외국에서 무얼 보셨나요?"

"당나귀 얘기도 재밌었어요." 알렉산드라가 입을 열었다. "공작님은 자신의 병 증상에 대해 아주 흥미롭게 얘기하셨고, 단 하나의 외부 자극 때문에 모든 게 마음에 들게 됐다는 얘기도 정말 재미있었어요. 나는 사람들이 정신이 나갔다가 다시 회복되는 얘기가 언제나 흥미로웠어요. 특히 그게 갑자기 일어나는 경우엔 더 그렇고요."

"그렇지? 그렇잖니?" 장군 부인이 탄성을 질렀다. "이제 보니, 너도 더러 똑똑할 때가 있구나. 자, 이제 그만들 웃어라! 스위스의 자연 얘기를 하다 관두신 것 같은데, 공작, 자, 어서요!"

"우리는 루체른에 도착했고, 나는 호수 위를 끌려다녔습니다. 호수가 참 아름답다고 느꼈지만 동시에 마음이 지독하게 괴로웠습니다." 공작이 말했다.

"왜요?" 알렉산드라가 물었다.

"모르겠습니다. 그런 자연을 처음 볼 때면 늘 괴롭고 불안해집니다. 좋기도 하고 불안하기도 하고. 하긴 이건 모두 아직 병중이었을 때 일입니다만."

"아니, 정말, 나도 한번 보고 싶어요." 아젤라이다가 말했다. "우린 언제나 외국에 가게 될지 모르겠네. 나는 이 년 동안이나 그림의 주제를 못 찾고 있거든요.

동과 남은 묘사된 지 오래고……*

그러니까 공작님, 나에게 그림의 주제를 하나 찾아주세요."

---

* 레르몬토프의 시 「언론인, 독자, 그리고 작가」에 나오는 구절의 불완전한 인용.

"그 방면에 문외한이라서요. 내 생각엔, 그냥 보고 그리면 될 것 같은데요."

"나는 볼 줄 모르는걸요."

"아니, 무슨 수수께끼 놀이를 하는 거냐? 하나도 못 알아듣겠구나!" 장군 부인이 말을 가로챘다. "볼 줄 모른다니, 그게 무슨 소리냐? 눈 있겠다, 그럼 보면 되잖아. 여기서 볼 줄 모르는데, 외국에 간다고 눈이 트일까. 차라리 직접 보신 걸 얘기하시는 게 좋겠어요, 공작."

"그게 좋겠군요." 아젤라이다가 덧붙였다. "공작님이야말로 외국에서 보는 법을 배우셨을 테니."

"모르겠습니다. 나는 그곳에서 건강을 회복했을 뿐입니다. 보는 법을 배웠는지는 모르겠군요. 아무튼 그곳에서 거의 언제나 무척 행복했지요."

"행복했다고요! 행복을 누리는 법도 아세요?" 아글라야가 외쳤다. "그런데 어떻게, 보는 법을 배우지 못했다고 하시죠? 우리한테 가르쳐 주실 수도 있을 텐데."

"가르쳐주세요, 제발" 하며 아젤라이다가 웃었다.

"아무것도 가르쳐드릴 수가 없군요." 공작도 따라 웃었다. "외국에 머무는 동안 거의 내내 스위스 시골 마을에서 지내면서 아주 간혹 어디 멀지 않은 곳으로 나가봤을 뿐입니다. 그러니 무엇을 가르쳐드리겠어요? 처음엔 그저 지루하지 않을 뿐이었는데, 곧 건강이 좋아지기 시작했습니다. 나중에는 하루하루가 소중해졌고, 시간이 갈수록 더 소중해진다는 것을 깨닫게 됐죠. 저녁이면 아주 흡족한 마음으로 잠자리에 들었고, 아침이면 더욱더 행복한 마음으로 눈을 떴습니다. 이 모든 게 왜 그랬는지는—설명하기가 무척 어렵군요."

"그럼 정말 아무데도 가고 싶지 않았단 말씀인가요, 아무데도요?" 알렉산드라가 물었다.

"처음엔, 맨 처음엔, 네, 가고 싶었어요, 그리고 커다란 불안에 빠져들기도 했습니다. 어떻게 살아갈 것인가, 밤낮없이 생각했죠. 나는 내 운명을 시험해보고 싶었고, 특히 어떤 순간엔 몹시 불안감을 느끼기도 했습니다. 아시겠지만, 그런 순간들이 종종 있죠, 특히 홀로 외로울 때엔 말입니다. 내가 살던 그 마을에 폭포가 하나 있었는데, 그리 크진 않았지만—하얀 거품과 요란한 소리를 만들어내면서 높은 산 위에서 아주 가느다란 실오라기처럼 거의 수직으로 떨어졌습니다. 폭포는 높은 데서 떨어졌지만 왠지 상당히 낮아 보였고, 반 베르스타나 떨어진 곳에 있었지만 오십 보밖에 안 되는 것처럼 여겨졌습니다. 나는 밤이면 폭포 소리에 즐겨 귀를 기울였는데, 바로 그런 순간에 이따금 커다란 불안에 휩싸이곤 했지요. 때로는 한낮에도 그랬어요, 어디든 산에 올라 송진투성이인 커다란 노송들에 에워싸여 산 한가운데 홀로 서 있노라면 말입니다. 산꼭대기 벼랑 위엔 폐허가 된 중세의 고성古城이 있고, 산 밑으로는 저멀리 우리 마을이 까마득히 내려다보입니다. 태양은 눈부시게 빛나고, 하늘은 끝없이 푸르고, 사위는 무섭도록 고요합니다. 바로 그럴 때면 어디론가 훌훌 떠나고만 싶었고, 거기서 계속해서 곧장 가면, 오래오래 걸어서 저 지평선 너머, 하늘과 땅이 만나는 바로 저 지평선 너머까지 가면, 모든 수수께끼가 한꺼번에 풀리고 우리의 삶보다 천 배나 강렬하고 떠들썩한 새로운 삶을 곧바로 볼 수 있을 것만 같았지요. 나는 늘 나폴리 같은 대도시를 꿈꾸었죠, 그곳은 온통 궁전과 소음과 굉음과 삶으로 꽉 차 있을 거라고…… 그래요, 무슨 꿈인들 꾸어보지 않았겠습니까! 하지만 그후 나는 감옥 안에서도 엄청난 삶을 발견할 수 있을 거라고 생각하게 됐습니다."

"마지막에 말씀하신 훌륭한 생각은 제가 열두 살 때 『선문독본選文讀本』에서도 읽은 적이 있어요." 아글라야가 말했다.

"이건 모두 철학이에요." 아젤라이다도 한마디 던졌다. "당신은 철학자시고, 우리를 가르치러 오셨군요."

"아마 그 말씀이 맞을 겁니다." 공작이 빙그레 웃었다. "나는 사실 철학자인지도 몰라요. 그리고 누가 압니까, 어쩌면 정말 가르칠 생각이 있는지도…… 그럴 수 있어요, 정말, 그럴 수 있지요."

"당신의 철학은 예블람피야 니콜라브나하고 똑같군요." 아글라야가 또다시 말을 받았다. "관리였던 남편을 잃고 혼자된 여자인데, 식객처럼 우리집에 드나들죠. 그 여자의 인생 과제는 오직—돈 덜 들이고 값싸게 살기예요. 그저 돈 안 쓰고 살아나가자는 거고, 그저 1코페이카, 2코페이카 얘기만 하죠. 그런데 말예요, 그 여잔 돈도 있어요, 아주 약아빠진 여자라고요. 당신이 말씀하신 감옥 안에서의 엄청난 삶이라는 것도 똑같아요. 시골에서 사 년 동안 행복하게 사셨다는 것도 아마 그럴 거예요. 당신은 그 행복을 위해 당신의 도시 나폴리까지 팔아버리셨죠, 보아하니, 몇 코페이카 안 될망정 이윤까지 붙여서요."

"감옥생활에 대해서만큼은 동의할 수 없군요." 공작이 말했다. "나는 십이 년가량 감옥에 앉아 있었던 사람의 얘기를 들은 적이 있습니다. 그는 나의 교수님한테 치료받던 환자 중 한 명이었지요. 발작을 일으키다보니 때로는 몹시 불안해하며 소리내어 울기도 했고 한번은 자살을 기도한 일까지 있었습니다. 그의 감옥생활은 우울하기 짝이 없었어요, 그건 분명히 말씀드릴 수 있지만, 그렇다고 해서, 물론, 코페이카식 생활은 아니었습니다. 게다가 그 사람의 친구라고는 거미와 철창 밖에 자라는 작은 나무 한 그루가 전부였는데…… 하지만 그보다는 지난해 내가 만난 어떤 사람의 이야기를 들려드리는 편이 좋겠군요. 이 사람한테는 아주 기이한 어떤 일이 있었는데—기이하다고 한 건, 원래 그런 경우가 아주 드물기 때문이죠. 이 사람은 어느 날 다른 이들과 함께 사형대로 끌려갔고, 정치범으로 총살형에 처한다는 판결문 낭독을 들었습니다. 이십 분쯤 뒤에 은사恩赦의 칙령이 내려져 다른 등급의 형벌을 선고받았지만, 어쨌든 이 두 판결 사이의 이십 분 혹은 적어도 십오 분이라는 시간 동안, 그는 이제 몇 분 뒤면 자기가 갑자기 죽게 된다는 의심할 수 없는 확신 아래 지내야 했던 겁니다. 이 사람은 자신이 그때 받았던 인상을 이따금 회상했는데, 그럴 때면 나는 무서우리만큼 그 이야기에 끌려서 몇 번이나 다시 캐묻기 시작하곤 했습니다. 그는 모든 것을 아주 분명히 기억하고 있었고, 그 순간 중 어느 하나도 결코 잊지 못할 거라고 했습니다. 구경꾼과 병사들에게 에워싸인 사형대에서 스무 걸음쯤 떨어진 곳에 말뚝이 세 개 박혀 있었다는데, 죄수가 여럿이었기 때문입니다. 처음 세 명의 죄수를 말뚝으로 끌고 가서 묶고는 사형복(길고 헐렁한 흰옷입니다)을 입힌 다음, 총이 보이지 않도록 흰 두건을 눈 위까지 눌러 씌웠답니다. 그러고 나서 각각의 말뚝 앞에 병사 몇 명이 한 조를 이루어 정렬했습니다. 내가 아는 사람은 여덟번째에 서 있었으니, 세번째 집행 때 말뚝으로 가야 했지요. 사제가 십자가를 들고 모든 사형수 앞을 돌아다녔습니다. 이제 목숨이 붙어 있는 것도 오 분

정도밖에 안 남게 됐습니다. 그런데 그가 말하길, 이 오 분이 한없이 긴 시간처럼, 엄청난 재산처럼 여겨지더라는 겁니다. 그는 이 오 분 동안 아직 최후의 순간 같은 건 생각할 필요조차 없을 만큼 많은 삶을 살 수 있을 것 같은 생각이 들어, 그동안에 할 여러 가지 일을 정했습니다. 시간을 계산해서, 동료들과 작별하는 데 이 분을 할당하고, 다음 이 분은 마지막으로 자기 자신에 대해 생각하는 데 쓰고, 그리고 나머지 시간은 마지막으로 주위를 둘러보는 데 쓰기로 한 겁니다. 그는 자기가 바로 이 세 가지 일을 하기로 결정했고, 바로 그렇게 시간을 계산했다는 사실을 아주 잘 기억하고 있더군요. 그는 스물일곱 살의 건강하고 혈기왕성한 청년으로 죽는 것이었는데, 동료들에게 작별을 고하며, 그중 한 명에게 상당히 엉뚱한 질문을 했고 그 대답에 무척 흥미를 느끼기까지 했다는 것도 기억하고 있었습니다. 이윽고 동료들과의 작별인사가 끝나자, 자기 자신에 대해 생각하기 위해 계산해둔 그 이 분이 다가왔습니다. 그는 자기가 무엇에 대해 생각할지 이미 알고 있었습니다. 그는 가능한 한 신속하고, 가능한 한 명확하게, 이게 그러니까 어떻게 되어갈 건지, 모든 것을 머릿속에 그려보려고 했습니다. 자기는 지금 존재하고 있고 살아 있지만, 삼 분 뒤면 이미 무언가가, 그 누군가가, 아니면 그 무엇인가가 돼버린다—과연 누가 될 것인가? 과연 어디에 있게 될 것인가? 이런 문제들을 그는 이 이 분 동안 모두 해결하려고 생각했단 말입니다! 사형장에서 멀지 않은 곳에 교회가 있었고, 지붕에 금을 입힌 사원의 꼭대기가 눈부신 햇빛을 받아 반짝반짝 빛나고 있었습니다. 그는 이 지붕과 거기 반사되어 반짝이던 태양 광선을 무서울 정도로 뚫어지게 바라보았던 것을 기억하고 있었는데, 그 빛에서 도저히 시선을 뗄 수 없었다고 합니다. 이 광선이야말로 자신의 새로운 자연이다, 이제 삼 분만 지나면 자기는 이 광선들과 어떤 식으로든 융합하게 된다……고 느껴졌기 때문입니다. 이제 곧 일어나고 당장 들이닥칠 이 새로운 것이 불투명하다는 사실과 거기서 느껴지는 혐오감은 정말 끔찍할 정도였다더군요. 하지만 그의 말에 따르면, 그 순간 그에게 무엇보다 괴로웠던 것은 끊임없이 떠오르는 한 가지 생각이었습니다. '만일 죽지 않는다면 어떨까! 만일 삶을 되찾을 수 있다면 어떨까—그야말로 무한이리라! 그리고 그건 고스란히 내 것이 될 테지! 그렇게만 되면 나는 일분일초를 한 세기로 만들어 그 무엇도 잃어버리지 않을 것이며, 일분일초까지 정확히 계산해서 그 무엇도 헛되이 써버리지 않을 것이다!' 이 생각은 마침내 증오감으로까지 변해서, 차라리 한순간이라도 빨리 총살시켜줬으면 하는 생각마저 들었다는 겁니다."

공작은 갑자기 입을 다물었다. 모두 그가 이야기를 계속하여 결론을 끌어내길 기다렸다.

"다 끝났나요?" 아글라야가 물었다.

"네? 네, 끝났습니다." 잠시 생각에 잠겨 있던 공작이 번뜩 정신을 차리며 말했다.

"근데 그 얘길 왜 하신 거죠?"

"그냥…… 생각이 나서…… 대화 분위기를 돋우느라……"

"정말 엉뚱하시긴." 알렉산드라가 꼬집었다. "공작님, 당신은 분명 이런 결론을 내리고 싶으셨을 거예요. 비록 한순간일지라도 코페이카로 값을 매길 수는 없고, 때로는 단 오 분이 그 어떤 보물보다 소중하다고 말이죠. 다 훌륭한 생각이에요. 그렇지만 죄송해요, 그런 수난사를 들려준 당신의 친구는 대체 어떻게 됐나요…… 그 사람에게 내렸던 형벌이 바뀌었다고 했으니, 그는 그 '무한한 삶'을 선사받은 게 아닌가요. 그래, 그후 그 사람은 그 엄청난 재산을 가지고 대체 무엇을 했나요? 일분일초를 '계산하며' 살았나요?"

"오, 그렇지 않습니다, 그 사람이 직접 얘기하길—거기 대해 나도 이미 물어본 적이 있는데—전혀 그렇게 살지 않았고 아주 많은 시간을 낭비했다더군요."

"뭐, 그럼 당신한텐 좋은 경험이 된 셈이고, 그러니까 '정확히 계산하며' 산다는 건 사실 불가능하다는 얘기겠죠. 이유야 어찌됐든 불가능한 일이에요."

"네, 이유야 어찌됐든 불가능한 일입니다." 공작이 그 말을 되풀이했다. "나 자신도 그런 생각이 들긴 했습니다. 하지만 그래도 어쩐지 믿어지지 않는군요……"

"그럼 당신은 누구보다 현명하게 사실 거라고 생각하나요?" 아글라야가 말했다.

"네, 그렇게 생각될 때도 간혹 있었죠."

"그리고 지금은요?"

"그리고…… 지금도요." 공작은 여전히 조용하고 수줍기까지 한 미소를 머금고 아글라야를 바라보며 이렇게 대답했으나, 이내 또다시 웃음을 터뜨리며 명랑하게 그녀를 쳐다보았다.

"겸손하시군요!" 아글라야는 거의 짜증을 부리다시피 말했다.

"그런데 여러분은 정말 용감한 분들이시군요, 이렇게 웃고 계시다니, 나는 그의 얘기를 듣고 얼마나 큰 충격을 받았던지 나중에 꿈까지 꾸었는데요, 바로 그 오 분을 꿈에서 보았죠……"

그는 탐색이라도 하듯 진지한 눈으로 장군 부인과 딸들을 다시 한번 둘러보았다.

"여러분은 나한테 뭔가 화를 내고 계신 게 아닌가요?" 공작은 좀 당황한 듯했으나 그래도 그들 모두의 눈을 똑바로 바라보며 불쑥 물었다.

"왜요?" 세 처녀는 깜짝 놀라며 일제히 소리쳤다.

"그게, 내가 마치 가르치려 든다고 여기실 듯해서……"

모두 웃음을 터뜨렸다.

"혹시 화가 나셨다면, 화내지 말아주세요." 그가 말했다. "내가 다른 사람들보다 인생 경험이 부족하고, 삶에 대해 누구보다 무지하다는 걸 잘 압니다. 때로는 아마 아주 이상한 말을 하고 있을 겁니다……"

그러면서 그는 몹시 당황한 빛을 보였다.

"스스로 행복했다고 말씀하시는 걸 보면, 남들보다 인생 경험이 적은 게 아니라 오히려 더 많을 거예요. 그런데 왜 겸손을 가장하며 사과하시는 거죠?" 아글라야가 따지듯 엄하게 입을 열었다. "그리고 당신이 우리를 가르치고 있다는 염려는, 제발, 관두세요. 당신 쪽에서 그렇게 으스댈 만한 이유는 전혀 없으니까요. 당신 같은 정적주의자*라면, 인생이 백 년이라도 행복으로 꽉꽉 채울 수 있을 거예요. 사형집행을 보여주든 손가락을 보여주든, 그저 한결같이 훌륭한 생각을 끌어내고 그것으로 만족하시겠죠. 그렇게 한평생 사실 수 있을걸요."

"왜 너는 줄곧 화만 내는지 모르겠구나." 아까부터 말하는 사람들의

* 수동적인 묵상생활을 지상(至上) 행복으로 간주하고 거기에서 영혼의 완성을 추구하는 신비주의자.

얼굴만 관찰하고 있던 장군 부인이 말을 받았다. "그리고 나는 너희가 무슨 소릴 하는지도 못 알아듣겠다. 손가락이니 뭐니, 무슨 터무니없는 소리냐? 공작의 말씀은 훌륭하셔, 그저 좀 우울한 얘기여서 그렇지. 너는 왜 이분의 사기를 떨어뜨리니? 얘길 시작할 땐 웃고 계셨는데, 지금은 아주 기운이 없으시잖아."

"괜찮아요, *엄마*. 그런데 공작님, 당신이 사형집행을 못 보신 건 유감이네요, 물어보고 싶은 게 하나 있었는데."

"사형집행을 본 적이 있습니다." 공작이 대답했다.

"보셨다고요?" 아글라야가 소리쳤다. "진작에 알아챘어야 하는데! 그야말로 화룡점정이군요. 그걸 보셨다면, 어떻게 줄곧 행복하게 지냈다고 말씀하시죠? 어디, 제 말이 틀렸나요?"

"당신이 지내던 마을에서 정말 사형집행을 한단 말씀인가요?" 아젤라이다가 물었다.

"나는 리옹에서 봤습니다. 슈나이더와 함께 갔었죠, 그분이 나를 데리고 갔거든요. 도착하자마자 그 광경과 맞닥뜨렸습니다."

"그래 어땠나요, 마음에 들던가요? 교훈적인 게 많았나요? 유익한 것도요?" 아글라야가 연거푸 물었다.

"마음에 들긴커녕 나중에 좀 앓기까지 했지만, 솔직히 말씀드려, 그 자리에 못박힌 듯 서서 봤습니다, 도저히 눈을 뗄 수가 없었어요."

"나라도 눈을 떼지 못했을 거예요." 아글라야가 말했다.

"그곳에선 여자가 그런 걸 보러 가는 것을 아주 못마땅하게 여깁니다. 그런 여자가 있으면 나중에 신문에서도 떠들어대죠."

"그게 여자들 일이 아니라 함은, 그게 곧 남자들 일이라고 말하려는

(따라서 정당화하려는) 거겠죠. 그런 논리에 축하를 보냅니다. 당신도 물론 그렇게 생각하시겠죠?"

"사형집행 얘기나 해주세요." 아젤라이다가 말을 가로챘다.

"지금은 정말 얘기하고 싶지 않군요……" 공작은 얼굴을 찌푸리듯이 하며 난처해했다.

"우리한테 얘기하기가 딱하신가보죠." 아글라야가 콕 찔렀다.

"아뇨, 그게 아니라, 바로 그 사형 얘길 아까 이미 했거든요."

"누구에게 하셨는데요?"

"댁의 시종한테요, 아까 저기서 기다리다가……"

"시종이라니, 누구 말씀이죠?" 사방에서 일제히 물었다.

"문간방에 앉아 있는, 머리가 희끗희끗하고 얼굴이 불그스레한 사람 말입니다. 나는 이반 표도로비치를 뵈려고 문간방에 앉아 있었거든요."

"세상에나, 문간방이라니." 장군 부인이 말했다.

"공작께선 민주주의자시니까." 아글라야가 말을 잘랐다. "뭐, 알렉세이한테 얘기하셨다면, 우리한테라고 마다하실 순 없겠죠."

"나는 꼭 듣고 싶어요." 아젤라이다가 되풀이했다.

"실은 조금 전에," 공작은 다시금 얼굴에 활기를 좀 띠며 (그는 금세 남을 믿고 금세 활기를 되찾는 사람 같았다) 그녀에게 말했다. "당신이 내게 주제를, 그림의 주제를 달라고 부탁하셨을 때, 실은 한 가지 생각이 떠올랐습니다. 기요틴이 떨어지기 일 분 전의 사형수의 얼굴을 그리는 거죠, 아직 단두대 위에 서서 이제 막 그 판때기에 누우려고 하는 사형수의 얼굴을요."

"얼굴을요? 얼굴만요?" 아젤라이다가 물었다. "기이한 주제가 되겠군요, 그것으로 과연 그림다운 게 나올까요?"

"이유를 모르겠군요, 왜 안 되죠?" 공작이 열을 올리며 주장했다. "얼마 전 바젤에서 그런 그림을 하나 본 적이 있습니다. 당신한테 그 얘기를 몹시 하고 싶군요…… 언젠가 말씀드리죠…… 너무나 놀라운 그림이었습니다……"

"바젤의 그림에 대해선 이다음에 꼭 듣고 싶네요." 아젤라이다가 말했다. "하지만 지금은 그 사형 그림에 대해 자세히 설명해주세요. 머릿속에 그리고 있는 그대로 말씀해주실 수 있죠? 대체 그 얼굴을 어떻게 그리죠? 그러니까, 얼굴만요? 대체 어떤 얼굴인가요?"

"그것은 죽기 바로 일 분 전입니다." 공작은 완전히 준비를 마치기라도 한 듯 말문을 열었는데, 기억을 떠올리는 일에 오로지 몰두해서 그 밖의 모든 것은 한순간에 잊은 모습이었다. "그가 조그만 계단을 올라와 단두대에 막 발을 내디딘 바로 그 순간이지요. 문득 그가 내 쪽을 힐끗 쳐다보더군요. 나는 그의 얼굴을 보고 모든 것을 이해했습니다…… 하지만 이걸 어떻게 얘기해야 할지! 당신이든 누구든 그것을 꼭 그렸으면 정말, 정말 좋겠습니다! 당신이 그리신다면 더 좋고요! 나는 이미 그때, 그게 유익한 그림이 될 거라고 생각했습니다. 하지만 그러려면 그전에 있었던 모든 일을 하나도 빠짐없이 머릿속에 그려보아야 합니다, 모든 일, 모든 일을 말이죠. 그는 감방에 앉아 사형집행을 기다리면서 그래도 아직 일주일은 남았다고 여겼습니다. 으레 있는 형식 절차를 어찌어찌 계산에 넣었던 거지요. 서류가 아직 어딘가로 가야 하고 일주일이나 지나야 되돌아올 거라고 말입니다. 그런데 갑자기 어떤 우연한 사정으로 이 일이 단축된 겁니다. 아침 다섯시에 그는 자고 있었습니다. 10월 말이었으니, 아침 다섯시면 아직 춥고 어둡지요. 교도소장이 간수를 데리고 조용히 들어와서 그의 어깨를 가만히 건드리자, 그는 몸을 반쯤 일으켜 팔꿈치에 몸을 기대고—불빛을 봅니다. '무슨 일이오?' '아홉시에 형을 집행한다.' 잠이 덜 깬 그는 이 말을 곧이듣지 않고, 서류는 일주일 뒤에나 돌아올 텐데 무슨 소리냐고 입씨름을 벌이려 했으나, 정신이 완전히 들자 입씨름을 관두고 입을 다물어버립니다—이건 다 사람들한테서 들은 얘깁니다. 그러다가 조금 뒤에 '그래도 이렇게 갑작스레 하면 곤란하잖소……'라고 말하고는 다시 입을 다물고 더 이상 한마디도 하려 들지 않았습니다. 그러고는 정해진 일을 행하느라 서너 시간이 지나갑니다. 사제가 나타나고, 아침식사가 나오는데, 포도주에 커피에 소고기까지 주고(아니, 이건 조롱 아닙니까? 생각만 해도 얼마나 잔인한 일입니까, 하지만 또 한편으론, 맙소사, 이 순진한 사람들은 순수한 마음에서 이런 짓을 하면서 그게 박애라고 확신하고 있단 말입니다), 그다음엔 몸단장을 시키고(사형수의 몸단장이 어떤 것인지 아십니까?), 마침내 마차에 태워 시내를 지나 단두대로 끌고 갑니다…… 나는 그가 그렇게 끌려가는 동안에도 아직은 살 시간이 무한히 남은 것처럼 여길 거라고 봅니다. 길을 가는 동안 그는 필시 이렇게 생각했겠지요. '아직도 오래 남았다, 아직 세 개의 거리가 남아 있는 동안은 살아 있을 수 있다, 여기 이 거리를 지나면 저 거리가 또 남아 있고, 그다음엔 오른쪽에 빵집이 있는 저 거리가 또 남아 있다…… 그리고 빵집까지는 아직 한참을 더 가야 한다!' 주위에 떼 지어 몰려든 구경꾼들, 외치는 소리, 소음, 만 개의 얼굴, 만 개의 눈—그는 이 모든 것을 견뎌내야 하지만, 제일 힘든 것은 '저기 만 명이나 되는 사람들이 있다,

그들 중 아무도 사형당하지 않는데, 나 혼자만 사형당한다!'라는 생각입니다. 뭐, 이건 모두 서론에 불과합니다. 단두대에는 조그만 계단이 설치돼 있습니다. 그 계단 앞에서 그는 갑자기 울음을 터뜨렸습니다. 강인하고 사내다운 자였고, 대단한 악당이었다는데 말이지요. 그의 옆으로 사제가 한시도 떨어지지 않고 줄곧 따라다녔고, 마차도 함께 타고서 계속 뭐라고 말을 했지만—귀에 들어올 리가 없지요. 귀를 기울이려 해도, 세 마디째부터는 무슨 소린지 벌써 못 알아듣게 됩니다. 당연히 그럴 겁니다. 마침내 그는 계단을 오르기 시작했습니다. 하지만 발이 묶여 있는 탓에 조금씩 조금씩 간신히 걸음을 옮겨놓습니다. 사제는 틀림없이 현명한 사람인 듯, 그만 말을 멈추고 쉴새없이 십자가에 입을 맞추게 했습니다. 계단 밑에 있을 때도 사형수는 몹시 창백했지만, 계단을 다 올라가서 단두대 위에 서자 갑자기 종잇장처럼 새하얘져서 완전히 백지장 같아졌습니다. 분명 두 다리에 힘이 빠져 나무토막처럼 뻣뻣해지고—목이라도 졸린 듯 구역질이 나면서 그 때문에 온몸이 가려운 것 같았겠죠—여러분도 언젠가 몹시 놀랐을 때나, 아니면 이성이 멀쩡히 남아 있긴 해도 이미 아무런 힘도 발휘하지 못하게 되는 무시무시한 순간에 그런 것을 경험하지 못했나요? 내 생각에, 예컨대 집이 머리 위로 무너져 내린다든가 하는 피할 길 없는 파멸이 덮친다면, 그냥 털썩 주저앉아 두 눈을 질끈 감고서—될 대로 돼라!…… 하고 기다리고 싶은 마음이 갑자기 굴뚝같아질 겁니다. 이렇게 약한 마음이 일기 시작한 바로 그때, 사제는 갑자기 재빠른 동작으로 말없이 그의 입술에 십자가를 급히 갖다댔습니다. 은으로 만든 조그만 사각 십자가였는데—일 분이 멀다하고 연거푸 갖다대더군요. 사내는 십자가가 입술에 닿자마자 눈을 뜨고서, 몇 초 동안은 다시 원기가 회복된 듯 발을 옮기곤 했습니다. 그는 탐욕스레 십자가에 입을 맞췄는데, 마치 만일의 경우를 위해 잊지 않고 무언가 급히 빼어두려는 듯 서둘러 입을 맞춰댔지만, 그 순간 어떤 종교적인 자각 같은 건 거의 없어 보였습니다. 이런 식으로 판때기 바로 옆까지 간 겁니다…… 이상하게도, 이 최후의 순간에 죄수가 기절하는 경우는 별로 없습니다! 오히려 머리가 지독히도 활발히 돌아가고, 마치 작동중인 기계처럼 힘차게, 힘차게, 힘차게 움직일 게 틀림없습니다. 내 상상이지만, 갖가지 생각들, 어쩌면 우스꽝스럽기도 하고 지금의 이 상황과는 아무 관계도 없는, 하나같이 토막난 생각들이 머릿속을 끊임없이 두들겨대겠지요. '저기 저놈이 보고 있구나—저놈 이마에 사마귀가 달렸군, 이 형리는 아랫단추 하나가 녹슬었어' 하는 식으로 말이죠…… 하지만 그러면서도 그는 모든 것을 알고 있고 모든 것을 기억합니다. 그리고 거기엔 어떤 하나의 점이 있어서, 어떤 경우에도 이 점을 잊을 수 없고 기절해버릴 수도 없으며, 모든 것이 그것 주위를, 이 점 주위를 빙빙 돌면서 움직이고 있습니다. 한번 생각해보십시오, 머리를 이미 판때기 위에 놓고 기다리면서…… 앞으로 올 것을 분명히 알고 있는 마지막 4분의 1초 전까지도 이런 상태가 그냥 계속된단 말입니다. 그런데 갑자기 육중한 쇳덩이가 자기 위로 미끄러져 내려오는 소리가 들립니다! 이 소리는 반드시 귀에 들릴 겁니다! 나 같으면, 만약 내가 거기 누워 있다면, 일부러 귀를 기울여 그 소리를 들을 겁니다! 어쩌면 그건 한 찰나의 10분의 1에 불과할지 모르지만, 여하튼 반드시 들릴 거란 말입니다! 그리고 상상해보십시오, 지금까지도 논쟁이 되고 있긴 하지만, 머리가 날아가도 아직 일 초가량은 자기가 날아갔다는 사실을 의식할지도 모른다고 하니—얼마나 해괴한 생각입니까! 그게 만약 오 초 동안이라면 어떨까요!…… 단두대를 그릴 때는, 계단 맨 위의 마지막 단 하나만 선명하고 가깝게 보이도록 하십시오. 이제 죄수가 그 위로 올라섰습니다. 머리, 백지장처럼 창백한 얼굴, 사제는 십자가를 내밀고 있고, 죄수는 굶주린 사람처럼 시퍼런 입술을 들이대며 그것을 바라봅니다. 그리고 그는—모든 것을 알고 있습니다. 십자가와 머리—이것이 그림의 주요 대상입니다. 사제, 형리, 그리고 형리의 두 조수, 이들의 얼굴과 아래쪽에 보이는 몇몇 머리와 눈—이 모든 것은 안개에 싸인 듯 희미하게 배경에다 부수적으로 그려넣으면 되겠죠…… 이것이 제가 생각하는 그림입니다."

공작은 입을 다물고 모두를 바라보았다.

"이건, 물론, 정적주의하곤 비슷하지도 않아." 알렉산드라가 혼잣말로 중얼거렸다.

"그럼, 이제 당신의 연애 얘기를 해주세요." 아젤라이다가 말했다.

공작은 놀란 눈으로 그녀를 쳐다보았다.

"들려주세요," 아젤라이다가 재촉하듯 말했다. "바젤의 그림 얘기도 하셔야겠지만, 지금은 당신의 연애 얘길 듣고 싶어요. 시침떼지 마세요, 분명 해보신 적이 있을 테니까. 게다가 이제 그 얘길 시작하시면, 철학자로 보이지도 않을 거예요."

"얘기를 마치자마자 자신이 했던 얘길 부끄러워하시는군요." 아글라야가 불쑥 한마디 던졌다. "왜 그러시는 거죠?"

"이제는 별 바보같은 소릴 다 하는구나." 장군 부인이 화가 나서 아글라야를 쏘아보며 말을 막았다.

"현명한 말은 아냐." 알렉산드라도 거들었다.

"저애 말을 곧이듣지 마세요, 공작." 장군 부인이 그에게 말했다. "괜히 짓궂게 구느라 일부러 그러는 거예요. 저앤 저렇게 바보같이 교육받진 않았답니다. 저애들이 저렇게 당신을 괴롭힌다 해서, 뭐, 마음 쓰실 건 없어요. 하긴, 무슨 속셈이 있긴 한 모양이지만, 벌써 당신을 좋아하고 있으니까요. 나는 저애들 얼굴을 잘 알아요."

"나도 따님들의 얼굴을 잘 알고 있습니다." 공작은 자신의 말에 특별히 힘을 주며 대답했다.

"어떻게요?" 아젤라이다가 호기심이 동해 물었다.

"우리 얼굴에 대해 뭘 아신다는 거죠?" 다른 두 딸도 호기심을 드러냈다.

그러나 공작은 심각한 표정을 한 채 잠자코 있었다. 모두가 그의 대답을 기다렸다.

"나중에 말씀드리겠습니다." 그가 조용하고 진지하게 말했다.

"어떻게든 우리의 관심을 끌고 싶으신 거죠." 아글라야가 소리쳤다. "거드름 하곤!"

"뭐, 좋아요." 아젤라이다가 다시 재촉했다. "사람들의 얼굴에 대해 그렇게 잘 아신다면, 틀림없이 연애도 하셨을 거예요. 내가, 그러니까, 알아맞힌 거죠. 자, 어서 얘기해보세요."

"나는 연애를 해본 적이 없습니다." 공작은 여전히 조용하고 진지하게 대답했다. "나는…… 다른 방식으로 행복했습니다."

"그럼 어떻게, 무엇 때문에요?"

"좋습니다, 얘기해드리죠." 공작은 이렇게 말했는데, 왠지 깊은 상념에 잠긴 듯한 모습이었다.

VI

"여러분은 지금 나를" 하고 공작은 시작했다. "엄청난 호기심을 가지고서 지켜보고 계시군요. 만약 내가 그 호기심을 충족시키지 못하면 나한테 아마 단단히 화를 내시겠죠. 아니, 농담입니다." 그는 이내 웃음을 지어 보이며 이렇게 덧붙였다. "그곳엔…… 그곳엔 전부 아이들만 있었고, 나는 그곳에서 늘 아이들하고, 오직 아이들하고만 함께 지냈습니다. 그 마을의 아이들이었는데, 한 무리나 되는 아이들이 초등학교에 다녔죠. 내가 그 아이들을 가르쳤다는 건 아녜요. 오, 아뇨, 가르치는 사람으로는 쥘 티보라는 교사가 있었으니까요. 어쩌면 나도 좀 가르쳤는지도 모르겠지만, 대부분은 그저 아이들과 함께 지냈을 뿐이고, 그곳에서 보낸 사 년은 전부 그렇게 흘러갔습니다. 내게는 다른 어떤 것도 필요하지 않았습니다. 나는 아이들에게 모든 것을 말했고 아무것도 숨기지 않았어요. 아이들이 마침내 나 없이는 지낼 수 없게 되어 언제나 내 주위에 몰려들었기 때문에, 아이들의 아버지들, 친척들은 모두 나한테 화를 냈고, 심지어 그 교사는 결국 나의 첫째가는 적이 되고 말았지요. 그곳에서 나한테는 적이 많이 생겼는데, 모두가 아이들 때문이었답니다. 슈나이더까지 나에게 싫은 소리를 하게 됐고요. 그런데 그네들은 뭘 그렇게 두려워했던 걸까요? 아이한테는 모든 것—모든 것을 다 말해도 됩니다. 어른들이 아이들을 얼마나 이해하지 못하고, 심지어 부모들조차 자기 아이들을 얼마나 잘 모르는가를 생각할 때면, 나는 늘 커다란 충격을 받곤 했습니다. 아이들이 너무 어리고 이런저런 것을 알기에는 아직 이르다는 핑계로 그들에게 무엇을 숨길 필요는 전혀 없어요. 이 얼마나 슬프고 불행한 생각입니까! 그리고 아이들은 자기가 모든 것을 이해하고 있는데도 불구하고 아버지가 자기들을 너무 어리게 보고 아무것도 이해하지 못한다고 여긴다는 사실을 스스로 아주 잘 알아차립니다. 아주 어려운 일에서도 아이가 더없이 중요한 조언을 해줄 수 있다는 점을 어른들은 몰라요. 오, 하느님! 이 어여쁜 어린 새가 신뢰에 찬 눈으로 행복하게 여러분을 바라보는데, 이 어린 새를 속인다는 건 부끄러운 일 아닌가요! 내가 그들을 어린 새라고 부르는 것은, 이 세상에서 어린 새보다 더 아름다운 게 없기 때문입니다. 그건 그렇고, 마을 사람들이 모두 나한테 화를 내게 된 건 무엇보다 어떤 우연한 사건 때문이었지만…… 티보는 그저 나를 시기했습니다. 그는 아이들이 내가 가르치면 다 이해하는데, 자기가 가르치면 어째서 거의 아무것도 이해하지 못하는지 처음엔 연방 고개를 갸웃거리며 이상하게 여기다가, 그 후에 내가 우리 두 사람은 아이들에게 아무것도 가르칠 게 없을뿐더러 오히려 그들이 우리를 가르쳐야 한다고 얘기하자 나를 비웃기 시작하더군요. 자신도 아이들과 함께 생활하고 있으면서, 어떻게 나를 시기하고 중상할 수 있는지! 아이들과 함께 지내면 병든 영혼도 치유되는 법인데 말이지요…… 거기 슈나이더의 병원에 어떤 환자가 하나 있었는데 참으로 불행한 사람이었습니다. 그 어떤 불행이라 해도 그처럼 끔찍한 불행은 없을 겁니다. 그는 정신착란 치료를 위해 그곳에 맡겨졌지만, 내가 보기엔 미친 게 아니라 그저 무서운 고통을 겪고 있었고—그게 그의 병의 전부였어요. 그런데 마침내 우리 아이들이 그에게 어떤 존재가 되었는지 여러분이 아신다면…… 하지만 이 환자 얘기는 나중에 하는 게 좋겠군요. 지금은 우선 이 모든 것이 어떻게 시작됐는지를 얘기하겠습니다. 아이들은 처음엔 나를 좋아하지 않았어요. 나는 이렇게 어른인데다 늘 보릿자루처럼 굼떠빠졌으니까요. 내가 못생겼다는 건 나 자신도 알고 있고…… 마지막으로 또, 내가 외국인이라는 점도 있었죠. 아이들은 처음엔 나를 비웃었고, 그후에 내가 마리한테 키스하는 걸 훔쳐보고는 돌까지 던지기 시작했습니다. 하지만 내가 그녀에게 키스한 건 단 한 번밖에 없었어요…… 아니, 웃지 마세요." 공작은 황급히 아가씨들의 웃음을 제지했다. "연애 감정은 전혀 없었으니까요. 그녀가 얼마나 불행한 처지였는지 아신다면, 여러분도 나처럼 그녀를 무척 가엾게 여길 겁니다. 그녀는 우리 마을 사람이었습니다. 그녀의 어머니는 아주 나이가 많은 노파였는데, 그들이 살던 다 허물어져가는, 창문 두 개짜리 작은 집에서 마을 당국의 허가를 얻어 창틀 하나를 떼어내고, 그 창문을 통해 노끈이며 실이며 담배며 비누 같은, 정말 몇 푼 되지도 않는 것들을 팔아 간신히 입에 풀칠을 했지요. 노파는 병이 든데다 다리가 늘 퉁퉁 부어 있는 탓에, 항상 자리에 앉아 있어야만 했어요. 마리는 노파의 딸로, 스무 살쯤 된 허약하고 마른 처녀였습니다. 그녀는 오래전부터 폐병을 앓고 있었지만, 매일같이 이집 저집 돌아다니며 고되게 날품을 팔았는데—마룻바닥을 닦고, 빨래하고, 마당을 쓸고, 가축을 몰아넣는 일 따위였죠. 그런데 어느 지나가던 프랑스인 도붓장수가 그녀를 유혹해 끌고 달아났다가, 일주일 뒤에 그녀만 홀로 길에 버려두고 몰래 도망친 겁니다. 그녀는 온통 누더기가 된 옷을 걸치고 다 떨어진 신을 끌며 더럽기 짝이 없는 몰골로 구걸을 하면서 집으로 돌아왔습니다. 일주일을 꼬박 걸었고 들판에서 밤을 지새운 탓에 심한 감기에 걸려 있었죠. 발은 상처투성이였고, 손은 퉁퉁 부은데다 여기저기 쩍쩍 갈라져 있었습니다. 하긴 전에도 그녀는 그리 아름다운 편은 못 됐죠. 하지만 두 눈만큼은 잔잔하고 선하고 순수했답니다. 그녀는 말수가 무척 적었습니다. 전에 한번은 일을 하다가 갑자기 노래를 부르기 시작해서, 지금도 나는 기억하지만, 사람들이 모두 깜짝 놀라며 웃어댔던 일이 있었죠. '마리가 노래를 불러! 뭐? 마리가 노래를 불러!' 그녀는 너무 당황한 나머지 그뒤로는 영영 입을 다물고 말았습니다. 그때만 해도 모두 그녀를 귀여워했지만, 병들고 상처투성이가 돼서 돌아오니, 그 누구도 그녀에게 동정을 베풀지 않더군요! 이런 경우, 인간이란 얼마나 잔인한지요! 얼마나 가혹한 생각을 품는지요! 어머니가 맨 먼저 증오와 경멸로 그녀를 맞았습니다. '어미 망신을 시켜도 분수가 있지.' 그녀를 맨 먼저 치욕의 구렁텅이로 내몬 사람도 어머니였습니다. 마리가 돌아왔다는 소식을 듣자, 마을 사람들은 모두 마리를 보러 달려갔고, 거의 마을 전체가 노파의 오두막으로 급히 모여들었습니다. 늙은이도, 아이도, 아낙네도, 처녀도, 모두 탐욕스레 떼를 지어 아주 황급히 몰려들었지요. 마리는 누더기를 두른 굶주린 몸으로 마루 위에서 노파의 발치에 엎드려 울고 있었습니다. 너 나 할 것 없이 모두 몰려들자, 그녀는 산발한 머리로 얼굴을 가리고는 바닥에 더 납작 엎드렸지요. 다들 빙 둘러서서 마치 더러운 파충류라도 보는 듯한 눈으로 그녀를 내려다보았어요. 늙은이들은 꾸짖으면서 욕설을 퍼부었고, 젊은이들은 심지어 웃어댔고, 여자들은 욕을 하고 저주하면서, 무슨 거미라도 바라보듯 경멸의 시선을 그녀에게 던졌습니다. 어머니는 이 모든 것을 허용하면서 자기도 그곳에 앉아 머리를 끄덕이며 맞장구를 쳤죠. 어머니는 그때 이미 병세가 아주 위중해서 거의 죽어가는 상황이었고, 정말로 두 달 뒤에 죽었습니다. 그녀는 자기가 곧 죽는다는 것을 알면서도 숨을 거두는 순간까지 딸과 화해하려 하지 않았고, 심지어 딸과 말도 한마디 하지 않았을뿐더러 잘 때는 현관으로 쫓아낸데다, 먹을 것조차 거의 주지 않았어요. 노파는 아픈 발을 자주 더운물로 찜질해야 했는데, 마리는 매일같이 어머니의 발을 씻겨주고 돌봐줬습니다. 노파는 딸의 간호를 말없이 다 받으면서도, 살가운 말 한마디 해주지 않았지요. 마리는 모든 것을 참으며 견뎠고, 나중에 내가 그녀와 알게 됐을 때 깨달은 사실이지만, 이 모든 것을 지극히 당연한 일로 받아들이면서 자신을 세상에서 가장 비천한 존재라 여겼습니다. 노파가 완전히 몸져눕자, 마을 노파들이 번갈아 간호를 해주러 왔는데, 그게 그 마을의 풍습이었죠. 그렇게 되자 마리는 아무것도 얻어먹지 못하게 됐습니다. 마을에서는 다들 그녀를 쫓아냈고, 아무도 전처럼 그녀에게 일거리를 주려 들지 않았어요. 모두 그녀에게 침이라도 뱉을 듯이 대했고, 남자들은 그녀를 여자로 여기지조차 않으면서도 온갖 추잡한 소리를 해댔습니다. 가끔, 아주 드문 일이긴 하지만, 일요일에 술꾼들이 술을 잔뜩 마시고는 장난삼아 그녀에게 동전을, 그것도 바로 땅에다 휙 던져주기도 했죠. 마리는 말없이 그것을 집어들곤 했습니다. 그녀는 이미 그때부터 기침을 하며 피를 토하기 시작했어요. 마침내 그녀의 누더기옷은 이제 완전히 걸레가 되어, 마을에 나다니기조차 창피할 지경이 됐습니다. 발이야 이미 집에 돌아온 첫날부터 맨발로 다니고 있었고요. 이렇게 되자, 특히 아이들이—마흔 명이 넘는 초등학생들이—아주 떼 지어 그녀를 놀려대기 시작했고, 더러운 것까지 그녀에게 던졌습니다. 그녀는 소 치는 사람한테 가서, 소들을 돌보게 해달라고 부탁했지만, 그대로 쫓겨나고 말았죠. 그러자 그녀는 주인의 허락도 없이 소떼를 몰고 하루종일 들판에 나가 있었습니다. 소 치는 사람에게 그녀가 아주 많은 도움이 되자, 그 사람은 그 사실을 알아채고는 이제 더는 그녀를 내쫓지 않았고, 이따금 먹다 남은 점심, 치즈, 빵 따위를 주기도 했습니다. 그는 그것을 대단한 자선이라 여겼죠. 어머니가 죽었을 때, 목사는 교회에 모인 모든 사람 앞에서 아무런 수치심도 없이 마리에게 심한 모욕을 주었습니다. 마리는 여느 때처럼 누더기 차림으로 관 뒤에 서서 울고 있었어요. 그녀가 울면서 관 뒤를 따라가는 걸 구경하려고 많은 사람이 모였습니다. 이때 목사가—그는 위대한 설교가가 되려는 야망을 품고 있는 아직 젊은 사람이었는데—마리를 가리키며 모든 사람에게 말하더군요. '바로 이 여자야말로 존경스러운 부인을 죽게 한 원인이올시다'(물론 틀린 말이죠, 노파는 이미 두 해 전부터 앓고 있었으니까요), '지금 이 여자는 여러분 앞에 서서 감히 눈도 들지 못하고 있습니다, 하느님의 손가락이 이 여자를 표시해두었으니까요. 보시다시피 이 여자는 맨발에 누더기를 걸치고 있습니다—선행의 길에서 벗어나는 자들의 본보기가 아니고 무엇이겠습니까! 이 여자가 대체 누굽니까? 바로 돌아가신 분의 딸이올시다!' 처음부터 끝까지 계속 이런 식이었지요. 그런데 상상해보세요, 이런 비열한 말을 들으며 거의 모두가 흡족해했지만…… 이때 특별한 일이 벌어진 겁니다. 아이들이 마리 편을 들고나온 거예요. 왜냐하면 아이들은 그때 이미 모두 내 편이어서 마리를 좋아하게 됐거든요.

그건 이렇게 된 일이었습니다. 나는 마리에게 뭐라도 해주고 싶었어요. 그녀에게 어떻게든 돈을 줘야 했지만, 그곳에서 나는 돈을 한푼도 가져본 적이 없었죠. 그런데 나한테 다이아몬드가 박힌 조그만 핀이 하나 있어서, 그걸 어느 고물상에게 팔았습니다. 그는 이 마을 저 마을 돌아다니며 헌옷가지를 사고파는 사람이었어요. 핀값으로 8프랑을 주더군요, 분명히 40프랑은 족히 나가는데 말이죠. 나는 마리와 단둘이 만나려고 오랫동안 애를 썼습니다. 드디어 우리는 마을 밖의 울타리 옆, 산으로 가는 조그만 오솔길에 있는 나무 뒤에서 만났지요. 거기서 나는 마리에게 8프랑을 주며, 나한텐 이제 더이상 돈이 나올 데가 없으니 아껴쓰라고 말한 뒤 입을 맞추고서, 무슨 좋지 못한 속셈에서 이러는 거라고 생각하지 마라, 내가 입을 맞추는 것은 반해서가 아니라 너무 가여워서 그러는 거다, 애초부터 나는 너를 결코 죄지은 여자로 보지 않았고 다만 불행한 여자로 여겼을 뿐이다, 라고 말해줬습니다. 나는 그 자리에서 그녀를 위로해주고, 또 그렇게 자신을 모든 사람보다 비천한 존재로 여겨서는 안 된다고 무척이나 설득하고 싶었는데, 하지만 그녀는 알아듣지 못한 것 같더군요. 그녀는 처음부터 끝까지 거의 아무 말 없이 눈을 내리깔고 지독히 부끄러워하며 내 앞에 서 있었으나, 나는 그걸 금방 알아챘습니다. 내가 말을 끝내자 그녀는 내 손에 입을 맞췄고, 나도 곧바로 그녀의 손을 잡고 입을 맞추려 했지만, 그녀가 황급히 손을 빼내더군요. 그때 갑자기 아이들이, 그것도 완전한 한 무리가 우리를 훔쳐본 겁니다. 나중에 안 일이지만, 아이들은 오래전부터 내 뒤를 밟으며 염탐했던 거예요. 아이들이 휘파람을 불고 손뼉을 치며 깔깔 웃어대는 바람에, 마리는 허둥지둥 달아나고 말았죠. 내가 말을 꺼내려고 하자, 아이들은 나에게 돌을 던지기 시작했습니다. 바로 그날로 모든 사람이, 온 마을이 다 알게 됐고, 모든 허물이 또다시 마리에게 씌워졌지요. 사람들은 더욱더 그녀를 싫어하게 됐습니다. 그녀에게 벌을 주자고 했다는 얘기까지 들었지만, 다행히 그냥 지나갔습니다. 그 대신 아이들은 그녀가 가는 길을 막아서기도 하고 전보다 더 짓궂게 놀리며 더러운 것을 던져댔습니다. 아이들한테 쫓겨 달아날 때면 그녀는 가슴이 약한 탓에 숨을 헐떡이고, 아이들은 뒤를 따라가며 소리를 지르고 욕지거리를 해댑니다. 한번은 내가 아이들과 싸우려고 뛰어든 적도 있었죠. 그후 나는 아이들과 얘길 하려고 시도했고, 할 수만 있으면 매일 얘기했습니다. 아이들은 여전히 욕설을 그만두지 않았지만, 그래도 가끔은 걸음을 멈추고 귀를 기울이더군요. 나는 아이들에게 마리가 얼마나 불행한 사람인지 얘기해줬습니다. 아이들은 곧 욕설을 그만두고 말없이 지나가게 됐지요. 조금씩 조금씩 나는 아이들과 대화를 하게 됐고, 그들에게 아무것도 숨기지 않았습니다. 나는 아이들에게 모든 것을 얘기했어요. 아이들은 커다란 호기심을 가지고 귀를 기울였고, 곧 마리를 가엾게 여기기 시작하더군요. 마리를 만나면 상냥하게 인사하는 아이들도 생겼고요. 그곳에선 누구를 만나게 되면—아는 사람이건 모르는 사람이건—서로 인사를 하며 '안녕하세요'라고 말하는 풍습이 있거든요. 마리가 얼마나 놀랐을지 상상이 됩니다. 한번은 두 소녀가 먹을 것을 구해 그녀에게 갖다주고 와서 나한테 말하는 겁니다. 마리가 울음을 터뜨렸고, 자기들은 이제 마리를 무척 사랑한다고요. 곧 모든 아이가 그녀를 사랑하게 됐고, 동시에 나한테까지 갑자기 호감을 나타내기 시작했습니다. 아이들은 자주 나를 찾아와, 늘 이야기를 해달라고 졸랐어요. 아이들이 내 얘기를 무척 듣고 싶어한 걸 보면, 내가 이야기를 잘 했던 모양입니다. 나중에는 오로지 아이들에게 얘기해주기 위해 공부도 하고 책도 읽게 됐고, 그뒤로 삼 년 내내 그들에게 이야기를 들려주었지요. 그후에 사람들이—슈나이더 역시 마찬가지였지만—왜 어른에게나 할 얘기를 아이들한테 하느냐, 왜 아이들에게 숨겨야 할 얘기까지 하느냐, 라며 모두 나를 비난하기에, 내가 대답했지요, 아이들에게 거짓말하는 건 부끄러운 짓이다, 아무리 숨겨도 아이들은 어차피 다 알게 마련이고, 그들끼리라면 나쁜 방향으로 알게 될 수도 있지만 나한테서 들으면 그럴 염려가 없다, 라고 말이죠. 누구나 자기가 아이였을 때를 떠올려만 봐도 충분히 이해했을 겁니다. 하지만 그들은 내 말에 동의하지 않았어요…… 내가 마리에게 입을 맞춘 건 그녀의 어머니가 죽기 아직 두 주 전이었습니다. 따라서 목사가 그 설교를 했을 때는 아이들이 이미 모두 내 편이었지요. 나는 곧바로 아이들에게 목사의 처신을 얘기하고 설명해줬습니다. 다들 목사에게 분개했고, 어떤 아이들은 돌로 교회 유리창을 깨기까지 했습니다. 나는 그들을 말렸어요, 나쁜 행동이었으니까요. 하지만 온 마을 사람들이 이내 모든 것을 알게 됐고, 아이들을 망쳐놨다며 나를 비난하기 시작했습니다. 나중에 아이들이 마리를 좋아한다는 걸 알게 되자, 다들 깜짝 놀라더군요. 그러나 마리는 이미 행복했습니다. 아이들에겐 그녀와 만나는 것조차 금지됐지만, 그들은 마을에서 거의 반 베르스타나 떨어진, 꽤 먼 목초지까지 그녀를 보러 몰래 달려가곤 했죠. 그들은 대개 그녀에게 과자를 가져다주었으나, 개중엔 그저 그녀를 끌어안고 입을 맞추며 '*나는 당신이 좋아요, 마리!*'라고 말하기 위해 달려왔다가는 이내 쏜살같이 되돌아가는 아이들도 있었어요. 너무나 갑작스러운 행복에 마리는 넋이 나갈 지경이었죠. 꿈에도 생각지 못했던 일이니까요. 그녀는 부끄럽기도 하고 기쁘기도 했습니다. 하지만 더 중요한 것은, 아이들, 특히 여자아이들이 마리에게 달려가서, 내가 그녀를 사랑하고 그녀 얘기를 자기들한테 아주 많이 한다는 걸 전해주고 싶어했다는 겁니다. 그들은 마리에게, 내가 자기들한테 모든 걸 얘기해줬다, 그래서 이제 자기들은 당신을 좋아하고 가여워하며, 앞으로도 언제나 그럴 거다, 라고 말했습니다. 그러고는 나한테 달려와 기쁨에 빛나는 흥분한 얼굴로, 자기들은 방금 마리를 만나고 오는 길인데, 마리가 인사를 전하더라고 하는 거예요. 저녁이면 나는 폭포가 있는 곳으로 산책을 가곤 했습니다. 그곳엔 마을 쪽에서는 전혀 보이지 않는 장소가 한군데 있었고, 주위엔 포플러가 자라고 있었어요. 아이들은 나를 만나려고 저녁마다 이곳에 모였고, 부모 몰래 오는 아이들도 있었지요. 아이들에겐 마리를 향한 나의 사랑이 무척 즐거웠던 것 같은데, 내가 그 마을에 사는 동안 아이들을 속인 건 이것 하나밖에 없었습니다. 나는 결코 마리를 사랑하는 게 아니다, 즉 그녀에게 반한 게 아니라 그저 몹시 가여웠을 뿐이다, 라고 말해서 아이들을 실망시킬 수는 없었으니까요. 모든 점으로 보아 아이들은 자기들이 상상하고 자기들끼리 결정한 그대로이길 훨씬 더 바란다는 것을 나는 잘 알고 있었고, 그래서 그들의 추측이 제대로 들어맞았다는 얼굴을 하고 입을 다물었습니다. 그런데 이 어린 마음씨들이 얼마나 섬세하고 다정했는지 아십니까! 무엇보다, 자기들의 착한 *레옹*이 저토록 마리를 사랑하는데, 마리가 저렇게 초라한 옷차림에 신발조차 없다는 건 말도 안 된다 싶었나봅니다. 정말이지 상상이 가십니까? 그들은 구두며 양말이며 속옷이며, 심지어 무슨 겉옷까지 구해다줬어요. 어떻게 무슨 교묘한 수를 썼는지 모르지만, 그 많은 아이들이 모두 한마음으로 힘을 합친 결과였습니다. 내가 꼬치꼬치 물어보자, 그들은 명랑하게 웃기만 했고, 여자아이들은 손뼉을 치며 나한테 입을 맞추더군요. 나도 이따금 몰래 마리를 만나러 갔습니다. 그녀는 이미 병이 매우 악화돼 제대로 걷지도 못했지요. 결국 목장일을 돕는 것도 아예 관뒀지만, 그래도 아침마다 소떼와 함께 목장으로 나갔습니다. 목장에서도 그녀는 한쪽 구석에만 앉곤 했죠. 거의 수직으로 서 있는 높은 바위가 하나 있었는데 한쪽 귀퉁이가 비죽 나와 있었거든요. 그녀는 아무에게도 보이지 않는 그 제일 구석진 곳의 돌 위에 몸을 내려놓은 채, 아침 일찍부터 소들이 외양간으로 돌아가는 시간까지 거의 꼼짝도 않고 온종일 앉아 있곤 했습니다. 폐병 때문에 이미 쇠약할 대로 쇠약해져서, 대개는 눈을 감은 채 머리를 바위에 기대고 앉아 힘겹게 숨을 몰아쉬며 졸고 있었지요. 얼굴은 해골처럼 여위었고, 이마와 관자놀이께엔 식은 땀방울이 솟아 있었습니다. 가서 보면 늘 그런 모습이었어요. 나는 잠깐 동안만 가서 보곤 했는데, 나 역시 사람들 눈에 띄고 싶지 않았으니까요. 내가 나타나기만 하면 마리는 이내 몸을 부르르 떨며 눈을 번쩍 뜨고, 내 손에 입을 맞추러 달려왔죠. 그게 그녀에겐 행복이었으므로 나는 굳이 손을 빼내지 않았습니다. 내가 앉아 있는 내내 그녀는 몸을 떨며 흐느껴 울었지요. 하긴, 몇 번은 무슨 말을 하려고 했지만, 알아듣기가 힘들더군요. 그녀는 무서운 흥분과 기쁨 때문에 마치 미친 사람 같았습니다. 이따금 아이들이 나와 함께 찾아갈 때도 있었죠. 그럴 때면 그들은 으레 조금 떨어진 곳에 서서 무언가로부터, 누군가로부터 우리를 지켜주기 시작했고, 그들에겐 그게 아주 특별한 만족감을 안겨주는 일이었습니다. 우리가 돌아가면 마리는 또다시 혼자 남아, 아까처럼 눈을 감고 머리를 바위에 기댄 채 꼼짝도 하지 않았어요. 어쩌면 무슨 꿈을 꾸고 있었는지도 모르죠. 어느 날 아침 그녀는 이제 목장으로 나갈 힘도 없어 텅 빈 자기 집에 그냥 남아 있었습니다. 아이들이 곧바로 이 사실을 알게 돼, 거의 모두가 그날로 문병을 갔습니다. 그녀는 혼자 쓸쓸히 침대에 누워 있었어요. 이틀 동안은 아이들만이 교대로 그녀를 보살펴줬지만, 그후 마을에서도 이제 마리가 정말로 죽어간다는 것을 알게 되자 할머니들이 와서 옆에 붙어 앉아 간병하기 시작했습니다. 마을에서도 마리를 불쌍히 여기기 시작한 듯했고, 적어도 이제 그전처럼 아이들을 제지하거나 야단치지는 않았습니다. 마리는 계속 몽롱한 상태였고, 무섭게 기침을 하느라 잠을 제대로 자지도 못했어요. 아이들은 할머니들한테 쫓겨났지만, 그래도 그녀의 창문 밑으로 달려왔고, 때로는 그저 '*안녕, 우리의 착한 마리*'라는 말을 해줄 단 일 분을 위해 달려오기도 했죠. 그녀는 아이들의 모습을 보거나 목소리를 듣자마자 대번에 기운이 나서, 할머니들의 말을 듣지도 않고 팔꿈치에 기대어 억지로 몸을 일으키고는 그들에게 고개를 끄덕이며 고마워했어요. 그들은 여느 때처럼 과자를 가지고 왔지만, 그녀는 거의 아무것도 먹지 못했습니다. 하지만 아이들 덕분에 마리가 거의 행복하게 죽었다고 단언해도 좋습니다. 죽는 순간까지 자신을 커다란 죄인으로 여겼던 그녀는 마치 아이들로부터 용서를 받은 듯한 심정이 되었고, 아이들을 통해 자신의 참혹한 불행을 잊었으니까요. 그들은 마치 어린 새들처럼 매일 아침 그녀의 창문에 그 작은 날개를 파닥이며 '*우리는 너를 사랑해, 마리*'라고 외쳤답니다. 그녀는 무척 빨리 죽었습니다. 나는 그녀가 훨씬 오래 살 거라 생각했어요. 죽기 전날, 석양이 지기 전에 나는 그녀에게 들렀습니다. 그녀는 나를 알아보는 것 같았고, 나는 마지막으로 손을 꼭 잡아주었습니다. 그 손이 얼마나 앙상하던지요! 그런데 이튿날 아침에 갑자기 사람들이 와서, 마리가 죽었다고 하지 않겠습니까. 이렇게 되자 더이상 아이들을 말릴 수도 없었어요. 아이들은 관을 온통 꽃으로 꾸미고 그녀의 머리에도 화관을 씌어주었습니다. 목사도 죽은 사람을 교회에서 더는 욕되게 하지 않았으나, 장례식에 참석한 사람은 극히 적어서, 그저 몇 명이 호기심에 들른 게 다였어요. 그렇지만 관을 내갈 때가 되자, 아이들은 일제히 자기들이 운구하겠다며 달려들었습니다. 하지만 그러기에는 힘에 부쳐서 그중 몇 명은 운구를 도왔고, 나머지는 모두 관 뒤를 따라가며 다들 엉엉 울었습니다. 그때부터 마리의 조그만 무덤은 늘 아이들이 보살펴주었어요. 그들은 해마다 무덤을 꽃으로 장식했고, 주위에는 장미를 심었습니다. 그러나 이 장례식이 끝난 뒤부터, 온 마을 사람들이 아이들 일로 나를 본격적으로 박해하기 시작했습니다. 주동자는 목사와 초등학교 교사였지요. 아이들은 나를 만나는 것조차 엄하게 금지당했고, 슈나이더는 나를 감시하는 임무까지 맡았습니다. 그러나 우리는 여전히 만났고, 멀리서 서로 손짓으로 이야기했습니다. 그들은 내게 조그만 쪽지 편지를 보내기도 했죠. 나중에 이 모든 일이 원만히 해결됐지만, 그때가 참 좋았답니다. 그 박해 덕분에 아이들과 오히려 더 가까워졌으니까요. 마지막 해에는 심지어 티보와도, 목사와도 거의 화해했습니다. 그런데 슈나이더는 아이들을 대하는 나의 유해한 '시스템'에 대해 여러 말을 했고, 나와 논쟁을 펼쳤어요. 도대체 나한테 무슨 시스템이 있단 말입니까! 마침내 슈나이더는 아주 괴상한 생각을 밝히더군요—내가 그곳을 떠나기 직전이었는데—나한테 그러는 겁니다. 내가 완전한 어린애, 즉 완전히 어린애이고, 키와 얼굴만 어른과 비슷할 뿐, 발달 면이나 정신, 성격, 어쩌면 사고력까지도 어른이 아니며, 예순 살까지 산다 해도 여전히 그대로일 거라 완전히 확신한다고 말이죠. 나는 몹시 웃었습니다. 물론 그의 말은 틀렸죠. 아니, 나 같은 어린애가 어딨나요? 하지만 단 한 가지 맞는 말은, 사실 내가 어른들과, 세상 사람들과, 성인들과 어울리길 좋아하지 않는다는 점인데—나도 오래전부터 느끼고 있지만—그걸 좋아하지 않는 이유는 그들과 어울릴 줄 몰라서입니다. 그들이 나하고 무슨 말을 해도, 나한테 아무리 친절해도, 그들과 함께 있으면 왠지 늘 거북했고, 한시라도 빨리 빠져나와 친구들한테 갈 수 있다면 너무도 기뻤는데, 하지만 내 친구들은 언제나 아이들이었고, 그건 나 자신이 아이여서가 아니라, 그저 내 마음이 아이들한테 무작정 끌리기 때문이었지요. 내가 그 마을에 산 지 아직 얼마 안 된 때—그러니까 홀로 산에 올라 서글픈 생각에 잠기곤 하던 때였는데—혼자서 이리저리 거닐다가, 특히 학교가 파하는 정오 무렵에 책 보따리와 석판을 든 녀석들이 떼 지어 마구 소리를 지르고 웃고 장난을 치면서 왁자지껄하게 달려오는 모습과 이따금 마주칠 때면, 갑자기 내 마음은 온통 그들에게로 줄달음치기 시작했죠. 왜 그런지 모르지만, 나는 그들과 마주칠 때마다 더할 나위 없는 어떤 강렬한 행복감을 느꼈어요. 나는 걸음을 멈추고 서서, 끊임없이 달려가는 그들의 잽싸고 조그만 발과, 함께 뛰어가는 소년소녀들과, 그들의 웃음과 눈물을(왜냐하면 학교에서 집으로 달려가는 동안 벌써 많은 아이가 쌈박질을 하고 울음을 터뜨리고 다시 화해하고 계속 놀기 시작하곤 했거든요) 바라보며 행복에 겨워 웃었고, 그럴 때면 마음속의 우울한 상념들을 모두 잊곤 했습니다. 그후로 삼 년을 줄곧 그렇게 지내면서, 나는 어째서 사람들이 모두 우울한 얼굴을 하고 무엇 때문에 우울해하는지 도무지 이해할 수 없었어요. 그곳에서 내 존재 전부는 아이들을 향해 있었습니다. 그 마을을 떠날 생각은 한 번도 하지 않았고, 언젠가 이곳 러시아로 돌아오게 되리라곤 꿈에도 생각지 못했죠. 평생 거기서 살게 될 줄 알았거든요. 하지만 나는 마침내 슈나이더가 더이상 나의 체류비용을 대줄 수 없다는 것을 알게 됐고, 게다가 어떤 문제까지 갑자기 발생했는데, 슈나이더 쪽에서 나를 재촉하여 여비까지 부담하면서 이곳으로 보낸 걸로 봐서 무척 중요한 일인 듯싶습니다. 나는 지금 그게 어떤 일인지 알아보고, 누구와 상의를 해볼까 합니다. 어쩌면 내 운명이 완전히 바뀔지도 모르지만, 그건 별것 아니고 중요하지도 않아요. 중요한 것은, 내 삶 전체가 이미 바뀌어버렸다는 겁니다. 나는 그곳에 많은 것을, 너무나 많은 것을 두고 왔거든요. 그 모든 것이 사라져버렸습니다. 나는 기차에 앉아 이렇게 생각했습니다. '나는 이제 사람들의 세상으로 간다. 어쩌면 나는 아는 게 아무것도 없는지도 모르지만, 새로운 삶은 이미 도래했다.' 나는 내가 할 일을 성실하고 의연히 수행하기로 결심했습니다. 사람들과 함께하는 것이 어쩌면 내게 지루하고 괴로울지도 모르지요. 나는 우선 모든 사람에게 공손하고 솔직하기로 마음먹었습니다. 아무도 나한테서 그 이상의 것을 요구하진 않을 테니까요. 어쩌면 이곳에서도 나를 아이로 취급할지 모르지만—뭐, 그러라지요! 다들 무엇 때문인지 나를 백치로 여기기도 하고, 실제로 한때는 내 병이 너무 심해서 백치에 가까웠던 적도 있었습니다. 하지만 지금 나는 사람들이 나를 백치로 여긴다는 걸 알고 있는데, 그런 내가 무슨 백치입니까? 나는 사람들 속으로 들어가면서 생각합니다. '저들은 나를 백치로 여기지만, 나는 분별 있는 사람이다, 저들이 그걸 알아채지 못할 뿐이다……' 그래요, 나는 자주 그런 생각을 합니다. 그건 그렇고, 베를린에서 나는 아이들이 벌써 나한테 써 보내준 조그만 편지를 몇 통 받고서, 내가 그들을 얼마나 사랑하고 있었는지 비로소 깨달았습니다. 첫번째 편지를 받는 마음이 너무나도 괴롭더군요! 그들이 나를 배웅하며 얼마나 슬퍼했는지 모릅니다! 벌써 한 달 전부터 그들은 전송을 준비했어요. '*레옹이 떠난대, 레옹이 영원히 떠난대!*' 우리는 예전처럼 저녁마다 폭포 옆에 모여, 다가올 이별에 대해 내내 얘기했습니다. 때로는 여느 때처럼 유쾌하기도 했어요. 하지만 밤이 되어 헤어질 때엔 모두들 나를 뜨겁게 꽉 안았는데, 전에는 없던 일이었습니다. 어떤 아이들은 그저 다른 애들이 없고 우리 둘만 있을 때 나를 끌어안고 키스하려고, 아무도 몰래 혼자서 나한테 달려오기도 했지요. 드디어 그곳을 떠날 때가 되자, 모두 떼를 지어 나를 역까지 배웅해줬습니다. 기차역은 우리 마을에서 1베르스타가량 되는 곳에 있었죠. 아이들은 울음을 꾹 참고 있었으나, 개중엔 끝내 참지 못하고 목놓아 우는 애들도 많았고, 특히 여자아이들이 그랬답니다. 우리는 늦지 않으려고 서둘렀는데, 하지만 일행 중에서 갑자기 이 아이, 저 아이가 도중에 나한테 뛰어와 조그만 두 손으로 나를 껴안고 입을 맞추는 바람에 모두가 멈춰서야 했죠. 우리는 급했지만, 그 아이가 작별인사를 끝낼 때까지 모두 멈춰 서서 기다려주었어요. 내가 기차에 오르고 기차가 움직이기 시작하자 아이들은 일제히 내게 '만세!'를 외치고, 기차가 완전히 사라질 때까지 그 자리에 오랫동안 서 있었습니다. 나 역시 언제까지나 그들 쪽을 보고 있었지요…… 그런데 말입니다, 아까 여기 들어와서 여러분의 아름다운 얼굴을 보고―요즈음 나는 사람들의 얼굴을 아주 주의해서 보곤 한답니다―여러분의 첫마디 말을 듣자, 내 마음은 그때 이후 처음으로 가벼워졌습니다. 조금 전에도 문득 그런 생각이 들었지만, 나는 정말 행운아인지도 모르겠군요. 첫눈에 호감이 가는 사람을 만나기란 쉽지 않은 법인데, 나는 기차에서 내리자마자 여러분을 만났으니까요. 모든 사람에게 자신의 감정을 털어놓는 게 부끄러운 일이라는 것쯤은 아주 잘 알지만, 나는 이렇게 여러분에게 말하고 있고, 여러분 앞이라면 조금도 부끄럽지 않습니다. 나는 사교성이 없어서 오랫동안 못 찾아뵐지도 모르겠군요. 나쁜 뜻으로 받아들이진 마십시오. 여러분을 존중하지 않는다는 말이 아니니까요. 내가 무슨 일로 기분이 상했다고도 생각하지 마세요. 아까 여러분의 얼굴에 대해, 그리고 내가 여러분의 얼굴에서 무엇을 보았는지에 대해 물어보셨죠. 아주 기꺼이 말씀드리지요. 아젤라이다 이바노브나, 당신은 행복한 얼굴을 가졌고, 세 분 중 가장 호감을 주는 얼굴입니다. 더구나 매우 아름다워서, 당신을 보면 누구나 '저 여자의 얼굴은 상냥한 누이 같아'라고 말할 겁니다. 당신은 스스럼없이 명랑하게 다가가면서도 상대방의 마음을 곧바로 알아낼 줄 아는 분입니다. 내가 보기에 당신의 얼굴은 그렇습니다. 알렉산드라 이바노브나, 당신의 얼굴 역시 아름답고 매우 다정합니다만, 남모르는 어떤 슬픔이 있는 것 같군요. 당신은 물론 더할 나위 없이 선한 영혼을 지녔지만, 명랑하진 않습니다. 당신의 얼굴엔 드레스덴에 있는 홀바인의 마돈나*처럼 어떤 특별한 음영이 깃들어 있어요. 자, 이것이 내가 당신의 얼굴에서 받은 인상입니다. 제대로 알아맞혔죠? 여러분 자신도 나를 관상가로 여기시니까요. 하지만 리자베타 프로코피예브나" 하고 그는 갑자기 장군 부인을 향해 말했다. "이제 부인의 얼굴에 대해 말씀드리지요. 부인의 얼굴에 대해서는 그저 느낌 정도가 아니라 분명한 확신을 가지고 말씀드리는데, 부인은 비록 연세가 높으실지라도, 모든 면, 모든 면에서, 좋은 면이든 나쁜 면이든 모든 면에서 완전한 어린아이이십니다. 이렇게 말씀드린다고 제게 화를 내진 않으시겠죠? 제가 어린아이를 어떻게 생각하는지 이미 알고 계시잖습니까? 내가 순진한 탓에 여러분의 얼굴에 대해 지금 이렇게 입에서 나오는 대로 모든 걸 얘기했다고는 여기지 마십시오. 오, 아뇨, 절대 그렇지 않습니다! 나름대로 무슨 생각이 있어서 한 말인지도 모르니까요."

VII

공작이 말을 끝내자, 모두가, 심지어 아글라야조차 기분좋게 그를 바라보았는데, 리자베타 프로코피예브나가 특히 그랬다.

"이걸로 시험은 끝났어!" 그녀가 소리쳤다. "어지신 아가씨들, 너희는 마치 공작이 무슨 불쌍한 사람이라도 되는 것처럼 보호해드릴 생각이었지, 하지만 되레 공작 쪽에서 너희에게 가까스로 교제를 허락해주

* 독일의 화가 한스 홀바인이 그린 「바젤 시장 야콥 마이어 춤 하젠의 가족과 함께하는 성모」를 가리킨다.

신 게야, 그것도 그저 간간이 찾아주시겠다는 조건부로 말이다. 봐, 우리가 바보 노릇을 한 거야, 그래도 난 기쁘구나. 하지만 제일 바보짓을 한 건 이반 표도로비치야. 브라보, 공작, 아까 당신을 시험해보라고 분부한 사람이 있었거든요. 한데 당신이 내 얼굴에 대해 하신 말씀은 모두 완전히 옳아요. 나는 어린애죠, 나도 잘 알아요. 당신이 말씀하시기 전부터 알고 있었어요. 그러니까 당신은 내 생각을 한마디로 표현해주신 거죠. 나는 당신의 성격도 나와 완전히 비슷하다고 봐요, 그래서 무척 기뻐요. 우리는 두 개의 물방울처럼 똑같아요. 단지 당신은 남자고, 나는 여자, 그리고 스위스에 가본 적이 없다는 것, 그게 다를 뿐이죠."

"진정하세요, *엄마*." 아글라야가 외쳤다. "공작이 모든 걸 솔직하게 고백하신 건 특별한 생각이 있어서였지 까닭 없이 하신 게 아니라고 그러시잖아요."

"그래요, 그래요." 다른 딸들도 웃으며 가세했다.

"그렇게 놀리지 마라, 얘들아, 이분은 너희 셋을 합친 것보다 더 영리하실지도 몰라. 나중에 한번 봐라. 하지만 공작, 왜 아글라야에 대해선 아무 말씀도 안 하신 거죠? 아글라야가 기다리잖아요, 나도 기다리고요."

"지금으로선 드릴 말씀이 없습니다. 다음에 말씀드리지요."

"왜요? 너무 눈에 띄나보죠?"

"오, 그렇습니다, 눈에 띄죠. 당신은 너무나 빼어난 미인이에요, 아글라야 이바노브나. 너무 아름다워서 바라보기조차 두려울 지경입니다."

"그것뿐예요? 그럼 특성은요?" 장군 부인이 성화를 부렸다.

"아름다움은 판단하기 어렵습니다. 저는 아직 준비가 안 됐어요. 아름다움은—수수께끼니까요."

"그럼 당신은 아글라야에게 수수께끼를 내준 셈이군요." 아젤라이다가 말했다. "네가 한번 풀어봐, 아글라야. 하지만 얘는 아름답죠, 공작, 아름답죠?"

"굉장히요!" 공작은 황홀하게 아글라야를 쳐다보며 열띤 목소리로 대답했다. "거의 나스타시야 필립포브나만큼 아름답습니다, 전혀 다른 얼굴이긴 하지만!……"

모두 깜짝 놀라 서로 쳐다보았다.

"아니, 누구-우-우?" 장군 부인이 말끝을 길게 뽑았다. "나스타시야 필립포브나라고요? 어디서 나스타시야 필립포브나를 보셨죠? 어떤 나스타시야 필립포브나요?"

"아까 가브릴라 아르달리오노비치가 이반 표도로비치에게 사진을 보여주더군요."

"뭐라고요, 이반 표도로비치에게 사진을 가져왔어요?"

"보여드리려고요. 나스타시야 필립포브나가 오늘 가브릴라 아르달리오노비치에게 자기 사진을 선물했다는데, 그걸 보여드리려고 가지고 온 거였습니다."

"나도 보고 싶어!" 장군 부인이 소리쳤다. "그 사진이 어딨죠? 그 사람에게 선물했다니 분명 그 사람이 가지고 있겠고, 그 사람은 물론 아직 서재에 있겠지. 수요일엔 늘 일하러 오고 네시 이전에는 절대 돌아가지 않으니까. 당장 가브릴라 아르달리오노비치를 불러야겠군! 아냐, 내가 그게 보고 싶어 죽을 정도는 아니지. 공작, 수고스럽겠지만, 당신이 서재에 들러 그 사람한테 사진을 받아서 이리로 좀 가져와주세요.

한번 보고 싶어한다고 얘기해보세요. 부탁드려요."

"좋은 사람이긴 한데, 너무 어수룩해." 공작이 나가자 아젤라이다가 말했다.

"그래, 좀 심해." 알렉산드라가 맞장구를 쳤다. "약간 우스꽝스러울 정도야."

하지만 둘 중 어느 쪽도 자기 생각을 다 털어놓지는 않는 듯했다.

"하지만 우리 얼굴 얘길 할 땐 잘도 둘러대던걸." 아글라야가 말했다. "모두에게 아첨을 하면서, *엄마*한테까지."

"빈정대지 마라, 제발!" 장군 부인이 소리를 질렀다. "그분이 아첨한 게 아니라, 내가 그분 말에 기분이 좋았던 거야."

"너는 그게 둘러댄 말이라고 생각하니?" 아젤라이다가 물었다.

"내가 보기에 그 사람은 그렇게 어수룩하지 않아."

"아니, 또 시작이냐!" 장군 부인은 화를 냈다. "내 생각엔 너희가 그분보다 더 우스꽝스럽구나. 어수룩해 보여도 속으로는 다 헤아리고 계신 분이야, 물론 가장 고상한 뜻에서 말이다. 나하고 똑같은 분이라니까."

'사진 얘기를 입 밖에 낸 건 분명 내 불찰이었어.' 공작은 서재로 가는 동안 어떤 가책 같은 걸 느끼면서 속으로 생각했다. '하지만…… 입 밖에 내길 잘했는지도 모르지……' 아직 완전히 분명하진 않지만 어떤 이상한 생각이 그의 뇌리를 스치기 시작했다.

가브릴라 아르달리오노비치는 여전히 서재에 앉아 서류 더미에 파묻혀 있었다. 정말로, 그저 빈둥대며 주식회사에서 월급이나 축내는 건 아닌 듯했다. 공작이 사진을 잠시만 빌려달라고 부탁하며 저기 안에서 그 사진에 대해 알게 된 경위를 얘기하자, 그는 몹시 당황했다.

"에-에-에잇! 뭣하러 그런 것까지 지껄였소!" 그는 화가 머리끝까지 나서 소리를 질렀다. "아무것도 모르면서…… 백치 같으니!" 그가 입속으로 중얼거렸다.

"죄송합니다. 아무 생각 없이 그만, 실은 다른 얘기 끝에 나온 말이었습니다. 아글라야가 거의 나스타시야 필립포브나만큼 아름답다고 말했던 건데."

가냐는 좀더 자세히 얘기해달라고 했다. 공작은 자초지종을 얘기해주었다. 가냐는 또다시 비웃는 눈초리로 그를 쳐다보았다.

"당신 같은 사람까지 나스타시야 필립포브나에게 관심을 가지니……" 그는 이렇게 중얼거렸지만 말을 끝맺지도 않고 생각에 잠겼다.

그는 눈에 띄게 불안한 상태였다. 공작은 한 번 더 사진을 부탁했다.

"이봐요, 공작." 무슨 느닷없는 생각이라도 떠올랐는지 가냐가 불쑥 말했다. "당신한테 큰 부탁이 하나 있는데…… 하지만 사실 어떻게 말해야 할지……"

그는 당황해서 말을 끝맺지 못했다. 뭔가 결단을 내리려고 자기 자신과 싸우는 모양이었다. 공작은 말없이 기다렸다. 가냐는 다시 한번 눈치를 살피면서 뚫어지게 그를 쳐다보았다.

"공작." 그가 다시 입을 열었다. "저기서는 지금 나한테…… 아주 이상하고…… 웃기는 어떤 상황 때문에…… 더구나 나한텐 아무 죄도 없는데…… 뭐, 한마디로, 아니, 이런 말은 필요 없겠군—저기서는 나한테 화를 좀 내고 있는 것 같아서, 특별히 부르지 않으면 당분간은 거기에 들어가지 않으려고 해요. 그런데 나는 지금 무슨 일이 있어도 아글라야 이바노브나와 얘길 좀 해야 한단 말이지요. 혹시라도 싫어 몇 자

적어둔 게 있는데(그의 손에는 조그맣게 접은 종이쪽지가 들려 있었다)—어떻게 전해야 할지 알 수가 없어서. 그러니 공작, 당신이 지금 아글라야 이바노브나에게 이걸 전해주실 수 없겠습니까? 하지만 아글라야 이바노브나한테만, 그러니까 아무도 모르게 말이지요, 아시겠어요? 그렇다고 무슨 대단한 비밀이 있는 건 절대 아니에요, 그런 건 맹세코 없지만…… 그래도…… 어쨌든 해주시겠습니까?"

"그리 내키지 않는데요." 공작이 대답했다.

"아아, 공작, 나한텐 정말 절박한 일입니다!" 가냐는 애원하기 시작했다. "그녀도 아마 회답을 줄 겁니다…… 정말 얼마나 절박하면, 얼마나 얼마나 절박하면 이렇게 간청하겠어요…… 내가 누구한테 이런 부탁을 하겠어요?…… 이건 아주 중요한 일이에요…… 나한텐 굉장히 중요한 일이란 말입니다."

가냐는 공작이 응하지 않을까봐 몹시 조바심을 내며, 겁먹은 얼굴로 애원하듯 그의 눈을 쳐다보았다.

"정 그렇다면 전해드리지요."

"하지만 아무도 모르게 해주셔야만 됩니다." 가냐가 기뻐 어쩔 줄 몰라하며 당부했다. "그리고 또 하나, 공작, 나는 당신의 약속을 믿겠소, 알겠지요?"

"아무한테도 보여주지 않겠습니다." 공작이 말했다.

"이 편지는 봉해져 있지 않아요, 그렇다고……" 가냐는 몹시 허둥대며 말을 시작하다가, 당황한 나머지 그만 입을 다물었다.

"오, 읽어보지 않겠습니다." 공작은 아주 간단히 대답하고는 사진을 들고 서재에서 나갔다.

가냐는 혼자 남게 되자 머리를 움켜쥐었다.

"그녀의 말 한마디로, 나는…… 나는, 정말로, 다 깨버릴지도 모른다!……"

그는 이미 흥분과 기대 때문에 다시 서류 앞에 앉을 수가 없어서, 이 구석 저 구석 서재 안을 서성이기 시작했다.

공작은 생각에 잠겨 걸음을 옮겼다. 자기에게 이런 심부름을 시킨다는 것도 불쾌한 충격이었지만, 가냐가 아글라야에게 쪽지를 보낸다는 사실 역시 불쾌한 충격이었다. 그러나 응접실과 서재 사이에 있는 방을 두 개도 채 지나기 전에, 그는 뭔가가 생각난 듯 갑자기 멈춰 서서 주위를 둘러보고는, 빛이 더 잘 드는 창가로 다가가 나스타시야 필립포브나의 사진을 들여다보기 시작했다.

그는 아까 자신에게 깊은 충격을 주었던, 이 얼굴에 숨어 있는 수수께끼 같은 무언가를 풀고 싶은 듯했다. 아까 받은 인상이 뇌리에서 거의 잠시도 떠나지 않아, 그는 지금 서둘러 그 무엇을 다시 한번 확인하고 싶은 모양이었다. 아름다움과 그리고 또다른 그 무엇으로 비상한 인상을 주는 이 얼굴은 이제 그에게 더욱더 강렬한 충격을 주었다. 이 얼굴에는 끝없는 오만함과, 증오에 가까운 모멸의 빛이 드러나 있는 듯하면서도, 동시에 남을 잘 믿는 놀랍도록 순박한 무언가가 엿보였고, 두 요소의 대비는 보는 사람에게 어떤 연민과도 같은 느낌마저 불러일으켰다. 이 황홀한 아름다움은 눈이 부셔 견딜 수 없을 정도였다. 창백한 얼굴빛, 거의 푹 꺼진 듯한 두 볼, 불타는 것 같은 두 눈, 이것들이 가진 아름다움, 정말로 기이한 아름다움이었다! 공작은 일 분쯤 그렇게 바라보다가 문득 정신을 차리고 주위를 둘러보더니, 얼른 사진을 입술로 가져가 입을 맞추었다. 일 분 뒤 응접실로 들어갔을 때, 그의 얼굴은 완전히 평정을 되찾았다.

그러나 그는 식당에 들어서자마자(응접실까지는 방 하나를 더 지나야 했다), 마침 그쪽에서 나오려던 아글라야와 문간에서 부딪칠 뻔했다. 그녀는 혼자였다.

"가브릴라 아르달리오노비치가 당신한테 전해달라고 하더군요." 공작이 쪽지를 건네며 말했다.

아글라야는 걸음을 멈추고 쪽지를 받더니, 어딘가 이상한 눈으로 공작을 쳐다보았다. 그녀의 시선에는 당황한 빛이라곤 조금도 없었고, 그저 좀 뜻밖이라는 표정이 비치긴 했지만 그 또한 공작과 관련된 것으로만 보였다. 아글라야는 그 시선으로, 어째서 그가 가냐와 어울려 이 일에 끼어드는가, 라며 해명을 요구하는 듯했고, 그 태도는 침착하고 오만하기까지 했다. 두 사람은 이삼 초 동안 마주보고 서 있었다. 마침내 그녀의 얼굴에 조소와도 같은 것이 보일 듯 말 듯 떠올랐다. 그녀는 가볍게 싱긋 웃고는 지나가버렸다.

장군 부인은 약간 무시하는 빛을 띠고 얼마 동안 말없이 나스타시야 필립포브나의 사진을 살펴보았는데, 사진을 든 손을 마치 일부러 그러듯이 눈에서 아주 멀리 뻗쳐 들고 있었다.

"그래, 미인이구나." 마침내 그녀가 입을 뗐다. "심지어 대단한 미인이야. 나는 이 여자를 두 번 봤지만 그냥 먼빛으로였지. 그래, 당신은 이런 아름다움을 높이 평가하시나요?" 그녀는 불쑥 공작에게 물었다.

"네…… 이런……" 조금 거북해하며 공작이 대답했다.

"그러니까 바로 이런 아름다움을요?"

"바로 이런 아름다움을요."

"왜죠?"

"이 얼굴에는…… 많은 고뇌가 어려 있어요……" 공작은 질문에 답하는 게 아니라 혼잣말이라도 하듯 저도 모르게 이렇게 중얼거렸다.

"하지만 아마 당신이 잘못 보시는 거겠죠." 장군 부인은 결론을 내리듯 말하고는 거만한 손짓으로 사진을 탁자 위에 휙 내던졌다.

알렉산드라가 그것을 집어들자, 아젤라이다도 다가와 둘이 함께 사진을 살펴보기 시작했다. 바로 이때 아글라야가 다시 응접실로 돌아왔다.

"대단한 힘이야!" 언니의 어깨 너머로 열심히 사진을 들여다보던 아젤라이다가 갑자기 소리쳤다.

"어디에? 무슨 힘이?" 리자베타 프로코피예브나가 날카롭게 물었다.

"이런 아름다움은—힘이에요." 아젤라이다가 열광하며 말했다. "이런 아름다움이라면 세상을 뒤엎을 수도 있어!"

그녀는 생각에 잠겨 자신의 화가 쪽으로 물러났다. 아글라야는 그저 힐끗 사진을 쳐다보고는 눈을 가늘게 뜨고 아랫입술을 내밀면서 물러서더니, 한쪽 옆으로 가서 팔짱을 끼고 앉았다.

장군 부인이 초인종을 울렸다.

"가브릴라 아르달리오노비치를 불러오게, 서재에 있을 테니까." 그녀는 들어온 하인에게 일렀다.

"*엄마!*" 알렉산드라가 눈짓을 하며 소리쳤다.

"그 사람한테 두 마디만 하려는 거다—그거면 돼!" 장군 부인은 재빨리 딸의 제지를 물리치며 단호히 말했다. 그녀는 눈에 띄게 흥분해 있었다. "우리집에선, 공작, 아시겠어요? 여기선 지금 모든 게 비밀이랍니다. 모든 게 비밀이라고요! 그래야 한대요, 그게 무슨 에티켓이라나요, 정말 멍청하긴. 그것도 가장 솔직하고 분명하고 떳떳해야 하는 일에서 말이죠. 지금 혼담이 오가고 있는데, 나는 이 혼담들이 맘에 들지 않아요……"

"*엄마*, 왜 그 얘기까지 하세요?" 또다시 알렉산드라가 황급히 그녀의 말을 제지했다.

"딸, 왜 그래? 그럼 넌 그게 맘에 드니? 그리고 공작이 들으시면 어떠냐, 우린 친구가 됐는데. 적어도 나와는 그런 사이야. 하느님께서 사람들을 찾으실 때는 물론 좋은 사람을 찾으시는 거지, 고약하고 변덕이 심한 사람은 필요 없어. 특히 오늘은 이렇게 결정하고 내일은 다른 소리를 하는 변덕쟁이들은 더 그래. 아시겠나요, 알렉산드라 이바노브나? 공작, 얘들은 내가 괴팍하다고 하지만, 나도 좋고 나쁜 것 정도는 가릴 줄 알아요. 그래서 마음씨가 중요하고, 나머지는 죄다 헛것이에요. 머리도 필요하죠, 물론…… 어쩌면 머리가 제일 중요할지도 몰라요. 웃지 마, 아글라야, 내가 모순된 말을 하는 건 아니니까. 가슴은 있고 머리가 없는 바보는 머리가 있고 가슴은 없는 바보만큼이나 불행한 바보란다. 이건 만고의 진리야. 내가 가슴은 있고 머리가 없는 바보라면, 너는 머리는 있지만 가슴이 없는 바보야. 그래서 우리 둘 다 불행하고 둘 다 고통 속에 살고 있지."

"왜 그렇게 불행하시다는 거죠, *엄마*?" 좌중에서 유일하게 명랑한 기분을 잃지 않은 듯한 아젤라이다가 참다못해 물었다.

"첫째는 많이 배운 딸들 때문이지." 장군 부인이 잘라 말했다. "그것 하나만으로도 충분할 테니 나머지 것에 대해선 길게 늘어놓을 필요도 없다. 수다는 이만하면 됐어. 두고 보자, 머리가 있고 말이 많은 너희 둘이(아글라야는 제외하마) 앞으로 어떻게 풀리는지, 그리고 존경해 마지않는 알렉산드라 이바노브나, 그대가 그 훌륭한 신사와 행복할 것인지?…… 아!……" 그녀는 안으로 들어오는 가냐를 보고 소리쳤다. "저기 또 한 명의 혼인동맹자가 오는군. 안녕하신가요!" 그녀는 앉으라고 권하지도 않고 가냐의 인사에 대답했다. "곧 혼인한다면서요?"

"혼인요?…… 무슨?…… 무슨 혼인을요?……" 가브릴라 아르달리오노비치는 어리둥절해서 중얼거렸다. 그는 몹시 당황했다.

"그럼, 장가드느냐고 물을까요? 댁이 그런 표현을 더 좋아한다면 말이죠."

"아-아닙니다…… 저는…… 아-아닙니다." 가브릴라 아르달리오노비치는 거짓말을 하고는 수치심에 얼굴이 빨개졌다. 그는 조금 떨어져 앉은 아글라야를 힐끗 쳐다보았으나 재빨리 시선을 돌렸다. 아글라야는 냉정하고 침착하게, 눈도 떼지 않고 그를 뚫어져라 쳐다보며, 그가 당황하는 모습을 관찰하고 있었다.

"아니라고요? 댁의 입으로, 아니라고 그랬죠?" 리자베타 프로코피예브나는 사정을 봐주지 않고 집요하게 다그쳤다. "좋아요, 댁이 오늘, 수요일 아침에 내 물음에 '아니다'라고 말했다는 사실을 기억해두겠어요. 오늘이 무슨 요일이지, 수요일이 맞아?"

"수요일일걸요, *엄마*." 아젤라이다가 대답했다.

"얘들은 요일을 제대로 아는 때가 없구나. 그럼 며칠이지?"

"이십칠일입니다." 가냐가 대답했다.

"이십칠일? 어찌 보면 좋은 날이네요.* 그럼 가보세요, 댁도 아마 할 일이 많을 테고, 나도 이제 옷을 입고 외출해야 하니까. 댁의 사진은 가져가세요. 불쌍한 어머니 니나 알렉산드로브나에게도 인사를 전해주시고. 자, 공작, 반가운 분, 다음에 뵙죠! 자주 들러줘요, 나는 당신 얘기를 해주러 벨로콘스카야 할머니한테 일부러 다녀와야겠어요. 그리고 말예요, 공작, 하느님께서 당신을 스위스에서 페테르부르크로 데려오신 게 바로 나를 위해서였다고 나는 믿어요. 아마 당신에게 다른 일도 있을 수 있겠지만, 어쨌든 나를 위해 오셨다는 게 중요해요. 하느님께서 바로 그렇게 생각해두셨던 거니까요. 그럼, 얘들아, 나중에 보자. 알렉산드라, 너는 내 방에 잠깐 오너라, 얘야."

장군 부인이 나갔다. 가냐는 엎어치기라도 당한 듯 얼이 빠져 있다가 화가 치민 표정으로 탁자에서 사진을 집어들고는, 일그러진 미소를 지으며 공작에게 얼굴을 돌렸다.

"공작, 나는 지금 집으로 갈 거요. 우리집에 하숙하겠다는 생각을 바꾸지 않았다면, 나와 함께 가지요. 안 그러면 집 주소도 모를 테니."

"잠깐만, 공작," 아글라야가 갑자기 의자에서 일어나며 말했다. "내 앨범에 글을 써주셔야죠. 아빠가 당신이 서예가라고 하셨거든요. 곧 가져올게요……"

그러고서 그녀는 나갔다.

"또 봬요, 공작, 나도 가봐야겠어요." 아젤라이다가 말했다.

그녀는 공작의 손을 꼭 쥐고, 상냥하고 다정한 미소를 지어 보인 다

* 구력 11월 27일은 이콘화 '시현의 성모' 축일이기도 하다.

음 나갔다. 가냐 쪽은 거들떠보지도 않았다.

"당신이야." 다른 사람들이 모두 나가자마자, 가냐는 갑자기 이를 갈며 공작에게 덤벼들었다. "당신이 그들에게 지껄였지, 내가 장가간다고!" 그는 분노가 끓어오른 얼굴로 사납게 눈을 희번덕거리며, 반쯤 소곤거리는 소리로 빠르게 중얼거렸다. "비열한 수다쟁이 같으니!"

"분명히 말하지만, 잘못 알고 계십니다." 공작은 침착하고 정중하게 대답했다. "나는 당신이 혼인한다는 사실조차 몰랐습니다."

"당신은 아까 이반 표도로비치가 오늘 저녁 나스타시야 필립포브나의 집에서 모든 게 결판난다고 한 말을 듣고, 그걸 지껄인 거잖소! 거짓말 마시오! 대체 어디서 그들이 알아냈겠어? 빌어먹을, 당신 말고 대체 누가 그들에게 고자질했겠느냐고? 그 노친네가 나한테 빈정대는 걸 당신도 듣지 않았소?"

"그게 빈정댄 것처럼 보인다면, 누가 전했는지는 당신이 더 잘 알겠군요. 어쨌든 거기 대해 나는 한마디도 하지 않았습니다."

"쪽지는 전했소? 답장은?" 초조해서 안달이 난 가냐가 그의 말을 잘랐다. 그러나 바로 이 순간 아글라야가 돌아왔으므로, 공작은 뭐라고 대답할 겨를이 없었다.

"여기 있어요, 공작." 아글라야는 작은 탁자 위에 앨범을 놓으며 말했다. "아무 페이지나 골라서 뭐든 써주세요. 여기 펜도 있어요, 아직 새것이에요. 철필인데 괜찮을까요? 서예가는 철필로 쓰지 않는다고 들었는데."

공작과 얘기를 나누면서, 그녀는 가냐가 그 자리에 있다는 걸 알아채지도 못한다는 태도였다. 그러나 공작이 펜을 다듬고 페이지를 고르며 준비를 하는 사이에, 가냐는 아글라야가 서 있는 벽난로 쪽으로 다가가, 이제는 공작의 오른편 옆에서, 토막토막 끊기고 떨리는 목소리로 그녀에게 거의 귓속말로 속삭였다.

"한마디, 당신의 단 한 마디면—저는 구원받습니다."

공작은 얼른 몸을 돌려 두 사람을 바라보았다. 가냐의 얼굴에는 거짓 없는 절망이 나타나 있었다. 그는 제대로 생각해보지도 않고 다급히 이렇게 말해버린 것 같았다. 아글라야는 아까 공작에게 보인 것과 마찬가지로 잔잔하게 놀라움을 드러내면서 몇 초 동안 그를 바라보았는데, 그녀의 이 잔잔한 놀라움, 상대방이 무슨 말을 하는지 전혀 이해하지 못하겠다는 듯한 이 의아한 표정은 이 순간 가냐에게 가장 가혹한 모욕보다 더 무서운 것이었다.

"뭐라고 쓸까요?" 공작이 물었다.

"지금 불러드릴게요." 아글라야가 공작 쪽을 돌아보며 말했다. "준비되셨나요? 자, 쓰세요. '나는 흥정에 끼어들지 않는다.' 이제 밑에다 날짜와 달을 쓰세요. 그럼, 자, 보여주세요."

공작은 그녀에게 앨범을 건넸다.

"어머나, 어쩜 이렇게! 놀라운 솜씨예요. 필체가 정말 멋지네요! 고맙습니다. 그럼 안녕히 가세요, 공작…… 아니, 잠깐만." 그녀는 뭔가 갑자기 생각난 듯이 이렇게 덧붙였다. "같이 좀 가세요, 기념으로 드리고 싶은 게 있어서요."

공작은 그녀 뒤를 따라갔다. 그러나 식당으로 들어가자 아글라야는 걸음을 멈췄다.

"이걸 읽어보세요." 그녀는 가냐의 쪽지를 건네며 말했다.

공작은 쪽지를 받아들고 의아하다는 얼굴로 아글라야를 바라보았다.

“당신이 이 쪽지를 읽지 않았다는 것과 그 인간의 심복일 리 없다는 건 나도 잘 알아요. 어서 읽어보세요, 당신이 읽으셨으면 해요.”

쪽지는 급히 쓴 게 틀림없었다.

‘오늘 제 운명이 결정됩니다. 어떤 식으로인지는 당신도 아시겠지요. 오늘 저는 되돌이킬 수 없는 약속을 해야만 합니다. 저는 당신의 동정을 구할 아무런 권리가 없고, 감히 그 어떤 희망도 품을 수 없습니다. 하지만 언젠가 당신이 말씀해주신 한마디, 단 한 마디, 그 한마디 말은 제 삶의 모든 어두운 밤을 밝게 비추면서 제게 등대가 되었습니다. 바로 그런 말 한마디를 지금 다시 한번 해주십시오—그러면 저를 파멸에서 구해주시게 됩니다! 모든 것을 끊어버리라고만 말씀해주십시오, 그러면 저는 오늘이라도 모든 것을 끊어버리겠습니다. 오, 그 한마디 말을 하시는 게 당신에게 뭐가 어렵겠습니까! 저는 다만 그 말에서 저에 대한 당신의 동정과 연민의 표시만을 찾고자 할 뿐입니다—오직 그것뿐, 그것뿐입니다! 더이상 아무것도, 아무것도 없습니다! 어떤 희망도 감히 꿈꾸지 않겠습니다. 저는 그럴 자격이 없으니까요. 하지만 당신이 그 한마디만 해주시면 저는 다시 저의 가난을 받아들이고, 저의 절망적인 처지를 기쁘게 견뎌내겠습니다. 투쟁을 맞아들이고 그것에 기뻐하면서 그 속에서 새로운 힘을 가지고 소생하겠습니다!

부디 제게 동정어린 그 한마디만 적어 보내주십시오(오로지 동정의 말입니다, 맹세하겠습니다!). 감히 파멸에서 벗어나고자 최후의 노력을 하는 물에 빠진 이 인간을, 절망한 자의 이 뻔뻔스러움을 부디 노엽게 여기지 말아주십시오.

G. I.'

"이 사람은 말이죠," 공작이 쪽지를 다 읽자 아글라야가 날카롭게 말했다. "'모든 것을 끊어버리라'라는 말이 내 평판을 해치지도 않고 나를 절대로 속박하지도 않을 거라고 보장하면서, 보시다시피, 그 보증서로 이 쪽지를 나한테 주는 거예요. 한번 보세요, 얼마나 유치하게 서두르며 몇몇 단어를 강조해댔는지, 얼마나 노골적으로 속셈이 드러나 있는지. 게다가 그는 자기가 만약 내 말을 기대하지 않고, 심지어 내게 알리지도 않고, 나에 대한 아무런 희망도 없이 혼자서 스스로 모든 걸 끊어버린다면, 내가 그에 대한 마음을 바꾸어서 어쩌면 친구가 돼줄 수도 있다는 걸 잘 알아요. 틀림없이 알고 있어요! 하지만 영혼이 더러운 인간이어서, 알면서도 결심을 못하는 거죠. 알고 있으면서도 보증을 요구하는 거예요. 신의를 믿고 결심할 능력이 없다고요. 그래서 10만 루블에 대한 보상으로 나에 대한 희망을 얻어두자는 거죠. 예전에 내가 자기 인생을 밝게 비춰주는 말을 했느니 어쩌니 하고 편지에 썼지만, 그건 뻔뻔한 거짓말이에요. 그저 불쌍히 여긴 적은 한 번 있어요. 하지만 이 사람은 뻔뻔하고 부끄러움을 몰라요. 그걸 가지고 이내 희망을 가져도 된다고 생각했으니까요. 나는 대번에 그걸 눈치챘어요. 그때부터 그는 나를 낚으려 들었죠. 지금도 낚싯밥을 던지고 있고요. 하지만 이걸로 끝이에요. 이 쪽지를 받아서 그 사람에게 돌려주세요, 우리집에서 나가시는 대로 즉시, 그전에는 절대 안 돼요."

"그럼 그 사람한테 뭐라고 대답할까요?"

"물론 대답 같은 건 전혀 없어요, 그게 제일 좋은 대답이죠. 그래, 당신은 그 사람 집에서 사실 건가요?"

"아까 이반 표도로비치께서 그 집을 친히 추천해주셨으니까요." 공작이 말했다.

"그럼 그 사람을 조심하세요, 미리 알려드리는 거예요. 그는 이제 당신을 용서하지 않을 거예요, 쪽지를 돌려주는 사람이 당신이거든요."

아글라야는 공작과 가볍게 악수를 하고는 나갔다. 미간을 찌푸린 그녀의 얼굴은 심각했고, 공작에게 작별인사로 고개를 끄덕일 때도 미소조차 짓지 않았다.

"금방이면 됩니다, 보따리만 가져오면 되니까." 공작이 가냐에게 말했다. "그러면 같이 나갈 수 있을 겁니다."

가냐는 초조해서 발을 굴렀다. 그의 얼굴은 미칠 듯한 분노로 검은 빛까지 띠었다. 마침내 두 사람은 한길로 나섰고, 공작은 두 손에 보따리를 안고 있었다.

"답장은? 답장은?" 가냐가 그에게 달려들었다. "그녀가 뭐라고 했나요? 편지는 전했겠죠?"

공작은 말없이 그의 쪽지를 내주었다. 가냐는 못이라도 박힌 듯 그 자리에 우뚝 멈춰 섰다.

"아니! 내 편지잖아!" 그가 소리쳤다. "이걸 전하지도 않았다니! 오, 진작 눈치채야 했는데! 오, 이 여-어-엄-병할…… 이제야 납득이 가는군, 어쩐지 아까 그녀가 말을 통 못 알아듣더라니! 아니, 어째서, 어째서, 대체 어째서 이걸 전하지 않았소, 오, 이 여-어-엄-병할……"

"죄송하지만 그 반댑니다. 나는 당신한테서 쪽지를 건네받자마자 곧바로 그걸 전할 수 있었으니까요, 게다가 당신이 부탁한 바로 그 방식으로 전했습니다. 쪽지가 다시 내 손에 있게 된 건, 아글라야 이바노브나가 방금 나한테 되돌려주었기 때문입니다."

"언제요? 언제?"

"내가 앨범에 글을 다 쓰자마자 그녀가 잠깐 같이 가자고 했죠, (당신도 들으셨지요?) 바로 그때입니다. 함께 식당으로 갔는데, 그녀가 쪽지를 건네면서 읽어보라고 하더군요, 그러고는 당신에게 돌려주라고 했습니다."

"읽-어-보-라-고!" 가냐는 거의 목청이 찢어져라 고함을 내질렀다. "읽어보라고! 그래, 읽었소?"

그러고는 또다시 전신이 마비된 듯 보도 한복판에 멈춰 섰는데, 어찌나 놀랐는지 입까지 쩍 벌리고 있었다.

"네, 읽었습니다, 방금."

"그럼 그녀가 자기 입으로, 자기 입으로, 읽어보라 했단 말이오? 자기 입으로?"

"네, 직접 그랬습니다, 믿으셔도 좋습니다, 그녀의 요청이 없었다면 절대 읽지 않았을 겁니다."

가냐는 잠시 입을 다물고 고통스럽게 애를 쓰며 뭔가 헤아려보더니, 갑자기 소리를 지르기 시작했다.

"그럴 리가 없어! 그 여자가 당신더러 읽으라고 했을 리가 없어. 당신이 거짓말을 하는 거야! 당신이 제멋대로 읽은 거야!"

"나는 사실대로 말하는 겁니다." 공작은 아까처럼 아주 침착한 어조로 대답했다. "믿으십시오, 당신이 이 일로 그렇게 불쾌해하다니, 무척 안타깝군요."

"하지만 이 재수 없는 양반아, 그녀가 그때 당신한테 적어도 무슨 말을 했을 거 아뇨? 뭐라고 대답을 했을 거 아뇨?"

"네, 물론 했지요."

"그럼 얘길 해요, 얘길 해, 오, 제기랄!……"

그러면서 가냐는 덧신을 신은 오른발로 보도를 두 번씩이나 쿵쿵 굴렀다.

"내가 다 읽자마자, 그녀는 당신이 그녀를 낚으려 한다고 말하더군요. 당신은 그녀의 평판을 해치려고 하는데, 그렇게 함으로써 그녀로부터 희망을 얻어두고, 또 이 희망에 기대어 또다른 희망, 즉 10만 루블에 대한 희망을 아무런 손해도 보지 않고 포기하려 하는 거라고요. 만약에 당신이 그녀와 흥정을 벌이지 않고 그렇게 한다면, 그녀에게 미리 보증을 구하지 않고 당신 스스로 모든 것을 끊어버린다면, 그때는 그녀도 아마 당신의 친구가 될 수 있을 거라고 했어요. 이게 전부인 것 같습니다. 아, 또 있군요. 내가 이미 쪽지를 도로 받고 나서, 무슨 대답 같은 건 없느냐고 묻자, 그녀는 무응답이 가장 좋은 대답일 거라고 하더군요—아마 그렇게 말한 것 같습니다. 만약 내가 그녀의 정확한 표현을 잊어버렸다면 용서하시기 바랍니다. 내가 이해한 대로 전하는 거니까요."

그지없는 증오가 가냐를 사로잡으면서, 미칠 듯한 분노가 걷잡을 수 없이 터져나왔다.

"아! 그랬단 말이지!" 그는 이를 부드득 갈았다. "그럼 내 쪽지를 아예 창밖으로 던져버릴 것이지! 아! 흥정 따윈 하지 않는다고—하지만 나는 하겠어! 두고 보자! 나는 아직 얼마든지…… 아무튼 두고 보자!

콧대를 팍 꺾어놓고 말 테니!……"

그는 얼굴이 일그러지고 새하얗게 질려서는 입에 거품까지 물었다. 주먹으로 위협을 해대기도 했다. 그렇게 그들은 몇 걸음을 걸었다. 그는 마치 자기 방에 혼자 있기라도 한 듯, 공작 앞에서 체면조차 차리지 않았는데, 사실 그는 공작을 버러지보다 못한 인간으로 여기고 있었다. 그러나 그는 갑자기 뭔가가 생각난 듯 퍼뜩 제정신을 차렸다.

"그런데 도대체 어떻게," 그가 불쑥 공작에게 말을 건넸다. "도대체 어떻게 당신이(백치 주제에!—그는 혼잣말로 덧붙였다), 첫인사를 한 지 두 시간도 안 돼서 갑자기 그런 신임을 얻게 된 거요? 어떻게 그렇게 된 거요?"

지금껏 그의 모든 고통에는 질투가 빠져 있었다. 그 질투가 갑자기 그의 심장 한복판을 쿡 찌른 것이다.

"그건 뭐라고 설명드릴 도리가 없습니다." 공작이 대답했다.

가냐는 독기를 품고 그를 노려보았다.

"그 여자가 당신을 식당으로 부른 건, 자신의 신임을 선물하려 한 것 아니오? 그 여자는 당신한테 뭔가 선물하겠다고 했잖소?"

"그렇게밖엔, 달리 이해가 안 되는군요."

"그럼 대체 뭣 때문이오, 제기랄! 당신은 거기서 무슨 짓을 한 거요? 어떻게 호감을 샀느냐 말이오? 이봐요, 공작." 그는 안간힘을 쓰며 초조해했다(이때 그의 마음속에선 왠지 모든 게 뒤죽박죽 서로 뒤엉키며 끓어오르고 있어서 생각을 정리할 수조차 없었다). "이봐요, 당신이 그러니까 그 집에서 한 말을 어떻게 다시 생각해내서, 한마디도 빼놓지 않고 맨 처음부터 차근차근 얘기해줄 수 없겠소? 뭔가 눈치챈 일은 없냐고요? 기억해낼 수 있겠소?"

"오, 얼마든지 할 수 있지요." 공작은 대답했다. "안으로 들어가서 인사를 한 다음, 곧바로 스위스 얘기를 하기 시작했습니다."

"아, 스위스 따윈 집어치워요!"

"다음엔 사형에 대해서……"

"사형?"

"네, 어쩌다 보니…… 그다음엔 내가 그곳에서 삼 년 동안 어떻게 살았고 또 어느 가여운 시골 처녀와……"

"아, 그까짓 가여운 시골 처녀도 집어치워요! 그다음!" 가냐는 성급하게 몰아댔다.

"그다음엔 슈나이더가 내 성격을 평한 얘기와, 나를 억지로……"

"슈나이더 같은 건 꺼져버려, 그 사람의 평 따윈 상관없어! 그다음!"

"그다음엔 무슨 얘기 끝에 얼굴, 그러니까 얼굴 표정에 대해 얘기하게 됐는데, 아글라야 이바노브나가 거의 나스타시야 필립포브나만큼 아름답다고 말했습니다. 바로 그땝니다, 내가 사진 얘길 꺼낸 건……"

"하지만 설마 그 얘긴 안 했겠지, 아까 서재에서 들은 얘긴 안 했겠죠? 안 한 거죠? 안 했죠?"

"거듭 말하지만, 그 얘긴 하지 않았습니다."

"그럼 도대체 어디서, 빌어먹을…… 아, 참! 아글라야가 그 노친네한테 편지를 보여주진 않았소?"

"그건 전적으로 보장할 수 있습니다. 보여주지 않았습니다. 내가 내내 그 자리에 있었으니까요. 그녀는 그럴 시간도 없었어요."

"하지만 당신이 뭔가 눈치채지 못했을 수도 있지…… 오! 여-어-

엄병할 백치." 그는 이미 완전히 제정신을 잃고 소리를 꽥 질렀다. "이야기 하나 제대로 못하다니!"

가냐는 한번 욕을 내뱉기 시작한 뒤 아무런 저항에 부딪히지 않자, 어떤 종류의 인간들에게서 늘 볼 수 있는 모습처럼, 점차 자제력을 완전히 잃어갔다. 조금만 더 내버려두면 침이라도 뱉기 시작할 정도로 그는 이미 미치광이처럼 노기등등했다. 하지만 바로 이 광포한 분노 때문에 그는 눈이 멀어 있기도 했다. 그렇지 않았던들 자기가 그토록 멸시하는 이 '백치'가 때로는 무언가를 너무도 빠르고 세심하게 이해할뿐더러 더할 나위 없이 훌륭하게 전달할 줄 안다는 사실에 벌써부터 주의를 기울였을 터였다. 그러나 이때 갑자기 뭔가 뜻밖의 일이 일어났다.

"당신한테 말해둘 게 있습니다, 가브릴라 아르달리오노비치." 공작이 불쑥 입을 열었다. "나는 전에는 정말로 건강이 매우 안 좋아서 사실 거의 백치에 가까웠습니다. 하지만 이젠 이미 오래전에 회복됐고, 그래서 나에게 맞대놓고 백치라고 부르면 조금 불쾌합니다. 당신이 겪고 있는 실패를 고려하면 양해해줄 수도 있지만, 당신은 홧김에 벌써 두어 번이나 나한테 욕을 했습니다. 나는 이런 것을 아주 싫어합니다. 특히 당신처럼 처음부터 대뜸 그럴 때는 더욱 그렇습니다. 마침 우리는 네거리에 와 있으니, 여기서 헤어지는 편이 낫지 않을까요. 당신은 오른쪽으로 해서 집에 가고, 나는 왼쪽으로 가겠습니다. 수중에 25루블이 있으니, 가구 딸린 여관방 정도는 아마 찾을 수 있을 겁니다."

가냐는 몹시 당황했고, 수치심에 얼굴이 시뻘게지기까지 했다.

"용서해주십시오, 공작." 그는 욕설투의 말을 지극히 공손한 말씨로 급히 바꾸면서 열띤 목소리로 말했다. "제발 용서해주십시오! 내가 어떤 곤경에 처해 있는지 당신도 보시잖습니까! 하지만 아직 당신은 거의 아무것도 모르십니다. 모든 것을 아신다면, 분명 조금이나마 나를 용서해주실 겁니다. 물론 나는 용서받을 수 없는 인간이지만……"

"오, 그렇게까지 사과할 필요는 없습니다." 공작이 서둘러 말했다. "당신이 몹시 불쾌한 처지에 있고, 바로 그 때문에 욕을 내뱉는다는 사실은 나도 잘 아니까요. 뭐, 그럼 당신 집으로 갑시다. 나는 좋습니다……"

'아냐, 이 녀석은 이제 절대로 놓아줄 수 없다.' 가냐는 길을 가면서도 독기에 찬 눈으로 공작을 힐끔힐끔 쳐다보며 속으로 생각했다. '이 사기꾼은 나한테서 모든 것을 샅샅이 캐내고는 갑자기 탈을 벗은 거야…… 여기엔 필시 뭔가가 있어. 좋아, 어디 두고 보자! 모든 게 다 분명해질 테니, 모든 게, 모든 게 다! 그것도 오늘 중으로!'

그들은 어느새 집 앞에 와 있었다.

VIII

가네치카*의 집은 무척 깨끗하고 환하고 널찍한 계단을 따라 올라간 삼층에 있었고 크고 작은 방 예닐곱 개로 이루어져 있었는데, 비록 지극히 평범한 방들이긴 했으나, 심지어 2천 루블의 봉급을 받는 관리라 할지라도 가족을 거느린 이상, 그의 돈주머니 사정과는 그리 어울리지

* 가브릴라, 가냐의 애칭.

않는 규모였다. 그러나 이 집은 하녀를 두고 하숙을 칠 목적으로 가냐와 그의 가족이 불과 두 달 전에 세를 얻은 것으로, 어머니 니나 알렉산드로브나와 누이동생 바르바라 아르달리오노브나가 자기들도 함께 도와서 집안의 수입을 조금이나마 늘리겠다고 고집을 부리고 애원하는 바람에 그리된 일이었지만, 정작 가냐 자신은 이를 몹시 불쾌하게 여겼다. 가냐는 얼굴을 찌푸리며, 하숙을 치다니 이런 꼴사나운 일이 어딨느냐고 투덜댔다. 이 일이, 장래가 촉망되는 꽤나 빛나는 청년으로 행세하며 상류사회에 드나들고 있는 그에게는 어쩐지 창피하게 여겨졌다. 운명에 대해 이와 같이 모든 것을 양보해야 한다는 것과 늘 이렇게 비좁은 데서 지긋지긋하게 살아야 한다는 것—이 모든 것은 그에게 깊은 정신적 상처를 입혔다. 얼마 전부터 그는 온갖 사소한 일을 가지고도 터무니없이 마구 짜증을 부렸는데, 그래도 당분간이나마 양보하고 참기로 동의한 것은 최단시간 내에 이 모든 것을 변화시키고 개조하겠다는 결심이 이미 확고했기 때문이다. 하지만 바로 이 변화, 그가 선택한 바로 이 출로야말로 쉽지 않은 과제를 던지고 있었으며—앞으로 그 과제를 해결해나가는 일은 이전의 모든 경우보다 더 골치 아프고 더 고통스러울 위험이 컸다.

집은 현관에서 곧장 시작되는 복도를 사이에 두고 양쪽으로 나뉘어 있었다. 복도 한쪽으로는 방이 셋 있었는데, '특별 추천'을 받은 하숙인들에게 빌려주는 방이었다. 그 밖에도 역시 같은 쪽 맨 끝에 부엌과 맞붙은 네번째 방이 있었으며, 나머지 방들보다 좀더 좁은 이 방에서 이 집의 가장인 퇴역 장군 이볼긴이 널찍한 소파를 침대 대용으로 쓰며 살고 있었고, 집을 드나들 때는 반드시 부엌을 지나 뒷계단으로 오르내리도록 돼 있었다. 이 좁은 방은 가브릴라 아르달리오노비치의 열세 살 된 동생인 김나지움 학생 콜랴*도 함께 사용했다. 이 소년 역시 이곳에서 비좁음을 참아가며 공부를 해야 했고, 좁고 짧은 낡아빠진 조그만 소파 위에 구멍이 숭숭 뚫린 깔개를 깔고 잠을 자야 했을뿐더러, 무엇보다 아버지를 보살피고 감시까지 해야 했는데, 아버지는 날이 갈수록 상태가 나빠져 이렇게라도 하지 않으면 안 되었기 때문이다. 공작은 세 개의 방 중에서 가운뎃방을 쓰게 됐다. 오른쪽에 있는 첫번째 방은 페르드이셴코가 썼고, 왼쪽에 있는 세번째 방은 아직 비어 있었다. 그러나 가냐는 우선 공작을 가족이 사용하는 방들 쪽으로 안내했다. 가족이 사용하는 방들은 필요에 따라 식당으로도 사용하는 홀과, 응접실이라고는 하나 오전에만 응접실이지 저녁이면 가냐의 서재 겸 침실로 변하는 방, 마지막으로 좁고 언제나 굳게 닫혀 있는 세번째 방이 전부였는데, 이 세번째 방은 니나 알렉산드로브나와 바르바라 아르달리오노브나의 침실이었다. 한마디로 말해서, 이 집에서는 모든 것이 비좁고 옹색했다. 가냐는 그저 속으로 이를 갈 뿐이었다. 그는 어머니에게 공손했고 또 그러고 싶어했으나, 이 집에 발을 들여놓는 사람이면 누구나, 그가 집안의 지독한 폭군이라는 사실을 대번에 눈치챌 수 있었다.

응접실에는 니나 알렉산드로브나만이 아니라 바르바라 아르달리오노브나도 함께 앉아 있었다. 두 사람은 뜨개질 같은 것을 하면서 손님인 이반 페트로비치 프치츠인과 얘기를 나누는 중이었다. 니나 알렉산

---

* 니콜라이의 애칭.

드로브나는 쉰 살 정도로 보였고, 여위고 볼이 움푹 팬 얼굴에 눈 밑에는 검은빛이 짙었다. 병색이 돌고 다소 근심어린 모습이었으나, 얼굴과 눈매는 퍽 인상이 좋았다. 처음 몇 마디에 벌써 진정으로 품위 있는 진지한 성격이 나타났고, 근심스러운 표정에도 불구하고 꿋꿋함과 더불어 결연함마저 느껴졌다. 옷차림도 지극히 검소해서, 웬 우중충한 색깔에 노인네들이 흔히 입는 옷을 입고 있었지만, 태도와 말씨, 그리고 모든 몸가짐에서 그녀가 예전에 상류사회의 생활을 누렸던 부인임을 알아챌 수 있었다.

바르바라 아르달리오노브나는 스물셋가량 된 처녀로, 키는 보통이고 꽤 말랐으며, 얼굴은 빼어나게 아름답진 않으나 아름다움 없이도 호감을 살 수 있고 열정을 불러일으킬 정도로 사람의 마음을 끄는 어떤 비밀을 지니고 있었다. 그녀는 어머니를 많이 닮아서, 옷차림까지도 어머니와 거의 똑같았고, 옷치장 하는 것을 몹시 싫어했다. 잿빛 눈은 이따금 매우 명랑하고 상냥해 보이기도 했지만, 대개는 심각하고 생각에 잠겨 있는 표정이었고 너무 지나치다 싶을 때마저 있었는데, 요즘 특히 그랬다. 꿋꿋함과 결연함은 그녀의 얼굴에도 나타나 있었으나, 이 꿋꿋함은 어머니에게서 느껴지는 것보다 오히려 더 강한 에너지와 추진력을 지닌 듯했다. 바르바라 아르달리오노브나는 성미가 꽤 불같아서, 때로는 그녀의 오빠까지도 그 불같은 성미를 두려워할 정도였다. 지금 손님으로 와서 앉아 있는 이반 페트로비치 프치츠인도 그녀의 성미에 조금 겁을 먹고 있었다. 프치츠인은 아직 서른 안짝의 제법 젊은 사내로, 옷차림은 검소하면서도 우아했고, 태도 또한 호감가긴 하나 어쩐지 너무 점잔을 빼는 듯싶었다. 짙은 아맛빛 턱수염은 그가 관청에 근무하는 사람이 아님을 말해주었다.* 그는 재치 있고 재미있게 대화를 할 줄 알았으나, 대개는 말수가 적었다. 아무튼 호감가는 인상마저 주는 사내였다. 그는 바르바라 아르달리오노브나에게 관심이 없지 않아 보였고, 자신의 감정을 숨기지도 않았다. 바르바라 아르달리오노브나는 그에게 다정하게 대했으나, 그의 어떤 질문에 대해서는 여전히 대답을 미뤘고 그런 질문을 반기지조차 않았다. 그러나 프치츠인은 그 정도로 낙담할 사람이 아니었다. 니나 알렉산드로브나는 그에게 상냥할 뿐 아니라, 요즘 들어서는 그를 무척 신뢰하기까지 했다. 그렇지만 그가 어느 정도 확실한 저당을 잡고 고리로 돈을 빌려주어 재산을 불리는 일을 본업으로 삼고 있다는 건 이미 알려진 사실이었다. 가냐와는 절친한 친구 사이였다.

가냐가 공작에 대해 자세히, 하지만 더듬거리면서 소개를 하자(가냐는 어머니에게 매우 무뚝뚝하게 인사를 했을 뿐, 누이에게는 한마디 인사말도 건네지 않은 채 곧바로 프치츠인을 방에서 끌어내 어디론가 데리고 가버렸다), 니나 알렉산드로브나는 공작에게 몇 마디 상냥한 말을 해주고서, 마침 방문 틈으로 얼굴을 내민 콜랴에게 공작을 가운뎃방으로 안내하라고 일렀다. 콜랴는 명랑하고 꽤 귀여운 얼굴에 남을 잘 믿고 자연스러운 태도를 지닌 소년이었다.

"짐은 어디 있어요?" 소년이 공작을 방으로 안내하면서 물었다.

"조그만 보따리가 하나 있는데, 현관에다 뒀어."

"내가 지금 가져올게요. 우리집에 하녀라곤 식모와 마트료나밖에 없

---

* 1837년 4월에 발표된 니콜라이 1세의 칙령에 따라 문관은 수염을 기르는 것이 금지됐다.

어서, 나도 돕고 있어요. 바랴* 누나가 모든 일을 감독하는데 화를 많이 내죠. 가냐 형이 그러는데, 오늘 스위스에서 오시는 길이라면서요?"

"그래."

"스위스는 좋은가요?"

"아주."

"산도 있어요?"

"있지."

"금방 보따리를 끌고 올게요."

바르바라 아르달리오노브나가 들어왔다.

"마트료나가 곧 시트를 깔아드릴 거예요. 트렁크가 있나요?"

"아뇨, 조그만 보따리 하나뿐입니다. 댁의 동생분이 가지러 갔습니다. 현관에 두었거든요."

"보따리는 없던데요. 이 조그만 것밖엔. 어디다 두셨죠?" 콜랴가 다시 방으로 돌아오며 물었다.

"그래, 짐이라곤 이것밖에 없다네." 공작은 보따리를 받아들며 말해주었다.

"아-아! 나는 페르드이셴코가 슬쩍한 줄 알았죠."

"쓸데없는 소린 관둬." 바랴가 엄하게 나무랐는데, 그녀의 말투는 공작을 대할 때도 아주 건조했고, 그저 예의에 어긋나지 않을 정도로 정중할 뿐이었다.

"*사랑하는 바베트***, 나한테 좀더 상냥하게 대해도 되잖아, 난 프치츠

---

* 바르바라의 애칭.

** 바르바라를 프랑스식으로 부른 이름.

인이 아니란 말야."

"네 녀석은 되레 두들겨패줘도 괜찮겠다, 콜랴, 그만큼 넌 아직 바보란 말이야. 필요하신 게 있으면 뭐든 마트료나한테 말씀해주세요. 점심식사* 시간은 네시 반이에요. 저희와 함께 드셔도 되고 이 방에서 혼자 드셔도 되니, 편하신 대로 하세요. 가자, 콜랴, 그만 방해하고."

"그래, 가자고, 어휴, 저 칼 같은 성격하곤!"

그들은 나가다가 가냐와 마주쳤다.

"아버지 계시냐?" 가냐는 이렇게 묻더니, 콜랴가 그렇다고 대답하자 귀에다 대고 뭐라고 소곤거렸다.

콜랴는 고개를 끄덕이고 바르바라 아르달리오노브나의 뒤를 따라 나갔다.

"두 마디만 하겠습니다, 공작, 아까 그…… 일 때문에 깜박 잊어서요. 실은 부탁이 좀 있습니다. 제발 부탁드립니다—그리 힘들지 않다면—방금 아글라야와 나 사이에 있었던 일에 대해선 여기서 함부로 말하지 마시고, 또 앞으로 이 집에서 보고 듣게 될 일에 대해서도 저쪽에 가서 그러지 않으셨으면 좋겠습니다. 이 집에도 꼴사나운 일이 넘쳐나니까요. 빌어먹을, 아무튼…… 적어도 오늘만이라도 자제해주십시오."

"분명히 말씀드리지만, 나는 당신이 생각하는 것보다 훨씬 말을 적게 했습니다." 공작은 가냐가 주의를 주자 조금 화를 내며 말했다. 두 사람의 관계는 점점 더 고약해져갔다.

"어쨌든, 오늘 내가 당신 때문에 이만저만 당한 게 아니니까요. 말하

* 하루 중의 주된 식사로, 보통 오후 느지막한 시간에 먹었다.

자면, 간청드리는 겁니다."

"그리고 또 알아두십시오, 가브릴라 아르달리오노비치, 아까 내가 도대체 무슨 의무를 지고 있었다는 겁니까, 내가 사진 얘기를 입 밖에 내면 안 될 무슨 이유라도 있었다는 건가요? 나한테 그런 부탁도 하지 않았잖습니까."

"쳇, 무슨 방이 이 꼴이야!" 가냐는 경멸스럽다는 듯 주위를 둘러보며 딴소리를 했다. "어두침침한데다 창도 뒷마당으로 나 있고. 모든 점에서 당신은 별로 안 좋을 때 온 거요…… 뭐, 하긴 내 일도 아니지. 내가 하숙치는 것도 아닌데."

프치츠인이 힐끔 들여다보더니 가냐를 불렀다. 가냐는 공작을 버려두고 황급히 나갔는데, 실은 뭔가 더 말하고 싶었으나 말을 꺼내기가 부끄러워 망설이던 것 같았다. 방을 가지고 트집을 잡은 것도 당황스러워서 한 소리인 듯했다.

공작이 세수를 하고 매무새를 대충 가다듬고 나자, 곧바로 방문이 다시 열리면서 새로운 인물이 얼굴을 내밀었다.

그는 제법 큰 키에 어깨가 떡 벌어지고 불그죽죽한 곱슬머리에 머리통이 엄청나게 큰, 나이가 서른 안팎인 사내였다. 얼굴은 투실투실하니 불그레했고, 두꺼운 입술에 코는 펑퍼짐하고 납작한데다, 거슴츠레하고 조그만 두 눈은 조소를 담은 채 쉴새없이 깜박거리고 있는 듯 보였다. 이 모든 것이 전체적으로 상당히 뻔뻔한 인상을 풍겼다. 옷차림은 꾀죄죄했다.

그는 처음엔 겨우 고개를 들이밀 수 있을 정도로만 문을 벙긋이 열었다. 안으로 디민 고개가 오 초가량 방안을 둘러보더니, 방문이 조금씩 더 열리며 전신이 문지방 위에 나타났으나, 손님은 선뜻 들어오지 않고 문지방에 멈춰 선 채 실눈을 뜨고 공작을 계속 살피고 있었다. 드디어 그는 등뒤로 문을 닫고 다가와 의자에 앉더니, 공작의 한 손을 꽉 쥐고 자기 옆에 비스듬히 놓인 소파에 앉혔다.

"페르드이셴코올시다." 그는 이렇게 운을 떼며 공작의 얼굴을 마치 질문이라도 하듯이 뚫어지게 들여다봤다.

"그런데 무슨 일이신가요?" 공작은 터져나오는 웃음을 꾹 누르며 대답했다.

"이 집의 하숙인이란 말씀이오." 페르드이셴코는 여전히 공작의 얼굴에서 눈을 떼지 않으며 다시 말했다.

"통성명을 하자는 건가요?"

"무-우슨!" 손님은 손으로 머리를 마구 흐트러뜨리며 한숨을 내쉬고 말하더니, 맞은편 구석을 바라보기 시작했다. "돈 가진 것 있소?" 그는 공작에게 얼굴을 돌리며 불쑥 물었다.

"얼마 되진 않지만."

"그러니까 얼마나?"

"25루블."

"좀 보여주구려."

공작은 조끼 주머니에서 25루블짜리 지폐를 꺼내 페르드이셴코에게 건넸다. 페르드이셴코는 지폐를 펴서 들여다보다가 다른 쪽으로 뒤집어서 빛에 갖다댔다.

"정말 이상한 일이지요." 그는 생각에 잠기기라도 한 듯이 말했다. "어째서 이렇게 짙은 갈색이 될까요? 이 25루블짜리들은 어떨 땐 지독하게 짙은 갈색이 돼버린단 말이오, 다른 것들은 반대로 완전히 색이 바래는데. 자, 받으시구려."

공작은 지폐를 도로 받았다. 페르드이셴코는 의자에서 일어났다.

"나는 당신한테 미리 주의 주러 왔소. 첫째, 나한테 절대로 돈을 빌려주지 말 것, 왜냐하면 나는 틀림없이 손을 벌릴 테니까."

"좋습니다."

"여기서 하숙비를 낼 생각이쇼?"

"그럴 생각입니다."

"나는 그럴 생각이 없소. 고맙소이다. 나는 당신 오른쪽으로 첫번째 방이오, 보셨지요? 나한테 너무 자주 찾아오지 않도록 해요. 대신 내가 이리 올 테니, 안심하시도록. 장군은 만나보셨나?"

"아닙니다."

"들은 말도 없소?"

"물론 없습니다."

"뭐, 그럼 이제 보게 되고 듣게 될 거요. 더구나 그 양반은 나한테까지 돈을 꿔달라고 하니까! 이건 *일러두기*요. 또 봅시다. 그런데 페르드이셴코라는 성을 가지고 과연 살아갈 수 있을까요? 어떻게 생각하시오?"

"왜 안 되지요?"

"또 봅시다."

그러면서 그는 문 쪽으로 갔다. 공작이 나중에 안 일이지만, 이 사내는 기발하고 유쾌한 익살로 모든 사람을 놀라게 하는 것을 자신의 사명인 양 여겼는데, 그러나 어찌된 셈인지 한 번도 성공한 적이 없었다.

심지어 어떤 사람들에게는 불쾌한 인상마저 주는 바람에 몹시 상심하곤 했지만, 그렇다고 자신의 사명을 포기하는 법은 없었다. 문간에서 마침 안으로 들어오던 어떤 신사와 마주치자, 그는 만회할 수 있는 기회를 얻은 듯 굴었다. 공작에겐 생면부지인 이 새로운 손님을 방으로 들여보낸 뒤, 그는 주의하라는 듯이 뒤에서 공작에게 눈을 몇 차례 깜박였고, 그리하여 그는 그래도 제법 자신만만한 태도로 자기 방으로 돌아갔다.

새로 온 신사는 키가 크고 나이는 쉰다섯 정도, 심지어 그보다 조금 더 위로도 보이는 상당히 비만한 사나이였는데, 검붉은 빛깔의 살지고 부석부석한 얼굴은 콧수염을 기른데다 덥수룩한 회색 볼수염에 둥그렇게 에워싸였고, 커다란 두 눈은 상당히 불거져 있었다. 해이해지고 낡고 지저분하기까지 한 뭔가만 없다면 제법 당당한 풍채일 듯했다. 그는 팔꿈치에 구멍이 나다시피 한 헐어빠진 프록코트를 입고 있었다. 셔츠 역시 땟국이 반질반질한 것이—그저 집안에서 뒹구는 차림이었다. 가까이 다가가자 보드카 냄새도 좀 풍겼다. 하지만 태도만큼은 자신의 품위로 상대방을 놀라게 하겠다는 열망이 뚜렷이 담긴, 어느 정도 학습을 거친 과시적인 것이었다. 신사는 서두르지 않고 상냥한 미소를 지으며 공작에게 다가오더니 말없이 손을 잡아 자기 손안에 감싼 채, 마치 낯익은 모습을 찾아내려는 듯 얼마 동안 그의 얼굴을 들여다보았다.

"그 친구야! 그 친구!" 그는 조용하지만 위엄 있는 어조로 입을 열었다. "그 친구가 살아서 내 앞에 서 있는 것 같군! 아까부터 식구들이 귀에 익은 그리운 이름을 자꾸 되풀이하기에, 다시는 돌아오지 않을 옛날을 떠올렸다오…… 므이쉬킨 공작이지요?"

"바로 그렇습니다."

"나는 이볼긴 장군이오, 불행한 퇴역 장군이지요. 댁의 이름과 부칭을 물어봐도 괜찮겠소?"

"레프 니콜라예비치입니다."

"맞아, 맞았어! 내 죽마고우라고 해도 좋을 니콜라이 페트로비치의 자제로군요?"

"저희 아버지는 니콜라이 르보비치입니다만."

"그렇지, 르보비치." 장군은 이렇게 정정했지만, 조금도 서두르지 않고 마치 자기는 결코 잊은 게 아니라 그저 무심코 잘못 말했을 뿐이라는 듯 아주 자신 있는 태도였다. 그는 자리에 앉더니 또다시 공작의 손을 잡아 자기 옆에 앉혔다. "내가 댁을 이 손으로 안고 다녔다오."

"아니, 정말이신가요?" 공작이 물었다. "저희 아버지는 벌써 이십 년 전에 돌아가셨는데요."

"그렇소, 이십 년 전이오. 이십 년 하고도 석 달이 되는군. 우리는 학교를 함께 다녔소. 나는 곧장 군대에 들어갔고……"

"아버지도 군에 계셨습니다. 바실콥스키 연대의 소위이셨지요."

"아니, 벨로미르스키 연대였소. 하긴, 벨로미르스키로 전속된 건 죽기 바로 전의 일이었지. 아버님 임종시엔 나도 함께 자리해서 명복을 빌어드렸다오. 댁의 어머님은……"

장군은 슬픈 추억에 사로잡힌 양, 하던 말을 멈추었다.

"어머니 역시 반년쯤 지나 감기로 돌아가셨습니다." 공작이 말했다.

"아니, 감기 때문이 아니오. 감기 때문이 아니란 말이오, 이 늙은이의 말을 믿으시오. 나는 어머님이 임종하는 자리에 있었고 장례식에도 참석했소. 공작을 잃은 슬픔 때문에 돌아가신 거지, 감기 때문이 아니오. 아무렴, 공작 부인도 나한텐 결코 잊을 수 없는 분이지! 아아, 청춘시절! 그분 때문에 나와 공작, 이 두 죽마고우가 하마터면 서로 죽일 뻔한 일까지 있었소."

공작은 조금 못 미더워하며 듣기 시작했다.

"나는 댁의 어머님이 아직 약혼녀—그러니까 내 친구의 약혼녀였을 때, 그분한테 지독히 빠져 있었소. 공작은 그걸 알고 큰 충격을 받았다오. 어느 날 아침, 여섯시가 조금 지난 때에 공작이 나를 찾아와 깨우는 거요. 나는 놀라서 옷을 입었는데, 양쪽 다 말이 없었지. 나는 모든 것을 알아챘소. 공작이 주머니에서 권총 두 자루를 꺼냅디다. 손수건 한 장을 사이에 두고 서로 쏘기. 입회인은 없고. 오 분 뒤면 서로를 저승으로 보내는데, 무슨 입회인이 필요하겠소? 탄환을 재고 손수건 끝을 잡아당기고는 서서, 서로의 심장에 권총을 갖다대고 얼굴을 마주보았소. 갑자기 두 사람의 눈에서 눈물이 우박처럼 쏟아지고, 손이 덜덜 떨려왔지. 두 사람 다, 두 사람 다 동시에! 뭐, 그래서 자연히, 두 사람은 포옹했고, 그다음엔 서로 관대함을 겨루기 시작했다오. 공작이 '네 여자다!'라고 외치면, 나는 '아니, 네 여자야!' 하고 외치는 거요. 한마디로…… 한마디로…… 그런데 우리집에 오신 건, 하숙하러?"

"네, 아마도 당분간은." 공작이 조금 더듬거리듯 말했다.

"공작님, 어머니가 좀 오시래요." 콜랴가 문틈으로 들여다보며 소리쳤다. 공작이 일어서서 나가려고 했으나, 장군은 그의 어깨에 오른손을 얹고 다정하게 다시 소파에 앉혔다.

"돌아가신 아버님의 진정한 벗으로서 미리 말해두고 싶은 게 있소."

장군이 말했다. "직접 보시다시피, 나는 어떤 비극적인 재난 때문에 고통을 당한 사람이오. 그것도 재판도 없이! 재판도 없이 말이오! 니나 알렉산드로브나는—보기 드문 여자요. 내 딸 바르바라 아르달리오노브나도 보기 드문 딸이고! 사정상 하숙을 치고 있지만—이렇게 형편없이 망하다니! 총독이 돼야 했던 내가 말이야!…… 하지만 댁이 함께 살게 된 걸 우리는 언제나 기쁘게 여길 거요. 그나저나 우리집엔 한 가지 비극이 일어나고 있다오!"

공작은 큰 호기심을 가지고, 궁금하다는 듯 바라보았다.

"혼담이 오가고 있는데, 이게 아주 보기 드문 혼담이라오. 모든 게 미심쩍은 계집과 앞으로 시종무관도 될 수 있는 유망한 청년과의 혼담이니 말이오. 내 딸이 있고 내 아내가 있는 이 집에 그런 계집을 끌어들인다니! 하지만 나한테 숨이 붙어 있는 한, 그 계집은 들어오지 못할 거요! 내가 문지방에 드러누울 테니, 나를 밟고 지나가라지!…… 나는 지금 가냐하고는 말도 거의 하지 않고, 마주치는 것조차 피하고 있소. 댁한테 일부러 미리 알려주는 거요. 우리집에 살게 되면 그러잖아도 어차피 직접 보게 될 테니까. 하지만 댁은 내 친구의 자제이니, 내가 기대를 가질 권리가……"

"공작, 죄송하지만 응접실로 좀 와주세요." 이번에는 니나 알렉산드로브나가 직접 문간에 나타나서 불렀다.

"여보, 상상이 되오?" 장군이 소리쳤다. "알고 보니, 공작은 옛날에 내가 안고 얼러줬던 분이야!"

니나 알렉산드로브나는 책망하듯 장군을 쳐다보며 공작에게 뭔가 알아내려는 듯한 시선을 던졌으나, 말은 한마디도 하지 않았다. 공작은 그녀의 뒤를 따라나섰다. 그러나 응접실로 들어가 자리에 앉은 다음 니나 알렉산드로브나가 아주 황급히 공작에게 뭔가 소곤소곤 알려주려는 순간, 느닷없이 장군이 친히 응접실로 왕림했다. 니나 알렉산드로브나는 이내 입을 다물고 부아가 치민 듯 뜨개질거리 위로 얼굴을 수그렸다. 장군도 아마 그녀의 부아를 알아챘을 테지만, 여전히 유쾌하기 짝이 없다는 얼굴이었다.

"내 친구의 자제분이야!" 그가 니나 알렉산드로브나를 향해 소리쳤다. "정말 뜻밖이야! 벌써 오랫동안 잊고 있었는데. 하지만, 여보, 당신은 고인이 된 니콜라이 르보비치가 정말 생각나지 않소? 당신도 뵌 적이 있잖아…… 트베리에서, 그렇지?"

"니콜라이 르보비치라는 분은 기억에 없어요. 댁의 아버님이신가요?" 그녀가 공작에게 물었다.

"아버지십니다. 하지만 아버지는 트베리가 아니라 옐리사베트그라드에서 돌아가신 줄 아는데," 공작이 장군의 눈치를 살피며 말했다. "파블리셰프한테 그렇게 들었습니다……"

"트베리에서요." 장군이 잘라 말했다. "돌아가시기 직전에 트베리로 전속되셨소, 아니, 아직 병이 악화되기 전이었지. 그때만 해도 댁은 너무 어렸으니, 전속이고 여행이고 아무 기억이 없을 거요. 파블리셰프가 착각했을 수 있고, 물론 더없이 훌륭한 사람이지만 말이오."

"파블리셰프와도 아는 사이셨나요?"

"보기 드문 사람이었지. 하지만 나는 내 눈으로 직접 봤소. 임종하실 때 축복을 빌어주기도 했고……"

"그런데 아버지는 재판중에 돌아가셨잖습니까." 공작이 다시 말했다.

"무슨 일로 재판을 받게 됐는지는 전혀 알아내지 못했지만, 아버지는 군병원에서 돌아가셨습니다."

"오, 그건 콜파코프 사병 사건 때문이었는데, 공작에게 무죄판결이 내려지리라는 건 의심의 여지가 없었소."

"그래요? 확실히 아시나요?" 공작은 비상한 호기심을 보이며 물었다.

"알다마다요!" 장군이 소리쳤다. "군법회의는 아무런 결론도 내리지 못한 채 해산됐소. 그건 도저히 있을 수 없는 사건이었다오! 아니, 불가사의한 사건이라고까지 말할 수 있지. 중대장인 라리오노프 2등대위가 죽어서, 공작이 임시로 직무를 대행하라는 명령을 받소. 좋아요. 그런데 콜파코프라는 사병이 도둑질을 해서, 즉 동료의 구두를 훔쳐서, 그걸로 술을 마셔버리는 거요. 그것도 좋소. 공작은—여기서 명심할 점은, 이 일이 상사와 하사가 있는 자리에서 행해졌다는 사실이오—콜파코프를 호되게 꾸짖고, 태형에 처하겠다고 위협하지요. 아주 좋소. 콜파코프는 막사로 돌아가 판자 침상에 드러눕는데, 십오 분 뒤에 죽어버려요. 이것도 대단히 좋소. 그런데 거의 있을 수 없는 뜻밖의 사건이 일어난단 말이오. 어찌됐건 콜파코프의 장례를 치러주고, 공작은 보고서를 올리고, 그렇게 해서 콜파코프는 명부에서 삭제돼요. 이보다 일을 잘 처리할 수는 없어 보이잖소? 그런데 정확히 반년 뒤, 여단 검열 때, 사병 콜파코프가 아무 일도 없었다는 듯이, 노보제믈랸스키 보병 연대 제2대대 제3중대에 버젓이 나타나는 거요, 그것도 똑같은 사단, 똑같은 여단에 말이오!"

"뭐라고요!" 공작은 놀란 나머지 자기도 모르게 소리쳤다.

"그렇지 않아요, 그건 착각이에요!" 갑자기 니나 알렉산드로브나가 거의 서글픈 시선으로 공작을 바라보며 말했다. "*남편이 잘못 생각하고 있는 거예요.*"

"하지만 여보, *잘못 생각하고 있다*고 말하긴 쉽지, 그럼 어디 이런 비슷한 사건을 직접 해결해보구려! 다들 어쩔 줄 모르고 갈팡질팡했단 말이야. 나도 아마 누구보다 먼저, *다들 잘못 생각하고 있다*고 말했을지 모르지. 하지만 불행히도 나는 목격자였고, 조사위원회에도 직접 참가했소. 모든 대면심문의 결과는, 그자가 바로 그 콜파코프, 반년 전에 통상적인 장례열병식과 함께 북을 울리며 매장한 바로 그 콜파코프 사병이 틀림없다는 거였소. 정말이지 거의 생각조차 할 수 없는 해괴한 사건이었소, 그 점엔 나도 동의하지만, 그러나……"

"아빠, 점심식사 차려놨어요." 바르바라 아르달리오노브나가 방으로 들어오며 알렸다.

"아, 거참 잘됐구나, 아주 잘됐어! 마침 배가 고프던 참인데…… 그러나 이 경우는 심리적인 측면까지 지녔다고도 말할 수 있어서……"

"수프가 또 식겠어요." 바랴가 참지 못하고 말했다.

"지금 간다, 지금." 장군은 이렇게 중얼거리며 방에서 나갔다. "또, 아무리 조사를 해봐도……" 복도에서는 계속 이런 소리가 들려왔다.

"우리집에 머무르시게 되면, 여러 가지 점에서 아르달리온 알렉산드로비치를 용서해주셔야겠어요." 니나 알렉산드로브나가 공작에게 말했다. "하지만 저 양반도 당신에게 그리 폐를 끼치진 않을 거예요. 식사도 혼자 하고 있으니까. 당신도 같은 생각이시겠지만, 누구에게나 나름대로 결점이 있고 나름대로…… 특별한 버릇 같은 게 있죠, 게다가 흔히 손가락질당하는 사람들이 어쩌면 다른 사람들만큼 심하지 않을 수도 있거든요. 다만 한 가지는 특별히 부탁드릴게요. 혹시라도 우리 저 양반이 하숙비 건으로 당신에게 뭐라고 하면, 나한테 이미 줬다고 말씀해주세요. 물론 아르달리온 알렉산드로비치에게 주셔도 셈은 매한가지겠지만, 단지 정확을 기하기 위해 부탁드리는 거예요…… 그게 뭐니, 바랴?"

방에 돌아와 있던 바랴가 말없이 어머니에게 나스타시야 필립포브나의 사진을 건넸다. 니나 알렉산드로브나는 몸을 부르르 떨면서 처음에는 경악한 듯이, 하지만 나중에는 가슴을 짓누르는 쓰라린 감정에 사로잡혀 얼마 동안 사진을 들여다보았다. 이윽고 그녀는 묻는 듯한 눈으로 바랴를 쳐다보았다.

"오늘 오빠한테 직접 선물했대요." 바랴가 말했다. "저녁에 두 사람 일이 모두 결판나나봐요."

"오늘 저녁에!" 니나 알렉산드로브나는 절망에 빠진 듯, 가느다란 소리로 딸의 말을 되뇌었다. "어쩌겠니? 이젠 더이상 의심의 여지가 없고, 희망도 사라졌는데. 그 여자는 이 사진으로 모든 의사를 분명히 밝힌 셈이야…… 그래, 오빠가 너한테 직접 보여주던?" 그녀는 의아해하며 덧붙였다.

"아시잖아요, 오빠하곤 벌써 한 달째 거의 말 한마디 나누지 않는걸요. 프치츤이 죄다 얘기해줬고, 사진은 거기 책상 옆 방바닥에 뒹굴고 있기에 주워왔어요."

"공작," 니나 알렉산드로브나는 갑자기 공작에게 말을 건넸다. "당신한테 여쭤보고 싶었는데(실은 그래서 이 방으로 모신 거예요), 우리 아들을 안 지가 오래되셨나요? 그애가 말하기로는, 어디 먼 데서 바로 오늘 도착하셨다는 것 같은데?"

공작은 절반 이상을 생략하면서 자신에 대해 짤막히 설명해주었다. 니나 알렉산드로브나와 바랴는 끝까지 귀를 기울였다.

"당신한테 이것저것 물어서 가브릴라 아르달리오노비치에 대해 뭔가를 캐내려는 게 아녜요." 니나 알렉산드로브나가 입을 열었다. "그 점은 오해 없으시기 바랍니다. 그애가 나한테 직접 털어놓지 못할 뭔가가 있다면, 나 역시 그애 몰래 그걸 알아내고 싶진 않아요. 내가 당신한테 이렇게 묻는 까닭은, 다름 아니라, 아까 당신이 있는 자리에서도 그랬고 나중에 당신이 저 방으로 가신 뒤에도 그랬지만, 내가 당신에 대해 뭘 물어보니까, 그애 대답이 '그 사람은 죄다 알고 있으니, 새삼 체면 차릴 것 없다!'라고 하잖겠어요. 그게 대체 무슨 뜻이죠? 그러니까 내가 알고 싶은 건, 어느 정도나……"

이때 갑자기 가냐와 프치츤인이 들어왔다. 니나 알렉산드로브나는 이내 입을 다물었다. 공작은 그녀 곁의 의자에 그대로 앉아 있었으나, 바랴는 한쪽 옆으로 물러났다. 나스타시야 필립포브나의 사진은 가장 눈에 잘 띄는 곳, 즉 니나 알렉산드로브나의 바로 앞에 자리한, 그녀가 일할 때 사용하는 조그만 탁자 위에 놓여 있었다. 가냐는 사진을 발견하자 이맛살을 찌푸리고는 짜증스레 탁자에서 집어들더니, 방의 다른 쪽 끝에 있는 자기 책상 위에다 휙 던졌다.

"오늘이라지, 가냐?" 니나 알렉산드로브나가 불쑥 물었다.

"뭐가 오늘인데요?" 가냐는 흠칫하더니 갑자기 공작에게 덤벼들었다. "아, 알겠군, 당신이 이제 여기서까지!…… 그래, 당신은 정말 어떻게 돼먹은 거요, 그거 혹시 무슨 병 아니오? 입 좀 다물고 있을 순 없소? 제발 이제 좀 깨달으시지, 공작 나리……"

"그건 내가 얘기한 거야, 가냐, 다른 사람이 아니라." 프치츠인이 가로막고 나섰다.

가냐는 믿을 수 없다는 듯 그를 쳐다보았다.

"차라리 그러는 편이 낫잖아, 가냐, 더구나 한쪽에선 이미 결말이 난 문제니까 말야." 프치츠인은 이렇게 중얼거리고는 옆으로 물러나 탁자 앞에 앉더니, 연필로 뭔가를 잔뜩 써넣은 무슨 종이쪽지를 주머니에서 꺼내 뚫어지게 들여다보기 시작했다. 가냐는 얼굴을 찌푸리고 서서, 또 한바탕 집안의 소동이 시작되길 불안한 마음으로 기다리고 있었다. 공작에게 사과하는 일 따위는 염두에도 없었다.

"다 결말이 난 일이라면, 이반 페트로비치의 말이 물론 옳을 게다." 니나 알렉산드로브나가 말했다. "찌푸리지 마라, 제발, 그리고 화도 내지 마, 가냐, 네가 말하고 싶어하지 않는 건 절대로 캐묻지 않으마. 그리고 분명히 말해두지만, 나는 깨끗이 단념했으니까, 제발 더이상 걱정하지 말거라."

그녀는 뜨개질거리에서 손을 떼지 않으면서 이렇게 말했는데, 정말로 평온한 심정에서 하는 말 같았다. 가냐는 깜짝 놀랐으나 조심스럽게 입을 다문 채, 좀더 분명히 말해주기를 기대하며 어머니를 쳐다보았다. 집안의 소동 때문에 이미 너무나 값비싼 대가를 치른 그였다. 니나 알렉산드로브나는 그의 조심스러운 태도를 눈치채자 씁쓸히 웃으며 덧붙였다.

"너는 여전히 이 어미를 의심하며 믿지 못하는구나. 안심하렴, 전처럼 눈물을 흘리지도 애원하지도 않을 테니. 적어도 나는 그렇단다. 내 소원은 그저 네가 행복했으면 하는 것뿐이야, 그건 너도 잘 알 테지. 나는 운명에 모든 걸 맡겼다만, 우리가 한집에서 살게 되든, 따로 살게 되든, 내 마음은 언제나 너와 함께 있을 거다. 물론 나는 나 자신에 대해서만 약속할 따름이야. 누이한테까지 똑같은 걸 요구할 순 없을 게다……"

"아, 또 저애!" 가냐는 이렇게 소리치며 조소와 증오가 담긴 눈으로 누이를 쳐다보았다. "어머니! 전에도 약속한 일이지만 다시 한번 맹세할게요. 내가 여기 있는 한, 내가 살아 있는 한, 감히 어느 누구도 어머니에게 절대로 무례하게 대하지 못할 거예요. 그게 누가 되든, 누가 우리집 문지방을 넘어오게 되든, 어머니를 정말로 완전히 존경하도록 하겠어요……"

가냐는 너무나 기뻐서, 거의 타협적인, 아니 거의 다정하기까지 한 눈으로 어머니를 바라보았다.

"나는 한 번도 나 자신을 위해 무엇을 두려워한 적은 없다, 가냐, 너도 알잖니. 이 기간 내내 내가 불안해하고 괴로워했던 건 나 자신을 위해서가 아냐. 오늘 너희 사이의 일이 모두 결말난다고 하던데? 대체 무슨 결말이 난다는 거냐?"

"오늘 저녁에 그 여자가 자기 집에서 승낙 여부를 밝히겠다고 약속했거든요." 가냐가 대답했다.

"우리는 거의 석 주 동안이나 이 얘길 피해왔고, 또 그렇게 하길 잘했어. 하지만 이젠 죄다 결말이 났으니, 한 가지만 묻고 싶구나. 어떻게 그 여자가 네게 승낙을 하고 자기 사진까지 선물할 수 있었던 거니, 넌 그 여자를 사랑하지도 않는데? 과연 네가 그런…… 그런…… 여자를……"

"뭐, 사내 경험이 있는 여자란 말씀이세요?"

"그렇게 말하려던 게 아니다. 과연 네가 그 여자의 눈을 그렇게까지 속일 수 있었던 거니?"

심상치 않은 울분이 갑자기 이 물음 속에서 울려나왔다. 가냐는 잠시 서서 일 분가량 생각하더니 냉소를 감추려고도 하지 않고 입을 열었다.

"그 문제에 아주 빠지셨군요, 어머니, 또다시 참지 못하시다니. 우리 집에선 모든 게 늘 이런 식으로 시작돼 불집이 크게 터지곤 했죠. 어머니는 방금, 이제 더이상 캐묻지도 않고 책망도 않겠다고 말씀해놓고선, 벌써 시작이잖아요! 이젠 그만두죠. 정말, 그만두자고요. 적어도 어머닌 방금 그렇게 하기로 마음먹으셨잖아요…… 나는 무슨 일이 있어도 어머니를 저버리지 않겠어요. 다른 사람이라면 적어도 저런 누이동생 때문에 진작에 달아났을걸요—보세요, 지금 어떤 눈을 하고 나를 쏘아보고 있나! 정말이지 이 얘긴 그만두죠! 조금 전엔 정말로 기뻤는데…… 그런데 어머닌 무슨 근거로 내가 나스타시야 필립포브나를 속이고 있다고 생각하시는 거죠? 바랴 따윈—제멋대로 하라죠—지긋지긋하니까. 정말, 이젠 아주 지긋지긋해!"

가냐는 한 마디씩 할 때마다 열이 올라서는 방안을 마구 돌아다녔다. 이 같은 대화는 곧바로 가족 모두의 아픈 곳을 건드렸다.

"만일 그 여자가 이 집에 들어오면 내가 집을 나가버리겠다고 했지, 나도 내 말을 지킬 테니 두고 봐." 바랴가 선언했다.

"저 고집하곤!" 가냐는 소리를 버럭 질렀다. "그 고집 때문에 시집도 못 가는 거야! 왜 나한테 식식거려? 나는 눈 하나 깜짝 안 해요, 바르바라 아르달리오노브나. 어디, 당신 결심이 그렇다면—지금 당장이라도 실행해보시지. 이제 당신이라면 정말 지긋지긋합니다요. 아니! 공작, 드디어 우릴 버려두고 가실 작정이군!" 그는 공작이 자리에서 일어서는 걸 보자 이렇게 소리쳤다.

분노의 발작이 어느 정도까지 도달하면 인간은 자신의 격분이 거의 유쾌해져서, 점점 더해가는 쾌감을 즐기기라도 하듯, 될 대로 되라는 기분으로 아무런 억제도 없이 분노에 자신을 맡기고 마는 법이다. 가냐의 목소리에선 이미 그러한 분노가 울리고 있었다. 공작은 뭔가 대답을 하려고 문간에서 고개를 돌렸으나, 그에게 모욕을 가한 자의 병적인 표정을 보자, 이제 마지막 한 방울만 더해지면 곧바로 분노의 봇물이 터질 상황임을 알아채고, 그대로 몸을 돌려 말없이 밖으로 나왔다. 몇 분 뒤 그는 응접실에서 들려오는 소리로 미루어, 자신이 자리를 뜨자 대화가 더욱 거칠어지고 더욱 노골적으로 변했음을 알 수 있었다.

그는 복도를 통해 자기 방으로 돌아가려고, 홀을 거쳐 현관 쪽으로 갔다. 층계로 통하는 출입문 옆을 지나다가, 그는 누군가가 문밖에서 있는 힘을 다해 초인종을 울리려고 애쓰는 소리를 들었다. 하지만 아무래도 어디가 망가졌는지 초인종은 가늘게 떨기만 할 뿐 소리가 나지 않았다. 공작은 빗장을 벗기고 문을 열었으나, 순간—깜짝 놀라 뒤로 물러서며 온몸을 부르르 떨기까지 했다. 그의 눈앞에 나스타시야 필립포브나가 서 있지 않은가. 그는 사진을 보았기 때문에 곧바로 그녀를 알아볼 수 있었다. 공작을 보자 그녀의 두 눈은 불길 같은 분노로 번쩍였다. 그녀는 어깨로 공작을 밀쳐내고 재빨리 현관 안으로 들어오더니, 모피 외투를 벗어던지며 화가 나서 말했다.

"초인종을 고쳐놓기 귀찮다면, 누가 문을 두드릴 때 현관에 앉아 있기라도 할 것이지. 저런, 이번엔 외투까지 떨어뜨렸네, 머저리 같으니!"

외투는 정말로 바닥에 떨어져 있었다. 나스타시야 필립포브나는 공작이 도와줄 때까지 기다리지 못하고, 직접 외투를 벗어 잘 보지도 않고서 공작의 손을 향해 뒤로 휙 던졌는데, 그가 그만 놓치고 만 것이다.

"너 따윈 내쫓아버려야 돼. 내가 왔다고 보고나 해."

공작은 무슨 말을 하려고 했으나 당황한 나머지 아무 말도 하지 못한 채, 바닥에서 외투를 집어들고 응접실 쪽으로 가기 시작했다.

"저런, 이젠 외투를 들고 들어가네! 외투는 왜 들고 가는 거야? 하-하-하! 정말 머리가 돈 거 아냐?"

공작은 되돌아와서 멍하니 그녀를 바라보았다. 그녀가 웃음을 터뜨리자—그도 빙그레 웃었으나, 혀는 여전히 움직일 수가 없었다. 처음 그녀에게 문을 열어주었을 때는 새하얗게 질렸던 그의 얼굴이 지금은 갑자기 새빨개졌다.

"무슨 이런 백치가 다 있어?" 나스타시야 필립포브나는 화가 나서 그에게 발을 구르며 소리쳤다. "아니, 어딜 가는 거야? 대체 누가 왔다고 알릴 건데?"

"나스타시야 필립포브나라고요." 공작이 중얼거렸다.

"어떻게 나를 알아?" 그녀가 빠른 소리로 물었다. "나는 한 번도 본 적이 없는데! 어서 들어가서 보고해…… 그런데 저긴 왜 저렇게 시끄럽지?"

"다투는 중입니다." 공작은 이렇게 대답하고 응접실로 갔다.

그가 들어간 것은 험악한 분위기가 거의 결정적인 순간에 이른 때였다. 니나 알렉산드로브나는 '모든 것을 단념했다'라는 말을 벌써 까맣게 잊은 듯했다. 어쨌든 그녀는 바랴 편을 들고 있었다. 바랴 옆에는 프치츠인도 서 있었는데, 연필 글씨가 가득 적힌 조금 전의 그 종이쪽지는 이미 안중에도 없었다. 바랴는 바랴대로 절대로 기가 꺾이지 않았고, 더구나 겁을 먹고 기가 꺾일 처녀도 아니었다. 그러나 오빠의 거칠고 난폭한 태도는 한마디 한마디 할 때마다 점점 더 상스럽고 참기 힘든 것이 되어갔다. 그럴 때면 바랴는 대개 하던 말을 멈추고 그저 말없이, 눈도 떼지 않고 조소하듯 오빠를 쳐다보기만 했다. 이 작전이 그의 마지막 자제력을 제거하는 데 효과적이라는 것을 그녀는 잘 알고 있었다. 바로 이러한 순간에 공작이 방으로 들어와 커다란 소리로 알렸다.

"나스타시야 필립포브나가 왔습니다!"

IX

방안은 찬물을 끼얹은 것처럼 조용해졌다. 다들 공작이 무슨 말을 하는지 모르겠다는 듯이—아니 알고 싶지도 않다는 듯이, 그의 얼굴만 쳐다보았다. 가냐는 놀란 나머지 온몸이 굳어버렸다.

나스타시야 필립포브나가 왔다는 것, 특히 이런 순간에 왔다는 것은 모두에게 아주 괴이하고 난처하기 그지없는 돌발사건이었다. 나스타시야 필립포브나가 처음으로 왕림했다는 한 가지 사실만 해도 그랬다. 지금까지 그녀는 가냐와 얘기를 나눌 때도 그의 가족과 알고 지내고 싶다는 희망조차 표한 적 없을 만큼 거만하게 굴었고, 근래에 들어서는 마치 그들이 이 세상에 존재하지도 않는 것처럼 아예 입에 올리지도 않았다. 가냐는 자기로서는 난처하기 짝이 없는 얘기를 면할 수 있어서 한편으론 기뻤으나, 그래도 마음속으로 그녀의 이 거만함을 나중에 정산할 계산 장부에 달아놓았다. 아무튼, 그는 그녀에게서 자기 가족에 대한 냉소와 독설을 기대하면 했지, 직접 집으로 찾아오리라고는 꿈에도 생각지 못했다. 이번 혼담을 둘러싸고 그의 집안에서 무슨 일이 일어나고 있고 식구들이 어떤 눈으로 그녀를 보고 있는지가 그녀의 귀에 모두 들어갔다는 사실을 그는 확실히 알고 있었다. 그녀의 방문이 지금, 그러니까 사진을 선물한 직후이자 자기 생일날, 즉 그의 운명을 결정하겠노라고 그녀가 약속한 날에 이루어졌다는 점은 바로 그 결정 자체를 의미하는 것이나 거의 다름없었다.

공작을 바라보는 이들의 눈길에 하나같이 담겨 있던 의혹은 그리 오래가지 않았다. 나스타시야 필립포브나가 응접실 문간에 직접 나타나서, 또다시 공작을 가볍게 밀어제치며 방안으로 들어왔기 때문이다.

"이제야 들어왔네요…… 그 초인종은 뭣하러 매달아둔 거죠?" 그녀는 허둥지둥 자기에게 달려온 가냐에게 손을 내밀며 명랑하게 말했다. "왜 그렇게 넋 나간 얼굴이에요? 나를 인사시켜줘야죠, 어서……"

완전히 당황한 가냐는 그녀를 먼저 바랴에게 소개했고, 두 여인은 서로 손을 내밀기 전에 야릇한 시선을 교환했다. 나스타시야 필립포브나는 그래도 웃으면서 명랑한 척했으나, 바랴는 그런 가면을 쓰려고도 하지 않고 어두운 표정으로 뚫어지게 바라볼 뿐이었다. 그녀의 얼굴에선 그저 예의상 요구되는 미소의 그림자마저 찾아볼 수 없었다. 가냐는 기겁을 했다. 이제는 애원해봐야 아무 소용 없으려니와 그럴 겨를조차 없어서, 그는 바랴에게 아주 위협적인 눈짓을 보냈고, 이 눈짓에서 바랴는 지금 이 순간이 오빠에게 어떤 의미를 가지는지 알아챘다. 그러자 그녀는 오빠에게 양보하기로 결심한 듯, 나스타시야 필립포브나에게 간신히 미소를 지어 보였다. (그들 가족 모두는 아직 서로를 너무도 사랑하고 있었다.) 분위기를 어느 정도 부드럽게 해준 것은 니나 알렉산드로브나였는데, 가냐는 너무 당황한 나머지 어머니를 누이동생 다음에 소개했을뿐더러, 심지어 어머니 쪽에서 먼저 나스타시야 필립포브나에게 다가가게 했다. 그러나 니나 알렉산드로브나가 자신의 '각별한 기쁨'에 대해 피력하기 시작하자마자, 나스타시야 필립포브나는 끝까지 들으려고도 하지 않고 가냐 쪽으로 몸을 홱 돌리더니 (아직 앉으란 말도 하지 않았는데) 창가 한구석에 놓인 조그만 소파에 앉으며 커다란 소리로 물었다.

"당신 서재는 어딨죠? 그리고…… 그리고 하숙인들은 어딨나요? 하숙을 친다면서요?"

가냐는 얼굴이 지독히 새빨개져서 뭐라고 더듬더듬 대답하려 했으나, 나스타시야 필립포브나가 곧바로 덧붙였다.

"대체 여기 어디다 하숙을 쳐요? 댁에는 서재도 없잖아요. 그래, 돈벌이는 좀 되나요?" 그녀는 갑자기 니나 알렉산드로브나에게 이렇게 물었다.

"약간 번잡스럽긴 해요." 부인은 머뭇머뭇 대답했다. "물론 이익이 전혀 없진 않죠. 하지만 우리는 그저……"

그러나 나스타시야 필립포브나는 이번에도 이미 듣고 있지 않았다. 그녀는 가냐를 바라보다가 큰 소리로 웃으며 소리쳤다.

"얼굴이 왜 그래요? 오, 맙소사, 이 상황에 무슨 얼굴이 저렇담!"

이 웃음은 몇 초 동안 계속됐다. 가냐의 얼굴은 사실 몹시 일그러져 있었다. 기둥처럼 굳어버린 태도와 낭패해서 겁에 질린 우스꽝스러운 표정은 금세 사라졌으나, 얼굴은 무서울 정도로 창백해졌다. 입술은 경련으로 비뚤어지기 시작했다. 그는 말없이 불길한 눈초리로, 계속 웃어대는 손님의 얼굴을 꼼짝도 않고 뚫어져라 응시했다.

방안에는 또 한 명의 관찰자가 있었는데, 그 역시 나스타시야 필립포브나를 처음 본 순간 거의 마비 상태에 빠져 아직 헤어나지 못했다. 그러나 그는 아까부터 자기 자리였던 응접실 문간에 '말뚝'처럼 꼼짝 않고 서 있으면서도, 가냐의 얼굴이 창백해지고 무섭게 변한 것을 알아챌 수 있었다. 이 관찰자는 공작이었다. 그는 깜짝 놀란 듯 갑자기 기계적으로 몇 걸음 앞으로 걸어나왔다.

"물을 좀 드시지요." 그가 가냐에게 속삭였다. "그리고 그런 눈으로 쳐다보시면 안 됩니다……"

그가 이 말을 아무런 계산이나 별다른 생각 없이, 그저 순간적인 마음에서 했다는 건 분명했다. 그러나 그의 말은 엄청난 반응을 불러일으켰다. 가냐의 모든 울분이 갑자기 공작에게 쏟아진 것 같았기 때문이다. 가냐는 공작의 어깨를 움켜잡고 복수심과 증오로 가득차, 마치 말을 할 기력도 없다는 듯 말없이 그를 노려보았다. 다들 동요하기 시작했다. 니나 알렉산드로브나는 약하게 비명을 지르기까지 했고, 프치츠인은 걱정이 돼서 앞으로 한 걸음 나섰으며, 때마침 문간에 나타난 콜랴와 페르드이셴코는 놀란 나머지 그 자리에 우뚝 서버렸는데, 단 한 사람 바랴만이 여전히 눈썹을 찌푸린 채 곁눈으로, 그러나 주의깊게 관찰하며 바라보고 있었다. 그녀는 앉지도 않고 가슴 위로 팔짱을 낀 채 어머니 옆에 붙어 서 있었다.

하지만 가냐는 즉시, 그 동작을 취한 것과 거의 같은 순간에 퍼뜩 정신을 차리고는 신경질적으로 껄껄 웃기 시작했다. 그는 완전히 제정신을 되찾았다.

"아니, 공작, 무슨 의사 선생 같구려?" 그는 가능한 한 쾌활하고 털털해 보이려고 애쓰며 소리쳤다. "깜짝 놀랐잖소. 나스타시야 필립포브나, 소개하겠습니다. 이분은 나도 오늘 아침에야 알게 됐는데, 대단히 소중한 사람입니다."

나스타시야 필립포브나는 의아하게 공작을 바라보았다.

"공작? 이분이 공작이란 말예요? 맙소사, 나는 아까 현관에서 이분을 하인으로 알고, 내가 온 걸 알리라고 이리로 들여보냈는데! 하-하-하!"

"괜찮습니다, 괜찮아요!" 페르드이셴코가 급히 옆으로 다가오며, 다들 웃기 시작한 게 너무 반가워서 이렇게 끼어들었다. "괜찮아요. *비록 사실이 아닐지라도*……*"

"하마터면 당신한테 욕까지 퍼부을 뻔했어요, 공작. 부디 용서해주세요. 페르드이셴코, 당신이 어떻게 여기 있죠, 이런 시각에? 당신만이라도 여기서 마주치지 않았으면 했는데. 누구시라고요? 공작의 성姓이 어떻게 되죠? 므이쉬킨?" 그녀는 가냐에게 되물었는데, 그는 그사이 여전히 공작의 어깻죽지를 붙잡은 채 겨우 소개를 끝낸 참이었다.

"우리집에서 하숙하는 분입니다." 가냐가 되풀이했다.

다들 공작을 무슨 진기한 (그리고 이 어색한 상황에서 모두가 벗어

---

* 이탈리아 사상가 조르다노 브루노의 유명한 경구 "비록 사실이 아닐지라도, 이야기는 잘 꾸며진다"의 앞 구절.

나기 좋은 구실이 되는) 존재로 여기는 게 분명했고, 그래서 그를 나스타시야 필립포브나 앞으로 떠밀다시피 했다. 공작은 자기 뒤에서, 아마도 페르드이셴코 같았는데, 나스타시야 필립포브나에게 설명하며 '백치'라고 소곤거리는 말까지 똑똑히 들었다.

"그런데 아까 내가 그처럼 지독하게…… 당신을 잘못 알아봤을 때, 왜 가만히 계셨죠?" 나스타시야 필립포브나는 아무 거리낌 없이 공작을 발끝에서 머리끝까지 훑어보며 말을 이었다. 그녀는 보나마나 웃지 않곤 못 배길 멍청한 대답이 나오리라고 완전히 확신하는 듯, 초조히 대답을 기다렸다.

"너무 갑자기 보게 되니, 놀라서……" 공작이 중얼거리듯 말했다.

"어떻게 나라는 걸 아셨죠? 전에 어디서 나를 봤나요? 사실 나도 이분을 어디서 본 듯한 기분이 드는데, 왜 그럴까요? 그리고 이렇게 물어도 실례가 안 된다면, 아까 왜 그렇게 말뚝처럼 그 자리에 꼼짝 않고 서 있었죠? 나한테 사람을 말뚝으로 만드는 뭔가가 있나요?"

"자, 어서, 어서!" 페르드이셴코는 계속 장난스레 빼기는 표정을 지으며 재촉했다. "자, 어서 기운 내라니까! 오, 하느님, 나한테 물어본다면 할말이 얼마든지 있을 텐데! 자, 어서…… 이러다간, 공작, 정말 바보 소리 들어요!"

"나도 당신 입장이라면 할말이 얼마든지 있어요." 공작은 페르드이셴코에게 웃어 보였다. "아까 당신 사진을 보고 큰 충격을 받았습니다." 그는 나스타시야 필립포브나 쪽을 보며 말을 이었다. "그뒤에 예판친 장군 가족과 당신 얘기를 했고…… 또 오늘 아침 일찍, 아직 페테르부르크에 도착하기 전에 기차 안에서 파르폰 로고진이 당신 얘기를 많이 들려주었지요…… 그리고 당신에게 문을 열어준 바로 그 순간에도 당신 생각을 하고 있었는데, 갑자기 내 앞에 당신이 서 있지 않겠습니까."

"하지만 대체 어떻게 나를, 그게 나라는 걸 알아보셨죠?"

"사진으로 보았고, 또……"

"또?"

"또 내가 상상하던 모습과 똑같았기 때문에…… 나도 당신을 어디선가 본 것 같은 생각이 듭니다."

"어디서죠? 어디서?"

"당신의 눈을 어디서 꼭 본 것 같군요…… 하지만 그럴 리는 없을 거예요! 그저 내가 그렇게…… 나는 한 번도 여기 온 적이 없으니까요. 어쩌면 꿈속에서……"

"브라보, 공작!" 페르드이셴코가 외쳤다. "아니, *비록 사실이 아닐지라*도라고 한 말은—취소합니다. 하지만…… 하지만…… 이건 모두 공작의 순진함에서 나온 말입니다!" 그는 유감스럽다는 듯 덧붙였다.

공작은 이 얼마 안 되는 말을 하는 동안 중간중간 멈추고 자주 숨을 돌렸으며 목소리도 불안정했다. 그의 모든 것이 극도의 흥분을 드러내고 있었다. 나스타시야 필립포브나는 호기심어린 표정으로 그를 바라보고 있었으나 더이상 웃지는 않았다. 바로 이 순간, 공작과 나스타시야 필립포브나를 빽빽이 에워싼 사람들 뒤에서 갑자기 새로운 목소리가 우렁차게 들리더니, 사람들을 좌우로 밀어붙이며 두 쪽으로 쫙 갈라놓았다. 나스타시야 필립포브나 앞에 이 집의 가장인 이볼긴 장군이 몸소 나타난 것이다. 그는 깨끗한 가슴판을 붙인 셔츠 위에 연미복을 입고, 콧수염에는 염색까지 하고 있었다.

이것만큼은 가냐도 도저히 참을 수가 없었다.

시기심과 우울증에 시달릴 정도로 자존심과 허영심이 강한 그, 이 두 달 내내 좀더 품위 있게 의지할 수 있고 좀더 고상하게 자신을 내세울 수 있을 어떤 발판이라도 찾아내려고 혈안이 되었던 그, 스스로 선택한 길에서 자신은 아직 풋내기에 불과하며 아마도 끝까지 버텨내지 못하리라고 느껴온 그, 절망스러운 마음에 결국 자신이 전제 군주인 자기 집에서 마음껏 횡포를 자행하리라 결심했으나, 마지막 순간까지 그를 혼란스럽게 하면서 무자비하게 그의 위에 군림하는 나스타시야 필립포브나 앞에서는 감히 그것을 결행하지도 못한 그, 본인도 이미 전해 들었지만 나스타시야 필립포브나가 제 입으로 그렇게 말했다는 '참을성 없는 거렁뱅이'인 그, 훗날 이 모든 것을 그녀에게 아주 혹독하게 되갚아주겠다고 갖은 맹세를 해놓고도, 한편으로는 만사를 원만히 마무리짓고 모든 대립을 화해시키겠노라고 이따금 혼자서 어린애 같은 공상에 빠져들었던 그—이러한 그가 지금 또하나의 고배를 마셔야만 했다, 그것도 하필이면 이러한 순간에! 예상치 못한 또하나의 고문, 허영심이 강한 인간에겐 무엇보다도 무서운 고문—자기 육친 때문에 낯을 붉혀야 하는 수치의 고통이 다른 곳도 아닌 바로 자기 집에서 그의 머리 위에 떨어진 것이다. '정말 그 보상이 이만한 가치를 지닌 것일까!' 하는 생각이 이 순간 가냐의 뇌리를 스쳤다.

이 두 달 동안 그에게 그저 밤마다 악몽이 되어 나타나고, 공포로 그를 얼어붙게 하고, 수치로 얼굴을 뜨겁게 하던 일이 바로 이 순간에 현실이 되고야 말았다. 아버지와 나스타시야 필립포브나 간에 상견례 형식의 대면이 마침내 이루어진 것이다. 이따금 그는 자기 자신을 조소하고 자극하기 위해 혼례식장에서의 아버지 모습을 머릿속에 그려보려고 했지만, 그럴 때마다 그 고통스러운 그림을 완성할 힘이 나지 않아 서둘러 포기해버리곤 했다. 어쩌면 그가 이 불행을 터무니없이 과장하고 있었는지도 모르지만, 허영심이 강한 사람들이란 언제나 그렇기 마련이다. 이 두 달 동안 그는 생각에 생각을 거듭한 결과, 어머니가 찬성하든 말든, 무슨 일이 있더라도 아버지를 그저 얼마 동안이나마 어떻게든 치워버리기로, 가능하면 아예 페테르부르크에서 쫓아버리기로 결심하고 다짐했다. 그러나 십 분 전에 나스타시야 필립포브나가 들어왔을 때 그는 너무나 놀라고 얼이 빠진 나머지, 아르달리온 알렉산드로비치가 이 자리에 등장할 수도 있다는 사실을 까맣게 잊고 아무런 조치도 취하지 않았다. 그런데 지금 여기, 장군이 위풍당당하게 연미복까지 갖춰 입고 모든 사람 앞에 떡하니 나타난 것이다, 그것도 나스타시야 필립포브나가 '그와 그의 가족에게 조소를 퍼부을 기회만 찾고 있는' (그는 그렇게 확신하고 있었다) 바로 이 순간에 말이다. 게다가 사실, 그녀의 지금 이 방문이 그런 목적 말고 달리 무엇을 의미하겠는가? 어머니와 누이동생과 친해지기 위해 온 것일까, 아니면 그 자신의 집에서 그들을 모욕하기 위해 온 것일까? 하지만 양쪽의 형세만 봐도, 이미 의심의 여지가 없었다. 어머니와 누이동생은 모욕당한 얼굴로 한쪽 옆에 앉아 있고, 나스타시야 필립포브나는 그들이 자기와 한 방에 있다는 사실조차 아예 잊은 듯한 모습이었다…… 그리고 그런 태도를 취하는 데는 물론 어떤 목적이 있을 터였다!

페르드이셴코는 장군을 부축하다시피 잡고 그녀 앞으로 데려갔다.

"아르달리온 알렉산드로비치 이볼긴이올시다." 장군은 허리를 숙이고 미소를 지어 보이며 품위 있게 말했다. "불행한 노병이자, 이처럼 아름다운 분을 맞아들일 희망으로 행복에 차 있는 집안의 가장이지요……"

그가 미처 말을 끝내기도 전에 페르드이셴코가 뒤에서 재빨리 의자를 들이미는 바람에, 마침 식사를 마친 뒤라 다리에 힘이 좀 풀려 있던 장군은 그대로 의자에 털썩 주저앉았다. 아니, 주저앉았다기보다, 엉덩방아를 쿵 찧고 말았다. 그러나 그는 조금도 당황하는 기색이 아니었다. 그는 나스타시야 필립포브나 바로 앞에 앉아 기분좋은 표정을 지으며 의젓한 동작으로 그녀의 손가락을 천천히 자신의 입술에 갖다댔다. 대체로 장군은 여간해선 당황하지 않는 사람이었다. 그의 외모는 약간 추레한 점을 제외하면 아직도 꽤나 점잖았고, 자신도 이 사실을 아주 잘 알고 있었다. 예전엔 그도 최상류사회에 드나들 기회가 있었는데, 거기서 완전히 제외된 것은 불과 두세 해 전의 일이었다. 바로 이때부터 그는 이미 자제력을 완전히 잃고 자신의 어떤 악습에 몰두하게 됐으나, 세련되고 보기 좋은 거동은 아직 그대로 남아 있었다. 나스타시야 필립포브나는 아르달리온 알렉산드로비치의 등장에 무척 기뻐하는 눈치였는데, 그에 대해선 물론 그녀도 소문을 들어 알고 있었다.

"듣자 하니 내 아들이……" 아르달리온 알렉산드로비치가 막 입을 열려고 했다.

"네, 댁의 아드님이! 하지만 당신도 역시, 아버지도 역시 훌륭하시군요! 왜 저희 집에 한 번도 안 나타나시죠? 당신 스스로 숨어사시는 건가요, 아니면 아드님이 당신을 숨기는 건가요, 어느 쪽이죠? 당신이라면 누구의 체면도 깎지 않고 저희 집에 오실 수 있잖아요."

“19세기의 자녀들과 그 부모들은……” 장군은 또다시 무슨 얘기를 시작하려 했다.

“나스타시야 필립포브나! 아르달리온 알렉산드로비치를 잠깐만 내보내주시겠어요, 부탁이에요, 누가 찾고 있어요.” 니나 알렉산드로브나가 큰 소리로 물었다.

“내보내달라고요! 무슨 그런 말씀을, 나는 장군님 얘기를 하도 많이 들어서 정말이지 오래전부터 꼭 뵙고 싶었다고요! 그리고 장군님한테 무슨 용무가 있다는 거죠? 퇴역하셨잖아요? 장군님, 나를 두고 가시진 않겠죠, 안 가실 거죠?”

“저 양반이 직접 댁으로 찾아갈 거예요, 내가 약속하지요, 하지만 지금은 휴식이 필요해요.”

“아르달리온 알렉산드로비치, 휴식하셔야 한다는데요!” 나스타시야 필립포브나는 마치 장난감을 뺏기게 된 변덕스러운 응석받이 소녀처럼 토라져서, 못마땅하다는 듯 얼굴을 찡그리며 소리쳤다. 장군은 이때를 놓치지 않고 자신의 상황을 더욱더 우스꽝스럽게 만들려고 애썼다.

“여보! 여보!” 그는 위엄 있는 태도로 아내 쪽을 돌아보며 한 손을 가슴에 얹고 꾸짖듯 말했다.

“어머니, 여기서 나가지 않으실래요?” 바랴가 언성을 높이며 물었다.

“아니다, 바랴, 나는 끝까지 여기 앉아 있겠다.”

나스타시야 필립포브나는 두 모녀가 이렇게 묻고 답하는 것을 듣지 못했을 리 없건만, 그 때문에 오히려 더 유쾌해진 듯했다. 그녀는 즉시 장군에게 또다시 질문세례를 퍼붓기 시작했고, 오 분 뒤에 장군은 더없이 의기양양한 기분이 되어, 함께 있던 사람들의 요란한 웃음에도 아랑곳 않고 장광설을 펼치고 있었다.

콜랴는 공작의 옷자락을 잡아당겼다.

"당신이라도 아버지를 어디로 좀 데려가주세요! 안 될까요? 제발요!" 가엾은 소년의 눈에서는 분노의 눈물마저 번쩍였다. "오, 빌어먹을 간카*!" 그는 입속으로 덧붙였다.

"이반 표도로비치 예판친과 나는 정말 절친한 친구였지요." 장군은 나스타시야 필립포브나의 질문에 대답을 거침없이 줄줄 늘어놓았다. "나하고 그 사람, 그리고 이미 고인이 된 레프 니콜라예비치 므이쉬킨 공작**은, 내가 오늘 그의 자제를 이십 년 만에 다시 만나 안아봤습니다만, 우리 세 사람은 떼려야 뗄 수 없는 관계, 말하자면 삼총사였지요, 아토스, 포르토스, 아라미스***처럼 말입니다. 그러나 안타깝게도 한 사람은 중상모략과 총탄에 쓰러져 무덤 속에 잠들어 있고, 지금 당신 앞에 있는 또 한 사람은 중상모략과 총탄을 상대로 아직도 싸움을 계속하고 있습니다……"

"총탄을 상대로요?" 나스타시야 필립포브나가 소리쳤다.

"그것들은 여기, 내 가슴속에 박혀 있습니다. 카르스****전투에서 맞은 건데, 지금도 날씨가 궂을 땐 그 자리가 아파요. 하지만 그 밖의 모든 면에서는 나는 철학자로 생활하고 있습니다. 거닐기도 하고, 한가롭

---

* 가브릴라의 비칭.

** 아들의 이름과 혼동하고 있다.

*** 알렉상드르 뒤마의 소설 『삼총사』의 등장인물.

**** 터키 북동부에 있는 요새도시. 크림전쟁 당시 러시아군은 여러 달에 걸친 포위공격 끝에 1855년 11월 결국 이 도시의 항복을 받아냈다.

게 놀기도 하고, 일에서 물러난 부르주아처럼 단골 카페에서 장기를 두면서 『*앵데팡당스*』*를 읽기도 하지요. 하지만 우리의 포르토스인 예판친과는 재작년에 기차 안에서 일어난 볼로네즈 강아지 사건 때문에 내 쪽에서 영원히 절교해버렸습니다."

"볼로네즈 강아지 사건! 그게 대체 뭔데요?" 나스타시야 필립포브나는 특별한 호기심을 보이며 물었다. "볼로네즈 강아지요? 가만, 기차 안에서라고 했죠!……" 그녀는 짚이는 게 있는 듯했다.

"오, 하도 어이없는 이야기라 되풀이할 것도 못 됩니다. 벨로콘스카야 공작 부인네 가정교사인 미시즈 슈미트 때문에 일어난 일인데…… 새삼스레 얘기할 가치도 없습니다."

"그래도 꼭 얘기해주세요!" 나스타시야 필립포브나가 신이 나서 소리쳤다.

"나도 아직 그 얘긴 못 들었는데요!" 페르드이셴코도 한마디했다. "*이건 처음 듣는 얘기야.*"

"아르달리온 알렉산드로비치!" 또다시 니나 알렉산드로브나의 애원하는 목소리가 들려왔다.

"아빠, 밖에서 누가 아빠를 찾아요!" 콜랴가 소리쳤다.

"어이없는 이야기이지요, 두어 마디면 끝납니다." 장군은 우쭐거리며 시작했다. "이 년 전, 아니! 이 년이 채 안 됐군요, 새로운 어느 철도가 개통된 직후였는데, 나는 (그때는 이미 민간복을 입고 있었습니다) 대단히 중요한 일, 즉 업무 인계에 관한 일로 몹시 바빴던 터라, 일등석

---

* 1830년부터 1937년까지 브뤼셀에서 발행된 신문 『벨기에의 독립(Indépendance Belge)』. 서유럽의 정치사회적인 문제를 광범위하게 다루었다.

표를 사 가지고 기차에 올라 자리를 잡고 앉아서 담배를 피우고 있습니다. 다시 말해, 계속 담배를 피우는 겁니다, 이미 그전에 피우기 시작했기 때문이지요. 그 좌석 칸에는 나밖에 없습니다. 흡연은 금지된 것도 아니지만 그렇다고 허용된 것도 아니니, 습관상 반쯤 허용된 것이라고나 할까요. 음, 그러니까 사람에 따라 다른 거지요. 창문은 열려 있습니다. 그런데 기적이 울리기 직전에 난데없이 두 명의 부인이 볼로네즈 강아지를 대동하고 들어와서 내 바로 맞은편 좌석에 자리잡고 앉는 겁니다. 시간에 늦었던 거지요. 한 명은 밝은 하늘색 옷에 아주 화려한 차림이고, 다른 한 명은 좀더 수수하게 검은색 비단옷에 숄을 둘렀더군요. 밉게 생기지는 않았지만 거만한 얼굴을 하고 자기들끼리 영어로 말합디다. 나는 물론 전혀 신경 안 씁니다. 그냥 담배를 피우고 있지요. 나도 생각을 안 해본 바는 아니지만, 창문이 열려 있으니, 창문에다 대고 계속 피우는 겁니다. 강아지는 밝은 하늘색 옷을 입은 귀부인의 무릎 위에 편안히 앉아 있는데, 기껏해야 내 주먹 정도밖에 안 될 조그만 놈으로, 온몸이 새까맣고 발만 흰색인, 아주 드문 희귀종이었습니다. 좌우명을 새긴 은목걸이까지 하고 있더군요. 나는 신경 안 씁니다. 다만 부인네들이, 그야 물론 시가 때문에, 화를 내고 있는 것 같다는 눈치는 챕니다. 그중 한 부인은 거북이 등딱지로 만든 손잡이가 달린 안경을 꺼내들고 나를 노려보기 시작했지요. 그래도 나는 신경 안 씁니다. 저쪽에서 아무 말도 하지 않는데요, 뭐! 말을 하거나, 주의를 주거나, 부탁을 하거나 한다면 또 모르죠, 아니, 그 부인네들도 남들처럼 혀가 있을 거 아닙니까! 그런데 계속 잠자코 있다가…… 느닷없이—분명히 말씀드리지만, 아무런 예고 없이, 그야말로 단 한 마디 예고도 없이, 정말 완전히 돌아버린 것처럼—밝은 하늘색 옷을 입은 부인이 내 손에서 시가를 낚아채서 창밖으로 휙 던져버리는 겁니다. 기차는 달리고, 나는 얼빠진 얼굴을 하고 있습니다. 야만스러운 여자예요. 아주 완전히 야만스러운 계급 출신의 야만스러운 여자가 틀림없어요. 그런데 몸집이 건장하고, 뚱뚱하고, 키가 크고, 금발에 볼이 빨간 (심지어 지나치게 빨간) 여자가 두 눈에 불을 켜고 나를 노려보지 않겠습니까. 나는 아무 말도 하지 않고, 놀랄 만큼 정중하게, 아주 완전히 정중하게, 말하자면 더없이 세련되고 정중하게, 두 손가락을 볼로네즈 강아지에게 가져가 목덜미를 살며시 집어서는 방금 시가가 날아간 차창 밖으로 던져버렸죠! 그저 깽 하는 외마디 비명뿐이었습니다! 기차는 계속 달리고요……"

"장군님도 정말 냉혈한이셔!" 나스타시야 필립포브나는 어린 여자아이처럼 깔깔거리고 손뼉을 쳐대며 소리쳤다.

"브라보, 브라보!" 페르드이셴코가 외쳤다. 장군의 등장에 몹시 불쾌해하던 프치츠인도 빙긋이 웃었다. 콜랴까지도 웃음을 터뜨리며 '브라보!'를 외쳤다.

"하지만 나는 정당해요, 정당해, 골백번 정당합니다!" 의기양양해진 장군이 열을 올리며 계속했다. "만일 기차 안에서 흡연이 금지돼 있다면, 개를 데리고 타는 건 더더욱 그래야지요."

"브라보, 아빠!" 콜랴는 열광해서 환성을 올렸다. "정말 멋져요! 나라도 틀림없이, 틀림없이 그랬을 거예요!"

"하지만 그 귀부인은 어떡하던가요?" 나스타시야 필립포브나가 참지 못하고 물었다.

"그 여자요? 음, 바로 그게 이 이야기에서 아주 불쾌한 대목이지요." 장군은 미간을 찌푸리고 말을 이었다. "한마디도 않고, 정말 단 한 마디 경고도 않고 앉아 있다가 다짜고짜 내 뺨을 갈기지 뭡니까! 야만적인 여자예요. 완전히 야만적인 계급 출신이에요!"

"그래서 당신은요?"

장군을 눈을 내리깔고 눈썹을 치켜올리며 어깨를 높이 들어올리더니, 입술을 꽉 다물고 두 팔을 벌린 채 잠시 침묵을 지키다가 갑자기 말을 내뱉었다.

"나도 그만 욱했죠!"

"그래서 아프게 치셨어요? 아프게?"

"맹세코, 아프게 하진 않았습니다! 소동이 벌어지긴 했지만, 아프게 하진 않았어요. 그냥 손을 한번 휘두른 게 전붑니다, 그것도 상대방의 손을 뿌리치려고 말이지요. 그런데 무슨 마가 끼었는지 일이 고약하게 된 겁니다. 밝은 하늘색 옷을 입은 여자는 바로 벨로콘스카야 공작 부인네의 가정교사, 아니 심지어 그 집안의 친구이기도 한 영국 여자이고, 검은 옷을 입은 여자는 서른다섯 살쯤 먹은 노처녀인, 벨로콘스키 공작 부부의 맏딸이라는 게 밝혀졌거든요. 그런데 예판친 장군 부인이 벨로콘스키 집안과 어떤 관계인지는 세상이 다 알지 않습니까. 공작 영애들은 모두 기절을 한다, 눈물을 흘린다, 사랑하는 볼로네즈 강아지를 위해 상복을 입는다 하며 야단법석이고, 여섯이나 되는 공작 영애들이 통곡을 하고, 영국 여자도 통곡을 하는데—그야말로 세상의 종말이었습니다! 뭐, 물론 나는 뉘우치는 마음으로 용서를 빌러 가고, 편지도 썼지만, 나도 편지도 받아주지 않더군요. 예판친과도 틀어져서 모든 교제가 끊어지고 따돌림을 당하게 됐지요."

"그런데 실례지만, 대체 이게 어떻게 된 거죠?" 나스타시야 필립포브나가 갑자기 물었다. "나도 『앵데팡당스』를 늘 읽는데—대엿새 전에 거기서 똑같은 얘기를 읽었지 뭐예요! 정말 완전히 똑같은 얘기예요! 라인 지방의 어느 철도를 달리는 기차 안에서 어떤 프랑스 남자와 영국 여자 사이에 일어난 일이었어요. 시가를 낚아챈 것도 똑같고, 볼로네즈 강아지를 창밖으로 던진 것도 똑같고, 끝으로, 결말도 당신 이야기하고 똑같아요. 심지어 밝은 하늘색 옷까지!"

장군의 얼굴이 아주 새빨개졌다. 콜랴도 얼굴을 붉히며 두 손으로 머리를 움켜쥐었다. 프치츠인은 얼른 얼굴을 돌렸다. 단 한 사람 페르드이셴코만이 여전히 껄껄대며 웃고 있었다. 가냐야 말할 나위도 없었다. 그는 참을 수 없는 말못할 고통을 꾹꾹 누르며 내내 한자리에 서 있었다.

"분명히 말씀드리지만," 장군이 중얼거리듯 말했다. "나한테도 똑같은 일이 있었습니다……"

"우리 아빠와 벨로콘스키 집안의 가정교사 미시즈 슈미트 사이에도 정말 그런 불상사가 있었어요." 콜랴가 소리쳤다. "내가 기억해요."

"설마! 그렇게 똑같은 일이? 유럽의 양쪽 끝에서 그렇게 모든 세세한 부분까지 똑같은 일이 일어나다뇨, 심지어 밝은 하늘색 옷까지!" 나스타시야 필립포브나는 무자비하게 물고 늘어졌다. "당신한테 『앵데팡당스』를 보내드리죠!"

"하지만 알아두시오," 장군은 여전히 물러서지 않았다. "내 이야기는 이 년 먼저 일어난 일이란 말이오……"

"아, 바로 그게 다른 점이군요!"

나스타시야 필립포브나는 히스테리라도 일어난 듯이 웃어댔다.

"아버지, 잠깐 말씀드릴 게 있으니 밖으로 함께 나가시죠." 가냐는 기계적으로 아버지의 어깨를 붙잡으며, 괴로움에 지쳐 떨려나오는 목소리로 말했다. 끝없는 증오가 그의 눈 속에 끓어오르고 있었다.

바로 이 순간, 유난히 요란한 초인종소리가 현관에서 들려왔다. 초인종을 박살내버릴 듯한 소리였다. 심상치 않은 방문임이 느껴졌다. 콜랴는 문을 열어주려고 달려갔다.

X

현관이 갑자기 몹시 소란하고 북적거리기 시작했다. 응접실에서 듣자 하니, 밖에서 몇 사람이 들어왔고, 아직도 계속해서 사람이 들어오는 모양이었다. 몇 사람의 목소리가 한꺼번에 지껄이고 고함을 쳐댔다. 계단에서도 몇 사람의 목소리가 뭐라고 지껄이며 고함을 쳤는데, 그렇게 소리가 들리는 걸 보아, 현관에서 계단으로 통하는 문이 다시 닫히지 않은 듯했다. 어쨌든 무척이나 괴이한 방문임이 틀림없었다. 응접실에 있던 사람들은 모두 서로의 얼굴을 쳐다보았다. 가냐는 홀 쪽으로 달려갔으나, 홀에도 이미 몇 사람이 들어와 있었다.

"아, 여기 있구나, 이 유다 같은 놈!" 공작의 귀에 익은 목소리가 고함을 쳤다. "잘 있었나, 간카, 이 비열한 놈아!"

"이놈 맞아요, 바로 이놈이에요!" 다른 목소리가 맞장구를 쳤다.

공작에겐 이제 의심할 여지가 없었다. 한 목소리는 로고진, 다른 목소리는 레베제프였다.

가냐는 넋이 나간 듯 응접실 문지방에 멍하니 서서, 열 명 내지 열두 명은 될 성싶은 사람들이 파르푠 로고진의 뒤를 따라 연이어 홀 안으로 들어오는 것을 막을 생각도 않고 잠자코 바라보고만 있었다. 이들 패거리는 아주 각양각색이었는데, 각양각색일 뿐만 아니라 난잡하기까지 했다. 몇몇은 길거리를 돌아다니는 것처럼 덧옷이나 털가죽 외투를 그대로 입은 채 들어왔다. 하긴, 완전히 고주망태가 된 자는 없었다. 대신 다들 한잔 걸쳤는지 꽤나 얼근해 보였다. 그렇긴 해도 안으로 들어오려면 다른 사람이 필요한 모양으로, 혼자서 들어올 배짱은 없는 듯, 저희끼리 서로 앞으로 밀어내고 있는 눈치였다. 로고진조차도 무리의 앞에 서서 조심스럽게 걷고 있었으나, 그에겐 무슨 속셈이 있었고, 그것 때문에 침울하고 초조하고 걱정스러운 표정이었다. 나머지 친구들은 그저 합창단에 불과하거나, 혹은 더 정확히 말해 로고진의 뒤를 받쳐주기 위해 몰려온 일당에 지나지 않았다. 거기엔 레베제프 말고도 머리를 곱슬곱슬하게 지져 붙인 잘료제프도 있었는데, 그는 현관에다 털가죽 외투를 벗어던진 채 한껏 으스대고 멋을 부리며 들어왔고, 그와 비슷한 모습의 장사치 같은 사내도 두세 명 들어왔다. 패거리 중에는 군대 외투 같은 걸 입은 자가 있는가 하면, 쉴새없이 웃어대는 아주 뚱뚱한 땅딸보도 있었다. 그리고 역시 굉장한 뚱보에다 키가 12베르쇼크*는 되어

* 당시 러시아에서는 성인의 키가 2아르쉰(약 142센티미터)이 안 되는 경우가 드물다고 보고, 2아르쉰을 제외한 키만 베르쇼크로 표기했다. 1베르쇼크는 약 4.5센티미터로, 키 12베르쇼크는 약 196센티미터다.

보이는 몸집이 엄청난 사내도 있었는데, 말수가 적고 매우 침울한 얼굴을 한 이 사내는 필시 자기 주먹에 대단한 희망을 걸고 있는 듯했다. 또 의대생도 한 명 있고, 알랑거리는 폴란드인도 하나 끼어 있었다. 그 밖에도 어떤 두 부인네가 안으로 들어올 생각은 하지 못하고 계단에서 힐끔힐끔 현관 안을 들여다보고 있었으나, 콜랴는 그 여자들의 코앞에서 문을 쾅 닫고, 문고리까지 찰칵 걸어버렸다.

"잘 있었나, 간카, 이 비열한 놈아! 설마 이 파르폰 로고진을 기다린 건 아니겠지?" 로고진은 응접실 입구까지 오더니, 거기 문가에 서 있던 가냐와 마주치자 걸음을 멈추며 다시 한번 되풀이했다. 그러나 바로 이 순간, 그는 갑자기 응접실 저쪽, 자기 바로 맞은편에 앉아 있는 나스타시야 필립포브나를 발견했다. 그녀의 모습에 그토록 놀란 것을 보면, 여기서 그녀를 만나리라곤 꿈에도 생각지 않은 게 분명했다. 그는 입술까지 파랗게 질릴 만큼 창백해졌다. "그러니까, 정말이란 말이지!" 그는 완전히 낙담한 표정으로 혼잣말처럼 나지막이 읊조렸다. "끝장났군!…… 좋아…… 하지만 이젠 네놈이 나한테 당할 차례다!" 그는 광포한 적의에 불타 가냐를 노려보며 갑자기 이를 부드득 갈았다. "자…… 아아!……"

그는 숨까지 헉헉대며 말도 제대로 하지 못했다. 그는 기계적으로 응접실 안으로 들어섰으나, 문지방을 넘는 순간 갑자기 니나 알렉산드로브나와 바랴를 발견하자, 그토록 흥분한 중에도 약간 당황한 듯 걸음을 멈췄다. 늘 그림자처럼 붙어다니는 레베제프가 벌써 거나하게 취한 모습으로 그를 따라 응접실로 들어왔고, 대학생과 주먹 무사, 그리고 좌우로 꾸벅꾸벅 인사를 해대는 잘료제프가 그 뒤를 따랐고, 마지막으로 뚱뚱한 땅딸보가 사람들을 헤집고 들어왔다. 응접실 안에 부인들이 있다는 사실은 여전히 그들 모두의 언동을 어느 정도 억제했고, 따라서 그들에게 몹시 방해가 되는 듯했으나, 그건 물론, 개시할 때까지, 그러니까 고함을 치면서 행동을 개시할 첫 기회가 올 때까지만 그랬다는 얘기다…… 일단 개시하고 나면 어떤 부인이라도 그들을 방해할 수 없을 터였다.

“아니? 공작, 자네도 여기?” 로고진은 공작과의 만남에 적잖이 놀라며 어리둥절한 어조로 말했다. “여전히 각반을 찼구먼, 에에히!” 하지만 그는 공작에 대해선 금세 잊은 채 숨을 한번 푸우 몰아쉬고는 다시 나스타시야 필립포브나에게 눈길을 옮기며 마치 자석에 끌리듯 점점 더 그녀 쪽으로 다가갔다.

나스타시야 필립포브나 역시 불안과 호기심이 뒤섞인 눈으로 불청객들을 바라보고 있었다.

가냐는 마침내 제정신이 들었다.

“실례지만, 도대체 이게 뭐요!” 그는 들어온 사람들을 엄한 눈초리로 둘러보며 주로 로고진을 향해 커다란 소리로 말했다. “설마 마구간인 줄 알고 들어온 건 아니겠지요, 여러분, 여기엔 내 어머니와 누이동생이 있단 말이오……”

“어머니와 누이동생이 있다는 것쯤은 알아.” 로고진이 잇새로 내뱉듯이 말했다.

“어머니와 누이동생이 있다는 것쯤은 안다고.” 레베제프가 기세를 돋우려고 맞장구쳤다.

주먹 무사는 드디어 때가 왔다고 생각했는지 뭐라고 으르렁거리기 시작했다.

"어쨌든!" 가냐는 참지 못하고, 갑자기 터무니없을 정도로 언성을 높였다. "우선, 모두 이곳을 나가 저쪽 홀로 가주십시오, 그러고 나서 자기소개를 해주시지요……"

"뭐야, 못 알아보겠다고?" 로고진은 자리에서 꿈쩍도 않고 사납게 이를 벅벅 갈았다. "이 로고진을 못 알아봐?"

"어디서 만난 적이 있다 해두죠, 하지만……"

"뭐, 어디서 만난 적이 있다 해두자고! 불과 석 달 전에 내가 네놈한테 아버지 돈 2백 루블을 몽땅 잃었고, 그 때문에 노인이 죽어버렸는데도, 못 알아보겠다 이거지. 네놈이 날 끌어들였고, 크니프 녀석이 속임수로 내 돈을 다 뺏어먹었단 말이다. 못 알아보겠다고? 저기 있는 프치츠인이 증인이야! 너 같은 놈은 지금 내가 주머니에서 1루블짜리 은화 세 닢만 꺼내 보여주면 그걸 가지려고 바실리옙스키섬*까지 네발로 기어갈걸—너는 그런 놈이야! 그런 영혼을 가진 놈이라고! 나는 지금 네놈을 돈으로 몽땅 사버리려고 이렇게 온 거야, 내가 이런 신발을 신고 들어왔다고 신경쓸 건 없어, 나한텐 돈이 있으니까, 이봐, 돈이 많단 말이야, 네놈과 네놈 곁붙이까지 모조리 사마…… 내가 사고 싶으면 너희 전부를 사는 거야! 전부 다 사버리는 거야!" 로고진은 취기가 점점 더 오르는지 흥분해서 지껄여댔다. "에에히!" 그가 버럭 소리를 질렀다. "나스타시야 필립포브나! 나를 내쫓지 말고, 한마디만 해주시오. 이놈하고 결혼할 셈이오, 안 할 셈이오?"

---

* 페테르부르크를 이루는 네바강 유역의 섬 중 하나로, 페테르부르크에서 지리적, 문화적, 역사적으로 매우 중요한 곳이다.

로고진은 마치 절망한 사람이 어느 신에게 호소하듯, 하지만 동시에 더이상 아무것도 잃을 게 없는 사형수와도 같이 대담하게 이렇게 물었다. 그는 숨이 끊어질 정도로 마음을 졸이며 대답을 기다렸다.

나스타시야 필립포브나는 비웃는 듯한 거만한 눈초리로 그를 찬찬히 훑어보았으나, 바랴와 니나 알렉산드로브나 쪽을 힐끗 쳐다보고 다시 가냐를 얼마간 바라보더니, 갑자기 어조와 태도를 싹 바꾸었다.

"절대 안 해요, 하지만 당신하고 무슨 상관이죠? 그걸 묻는 의도가 뭔가요?" 그녀는 다소 놀란 빛을 보이며 조용하고 진지하게 대답했다.

"안 한다고요? 안 한단 말이죠!!" 로고진은 기뻐 날뛰며 미친 사람처럼 소리쳤다. "그럼 정말로 안 하는 거죠?! 그런데 사람들이 나한테…… 아아! 이봐요!…… 나스타시야 필립포브나! 글쎄 당신이 간카하고 약혼했다고 사람들이 그러는 거요! 이런 자식하고? 아니, 그게 도대체 있을 수 있는 일이오? (내가 그네들 모두에게 하는 말이 이거요!) 어쨌든 나는 백 루블로 이놈을 몽땅 사버리겠어, 순순히 물러서게끔 천, 아니, 3천 루블을 주지, 그럼 이 자식은 혼인 전날 밤에 나한테 색시를 그대로 남겨두고 달아나버릴걸. 그렇지 않나, 간카, 이 비열한 놈아! 틀림없이 네놈은 3천을 받을 거다! 옜다, 그 돈, 여기 있다! 나는 네놈한테 그런 계약서를 받으러 온 거야. 산다고 말했으니—사고야 말 테다!"

"여기서 썩 꺼져, 넌 취했어!" 가냐가 얼굴을 붉으락푸르락하며 고함을 쳤다.

그가 고함을 치자마자 갑자기 몇 사람의 목소리가 한꺼번에 터져나왔다. 아까부터 로고진의 패거리는 첫 도전을 기다리던 중이었다. 레베제프는 로고진의 귀에 대고 뭔가 아주 열심히 속삭였다.

"맞는 말이야, 관리 양반!" 로고진이 대답했다. "네 말이 맞아, 이 주정뱅이야! 에이, 어찌되든 한번 해보지, 뭐. 나스타시야 필립포브나!" 그는 반쯤 넋이 나간 눈으로 그녀를 바라보며 겁을 집어먹은 듯 머뭇거렸으나, 갑자기 대담무쌍하게 용기를 내어 소리쳤다. "여기 1만 8천이 있소!" 그러면서 그는 흰 종이에 싸서 노끈으로 열십자로 묶은 돈뭉치를 그녀 앞의 작은 탁자 위에 툭 던졌다. "자, 여기! 그리고…… 더 마련될 거요!"

그는 하려던 말을 끝까지 다 할 용기를 내지는 못했다.

"아-아-아니!" 레베제프가 깜짝 놀란 얼굴로 다시 그에게 속삭였다. 엄청난 금액에 너무 놀라서, 훨씬 적은 액수로 다시 시작해보라고 권하는 모양이었다.

"아냐, 이런 문제에서 너 같은 건 아주 멍청이야, 이 친구야, 상대를 알아야지, 상대를…… 하긴 나도 똑같은 멍청이인지 모르지!" 로고진은 나스타시야 필립포브나의 번뜩이는 시선을 받자 퍼뜩 제정신으로 돌아와 몸을 부르르 떨었다. "에에히! 네놈 말을 들었다가 괜히 허튼소릴 했나보다." 그는 몹시 후회하며 덧붙였다.

나스타시야 필립포브나는 로고진의 당황한 얼굴을 보자 갑자기 웃음을 터뜨렸다.

"1만 8천을 나한테? 드디어 촌놈의 바탕이 드러나는군!" 그녀는 갑자기 뻔뻔하리만치 거리낌없는 말투로 이렇게 덧붙이고는, 집으로 돌아가려는 듯이 소파에서 몸을 일으켰다. 가냐는 심장이 멎을 것 같은 기분으로 이 모든 광경을 지켜보고 있었다.

"좋다, 그럼 4만 루블, 1만 8천이 아니라 4만!" 로고진이 외쳤다. "반카* 프치츠인과 비스쿠프가 일곱시까지 4만을 가져오겠다고 약속했어. 4만! 몽땅 현금으로 탁자 위에 올려놔주지."

장면은 더없이 추악해져갔으나, 나스타시야 필립포브나는 실제로 이 장면을 일부러 더 오래 끌 셈인지 떠나지도 않고 계속 웃고만 있었다. 니나 알렉산드로브나와 바랴도 자리에서 일어나, 이 일이 대체 어디까지 가게 될지 두려워하며 말없이 기다렸다. 바랴의 눈은 무섭게 번득이고 있었지만, 니나 알렉산드로브나에게는 이 모든 것이 병적으로 작용해, 당장 기절이라도 할 것처럼 후들후들 떨고 있었다.

"그렇다면—10만이다! 오늘 당장 10만을 눈앞에다 내놓으마! 프치츠인, 도와주게, 자네도 이득을 톡톡히 볼 테니까!"

"자네 미쳤군그래!" 프치츠인은 얼른 그에게 다가가 팔을 붙잡으며 급히 속삭였다. "자넨 취했어, 이러다간 경찰을 부를지도 몰라. 자네 지금 어디 있는지나 아나?"

"술김에 큰소리 탕탕 치는 거지." 나스타시야 필립포브나가 그를 조롱하듯 말했다.

"절대 큰소리치는 게 아니야, 돈은 문제없어! 저녁때까진 가져올 거야. 프치츠인, 도와주게, 이 고리대금업자야, 이자는 마음대로 받아도 좋으니, 저녁때까지 10만을 변통해주게. 내가 절대 물러서지 않는다는 걸 보여주겠어!" 로고진은 갑자기 용기가 치솟아 거의 열광 상태였다.

"아니, 이게 대체 무슨 짓이오?" 갑자기 아르달리온 알렉산드로비치가 노기등등해서 로고진에게 다가가며 벼락같이 호통을 쳤다. 여태 잠

* 이반의 비칭.

자코 있던 노인의 느닷없는 행동에는 대단히 희극적인 데가 있었다. 킬킬거리는 웃음소리가 들렸다.

"이건 또 어디서 튀어나왔어?" 로고진은 웃음을 터뜨렸다. "갑시다, 영감, 대포 한턱 쏠 테니!"

"정말 야비해!" 콜랴는 수치스럽고 분한 마음에 눈물을 펑펑 쏟으며 소리쳤다.

"저 파렴치한 계집을 여기서 끌어낼 사람이 당신들 중에 정말 단 한 사람도 없나요!" 갑자기 바랴가 분노로 온몸을 떨면서 외쳤다.

"파렴치한 계집이라는 건 날 두고 하는 말인가요!" 나스타시야 필립포브나는 바랴의 말을 무시하듯 쾌활하게 받아넘겼다. "그런 줄도 모르고 당신들을 저녁 파티에 초대하려고 왔으니, 나도 참 바보야! 당신 누이가 날 어떻게 보는지 들으셨죠, 가브릴라 아르달리오노비치!"

누이동생의 이런 뜻밖의 말에 가냐는 벼락이라도 맞은 듯 얼마간 멍하니 서 있었다. 그러나 나스타시야 필립포브나가 이번엔 정말로 가버리려는 것을 보자, 그는 미친듯이 누이에게 덤벼들어 사납게 팔을 움켜잡았다.

"무슨 짓이야?" 당장 그 자리에서 박살이라도 낼 듯한 기세로 그는 누이를 노려보며, 버럭 고함을 질렀다. 그는 이미 사리를 제대로 분별할 수 없을 정도로 완전히 이성을 잃은 상태였다.

"무슨 짓이냐고? 나를 어디로 끌고 가는 거야? 그래, 저 여자가 오빠 어머니를 모욕하고 오빠 집안을 더럽히러 왔는데, 되레 저 여자한테 용서를 빌라는 건 아니겠지? 오빠는 정말 비열한 인간이야." 바랴는 기세등등하게 도전적으로 오빠를 쳐다보며 또다시 소리쳤다.

몇 초 동안 그들은 얼굴을 맞대고 서 있었다. 가냐는 여전히 그녀의 팔을 손으로 움켜잡고 있었다. 바랴는 있는 힘을 다해 한 번, 또 한 번 팔을 잡아당겼으나 결국 힘에 부친다는 걸 깨닫자, 갑자기 이성을 잃고 오빠의 얼굴에 침을 퉤 뱉었다.

"와아, 정말 대단한 아가씨군요!" 나스타시야 필립포브나가 소리쳤다. "브라보, 프치츠인, 축하드려야겠네요!"

가냐는 눈앞이 캄캄해져서 완전히 이성을 잃고는 누이를 향해 손을 힘껏 치켜들었다. 주먹은 틀림없이 그녀의 얼굴에 정통으로 떨어질 참이었다. 그러나 갑자기 또다른 손이 가냐의 손을 공중에서 재빨리 붙잡았다.

그와 누이동생 사이에는 공작이 서 있었다.

"그만두십시오, 이제 됐습니다!" 공작은 강경하게 말했으나, 극심한 충격을 받은 듯 온몸을 부들부들 떨고 있었다.

"그래, 네놈은 끝까지 내 길을 가로막을 작정이군!" 가냐는 이렇게 으르렁거리고는, 극에 달한 분노를 이기지 못해 바랴의 팔을 내팽개치더니 자유로워진 손으로 공작의 뺨을 죽어라고 후려쳤다.

"아!" 콜랴는 두 손을 탁 맞부딪쳤다. "아아, 맙소사!"

사방에서 탄식 소리가 일었다. 공작의 얼굴은 하얗게 변했다. 힐난하는 듯한 이상한 눈빛으로 그는 가냐의 두 눈을 똑바로 응시했다. 그의 입술은 떨리면서 무엇인가 말하려고 애썼으나, 전혀 어울리지 않는 어떤 이상한 미소로 일그러질 뿐이었다.

"그래요, 나는 상관없어요…… 하지만 매씨한테는 안 됩니다!……" 마침내 그가 나지막이 말했다. 그러나 그는 더 견디지 못하고 갑자기 가냐를 버려둔 채 두 손으로 얼굴을 가리며 한쪽 구석으로 물러나더니, 벽 쪽으로 얼굴을 향하고 서서 띄엄띄엄 끊어지는 목소리로 말했다.

"오, 당신은 자신의 행동을 부끄러워하게 될 겁니다!"

아닌 게 아니라, 가냐는 완전히 파멸한 사람처럼 서 있었다. 콜랴는 공작에게 달려가 그를 포옹하고 입을 맞추었다. 뒤이어 로고진, 바랴, 프치츠인, 니나 알렉산드로브나, 심지어 노인 아르달리온 알렉산드로비치까지 모두 앞다투어 몰려왔다.

"괜찮습니다, 괜찮습니다!" 공작은 여전히 그 어울리지 않는 미소를 띠고 사방을 향해 중얼거렸다.

"암, 후회하고말고!" 로고진이 외쳤다. "부끄러워하게 될 거야, 간카, 이런…… 양(그에게는 다른 말은 생각나지 않았다) 같은 사람을 모욕하다니! 공작, 나는 자네가 아주 좋아, 저치들은 그냥 내버려둬, 침이나 뱉어주고, 나하고 함께 가세! 이 로고진이 자네를 얼마나 사랑하는지 알게 될 걸세!"

나스타시야 필립포브나 역시 가냐의 행동과 공작의 대답에 무척 충격을 받았다. 조금 전까지의 가장된 웃음과는 전혀 어울리지 않는, 여느 때처럼 창백하고 사색적인 얼굴은 지금 새로운 감정으로 동요하고 있는 게 분명했다. 그러나 그녀는 그 감정을 드러내고 싶지 않은 듯, 조소의 빛을 얼굴에 그냥 남겨두려고 애쓰는 것 같아 보였다.

"맞아, 저 사람의 얼굴을 어디선가 본 적이 있어!" 그녀는 아까 품었던 의문이 문득 다시 떠올라 갑자기 진지한 어조로 되뇌었다.

"그래 당신은 부끄럽지도 않으십니까! 당신은 정말 지금 보여주신 그런 사람인가요? 아니, 절대 그럴 리가 없습니다!" 갑자기 공작이 진심으로 그녀를 몹시 책망하는 말투로 이렇게 외쳤다.

나스타시야 필립포브나는 놀라서 피식 웃고 말았으나, 그 웃음 아래 뭔가를 감춘 듯 적잖이 당황한 표정으로 가냐에게 힐끗 눈길을 주고는 응접실에서 나가버렸다. 그러나 현관까지 채 가기도 전에 갑자기 되돌아와서 니나 알렉산드로브나에게 급히 다가가더니, 그녀의 손을 잡아 자기 입술에 갖다댔다.

"나는 정말로 그런 사람이 아니에요, 저분이 잘 맞혔어요." 그녀는 열띤 목소리로 빠르게 속삭이고는 갑자기 얼굴이 확 달아올라 빨개진 채 몸을 돌려 나가버렸는데, 이번에는 그 동작이 너무나 빨라서, 그녀가 왜 되돌아왔는지 누구도 헤아려볼 겨를이 없었다. 사람들이 본 건, 그저 그녀가 니나 알렉산드로브나에게 무언가 속삭였고 손에 입을 맞춘 것 같다는 것뿐이었다. 그러나 바랴는 모든 것을 보았고 들었으며, 놀란 눈으로 그녀의 뒷모습을 지켜보았다.

가냐는 퍼뜩 정신을 차리고 나스타시야 필립포브나를 배웅하러 달려갔으나, 그녀는 이미 현관 밖으로 나간 뒤였다. 그는 계단에서 그녀를 따라잡았다.

"배웅하지 않으셔도 돼요!" 그녀가 그에게 외쳤다. "안녕, 그럼 저녁에 봬요! 꼭 오셔야 해요, 아셨죠!"

그는 혼란스러운 마음으로 생각에 잠긴 채 돌아왔다. 무거운 수수께끼가 아까보다 더 무겁게 마음을 짓눌렀다. 공작 생각도 어른거렸다…… 그는 생각에 깊이 빠진 나머지, 로고진의 패거리가 두목을 따라 집밖으로 급히 빠져나가느라 그의 곁을 우르르 몰려 지나가고 문간에서 그를 세차게 밀치기까지 하는 것도 거의 알아채지 못했다. 다들 큰 소리로 왁자지껄하게 뭐라고 지껄여댔다. 로고진 자신은 프치츠인과 함께 걸어나오면서, 뭔가 중요하고 아주 긴급한 듯한 일에 대해 끈질지게 같은 말을 되풀이하고 있었다.

"네가 졌다, 간카!" 그가 옆을 지나치며 소리쳤다.

가냐는 불안한 눈으로 그들의 뒷모습을 바라보았다.

XI

공작은 응접실을 나와 자기 방으로 가서 틀어박혔다. 콜랴가 곧바로 그를 위로하려고 달려왔다. 가엾은 소년은 이제 그를 더이상 혼자 내버려둬선 안 된다고 생각한 모양이었다.

"나와버리길 잘하셨어요." 콜랴가 말했다. "이제 거기선 아까보다 더 큰 소동이 벌어질 거예요. 우리집은 날마다 요 모양이죠, 죄다 그 나스타시야 필립포브나 때문이에요."

"이 집에는 여러 병증이 쌓일 대로 쌓인 것 같아, 콜랴." 공작이 입을 열었다.

"맞아요, 병증이죠. 우리집에 대해선 뭐라 할말도 없어요. 다 우리 탓이니까요. 나한테 아주 친한 친구가 하나 있는데, 그 친구는 훨씬 더 불행해요. 원하신다면 소개해드릴까요?"

"원하고말고. 학교 친구인가?"

"네, 학교 친구나 다름없어요. 그 얘긴 이다음에 다 해드릴게요…… 그런데 나스타시야 필립포브나는 미인이던데요, 어떻게 생각하세요?

지금껏 그 여자를 본 적이 없어서, 한번 보려고 엄청 애를 썼죠. 정말 눈이 부시더군요. 만약 간카 형이 사랑 때문에 그런다면, 나는 모든 걸 용서해줄 수 있어요. 그런데 형은 왜 돈을 받겠다는 건지, 그게 정말 추하다니까요!"

"그래, 나도 자네 형님한테 그리 호감이 가진 않아."

"뭐, 그야 당연하죠! 더구나 당신은 아까 그렇게…… 하지만 나는 이런 일을 두고 이러쿵저러쿵 떠들어대는 갖가지 의견을 참을 수가 없어요. 이를테면, 어떤 미치광이나 멍청이가, 혹은 미친 척하는 악당이 뺨을 때리면, 뺨을 맞은 사람은 한평생 치욕을 떠안게 되고, 그 치욕은 오로지 피를 통해서나, 아니면 상대방이 그의 앞에 무릎을 꿇고 사죄할 때만 씻을 수 있다는 얘기 말예요. 내가 보기에, 그건 어리석고 전제주의적이라고요. 레르몬토프는 바로 이런 사상 위에 드라마 『가면무도회』를 썼기 때문에—내가 보기엔 어리석은 작품이에요. 아니, 내 말은 그러니까, 부자연스럽다는 거예요. 하긴 그가 그 드라마를 쓴 게 거의 어린 시절이긴 했죠."*

"나는 자네 누님이 아주 맘에 들었네."

"보셨죠, 간카 형의 면상에 침을 뱉던 거요. 바리카** 누나는 정말 용감해요. 당신은 그렇게 침을 뱉어주진 않았지만, 용기가 부족해서가 아니라고 나는 굳게 믿어요. 아, 저기 누나가 오네요, 호랑이도 제 말 하면 온다더니. 올 줄 알았어요. 누나는 단점이 있긴 해도 예의바른 사람이니까요."

---

* 미하일 레르몬토프는 스물한 살에 『가면무도회』를 썼다.

** 바랴, 바르바라의 애칭.

"네가 여기 왜 있어?" 바랴는 동생한테 야단부터 쳤다. "어서 아버지한테나 가봐. 공작님, 얘가 성가시게 굴죠?"

"천만에요, 정반댑니다."

"어이쿠, 누나, 또 시작이네! 바로 이게 누나의 아주 고약한 점이에요. 그나저나, 나는 아버지가 분명 로고진하고 함께 나가실 줄 알았거든요. 지금쯤 틀림없이 후회하고 계실 거야. 정말 어쩌고 계신지 가봐야겠군." 콜랴는 나가면서 이렇게 덧붙였다.

"어머니는 내가 모셔다 자리에 눕혀드려서, 다행히 무슨 일이 더 일어나진 않았어요. 가냐 오빠는 어찌할 바 몰라하며 완전히 생각에 잠겨 있고요. 하긴 그럴 만도 하죠. 오빠한텐 아주 좋은 교훈이었으니까요!…… 그래서 다시 한번 감사드리고, 또 뭘 좀 여쭤보려고 이렇게 찾아온 거예요, 공작님, 당신은 지금까지 나스타시야 필립포브나와 모르는 사이셨나요?"

"네, 몰랐습니다."

"그럼 대체 어떻게 그 여자에게 맞대놓고 '그런 사람이 아니다'라고 말씀하실 수 있었나요? 게다가 제대로 보신 것 같거든요. 알고 보니, 정말 그런 사람이 아닌 듯도 싶어요. 그렇지만 나는 도대체 그 여자의 속마음을 모르겠어요! 물론, 그 여자의 목적은 모욕을 주려는 것이었죠, 그건 분명해요. 나는 전에도 그 여자에 대해 이상한 얘기를 많이 들었어요. 하지만 만약 그 여자가 우리를 초대하러 찾아왔다면, 어째서 처음에 어머니한테 그런 식으로 나왔을까요? 프치츠인도 그 여자를 아주 잘 아는데, 아까 그 여자의 행동은 자기도 도무지 이해할 수 없다잖아요. 그리고 그 로고진한테는 또 어땠죠? 자신을 존중한다면 그런 식으로 말할 수는 없을 거예요, 더구나 자기하고…… 뭣한 관계인 사람의 집에서 말이죠. 어머니도 여간 당신 걱정을 하시는 게 아녜요."

"나는 괜찮습니다!" 공작은 이렇게 말하며 손을 내저었다.

"그런데 어째서 그 여자는 당신의 말을 그렇게 순순히 들었을까요……"

"순순히 듣다뇨?"

"부끄럽지도 않느냐고 그 여자에게 말씀하시자, 그 여자의 태도가 갑자기 완전히 달라졌잖아요. 공작님은 그 여자에게 큰 감화력을 가지고 계세요." 바랴는 보일 듯 말 듯 한 미소를 지으며 이렇게 덧붙였다.

이때 방문이 열리더니, 아주 뜻밖에도 가냐가 들어왔다.

그는 바랴를 보고도 머뭇거리지 않았다. 잠깐 문지방에 멈춰 섰다가 이내 결연한 태도로 공작에게 다가왔다.

"공작, 내가 비열했습니다. 용서해주십시오, 제발." 그는 갑자기 감정에 북받쳐 말했다. 그의 얼굴 근육 하나하나가 격심한 고통을 드러내고 있었다. 공작은 깜짝 놀라 그를 바라보면서, 곧바로 대답을 하지 못했다. "제발 용서해주십시오, 제발 용서해주십시오, 제발!" 가냐는 초조하게 되풀이했다. "원하신다면, 지금 당장 당신 손에 입을 맞추겠습니다!"

공작은 몹시 감동해서 말없이 두 팔을 벌려 가냐를 포옹했다. 두 사람은 진정어린 키스를 나눴다.

"당신이 이런 사람이라고는 전혀, 전혀 생각지 못했습니다." 마침내 공작이 힘겹게 숨을 몰아쉬며 입을 열었다. "나는 당신이 절대 할 수 없을 거라 생각했거든요, 이런 것은……"

"용서를 구하는 것요?…… 그런데 어째서 아까 나는 당신을 백치라고 생각했을까요! 당신은 다른 사람들이 결코 알아채지 못하는 것까지도 알아차리는데요. 당신과는 함께 얘기할 수 있을 것 같군요, 하지만…… 얘기하지 않는 편이 좋겠지요!"

"여기 당신이 용서를 구해야 할 사람이 또 한 분 있어요." 공작이 바랴를 가리키며 말했다.

"아뇨, 이 집 사람들은 모두 내 적입니다. 믿어주세요, 공작, 나도 한두 번 시도한 게 아닙니다. 이 집 사람들은 진정한 용서라는 걸 몰라요!" 가냐는 저도 모르게 격앙해서 외치고는 바랴에게서 얼굴을 돌렸다.

"아냐, 나는 용서해!" 바랴가 불쑥 입을 열었다.

"그럼 저녁에 나스타시야 필립포브나의 집에 갈 거니?"

"꼭 가라면 갈게, 다만 잘 생각해봐, 이제 와서 내가 어떻게 거길 가겠어?"

"그 여자는 그런 사람이 아냐. 일부러 무슨 수수께끼 같은 짓을 하는 거지! 다 연극이야!" 가냐는 빈정대듯이 웃었다.

"그런 사람이 아니라는 것도, 죄다 연극이라는 것도, 잘 알아, 하지만 무슨 그런 연극이 있담? 더구나, 잘 생각해봐, 오빠, 그 여자가 오빠를 뭐라고 생각하는지. 엄마 손에 입을 맞춘 건 사실이야. 그게 무슨 연극이라 해도 좋아. 그래도 어쨌거나 그 여잔 오빠를 조롱했단 말이야! 이건 7만 5천 루블로 보상될 수 있는 게 아니야, 절대 아니라고, 오빠! 오빠는 아직도 고결한 감정의 소유자가 될 자격이 있어, 그래서 이런 말을 하는 거야. 그러니, 오빠도 오늘 거기 가지 마! 제발 정신 차려! 이 일은 좋게 끝날 수가 없어!"

바랴는 이렇게 말하고는 극도로 흥분해서 방에서 급히 나가버렸다……

"언제나 저렇다니까!" 가냐는 쓴웃음을 지으며 말했다. "식구들은 정말 내가 그것도 모른다고 생각하는 걸까요? 실은 내가 그들보다 훨씬 많이 알고 있는데 말이지요."

이렇게 말하고 가냐는 소파에 앉았는데, 좀더 오래 얘기를 나누고 싶은 모양이었다.

"당신 자신도 알고 있다면," 공작은 상당히 조심스럽게 물었다. "어째서 그런 고통을 택하려는 겁니까, 그 고통이 7만 5천 루블로 결코 보상될 수 없다는 걸 잘 알면서요?"

"그 이야기는 하고 싶지 않아요." 가냐가 중얼거렸다. "하지만 말이 나온 김에 당신의 생각을 묻고 싶군요, 당신의 의견이 알고 싶은 겁니다. 이 '고통'이 7만 5천 루블로 보상될 수 있을까요? 없을까요?"

"내 생각으로는, 없습니다."

"뭐, 그렇게 대답하실 줄 알았어요. 그럼 그런 조건으로 혼인하는 것도 수치스러운가요?"

"대단히 수치스럽지요."

"뭐, 그렇다면 잘 알아두시죠, 나는 혼인합니다, 이젠 무슨 일이 있어도 반드시 합니다. 아까만 해도 망설였는데, 이제 더는 그렇지 않아요! 아무 말 마세요! 무슨 말을 하시려는지, 다 아니까……"

"나는 당신이 생각하는 그런 말을 하려는 게 아니라, 당신의 엄청난 자신감이 놀라울 뿐입니다……"

"무엇에 대한? 어떤 자신감 말입니까?"

"나스타시야 필립포브나가 반드시 당신과 혼인할 것이며 이 모든 일이 이미 결론났다고 믿는 것 말이지요, 그리고 둘째로, 설사 그녀가 당신에게 시집온다 하더라도 그 7만 5천이 곧바로 당신 주머니에 들어오게 된다고 믿는 게 그렇습니다. 물론 나는 이 일에 대해 많이 알진 못합니다만."

가냐는 공작 쪽으로 바싹 다가앉았다.

"물론 당신이 다 알고 계신 건 아닙니다." 그가 말했다. "하지만 그것 때문이 아니라면 내가 왜 이 모든 짐을 짊어지겠습니까?"

"그래도 내 생각엔, 그런 일이 아주 빈번하잖습니까, 돈을 보고 혼인했는데, 돈은 그대로 아내의 수중에 있게 되는 경우 말이지요."

"아-아니, 우리 경우엔 그렇지 않을 겁니다. 여기엔…… 여기엔 여러 사정이 개입돼 있으니까요……" 가냐는 불안한 생각에 잠겨 중얼거렸다. "그리고 그녀의 대답에 관해선 이미 의심의 여지가 없어요." 그는 빠르게 덧붙였다. "왜 당신은 그녀가 나를 거절할 거라고 보시죠?"

"나는 직접 본 것 이외엔 아무것도 모릅니다. 하지만 방금 바르바라 아르달리오노브나도 얘기했고……"

"에이! 그건 식구들이 그냥 할말이 없어서 하는 소리예요. 하지만 그 여자는 로고진을 조롱했어요, 그건 믿으시겠죠, 나는 두 눈으로 똑똑히 봤습니다. 그건 분명히 알아볼 수 있었어요. 그전엔 나도 좀 염려했지만, 이젠 확실히 알게 됐습니다. 혹시 그 여자가 어머니와 아버지, 바랴에게 보여준 태도 때문에 그러시는 건가요?"

"그리고 당신에게도요."

"그럴지도 모르죠. 하지만 그건 예나 지금이나 매한가지인 여자들의 복수심 때문이지 그 이상은 절대 아닙니다. 그 여자는 무섭게 신경질적이고 의심이 많고 자존심이 강해요. 승진에서 탈락한 관리와 똑같죠! 그 여자는 자신을 과시하고, 우리 가족에게…… 아니, 뭐, 나한테도 경멸을 표하고 싶어합니다. 그건 사실이에요, 나도 부정하진 않아요…… 그렇지만 결국은 나한테 시집올 겁니다! 인간의 자존심이 어떤 연극까지 꾸밀 수 있는지 당신은 짐작조차 못하실 테죠. 그 여자는 내가 자기를, 즉 남의 정부였던 여자를 그렇게 노골적으로 돈 때문에 데려가는 걸 가지고 비열한 인간으로 여기지만, 다른 남자라면 자기를 훨씬 더 비열하게 속이리라는 사실을 모른다고요. 어떤 남자든 그 여자한테 들러붙어 자유 진보 사상을 늘어놓고 갖가지 여성 문제까지 끄집어내면, 그 여자는 바늘귀에 꿰인 실처럼 그 사내한테 걸려들고 말 겁니다. 그 여자를 데려가는 건 오로지 '당신의 고결한 마음씨와 불행한 처지' 때문이라며 자존심이 강한 바보 같은 여자를 설득하겠지만(이건 아주 쉬운 일이에요!), 실은 돈을 보고 혼인하려는 거란 말입니다! 내가 그 여자의 마음을 얻지 못하는 건 그런 식으로 비위를 맞추려 들지 않기 때문이에요. 하긴 그게 필요한지도 모르죠. 하지만 그 여자 본인은 어떻게 하고 있죠? 자기도 똑같지 않습니까? 그런 마당에 대체 뭣 때문에 나를 경멸하고 이런 연극까지 해댈까요? 그건 내가 항복하지 않고 당당하게 나가기 때문입니다. 뭐, 어디 한번 두고 보자고요!"

"당신은 지금까지 그 여자를 정말 사랑한 적이 있습니까?"

"처음엔 사랑했죠. 뭐, 그것도 꽤나 열렬히…… 세상엔 오직 정부가 되기에 적합할 뿐, 그 밖엔 아무짝에도 쓸모없는 여자들이 있어요. 그렇다고 그 여자가 내 정부였다는 말은 아닙니다. 얌전히 살겠다면 나도 점잖게 살아주겠지만, 만일 소란을 피운다면 당장 내쫓고 돈만 챙길 겁니다. 나는 웃음거리가 되긴 싫습니다. 웃음거리가 되는 건 제일 질색이니까요."

"그래도 내가 보기에" 하고 공작은 조심스럽게 지적했다. "나스타시야 필립포브나는 영리한 여성입니다. 왜 그녀가 그런 고통을 예상하면서 올가미 속으로 걸어들어가겠습니까? 다른 사람한테 시집갈 수도 있을 텐데요. 그게 의아하군요."

"바로 거기에 타산이 있는 겁니다! 당신은 모든 사정을 알진 못하지만, 공작…… 거기엔…… 그리고 그뿐이 아닙니다, 맹세코 말씀드리지만, 그 여자는 내가 자기를 미치도록 사랑한다고 굳게 믿고 있어요, 그리고 아십니까, 나는 그 여자도 나를 사랑한다고 강하게 추측하고 있어요, 물론 자기 방식의 사랑이겠지만요, '사랑하는 사람이라 때린다'라는 속담을 아시겠죠. 그 여자는 평생 나를 다이아몬드의 잭*으로 여기면서도(이건 아마 그 여자가 옳겠죠) 자기 방식으로 나를 사랑할 겁니다. 그 여자는 그 준비를 하고 있는 거예요, 원래가 그런 성격이니까. 그녀는 지독하게 러시아적인 여잡니다, 당신한테 단언할 수 있어요. 뭐, 나도 나름대로 그 여자에게 줄 깜짝 선물을 준비중입니다. 아까 바랴와의 장면은 우연히 벌어졌지만, 나한텐 오히려 유리하죠. 이제 그 여자는 내가 자기를 헌신적으로 사랑하며 자기를 위해선 모든 관계를 끊어버릴 수 있다는 걸 눈으로 보고 확신하게 됐을 테니까요. 요컨대, 우리도 바보가 아니라는 점을 믿어주시기 바랍니다. 그나저나 내가 형

* 사람의 성격을 트럼프에 빗댈 때 다이아몬드 잭은 양면성을 의미한다. 신뢰할 만하고 금전적인 면에서 이해가 뛰어난 실무자를 뜻하지만, 다른 한편으로 자신의 이익부터 계산하는 이기주의자나 사기꾼을 가리키기도 한다.

편없이 말이 헤픈 놈이라고 생각하시는 건 아닙니까? 공작, 사실 이렇게 당신한테 모든 걸 털어놓는 게 멍청한 짓인지도 몰라요. 하지만 나로선 당신같이 고결한 사람을 처음 만난지라 그냥 다짜고짜 달려든 건데, '달려들었다'라는 말을 고약하게 여기진 마십시오. 아까 그 일로 화를 내고 계신 건 아니겠죠, 네? 이렇게 마음을 터놓고 얘기하는 건 꼬박 이 년 만에 처음인 것 같군요. 이곳엔 정직한 사람이 지독히도 드뭅니다. 프치츠인보다 정직한 사람조차 없을 정도니까요. 웃고 계신 것 같은데, 아닌가요? 비열한 자는 정직한 사람을 좋아하죠—이 사실을 모르셨습니까? 나 같은 인간은 그러니까…… 하지만 내가 어째서 비열한 인간입니까? 솔직히 말해주세요. 그 여자를 비롯해 그들 모두가 나를 비열한 인간이라 부르는 이유가 뭡니까? 그리고 아십니까, 그들과 그 여자가 하는 대로 나도 자기 자신을 비열한 인간이라 부른단 말입니다! 이거야말로 비열하죠, 아주 비열한 짓이죠!"

"나는 이제부터 절대로 당신을 비열한 사람으로 여기지 않겠습니다." 공작이 말했다. "아까만 해도 당신을 아주 악당이라고까지 생각했지만, 당신은 나에게 너무나 뜻밖의 기쁨을 주었어요. 그래서 나는 교훈을 얻었습니다, 직접 겪기 전에는 판단하지 말라는 걸요. 당신은 악당이 아닐뿐더러 당신을 특별히 타락한 사람으로 여겨서도 안 된다는 것을 이제 잘 압니다. 내가 보기에 당신은 그저 어디든 있는 가장 평범한 사람, 그저 성격이 무척 나약할 뿐 남들과 조금도 색다를 데가 없는 사람이에요."

가냐는 속으로 독기어린 웃음을 머금었지만, 아무 말도 하지 않았다. 공작은 자신의 평가가 상대방의 마음에 들지 않았다는 것을 알아채고 당황해서, 역시 입을 다물었다.

"아버지가 당신에게 돈을 부탁하던가요?" 가냐가 불쑥 물었다.

"아뇨."

"앞으로 할 겁니다. 절대 주지 마세요. 내가 기억하기로 전에는 무척 점잖기까지 한 양반이었어요. 훌륭한 사람들과도 교제했지요. 하지만 이 점잖은 구식 양반들이 다들 어쩌면 그렇게 빨리 파멸하고 마는지! 환경이 좀 바뀌자마자 예전의 모습은, 마치 화약이 퍽 하고 타버린 듯, 아무것도 남지 않으니 말입니다. 아버지도 전에는 그렇게까지 허튼소리를 하진 않았어요, 정말입니다. 전엔 그저 너무 쉽게 열광하는 사람일 뿐이었는데—그만 저 지경이 돼버렸답니다! 물론, 그놈의 술이 화근이죠. 아버지가 첩까지 두고 있다는 걸 아세요? 이젠 더이상 그저 죄 없는 허풍선이가 아니라고요. 어머니의 오랜 인내심을 나는 도저히 이해할 수 없어요. 아버지가 당신에게 카르스 포위 얘길 하던가요? 아니면 자신의 잿빛 보조마가 말을 하기 시작하더라는 얘기는요? 정말이지 그 지경까지 되고 있다니까요."

그러더니 가냐는 갑자기 배를 그러안고 마구 웃어댔다.

"왜 그렇게 나를 쳐다보시죠?" 그가 공작에게 물었다.

"그렇게 진심으로 웃는 모습이 놀라워서 그럽니다. 당신에겐 정말 아이 같은 웃음이 아직 남아 있어요. 아까 당신이 화해하러 들어왔을 때, '원하신다면 당신 손에 입을 맞추겠습니다'라고 말했지요—그건 아이들이 화해하고 싶을 때 쓰는 말과 아주 비슷해요. 그러니까 당신은 아직 그런 말과 행동을 할 수 있는 사람입니다. 그런데 느닷없이 그 암담한 계획을 장황하게 늘어놓으면서 그 7만 5천 루블을 들고나오고 있잖아요. 사실, 그런 이야기는 왠지 모두 허황한 느낌이 들고, 가능할 것 같지도 않아 보여요."

"대체 어떤 결론을 내리시려는 거죠?"

"당신이 너무 경솔하게 행동하는 게 아닐까, 사전에 주위를 둘러봐야 하지 않을까 하는 겁니다. 바르바라 아르달리오노브나가 옳은 말을 하고 있는지도 몰라요."

"아, 도덕성 말씀이군요! 내가 아직 어린애라는 건 나 자신도 알고 있어요." 가냐는 열을 올리며 말을 가로챘다. "당신과 이런 대화를 시작했다는 것 하나만 봐도 이미 그렇죠. 공작, 나는 이해타산 때문에 이 암담함 속으로 들어서는 게 아닙니다." 그는 자존심이 상한 청년이 으레 그러듯, 필요 없는 말까지 하며 얘기를 이어갔다. "이해타산에서 행동한다면 나는 분명 실패하겠죠, 내 이성과 성격이 아직 확고하지 못하니까요. 나는 열정을 따르고 집착을 따릅니다. 나에겐 커다란 목적이 있기 때문이죠. 당신은 내가 7만 5천을 받게 되면 당장에 사륜마차라도 살 줄 아시겠죠. 천만에요, 그렇게 돼도 나는 삼 년째 입고 있는 낡은 프록코트를 해어질 때까지 입고 다니고, 클럽 친구들과도 모든 관계를 끊을 겁니다. 우리 나라에선 너도나도 고리대금업에 손을 대지만, 버텨나가는 사람은 적어요. 하지만 나는 꿋꿋이 버틸 작정입니다. 여기서 가장 중요한 건, 끝까지 끌고 간다는 것이죠—모든 게 여기 달렸다고요! 프치츠인은 열일곱 살 때 노숙을 하면서 펜깎이칼을 팔아 한두 코페이카씩 모으기 시작했죠. 지금은 6만 루블을 가진 재산가가 됐지만, 그러기까지 얼마나 아등바등 몸부림을 쳤겠습니까! 나는 그런 몸부림 따윈 모조리 뛰어넘어 처음부터 큰 자본을 가지고 시작할 겁니다. 십오 년만 지나면, '저 사람이 유대인의 왕 이볼긴이다'*라는 말을 듣게 될 테죠. 당신은 내가 남다를 게 없는 사람이라고 말했지요. 잘 알아두십시오, 친애하는 공작, 우리 시대, 우리 같은 족속의 인간에겐, 남들과 조금도 색다른 점이 없고 의지박약에 별다른 재능도 없는 평범한 사람이라는 말보다 더 모욕적인 게 없습니다. 당신은 나를 버젓한 악당으로조차 인정해주지 않았죠, 아십니까, 아까 그 말을 듣는 순간 나는 당신을 물어뜯고 싶었습니다! 예판친은 내가 아내를 자기한테 팔아넘길 수 있는(그러자고 논의하거나 꼬드기지 않아도 인간이 어수룩해서 그냥 그런다는 겁니다, 아시겠습니까) 사내라고 여기지만, 당신은 그런 예판친보다 더 심하게 나를 모욕했어요! 나는 이미 오래전부터 이런 태도에 격분해서, 부자가 되기로 했습니다. 큰돈을 모으면 나는 최고로 색다른 독창적인 사람이 돼 있을 테니, 잘 알아두시죠. 돈이 무엇보다 비열하고 증오스러운 것은, 그게 재능까지도 부여하기 때문입니다. 그리고 세상이 끝나는 날까지 부여할 거고요. 당신은 이 모든 게 어린애 같다거나 또는 아마도, 그저 시에 불과하다고 말하겠죠—뭐, 좋습니다, 그럴수록 나는 더 유쾌해지니까, 어쨌든 이 일은 실현될 겁니다. 나는 끝까지 끌고 가고 꿋꿋이 버틸 테니까요. *최후에 웃는 자가 진짜 웃는 자*라는 말이 있잖습니까! 대체 무엇 때문에 예판친이 나를 그렇게 모욕할까요? 원한 때문일까요? 천만의 말씀입죠! 그저 내가 너무 보잘것없는 존재이기 때문입니다. 뭐, 좋습니다요, 하지만 그때가 되면…… 어쨌든 이제 그만합시다, 시간이 됐으니. 콜랴가 벌써 두 번이나 코를 내

---

* 십자가에 못박힌 예수의 머리 위에 붙어 있던 '유대인의 왕'을 가져온 것으로, 거기에 '금융계의 왕' '로트실트(로스차일드) 가문'의 의미를 덧씌웠다.

밀었어요. 식사하라고 당신을 부르는 거예요. 하지만 나는 나가봐야겠군요. 앞으로도 당신에게 가끔씩 들르지요. 우리집에서 지내기가 나쁘진 않을 겁니다. 이제 정말 한식구로 맞아줄 테니까. 하지만 제발 말을 옮기지 않도록 주의해주십시오. 당신과는 친구가 아니면 적이 될 것 같은 기분이 드는군요. 그런데 어떻게 생각하시죠, 공작, 아까 내가 당신 손에 입을 맞췄다면(그때는 진심에서 우러나와 그렇게 말했지만) 그것 때문에 나중에 당신의 적이 되지는 않을까요?"

"틀림없이 그렇게 되겠지만, 영원히는 아닐 겁니다, 조금 지나면 견디지 못하고 용서를 빌 테니까요." 공작은 잠시 생각하고 나서 웃으며 말했다.

"오호! 당신한텐 더 조심해야겠군요! 이 대답에도 독을 한 방울 탔는지 모르니까. 하긴 누가 압니까, 혹시 당신이 나의 적인지? 괜찮아요, 하-하-하! 한 가지 물어보는 걸 깜박했군요. 나스타시야 필립포브나가 무척 당신 마음에 드는 눈치던데, 안 그런가요?"

"네…… 마음에 듭니다."

"반하셨나요?"

"아-아뇨."

"하지만 얼굴을 온통 새빨갛게 붉히고는 몹시 곤란해하는군요. 뭐, 괜찮아요, 괜찮아, 놀리지 않겠습니다. 그럼 또 뵙죠. 그런데 아시나요, 그 여자는 정숙한 여자랍니다, 믿어지시나요? 그 여자가 그 사내, 그 토츠키와 함께 살고 있는 줄 아세요? 절-대 아닙니다! 이미 오래전 일이에요. 그런데 그 여자가 몹시 거북해하고 아까도 어떤 땐 당황해서 어쩔 줄 몰라하던 걸 당신도 알아채셨죠? 맞아요. 하지만 그런 여자일수록 지배욕이 더 강한 법이죠. 그럼, 실례합니다!"

가네치카는 들어올 때보다 훨씬 더 스스럼없이, 유쾌한 기분이 되어 나갔다. 공작은 십 분가량 꼼짝도 않고 생각에 잠긴 채 앉아 있었다.

콜랴가 다시 방문 안으로 얼굴을 들이밀었다.

"점심 생각이 없구나, 콜랴. 아까 예판친 장군 댁에서 아침을 잘 먹었거든."

콜랴는 문을 열고 완전히 들어오더니 공작에게 종이쪽지 하나를 건넸다. 장군의 편지였는데, 접어서 봉인까지 한 것이었다. 이 편지를 전하는 일이 콜랴에게 얼마나 괴로웠는지는 얼굴만 봐도 알 수 있었다. 공작은 편지를 읽고 일어나 모자를 집어들었다.

"두어 발짝 떨어진 곳이에요." 콜랴는 어쩔 줄 몰라했다. "지금 거기서 술을 드시고 계세요. 무슨 수로 외상을 얻었는지 모르겠어요. 공작님, 저기요, 내가 이 편지를 전했다는 건 나중에 우리 식구들한테 제발 말하지 말아주세요! 이런 편지 심부름은 절대 않겠다고 골백번 맹세했지만, 가여워서요! 아, 그리고 아버지한텐 전혀 체면 차리실 것 없어요. 그저 잔돈이나 몇 푼 주면 돼요, 그걸로 충분해요."

"콜랴, 나도 마침 무슨 생각을 하고 있었는데, 아버지를 만나봐야겠네…… 볼일이 하나 있어서…… 자, 같이 가세나……"

XII

콜랴는 공작을 가까운 리체이나야 거리에 있는 당구장을 겸한 카페로 안내했는데, 카페는 건물의 아래층에 있어, 거리에서 바로 들어갈 수 있었다. 아르달리온 알렉산드로비치는 오랜 단골답게 카페의 오른쪽 구석, 조그만 별실에서 술병이 놓인 탁자 앞에 자리잡고 앉아, 아닌 게 아니라 『*앵데팡당스 벨주*』를 손에 들고 있었다. 그는 공작을 기다리고 있다가 공작이 나타나자마자 얼른 신문을 내려놓고 열을 올리며 장황하게 변명을 늘어놓기 시작했지만, 공작은 거의 한마디도 알아들을 수 없었는데, 그도 그럴 것이 장군은 이미 술을 어지간히 들이켠 뒤였다.

"10루블짜리는 가진 게 없습니다." 공작이 말을 가로챘다. "하지만 여기 25루블짜리가 있으니 이걸 바꿔서 15루블은 거슬러주십시오, 나 역시 한푼도 없으니까요."

"오, 여부가 있겠소. 염려 마시구려, 지금 당장……"

"그 밖에도 장군님, 부탁이 하나 있습니다. 나스타시야 필립포브나의 집에 가보신 적이 한 번도 없으십니까?"

"내가? 내가 가본 적이 없느냐고? 그거 나한테 하는 말이오? 여러 번, 이보시오, 여러 번 가봤소이다!" 장군은 잘난 척 의기양양하게 빈정대고 싶은 충동에 이렇게 소리쳤다. "하지만 결국 내 쪽에서 관뒀소, 점잖지 못한 결합을 권장하고 싶지 않아서 말이오. 당신도 보았지요, 오늘 아침에 당신도 직접 목격했잖소. 나는 아버지로서 할 수 있는 모든 걸 다 했소, 하지만 어디까지나 온화하고 너그러운 아버지였지. 그러나 이제 다른 종류의 아버지가 무대에 나타날 테니, 그땐—두고 봅시다, 명예로운 노병이 간계를 쳐부술 것인가, 아니면 파렴치한 동백꽃이 고결하기 그지없는 가정으로 들어올 것인가, 어디 한번 두고 보자고요."

"그런데 부탁이란 다름 아니라, 나스타시야 필립포브나와 구면이시라니 오늘 저녁에 나를 그 여자의 집으로 데려가주실 수 없을지요? 오늘 반드시 거기 가야 할 일이 있어서 그럽니다. 그런데 어떻게 그 집에 들어가야 할지 전혀 알 수가 없군요. 아까 소개는 받았지만, 그래도 초대된 건 아니니까요. 오늘 거기선 특별히 초대된 사람들을 위한 파티가 있잖습니까. 여하튼 예의에 좀 어긋나는 일도 각오하고 있으니, 비웃음을 사는 한이 있더라도 어떻게든 들어가기만 하면 좋겠군요."

"당신은 내 생각을 완전히, 아주 완전히 명중시켰소, 내 젊은 친구." 장군은 열광해서 외쳤다. "나는 이까짓 푼돈 때문에 당신을 부른 게 아니오!" 그는 이렇게 말을 이으면서도 돈을 집어 주머니에 찔러넣었다. "내가 당신을 부른 건 바로, 나스타시야 필립포브나의 집으로 가는 원정대, 더 정확히 말해 나스타시야 필립포브나를 습격하러 가는 원정대에 참가해달라고 요청하기 위해서였소! 이볼긴 장군과 므이쉬킨 공작! 이 정도면 그 여자에게 과연 어떻게 보이겠소! 그 여자의 생일인 점을 참작해서 상냥함을 표하는 척하며 기어이 내 뜻을 모두 밝히고야 말겠소—물론 단도직입적으로 말하는 게 아니라 에둘러서 말할 작정이지만, 효과는 단도직입적인 것과 마찬가지일 거요. 그러면 가냐는 자신이 어떻게 해야 할지 스스로 깨닫게 되겠지요. 명예롭고 또…… 이른바…… 에, 에, 그러한 아버지 편에 설 것인가, 아니면…… 하지만 어쨌든 일어나게 될 일은 일어날 것이오! 당신의 생각은 대단한 효과를 거둘 거요. 열시에 출발합시다, 우리한테는 아직 시간이 있다오."

"그 여자는 어디에 삽니까?"

"여기서 멀어요. 볼쇼이극장 옆 므이토프초바네 집으로, 광장에 거의 딱 붙어 있는데, 그 여자는 이층을 쓰고 있소…… 명명일이라고 해도 사람이 많이 모이진 않을 거요, 다들 일찌감치 흩어져버릴 거고……"

해가 진 지도 이미 오래되었다. 공작은 여전히 거기 앉아 장군의 얘기를 들으며 기다렸는데, 장군은 수도 없이 많은 일화를 늘어놓기 시작했으나 무엇 하나 끝을 맺는 게 없었다. 공작이 오자 그는 술 한 병을 새로 시켰고, 한 시간이 지나서야 그걸 다 비우고는 또 한 병을 시켜 그것도 다 비웠다. 짐작건대, 그사이에 장군은 자신의 거의 모든 인생사를 얘기하지 않았나 싶다. 드디어 공작은 자리에서 일어나, 더이상은 기다릴 수 없다고 선언했다. 장군은 병에 남은 마지막 한 방울까지 죄다 마시고는 일어나, 몹시 비틀거리는 걸음으로 방에서 나왔다. 공작은 절망적인 기분이었다. 어쩌다 그처럼 어리석게 저런 사람을 믿어버렸는지 이해할 수가 없었다. 실은 결코 믿은 것도 아니었다. 그저 어떻게든 나스타시야 필립포브나의 집으로 들어가야겠다는 생각에 약간의 추태까지도 각오하며 장군에게 기대를 걸었던 것인데, 이처럼 지독한 추태를 부릴 줄은 전혀 예상치 못했다. 장군은 엉망으로 취해 맹렬하게 웅변을 토하면서, 사뭇 눈물까지 흘릴 듯 감정을 섞어 한시도 쉬지 않고 지껄여댔다. 한결같이, 자기 식구들 모두의 불미스러운 행동으로 모든 게 망가졌고 이젠 이런 상태를 끝장내야 할 때라는 내용이었다. 그들은 드디어 리체이나야로 나왔다. 아직도 눈이 질척질척 녹아내리고 있었다. 음산하고 미지근하고 썩은 냄새를 풍기는 바람이 거리를 씽씽 휩쓸고, 마차가 진흙탕을 튀기고, 날쌘 말들, 여윈 말들이 발굽으로 포도를 요란하게 내리쳤다. 행인들은 우울하고 후줄근한 무리가 되어 보도를 오가고 있었다. 술 취한 사람들도 눈에 띄었다.

"저기 불이 켜진 이층들이 보이지요?" 장군이 말했다. "저기에 내 동료들이 모두 살고 있소, 그런데 나는, 그들 중 제일 오래 복무했고 제일 고생을 많이 한 나는 터덜터덜 걸어서 볼쇼이극장을 향해, 어디서 무슨 짓을 했는지 알 수 없는 수상한 계집의 집으로 가고 있단 말이오! 가슴에 총알이 열세 발이나 박힌 사람이…… 당신은 내 말을 못 믿겠소? 하지만 피로고프*는 포위된 세바스토폴을 한동안 내버려두고 오직 나를 위해 파리로 전보를 쳤고, 파리의 궁정의였던 넬라통**은 과학의 이름으로 급히 자유통행증을 얻어내어 나를 진찰하기 위해 그 포위된 세바스토폴까지 왔다오. 이 일은 최고위층에도 알려져서, 다들 '아, 저 친구가 총알이 열세 발이나 박혀 있다는 그 이볼긴이구나!……' 그랬소이다. 그렇게 말했을 정도란 말이오! 공작, 저 집이 보이지요? 저 집 이층에 나의 옛 동료인 소콜로비치 장군이 식구 수는 아주 많지만 고결하기 그지없는 가족과 함께 살고 있소. 바로 이 집과 넵스키 대로의 세 집, 그리고 모르스카야 거리의 두 집—이게 지금 내가 알고 지내는, 다시 말해 나와 개인적으로 가까운 친지 그룹이오. 니나 알렉산드로브나는 벌써 오래전에 환경에 굴복하고 말았지만, 나는 여전히 옛 기억을 떠올리며…… 말하자면, 지금도 나를 숭배해 마지않는 옛 동료나 부하들의 교양 있는 사회에서 휴식을 구하고 있소. 이 소콜로비치 장군은(그러고 보니 그의 집에 가본 지도 한참 됐고, 안나 표도로브나를 만난 지도 오래됐군)…… 그런데 아시오, 친애하는 공작, 자기 집에서 손

---

* 세바스토폴전투 때 부상자 치료를 총괄지휘했던 N. I. 피로고프는 의료봉사 문제를 소홀히 취급하는 군 지휘부에 격분하여 1855년 6월 페테르부르크로 떠났다가 같은 해 9월에 다시 세바스토폴로 돌아갔다.

** 프랑스의 저명한 외과의로, 러시아에는 간 적이 없다.

님을 맞아들이지 않다 보니 어째 자연히 남의 집에도 발길을 끊게 되는구려. 그건 그렇고…… 흠…… 당신은 내 말을 믿지 않는 것 같은데…… 하지만 내 어찌 나의 가장 좋은 친구이자 죽마고우인 분의 자제를 이 매혹적인 집안에 소개하지 않을 수 있겠소? 이볼긴 장군과 므이쉬킨 공작! 당신은 이 집에서 깜짝 놀랄 만큼 멋진 처녀를, 그것도 하나가 아니라 둘, 아니 셋이나 보게 될 거요, 게다가 하나같이 수도의 꽃이자 사교계의 꽃이오, 미모와 교양, 취향…… 여성 문제, 시—이 모든 게 아름답게 골고루 갖춰져 조화를 이루고 있으니, 왜 안 그렇겠소, 한 사람당 현금으로만 최소 8만 루블씩은 될 지참금은 논외로 친다 해도 말이오, 물론 이 정도의 지참금이라면 어떤 여성 문제와 사회 문제에도 불구하고 절대 해가 될 리 만무하지만…… 요컨대, 나는 반드시, 반드시 당신을 소개해야 할 의무와 책임이 있소. 우리는 이볼긴 장군과 므이쉬킨 공작이오!"

"당장에요? 지금요? 하지만 잊으셨군요." 공작이 입을 열려고 했다.

"아무것도, 아무것도 잊지 않았소, 자, 갑시다! 여기로, 이 호화로운 계단으로. 이상하군, 어째서 문지기가 없을까, 하기야…… 공휴일이니 문지기도 내뺐겠지. 아직도 그 주정뱅이를 쫓아내지 않았구먼. 이 소콜로비치는 인생의 행복도 관직의 행운도 죄다 내 덕분에, 오로지 내 덕분에 얻은 거요, 나 말고는 아무도 도와주지 않았지, 어쨌거나…… 이제 다 왔소."

공작은 더이상 이 방문을 만류하지 않고, 장군을 자극하지 않도록 순순히 뒤를 따랐는데, 조금 있으면 소콜로비치 장군도 그의 온 가족도, 점차 신기루처럼 증발해버리고 실제 인물이 아니라는 사실이 드러나, 분명 자기들은 아주 조용히 계단을 다시 내려오게 되리라고 기대했기 때문이다. 그러나 불행히도 그는 이 기대를 점차 내려놓을 수밖에 없었다. 장군은 정말로 자기 친구가 이 집에 살고 있는 사람처럼 자신 있게 공작을 이끌고 계단을 올라가면서, 수학적 정확성으로 가득한 전기적이고 지형학적인 세부 사항을 쉴새없이 나열했기 때문이다. 드디어 이제 이층으로 올라와 어느 호화로운 아파트의 문 앞 오른쪽에서 걸음을 멈춘 뒤 장군이 초인종의 손잡이를 잡자, 공작은 마침내 달아나기로 마음먹었다. 그러나 한 가지 기이한 상황이 잠시 그를 붙잡았다.

"집을 잘못 찾으셨어요, 장군님." 그가 말했다. "문에는 쿨라코프라고 써 있는데, 장군님께선 소콜로비치 씨 댁의 초인종을 울리시려는 거잖습니까."

"쿨라코프…… 쿨라코프라는 건 아무런 증거도 못 되오. 여긴 소콜로비치의 집이고, 나는 소콜로비치의 집 초인종을 울리는 거요. 쿨라코프 따위한텐 침이나 뱉어주라지…… 자, 이렇게 문도 열어주잖소."

정말로 문이 열렸다. 하인이 얼굴을 내밀고는, "주인댁 분들은 지금 외출중이십니다"라고 알려주었다.

"유감천만이군, 유감천만이야, 정말 공교롭게 됐어." 아르달리온 알렉산드로비치는 무척 유감스러운 듯 몇 번이나 이렇게 되풀이했다. "이봐요, 이볼긴 장군과 므이쉬킨 공작이 진심으로 존경을 표하러 들렀다가, 지극히, 지극히 유감스러워했다고 꼭 아뢰어주구려……"

이 순간, 열린 문틈으로 또하나의 얼굴이 안에서 빼꼼 내다보았는데, 가사관리인이거나 아니면 심지어 가정교사로도 보이는, 짙은 색 옷을 입은 마흔 안팎의 부인이었다. 이볼긴 장군과 므이쉬킨 공작의 이름을 듣자 호기심도 동하고 못 미덥기도 해서 다가온 것이다.

"마리야 알렉산드로브나는 지금 집에 안 계십니다." 그녀는 특히 장군을 눈여겨보면서 이렇게 말했다. "알렉산드라 미하일로브나 아가씨와 함께 할머님 댁에 가셨어요."

"알렉산드라 미하일로브나도 함께 갔다니, 오, 맙소사, 이렇게 운이 나빠서야! 생각해보세요, 부인, 나는 언제나 이렇게 운이 나쁘다오! 내 안부를 아주 정중히 전해주시오, 그리고 알렉산드라 미하일로브나에겐 꼭 기억해줬으면 한다고…… 한마디로, 목요일 저녁 쇼팽의 발라드가 울려퍼지는 가운데 그분이 원했던 것을 나 역시 진심으로 원하고 있다고 그분에게 전해주시오. 그렇게만 말하면 기억하실 테니까…… 나도 진심으로 원한다고 말이오! 이볼긴 장군과 므이쉬킨 공작이오!"

"꼭 잊지 않겠습니다!" 부인은 이제 좀더 믿음이 가는지 그러마고 대답했다.

계단을 내려가는 동안에도 장군은 여전히 흥분이 가시지 않은 모습으로, 운이 나쁘게도 소콜로비치 가족을 만나지 못한 바람에 공작이 그토록 매혹적인 친분을 맺을 기회를 놓쳐버렸다고 계속 아쉬워했다.

"이봐요, 공작, 나는 시인 기질이 다분한 사람인데, 당신도 알아챘소? 그런데…… 그런데, 아무래도 엉뚱한 집을 찾아 들어갔던 것 같소." 그는 전혀 뜻밖에도 갑자기 이렇게 결론을 내렸다. "이제야 기억났는데, 소콜로비치 가족은 다른 집에 살아요, 아니, 지금은 아마 모스크바에 살고 있을 거요. 맞아요, 내가 좀 착각했어, 하지만 그거야…… 아무러면 어떻소."

"한 가지만 알고 싶은데" 하고 공작은 맥이 풀려 입을 열었다. "장군님의 도움을 아예 단념하고 이제 나 혼자 가야 하지 않을까요?"

"단념하고? 내 도움을? 혼자서? 이 원정은 내 가족 전체의 운명이 걸리다시피 한, 나에겐 아주 중대한 일인데, 대체 무슨 이유로 그런단 말이오? 그런데 젊은 친구, 당신은 이볼긴을 잘 몰라요. '이볼긴'이라 하면, 그건 곧 '철벽'을 뜻하는 거요. 철벽에 의지하듯 이볼긴에게 의지하라, 이건 내가 군생활을 처음 시작한 기병 중대에서부터 들어온 말이오. 다만 도중에 잠시 들를 집이 한군데 있소, 벌써 몇 해 동안 내 영혼이 불안과 시련을 겪을 때마다 안식을 구해온 곳인데……"

"우선 집으로 가시겠다고요?"

"무슨! 나는…… 체렌치예바 부인 집에, 나의 옛 부하이고…… 친구이기까지 했던 죽은 체렌치예프 대위의 부인 집에 잠깐…… 그 집에, 대위 부인 집에 가면 나는 정신적으로 부활하고, 그래서 내 생활과 가족들로 인한 비애와 고뇌를 그곳으로 안고 간다오…… 더구나 오늘처럼 정신적으로 무거운 짐을 져야 하는 날에는……"

"그렇지 않아도 내가 지독하게 어리석은 짓을 했다고 생각하는 중입니다." 공작이 중얼거렸다. "아까 공연히 성가신 부탁을 해서 말이죠. 게다가 장군님은 지금…… 그럼 나는 이만 실례하겠습니다!"

"하지만 내 젊은 친구, 당신을 이대로 가게 할 순 없소, 암, 없고말고!" 장군이 소리쳤다. "남편을 잃은 부인이자 한 가정의 어머니인 그녀는 자기 마음의 금선琴線을 울려 나의 전 존재에 메아리치게 하는 사람이오. 방문이라 해도—단 오 분이고, 나는 그 집에서 체면 같은 건 차리지 않고 거의 내 집처럼 사니까. 세수나 하고 최소한으로 매무새를 다듬은 뒤에 마차를 집어타고 볼쇼이극장 쪽으로 갑시다. 걱정 마시구려, 오늘 저녁 내내 나는 당신이 필요하니까…… 바로 저 집이오, 벌써 다 왔군…… 어, 콜랴, 네가 벌써 와 있어? 그래, 마르파 보리소브나는 집에 계시냐, 아니면 너도 지금 막 온 거냐?"

"오, 아네요." 마침 집 대문 앞에서 그들과 마주친 콜랴가 대답했다. "벌써 한참 전에 와서 입폴리트랑 같이 있었는데, 그 친구는 몸이 더 안 좋아서 오늘 오전엔 드러누워 있었대요. 나는 지금 가게에 카드를 사러 가려고 내려왔죠. 마르파 보리소브나가 아빠를 기다려요. 그런데, 아빠, 어휴, 이게 무슨 꼴이에요!……" 콜랴는 장군의 걸음걸이와 몸놀림을 유심히 살펴보며 결론을 내렸다. "뭐, 할 수 없죠, 함께 가요!"

콜랴와 만나자 공작은 장군을 따라 마르파 보리소브나의 집에 들러볼 생각이 들었는데, 물론 잠깐만 있다가 나올 작정이었다. 공작에겐 콜랴가 필요했기 때문이다. 이젠 무슨 일이 있어도 장군을 떼버리기로 결심했고, 아까 장군에게 기대를 걸어볼까 생각했던 자신을 용서할 수가 없었다. 그들은 컴컴한 뒷계단을 따라 사층까지 한 걸음 한 걸음 한참을 올라갔다.

"공작님을 소개하시려고요?" 콜랴가 도중에 물었다.

"응, 소개하려고, 얘야. 이볼긴 장군과 므이쉬킨 공작, 하지만 그래…… 어떠냐…… 마르파 보리소브나는……"

"그게, 아빠, 안 가시는 게 좋을 거예요! 잡아먹을걸요! 사흘째 코끝도 안 내비쳤는데, 아주머닌 돈을 기다리고 있거든요. 어쩌자고 돈 약속을 하셨어요? 아빠는 늘 그래요! 이제 재주껏 모면해보시죠."

사층에 올라오자 그들은 나지막한 문 앞에서 걸음을 멈췄다. 장군은 겁이 나는 듯 공작을 앞으로 밀었다.

"나는 여기 서 있겠소." 장군이 중얼거렸다. "깜짝 놀라게 해주려고……"

콜랴가 제일 먼저 들어갔다. 새하얗게 분칠을 한 얼굴에 연지까지 벌겋게 바르고 머리를 짧게 땋은 마흔 안팎의 어떤 부인이 실내화와 소매 없는 짧은 윗도리 차림으로 문틈으로 고개를 내밀었는데, 그 바람에 깜짝 놀라게 해주려던 장군의 생각도 예기치 않게 수포가 되고 말았다. 그 부인은 장군을 보기가 무섭게 소리를 빽 지르기 시작했다.

"이제 나타났군, 저 인간, 저 비열하고 교활한 인간이, 내 그럴 줄 알고 벼르던 중이야!"

"들어갑시다, 그냥 그러는 거니까." 장군은 여전히 사람 좋게 웃어 보이며 공작에게 중얼거렸다.

하지만 그냥 그러는 게 아니었다. 그들이 어둡고 낮은 현관을 지나 등나무 의자 여섯 개와 조그만 카드놀이용 탁자 두 개가 놓인 좁은 홀로 들어서자마자, 주인은 이젠 습관이 된 듯한 가식적인 울음이 섞인 목소리로 계속 퍼부어댔다.

"부끄럽지도 않아? 부끄럽지도 않냐고? 야만인, 우리 가정을 파괴하는 폭군! 야만인, 미치광이! 있는 대로 죄다 등쳐먹고 내 골수까지 쪽쪽 빨아먹고는 그래도 모자란단 말이지! 내가 당신 땜에 언제까지 더 참아야 한다는 거야? 뻔뻔하고 비열한 인간 같으니!"

"마르파 보리소브나, 마르파 보리소브나! 이분은…… 므이쉬킨 공작이오. 이볼긴 장군과 므이쉬킨 공작." 장군은 덜덜 떨며 어찌할 바 모르고 어물거렸다.

"글쎄, 믿을 수 있겠어요?" 대위 부인은 갑자기 공작에게 얼굴을 돌렸다. "믿을 수 있겠냐고요, 이 파렴치한 인간이 아비 없는 우리 아이들한테 얼마나 무자비하게 굴었는지! 몽땅 가로채고 몽땅 끌고 가서는 몽땅 팔아먹고 저당잡히고 해서, 이젠 남은 게 하나도 없어요. 양심도 없는 교활한 인간 같으니, 당신이 써준 차용증으로 대체 뭘 하라는 건데? 대답해봐, 이 사기꾼아, 나한테 대답 좀 해보라고, 이 게걸스러운 욕심쟁이야, 아비 없는 저 어린것들을 뭘로 어떻게 먹여살려? 그 주제에 술 처먹고 나타나선 몸도 제대로 못 가누고…… 내가 어쩌다 주 하느님의 노여움을 샀을까? 이 더럽고 흉악한 사기꾼아, 대답 좀 해봐!"

그러나 장군은 그럴 기분도, 계제도 아니었다.

"마르파 보리소브나, 여기 25루블이 있어…… 이 고결한 친구의 도움으로 내가 줄 수 있는 전부요. 공작! 내가 지독하게 착각했소! 인생이란…… 이런 거요…… 하지만 지금은…… 용서하시오, 나는 기운이 없어서." 장군은 방 한가운데 선 채 사방을 향해 꾸벅꾸벅 절을 하며 말을 이었다. "나는 기운이 없소, 죄송하오! 레노치카! 베개 좀…… 얘야!"

여덟 살 난 여자아이인 레노치카가 얼른 달려가 베개를 가져와서, 유포를 씌운 딱딱하고 다 낡아빠진 소파 위에 놓았다. 장군은 소파에 앉아 아직도 얘기를 더 하고 싶은 모양이었지만, 소파에 몸이 닿자마자 옆으로 몸이 기울며 벽 쪽으로 돌아눕더니, 하느님에게 모든 죄를 용서받은 사람처럼 금세 잠이 들어버렸다. 마르파 보리소브나는 격식을 차리며 슬픈 얼굴로 카드놀이용 탁자 옆에 놓인 의자를 공작에게 권하고 나서, 자기도 맞은편에 앉더니, 한 손으로 오른쪽 볼을 괴고 공작을 응시하며 말없이 한숨을 내쉬었다. 세 어린아이가 탁자로 다가와, 셋 모두 탁자에 손을 얹고 셋 모두 뚫어지게 공작을 살펴보기 시작했는데, 그중 둘은 여자아이이고 하나는 남자아이로, 레노치카가 맏이였다. 옆

방에서 콜랴가 나타났다.

"여기서 만나니 무척 반갑군, 콜랴." 공작이 그에게 말을 걸었다. "나를 좀 도와줄 수 없겠나? 나는 꼭 나스타시야 필립포브나한테 가봐야 해. 아까 아르달리온 알렉산드로비치에게 부탁했는데, 저렇게 잠들어버렸으니. 자네가 나를 좀 데려다주게, 나는 거리도 모르고 길도 모르니까. 하지만 주소는 알고 있어. 볼쇼이극장 옆 므이토프초바의 집이야."

"그 나시타시야 필립포브나요? 아니, 그 여자는 한 번도 볼쇼이극장 옆에 산 적이 없는데요. 그리고 정 알고 싶으신다면 말씀드리지만, 아버진 나스타시야 필립포브나의 집에 가본 적이 없어요. 우리 아버지한테서 뭔가를 기대하셨다니, 놀랍군요. 그 여자는 블라지미르스카야 거리 근처의 퍄치우글로프에 사는데, 여기서 훨씬 가까워요. 지금 바로 가실 건가요? 지금 시간이 아홉시 반이에요. 좋아요, 내가 모셔다드리죠."

공작과 콜랴는 곧바로 밖으로 나갔다. 하지만, 아뿔싸! 공작에겐 마차를 잡을 돈도 없어서 두 사람은 걸어갈 수밖에 없었다.

"공작님에게 입폴리트를 소개해드릴까 했죠." 콜랴가 말했다. "짧은 민소매 윗도리를 입은 그 대위 부인의 맏아들인데, 옆방에 있었어요. 건강이 안 좋아서 오늘은 온종일 누워 있었죠. 하지만 정말 괴상한 친구예요. 지독하게 예민하고, 방금도 공작님이 그런 순간에 오셔서 창피해할 것 같았어요…… 나는 그래도 그 친구만큼 창피하진 않아요. 나는 아버지가 그렇고 그 친군 어머니가 그러니까, 아무래도 차이가 있거든요, 그런 경우 남자 쪽은 별로 불명예가 될 게 없으니까요. 하지만 이런 일에서 남녀를 구분해 어느 한쪽의 우위를 인정하는 건 그저 선입견인지도 몰라요. 입폴리트는 아주 근사한 친구이지만, 여러 선입견의 노예이기도 하죠."

"폐병을 앓고 있다고?"

"네, 차라리 빨리 죽는 편이 나을 것 같아요. 내가 그 친구라면 틀림없이 죽고 싶어할걸요. 하지만 그 친구는 동생들이 가여운 거예요, 그 어린아이들 말예요. 만약 가능하다면, 만약 우리한테 돈만 있다면, 따로 아파트를 하나 빌려서 가족들과는 떨어져 살고 싶어요. 그게 우리의 꿈이에요. 그런데 아세요, 아까 그 친구한테 공작님 얘길 했더니, 아주 화까지 버럭 내면서, 빰을 얻어맞고도 결투를 신청하지 않는다면 비열한 인간이라고 말하는 거예요. 하지만 신경이 늘 지독하게 곤두선 상태여서, 그 친구와는 더이상 논쟁도 하지 않아요. 그런데 아니, 그러고 보니, 나스타시야 필립포브나가 공작님을 곧바로 자기 집에 초대한 거로군요?"

"그게 그렇지 않아."

"그럼 거긴 대체 왜 가시죠?" 콜랴는 이렇게 외치며 보도 한가운데서 걸음을 멈추기까지 했다. "더구나…… 더구나 그런 차림으로, 오늘 거기 파티는 초대받은 사람들만 온다던데?"

"실은, 정말 어떻게 들어가야 할지 모르겠어. 받아들여주면 좋고, 안 그러면—일은 그르친 거지. 하지만 옷차림이야 어쩔 도리가 없잖아?"

"볼일이 있나요? 아니면 그저 '고상한 모임'에서 *시간을 보내기 위해서*인가요?"

"아냐, 실은…… 볼일이 있어서…… 그걸 뭐라고 표현해야 할지 모르겠군, 하지만……"

"뭐, 그게 정확히 무슨 일이든, 그거야 당신 문제이지만, 내가 지적하고 싶은 건, 동백꽃들, 장군들, 고리대금업자들이 모이는 그 매혹적인 사교계의 야회에 당신이 굳이 끼어들 필요는 없다는 점이에요. 만약에 그러신다면, 죄송하지만 공작님, 나는 당신을 비웃고 경멸하게 될 거예요. 이곳엔 정직한 사람이 지독히 드물고, 완전히 존경할 만한 사람은 심지어 단 한 명도 없어요. 그러니 이쪽에선 어쩔 수 없이 그들을 내려다보게 되는데, 그들은 모두가 존경을 요구하거든요. 바랴 누나부터가 그렇죠. 그리고 공작님, 당신도 알아채셨겠지만, 우리 시대엔 모두가 다 투기꾼이에요! 그것도 다름 아닌 우리 러시아, 사랑하는 우리 조국에 사는 사람들이 말이죠. 어쩌다 모든 게 요 모양이 됐는지—이해가 안 가요. 전에는 확고하게 서 있었던 것 같은데, 지금은 어떻죠? 모두가 이에 대해 말하고, 어디서나 이에 대해 쓰고 있어요. 폭로를 하는 거죠. 우리 나라에선 누구나 폭로를 하고 있어요. 부모들이 제일 먼저 자기 말과 결정을 뒤집으면서, 자기가 예전에 내세우던 도덕을 수치스럽게 여기는 지경이니까요. 저기, 모스크바에선 아버지가 아들에게, 돈을 벌기 위해선 그 무엇 앞에서도 절대 물러서지 말라고 설득했다잖아요. 신문에 나서 다 아는 사실이에요. 우리집 장군을 좀 보세요. 그래, 어떤 꼴이 됐죠? 하지만 아시나요, 내 생각에 우리집 장군은 정직한 사람이에요. 정말 그래요! 다만 무질서한 생활과 술이 문제죠. 정말 그렇다고요! 불쌍하기까지 하죠. 단지 모두에게 비웃음을 살까봐 그렇게 말하기가 두려울 뿐이에요. 정말 불쌍해요. 그런데 그자들, 그 영리한 자들의 정체는 뭐죠? 전부 고리대금업자예요, 하나같이 전부 다! 입폴리트는 고리대금업을 옹호하면서, 그것도 필요한 일이다, 그것은 경제적인 진동이고, 자본의 밀물과 썰물 같은 거다, 라고 말해요, 빌어먹을. 그 친구가 그런 소릴 할 땐 아주 화가 나지만, 그는 자기 처지 때문에 사납게 비뚤어져 있어요. 생각해보세요, 그 친구의 어머니, 그 대위 부인은 우리 장군한테서 돈을 받아 그 돈을 다시 장군한테 고리로 빌려준다고요. 끔찍하게 수치스러운 짓이죠! 그런데도 엄마, 그러니까 우리 엄마인 장군 부인 니나 알렉산드로브나는 입폴리트에게 돈이며 의복이며 속옷이며 모든 것을 도와주고, 입폴리트를 통해 밑의 아이들까지 어느 정도 돌봐주고 있어요. 대위 부인은 그애들을 내팽개쳐두고 있거든요. 바랴 누나도 돕고 있죠."

"거봐, 자네는 정직한 사람도 강한 사람도 없고 모두가 고리대금업자일 뿐이라고 말하지만, 자네 어머님과 바랴 누님처럼 강한 분들도 계시잖나. 여기서 돕는다는 건, 그런 환경에서도 남을 돕는다는 건, 도덕적인 힘을 보여주는 증거가 아닐까?"

"바리카 누나는 자존심 때문에 그러는 거예요, 어머니한테 지기 싫다는 과시욕에서. 뭐, 하지만 엄마는 진심으로 그러시죠…… 나도 존경하고 있어요. 그래요, 나도 존경하고 인정해요. 심지어 입폴리트도 그걸 느껴요, 아주 냉혹해지다시피 한 사람인데도 말이죠. 처음엔 그걸 두고 비웃으면서, 엄마 쪽의 비열한 행위라고 불렀지만, 지금은 이따금 느끼는 모양이에요. 흠! 그러니까 당신은 그걸 힘이라 부르시는 거죠? 마음에 새겨두겠어요. 가냐 형은 아무것도 몰라요, 만약 안다면, 분명 위선이라고 하겠죠."

"가냐 형은 모른다고? 가냐 형은 그거 말고도 많은 것을 모르는 것 같아." 생각에 잠겨 있던 공작이 무심코 이렇게 말했다.

"있잖아요, 공작님, 당신이 참 마음에 들어요. 아까 우리집에서 있었던 일은 잊지 못할 거예요."

"나도 자네가 아주 마음에 들어, 콜랴."

"그런데 여기서 어떻게 생활할 생각이세요? 나는 곧 일거리를 구해서 돈을 좀 벌 거예요. 나와 당신과 입폴리트, 이렇게 셋이서 아파트를 얻어 다 함께 살도록 해요. 장군도 우리집으로 모셔오고요."

"대찬성이야. 하지만 어떻게 될지 두고 봐야지. 난 지금 몹시…… 몹시…… 마음이 어수선해. 뭐? 벌써 다 왔다고? 이 집에…… 바깥 현관이 정말 훌륭하군! 문지기도 있고. 그런데, 콜랴, 일이 어떻게 될지 모르겠어."

공작은 어찌할 바 모르는 사람처럼 서 있었다.

"내일 얘기해주세요! 너무 겁먹지는 마시고요! 진심으로 성공을 빌겠어요, 나는 모든 점에서 당신과 신념을 같이하니까! 그럼 나는 이만 실례할게요. 돌아가서 입폴리트한테 얘기해줘야죠. 틀림없이 당신을 들여보낼 테니, 걱정 마세요! 그 여자는 굉장히 독특해요. 이 계단을 올라가서 일층이에요, 문지기가 안내해줄 거예요!"

XIII

공작은 크나큰 불안에 휩싸인 채 계단을 올라가면서, 있는 힘을 다해 자신을 격려하려고 애썼다. '가장 고약한 일은' 하고 그는 생각했다.

'나를 받아들여주지 않고서 나에 대해 무슨 나쁜 생각을 하거나, 혹은 설사 맞아들인다 해도 내게 맞대놓고 조소하는 거겠지…… 아니, 뭐, 상관없어!' 사실 그런 것은 그다지 두렵지 않았으나, '도대체 거기서 무얼 하겠다는 것이며, 무엇 때문에 거길 가는 것일까?' 하는 물음—이 물음에 대해서는 자신의 마음을 안정시켜줄 만한 대답을 도무지 찾아낼 수 없었다. 설령 어떤 식으로든 기회를 붙잡아 나스타시야 필립포브나에게, '그 사람과 혼인하면 안 됩니다, 자신을 파멸시키지 마세요, 그 사람은 당신을 사랑하는 게 아니라 당신의 돈을 사랑합니다. 그 사람 자신도 내게 그렇게 말했고, 아글라야 예판치나도 내게 그렇게 말했습니다. 나는 당신에게 이 말을 하러 왔습니다'라고 말할 수 있다 해도, 그게 모든 점에서 온당한 일 같지도 않았다. 그리고 또 한 가지 풀리지 않는 의문이 그의 마음속에 떠올랐는데, 그것은 너무도 중대한 의문이어서, 공작은 그것에 대해 생각하는 것조차 두려워했을 뿐더러, 심지어 그 의문을 허용하지도 못했고 감히 그럴 용기도 내지 못한데다, 그것을 어떻게 간단명료하게 표현해야 좋을지도 알지 못한 채, 그저 그 의문에 생각이 미치기만 해도 얼굴을 붉히며 몸을 떨 뿐이었다. 그러나 결국 이 모든 불안과 의혹에도 불구하고, 그는 안으로 들어가 나스타시야 필립포브나를 만나러 왔노라고 밝혔다.

나스타시야 필립포브나는 그리 크진 않으나 정말로 호화롭게 꾸며진 아파트에 살고 있었다. 이 오 년 동안의 페테르부르크 생활에서 처음에는 아파나시 이바노비치가 그녀를 위해 특히나 돈을 아끼지 않던 시절이 있었다. 그는 그때만 해도 그녀의 사랑에 아직 기대를 걸고 있었고, 주로 안락과 사치 같은 것으로 그녀를 유혹하려고 생각했는데,

사치란 것은 익숙해지기 아주 쉬운 습관이며 그 사치가 점차 필요로 변하게 되면 그것을 뒤늦게 끊어버리기란 힘들다는 사실을 잘 알고 있었기 때문이다. 이런 관점에서 토츠키는 감각의 불가항력적인 영향력을 무한히 존중하면서, 오래전부터 내려오는 이 훌륭한 전설에서 무엇 하나 바꾸지 않고 그대로 충실히 따랐다. 나스타시야 필립포브나는 사치를 마다하긴커녕 오히려 좋아하기까지 했으나—너무나 이상하게도—사치에 정복당하는 일은 절대 없었을뿐더러 언제든 그것 없이도 살아갈 수 있다는 식이었고, 심지어 토츠키에게 불쾌한 충격을 주는 선언까지 몇 차례 하려고 들었다. 어쨌든 나스타시야 필립포브나에게는 아파나시 이바노비치에게 불쾌한 충격을(나중에는 심지어 경멸감까지) 줄 만한 점이 많았다. 그녀가 이따금 자기 주위에 가까이하는, 그러니까 가까이하려는 경향을 가진 인간 족속이 죄다 추저분한 꼴을 하고 있다는 것은 말할 나위도 없거니와, 그 밖에도 괴상하기 짝이 없는 몇 가지 성향이 엿보였기 때문이다. 그녀에게는 일종의 야만스러운 혼합을 이룬 두 가지 상반된 취향이 있었고, 세련된 교양을 갖춘 점잖은 사람에겐 아예 그 존재조차 허용될 수 없을 듯할 사물과 수단들로 대충 지내면서 거기서 만족을 느끼곤 하는 자질도 엿보였다. 사실, 한 가지 예를 들어, 만약 나스타시야 필립포브나가 어떤 귀엽고도 우아한 무지, 이를테면 농사꾼 아낙네도 그녀가 입은 것 같은 고급 모시 속옷을 입고 다닐 수 있다고 믿는 일 같은 무지를 돌연 드러냈다면, 그때는 아파나시 이바노비치도 대단히 흡족하게 여겼으리라. 이 방면에 아주 이해가 깊었던 아파나시 이바노비치의 프로그램에 따라 진행된 나스타시야 필립포브나의 모든 교육과정이 원래 그러한 결과를 지향했으니 말이다. 그러나 그 결과는 아주 괴상한 모습으로 나타나고 말았으니, 어찌 유감천만이 아니랴! 하지만 그럼에도 불구하고 나스타시야 필립포브나에겐 여전히 무언가가 남아 있어, 그 진기하고도 매혹적인 기발함으로 때로는 아파나시 이바노비치 자신까지 놀라게 했을 뿐만 아니라, 예전에 나스타시야 필립포브나에게 품었던 모든 기대가 이미 송두리째 박살난 지금도 이따금 그의 마음을 매혹하곤 했다.

공작을 맞은 것은 젊은 하녀였는데(나스타시야 필립포브나는 언제나 여자 하인만 썼다), 놀랍게도 그녀는 그가 찾아왔다고 아뢰어달라는 청을 털끝만큼도 의심하지 않고 끝까지 들어주었다. 흙투성이가 된 구두며, 차양이 넓은 모자며, 소매 없는 망토며, 당황한 표정을 보고도, 그녀의 태도에는 전혀 흔들림이 없었다. 그녀는 그의 망토를 벗겨주고 대기실에서 잠깐 기다리게 한 다음, 곧바로 그의 방문을 알리러 갔다.

나스타시야 필립포브나의 집에 모인 사람들은 늘 그녀의 집에 드나드는 뻔하디뻔한 지인들이었다. 심지어 해마다 같은 날에 열렸던 예전의 모임과 비교해도 손님의 수가 상당히 적었다. 우선 주빈 격으로 아파나시 이바노비치 토츠키와 이반 표도로비치 예판친이 와 있었다. 둘 다 상냥해 보였으나, 가냐와 관련해 중대 발표가 약속돼 있는 만큼, 두 사람 모두 숨기기 어려운 기대감 때문에 속으론 어딘가 불안한 마음이었다. 이들 이외에 가냐도 물론 와 있었지만—그는 '상냥한 점이라곤 거의 찾아볼 수 없는' 몹시 침울하고 깊은 생각에 잠긴 얼굴을 하고 주로 한쪽 옆에 멀찍이 떨어져 선 채 입을 다물고 있었다. 그는 끝내 바랴를 데려올 결심을 하지 못했는데, 하지만 나스타시야 필립포브나도 바랴 얘기를 비치지 않았다. 대신 그녀는 가냐와 인사를 나누자마자, 아까 그와 공작 사이에 벌어졌던 사건을 끄집어냈다. 아직 그 얘기를 들은 바 없는 장군은 흥미를 가지기 시작했다. 그러자 가냐는 건조하고 신중하지만 더없이 솔직한 어조로 아까 일어난 일을 모두 얘기하고, 이미 공작에게 사과하러 다녀왔다는 얘기도 했다. 그러면서 그는 어째서 사람들이 공작을 '백치'라고 부르는지 정말 의아하고 그 이유를 도무지 알 수가 없으며, '자기는 공작에 대해 정반대의 견해를 가지고 있고, 공작은 분명 아주 독자적으로 모든 것을 생각하는 사람이다'라고 열심히 자기 의견을 피력했다. 나스타시야 필립포브나는 이러한 평을 주의깊게 들으며 호기심어린 눈으로 가냐를 지켜보았지만, 대화는 곧 아침에 있었던 그 사건에서 그토록 결정적인 역할을 한 로고진에게로 옮겨갔고, 아파나시 이바노비치와 이반 표도로비치는 로고진에 대해서도 대단한 호기심을 드러내며 관심을 갖기 시작했다. 그 결과, 로고진에 대해 특별한 정보를 알려줄 수 있는 사람은, 로고진의 일로 거의 저녁 아홉시가 되도록 그와 함께 씨름을 했던 프치츠인이라는 게 밝혀졌다. 로고진이 오늘 중으로 10만 루블을 마련해달라고 막무가내로 고집하더라는 것이다. "하긴 물론 취해 있었죠." 그러면서 프치츠인은 덧붙였다. "하지만 아무리 힘들어도 그들이 그에게 10만을 구해다줄 겁니다, 오늘 중으로 전액을 다 구할지는 모르겠지만, 킨제르, 트레팔로프, 비스쿠프 같은 여러 친구가 뛰고 있어요. 이자는 얼마라도 좋다는 건데, 물론 다 술김에 일단 신이 나서 하는 소리죠……" 이 모든 소식은 흥미롭게 받아들여졌지만, 그 흥미는 적잖이 우울한 것이었다. 나스타시야 필립포브나는 자신의 심경을 드러내고 싶지 않은 듯 말이 없었다. 가냐도 마찬가지였다. 예판친 장군은 속으로 누구보다 불안한 마음이었는데, 벌써 오전에 선물한 진주를 나스타시야 필립포브나가 상냥하게 받아주긴 했으나 그 상냥함이란 너무나도 차가웠고, 더구나 어딘가 야릇한 미소까지 머금고 있었기 때문이다. 오직 페르드이셴코만이 손님들 가운데 유일하게 유쾌하고 흥겨운 기분이었고, 때로는 영문도 알 수 없이, 아니 실은 자진해서 어릿광대 역을 맡았다는 그 이유 하나 때문에 큰 소리로 껄껄거리며 웃어댔다. 세련되고 우아한 말솜씨로 이름이 났고 전에는 이런 야회에서 으레 대화를 주도했던 아파나시 이바노비치 자신도 필시 기분이 좋지 않은 듯, 어딘가 그답지 않게 허둥거리기까지 했다. 나머지 손님들은 몇 사람 되지도 않았지만(왜 초대됐는지조차 알 수 없는 초라한 행색의 늙은 교사 한 명, 무섭게 겁에 질려 내내 입도 달싹 못하는, 새파란 나이의 정체 모를 어느 청년, 배우 출신이라는 마흔 언저리의 활달한 부인 한 명, 무척 예쁘게 생긴데다 굉장히 아름답고 화려하게 차려입은, 말수가 유난히 적은 젊은 부인 한 명이 전부였다), 대화에 특별히 활기를 불어넣긴커녕 때로는 무슨 말을 해야 할지조차 몰랐다.

이런 형편이었으니 공작의 출현은 오히려 다행스럽기까지 한 일이었다. 그가 왔다는 하녀의 보고는 사람들을 의아하게 했고, 그중 몇몇은 특히 나스타시야 필립포브나의 놀란 표정에서 그녀가 공작을 초대할 마음이 전혀 없었다는 사실을 알아채고 야릇한 미소를 짓기도 했다. 그러나 나스타시야 필립포브나의 얼굴에 나타난 놀라움이 금세 커다란 만족감으로 바뀌자, 사람들은 대부분, 즉시 웃음과 유쾌함으로 이 뜻밖의 손님을 맞을 채비를 했다.

"이게 비록 그의 순진함에서 비롯된 일이라 해도," 그러면서 이반 표도로비치 예판친이 결론을 내렸다. "아무튼 이런 성향을 격려하는 건 상당히 위험합니다. 하지만 지금 이 순간엔 그가 이런 기발한 방식으로라도 여기 나타나기로 생각한 게 사실 그리 나쁘지 않아요. 적어도 내가 판단할 수 있는 한, 그 친구는 아마 우리를 유쾌하게 해줄 겁니다."

"더구나 제 발로 자진해서 왔으니까요!" 페르드이셴코가 얼른 끼어들었다.

"그래서 어쨌다는 거요?" 페르드이셴코를 미워하던 장군이 무뚝뚝하게 물었다.

"입장료를 내야 한다는 거죠." 페르드이셴코가 토를 달았다.

"흥, 어쨌든 므이쉬킨 공작은 페르드이셴코가 아니올시다요." 장군은 참지 못하고 이렇게 쏘아붙였는데, 그는 자신이 페르드이셴코 따위와 대등한 자격으로 같은 모임에 함께 자리하고 있다고 생각하면 아직도 견딜 수가 없었다.

"에이, 장군님, 페르드이셴코를 어여삐 봐주시지요." 페르드이셴코가 비죽이 웃으며 대꾸했다. "나도 특별한 권리가 있으니까요."

"특별한 권리라니, 무슨?"

"거기 대해선 지난번에 여러분께 자세히 설명드릴 영광을 가졌지만, 각하를 위해 다시 한번 되풀이하지요. 잘 살펴보십시오, 각하, 모든 사람에겐 기지가 있지만 내겐 기지가 없습니다. 그 보상으로 나는 진실을 말해도 좋다는 허락을 받아냈답니다. 다들 아시다시피, 기지가 없는 자만이 진실을 말하는 법이니까요. 게다가 나는 복수심이 아주 강한 사람인데, 이것 역시 기지가 없기 때문이지요. 나는 그 어떤 모욕도 고분고분 감수하지만, 그건 나를 모욕하는 자가 첫 실패를 맛보기 전까지

입니다. 그자가 일단 첫 실패를 맛보게 되면, 나는 즉시 내가 받은 모욕을 기억해내서 어떤 방법으로든 즉각 복수하고 실컷 발길질해줍니다. 발길질이란 표현은 이반 페트로비치 프치츠인이 나에 대해 한 말인데, 물론 그 자신은 누구에게도 절대 발길질을 하지 않지만요. 각하, 크르일로프의 우화 「사자와 당나귀」*를 아십니까? 뭐, 그건 바로 나와 당신, 우리 두 사람이고, 우리에 대해 쓴 것이지요."

"당신은 또다시 허튼소리를 늘어놓기 시작한 것 같군, 페르드이셴코." 장군은 성을 벌컥 냈다.

"아니, 왜 그러십니까, 각하?" 페르드이셴코가 말을 받았는데, 계속 말꼬리를 물고 늘어져 좀더 골려주려는 속셈이었다. "염려 마십시오, 각하, 내 분수를 아니까요. 나와 당신이 크르일로프의 우화에 나오는 사자와 당나귀라고 내가 말했다면, 그야 물론 내가 당나귀 역할을 맡고, 각하는—사자이지요, 크르일로프 우화에서도 얘기되듯 말입니다.

위세당당한 사자, 숲속의 뇌제雷帝도,
이제는 늙어 그 힘을 잃었도다.**

하지만 각하, 나는—당나귀입니다."

"그 마지막 말엔 나도 동의하오." 장군은 부주의하게도 이렇게 내뱉고 말았다.

---

* 러시아를 대표하는 우화 작가 이반 크르일로프. 단 그의 작품 중 「사자와 당나귀」라는 작품은 없다.

** 크르일로프의 우화 「늙은 사자」 도입부를 부정확하게 인용한 것.

이 모든 언동은 물론 극도로 무례하고 게다가 미리 꾸며놓은 일이었지만, 다들 이미 예사롭게 페르드이셴코에게 광대 역할을 허용하고 있었다.

"나를 내쫓지 않고 여기 들여보내는 이유는 오로지" 하고 페르드이셴코가 예전에 소리 높여 말한 적이 있었다. "바로 이런 식으로 지껄이라는 거죠. 아니, 사실 나 같은 놈을 이런 자리에 받아들이겠습니까? 나도 그쯤은 이해한단 말입니다. 정말, 나를, 이런 페르드이셴코 따위를 아파나시 이바노비치 같은 세련된 신사와 나란히 앉힐 수 있겠느냐고요? 여기엔 자연히 한 가지 설명만 남게 되죠. 나란히 앉힌다는 것이 상상도 할 수 없는 일이기 때문에, 바로 그렇게 하는 겁니다."

그러나 그는 비록 무례하긴 해도 더러는 신랄했고, 때로는 대단히 신랄하기까지 했는데, 바로 그 점이 나스타시야 필립포브나의 마음에 든 모양이었다. 그래서 그녀의 집에 꼭 드나들고 싶은 사람은 페르드이셴코의 그런 언동을 꾹 참고 견디기로 결심하는 수밖에 없었다. 페르드이셴코 자신도, 나스타시야 필립포브나가 자기를 받아들이기 시작한 까닭은 이 자리에 있다는 사실만으로도 자기가 토츠키에게 처음부터 도저히 용납할 수 없는 존재가 됐기 때문이라고 추측했는데, 어쩌면 그가 아주 제대로 알아맞혔는지도 모르겠다. 한편 가냐도 페르드이셴코 때문에 끝없는 고통을 견뎌내야 했고, 이 점에서 페르드이셴코는 나스타시야 필립포브나에게 대단히 유용한 존재가 될 수 있었다.

"우선 공작에게 요즘 유행하는 로망스를 한 곡 부르게 하겠습니다." 페르드이셴코는 이렇게 결론내리며, 나스타시야 필립포브나가 뭐라고 말할지 눈치를 살폈다.

"나는 생각 없어요, 페르드이셴코, 그리고 제발 그렇게 흥분해서 나서지 말아요." 그녀가 쌀쌀맞게 쏘아붙였다.

"아-아! 그 사람이 특별보호하에 있다면, 나도 조금 부드러워져야겠군요……"

그러나 나스타시야 필립포브나는 그 말엔 귀도 기울이지 않고 일어서서 직접 공작을 맞으러 나갔다.

"죄송해요." 그녀가 갑자기 공작 앞에 나타나며 말했다. "아까는 너무 경황이 없어서 당신을 초대하는 걸 깜박 잊고 말았어요, 그리고 지금 이렇게 당신의 결단성을 칭송하고 아울러 감사드릴 기회를 만들어주셔서 정말 기뻐요."

이렇게 말하면서 그녀는 공작의 얼굴을 뚫어져라 바라보며, 자기를 찾아온 까닭을 조금이라도 알아내려고 애썼다.

공작은 아마 그녀의 상냥한 말에 뭐라고 대답을 하려 했겠지만, 너무 눈이 부시고 정신이 아찔해서 한마디도 입 밖에 낼 수가 없었다. 나스타시야 필립포브나는 그것을 알아채고 만족스러운 표정이 되었다. 이날 저녁 그녀는 완벽한 몸단장 덕분에 더욱 강렬한 인상을 주었다. 그녀는 그의 손을 잡고 손님들에게로 안내했다. 응접실 입구 바로 앞에서 공작은 갑자기 걸음을 멈추더니 몹시 흥분하여 황급히 속삭였다.

"당신에게 있는 것은 모두가 완벽합니다…… 여위고 창백한 것까지…… 당신을 달리 상상하고 싶지 않으리만큼…… 나는 당신에게 너무도 오고 싶어서…… 나는…… 용서하십시오……"

"용서를 구하실 건 없어요." 나스타시야 필립포브나가 웃음을 터뜨렸다. "그러시면 기이함과 독특함이 다 사라져버리잖아요. 하지만 당신이 기이한 사람이라는 말은 사실인가보군요. 그러니까 당신은 나를 완벽하다 여기신단 말이죠, 네?"

"네."

"당신이 알아맞히기 명수이긴 하지만, 이번엔 잘못 보셨어요. 오늘 안으로 그걸 알게 해드리죠……"

그녀는 공작을 손님들에게 소개했지만, 그들 중 절반 이상은 이미 공작을 알고 있었다. 토츠키는 즉시 상냥하게 뭐라고 말을 건넸다. 다들 어느 정도 활기를 띠는 듯했고, 다들 한꺼번에 웃으며 떠들기 시작했다. 나스타시야 필립포브나는 공작을 자기 옆에 앉혔다.

"하지만 공작이 나타난 게 대체 뭐가 놀랍나요?" 페르드이셴코가 누구보다 커다란 소리로 외쳤다. "이 일은 아주 분명해요, 이 일 자체가 그 이유를 말해주지 않습니까!"

"이 일은 너무나 명백하고 너무나 자명합니다." 여태껏 잠자코 있던 가냐가 갑자기 말을 받았다. "나는 오늘, 공작이 아까 이반 표도로비치의 책상 위에 있던 나스타시야 필립포브나의 사진을 처음으로 본 그 순간부터 거의 쉼없이 공작을 관찰해왔습니다. 지금도 아주 분명히 기억하고 있는데, 이미 그때 어떤 생각이 내 머릿속에 퍼뜩 떠올랐고, 이 자리에서 그것을 완전히 확신하게 됐습니다. 덧붙여 말씀드리자면, 이것은 공작이 자기 입으로 내게 고백한 일입니다."

가냐는 굉장히 심각한 얼굴을 하고 이렇게 말했는데, 시종일관 농담 같은 구석은 조금도 없이 오히려 침울한 어조로 말했기 때문에 약간 이상한 느낌까지 들 정도였다.

"나는 당신한테 고백한 적이 없습니다." 공작은 얼굴이 빨개져서 대답했다. "다만 당신의 물음에 답했을 뿐입니다."

"브라보, 브라보!" 페르드이셴코가 외쳤다. "적어도 정직해, 교활하고도 정직해!"

다들 요란하게 웃음을 터뜨렸다.

"정말이지 그렇게 고함치진 말게, 페르드이셴코." 프치츠인이 싫은 기색을 드러내며 그에게 나직이 주의를 줬다.

"공작, 나는 당신이 이런 장거壯擧를 감행하리라곤 예상치도 못했소." 이반 표도로비치가 말했다. "정말이지, 누가 이런 일을 할 수 있겠소, 그렇잖소? 그런데도 나는 당신을 철학자라 생각했지! 아야야, 좋다 좋아, 아주 얌전한 청년인 줄 알았더니!"

"별거 아닌 농담에 어린 숫처녀처럼 얼굴이 빨개지는 걸 보니, 공작은 고결한 청년답게 가슴속에 아주 칭찬받을 만한 생각을 품고 있는 것 같군요." 이가 다 빠진 칠순의 늙은 교사가 여태껏 말 한마디 않고 있다가 참으로 뜻밖에도 불쑥 이렇게 말했는데, 실은 말을 했다기보다 입을 우물거렸다는 게 더 옳은 표현이겠지만, 어쨌든 오늘 저녁에 그의 입에서 무슨 말이 나오리라고 생각한 사람은 아무도 없었다. 모두가 더 큰 소리로 웃기 시작했다. 노인네는 사람들이 분명 자신의 기지 때문에 웃는다고 생각했는지, 자기도 좌중의 얼굴을 둘러보며 더 호탕하게 웃으려 했으나, 그만 심한 기침이 터져나와버렸고, 그러자 무엇 때문인지 이런 종류의 온갖 괴짜 노인과 노파, 심지어 유로지브이까지 지극히 좋아하던 나스타시야 필립포브나는 재빨리 그를 어루만지며 키스까지 여러 번 해준 다음, 노인을 위해 차를 좀더 내오라고 일렀다. 그녀는 방으로 들어온 하녀에게 자신의 망토를 가져오게 하더니 그것으로 몸을 감싸고는, 벽난로에 장작을 더 넣으라고 했다. 몇시나 되었느냐는 물음에 하녀는 벌써 열시 반이라고 답했다.

"여러분, 샴페인을 드시지 않을래요?" 나스타시야 필립포브나가 갑자기 제안했다. "준비해둔 게 있어요. 아마 더 유쾌해질 거예요. 자, 체면 차리지 마시고요."

술을 마시자는 제의, 특히 이렇듯 스스럼없는 표현을 나스타시야 필립포브나가 했다는 건 무척이나 기이하게 여겨졌다. 여태까지 그녀가 연 야회는 유난히도 질서정연하고 예절이 엄격했다는 것을 모두가 잘 알고 있었기 때문이다. 어쨌든 야회는 갈수록 유쾌해졌으나, 여느 때의 분위기는 아니었다. 하지만 손님들은 술을 마다하지 않았는데, 맨 먼저 장군 자신이, 그다음엔 성격이 활달한 귀부인, 노인, 페르드이셴코가, 그리고 이들을 따라 모두가 마셨다. 토츠키 역시 잔을 들고, 이제 막 일기 시작한 새로운 분위기에 되도록 유쾌하고 장난스러운 성격을 더해주면서 자신도 그 분위기에 조화롭게 어울리려고 애썼다. 단 한 사람 가냐만이 아무것도 마시지 않았다. 나스타시야 필립포브나 역시 술잔을 들고 오늘 저녁에 석 잔을 마시겠다고 선언했지만, 그녀의 기이하고 때로는 아주 날카롭고 돌발적이기까지 한 언행과, 히스테리가 일어난 듯 까닭 없이 웃다가도 갑자기 입을 다물고 오히려 침울한 얼굴로 생각에 잠기곤 하는 변덕스러운 태도 속에 어떤 의미가 내포돼 있는지는 누구도 알아내기 어려웠다. 신열이 있는 게 아닐까 하고 의심하는 사람들도 있었다. 그들은 마침내 그녀 자신도 마치 뭔가를 기다리듯, 몇 번이나 시계를 쳐다보며 점점 더 안절부절못하고 초조해한다는 것을 눈치챘다.

"열이 좀 있는 것 같군요?" 활달한 부인이 물었다.

"조금이 아니라 아주 많이 나요, 그래서 망토를 두른 거예요." 나스타시야 필립포브나는 이렇게 대답했는데, 실제로 그녀는 안색이 더 창백해진데다 이따금 몸속의 격심한 떨림을 애써 누르는 듯 보였다.

모두 걱정이 돼서 수군거리기 시작했다.

"좀 쉬게 해야 하지 않을까요?" 토츠키가 이반 표도로비치의 눈치를 살피며 말했다.

"절대 아녜요, 여러분! 제발 그대로 앉아 계세요. 특히 오늘은 나를 위해 여러분이 반드시 이 자리에 계셔야 해요." 나스타시야 필립포브나는 갑자기 강조하듯 의미심장하게 말했다. 거의 모든 손님이 오늘 저녁에 아주 중대한 결정이 예정돼 있다는 사실을 이미 알고 있었으므로, 이 말에는 엄청난 무게가 실린 것처럼 들렸다. 장군과 토츠키는 다시 한번 눈짓을 교환했고, 가냐는 경련을 일으키듯 몸을 부르르 떨었다.

"무슨 프티죄*라도 하면 좋을 텐데요." 활달한 부인이 말했다.

"내가 아주 멋진 새 프티죄를 하나 압니다." 페르드이셴코가 말을 받았다. "적어도 이 프티죄는 세상에서 딱 한 번 해본 건데, 그나마 성공하진 못했죠."

"어떤 건데요?" 활달한 부인이 물었다.

"한번은 우리 친구들이 모인 자리에서, 뭐, 물론 다들 술이 좀 됐었죠, 갑자기 누군가가 제안하더군요, 각자 자리에 앉은 채 돌아가며 무엇이든 자기 얘기를 털어놓자는 건데, 그 얘기는 자기가 평생 저지른

---

* 어렵지 않고 간단한 게임. 살롱 같은 모임자리에서 가볍게 할 만한 게임을 의미하기도 한다.

모든 추악한 짓 중에서도 자신의 솔직한 양심에 따라 스스로 가장 추악하다고 생각하는 거라야 했습니다. 하지만 어디까지나 솔직해야 했죠, 솔직할 것, 거짓말을 꾸며내지 말 것, 이게 가장 중요한 핵심이었습니다!"

"기괴한 발상이군!" 장군이 말했다.

"기괴한 만큼 재밌습니다, 각하!"

"웃기는 발상이야." 토츠키가 말했다. "하지만 이해는 가, 그건 특별한 종류의 과시욕이지."

"어쩌면 바로 그게 의도이기도 했겠죠, 아파나시 이바노비치."

"정말 그런 프티죄라면 웃음이 아니라 울음이 터질 거예요." 활달한 부인도 한마디했다.

"도저히 있을 수 없는 놀이야, 터무니도 없고." 프치츠인이 말을 받았다.

"그런데 성공했나요?" 나스타시야 필립포브나가 물었다.

"바로 그게 그렇지 않아요, 아주 꼴사납게 돼버렸거든요. 하긴 다들 뭔가 얘길 했고, 진실을 말한 사람도 많았죠. 그리고 생각해보세요, 개중엔 신이 나서 얘기한 친구들도 있었다니까요. 하지만 나중엔 다들 수치스러운 마음이 들어서, 끝까지 견뎌낼 수가 없었죠! 그렇지만 전체적으로는 아주 재밌었어요, 물론 그 나름의 재미이긴 하지만."

"아, 그거 정말 좋겠네요!" 나스타시야 필립포브나가 갑자기 아주 활기를 띠며 말했다. "정말 한번 해보죠, 여러분! 사실 우리 분위기가 어쩐지 즐겁지 못하잖아요. 만약 우리 각자가 뭐든 그런 식으로…… 얘기하는 데 동의한다면…… 물론 동의하에 말이죠, 이건 완전한 자유이니까요, 안 그래요? 아마 우린 끝까지 견뎌내겠죠? 어쨌든 이건 아주 기발해요……"

"천재적인 발상이죠!" 페르드이셴코가 맞장구를 치며 끼어들었다. "하지만 숙녀들은 제외하고 남자들부터 시작합니다. 차례는 그때처럼 제비뽑기로 정하지요! 한번 꼭 해봅시다, 꼭! 도저히 내키지 않는 사람은 물론 얘길 안 해도 괜찮지만, 그 대신 대단한 결례를 범하는 게 됩니다! 그럼, 여러분, 제비를 여기 내 모자 속에 넣어주세요, 공작이 뽑아드릴 겁니다. 아주 간단한 일이에요, 자기 일생에서 가장 추악했던 행동을 얘기하면 되니까—지독히 쉽죠, 여러분! 곧 알게 되실 겁니다! 혹시 기억이 깜박깜박하신다면, 제가 곧바로 상기시켜드리지요!"

이 발상을 반기는 사람은 아무도 없었다. 얼굴을 찌푸리는 사람이 있는가 하면, 능글맞게 웃는 사람도 있었다. 몇 사람이 이의를 제기했으나 그리 대단한 정도는 아니었는데, 예를 들어 이반 표도로비치는 나스타시야 필립포브나가 이 기괴한 발상에 몹시 마음이 끌리는 것을 알아채자, 그녀에게 굳이 반대하고 나서려 들지 않았다. 나스타시야 필립포브나는 일단 자신이 원하는 바를 작정하고 표명한 이상, 그 욕구가 비록 변덕스럽기 짝이 없고 심지어 그녀 자신에게 아무 도움이 되지 않는 것일지라도 그 욕구를 관철하기 위해서는 언제나 막무가내로 무자비하게 굴었다. 지금도 그녀는 마치 히스테리라도 일어난 양 부산을 피우면서 경련까지 일으키며 발작적으로 웃어댔는데, 불안해진 토츠키가 반대 의사를 표명했을 때에는 특히 심했다. 검은 눈동자는 타오르듯 번쩍거리고 창백한 뺨에는 두 개의 붉은 반점이 떠올랐다. 겁에 질린 몇몇 손님의 꺼리는 듯한 표정이 그녀의 냉소적인 욕구를 더욱 부채질하는 듯했다. 이 발상이 그녀의 마음에 든 것은 어쩌면 그 속에 들어 있는 바로 그 냉소적이고 잔인한 면 때문인지도 몰랐다. 어떤 손님들은 그녀가 이러는 데에는 무슨 특별한 속셈이 있을 거라고 확신하기까지 했다. 하지만 손님들은 차츰 동의하기 시작했다. 어쨌거나 흥미진진한 일이었고, 대부분의 손님에겐 무척 유혹적이었기 때문이다. 페르드이셴코가 누구보다 법석을 떨었다.

"만약 숙녀분들 앞에서…… 말할 수 없는 그런 일이라면," 잠자코 있던 청년이 수줍게 입을 열었다.

"그럼 그런 건 얘기하지 말구려, 그것 말고도 추악한 짓이 어디 한둘이겠소." 페르드이셴코가 대답했다. "에휴, 이런, 젊은 친구!"

"하지만 내가 한 짓 중에 어느 게 제일 추악한지 모르겠어요." 활달한 부인이 끼어들었다.

"숙녀분들은 얘기할 의무를 면제받습니다." 페르드이셴코가 되풀이했다. "하지만 의무가 면제될 따름이지, 자발적으로 흥이 나서 하시겠다면 감사히 받아들이겠습니다. 남자분들도 정 싫으시다면 면제됩니다."

"그렇지만 내가 거짓말을 하지 않는다는 걸 어떻게 증명하지?" 가냐가 물었다. "만약 거짓말을 한다면, 이 놀이의 발상 전체가 의미를 잃게 될 텐데. 그리고 대체 누가 거짓말을 하지 않을까? 틀림없이 누구나 거짓말을 하게 될 걸세."

"어떻게 거짓말을 늘어놓을 것인가, 그것 하나만으로도 벌써 구미가 동하지. 하지만 가네치카, 자넨 거짓말을 할까봐 그리 걱정할 것 없네, 자네가 저지른 가장 추악한 짓은 어차피 다들 아니까. 그리고 여러분,

그저 한번 생각해보십시오." 페르드이셴코가 갑자기 신이 난 듯 소리쳤다. "그저 한번 생각해보시라고요, 우리가 이런 얘기를 하고 나서 나중에 어떤 눈으로 서로의 얼굴을 보게 될지, 예컨대 바로 내일!"

"아니, 도대체 이게 가능한 일이오? 나스타시야 필립포브나, 이게 과연 진담이오?" 토츠키가 점잖게 물었다.

"늑대가 무서우면—숲에 들어가지 마시든가요!"* 나스타시야 필립포브나가 비웃으며 쏘아붙였다.

"실례지만 페르드이셴코 씨, 이래가지고 과연 프티죄가 되겠소?" 토츠키는 점점 더 불안해하며 말을 계속했다. "장담하지만, 그런 놀이는 절대로 성공 못해요. 이미 한 번 실패했다고 당신 입으로도 그랬잖소."

"실패했다뇨! 지난번에 나는 3루블을 훔친 얘길 털어놨습니다, 그대로 죄다 얘기했다고요!"

"그렇다 해두죠. 하지만 사람들이 믿을 정도로 사실과 아주 흡사하게 얘기할 수는 없었을 거 아니오? 가브릴라 아르달리오노비치가 아주 올바로 지적한 거요. 거짓이 털끝만큼이라도 느껴지면 이 놀이의 발상 전체가 의미를 잃게 돼요. 이 놀이에서 진실을 말한다는 건 누군가가 우연히도 어떤 특별한 종류의 너무나도 추악한 과시욕을 가졌을 때만 가능한 일이고, 그런 과시욕이란 이런 자리에서는 도저히 생각도 할 수 없는 아주 점잖지 못한 것이오."

"당신은 정말 세심하기 그지없는 분이군요, 아파나시 이바노비치, 놀랍기까지 합니다!" 페르드이셴코가 소리쳤다. "생각해보십시오, 여러

* 성공을 얻으려면 위험을 무릅쓰고 대담하게 행동해야 한다는 러시아 속담.

분, 아파나시 이바노비치는 내가 나 자신의 절도 행위를 사실과 아주 흡사하게 얘기할 수 없었다고 지적함으로써, 내가 실제로는 무엇을 훔칠 수도 없는 인간이라는 점을 더없이 미묘하게 암시했는데(이런 얘길 드러내놓고 하는 것은 점잖지 못하니까요), 하지만 아마 속으로는, 페르드이셴코란 놈은 도둑질을 하고도 남을 인간이라고 아주 확신하고 있는지도 모르죠! 하지만 여러분, 이제 본건으로 들어갑시다, 본건으로. 제비가 다 모였습니다. 아니, 아파나시 이바노비치, 당신도 제비를 넣으셨군요. 그럼 거부하는 사람이 아무도 없는 겁니다. 공작, 제비를 뽑아주시죠!"

공작은 말없이 모자 안에 손을 넣어 제비를 뽑았다. 첫번째는 페르드이셴코, 두번째는 프치츠인, 세번째는 장군, 네번째는 아파나시 이바노비치, 다섯번째는 공작 자신, 여섯번째는 가냐 등등의 순서였다. 부인네들은 제비를 넣지 않았다.

"맙소사, 이렇게 운이 나쁠 수가!" 페르드이셴코가 소리쳤다. "나는 첫번째가 공작, 두번째가 장군님이 될 줄 알았는데. 하지만 다행인 건, 적어도 이반 페트로비치가 바로 내 뒤라서, 나로선 그걸로 보상이 되겠군요. 그건 그렇고, 여러분, 물론 나는 여러분에게 귀감이 돼야 할 의무가 있습니다만, 지금 이 순간 나 자신 무엇보다 유감스러운 점은, 내가 너무나 하잘것없는 존재이고 주목할 만한 게 아무것도 없다는 사실입니다. 관등조차 맨 밑바닥이니, 뭐, 이 페르드이셴코가 추악한 짓을 했다 한들 사실 무슨 재미가 있겠습니까? 아무튼 내가 저지른 가장 추악한 짓이 어떤 것일까요? *너무 많아서 걱정*이군요. 지난번에 한 그 도둑질 얘기를 정말 다시 한번 할까요? 도둑이 아니라도 훔칠 수 있다는 사실을 아파나시 이바노비치에게 확신시켜주기 위해 말입니다."

"페르드이셴코 씨, 덕분에 또하나 깨닫는군요, 인간이란 누가 묻지 않아도 자신의 추잡한 짓거리를 털어놓으면서 정신이 나갈 정도로 만족을 느낄 수 있다는 사실 말이오…… 하지만…… 미안하오, 페르드이셴코 씨."

"어서 시작해요, 페르드이셴코, 쓸데없는 소리나 잔뜩 지껄이면서 도대체 끝낼 줄을 모른다니까!" 나스타시야 필립포브나가 짜증을 내며 초조한 목소리로 명령했다.

다들 그녀가 방금 전의 그 발작적인 웃음이 사라진 뒤에 갑자기 침울하고 퉁명스럽고 신경질적으로까지 변했다는 것을 눈치챘다. 그런데도 그녀는 자신의 터무니없는 변덕에 다들 복종할 것을 폭군처럼 무자비하고 집요하게 고집하고 있었다. 아파나시 이바노비치는 몹시 고통스러웠다. 이반 표도로비치까지 그의 분통을 터지게 했다. 이반 표도로비치는 아무 일도 없다는 듯 샴페인잔을 기울이고 있었고, 심지어 자기 차례가 오면 무엇이든 얘기할 속셈 같아 보였기 때문이다.

XIV

"기지가 없거든요, 나스타시야 필립포브나, 그래서 쓸데없는 소리만 지껄이는 거라고요!" 페르드이셴코는 자기 얘기를 시작하면서 이렇게 소리쳤다. "나한테 아파나시 이바노비치나 이반 페트로비치만한 기지가 있었다면, 나는 오늘 온종일 아파나시 이바노비치나 이반 페트로비치처럼 말없이 앉아 있었을 겁니다. 공작, 어디 한번 물어봅시다, 당신은 어떻게 생각하는지, 나는 언제나, 이 세상엔 도둑놈이 아닌 사람보다 도둑놈이 훨씬 많다고 봐요, 더구나 평생 단 한 번도 뭘 훔쳐본 일이 없을 정도로 아주 정직한 사람은 없다고 보거든요. 이게 내 생각이에요, 그렇다고 모두가 하나같이 다 도둑놈이라는 결론을 내리려는 건 절대 아니올시다. 하긴 이따금, 그런 결론을 내리고 싶은 마음이 굴뚝같을 때가 있긴 하지요. 그래, 당신 생각은 어때요?"

"흥, 정말 바보 같은 얘길 하네요." 다리야 알렉세예브나가 쏘아붙였다. "누구나 다 뭔가를 훔쳐봤을 거라니, 그런 말도 안 되는 소리가 어딨어요. 나는 한 번도 뭘 훔친 적이 없어요."

"당신이야 한 번도 뭘 훔친 적이 없겠죠, 다리야 알렉세예브나. 하지만 갑자기 얼굴이 새빨개진 공작은 뭐라고 할지?"

"당신의 말이 옳다고 봐요, 다만, 너무 과장된 것 같군요." 이렇게 말하는 공작의 얼굴은 정말 무엇 때문인지 새빨개져 있었다.

"그럼 공작, 당신 자신은 아무것도 훔친 적이 없단 말이죠?"

"쳇! 정말 어처구니없군! 정신 차리시오, 페르드이셴코 씨." 장군이 끼어들었다.

"아주 뻔하죠, 정작 시작할 때가 되니 얘기하기가 창피해서 공작을 끌고 들어가려는 거죠, 더구나 공작이 저렇게 온순한 분이니." 다리야 알렉세예브나가 잘라 말했다.

"페르드이셴코, 얘길 하든지 아니면 입을 다물어요, 자기 자신에 대해서나 잘 알아둘 것이지. 정말이지 더이상은 못 기다리겠어요." 나스타시야 필립포브나가 지긋지긋하다는 듯 매섭게 내뱉었다.

“지금 바로 시작합니다, 나스타시야 필립포브나. 하지만 심지어 공작조차 이미 자백했다면, 왜냐하면 나는 공작이 자백한 거나 다름없다고 주장하는 바이니까요, 예컨대 다른 누군가는(누구라고 지적하진 않겠습니다만) 만약 앞으로 진실을 말하고 싶어지는 경우 대체 어떤 얘기를 하게 될까요? 그런데 나로 말하자면, 여러분, 이것 말고는 더 얘기할 게 정말로 없습니다. 아주 단순하고 어리석고 추잡한 사건이지요. 그러나 맹세컨대, 나는 도둑이 아닙니다. 훔치긴 했지만, 어떻게 그런 짓을 했는지 모르겠어요. 재작년 어느 일요일에 세묜 이바노비치 이셴코의 별장에서 있었던 일입니다. 손님들이 거기서 점심 대접을 받았지요. 식사가 끝나자 남자들은 그대로 남아 술을 마셨습니다. 나는 문득 그 집의 딸인 마리야 세묘노브나 아가씨에게 피아노를 좀 쳐달라고 부탁해야겠다는 생각이 들더군요. 그래서 구석방을 지나가는데 마리야 이바노브나의 재봉대 위에 3루블짜리 초록색 지폐가 놓여 있지 않겠습니까. 집안일로 쓸 데가 있어 꺼내놓은 거였죠. 방에는 마침 아무도 없더군요. 나는 지폐를 집어 주머니에 넣었죠, 무얼 하려고 그랬는지는—나도 모르겠습니다. 무엇에 씌었던 건지—이해가 안 가요. 나는 그저 재빨리 돌아와서 다시 식탁 앞에 앉았죠. 내내 그렇게 앉아서 적이 흥분한 상태로 기다리며 쉴새없이 지껄이고 일화를 늘어놓고 웃어댔습니다. 그러다가 부인네들 곁에 다가가 앉았지요. 반시간가량 지나자 그제야 겨우 돈이 없어진 사실을 알아채고 하녀들에게 묻기 시작하더군요. 다리야라는 하녀가 의심을 사게 됐습니다. 나는 비상한 호기심과 동정심을 표했고, 심지어 지금도 기억하지만, 다리야가 완전히 당황해서 어쩔 줄 몰라하자, 나는 마리야 이바노브나는 선량하신 분이라고 목숨을 걸고 보증하면서, 다리야에게 죄를 자백하라고 설득하기까지 했습니다, 그것도 모두가 있는 데서 큰 소리로 그랬지요. 모두가 나를 쳐다보았지만, 나는 그 지폐를 내 주머니에 넣고 이런 설교를 한다는 게 여간 만족스럽지 않았습니다. 그 3루블은 바로 그날 저녁에 레스토랑에서 마셔버렸습니다. 들어가자마자 라피트* 한 병을 시켰죠. 그전엔 안주 없이 술만 시킨 일이 한 번도 없었지만, 그때는 한시라도 빨리 그 돈을 써버리고 싶었거든요. 그때나 혹은 그뒤에도 양심의 가책 같은 건 별로 느끼지 못했습니다. 하지만 분명히 두 번 다시 그런 짓을 하진 않을 겁니다. 믿든 안 믿든, 마음대로 하십쇼, 나는 관심 없으니까요. 자, 뭐, 이게 전붑니다."

"하지만 그게 물론 당신이 저지른 가장 추악한 행위는 아니겠죠." 다리야 알렉세예브나가 혐오스럽다는 어조로 말했다.

"그건 심리적 미혹에 의한 우발적인 일이지, 행위라고는 할 수 없소." 아파나시 이바노비치가 지적했다.

"그럼 그 하녀는?" 나스타시야 필립포브나는 부글부글 끓어오르는 혐오감을 감추려고도 하지 않고 이렇게 물었다.

"하녀야 물론 당장 그다음날로 쫓겨났죠. 엄한 집이니까요."

"그래, 당신은 그냥 가만히 있었고요?"

"정말 대단하시군! 그럼 내 발로 찾아가서 내가 범인이라고 밝혀야 했다는 겁니까?" 페르드이셴코는 히히거리며 웃었으나, 자기 얘기가 모두에게 너무나 불쾌한 인상을 준 데 대해 적잖이 충격을 받은 눈치였다.

---

* 보르도 근방의 샤토라피트에서 생산되는 적포도주.

"저렇게 비열할 수가!" 나스타시야 필립포브나가 소리쳤다.

"아니! 당신은 다른 사람의 가장 추악한 짓에 대해 듣고 싶어하면서 멋진 윤색까지 요구하시는군요! 가장 추악한 행위는 언제나 아주 비열한 법이죠, 이제 곧 이반 페트로비치에게서 그걸 듣게 될 겁니다! 하기야 그런 행위 중엔 겉으로 번쩍번쩍 빛나면서 미덕처럼 보이고 싶어하는 것들이 얼마든지 있죠. 그건 그런 짓을 하는 사람이 자가용 사륜마차를 갖고 있기 때문이라고요. 하지만 자가용 마차를 가진 사람이 어디 한둘입니까…… 게다가 어떤 수단 방법으로……"

한마디로 페르드이셴코는 더이상 버티지 못하고 갑자기 울화통을 터뜨리는 바람에 자기 자신마저 잊고 그만 정도를 넘어서고 말았다. 심지어 그의 얼굴마저 온통 일그러져 있었다. 아주 이상하게 들리겠지만, 그로서는 자신의 이야기가 완전히 다른 종류의 성공을 거두리라고 의당 기대했을 터였다. 그러나 구역질 나는 취향의 이러한 '헛발질', 그리고 토츠키가 말한 것 같은 '특별한 종류의 과시욕', 이것은 페르드이셴코에게서 아주 자주 볼 수 있는 일이었고, 그의 성격과도 딱 어울리는 것이었다.

나스타시야 필립포브나는 분노가 치밀어 부르르 떨기까지 하며 페르드이셴코를 뚫어져라 쏘아보았다. 그는 금세 겁을 먹고 공포에 얼어붙은 듯 입을 다물었다. 너무 멀리 나가버린 것이다.

"아예 그만두는 게 어떻겠소?" 아파나시 이바노비치가 약삭빠르게 물었다.

"이제 내 차례지만, 나는 면제 특권을 이용하여 이야기를 사양하겠습니다." 프치츠인이 결연히 말했다.

"얘기하지 않으시겠다고요?"

"할 수 없습니다, 나스타시야 필립포브나, 더구나 이런 프티죄는 불가능하다고 생각합니다."

"장군님, 그럼 당신 차례인 것 같은데요." 나스타시야 필립포브나가 장군 쪽을 쳐다보았다. "당신도 거절하시면 그뒤로는 판이 다 깨져버릴 텐데, 나는 유감스러워요, 맨 끝 순서로 나도 '나 자신의 생애에서' 어떤 행위를 하나 얘기할 생각이었거든요. 다만 당신과 아파나시 이바노비치가 얘기한 다음에 말이죠, 왜냐하면 두 분께서 내게 반드시 용기를 주셔야 하니까요." 그녀는 이렇게 말을 맺으며 소리내어 웃어대기 시작했다.

"오, 만약 당신이 약속하신다면," 장군은 열띤 목소리로 외쳤다. "나의 전 생애라도 얘기해드릴 수 있습니다. 하지만 실은 차례를 기다리면서 이미 준비해둔 일화가 하나 있어서……"

"각하의 표정만 봐도 각하께서 얼마나 특별한 문학적 희열을 느끼며 그 일화라는 것을 다듬으셨는지 잘 알 수 있을 것 같군요." 아직도 당황한 빛이 다소 남아 있는 페르드이셴코가 표독스럽게 웃으며 용기를 내어 한마디했다.

나스타시야 필립포브나는 장군을 힐끗 쳐다보고는 역시 속으로 웃었다. 그러나 마음속의 우울함과 초조함은 더욱 심해가는 듯싶었다. 그녀가 얘기를 하겠다고 약속하는 걸 듣자, 아파나시 이바노비치는 갑절이나 기겁을 했다.

"누구나 다 그렇지만, 여러분, 나도 살아오면서 그리 아름답지 못한 행위를 한 적이 있습니다" 하고 장군이 시작했다. "그러나 무엇보다 이상한 점은, 지금 얘기하려는 이 짤막한 일화를 나 스스로 내 생애 전체에서 가장 추악한 경우로 여기고 있다는 사실입니다. 그사이에 거의 삼십오 년이라는 세월이 흘렀지만, 이 일을 떠올릴 때마다 나는 이른바 심장이 찢기는 듯한 느낌에서 결코 벗어날 수 없었습니다. 하지만 그 일 자체는 어리석기 그지없었지요. 나는 그때 막 소위보가 되어 군대에서 아주 힘들고 단조로운 일을 하고 있었습니다. 뭐, 아시다시피, 소위보라면 혈기는—왕성하지만, 주머니는 거의 비어 있죠. 그때 나한텐 니키포르라는 당번병이 딸려 있었는데, 내 살림을 끔찍이도 잘 보살펴 주었고, 한푼이라도 아껴 저축을 하면서 바느질에 비질에 걸레질은 말할 것도 없고 심지어 살림에 보탬이 되기만 하면 집어올 수 있는 건 모조리 어디서든 훔쳐오기까지 했습니다. 더없이 충실하고 정직한 사람이었어요. 나는 물론 엄격하지만 공명정대하게 대했지요. 한번은 어느 조그만 도시에 얼마 동안 주둔하게 됐습니다. 내가 배정받은 숙소는 변두리에 있는 어느 퇴역 중위의 부인, 더구나 남편과는 이미 사별한 부인의 집이었지요. 그 부인은 여든 살쯤 된, 적어도 그 정도는 되어 보이는 노파였습니다. 집이라 해봐야 다 허물어져가는 낡고 조그만 목조 가옥이었고, 가난해서 하녀도 두지 못하는 형편이었지요. 하지만 무엇보다 기이한 점은, 이 노파에게도 한때는 수많은 가족과 친척들이 있었다는 사실입니다. 그러나 오래 사는 동안 어떤 사람들은 죽고, 어떤 사람들은 다른 곳으로 흩어져 갔고, 어떤 사람들은 할머니를 아예 잊고 만 것이지요. 게다가 남편을 여읜 것은 이미 사십오 년 전쯤의 일이었습니다. 우리가 그곳에 가기 몇 해 전까지만 해도 조카딸이 함께 살았는데, 그 조카딸은 곱사등이에다 성미가 마녀처럼 사나워서 한번은 노파의 손가락을 물어뜯기까지 했다더군요. 하지만 그 조카딸마저 죽어버려, 노파는 벌써 삼 년가량 혈혈단신 외톨이로 살아왔던 겁니다. 그 집에서 지내는 건 무척 따분했고, 게다가 머릿속이 텅텅 빈 노파여서 도무지 말 상대가 돼야 말이죠. 나중엔 그 노파가 내 수탉을 한 마리 훔쳤습니다. 이 일은 아직도 밝혀지지 않았지만, 노파 말고는 그럴 사람이 없었으니까요. 닭 때문에 우리는 한바탕 다퉜는데, 이만저만 심하게 다툰 게 아니었죠. 그런데 다행히도 그때 내가 상부에 첫 청원을 넣자마자 곧바로 다른 숙소로 옮기게 해주더군요. 그 숙소는 도시의 반대편 변두리에 있었는데, 식구가 아주 많고 지금 내 기억으론 구레나룻을 텁수룩하니 길게 기른 어느 상인*의 집이었습니다. 나는 니키포르와 함께 얼씨구나 하고 이사 가면서, 심사가 뒤틀려 노파 따위는 모른 척 내버려뒀죠. 그러고 사흘쯤 지나 훈련을 마치고 집에 오니, 니키포르가 보고하기를, '낭패입니다, 소위보님, 우리 접시를 먼젓번 노파의 집에 두고 와서, 수프를 담아드릴 그릇이 없습니다' 그러지 않겠습니까. 나는 물론 깜짝 놀랐지요. '어찌된 거야, 왜 우리 접시가 그 노파 집에 남아 있다는 거야?' 니키포르가 의아하다는 얼굴로 계속 보고를 하는데, 우리가 이사 나올 때 노파는 내가 전에 자기 집 항아리를 깨뜨렸다는 이유로 그 항아리 대신 우리 접시를 맡아두겠다며 접시를 내주지 않았고, 내가 직접 그렇게 제안한 것처럼 말하더라는 겁니다. 노파의 이런 비열함에 당연히 나는 마지막 인내심을 잃어버렸지요. 피가 거꾸로 솟구치기에 벌떡 일어나서 마구 달려갔습니다. 노파의 집에 도착했을 때는 이

---

* 보수적이었던 상인계급은 황제의 칙령에도 불구하고 수염을 고수했다.

른바 이미 제정신이 아니었습니다. 주위를 둘러보니, 노파는 햇빛이라도 피하려는 듯 현관 한구석에 혼자 오도카니 앉아 한 손으로 볼을 괴고 있더군요. 아십니까, 나는 곧바로 노파에게 벼락같이 욕을 퍼부었답니다, '이 할망구가, 넨장맞을, 젠장맞을!' 하면서 진짜 러시아식으로요. 그런데 가만히 보니까 뭔가 이상한 생각이 드는 겁니다. 노파가 앉아서 얼굴을 내 쪽으로 향하고 두 눈을 부릅뜬 채 아무 대답도 없이 이상하게, 너무나 이상하게 나를 보고 있는데 몸도 흔들리고 있는 것만 같았습니다. 나는 마침내 마음을 진정하고 찬찬히 들여다보며 물어보았지만, 여전히 대답이 없더군요. 나는 잠시 주저하며 서 있었습니다. 파리떼가 붕붕대고, 해는 기울어가고, 주위엔 깊은 정적이 깔렸습니다. 결국 나는 완전히 낭패한 꼴로 밖으로 나왔습니다. 하지만 숙소에 도착하기도 전에 소령님이 부른다는 소리를 들었고 그다음엔 중대에 들러야 해서, 결국 완전히 어두워져서야 숙소로 돌아왔습니다. 그랬더니 니키포르가 하는 첫마디가 '소위보님, 아시는지요, 그 노파가 죽었습니다'라는 겁니다. '언제?' '오늘 저녁, 한 시간 반쯤 전입니다.' 그러니까 내가 욕을 퍼붓던 바로 그때, 노파는 세상을 떠나고 있었다는 얘깁니다. 나는 너무 놀라서 정말로 기절할 뻔했습니다. 아십니까, 그 일이 자꾸만 생각나서 밤에는 꿈을 꾸기까지 했답니다. 나는 물론 미신을 믿진 않지만, 사흘째 되는 날에는 교회 장례식에도 갔습니다. 한마디로, 시간이 가면 갈수록 더욱더 생각이 납니다. 꼭 그렇다는 건 아니지만, 이따금 그 일을 떠올리노라면 마음이 무거워집니다. 중요한 것은, 여기서 내가 마침내 어떤 결론을 내렸는가 하는 점입니다. 첫째, 한 여인이, 인도적인 우리 시대가 이른바 인간존재라고 부르는 한 여인이 이 세상에 살았고, 오래 살았고, 결국 너무 오래 살았다는 사실입니다. 한때는 그녀에게도 아이들과 남편과 가족과 친척이 있었고, 이들 모두가 그녀를 에워싸고 들끓다시피 하며, 이 모두가 말하자면 웃음이었는데, 갑자기—모든 게 완전히 사라지고, 모든 게 깊은 구멍 속으로 날아가버려 결국엔 그녀 홀로 마치…… 영겁이 시작할 때부터 저주스러운 운명을 짊어진 무슨 파리새끼처럼 남게 됐던 것이지요. 그러다가 마침내 하느님의 부름으로 이승을 하직한 겁니다. 고요한 여름날 저녁, 지는 해와 더불어 나의 노파는 날아가버렸습니다—물론 여기엔 교훈적으로 생각할 점이 없지 않습니다. 바로 그 순간, 젊고 돼먹잖은 소위보가 이른바 송별의 눈물을 흘리는 대신 두 손을 허리에 얹고 거만하게 서서 러시아적 기질의 난폭한 욕설을 퍼부으며 그녀를 지구 표면에서 내쫓았으니까요, 그것도 접시 하나를 잃었다고 해서 말입니다! 내가 잘못했다는 건 의심할 여지도 없지요, 이제는 먼 옛날의 일이고 내 성격도 변했기 때문에 이미 아주 오래전부터 나의 이 행위를 마치 남의 일처럼 보고 있긴 하나, 그래도 여전히 유감으로 생각하고 있습니다. 그래서 거듭 말씀드리지만, 이상하다 싶기까지 한 건, 설령 내게 잘못이 있다 하더라도 전적으로 내 잘못이라고는 할 수 없는데, 대체 왜 그녀는 하필이면 바로 그때 죽을 생각을 했을까? 하는 점입니다. 물론 나의 행위가 어느 정도는 심리적인 성질의 것이었다는 게 여기서 한 가지 변명이 될 수 있겠지만, 그래도 마음의 안정을 찾을 수가 없어서 십오 년 전쯤엔 내가 비용을 대기로 하고, 지병을 앓는 두 명의 노파를 양로원으로 보내드렸지요, 품위 있는 생활을 통해 이승에서의 마지막 날들을 편안하게 해드리고 싶어서 말입니다. 그리고 유산 일부를 기금으로 지정해서 이 사업을 영속적인 것으로 만들 생각입니다. 뭐, 내 이야기는 이게 전부올시다요. 거듭 말씀드리건대, 나는 살아오면서 아마 많은 과오를 범했겠지만, 내 양심에 비추어 이 사건을 나의 생애 전체에서 가장 추악한 행위라 여기고 있습니다."

"각하께선 가장 추악한 행위 대신, 자신의 생애에서 훌륭한 행위 중 하나를 얘기하셨습니다. 페르드이셴코를 날려버렸다고요!" 페르드이셴코가 이렇게 결론을 내렸다.

"사실, 장군님, 나는 장군님이 그렇게 착한 마음씨를 가지셨는지 상상조차 못했어요. 유감스럽기까지 하군요." 나스타시야 필립포브나가 심드렁하게 말했다.

"유감스러워요? 대체 왜죠?" 장군은 상냥하게 웃으며 이렇게 묻고는, 자못 자기만족에 빠져 샴페인을 쭉 들이켰다.

그러나 이제 아파나시 이바노비치 차례였고, 그 역시 준비가 돼 있었다. 다들 그가 이반 페트로비치처럼 거절하진 않으리라고 이미 짐작하고 있었을 뿐만 아니라, 어떤 이유에서인지 특별한 호기심을 품고서 그의 얘기를 기다리며, 힐끗힐끗 나스타시야 필립포브나의 눈치를 살폈다. 아파나시 이바노비치는 그의 당당한 외모에 아주 잘 어울리는 남다른 위엄을 과시하며, 조용하고도 듣기 좋은 목소리로 자신의 '사랑스러운 얘기' 중 하나를 들려주기 시작했다. (이참에 말해두자면, 그는 꽤나 봐줄 만한 외모를 지닌 사나이로, 당당한 풍채에 키가 훤칠하게 크고, 조금 벗어진 머리는 약간 희끗희끗한데다 몸은 상당히 뚱뚱한 편이었으며, 부드럽고 발그레한 볼은 살짝 처진 듯했고, 입에는 틀니를 끼었다. 편안하고 우아한 차림에 놀랄 만큼 멋진 셔츠를 입고 있었으며,

통통하고 하얀 손은 아무리 봐도 싫증이 나지 않았다. 오른손 검지에는 값비싼 다이아몬드 반지를 끼고 있었다.) 나스타시야 필립포브나는 그가 이야기하는 동안 자신의 옷소매 끝에 달린 레이스 장식을 열심히 살펴보며 왼손의 두 손가락으로 그것을 연신 잡아당기느라 한 번도 그에게 눈길을 주지 않았다.

"나의 과제를 무엇보다 가볍게 해주는 것은" 하고 아파나시 이바노비치는 말문을 열었다. "반드시 나의 생애 전체에서 가장 추악한 행동만을 얘기해야 한다는 절대적인 의무입니다. 이런 경우엔 당연히 그 어떤 망설임도 있을 수가 없지요. 양심과, 가슴에 새겨진 기억이, 진실로 무엇을 얘기해야 할지 곧바로 일러주니까요. 비통한 심정으로 고백하건대, 내 생애에 저지른, 아마도 헤아릴 수 없이 많을 경박하고…… 경솔한 모든 행동 가운데 내 기억에 너무나도 괴로운 인상을 남겨준 일이 하나 있습니다. 이십 년 전쯤의 이야기이지요. 나는 그때 시골로 플라톤 오르드인체프를 찾아갔습니다. 그는 지방 귀족단장으로 선출된 직후, 젊은 아내와 함께 겨울 명절을 보내러 그곳에 와 있었습니다. 마침 그의 아내인 안피사 알렉세예브나의 생일도 다가온 터라 그곳에선 두 차례의 무도회가 예정돼 있었지요. 그 무렵 소小뒤마의 매혹적인 소설 『*동백꽃 여인*』*이 엄청나게 유행하며 상류사회에서도 막 명성을 떨치고 있었는데, 내가 보기에 이 소설은 틀림없이 불후의 명작으로 남을 겁니다. 지방의 부인들도 모두 열광적일 정도로 이 소설에 매혹됐죠, 적어도 소설을 읽어본 사람이라면 누구나 말입니다. 멋진 줄거리, 독창

* 우리나라에서는 주로 '춘희(椿姬)'라는 제목으로 알려져 있다.

적인 주인공 설정, 정교하게 분석된 그 유혹적인 세계, 그리고 끝으로, 책 전체에 깔린 매혹적인 세부묘사(예를 들어, 하얀 동백과 빨간 동백 꽃다발이 번갈아 사용되는 것)*, 한마디로, 이 매혹적인 디테일 하나하나가, 그리고 그것들이 모두 함께 어우러져서, 거의 선풍을 불러일으켰습니다. 동백꽃이 무섭게 유행하기 시작했지요. 너도나도 동백꽃을 요구하고, 너도나도 동백꽃을 찾았습니다. 여러분에게 여쭤보겠는데, 비록 무도회가 그리 흔치는 않아도, 너도나도 무도회를 위해 동백꽃을 찾는 판에 과연 그 꽃을 많이 구할 수가 있을까요, 그것도 한 자그마한 군에서요? 페챠 보르홉스코이는 그때 가엾게도 안피사 알렉세예브나에게 푹 빠져 애를 태우고 있었습니다. 사실 두 사람 사이에 무슨 일이 있었는지, 다시 말해 그에게 무슨 확실한 희망이라도 있었는지, 그건 나도 모릅니다. 이 가엾은 친구는 무도회가 열리는 날 저녁까지 안피사 알렉세예브나에게 바칠 동백꽃을 구하기 위해 거의 정신이 나간 상태였습니다. 페테르부르크에서 그곳 현지사 부인에게 손님으로 온 소츠키 백작 부인이나 소피야 베스팔로바는 이미 알려져 있다시피 하얀 동백 꽃다발을 들고 올 게 분명했습니다. 안피사 알렉세예브나는 어떤 특별한 효과를 위해 붉은 동백꽃을 원했지요. 그래서 가엾은 플라톤을 밖으로 내몰다시피 하며 들들 볶았습니다. 아시잖습니까—남편 된 자로서 별도리 있나요. 꽃다발을 구해오겠다고 장담을 했죠. 그런데—어찌됐겠습니까? 무도회 바로 전날, 모든 점에서 안피사 알렉세예브나의

* 『동백꽃 여인』의 주인공 마르그리트 고티에는 한 달 중 이십오 일은 하얀 동백 꽃다발, 나머지 오 일은 붉은 동백 꽃다발을 들고 극장이나 사교계에 나타난다. 이 동백꽃은 마르그리트와 그의 연인 아르망의 관계와 감정을 드러내는 상징으로도 쓰인다.

무서운 경쟁자인 므이치셰바, 그 카체리나 알렉산드로브나가 그곳에 있던 동백꽃을 모조리 가로채버린 겁니다. 이 두 여자는 서로 칼부림조차 마다하지 않을 사이였거든요. 물론 부인은 히스테리를 일으킨다, 기절을 한다, 하고 난리가 났죠. 플라톤은 이미 결딴난 목숨이었습니다. 물론, 이런 흥미로운 순간에 페챠가 어디서 꽃다발을 구해올 수만 있다면, 그의 일도 상당히 진척될 수 있었겠지요. 이런 경우 여자가 느끼는 감사의 정이란 한량없는 법이니까요. 그는 미친 사람처럼 뛰어다니지요. 하지만 애초에 불가능한 일이니, 무슨 말을 하겠습니까. 나는 안피사 알렉세예브나의 생일과 무도회를 앞둔 전날 밤, 이미 열한시가 된 시각에, 오르드인체프의 이웃인 마리야 페트로브나 주브코바의 집에서 뜻밖에도 페챠와 마주칩니다. 웬일인지 얼굴빛이 환하더군요. '무슨 일인가?' 하고 물었죠. '찾아냈어! 에브리카!*' '아니, 여보게, 놀랍군! 어디서? 어떻게?' '에크샤이스크(불과 20베르스타 떨어진 곳에 이런 이름의 아주 작은 도시가 있는데, 우리 군은 아닙니다)에서야, 거기에 트레팔로프라는 돈 많은 텁석부리 상인이 있는데, 늙은 아내와 단둘이 자식 대신 카나리아만 여럿 키우며 살고 있지. 내외가 다 꽃을 무척 좋아해서 동백도 있다는 거야.' '미안한 얘기네만, 아직은 불확실하잖아, 뭐, 있다 해도 안 주면 어쩔 셈인가?' '무릎을 꿇고 손이 발이 되도록 비는 거지, 줄 때까진 돌아오지 않겠어!' '언제 떠날 건가?' '내일 동이 트자마자, 다섯시에.' '그럼 행운을 빌겠네!' 그리고 나는 페챠를 위해 기뻐하며 오르드인체프의 집으로 돌아갑니다. 그런데 말이지요, 벌써 새벽

* '발견하다'라는 뜻의 그리스어 단어 '에우레카'를 러시아식으로 읽은 것.

한시가 지났는데 자꾸만 그 일이 어른거리는 겁니다. 자려고 이미 잠자리에 누우려는데, 갑자기 아주 기발한 생각이 번쩍 떠오르지 않겠습니까! 즉시 부엌으로 몰래 들어가서 마부인 사벨리를 깨워, '반시간 안에 마차를 준비하게!'라며 15루블을 쥐여주는 거죠. 물론 반시간 뒤엔 썰매 모양의 마차가 대문 옆에 서 있습니다. 안피사 알렉세예브나는 편두통과 고열에 시달리며 헛소리까지 하고 있다더군요—나는 마차에 올라 출발합니다. 네시가 조금 넘어 예크샤이스크에 도착했고, 여인숙에서 동이 트기만을 기다렸지요. 그리고 동이 트자마자 여섯시경에 트레팔로프를 찾아갔습니다. '여차여차한 사정이 있어 그러는데, 동백꽃을 가지고 계신지요? 영감님, 어르신, 제발 좀 도와주십시오, 구해주십시오, 발아래 엎드려 빌겠습니다!' 노인을 보니, 키가 크고 머리가 허옇고, 험상궂게 생긴—무서운 할아범이었습니다. '안 돼, 안 돼, 절대 안 돼! 절대로 그렇게 못해요!'라더군요. 나는 노인의 발아래 몸을 던졌습니다! 그러고는 그대로 납작 엎드렸지요! '아니, 왜 이러시오, 여보, 여보시오, 대체 뭐하시는 거요?' 노인은 아주 기겁을 합디다. '정말로 사람의 목숨이 달린 일입니다!' 내가 노인에게 소리칩니다. '좋소, 정 그렇다면 가져가시구려, 소원대로.' 나는 즉시 붉은 동백꽃을 여러 송이 잘랐습니다! 자그마한 온실에 가득 피어 있는 꽃들은 너무나도 아름답고 황홀하더군요. 노인은 한숨을 내쉽디다. 나는 백 루블을 꺼냅니다. '아니, 여보, 더이상 그런 식으로 나를 모욕하지 마시구려.' 그래서 나는 '그러시다면, 존경하는 어르신, 이 백 루블을 이곳 병원의 환자 급식과 생활개선을 위해 기부해주십시오'라고 하지요. 그랬더니 그러는 겁니다. '그렇다면, 여보, 문제가 다르지요. 선한 일, 고결한 일이고 하느님께서도 좋아하실 테니까. 당신의 건강을 비는 마음으로 전해주겠소.' 그런데 말입니다, 나는 이 러시아 노인이, 이른바 속속들이 진짜이고, *뿌리부터 진짜인* 이 순수한 러시아인이 정말로 마음에 들었습니다. 일이 잘돼서 미칠 듯이 기뻤던 나는 곧바로 귀로에 올랐습니다. 하지만 페챠와 마주칠까봐 일부러 빙 돌아서 왔지요. 도착하자마자 나는 안피사 알렉세예브나가 일어나는 시간에 맞춰 꽃다발을 보냈습니다. 부인의 환희와 감사, 감사의 눈물을 상상하실 수 있겠지요! 플라톤은, 어제만 해도 완전히 낙담해서 죽은 사람 같던 플라톤은—내 가슴에 기대어 흐느끼더군요. 통탄스럽지요! 이 세상 남편들은 천지개벽 이래…… 정식 결혼 이래 모두 이 모양이니까요! 더이상 아무 말도 하지 않겠습니다만, 어쨌든 가여운 페챠의 일은 이 일화와 함께 완전히 끝장나고 말았습니다. 처음에 나는, 페챠가 이 일을 알게 되면 나를 찔러 죽이려 들겠지 싶어, 그를 만나게 될 것에 대비해 안전대책까지 마련해뒀지만, 뜻밖에 나조차 믿기 어려운 일이 일어났습니다. 페챠는 졸도를 했고, 저녁에는 헛소리를 하더니 다음날 아침엔 온몸이 불덩이가 되어 어린애처럼 울면서 경련을 일으키는 겁니다. 한 달 뒤에 건강이 회복되자마자 그는 캅카스로 자원해서 떠났습니다. 완벽한 소설 한 편이 탄생한 거지요! 결국 그는 크림반도에서 전사하고 말았습니다. 그때 그의 형 스체판 보르홉스코이도 연대를 지휘했는데, 대단한 무공을 세웠지요. 솔직히 말씀드리지만, 나는 그후 여러 해 동안 양심의 가책으로 괴로웠습니다. 무엇을 위해서, 무엇 때문에, 그에게 그토록 심한 타격을 주었을까요? 설령 나 자신이 그때 사랑에 빠져 있었다 해도 좀 그렇잖습니까? 심지어 그건 그저 단순한 장난이었고, 부인의 비위를 좀 맞춰주려

했을 뿐, 그 이상은 아니었습니다. 만약 내가 그 친구의 꽃다발을 가로채지 않았다면, 누가 압니까, 그 친구는 아마 지금까지 행복하게 살아 있고 크게 성공했을지도 모릅니다, 터키인들과 싸우러 갈 생각은 하지도 않았겠지요."

아파나시 이바노비치는 얘기를 시작했을 때와 똑같이 점잖고 품위 있는 태도로 입을 다물었다. 사람들은 그가 말을 끝냈을 때 나스타시야 필립포브나의 두 눈이 왠지 유난히 번쩍이고 입술마저 파르르 떨리는 것을 알아챘다. 다들 호기심어린 눈으로 그들 두 사람을 쳐다보았다.

"페르드이셴코를 속였어요! 정말 이렇게 속이다니! 아니, 이건 정말 지독하게 속인 거잖아요!" 페르드이셴코는 이제 한마디해도 괜찮다, 아니 한마디해야만 한다고 판단하고, 우는소리로 외쳤다.

"남 탓할 것 없이, 왜 그렇게 이 게임을 이해 못하죠? 이제 현명한 사람들한테 좀 배우시지!" 다리야 알렉세예브나가 거의 의기양양한 말투로 그의 말을 잘라버렸다(그녀는 토츠키의 충실하고 오랜 벗이자 그와 한패였다).

"당신 말이 맞아요, 아파나시 이바노비치, 프티죄는 따분하기만 해요, 얼른 끝내버리죠." 나스타시야 필립포브나가 퉁명스레 내뱉었다. "나도 아까 약속했던 얘기를 하겠어요. 그러고 나서 다들 카드놀이나 하죠."

"그럼 우선, 약속하신 일화부터 들어봅시다!" 장군이 열심히 거들고 나섰다.

"공작," 갑자기 나스타시야 필립포브나가 뜻밖에도 공작을 향해 날카로운 목소리로 말했다. "여기 계신 내 오랜 두 친구, 장군님과 아파나시 이바노비치가 자꾸만 나를 혼인시키려 해요. 당신 생각은 어떤지 말씀해주세요, 혼인할까요, 말까요? 당신 말씀대로 하겠어요."

아파나시 이바노비치는 얼굴이 새하얗게 질렸고, 장군은 뻣뻣하게 굳고 말았다. 모두가 눈을 한곳에 박고 고개를 앞으로 쑥 내밀었다. 가냐는 그 자리에 얼어붙어버렸다.

"누…… 누구와?" 공작이 꺼져 들어가는 소리로 물었다.

"가브릴라 아르달리오노비치 이볼긴과요." 나스타시야 필립포브나는 여전히 날카롭고, 확고하고, 또렷한 음성으로 말했다.

몇 초간 침묵이 흘렀다. 공작은 말을 하려고 애쓰는 것 같았으나, 무섭도록 무거운 짐이 가슴을 짓누르는 듯 아무 말도 할 수가 없었다.

"아-안 됩니다…… 혼인하시면 안 됩니다!" 마침내 이렇게 소곤거리고 나서 그는 힘겹게 숨을 몰아쉬었다.

"그럼 그렇게 하겠어요! 가브릴라 아르달리오노비치!" 그녀는 명령조로, 마치 개선장군이라도 된 양 가냐를 불렀다. "공작이 결정내리신 거 들으셨죠? 자, 그게 바로 내 대답이기도 해요. 이것으로 이 문제는 단번에 영원히 결말난 거예요!"

"나스타시야 필립포브나!" 아파나시 이바노비치가 떨리는 목소리로 말했다.

"나스타시야 필립포브나!" 타이르는 듯한, 그러나 불안에 싸인 목소리로 장군도 불렀다.

다들 동요하며 불안해하기 시작했다.

"왜 그러시죠, 여러분?" 그녀는 깜짝 놀란 듯이 손님들의 얼굴을 둘러보며 말을 이었다. "왜들 그렇게 흥분하시죠? 다들 얼굴이 정말 이상하군요!"

"하지만…… 기억해보시오, 나스타시야 필립포브나," 토츠키가 더듬더듬 중얼거렸다. "당신이 약속했잖소…… 그것도 완전히 자발적으로, 그러니 어느 정도 사려 깊게 대해줄 수도 있을 텐데요…… 나는 정말 난처하고…… 그야말로 당황스럽군요, 하지만…… 한마디로 말해서, 지금 이런 순간에, 더구나…… 사람들이 다 있는 데서 이 모든 것을 그렇게…… 그런 프티죄로 이 심각한 문제를 결말짓다니요, 명예와 성심의 문제이고…… 그것이 어떻게 결말나느냐에 따라……"

"무슨 말씀을 하시는지 모르겠네요, 아파나시 이바노비치, 정말로 전혀 갈피를 못 잡으시는군요. 첫째로, '사람들이 다 있는 데서'라니, 무슨 뜻이죠? 우리는 모두 허물없이 지내는 아름다운 친구들이 아닌가요? 그리고 '프티죄'가 어떻다는 거죠? 나는 정말 나의 일화를 얘기하고 싶었고, 네, 그래서 얘기한 거예요. 그 얘기가, 뭐, 좋지 않았나요? 게다가 '심각하지 않다'고 말씀하시는 건 또 왜죠? 과연 이게 심각하지 않나요? 들으셨다시피, 나는 공작에게 '당신 말씀대로 하겠어요'라고 말했어요. 만약 공작이 좋다고 말했다면 나는 즉시 승낙했을 거예요. 하지만 공작은 안 된다고 말했고, 그래서 나는 거절했어요. 내 인생 전체가 머리카락 한 가닥에 달려 있었는데, 이보다 더 심각한 일이 뭐가 있죠?"

"공작이라니, 이 일에 공작이 무슨 상관입니까? 도대체 공작이 뭔데요?" 공작의 권위를 이렇게까지 높이 치켜세우는 데 모욕마저 느낀 장군이 자못 울분을 참지 못하고 투덜거렸다.

"공작은 진심으로 나를 위해 온 힘을 바치시는 분으로 내 일생을 통해 처음으로 신뢰하게 된 분이에요. 저분은 첫눈에 나를 믿어주셨고, 나도 저분을 믿어요."

"나로선 나스타시야 필립포브나에게 그저 감사드릴 일만 남았군요, 이처럼…… 특별히 세심하게 대해주신 데 대해서요." 마침내 가냐가 하얗게 질린 얼굴에 입술을 일그러뜨리며, 떨리는 목소리로 입을 열었다. "물론 당연히 그래야 했겠죠…… 하지만…… 공작은…… 공작은 이 일에서……"

"7만 5천을 노릴 거다, 그 말이죠?" 갑자기 나스타시야 필립포브나가 말을 가로챘다. "그렇게 말하고 싶었던 거죠? 잡아뗄 것 없어요, 틀림없이 그렇게 말하고 싶었을 테니! 아파나시 이바노비치, 내가 이 말을 덧붙이는 걸 깜박 잊었군요, 그 7만 5천은 당신이 가지세요, 내가 당신을 거저 풀어준다고 생각하면 돼요. 이제 충분해요! 당신도 숨을 좀 쉬어야죠! 벌써 구 년 하고도 석 달이에요! 내일부터는—새로운 인생이 시작되겠지만, 오늘은—내 명명일이니, 난생처음 내 마음대로 하겠어요! 장군님, 당신도 진주를 도로 가져다가 부인께 선물하세요, 자, 여깄어요. 내일은 이 집에서 완전히 나갈 거예요. 그러니 더이상 야회도 없을 거예요, 여러분!"

이렇게 말하더니 그녀는 자리를 뜨고 싶다는 듯 갑자기 벌떡 일어섰다.

"나스타시야 필립포브나! 나스타시야 필립포브나!" 하는 소리가 사방에서 들렸다. 다들 술렁이기 시작했고, 다들 자리에서 일어났다. 다들 그녀를 에워싸고 다들 불안한 심정으로, 마치 열병에라도 걸린 듯 극도로 흥분해서 토막토막 끊어지는 그녀의 한마디 한마디에 귀를 기울였다. 다들 혼란스러운 무언가를 느꼈지만, 뭐가 뭔지 누구도 종잡을 수 없었고, 누구도 무엇 하나 이해할 수 없었다. 바로 이 순간 갑자기 초인종을 세차게 울리는 소리가 요란하게 들려왔는데, 아까 가네치카의 집에서 들었던 것과 아주 똑같은 소리였다.

"아-아-아! 이것으로 대단원이야! 드디어 왔어! 열한시 반이야!" 나스타시야 필립포브나가 외쳤다. "여러분, 모두 자리에 앉아주세요, 이게 대단원이니까!"

이렇게 말하고, 그녀 자신도 자리에 앉았다. 이상한 미소가 그녀의 입술 위에서 떨리고 있었다. 그녀는 열에 들뜬 기대감에 가슴을 졸이며 말없이 앉은 채 문 쪽을 바라보았다.

"로고진과 10만 루블이야, 틀림없어." 프치츠인이 혼잣말로 중얼거렸다.

XV

하녀 카챠가 몹시 겁에 질려서는 들어왔다.

"무슨 일인지 모르겠어요, 나스타시야 필립포브나, 열 명가량이나 되는 사람들이 들이닥쳤는데, 죄다 술에 취했어요, 여기로 들여보내달라면서 로고진이라고 하면 아씨께서도 아실 거라고 그러는데요."

"맞아, 카챠, 모두 다 바로 들여보내."

"정말로…… 모두 다요, 나스타시야 필립포브나? 아주 지저분하고 난폭한 사람들인데요. 겁이 날 지경이에요!"

"다, 모두 다 들여보내, 카챠, 무서워하지 말고, 한 사람도 빠짐없이 모두 다. 네가 들여보내지 않아도 어차피 들어올 사람들이니까. 아까처럼 벌써 소란스럽네요. 여러분, 여러분은 아마 내가 못마땅하시겠죠?" 그녀는 손님들을 돌아보았다. "여러분이 계신 자리에 저런 패거리를 받아들여서 말예요. 나도 몹시 유감스러워요, 용서를 빌겠어요. 하지만 이럴 수밖에 없어요, 여러분이 이 대단원에서 나의 증인이 돼주시길 간절히, 아주 간절히 바란답니다, 하지만 이건 어디까지나 여러분의 뜻에 맡기겠어요……"

손님들은 여전히 놀란 얼굴로 서로 소곤거리며 눈짓을 교환했으나, 이 모든 일이 나스타시야 필립포브나가 미리 계획하고 꾸민 것이며—비록 그녀가 당연히 제정신이 아니라고 해도—이제 와서 그녀의 마음을 되돌릴 수는 없다는 사실이 아주 분명해졌다. 다들 무시무시한 호기심 때문에 고통스러울 지경이었다. 하지만 그리 겁을 먹은 사람은 전혀 없었다. 부인들이라고 해봐야 두 사람에 불과했다. 워낙 활달한데다 별의별 것을 다 본 까닭에 웬만해선 눈 하나 깜짝하지 않는 귀부인 다리야 알렉세예브나와, 무척 아름답지만 말이 없는 낯선 여인이 그들이었다. 그러나 말이 없는 낯선 여인은 무슨 일인지조차 거의 이해하지 못했다. 그녀는 얼마 전에 이곳에 온 독일 여자로 러시아어를 전혀 모르는데다가, 아름다운 만큼이나 머리가 둔해 보였다. 그녀는 새로운 얼굴이어서 이런저런 야회에 불려다녔고, 전람회에나 나가는 것 같은 아주 화려한 옷차림에 머리를 곱게 빗어올린 이 여자를 장식용으로, 멋진 그림을 걸어놓듯 야회에 모셔다 앉히는 게 이미 상례가 돼 있었는데, 이는 어떤 부류의 사람들이 자신의 야회를 위해 지인들한테서 그림, 꽃병, 조각상이나 병풍을 하룻저녁만 빌려다 놓는 것과 마찬가지였다. 남자들로 말하자면, 예컨대 프치츠인은 로고진의 친구였고, 페르드이셴코는 물고기가 물을 만난 격이었다. 가네치카는 여전히 정신을 가다듬지 못하고 있었으나, 그래도 자신의 치욕의 기둥* 옆에 끝까지 버티고 서 있어야겠다는, 억제할 수 없이 불타오르는 욕구를 어렴풋이나마 느끼고 있었다. 무슨 일이 일어났는지도 제대로 이해 못한 늙은 교사는 주위의 모든 사람과, 특히 자신이 친손녀처럼 사랑하는 나스타시야 필립포브나에게서 어쩐지 심상찮은 동요와 혼란을 느끼고, 거의 울다시피 하며 글자 그대로 공포에 온몸을 후들후들 떨고 있었다. 하지만 이런 순간에 그녀를 버려두고 떠난다는 것은 죽느니만 못한 일이었다. 아파나시 이바노비치로 말하면, 물론 그는 이런 일에 연루돼 자신의 평판을 해칠 수는 없었다. 하지만 이 일이 비록 아주 정신 나간 방향으로 흐르고 있긴 해도, 그는 이 일에 대단한 이해관계가 있었다. 더구나 나스타시야 필립포브나가 그와 관련해 두세 마디 흘린 게 있는 만큼, 이 일이 최종적으로 확실해지기 전에는 절대로 이곳을 떠날 수 없었다. 그는 아예 입을 다물고 그저 한 사람의 관찰자로 머물며 끝까지 앉아 있기로 결심했는데, 이는 물론 그의 위신이 요구하는 바이기도 했다. 다만 한 사람, 방금 그렇게 무람없고 우스꽝스러운 방식으로 선물을 되돌려받고 잔뜩 기분이 상한 예판친 장군만은 유례없이 기괴한 이 온갖 일들, 이를테면 로고진의 출현에 이제 당연히 더욱더 모욕을 느낄 수밖에 없었다. 더욱이 장군 같은 사람으로서는 프치츠인이나 페르드이셴코와 나란히 앉기로 결심한 것만으로도 이미 자신을 너무나 낮춘 터였다. 그러나 정념의 힘이 아무리 강하다 한들 결국엔 책임감에 의해, 의

* 대중이 볼 수 있도록 공개된 곳에 놓고 죄인을 묶어두는 기둥.

무와 관등과 사회적 지위에 대한 감정에 의해, 한마디로 자존심에 의해 극복될 수 있는 법이었고, 따라서 장군 각하의 면전에 로고진이 패거리를 이끌고 나타난다는 것은 그 어떤 경우에도 있을 수 없는 일이었다.

"아, 장군님," 장군이 이 점을 선언하려고 고개를 돌리는 순간, 나스타시야 필립포브나가 재빨리 그의 말을 가로막았다. "내가 깜박했네요! 하지만 안심하세요, 이의가 있으실 거라고 이미 생각했어요. 정 그렇게 언짢으시다면, 나도 굳이 고집을 피워 붙잡진 않겠어요. 그야 물론 장군님이 지금 내 곁에 계셔주길 간절히 바라지만요. 어쨌든 이렇게 알고 지내면서 나에게 세심히 신경써주신 데 대해 무척 감사드려요, 하지만 정 걱정스러우시다면……"

"아니, 나스타시야 필립포브나," 장군은 기사도적 관대함이 발작처럼 솟구치는 걸 느끼며 소리쳤다. "누구한테 하시는 말씀입니까? 나는 오로지 당신에 대한 헌신에서 지금 당신 곁에 남겠습니다, 무슨 위험한 일이 일어날지도 모르니까…… 더욱이 나는, 솔직히 말씀드려, 굉장한 호기심을 느끼고 있습니다. 다만 그자들이 양탄자를 망치지나 않을까, 뭐라도 부숴버리지는 않을까 해서 말씀드리려던 거였는데…… 정말이지 내 생각으로는 그자들을 아예 들여놓지도 말아야 해요, 나스타시야 필립포브나!"

"로고진이다!" 페르드이셴코가 소리쳤다.

"어떻게 생각하시오, 아파나시 이바노비치," 장군이 그 틈에 급히 속삭였다. "저 여자가 정신이 돈 게 아닐까요? 즉, 비유가 아니라 진정한 의학적 의미에서 말이오, 안 그렇소?"

"내가 전에도 그랬잖소, 저 여자에겐 늘 그런 성향이 있었다고." 아파나시 이바노비치가 약삭빠른 어조로 속삭이며 대꾸했다.

"게다가 열까지 심하게 나는 모양이니……"

로고진의 패거리는 오늘 낮과 거의 같은 얼굴들이었다. 다만 한때는 무슨 도색폭로지의 편집인이었다는 방탕해 보이는 어떤 영감쟁이 하나와 퇴역 소위 한 명이 더해졌을 뿐인데, 이 영감쟁이에 대해서는 금니를 빼서 전당잡혀 술을 마셔버렸다는 일화가 나돌고 있었고, 퇴역 소위는 직분으로 보나 임무로 보나 오늘 낮의 그 주먹깨나 자랑하던 사나이의 결정적인 경쟁자이자 적수로 지금껏 로고진 일당에게 전혀 알려지지 않은 인물이었으나, 넵스키 대로의 양지바른 쪽에서 행인들을 붙잡고 마를린스키*의 문체를 흉내내면서, 자기도 '한창때는 손을 내미는 사람들에게 15루블씩 척척 집어줬다'고 능청스러운 구실을 대며 희사를 강요하다가 발탁된 것이었다. 이들 두 경쟁자는 만나자마자 서로 적대시하기 시작했다. 낮에도 나타났던 주먹 무사는 이 '비렁뱅이'를 패거리에 받아들인 데 대해 모욕감마저 느꼈으나, 천성적으로 말수가 적어서 그저 이따금 곰처럼 으르렁댈 뿐이었고, 제법 능란한 교제술과 정략을 지닌 인간으로 드러난 이 '거렁뱅이'가 자신에게 알랑대며 장난치는 꼴을 깊은 경멸이 담긴 눈으로 바라보고 있었다. 겉보기에도 소위는 '작업시에' 완력보다는 능란함과 민첩함으로 한몫 보려는 사내 같았고, 키도 주먹 무사보다 좀 작았다. 노골적인 언쟁을 피하면서 교묘하게, 그러나 지독히 우쭐거리며 그는 벌써 몇 차례나 영국식 권투의 우

* 19세기 초 러시아 낭만주의 작가 A. A. 베스투제프의 필명. 그의 낭만주의 산문은 군인들 사이에서 특히 사랑받았으나, 부자연스러운 문체 때문에 평론가들로부터 비판을 받기도 했다.

월성에 대해 암시했는데, 한마디로 이 사내는 아주 순수한 유럽주의자였다. 주먹 무사는 '권투'라는 말을 들을 때마다 언짢다는 듯 경멸어린 미소를 지었고, 굳이 자기 쪽에서 이 경쟁자와 공개적인 논쟁을 할 가치도 없다는 듯이, 완전히 러시아적인 물건—즉 힘줄이 불거지고, 굵은 손가락 마디가 울퉁불퉁하고 무슨 불그스레한 솜털이 수북이 난 거대한 주먹을 아주 우연인 것처럼 이따금 말없이 보여주었는데, 아니, 여봐란듯이 눈앞에 불쑥 내밀곤 했는데, 이 지극히 러시아적인 물건이 빗나가지 않고 상대에게 떨어지는 순간 그저 축축한 얼룩 하나만 남게 될 것임은 모두에게 분명한 사실이었다.

아까 낮과 마찬가지로 이번에도 아주 '술이 많이 된' 자는 없었는데, 이는 온종일 나스타시야 필립포브나를 방문할 생각밖에 없던 로고진 본인이 노력한 덕분이었다. 그 자신도 이제 취기가 거의 완전히 가신 상태였지만, 대신 이 혼란스러운 하루 동안에, 그의 일생을 통틀어 그 무엇과도 비길 수 없는 이 하루 동안에 받은 갖가지 인상 때문에 거의 얼이 빠져버린 사람 같았다. 오직 한 가지 일만이 단 일분일초를 떠나지 않고 그의 시야 속에, 기억 속에, 가슴속에 남아 있었다. 이 한 가지 일을 위해 그는 오후 다섯시부터 열한시까지 줄곧, 끝없는 근심과 불안 속에서 킨제르니 비스쿠프니 하는 자들과 씨름하며 시간을 보냈고, 이들은 이들대로 그의 요구를 해결해주려고 신들린 사람처럼 뛰어다니느라 머리가 돌 지경이었다. 덕분에 어쨌든, 나스타시야 필립포브나가 지나가는 말로 농담삼아 지극히 막연하게 암시한 현금 10만 루블이 마련됐으나, 이자에 대해선 비스쿠프 자신조차 낯이 뜨거워 큰 소리로 말하지 못하고 킨제르와 귀엣말로만 속닥거렸다.

아까처럼 이번에도 로고진이 제일 앞장서서 들어왔고, 나머지 패거리는 자신들의 우세를 완전히 의식하면서도 약간 겁을 내며 쭐레쭐레 따라 들어왔다. 특히 지적해둘 것은, 무엇 때문인지 몰라도 그들이 나스타시야 필립포브나를 겁내고 있었다는 사실이다. 개중엔, 그녀가 자기들을 모두 당장 '층계에서 밀어버릴 거다'라고 생각하는 자들까지 있었다. 이 무리에는 여심의 정복자라는 멋쟁이 잘료제프도 끼어 있었다. 하지만 다른 사람들, 특히 주먹 무사 같은 자는 비록 입 밖에 내진 않아도 속으로는 더없이 깊은 경멸과 심지어 증오심마저 품고 나스타시야 필립포브나를 쳐다보며, 마치 포위공격이라도 하듯 그녀를 향해 다가갔다. 그렇지만 처음 두 방의 호화로운 장식, 여태껏 듣도 보도 못한 물건들, 진귀한 가구, 그림, 거대한 비너스상—이 모든 것은 그들에게 물리칠 수 없는 존경과 거의 공포에 가까운 인상마저 불러일으켰다. 물론, 그런 공포감에도 불구하고 그들 모두는 점차 뻔뻔스러운 호기심에 압도돼 로고진을 따라 서로 밀쳐대며 응접실로 몰려들어갔다. 그러나 주먹 무사와 '비렁뱅이', 그리고 그 밖의 몇 명은 손님 가운데 예판친 장군을 발견하자 그 순간 너무나 기가 죽어, 다른 방으로 슬금슬금 퇴각을 시도하기까지 했다. 그래도 레베제프만은 패거리 중 누구보다 담력과 확신을 지니고 있어 로고진과 거의 나란히 걸어들어왔는데, 140만 루블이라는 순자산과 지금 바로 수중에 있는 10만 루블이 실제로 어떤 의미를 갖는지 잘 알고 있었기 때문이다. 하지만 한 가지 말해둘 점은, 척척박사 레베제프까지 포함해서 그들 모두가, 자기 힘의 한계와 범위는 어디까지이며 과연 지금 모든 것이 허용돼 있는지 아닌지 분명히 알지 못해 적이 갈팡질팡했다는 사실이다. 레베제프도 어떤 순간에는, 모든 것이 허용돼 있다고 맹세라도 할 태세였지만, 어떤 순간에는 불안한 나머지, 만일의 경우를 위해 주로 자기를 격려해주고 안심시켜줄 만한 법전의 몇몇 조항을 마음속으로 상기해야 할 필요성을 절실히 느끼곤 했다.

장본인인 로고진에게 나스타시야 필립포브나의 응접실이 불러일으킨 인상은 그의 일당이 받은 것과는 전혀 달랐다. 문에 드리운 두꺼운 커튼이 들어올려지고 나스타시야 필립포브나의 모습이 그의 눈앞에 나타난 순간—그 밖의 모든 것은 아까 낮에도 그랬듯이, 아니 그때보다 훨씬 더 심하게, 그에게는 이미 존재하지 않았다. 그는 얼굴이 새하얗게 질려 한순간 걸음을 멈추었다. 그의 심장이 무섭게 뛰는 것은 옆에서도 쉽게 눈치챌 수 있었다. 그는 겁을 먹고 넋이 나간 듯, 몇 초 동안 눈도 떼지 않고 나스타시야 필립포브나를 바라보았다. 그러다 갑자기 이성을 완전히 잃어버린 양 거의 비틀대며 탁자로 다가갔다. 도중에 그는 프치츠인의 의자에 부딪히는가 하면, 말없이 앉아 있는 독일 미인의 화려한 하늘색 의상에 달린 레이스 장식을 더러운 장화로 밟기까지 했으나, 사과를 하긴커녕 그것을 전혀 알아채지도 못했다. 탁자로 다가가자 그는 응접실에 들어올 때부터 두 손에 받쳐들고 있던 이상한 물건을 그 위에 내려놓았다. 높이가 3베르쇼크, 길이가 4베르쇼크 정도 되는 커다란 종이꾸러미였는데, 〈증권거래통보〉로 단단히 꼭 싼 다음 흔히 덩어리 설탕을 묶는 데 쓰는 노끈으로 열십자로 두 번 둘러 꽁꽁 동여맨 것이었다. 그러고 나서 그는 선고를 기다리는 사람처럼 아무 말 없이 두 손을 축 늘어뜨린 채 서 있었다. 그의 차림새는, 선명한 녹색 바탕에 붉은색 무늬가 있는 아주 새것인 비단 목도리, 딱정벌레 모양의 큼직한 다이아몬드 핀, 그리고 오른손의 더러운 손가락에 낀 묵직한 보석 반지를 빼면, 오늘 낮과 똑같았다. 레베제프는 탁자 바로 옆까지는 다가오지 못하고 서너 발짝 떨어진 곳에서 걸음을 멈추었고, 나머지 패거리는, 이미 얘기했듯, 조금씩 응접실 안으로 모여들고 있었다. 나스타시야 필립포브나의 하녀인 카챠와 파샤도 달려와서, 살짝 들어올려진 커튼 뒤에서 몹시 놀라고 겁에 질린 표정으로 안을 들여다보고 있었다.

"이게 뭐죠?" 나스타시야 필립포브나는 호기심에 차서 로고진을 뚫어지게 바라보다가, 눈으로 그 '물건'을 가리키며 이렇게 물었다.

"10만이오!" 그가 거의 속삭이다시피 대답했다.

"아, 그럼 약속을 지켰군, 대단해라! 자, 좀 앉아요, 여기, 이 의자에, 이따가 당신에게 할 말이 있어요. 누구와 함께 왔죠? 아까 그 패거리가 다 왔나요? 뭐, 들어와서 앉으라고 하죠. 저기 저 소파에 앉으면 되겠군요, 여기도 소파가 하나 있고. 그리고 저기 안락의자도 두 개…… 아니, 저 사람들이 왜 저래요, 싫은가보죠, 네?"

실제로 그들 중 몇몇은 몹시 당황해서 다른 방으로 물러나 거기 앉아 기다렸지만, 다른 사람들은 응접실에 그대로 남아 나스타시야 필립포브나가 권하는 대로, 하지만 되도록 탁자에서 멀찍이 떨어져 대개는 구석에 자리를 잡았는데, 그중 몇몇 친구는 여전히 거기서 내빼고 싶어했으나, 멀리 떨어져 앉은 사람일수록 어쩐지 부자연스러울 정도로 재빨리 용기를 되찾아갔다. 로고진 역시 그에게 권해준 의자에 앉았으나 오래 앉아 있지 못했다. 그는 금세 자리에서 일어나더니 더는 앉지 않았다. 그는 차츰 손님들을 알아보고 둘러보기 시작했다. 가나를 발견하자 그는 독기 서린 미소를 짓더니 "쳇!" 하고 혼잣말로 중얼거렸다. 장군과 아파나시 이바노비치를 봤을 때는 당황하는 기색은 물론이고 별다른 호기심조차 나타내지 않았다. 그러나 나스타시야 필립포브나의 곁에서 공작을 발견하고는 한동안 눈을 떼지 못했는데, 너무 놀랍기도 하거니와, 이 만남을 어떻게 해석해야 할지 몰라 어리둥절한 것 같았다. 정말이지, 그가 잠시 의식이 흐려진 게 아닐까 의심스러울 지경이었다. 이날 하루 동안 그를 마구 뒤흔들었던 온갖 일은 제쳐둔다 해도, 그는 전날 밤을 꼬박 기차에서 보냈고 벌써 거의 이틀 밤낮을 눈 한번 붙이지 못했기 때문이다.

"여러분, 이게 10만이에요." 나스타시야 필립포브나가 무슨 열병에라도 걸린 듯이 초조하고 도전적으로 모든 사람을 돌아보며 말했다. "여기 이 더러운 꾸러미 속에 들어 있어요. 아까 이 사람은 미치광이처럼 돼가지고, 오늘 저녁에 나한테 10만을 가져오겠다고 큰소릴 쳤고, 그래서 나는 줄곧 이 사람을 기다리고 있었지요. 이 사람은 나를 두고 흥정을 한 거예요. 처음엔 1만 8천으로 시작해서 다음엔 갑자기 4만으로 껑충 뛰더니, 그다음엔 이렇게 10만이 된 거죠. 결국 약속을 지켰네요! 어머, 저이는 어쩜 저렇게 얼굴빛이 새파래졌을까!…… 실은 모두 아까 가네치카의 집에서 일어난 일인데, 말씀드리죠. 나는 저이의 어머니를, 다시 말해 내 미래의 가정을 방문했는데, 저이의 누이동생이 내 눈에 똑바로 대고 '정말 아무도 저 파렴치한 계집을 여기서 내쫓지 못하나요!'라고 소리를 지르면서 자기 오라버니인 가네치카의 얼굴에 침을 뱉더군요. 성질이 대단한 아가씨였죠!"

"나스타시야 필립포브나!" 장군이 나무라듯 입을 열었다.

그는 이 사건을 어느 정도, 자기 나름대로 이해하기 시작했다.

"무슨 일이죠, 장군님? 점잖지 못하다는 건가요, 그런가요? 거드름 피우는 것도 이젠 정말 지긋지긋해요! 내가 프랑스 극장의 특등석에 앉아서 범접할 수 없는 고결한 귀부인 행세를 하기도 하고, 오 년 동안 내 꽁무니를 쫓아다닌 사람들을 마치 야생의 처녀처럼 피해다니면서, 더없이 순결한 여자인 양 오만하게 쳐다보곤 했던 것도, 다 내가 바보였기 때문에요! 봐요, 그 순결한 오 년이 지난 지금, 저 사람이 찾아와서 이렇게 당신들이 보는 앞에서 탁자 위에 10만을 내놨어요, 틀림없이 바깥엔 저 사람들의 트로이카가 이미 대령해서 나를 기다리고 있을걸요. 내 값을 10만 루블로 매긴 거죠! 가네치카, 보아하니 당신은 아직도 나한테 화가 난 것 같은데? 그런데 정말 나를 당신 집안에 들일 생각이었어? 이 나를, 로고진의 여자를! 공작이 아까 뭐라고 말했죠?"

"나는 당신이 로고진의 여자라고 말하지 않았습니다, 당신은 로고진의 여자가 아닙니다!" 공작이 떨리는 목소리로 말했다.

"나스타시야 필립포브나, 됐어요, 제발, 그만하면 됐어요, 제발요." 다리야 알렉세예브나가 더이상 참지 못하고 불쑥 끼어들었다. "그 사람들이 그렇게 싫어졌다면 더이상 안 보면 되죠! 아무리 10만 루블이라도, 정말 저런 사내를 따라갈 작정인가요? 하긴 10만이라면—대단하긴 하죠! 정 그러면 그 10만은 받고 저 사내는 쫓아버려요, 저런 인간들한텐 그렇게 하는 법이에요. 어휴, 내가 당신이라면 저치들을 죄다…… 정말이지 이건!"

다리야 알렉세예브나는 격분하기까지 했다. 그녀는 선량하고 감수성이 무척 예민한 사람이었다.

"화내지 말아요, 다리야 알렉세예브나." 나스타시야 필립포브나가 그녀에게 웃어 보였다. "나도 저 사람한테 화를 내며 말하진 않았잖아요. 내가 그를 힐난하기라도 했나요? 어쩌자고 내가 그런 훌륭한 가정에 들어가겠다는 바보 같은 생각을 했는지, 나도 정말 이해할 수가 없어요. 나는 저이 어머니를 뵙고 손에 입을 맞췄어요. 내가 아까 오전에 당신 집에서 당신 가족을 조롱한 건 말이야, 가네치카, 당신이 어디까지 참을 수 있는지 마지막으로 직접 한번 보고 싶었기 때문이야. 그래, 당신은 날 놀라게 했어, 정말이야. 나는 많은 걸 예상했지만 그것까지는 아니었으니까! 정말이지, 당신은, 저기 있는 저 양반이 당신의 혼례식 전날이라 할 수도 있는 오늘, 나한테 그런 진주를 선물했고 또 내가 그걸 받았다는 걸 알면서도, 어떻게 나를 받아들일 수 있었지? 그리고 저 로고진은? 저 사람은 당신 집에서, 당신 어머니와 누이가 있는 자리에서 나를 두고 흥정했단 말이야, 그런데도 당신은 나하고 혼인할 생각으로 이렇게 찾아왔어, 게다가 하마터면 누이동생까지 데려올 뻔했잖아? 그렇다면 당신은 1루블짜리 은화 세 닢이면 바실리옙스키섬까지라도 기어갈 위인이라던 로고진의 말이 정말 맞나보지?"

"기어가고말고." 갑자기 로고진이 나지막이, 그러나 아주 확신에 찬 표정으로 말했다.

"굶어죽을 지경이라면 또 몰라, 하지만 당신은 상당한 봉급을 받고 있다던걸! 그런데도 당신은 그런 치욕도 모자라 자신이 증오하는 여자를 집으로 끌어들이겠다는 거지! (당신은 날 증오하니까, 그건 나도 잘 알아!) 아니, 이제 나는 당신이 돈을 위해선 살인도 저지를 위인이라는 걸 믿어! 봐, 이제 다들 탐욕에 사로잡히고 돈에 완전히 정신이 나가서 모두 바보처럼 돼버렸잖아. 어린애까지 벌써 돈놀이에 끼어드는걸! 아니면 면도칼에 비단을 둘둘 감아 흔들리지 않게 만든 다음, 친구 뒤를 몰래 쫓아가서 양처럼 목을 베어 죽이지, 얼마 전에 신문에서 읽었어. 그래, 당신은 정말 파렴치한 인간이야! 나도 파렴치해, 하지만 당신은 더 지독해. 저 꽃다발장수에 대해선 아예 말도 하고 싶지 않아……"

"당신이, 정말 당신이 그런 말을, 나스타시야 필립포브나!" 장군은 정말 슬프다는 듯 손뼉을 탁 쳤다. "당신처럼 고아한 분이, 당신처럼 섬세한 생각을 가진 분이 그런 말을 하다니! 무슨 그런 말이 다 있습니까! 무슨 그런 말투가 있느냐고요!"

"나는 지금 취했어요, 장군님." 나스타시야 필립포브나는 갑자기 웃음을 터뜨렸다. "좀 기분좋게 놀고 싶어요! 오늘은 나의 날, 내 축일이고 내 명절이잖아요, 난 오래전부터 이날을 기다렸어요. 다리야 알렉세예브나, 저기 저 꽃다발장수, 저 *동백꽃 신사*를 좀 봐요, 저기 앉아 우릴 보고 웃고 있군요……"

"나는 웃고 있는 게 아니오, 나스타시야 필립포브나, 최대한 주의깊게 듣고 있을 뿐이지." 토츠키가 점잔을 빼며 받아넘겼다.

"그건 그렇고, 무엇 때문에 나는 꼬박 오 년 동안이나 저 사람을 괴롭히면서 놓아주지 않았을까요? 저 사람이 과연 그럴 만한 가치가 있었을까요! 저 사람은 그저 본바탕이 그런 인간이었는데…… 게다가 저 사람은 내가 자기한테 못할 짓을 했다고 여길 거예요. 교육시켜줬겠다, 백작 부인처럼 살게 해줬겠다, 돈이, 그놈의 돈이 얼마나 나갔는데, 더구나 거기 있을 때부터 나에게 성실한 신랑감을 찾아줬고, 여기서는 가네치카를 찾아줬잖아요. 그리고 또 당신은 어떻게 생각할지 모르지만,

나는 지난 오 년간 저 사람과 같이 살지도 않으면서 꼬박꼬박 돈을 받았고, 그러면서 내가 정당하다고 생각했어요! 정말 머리가 완전히 어떻게 된 거였죠! 당신은, 그렇게 혐오스러우면 10만 루블은 받고, 돈을 준 인간은 쫓아버리란 말이죠. 그야 물론 혐오스러워요…… 내가 마음만 먹었다면 시집쯤이야 벌써 오래전에 갈 수가 있었겠죠, 물론 가네치카를 두고 하는 얘긴 아녜요, 하지만 그때도 정말 너무나 혐오스러웠어요. 그런데 나는 무엇 때문에 그렇게 원한을 품고 오 년이라는 세월을 헛되이 보냈을까요! 하지만 당신이 믿든 안 믿든, 나도 사 년 전쯤엔 이따금, 아예 아파나시 이바노비치한테 시집가버릴까 하고 생각한 적이 있어요. 그땐 그저 앙심을 품고 그렇게 생각한 거였죠. 그땐 정말 머릿속으로 별생각을 다 했거든요. 사실 저 사람을 나하고 혼인하게 만들 수도 있었으니까요! 저 사람 쪽에서 원하기도 했죠, 믿어지나요, 안 믿어져요? 물론, 저 사람이 빈말을 한 거였지만요, 워낙 호색꾼이어서 정욕을 참을 수 없는 것뿐이죠. 얼마 뒤 다행히도, 정말 저 사람한테 이런 앙심을 품을 만한 가치가 있을까 하는 생각이 들더군요. 그러자 갑자기 구역질이 날 만큼 저 사람이 싫어져서, 설사 저쪽에서 청혼했다 해도 절대 혼인하지 않았을 거예요. 그러고는 만 오 년을 그렇게 거만하게 굴어왔죠! 아뇨, 이제 차라리 길거리로 나가는 게 낫겠어요, 거기가 내가 있을 곳이기도 하니까! 로고진과 놀아나든가, 아니면 당장 내일부터 남의 집 빨래를 해주러 돌아다니든가! 내 것이라곤 아무것도 가진 게 없잖아요. 이 집을 나갈 땐—모든 걸 저 사람한테 던져주고, 마지막 걸레 조각까지 죄다 두고 갈 거예요, 하지만 아무것도 가진 게 없는 나를 누가 데려가겠어요, 저기 저 가냐한테 한번 물어봐요, 데려갈 건지?

페르드이셴코조차 데려가지 않을걸요!……"

"페르드이셴코는 아마 안 데려갈 거요, 나스타시야 필립포브나, 나는 솔직한 사람이거든요." 페르드이셴코가 끼어들었다. "대신 공작이 데려갈 겁니다! 당신은 그렇게 앉아 한탄만 하고 있지만, 공작을 한번 보라고요! 나는 아까부터 지켜보고 있었어요……"

나스타시야 필립포브나는 호기심이 담긴 눈으로 공작 쪽을 돌아보았다.

"정말이세요?" 그녀가 물었다.

"정말입니다." 공작이 속삭이듯 말했다.

"이런 나를 데려가신다고요, 아무것도 없는 나를!"

"모셔가겠습니다, 나스타시야 필립포브나……"

"이건 또 새로운 얘기인걸!" 장군이 중얼거렸다. "하기야 아주 예상할 수 없었던 건 아니지."

공작은 자신을 계속 응시하는 나스타시야 필립포브나의 얼굴을 서글프면서도 진지하고 꿰뚫을 듯한 시선으로 바라보았다.

"여기 또 한 사람이 나타났네요!" 그녀가 또다시 다리야 알렉세예브나를 돌아다보며 갑자기 이렇게 말했다. "하지만 저분은 어디까지나 선한 마음에서 저러는 거예요, 나는 저분을 잘 알아요. 아무튼 자선가를 한 사람 찾아냈군요! 그런데 저분에 대해…… 그렇다고들 하는 말은 사실일지도 몰라요. 로고진의 여자를 자기 아내로, 공작의 아내로 데려갈 만큼 이미 그렇게 반했다 해도, 앞으로 대체 어떻게 살아갈 셈이시죠?……"

"나는 순결한 당신을 모셔가는 것이지, 로고진의 여자를 데려가는 게 아닙니다, 나스타시야 필립포브나." 공작이 말했다.

"그럼 내가 순결하다고요?"

"당신은 순결하십니다."

"무슨, 그건 저기…… 소설에나 나오는 얘기죠! 그건, 공작, 옛날 사람들의 잠꼬대예요, 하지만 요즘같이 영리해진 세상에서 그런 건 죄다 헛소리에 지나지 않아요! 더구나 당신 자신도 유모가 필요한 상황인데, 혼인까지 해서 대체 어쩌시려고요!"

공작은 일어나서 수줍고 떨리는 목소리로, 그러나 동시에 깊은 확신을 가진 사람의 표정을 하고 입을 열었다.

"나는 세상에 대해 아무것도 모릅니다, 나스타시야 필립포브나, 나는 아무것도 보지 못했습니다, 당신 말이 옳아요, 하지만 나는…… 나는 우리의 혼인으로 당신이 내게 영광을 베푸는 것이지, 내가 당신에게 영광을 주는 게 아니라고 생각합니다. 나는 아무것도 아닌 존재이지만, 당신은 온갖 고통을 겪었고 그런 지옥으로부터 순결한 사람이 되어 빠져나왔으니, 이것은 엄청난 일입니다. 그런데도 당신은 대체 무엇이 수치스러워 로고진과 함께 가려고 합니까? 너무 흥분하신 겁니다…… 당신은 토츠키 씨에게 7만 5천 루블을 되돌려줬고, 여기 있는 모든 것을 전부 다 버리겠다고 하셨는데, 그런 일은 여기 있는 어느 누구도 해내지 못할 겁니다. 나는 나스타시야 필립포브나…… 당신을…… 사랑합니다. 나는 당신을 위해 죽어도 좋습니다, 나스타시야 필립포브나. 어느 누구도 당신에 대해 함부로 말하지 못하게 하겠습니다, 나스타시야 필립포브나…… 만약 우리가 가난해지면, 그때는 내가 일을 하겠습니다, 나스타시야 필립포브나……"

이 마지막 대목에서 페르드이셴코와 레베제프가 히히 웃는 소리가 들렸고, 장군마저 어째 심히 못마땅한지 혼자 헛기침을 했다. 프치츠인과 토츠키는 히죽 웃지 않을 수 없었지만, 간신히 참고 있었다. 나머지 사람들은 놀란 나머지 그저 입만 딱 벌렸다.

"……하지만 우리는 아마 가난뱅이가 되지 않을 겁니다, 아니, 어쩌면 큰 부자가 될지도 몰라요, 나스타시야 필립포브나." 공작은 여전히 수줍은 목소리로 말을 이었다. "하긴 나도 확실히는 모릅니다. 유감스럽게도 지금까지 온종일, 그 문제에 대해 아직 아무것도 알아내지 못했지만, 내가 스위스에 있을 때 모스크바에 사는 살라즈킨 씨라는 분한테서 편지를 한 통 받았는데, 내가 아주 엄청난 유산을 받게 될 수 있다고 알려주더군요. 여기 그 편지가 있습니다……"

공작은 정말로 주머니에서 편지를 한 통 꺼냈다.

"아니, 저 친구 정말 헛소리하는 거 아냐?" 장군이 중얼거렸다. "영락없는 정신병원이군!"

한순간 침묵이 흘렀다.

"공작, 그 편지를 살라즈킨에게서 받았다고 한 것 같은데요?" 프치츠인이 물었다. "그는 자기 분야에서 아주 잘 알려진 사람입니다. 아주 유명한 사무변호사지요, 만약 정말로 그가 당신한테 알려줬다면, 그건 완전히 믿어도 될 겁니다. 다행히 내가 그의 필적을 알고 있어요, 얼마 전에 사업상의 일로 서신 왕래를 한 적이 있어서…… 그 편지를 내게 보여주시면, 당신에게 뭔가 말해줄 수 있을지도 모르겠습니다."

공작은 떨리는 손으로 말없이 편지를 내밀었다.

"도대체 무슨 말이오, 무슨 말?" 장군은 반쯤 넋이 나가 사람들의 얼굴을 쳐다보고 있다가 문득 생각난 듯 물었다. "정말 유산을 받는다는 거요?"

모든 사람의 시선은 편지를 읽는 프치츠인에게 쏠렸다. 사람들의 호기심에 더없이 강력한 새로운 자극이 가해진 것이다. 페르드이셴코는 가만히 앉아 있지 못했다. 로고진은 어리벙벙한 얼굴을 하고 무서운 불안에 휩싸여 공작과 프치츠인을 번갈아 쳐다보았다. 다리야 알렉세예브나는 초조하게 기다리느라 마치 가시방석에 앉은 기분이었다. 레베제프조차 끝내 참지 못하고 구석에서 나와 허리를 잔뜩 구부린 채 프치츠인의 어깨 너머로 편지를 힐끔힐끔 들여다보기 시작했는데, 자신의 그런 행동에 당장 몽둥이세례라도 쏟아지지 않을까, 몹시 겁을 내는 표정이었다.

XVI

"틀림없는 일입니다." 마침내 프치츠인은 편지를 접어 공작에게 건네주며 이렇게 선언했다. "당신은 이모님의 확실한 유언장에 따라 아무런 번거로움 없이 막대한 재산을 상속받게 됐습니다."

"그럴 리가!" 장군은 마치 총이라도 발사하듯 커다란 소리로 외쳤다.

다들 또다시 입을 딱 벌렸다.

프치츠인이 주로 이반 표도로비치를 향해 설명한 바에 따르면, 공작이 개인적으로 전혀 알지 못했던 이모가 다섯 달 전에 죽었는데, 그녀는 공작 어머니의 친언니로, 파산하고 빈곤 속에서 죽은 파푸쉰이라는 모스크바 제3등급 상인*의 딸이었다. 그렇지만 역시 얼마 전에 죽은 이 파푸쉰의 친형은 유명하고 부유한 상인이었다. 그런데 일 년 전쯤, 이 사람에게 둘밖에 없던 아들들이 거의 같은 달에 연달아 죽고 말았다. 노인은 큰 충격을 받은 나머지, 얼마 지나지 않아 그만 자신도 병들어 세상을 떠났다. 홀아비였던 그에게 상속인이라고는 파푸쉰의 친조카딸인 공작의 이모 외엔 아무도 없었는데, 이 여자는 하도 가난해서 남의 집에 얹혀살고 있었다. 유산을 상속받았을 때 이 이모는 이미 수종으로 거의 죽어가는 형편이었으나, 즉시 살라즈킨에게 의뢰해 공작을 찾기 시작했고 유언장도 작성할 수 있었다. 추측건대 공작도, 또 공작을 스위스에서 자기 집에 살게 했던 의사도 공식적인 통지를 기다리거나 문의해볼 생각을 하지 않은 모양으로, 공작이 살라즈킨의 편지를 주머니에 넣은 채 직접 출발하기로 결정한 것이었다……

"이것 하나만은 당신에게 말씀드릴 수 있습니다." 프치츠인은 공작을 바라보며 결론적으로 말했다. "이건 전부 다툼의 여지가 없고 정당한 것이 분명하며, 살라즈킨이 당신한테 보낸 편지에서 이 일이 법적으로 다툼의 여지가 없는 적법한 것이라고 쓰고 있는 이상, 주머니 속에 현금이 들어와 있다고 간주해도 무방합니다. 축하합니다, 공작! 아마 150만까지도, 아니 어쩌면 그 이상도 받게 되실지 모릅니다. 파푸쉰은 대단히 부유한 상인이었으니까요."

"야아, 좋다, 문중의 마지막 사람인 므이쉬킨 공작!" 페르드이셴코가 소리쳤다.

* 혁명 전 러시아에서 상인은 자본 규모에 따라 세 등급으로 분류되었다.

"만세!" 레베제프가 술에 취해 쉰 목소리로 외쳤다.

"그것도 모르고 나는 아까 저 불쌍한 사람한테 25루블을 빌려주지 않았겠소, 하-하-하! 정말 요지경이라니까!" 놀란 나머지 거의 얼이 빠져버린 장군이 말했다. "이거 원, 축하하오, 축하해!" 그러면서 그는 자리에서 일어나 공작을 포옹하러 다가갔다. 그의 뒤를 이어 다른 사람들도 일어나 공작에게 우르르 몰려갔다. 커튼 뒤로 퇴각했던 사람들까지 응접실로 기어나왔다. 웅성웅성 떠드는 소리, 감탄 소리가 일었고, 심지어 샴페인을 내오라는 소리까지 울려퍼졌다. 모든 사람이 서로 맞부딪치며 밀쳐댔고, 모두가 부산을 떨었다. 그들은 잠시 나스타시야 필립포브나의 존재를, 어쨌거나 그녀가 이 야회의 주인이라는 점을 잊은 듯했다. 그러나 시간이 조금 지나면서 사람들은, 공작이 방금 그녀에게 청혼했다는 사실을 다들 거의 동시에 떠올렸다. 그러자 문제는 전보다 세 배는 더 희한하고 해괴하게 여겨졌다. 토츠키는 깊은 경악에 빠진 채, 그저 어깨를 으쓱일 따름이었다. 그나마 이렇게 앉아 있는 사람은 거의 그 혼자뿐이었고, 나머지 무리는 모두 탁자 주위에 몰려들어 혼잡스럽게 서로 밀쳐대고 있었다. 나중에 사람들은 모두, 나스타시야 필립포브나가 실성해버린 것은 바로 이 순간부터였다고 단언했다. 그녀는 여전히 제자리에 앉아 어딘가 이상하니 놀란 듯한 눈빛으로 모두를 둘러봤는데, 도무지 영문을 알 수 없어 생각을 모아보려 애쓰는 듯한 표정이었다. 그러다 갑자기 공작에게로 얼굴을 돌리더니 미간을 무섭게 찌푸리고 그를 뚫어지게 살펴보았다. 그러나 그것은 한순간에 지나지 않았다. 어쩌면 그녀에겐 이 모든 것이 갑자기 농담과 조롱으로 여겨졌는지도 모른다. 하지만 공작의 표정은 이내 그와는 정반대라는 사실을 확인시켜주었다. 그녀는 잠시 생각에 잠겼다가 또다시 웃어 보였지만, 무엇 때문에 웃었는지 자신도 분명하게는 의식하지 못하는 눈치였다……

"그럼, 정말로 공작 부인이 된다는 소리구나!" 그녀는 자조하듯 입속으로 이렇게 중얼거리고는, 다리야 알렉세예브나와 우연히 시선이 마주치자 소리내어 웃기 시작했다. "뜻밖의 대단원이네요…… 나는…… 이렇게 되리라곤 꿈에도 생각지 못했거든요…… 그런데 여러분, 왜 그렇게 서 계시죠, 제발 자리에 앉으세요, 그리고 나와 공작을 축하해주세요! 누가 샴페인을 청한 것 같은데, 페르드이셴코, 당신이 가서 좀 가져오라고 말해줘요. 카챠, 파샤," 그녀는 문득 문간에 서 있는 자기 집 하녀들을 보았다. "이리 온, 내가 시집을 간단다, 너희도 들었지? 150만 루블을 가진 공작에게 말야, 저분은 므이쉬킨 공작이신데, 나를 데려가신대!"

"그래요, 하느님께서도 축복해주실 거예요, 그렇게 해요, 이제 정말 그럴 때예요! 놓쳐선 절대 안 돼요!" 이 예기치 않은 사건에 깊이 감동한 다리야 알렉세예브나가 소리쳤다.

"자, 내 곁에 앉아요, 공작." 나스타시야 필립포브나가 말을 계속했다. "네, 그렇게요, 저기 술도 가져오는군요, 자, 그럼 축하해주세요, 여러분!"

"만세!" 여러 사람의 목소리가 요란하게 터져나왔다. 많은 사람이 술이 있는 쪽으로 몰려갔는데, 로고진의 패거리는 거의 다 끼어 있었다. 그러나 이렇게 외쳐대거나 기꺼이 함께 외쳐댈 태세면서도, 그들 중 많은 사람은, 이 모든 상황과 사정이 괴이하기 짝이 없긴 하나 어쨌든 지금 자신들의 눈앞에서 무대 배경이 바뀌고 있다는 사실을 직감했다. 개중에는 당황해서 자못 믿을 수 없다는 듯 지켜보며 기다리는 사람도 있었다. 하지만 대부분은, 이건 아주 흔해빠진 일이고, 공작이라는 자들이 얼토당토않은 여자와 혼인하는 게 어디 드문 일이냐, 심지어 집시 여자를 천막에서 끌어내어 데리고 살기도 한다, 라며 서로 소곤거렸다. 로고진 자신은 의혹이 담긴 뻣뻣한 미소로 얼굴을 일그러뜨린 채, 그 자리에 서서 그저 바라보고만 있었다.

"공작, 여보게, 정신 차리게나!"* 기겁을 한 장군이 옆에서 공작에게 다가가 그의 소매를 잡아당기며 속삭였다.

나스타시야 필립포브나가 이내 눈치채고 깔깔거리며 웃어댔다.

"소용없어요, 장군! 나는 이제 어엿한 공작 부인이에요, 당신도 그 말을 들으셨죠—공작은 내가 모욕당하게 내버려두지 않을 거예요! 아파나시 이바노비치, 당신이야말로 나를 축하해주셔야죠. 나는 이제 어디서나 당신 부인과 나란히 앉을 수 있으니까요. 당신 생각엔 어떤가요, 이런 남편을 갖는 건 이로울 듯한데? 150만 루블에다 공작이고, 게다가 백치라고 하니, 뭘 더 바라겠어요? 이제야말로 진짜 인생이 시작되는 거죠! 한발 늦었군, 로고진! 그 꾸러미는 도로 챙겨가시지, 나는 이제 공작한테 시집가고, 내가 너보다 더 부자니까!"

그제야 로고진은 무엇이 문제의 핵심인지 깨달았다. 형언할 수 없는 고통의 빛이 그의 얼굴에 뚜렷이 떠올랐다. 그는 손뼉을 탁 치더니, 가슴에서 무거운 신음을 토해냈다.

"물러서!" 그가 공작에게 소리쳤다.

---

* 이 대목부터 예판친 장군은 므이쉬킨 공작에게 높임말을 사용하지 않는다.

주위에서 와아 하고 웃음이 터져나왔다.

"너를 위해 물러서라 이거야?" 다리야 알렉세예브나가 의기양양하게 끼어들었다. "세상에, 돈을 탁자 위에 마구 내던지질 않나, 막돼먹은 촌놈 같으니! 공작은 정식 부인으로 데려가겠다는 건데, 너는 추잡한 목적으로 여기 나타났단 말야!"

"나도 데려가겠어! 지금 데려갈 거야, 지금 당장! 뭐든 다 내줄 테다……"

"이봐, 선술집에서 바로 온 주정뱅이 같으니라고, 너 따위는 내쫓아 버려야 해!" 다리야 알렉세예브나는 분개한 어조로 거듭 쏘아댔다.

웃음소리는 한층 더 커졌다.

"듣고 있죠, 공작." 나스타시야 필립포브나가 공작에게 말했다. "저 촌놈이 당신의 약혼녀를 두고 흥정하는데요."

"저 사람은 술에 취했어요." 공작이 말했다. "저 사람은 당신을 무척 사랑합니다."

"나중에 당신은 자기 약혼녀가 로고진과 달아날 뻔했다는 사실을 수치스러워하지 않을까요?"

"그건 당신이 제정신이 아니었기 때문입니다. 지금도 당신은 열병에 걸린 것처럼 흥분해 있어요."

"하지만 나중에 당신 아내가 토츠키의 첩 노릇을 하며 살던 여자라는 말을 듣게 돼도 부끄러워하지 않을 건가요?"

"아니요, 부끄러워하지 않을 겁니다…… 당신이 원해서 토츠키와 살았던 게 아니니까요."

"절대로 책망하지도 않고요?"

"책망하지 않겠습니다."

"그렇지만 조심해요, 일생을 두고 장담할 수는 없으니까!"

"나스타시야 필립포브나," 공작은 연민이 배인 듯한 어조로 조용히 말했다. "아까도 말했지만, 나는 당신의 승낙을 영광으로 받아들일뿐더러, 영광을 베푸는 쪽은 당신이지 내가 아닙니다. 당신은 이 말을 그냥 웃어넘겼고, 주위에서도 웃어대는 소리를 나도 들었습니다. 어쩌면 내 표현이 아주 우스웠고, 또 나 자신 역시 우스운 존재였는지도 모릅니다만, 언제나 나는…… 영광이 무엇인지 알고 있다고 생각해왔고, 또 내가 한 말이 진실임을 확신합니다. 당신은 지금 자신을 되돌이킬 수 없이 파멸시키려 했습니다. 그런 짓을 한 자신을 나중에 절대로 용서하지 않으려고 말입니다. 하지만 당신에겐 아무런 잘못도 없습니다. 당신의 인생이 이미 완전히 파멸해버렸다고 생각하다니 도저히 있을 수 없는 일입니다. 로고진이 당신을 찾아왔다 해서, 그게 뭐 어쨌다는 것이며, 가브릴라 아르달리오노비치가 당신을 기만하려 했다 해서, 도대체 어쨌다는 겁니까? 무엇 때문에 당신은 그 일을 끊임없이 끄집어냅니까? 거듭 말하지만, 당신이 한 일은 결코 누구나 할 수 있는 게 아니며, 로고진과 함께 가려고 했던 것은 병적인 발작 상태에서 결정한 겁니다. 당신은 지금도 그런 발작 상태이니, 잠자리에 드시는 게 좋습니다. 당신은 설사 내일 당장 남의 집 빨래를 해주러 갈망정 로고진과 함께하지는 않을 겁니다. 당신에겐 긍지가 있습니다, 나스타시야 필립포브나, 하지만 당신은 이미 너무나 불행한 탓에 자신에게 정말 잘못이 있다고 여기는 것 같습니다. 당신에겐 많은 보살핌이 필요합니다, 나스타시야 필립포브나. 내가 당신을 보살피겠습니다. 아까 당신의 사진을 봤는데,

친숙한 얼굴을 다시 보는 것만 같았습니다. 그리고 이내 당신이 나를 이미 부르고 있는 듯이 느껴졌습니다…… 나는…… 나는 평생토록 당신을 존경하겠습니다, 나스타시야 필립포브나." 공작은 갑자기 정신이 퍼뜩 든 양, 자기가 어떤 사람들 앞에서 이 말을 하고 있는지 깨닫고는 얼굴을 붉히며 급히 말을 끝맺었다.

아직 총각티를 벗지 못한 프치츠인은 부끄러운 나머지 머리까지 푹 숙이고 방바닥을 쳐다보았다. 토츠키는 속으로, '백치 주제에 아부가 제일 잘 통한다는 건 아는군, 아주 타고났어!'라고 생각했다. 공작은 또한, 한쪽 구석에서 그를 불살라버리고 싶다는 듯 이글거리고 있는 가냐의 시선을 알아챘다.

"어쩜 저렇게 착한 분이 다 있을까!" 다리야 알렉세예브나가 감동해서 외쳤다.

"교양은 있지만 도저히 가망 없는 인간이군!" 장군이 작은 소리로 중얼거렸다.

토츠키는 모자를 집어들고 살그머니 사라지려고 일어날 채비를 했다. 그와 장군은 함께 내빼자고 서로 눈짓을 했다.

"고마워요, 공작, 지금껏 내게 그렇게 말해주는 사람은 아무도 없었어요." 나스타시야 필립포브나가 입을 열었다. "다들 나를 두고 흥정을 했지, 점잖다는 분 중에 내게 청혼한 사람은 아직 아무도 없으니까요. 아파나시 이바느이치*, 들으셨죠? 공작의 말씀에 대해 어떻게 생각하세요? 당신에게야 뭐 삼갈 줄도 모른다고 여겨지겠죠…… 로고진! 너

* 일상어에서 부칭 이바노비치 대신에 자주 사용된다.

는 가지 말고 좀 기다려. 하긴 보아하니, 가지도 않겠군. 어쩌면 너하고 함께 떠날지도 몰라. 그래, 어디로 데려갈 작정이었지?"

"예카체린고프*요." 레베제프가 한쪽 구석에서 잽싸게 소리쳤고, 로고진은 자신의 귀를 믿지 못하겠다는 양 몸을 움찔하더니 휘둥그레진 눈으로 멍하니 바라보기만 했다. 그는 머리를 무섭게 가격당한 사람처럼 완전히 어리벙벙해 있었다.

"아니, 그게 무슨 말이에요, 무슨 말, 이봐요! 정말 발작이 일어나는 모양이군, 대체 정신이 나간 거 아녜요?" 다리야 알렉세예브나가 기겁을 하며 소리쳤다.

"그럼 내가 정말로 그럴 줄 알았나요?" 나스타시야 필립포브나는 깔깔거리며 소파에서 벌떡 일어났다. "어떻게 이런 아기 도련님을 망쳐놔요? 그런 짓은 아파나시 이바느이치한테나 어울리죠. 저 사람은 어린애를 특히 좋아하니까! 자, 같이 가, 로고진! 그 돈꾸러미를 챙겨! 나하고 혼인할 생각이더라도 상관없어, 하여간 그 돈은 이리 줘. 이러고도 나는 너한테 시집 안 갈지도 몰라. 네 쪽에서 나와 혼인하겠다고 하면 돈꾸러미가 네 수중에 그대로 남을 줄 알았어? 어림없지! 나는 이래봬도 파렴치한 계집이야! 나는 토츠키의 첩이었다고…… 공작! 당신한테 지금 필요한 건 아글라야 예판치나이지, 이 나스타시야 필립포브나가 아녜요, 그러잖으면—저 페르드이셴코마저 손가락질할걸요! 당신은 두렵지 않다지만, 나는 당신을 파멸시키고 나중에 당신한테 원망을 듣게 될까 두려워요! 당신은 내가 당신에게 영광을 베푸는 거라고

---

* 페테르부르크의 남서쪽 지역, 네바 강변에 있는 공원. 경치가 아름다울 뿐만 아니라 궁전과 공연 무대와 레스토랑이 있어, 피크닉 장소로 사랑받았다.

말하지만, 그 점에 대해선 토츠키가 잘 알아요. 그런데 가네치카, 당신은 그 아글라야 예판치나를 잘못 봤어, 그걸 알아? 당신이 그녀와 흥정하려 들지만 않았어도, 그녀는 틀림없이 당신과 혼인했을 텐데! 당신들은 죄다 그래. 하지만 부정한 여자와 사귈 것이냐, 순결한 여자와 사귈 것이냐—선택은 하나야! 안 그러면 반드시 난감한 상황에 빠지게 돼…… 저런, 장군이 저렇게 보고 있네, 입을 쩍 벌리고……"

"이건 소돔이야, 소돔!" 장군이 어깨를 으쓱 추어올리며 되뇌었다. 그도 역시 소파에서 일어섰다. 모든 사람이 다시 일어서 있었다. 나스타시야 필립포브나는 광적인 흥분 상태에 빠진 것 같았다.

"어떻게 이럴 수가!" 공작은 두 손을 쥐어짜며 신음하듯 말했다.

"그럼 이렇지 않을 줄 알았나요? 나도 아마 내 자존심이란 게 있겠죠, 그건 내가 파렴치한 계집이라는 것과는 상관없어요! 당신은 아까 나더러 완벽하다고 했죠. 완벽이라니 훌륭하기도 하지, 오직 허세 때문에 백만 루블과 공작 작위를 밟아 뭉개고 더러운 소굴로 기어들어가는데! 자, 이러니 내가 어찌 당신 아내가 될 수 있겠어요? 아파나시 이바느이치, 나는 정말로 그 백만 루블을 창밖으로 내던져버렸다고요! 대체 어떻게 당신은 내가 가네치카와, 아니, 당신의 그 7만 5천 루블과 혼인하는 걸 행복하게 여길 거라 생각했나요? 그 7만 5천은 당신이 가져요, 아파나시 이바느이치(게다가 10만도 못 채웠으니, 로고진이 되레 낫군요!), 가네치카는 내가 직접 위로해주겠어요. 좋은 생각이 떠올랐거든요. 하지만 지금은 신나게 놀고 싶네요, 어차피 나는 거리의 여자니까! 십 년이나 감옥살이를 했는데, 이제야 행복이 찾아온 거예요! 로고진, 대체 뭘 하고 있어? 어서 채비해. 우린 떠나는 거야!"

"가자!" 로고진은 기뻐서 거의 미쳐 날뛰며 부르짖었다. "어이, 자네들…… 모두 다…… 술을! 우후!……"

"술을 준비해, 나도 마실 테니. 악단도 데려올 거지?"

"암, 데려오고말고! 가까이 오지 마!" 다리야 알렉세예브나가 나스타시야 필립포브나에게 다가오는 걸 보자, 로고진은 미친듯이 으르렁거렸다. "내 여자다! 몽땅 내 거야! 내 여왕이야! 이제 끝났어!"

그는 기뻐서 숨이 넘어갈 지경이었다. 그는 나스타시야 필립포브나 주위를 빙글빙글 돌면서 모든 사람에게 고함을 질러댔다. "가까이 오지 마!" 그의 패거리는 어느새 전부 응접실 안으로 몰려들어와 있었다. 어떤 사람들은 술을 마시고, 어떤 사람들은 소리를 지르며 으하하 웃어댔지만, 다들 거리낌없이 온통 흥청거렸다. 페르드이셴코는 그들 틈에 끼어보려고 애쓰는 참이었다. 장군과 토츠키는 한시바삐 사라지려고 또다시 몸을 들썩였다. 가냐도 손에 모자를 들고 있었으나, 눈앞에 펼쳐지는 광경에서 여전히 시선을 뗄 수 없는지 그대로 묵묵히 서 있었다.

"가까이 오지 말라고!" 로고진이 소리쳤다.

"아니, 왜 그렇게 고래고래 고함을 지르는 거야!" 나스타시야 필립포브나가 그를 향해 깔깔거렸다. "나는 아직 이 집의 주인이야, 마음만 먹으면 지금이라도 너를 내쫓을 수 있어. 참, 아직 너한테서 그 돈을 받지 않았군. 바로 저기 있네. 이리 줘, 꾸러미째 그대로! 바로 이 꾸러미 안에 10만이 들었다고? 퉤, 왜 이렇게 더러워! 아니, 왜요, 다리야 알렉세예브나? 그럼 정말 내가 저 사람을 망쳐버려야 했나요? (그녀는 공작을 가리켰다.) 본인도 아직 유모가 필요한 판에 어떻게 장가를 가요? 바로 저기 있는 장군이 저 사람의 유모가 돼주겠죠—봐요, 벌써 착 달라붙어 있잖아요! 이걸 보라고요, 공작, 당신의 신붓감이 돈을 받았어요, 방탕한 여자니까요, 그런데도 당신은 이런 여자를 데려가려고 했죠! 아니, 왜 그렇게 우세요? 마음이 쓰라린가요, 그래요? 내 생각으론, 당신은 웃으셔야 해요." 나스타시야 필립포브나는 이렇게 말을 이었지만, 그녀 자신의 볼에도 두 개의 커다란 눈물방울이 반짝이고 있었다. "시간을 믿으세요—모든 것은 지나갈 테니까! 차라리 지금 생각을 고쳐먹는 게 나아요, 나중에 그러느니…… 아니, 너희, 왜 모두 울고 있니—저런, 카챠도 울고 있네! 귀여운 카챠, 왜 우니? 나는 너와 파샤에게 많은 걸 남겨놨어, 이미 그렇게 처리해뒀어, 하지만 이젠 헤어져야 해! 너처럼 순결한 처녀한테 내 시중을, 이 방탕한 여자의 시중을 들게 했다니…… 공작, 이러는 게 더 나아요, 정말 더 나아요, 안 그러면 나중에 당신은 날 경멸하게 될 테고 우리는 행복하지 못할 거예요! 맹세는 관둬요, 난 믿지 않으니까! 게다가 얼마나 어리석은 짓이겠어요!…… 아녜요, 차라리 좋게 헤어져요, 그러잖으면 나도 정말 꿈이 많은 여자니까 잘될 리가 없어요! 과연 내가 당신 꿈을 꾸어본 적이 없을까요? 당신 말이 옳아요, 오래전에 저 사람의 신세를 지며 아직 시골에서 오 년 동안 외롭게 혼자 살고 있을 때, 그때 당신 같은 사람을 꿈꾸곤 했죠. 이런 생각 저런 생각, 이런 공상 저런 공상을 하노라면—늘 당신처럼 착하고 정직하고 친절하고 좀 바보스럽기도 한 사람이 머릿속에 떠오르고, 그 사람이 갑자기 나타나서 '나스타시야 필립포브나, 당신한텐 아무런 죄가 없어요, 나는 당신을 숭배합니다!'라고 말할 것만 같았어요. 하도 그런 공상에 빠져드는 바람에 머리가 돌 지경이었죠…… 그러노라면 저기 저 사람이 찾아와 일 년에 두어 달씩 묵으면서, 내게 더럽고 수치스러운 짓을 하고, 내 몸을 뜨겁게 달구고, 나를 타락시키고 돌아가는 거예요—그래서 연못에 몸을 던질 생각도 천 번이나 했지만, 나는 너무 비열했고 용기가 부족했어요. 뭐, 하지만 이젠…… 로고진, 준비됐어?"

"준비됐어! 가까이 오지 마!"

"준비 완료!" 몇 사람의 목소리가 울렸다.

"트로이카가 방울을 달고 기다리고 있습니다!"

나스타시야 필립포브나는 두 손으로 꾸러미를 집어들었다.

"간카, 내게 한 가지 생각이 떠올랐어. 나는 당신한테 상을 주고 싶어, 아니, 뭐 땜에 당신이 모든 걸 잃어야 해? 로고진, 1루블짜리 은화 세 닢이면 이 사람은 바실리옙스키섬까지 기어갈 거라 했지?"

"기어가고말고!"

"자, 그럼 잘 들어, 가냐, 나는 마지막으로 당신의 영혼을 들여다보고 싶어. 당신은 석 달 동안이나 나를 괴롭혔지. 이젠 내 차례야. 이 꾸러미가 보이지, 이 안에 10만이 들어 있어! 자, 지금 나는 이렇게 모두가 보는 앞에서 이것을 벽난로의 불 속에 집어던지겠어, 이 사람들이 모두 증인이 돼줄 거야! 불길이 이 꾸러미 전체에 확 옮겨붙는 순간—벽난로 안으로 기어들어가라고, 단 장갑은 끼면 안 돼, 소매를 걷어올리고 맨손으로 이 꾸러미를 불에서 꺼내는 거야! 꺼내면—당신 거야, 10만이 전부 당신 거야! 손가락을 아주 조금 데겠지만—어쨌든 10만이잖아, 잘 생각해봐! 꺼내는 데 오래야 걸리겠어? 하지만 나는 당신의 영혼을 보며 즐기고 싶어, 내 돈 때문에 불 속으로 기어드는 꼴을 보고 싶단 말이야. 꾸러미가 당신 것이 된다는 건 여기 있는 모든 사람이 증인이야! 하지만 기어들어가지 않으면, 그대로 타버리고 말아. 다른 사람한텐 절대 허용하지 않겠어. 비켜요! 모두 저리 비켜요! 내 돈이니까! 내가 하룻밤 새 로고진한테서 받은 돈이야. 로고진, 내 돈이지?"

"당신 돈이지, 내 사랑! 당신 돈이고말고, 여왕님!"

"자, 그럼 다들 비켜요, 내 맘대로 할 테니까! 방해하지 말아요! 페르드이셴코, 불을 활활 지펴봐요!"

"나스타시야 필립포브나, 손이 말을 듣지 않아요!" 아연실색한 페르드이셴코가 대답했다.

"에잇!" 나스타시야 필립포브나는 소리를 지르고는 벽난로용 부젓가락을 집어들어 희미하게 타고 있던 장작 두 개를 헤쳐놓더니, 불길이 확 솟구치자마자 그 위로 휙 하고 꾸러미를 던져넣었다.

주위에 비명이 울려퍼졌다. 많은 사람이 성호를 긋기까지 했다.

"미쳤군, 미쳤어!" 사방에서 외쳐댔다.

"아니, 저…… 저…… 여자를 묶어놔야 하지 않을까?" 장군이 프치츠인에게 속삭였다. "아니면 사람을 부르든지…… 정말 미쳤군, 미친 거지? 미쳤지?"

"아-아닙니다, 아마 완전히 미친 건 아닐 겁니다." 스멀스멀 불길이 번지기 시작한 꾸러미에서 눈을 떼지 못한 채, 프치츠인이 흰 손수건처럼 창백해진 얼굴로 부들부들 떨면서 소곤거렸다.

"미쳤지요? 정말 미치지 않았소?" 장군은 이제 토츠키에게 들러붙었다.

"내가 그랬잖소, 색채가 아주 강렬한 여자라고." 아파나시 이바노비치 역시 약간 창백해진 얼굴로 중얼거렸다.

"아무리 그래도 10만 루블을!……"

"맙소사, 맙소사!" 하는 소리가 사방에서 들렸다. 다들 벽난로 주위에 모여들어 서로 이리저리 밀쳐댔고, 다들 보려고 끼어들었고, 다들 소리를 지르고 있었다…… 개중엔 남의 머리 너머로 들여다보려고 의자 위로 뛰어오르는 사람까지 있었다. 다리야 알렉세예브나는 다른 방으로 뛰쳐나가, 겁에 질린 얼굴로 카챠, 파샤와 무슨 말을 소곤거렸다. 독일 미녀는 달아나버렸다.

"마님! 여왕님! 전능하신 여왕님!" 레베제프는 나스타시야 필립포브나 앞에 무릎을 꿇고 기어다니며, 두 손을 벽난로 쪽으로 뻗고 울부짖었다. "10만! 10만 루블입니다요! 이 두 눈으로 직접 봤습니다, 제 눈앞에서 꾸러미에 쌌으니까요! 마님, 자비로우신 마님! 저에게 벽난로 속으로 들어가라고 한마디만 해주십시오. 온몸으로 기어들어가겠습니다. 제 허연 머리를 통째로 불구덩이에 집어넣겠습니다!…… 다리를 못 쓰는 병든 마누라에 새끼들이 열셋—죄다 어미의 보살핌을 받지 못하는, 고아나 다름없는 아이들입니다요. 제 아버지는 지난주에 저승으로 갔습니다, 쫄쫄 굶고 앉아 있다가요, 나스타시야 필립포브나!!" 그는 목놓아 울면서 벽난로 속으로 기어들어가려고 했다.

"비켜요!" 그를 밀쳐내며 나스타시야 필립포브나가 외쳤다. "모두 비켜서요! 가냐, 왜 그렇게 서 있지? 창피해할 것 없어! 어서 기어들어가! 당신의 행복이잖아!"

그러나 가냐는 이날 낮과 저녁 동안 이미 너무나 많은 것을 견뎌내느라 이 예기치 못한 마지막 시험에는 준비가 돼 있지 않았다. 사람들이 그들 두 사람을 앞에 두고 양옆으로 비켜서자, 그는 나스타시야 필립포브나와 세 걸음 간격을 두고 마주서게 됐다. 그녀는 벽난로 바로 옆에 서서, 꿰뚫을 듯 이글거리는 시선을 그에게서 떼지 않으며 기다리고 있었다. 연미복 차림의 가냐는 손에 모자와 장갑을 들고 팔짱을 낀 채 아무런 대답도 없이 묵묵히 그녀 앞에 서서, 타오르는 불길을 바라볼 따름이었다. 흰 손수건처럼 창백한 그의 얼굴에는 광기어린 미소가 감돌았다. 물론 그는 불길과, 불길이 날름거리는 꾸러미에서 눈을 떼지 못했지만, 그래도 어떤 새로운 무엇이 그의 영혼 속으로 들어선 것 같아 보였다. 그는 이 고문을 끝까지 견디기로 맹세라도 한 듯, 그 자리에서 꼼짝도 않고 있었다. 얼마가 지나자, 그가 꾸러미를 집으러 가지 않을 것이며, 갈 생각도 없다는 것이 모두에게 분명해졌다.

"저런, 다 타버리겠어, 그럼 다들 당신을 비웃을 텐데." 나스타시야 필립포브나가 그에게 소리쳤다. "분명 나중에 목을 매달게 될걸, 농담이 아냐."

처음에 천천히 타들어가던 두 개의 장작 사이에서 확확 타오르기 시작한 불길은 그 위에 떨어진 꾸러미에 눌려 잠시 꺼질 듯이 보였다. 그러나 아래쪽에서는 조그만 푸른 불꽃 하나가 밑에 깔린 장작개비 한 귀퉁이에 여전히 매달려 있었다. 그러다 마침내 길고 가느다란 불길이 혀처럼 날름거리며 꾸러미를 핥자, 불은 다시 찰싹 달라붙어 겉에 싼 종이의 모서리를 따라 위로 마구 내달렸고, 그러자 갑자기 꾸러미 전체에 불이 확 당겨 벽난로 안이 환해지면서 선명한 불길이 위로 솟구쳐 올랐다. 다들 아아! 하고 신음을 토했다.

"마님!" 레베제프가 여전히 울부짖으며 재차 앞으로 튀어나가려 했으나, 로고진이 그를 끌어내어 다시 한쪽으로 밀어젖혔다.

로고진 자신은 온몸이 움직이지 않는 하나의 시선으로 변해버렸다. 그는 나스타시야 필립포브나에게서 눈을 떼지 못하며, 마치 제7의 천국*에라도 있는 양 그지없는 환희에 도취해 있었다.

"바로 이게 진짜 여왕이야!" 그는 쉴새없이 주위를 돌아보며 그저 아무한테나 이렇게 뇌까렸다. "바로 이게 우리 식이지!" 그는 넋이 나가 소리쳤다. "자, 좀팽이들, 네놈들 중에 누가 감히 이렇게 할 수 있냐고, 엉?"

공작은 서글픈 얼굴로 말없이 지켜보고만 있었다.

"나는 단 천 루블만 돼도 이빨로 끌어내겠어!" 페르드이셴코가 이러고 나섰다.

"이빨로라면 나도 할 수 있어!" 맨 뒤에 서 있던 주먹 무사가 건잡을 수 없는 절망감에 사로잡혀 이를 벅벅 갈았다. "제-에기랄! 타버리네, 몽땅 타버리겠어!" 불길을 보며 그가 소리쳤다.

"탄다, 타!" 거의 모두가 벽난로 쪽으로 몸을 쑥 내밀고, 너나없이 한목소리로 외쳤다.

"가냐, 공연히 고집부리지 마, 마지막으로 하는 말이니까!"

"어서 기어들어가!" 페르드이셴코가 완전히 미친듯이 가냐에게 덤벼들어 그의 소매를 잡아끌며 울부짖었다. "어서 기어들어가, 허세 부릴 때가 아니야! 다 타버리겠네! 오, 제-에-에기랄!"

가냐는 힘껏 페르드이셴코를 밀쳐버리고는 문 쪽으로 걸어갔다. 그러나 두 걸음도 채 못 가 몸을 휘청하더니 그대로 바닥에 쓰러지고 말

* 신과 천사들만 산다고 하는 최상 천국.

았다.

"기절했어!" 주위에서 외쳐댔다.

"마님, 다 타버립니다!" 레베제프가 울부짖었다.

"공연히 태워버리는군!" 사방에서 아우성을 쳤다.

"카챠, 파샤, 저 사람한테 물을, 그리고 알코올도!" 나스타시야 필립포브나는 이렇게 외치고는, 부젓가락을 들어 꾸러미를 끄집어냈다. 바깥의 종이는 거의 전부 다 타서 시꺼먼 연기를 뿜어내고 있었지만, 안쪽에는 불길이 닿지 않았음을 곧바로 알 수 있었다. 꾸러미는 신문지로 세 겹이나 싼 것이어서, 돈은 멀쩡했다. 다들 안도의 한숨을 내쉬었다.

"천 루블쯤은 못쓰게 됐는지 모르지만, 나머지는 죄다 말짱할 겁니다." 레베제프가 감동해서 말했다.

"이건 전부 이 사람 거예요! 꾸러미째 다 이 사람 거라고요! 아시겠죠, 여러분!" 나스타시야 필립포브나는 꾸러미를 가냐 곁에 내려놓으며 엄숙히 선언했다. "끝내 집으러 가지 않고, 참아냈어! 그래도 자존심이 돈 욕심보다 강하다는 얘기죠. 너무 염려 마세요, 곧 깨어날 테니까! 기절하지 않았다면 나를 찔러 죽였을지도 모르죠, 아마…… 아, 벌써 정신이 들고 있네요. 장군님, 이반 페트로비치, 다리야 알렉세예브나, 카챠, 파샤, 로고진, 다들 들었죠? 꾸러미는 이 사람 거예요, 가냐 거라고요. 나는 이 사람에게 완전한 소유권을 넘기는 거예요, 보상으로…… 뭐, 무엇에 대한 보상이 됐든 간에! 이 사람한테 그렇게 말해줘요. 꾸러미는 여기 이 사람 옆에 놔두세요…… 로고진, 떠납시다! 안녕히 계세요, 공작, 나는 처음으로 한 인간을 보았어요! 안녕히 계세요, 아파나시 이바노비치, *고마워요!*"

로고진 무리는 로고진과 나스타시야 필립포브나의 뒤를 따라 왁자지껄하게 고함을 지르고 쿵쾅거리면서 여러 방을 거쳐 현관 쪽으로 몰려나갔다. 홀에서 하녀들이 그녀에게 모피 외투를 내주었다. 식모인 마르파도 부엌에서 뛰어나왔다. 나스타시야 필립포브나는 그들 모두에게 입을 맞췄다.

"마님, 그럼 정말 우리를 영영 버리시는 건가요? 대체 어디로 가시는데요? 더구나 생신에, 이런 좋은 날에!" 하녀들은 한없이 눈물을 흘리면서 그녀의 손에 입을 맞추며 이렇게 물었다.

"거리로 나가야지, 카챠, 너도 들었잖아, 거기가 내가 있을 곳이야, 아니면 남의 집 빨래를 해주든가! 아파나시 이바노비치와는 완전히 끝났어! 그 양반한테 인사를 전해주고, 너희도 날 나쁘게 여기진 말아줘……"

공작은 쏜살같이 건물 입구로 내달렸는데, 그곳에선 로고진 무리가 방울이 달린 네 대의 트로이카에 나눠 타는 중이었다. 하지만 계단을 미처 다 내려가기도 전에 장군은 공작을 따라잡을 수 있었다.

"공작, 제발 정신 차리게나!" 장군이 공작의 팔을 덥석 잡으며 말했다. "내버려두게! 저 여자가 어떤 여잔지 알잖나! 아버지 같은 입장에서 하는 말이니……"

공작은 그를 잠시 바라보다가 아무 말도 않고 팔을 빼내더니 아래로 달려내려갔다.

장군은 방금 트로이카가 떠나간 건물 입구 앞에서 공작이 첫번째 삯마차를 잡아타고 마부에게 트로이카 뒤를 쫓아 예카체린고프로 가자고 소리치는 모습을 보았다. 그런 다음에, 잿빛 준마가 끄는 장군의 마차가, 새로운 희망과 속셈과 아까의 그 진주와 함께 장군을 집으로 데려갔는데, 이런 판국에도 그는 그 진주를 잊지 않고 챙겨 나온 것이다. 여러 속셈이 교차하는 가운데 나스타시야 필립포브나의 매혹적인 모습도 두어 번 그의 눈앞에 아른거렸다. 장군은 푸우 하고 한숨을 내쉬었다.

"유감이야! 정말 유감이야! 영영 타락한 여자가 되고 말았어! 아주 미쳐버렸다니까!…… 아무튼, 이제 공작에게 필요한 건 나스타시야 필립포브나가 아니야……"

나스타시야 필립포브나의 손님 중 잠시 함께 걷기로 한 다른 두 사람도 그녀에게 바치는 송별사로 바로 이와 유사한 교훈적인 말을 몇 마디 나누었다.

"아십니까, 아파나시 이바노비치, 일본인들 사이에서도 이와 같은 일이 더러 있다는군요." 이반 페트로비치 프치츠인이 말했다. "그 나라에선 모욕당한 사람이 자신을 모욕한 자에게 가서 '너는 나를 모욕했다, 그래서 나는 네 눈앞에서 나의 배를 가르러 왔다'라고 말하고는, 실제로 상대방의 눈앞에서 자기 배를 가르면서 마치 정말로 복수라도 한 듯이 굉장한 만족을 느낀다는 겁니다. 세상에는 별 희한한 성격들도 있지요, 아파나시 이바노비치!"

"그럼 당신은 여기에도 그와 비슷한 점이 있다고 생각하는군요." 아파나시 이바노비치는 미소를 지으며 대답했다. "흠! 하여간 당신은 재치가 있어요…… 그리고 멋진 비유를 제시했소. 하지만 친애하는 이반 페트로비치, 당신도 직접 보았다시피, 나는 내가 할 수 있는 모든 것을 다 했소. 그렇다고 내 힘으로 불가능한 것까지 할 순 없잖소, 당신도 동의하겠지요? 하지만 또하나 당신의 동의를 구하고 싶은 것은, 이 여자한테는 굉장한 장점이…… 눈부신 면들이 있었다는 사실이오. 나로선 아까 그 소동에 끼어들 수가 없었지만, 만약 그럴 수만 있었다면 그녀에게 이렇게 소리쳐주고 싶기까지 했소, 그녀가 퍼붓는 모든 비난에 대해 나를 가장 훌륭하게 변호해주는 것은 바로 그녀 자신이라고 말이오. 아무튼, 이따금 이성을 잃을 정도로, 아니…… 모든 것을 망각할 정도로 이 여자의 포로가 되지 않을 자가 누가 있겠소? 그 로고진이란 촌놈을 보구려, 10만 루블을 질질 끌고 와서 그 여자한테 바치지 않았소! 방금 거기서 일어난 모든 일이—그저 덧없고 낭만적이고 상스럽다 할지라도, 그 대신 아주 강렬한 색채를 띠고 있고, 그 대신 아주 기발하단 말이오, 당신도 동의할 거요. 오, 하느님, 그만한 성격과 그만한 미모를 지녔다면 무엇인들 할 수 있을 텐데! 하지만 모든 노력과 심지어 교육에도 불구하고—모든 게 허사가 되고 말았소! 연마되지 않은 다이아몬드—나는 이 말을 여러 번 했다오……"

그러면서 아파나시 이바노비치는 깊은 한숨을 내쉬었다.

제2부

I

우리는 이 이야기의 제1부를 나스타시야 필립포브나의 야회에서 벌어진 기괴한 사건으로 끝맺었는데, 그러고 나서 이틀쯤 지나 므이쉬킨 공작은 자신의 그 예기치 못했던 유산 상속을 위해 급히 모스크바로 떠났다. 그가 그렇게 서둘러 출발한 데는 또다른 이유가 있을 거라는 얘기도 당시에 떠돌았다. 그러나 이에 대해서는, 공작이 모스크바에서뿐만 아니라 대체로 페테르부르크를 떠나 있던 기간에 취한 기이한 행동들과 마찬가지로, 우리로선 그다지 알려줄 만한 정보가 없다. 공작은 정확히 여섯 달을 떠나 있었는데, 그의 운명에 의당 관심을 가질 만한 어떤 이유가 있는 사람들조차 이 기간 내내 그에 대해 거의 아무것도 얻어들을 수가 없었다. 물론 무척 뜸하게나마 어떤 풍문이 몇몇 사람의 귀에 들어가기도 했지만, 그것들마저 대개는 괴상할뿐더러 거의 대부분 서로 모순된 점이 많았다. 누구보다 공작에게 관심을 가졌던 것은 당연히 예판친가의 사람들이었으나, 공작은 떠나면서 그들과 미처 작별인사도 나누지 못한 터였다. 그렇긴 해도 장군은 그때 공작과 두세 번이나 만나, 무슨 일에 관해 진지한 대화를 나누었다. 하지만 예판친 자신은 공작과 그렇게 만났으면서도 자기 가족에겐 이에 대해 알리지 않았다. 게다가 처음 얼마 동안, 즉 공작이 떠난 후 꼬박 한 달 가까이, 예판친가에서는 그에 대해 말하는 게 암묵적으로 아예 금지돼 있었다. 다만 한 사람 장군 부인 리자베타 프로코피예브나만이 아주 처음에, "내가 공작을 지독히 잘못 봤어"라고 털어놨다. 그리고 이삼일이 지나자, 이번엔 공작이라고 꼭 집어 말하지 않고 두루뭉술하게, "내 인생에서 가장 중요한 특징은 언제나 사람을 잘못 본다는 거야"라고 덧붙였다. 그리고 마지막으로 이미 열흘쯤 지났을 때는 무엇 때문인지 딸들에게 역정을 내다가, "실수는 그만! 이제 더이상 실수는 없다"라며 잠언투로 결론을 내렸다. 여기서 지적하지 않을 수 없는 것은, 이 집안에 꽤 오래전부터 그 어떤 불쾌한 분위기가 감돌고 있었다는 사실이다. 무겁고 긴장된 무엇, 숨기고 말하지 않는 무엇, 불화를 불러올 만한 그 무엇이 존재했고, 모두의 얼굴은 어두웠다. 장군은 밤낮으로 일에 파묻혀 분주히 지냈다. 그가—특히 공무관계로 이보다 더 분주하고 활동적인 경우는 보기 힘들었다. 집안 식구들은 여간해선 그의 얼굴을 볼 수 없었다. 예판친가의 처녀들은 어떤가 하면, 물론 그들은 아무 말도 입 밖에 내지 않았다. 어쩌면 자기네들끼리도 거의 말이 없었을지 모른다. 자존심이 강하고 오만해서 심지어 자기들끼리도 때로는 수치심을 느끼는 처녀들이었지만, 그러면서도 첫마디에, 아니 그저 눈빛만 봐도 서로의 마음을 이해하는 사이였으니 어떤 때엔 구태여 많은 말을 할 필요조차 없었을 것이다.

만일 여기에 제삼자로서 이 상황을 지켜보는 관찰자가 있었다면 오직 한 가지 결론을 내릴 수밖에 없었으리라. 즉, 비록 얼마 되진 않으나 앞에서 말한 모든 자료로 미루어보건대, 공작은 예판친가에 고작해야 한 번, 그것도 잠시 모습을 비쳤을 뿐이지만, 그럼에도 불구하고 그들에게 특별한 인상을 남겼다고 말이다. 어쩌면 이 인상은 공작의 몇몇 아주 기이한 행동이 불러일으킨 단순한 호기심에 기인했을 수도 있다. 그러나 어찌됐든 인상을 남긴 것만은 분명하다.

온 도시에 퍼졌던 소문들도 점차 미지의 어둠에 덮여버렸다. 하긴, 어떤 바보 공작이 (그의 이름을 정확히 대는 사람은 아무도 없었다) 갑자기 어마어마한 유산을 물려받았고, 얼마 전 러시아에 온 파리 샤토 데 플뢰르*의 어느 유명한 프랑스 캉캉 무희와 혼인했다는 얘기가 돌긴 했다. 그러나 다른 사람들의 말로는, 유산을 물려받은 건 어떤 장군이고, 러시아를 찾은 프랑스의 유명한 캉캉 무희와 혼인한 건 러시아의 억만장자 상인인데, 이 상인이 자기 혼례식 자리에서 술김에 그저 허세를 부리느라 정확히 70만 루블에 해당하는 할증금부채권**을 촛불에 태워버렸다고 했다. 하지만 이런 소문들은 모두 금세 잠잠해졌으니, 여기엔 충분히 그럴 만한 사정이 있었다. 예를 들면, 이 사건에 대해 그나마 뭔가 말해줄 수 있을 자들이 여럿 끼인 로고진의 패거리가 예카체린고프의 복스알***에서 부어라 마셔라 하며 끔찍한 난장판을 벌인 뒤

* 파리의 유명한 유흥장.

** 이자가 없는 대신 추첨에 의해 할증금이 주어지는 채권.

거의 꼭 일주일 만에 로고진 자신의 지휘하에 모스크바로 대거 출발했는데, 앞서의 그 난장판에는 나스타시야 필립포브나도 자리를 함께했다. 이 일에 관심을 가졌던 아주 몇 안 되는 사람들은 이런저런 소문 덕에, 나스타시야 필립포브나가 예카체린고프에서 그런 일이 벌어진 바로 다음날 달아나서 종적을 감췄다는 것, 그리고 그녀가 모스크바로 출발했다는 사실이 마침내 밝혀진 모양이라는 것을 알아냈다. 그래서 그들은 로고진이 모스크바로 출발한 점이 이런 소문과 어느 정도 부합한다고 여기게 됐다.

자신이 속한 사회에서는 꽤 알려진 존재인 가브릴라 아르달리오노비치 이볼긴에 관해서도 실은 여러 소문이 떠돌기 시작했다. 하지만 그에게도 어떤 한 가지 상황이 닥쳐서 그에 관한 온갖 악평을 대번에 가라앉히고 나중에는 완전히 사라지게 했다. 그가 심하게 병이 들어 사교계는 물론이고 직장에도 나갈 수 없게 된 것이다. 한 달가량 앓고 나서 건강을 회복하긴 했으나, 그는 무엇 때문인지 주식회사를 아예 사직했고, 그의 자리는 다른 사람이 차지하고 말았다. 그는 예판친 장군 집에도 전혀 얼굴을 내밀지 않아, 결국엔 다른 관리가 장군을 도우러 다니게 됐다. 가브릴라 아르달리오노비치의 적들은 그가 자신에게 일어난 모든 일 때문에 이제 너무 수치스러운 나머지 길에 나오기조차 창피한 모양이라고 추측했을지 모른다. 하지만 그는 정말로 무슨 병을 앓고 있었으며, 심지어 우울증에 빠져 자주 생각에 잠기고 신경질적으로

*** 과거 음악 연주, 무도회, 불꽃놀이 등이 열리던 유원지, 또는 그러한 목적으로 쓰이던 건물. 예카체린고프의 복스알은 중앙의 커다란 원형 건물이 연주회장이자 무도회장이었으며, 양옆으로는 레스토랑과 카페가 자리했다.

화를 내곤 했다. 바르바라 아르달리오노브나는 바로 그해 겨울 프치츠인과 혼인했다. 그들을 아는 사람들은 노골적으로, 이 혼인이 이루어진 것은, 가냐가 자기 근무처로 돌아가려 하지 않아 가족을 부양하지 못하게 됐을 뿐만 아니라, 그 자신이 오히려 타인의 도움을 받고 거의 간호까지 받아야 할 처지에 놓인 탓이라고 여겼다.

말이 나온 김에 덧붙이자면, 예판친 장군의 집에서는 가브릴라 아르달리오노비치 같은 인간은 자기네 집에 드나든 적은 고사하고—이 세상에 존재한 적조차 없다는 듯이, 그의 얘기를 입에 올리는 일마저 아예 없었다. 하지만 이 집 사람들은 모두 그에 관해 아주 특기할 만한 일 하나를 (더구나 대단히 빨리) 알게 됐는데, 그 일이란 바로 다음과 같았다. 즉 가냐는 그의 운명이 결정되던 바로 그날 밤, 나스타시야 필립포브나의 집에서 그 불쾌한 사건이 일어난 뒤 집으로 돌아와서는, 잠자리에도 들지 않고 열병에 걸린 듯 초조하게 공작이 돌아오기만을 기다렸다. 예카체린고프에 갔던 공작은 아침 다섯시가 조금 넘어서야 돌아왔다. 그러자 가냐는 공작의 방으로 들어가, 자기가 기절해서 누워 있던 동안 나스타시야 필립포브나가 선물로 준, 불에 그슬린 돈 꾸러미를 앞에 놓인 탁자 위에 내려놓으며, 기회 닿는 대로 속히 그녀에게 되돌려주라고 신신당부했다. 공작의 방으로 들어갈 때만 해도 가냐는 적의로 가득차고 거의 절망적인 심정에 사로잡혀 있었으나, 그와 공작 사이에 무슨 말이 몇 마디 오갔던 듯, 그는 그때부터 공작의 방에 두 시간이나 눌러앉아 줄곧 쓰라리게 흐느껴 울었다. 헤어질 때 두 사람은 친구 같은 사이가 돼 있었다.

예판친 가족 모두의 귀에 들어간 이 소식은 나중에 확인됐다시피 완전히 정확한 것이었다. 물론 이런 종류의 소식이 그처럼 빨리 귀에 들어가고 알려질 수 있었다는 게 이상하긴 했다. 이를테면 나스타시야 필립포브나의 집에서 벌어진 일만 해도 거의 바로 다음날, 그것도 세세한 부분까지 상당히 정확하게 예판친가에 죄다 알려졌다. 가브릴라 아르달리오노비치에 관한 소식은 바르바라 아르달리오노브나를 통해 예판친가에 전해졌다고 추측할 수도 있을 텐데, 그녀는 어찌된 셈인지 갑자기 예판친가의 처녀들을 찾아오기 시작했고, 심지어 너무도 순식간에 그들과 아주 친밀한 사이가 된 까닭에 리자베타 프로코피예브나를 몹시 놀라게 했다. 그러나 바르바라 아르달리오노브나가 어떤 이유 때문에 예판친 가족과 가까이 사귈 필요를 느끼고 있었다고는 해도, 분명 그들에게 자기 오빠 얘기를 하려 들진 않았을 것이다. 자기 오빠를 내쫓다시피 한 집과 교제를 하고 있을망정, 그녀 또한 나름대로 자존심이 꽤 강한 여자였기 때문이다. 전에도 그녀는 예판친가의 처녀들과 알고는 지냈으나, 만나는 일은 뜸했다. 물론 지금도 그녀는 응접실에는 거의 나타나지 않고, 그저 잠시 들르는 양 뒷계단으로 드나들었다. 리자베타 프로코피예브나는 바르바라 아르달리오노브나의 어머니인 니나 알렉산드로브나를 무척 존경하고 있었지만, 그렇다고 해서 바르바라를 진심으로 좋아한 적은 전이나 지금이나 한 번도 없었다. 그녀는 한편으론 놀라고 한편으론 화를 내면서, 딸애들이 '이제 자기에게 맞설 다른 방법이 생각나지 않으니까' 변덕과 오기를 부려 바랴와 사귀는 거라고 여겼으나, 바르바라 아르달리오노브나는 시집가기 전이나 시집간 다음이나 여전히 그들을 찾아왔다.

하지만 공작이 떠나고 한 달가량 지나서, 예판친 장군 부인은 늙은 벨로콘스카야 공작 부인에게서 편지를 한 통 받았는데, 출가한 맏딸을 만나러 두 주 전쯤 모스크바로 간 공작 부인이 보낸 이 편지는 그녀에게 상당한 충격을 주었다. 그녀는 이 편지에 대해 딸들이나 이반 표도로비치에게 한마디도 하지 않았지만, 그녀가 어쩐지 몹시 들떠 있고 심지어 흥분했다는 것을 식구들은 여러 가지 징후로 알게 됐다. 그녀는 왠지 유난히도 이상한 말투로, 딸들에게 아주 엉뚱한 소리를 자꾸 늘어놓기 시작했다. 그녀는 아마도 뭔가 털어놓고 말하고 싶은 듯했으나, 무엇 때문인지 꾹 참고 있는 눈치였다. 편지를 받은 날, 그녀는 모두에게 상냥하게 대했고 아글라야와 아젤라이다에겐 키스까지 해줬는데, 딸들 앞에서 뭔가 후회하는 태도를 보였지만 그게 과연 무엇인지는 딸들도 알 수 없었다. 한 달 내내 몹시 미워했던 이반 표도로비치에게까지 그녀는 갑자기 관대해졌다. 물론 바로 다음날 그녀는 자기가 어제 그렇게 감상적이었다는 데 화가 잔뜩 치밀어 점심때가 되기도 전에 모든 식구와 한바탕 다퉜으나, 저녁 무렵엔 지평선이 다시 맑게 개었다. 아무튼 이 일주일 내내 그녀는 상당히 밝은 기분으로 지냈는데, 이미 오랫동안 없던 일이었다.

그러나 다시 일주일이 지나 벨로콘스카야한테서 또 한 통의 편지가 오자, 이번엔 장군 부인도 아예 털어놓고 말하기로 결심했다. 그녀는 의기양양하게, '벨로콘스카야 할머니'가(그녀는 본인이 없는 자리에서는 단 한 번도 공작 부인을 다른 식으로 부르지 않았다) 자신에게 그…… "괴짜, 뭐, 그래, 그 공작!"에 관해 무척 위안이 될 만한 소식을 전해왔노라고 선언했다. 할머니가 그를 모스크바에서 찾아냈고, 그에 대해 여러모로 알아봤더니 평판이 아주 좋더라는 것이다. 그리고 마침내 공작이 직접 그녀를 찾아왔는데, 더없이 훌륭하다 할 인상을 주었다고 했다. "이건 할머니가 매일 낮 한시에서 두시까지 공작의 방문을 허용했고, 공작이 날마다 할머니를 찾아오면서도 아직 싫증나게 하지 않았다는 데서도 알 수 있어"라고 장군 부인은 결론지으면서, 공작이 '할머니' 소개로 두세 군데 훌륭한 가정에 드나들게 됐다고 덧붙였다. "집에 틀어박혀 있지 않고, 바보처럼 부끄러움을 타지도 않으니 다행이야." 이 소식을 모두 전해들은 처녀들은 엄마가 편지 내용 중 아주 많은 뭔가를 그들에게 숨기고 있음을 담박 알아챘다. 어쩌면 그들은 바르바라 아르달리오노브나를 통해 그것을 알게 됐을 수도 있는데, 그녀는 공작과 그의 모스크바 체류에 관해 프치츠인이 알고 있는 모든 것을 알 수 있었고, 또 당연히 알고 있었기 때문이다. 더구나 프치츠인이라면 누구보다 많이 알고 있을 법했다. 그는 업무와 관련해서 대단히 과묵한 사람이었으나, 물론 바랴에겐 아무것도 숨기지 않았다. 이 때문에 장군 부인은 바르바라 아르달리오노브나가 금세 더 싫어졌다.

하지만 어찌됐든 이제 얼음장은 깨졌고, 공작에 대해서도 갑자기 큰 소리로 말할 수 있게 됐다. 그뿐만 아니라 공작이 예판친가에 일깨우고 남겨놓은 그 특별한 인상과, 비할 데 없이 강렬한 관심이 다시 한번 선명하게 드러났다. 장군 부인은 모스크바에서 온 소식이 딸들에게 큰 인상을 준 데 깜짝 놀라기까지 했다. 그렇지만 딸들 역시 엄마에 대해 무척 놀랐는데, '내 인생의 가장 중요한 특징은—언제나 사람을 잘못 본다는 거야'라고 자기들에게 엄숙히 선언해놓고 다른 한편으론 모스크바에 있는 그 '막강한' 벨로콘스카야 할머니한테 공작을 돌봐달라고 부탁을 한데다, 더욱이 '할머니'로 말하면, 경우에 따라서는 여간해선 꿈쩍도 않는 양반이어서, 그런 부탁을 하려면 온갖 애원과 맹세를 동원해야 하는데도 그랬기 때문이다.

일단 얼음장이 깨지고 새로운 바람이 불어오자마자, 장군도 서둘러 입을 열었다. 알고 보니 그도 비상한 관심을 가지고 있었다. 하지만 그는 단지 '일의 사무적인 측면'에 대해서만 알려주었다. 그의 말에 의하면, 그는 공작을 위해 모스크바에서 나름대로 영향력도 있고 아주 믿을 만한 어떤 인사 두 명에게 공작과 특히 공작의 고문격인 살라즈킨을 특별히 잘 지켜봐달라고 의뢰했다. 그 결과, 유산에 관한 소문, '이른바 유산을 상속받는다는 사실'에 관한 소문은 모두 틀림없음이 입증됐으나, 결국 유산 그 자체는 처음에 떠들썩하게 퍼졌던 소문만큼 그렇게 엄청난 규모는 아님이 드러나고 있다고 했다. 재산은 절반이 복잡한 일에 얽혀 있었다. 부채가 드러나는가 하면, 이런저런 구실로 돈을 요구하는 자들도 나타났는데, 공작은 모든 조언에도 불구하고 지극히 비사무적으로 행동한다는 것이었다. 장군 자신은 '물론 하느님의 도움으로 그가 잘되기만 바랄 따름'이고, '침묵의 얼음장'이 깨진 지금 '정말 진심으로' 이런 말을 할 수 있어 기쁘다, 왜냐하면 '그 친구는 좀 뭣한 데가 있긴 하지만' 그래도 그럴 만한 가치가 있는 인간이니까, 하고 말했다. 그렇긴 해도 어쨌든 공작이 거기서 바보짓을 한 건 사실이라고 했다. 이를테면, 죽은 상인의 채권자라는 사람들이 의심스러운 서류나 때로는 아무 가치도 없는 서류를 들고 나타나고, 어떤 자들은 그저 공작의 소문을 얻어듣고 아예 아무런 서류도 없이 그냥 찾아오는데—공작은 대체 어떻게 하느냐? 공작은 이런 건달들, 이따위 채권자들은 아무런 권리도 없다고 친구들이 아무리 설명해줘도, 거의 모든 사람의 요구를 다 들어줬다는 것이다. 그것도 그저, 그들 중 몇 명이 정말로 피해를 입었음이 실제로 드러났기 때문에 그런다고 했다.

장군 부인은 이에 대해, 벨로콘스카야도 자기에게 비슷한 소식을 써 보냈다고 대답하면서, "멍청해, 너무 멍청해, 바보는 고칠 수가 없다니까" 하고 날카롭게 덧붙였지만, 얼굴 표정을 보면 오히려 이 '바보'의 행동을 기뻐하는 눈치였다. 이 모든 것에서 장군은 자기 아내가 공작에 대해 마치 친아들에게 가질 법한 관심을 가지고 있으며, 또 아글라야에게 왠지 몹시 상냥해졌다는 점을 마침내 알아챘다. 이것을 본 이반 표도로비치는 얼마 동안 지극히 사무적인 태도를 취했다.

그러나 이런 유쾌한 기분은 이번에도 오래가지 못했다. 겨우 두 주일이 지나자마자, 무언가가 또다시 갑작스레 변해서 장군 부인은 미간을 잔뜩 찌푸렸고, 장군은 어깨를 몇 번 흠칫거리고는 다시금 '침묵의 얼음장'에 갇혀버렸다. 문제는 불과 두 주일 전에 장군이 어떤 소식을 하나 비밀리에 전해 받았다는 것인데, 짤막해서 아주 분명치 않긴 해도 대신 믿을 만한 소식으로, 나스타시야 필립포브나가 처음 모스크바에서 자취를 감췄다가 바로 모스크바에서 로고진에게 색출됐고, 얼마 후 다시 어딘가로 달아났으나 또다시 로고진에게 잡혀서 결국엔 그와 혼인하기로 거의 확실한 언약을 주었다는 내용이었다. 그런데 그뒤 겨우 두 주일이 지났을 무렵 장군 각하는 갑자기 또하나의 정보를 접수했는데, 그에 따르면 나스타시야 필립포브나가 혼례식을 거의 코앞에 두고 세번째로 도망을 쳐서 이번에는 시골 어느 현의 어디에서 자취를 감췄고, 더구나 이와 때를 같이하여 므이쉬킨 공작도 자신의 모든 일을 살라즈킨에게 위임하고 모스크바에서 사라진 바, '그녀와 함께 사라졌는지, 아니면 그저 그녀 뒤를 쫓아갔는지는—알 수 없지만, 어쨌든 여기엔 뭔가가 있다'라고 장군은 결론지었다. 리자베타 프로코피예브나 쪽에서도 유쾌하지 못한 어떤 소식을 전달받았다. 결국 공작이 떠난 지 두 달이 지나자, 그에 관한 모든 소문은 페테르부르크에서 완전히 잠잠해졌고, 예판친의 집에서도 '침묵의 얼음장'이 이제 다시는 깨지지 않았다. 하지만 바르바라 아르달리오노브나는 여전히 이 집 처녀들을 찾아왔다.

이와 같은 모든 소문과 소식에 매듭을 짓기 위해 한 가지만 덧붙이자면, 봄이 시작될 무렵 예판친가에는 아주 여러 가지 변화가 일어나서, 자기 쪽에서도 아무런 기별을 전해오지 않거니와 어쩌면 그럴 생각도 않는 듯한 공작에 대해선 자연히 잊을 수밖에 없었다. 그리고 마침내, 겨울 동안 이야기가 점점 확실해져 여름을 보내러 외국으로 떠나자고 결정이 났는데, 이것은 그러니까 리자베타 프로코피예브나와 딸들에게 해당하는 얘기이고, 장군이야 당연히 그런 '허황된 기분전환'에 시간을 허비할 형편이 아니었다. 이 결정은 처녀들의 절실하고 집요한 주장에 따라 내려진 것으로, 이들은 자기들을 외국에 보내지 않으려는 것은 부모가 자기들을 시집보내려 그저 신랑감을 찾는 데만 밤낮 신경 쓰기 때문이라고 아주 확신하고 있었다. 어쩌면 부모들도 결국엔, 신랑감은 외국에서도 만날 수 있고, 고작 여름 여행 때문에 뭐가 틀어질 염려는 전혀 없을뿐더러 오히려 '도움이 될 수도 있을 거라고' 믿었는지 모른다. 여기서 한 가지 말해두자면, 아파나시 이바노비치 토츠키와 맏딸 예판치나를 두고 얼마 전에 오가던 혼담은 완전히 깨졌고, 남자 쪽에서 정식 청혼도 아예 없었다. 쌍방에서 이렇다 할 대화나 가정 내의 의견 충돌 같은 것도 전혀 없이, 어쩌다 저절로 그리 돼버렸다. 공작이 떠난 뒤로 양쪽에서 모든 게 갑자기 잠잠해져버린 것이다. 그때 장군 부인은 이제 '두 손으로 성호를 긋고 싶을 만큼' 기쁘다고 말했지만, 당시 예판친가를 뒤덮고 있던 무거운 분위기에는 바로 이러한 상황도 어느 정도 작용한 게 사실이다. 장군은 부인의 노여움을 사며 모든 게 자신의 불찰이라고 느꼈으나, 그래도 역시 오랫동안 부루퉁해 있었다. '그만한 재산에 그만한 수완을 가진 사람인데!' 싶어, 아파나시 이바노비치를 놓친 게 못내 애석했던 것이다. 얼마 뒤 장군은, 아파나시 이바노비치가 이곳에 들른 프랑스 후작 부인이자 정통왕조파*인 상류사회 여자한테 혹해서 곧 혼인을 앞두고 있으며, 그 여자에게 이끌려 파리로 갔다가 다음엔 브르타뉴 어디로 갈 거라는 소식을 들었다. '뭐, 프랑스 계집과 신세를 망치겠지.' 장군은 이렇게 결론지었다.

아무튼 예판친가에서는 여름이 시작되면 떠날 준비를 하고 있었다. 그런데 갑자기 한 가지 상황이 발생해서 또다시 모든 것을 근본적으로 바꿔놓았고, 장군과 장군 부인으로선 아주 기쁘게도 여행은 다시금 연기됐다. 모스크바에서 어떤 공작, 즉 S**라는 공작이 페테르부르크에 도착했는데, 이 공작은 유명한, 그것도 대단히 대단히 좋은 면에서 유명한 사람이었다. 그는 자각을 가지고 유익한 일을 하기를 진심으로 원하며, 항상 일하고 또 항상 자기가 할 일을 찾아내는 희귀하고도 행복한 자질을 갖춘 성실하고 겸손한 사람 중 하나, 아니 현대의 활동가 중

---

* 프랑스혁명으로 무너진 부르봉왕조를 지지하는 자들.

** 원문에는 Ш로 되어 있으나, 로마자에는 이에 상응하는 '한 자로 된' 글자가 없는 까닭에 여기에선 S로 표기한다.

하나라고까지 말해도 좋을 사람이었다. 남에게 자신을 내세우지 않고, 정파들의 격렬한 다툼이나 한가한 공론空論에 끼어들지 않으며, 자신이 최정예 중 한 명이라고 여기지 않으면서도, 그는 최근에 일어나는 많은 일을 매우 근본적으로 이해하고 있었다. 그는 전에는 관청에 근무했으나, 그후엔 지방자치활동에도 참여하기 시작했다. 그 밖에도 몇몇 러시아 학술단체의 유익한 통신원이기도 했다. 그는 지인인 어느 기사技士와 협력하여, 자신이 수집한 자료와 연구 결과를 바탕으로, 이미 계획돼 있는 가장 중요한 철도 중 하나가 보다 올바른 방향으로 부설될 수 있도록 도왔다. 나이는 서른다섯 정도였다. '최상류사회'의 사람인데다, 장군의 표현을 빌자면 '훌륭하고 건실하고 다툼의 여지가 없는' 재산을 갖고 있었는데, 장군은 꽤 중대한 어떤 일로 자기 상관인 백작을 찾아갔다가 거기서 이 공작을 만나 가까워질 기회를 갖게 된 것이었다. 공작은 어떤 특별한 호기심에서, 러시아 '사업가들'과 사귀기를 결코 마다하지 않았고, 그렇게 해서 장군 가족과 알고 지내게 됐다. 세 자매 중 둘째인 아젤라이다 이바노브나가 그에게 상당히 강한 인상을 주었다. 봄이 시작될 즈음 공작은 자신의 마음을 밝혔다. 그는 아젤라이다의 마음에 무척 들었고, 리자베타 프로코피예브나도 그를 좋게 보았다. 장군은 몹시 기뻐했다. 당연히 여행은 연기됐다. 혼례는 봄에 올리기로 결정했다.

하지만 여행은 한여름이나 늦여름쯤, 아젤라이다를 떠나보낸 슬픔을 달래기 위해 리자베타 프로코피예브나와 남은 두 딸이 함께하는 그저 한두 달간의 유람 형식으로라도 성사될 수 있을 것 같았다. 그러나 또다시 어떤 새로운 사건이 일어났다. 이미 봄도 끝나갈 무렵 (아젤라이다의 혼례는 조금 늦춰져서 한여름으로 연기됐다) S공작이 자신의 먼 친척뻘 되지만 서로 꽤 잘 알고 있는 어떤 사람을 예판친가에 데려왔다. 그는 예브게니 파블로비치 R이라는 사람으로 아직 스물여덟 정도밖에 안 된 젊은 시종무관이었는데, 그림 같은 미남에 '명문가' 출신에다 기지를 지닌 빛나는 '신세대' 청년이면서, '대단한 학식'과 여태 들어보지도 못했을 만큼 엄청난 재산을 가진 자였다. 이 마지막 사항에 관한 한, 장군은 언제나 신중했다. 그는 조회를 해보았다. '정말 사실인 것 같군—하긴 좀더 확인해봐야겠지만.' 이 '전도유망한' 젊은 시종무관은 벨로콘스카야 할머니가 모스크바에서 보낸 편지에서도 아주 높은 평점을 받았다. 다만 그를 따라다니는 한 가지 명성만큼은 조금 낯간지러운 것이었다. 여자관계가 제법 있었고, 불행한 여심을 꽤 많이 '정복'했다는 얘기였다. 아글라야를 보자 그는 아예 예판친의 집에 들어앉다시피 했다. 사실, 그쪽에서 아직 아무 말도 입 밖에 내지 않았고 무슨 암시를 한 적조차 없지만, 부모는 이번 여름에 외국 여행은 생각할 필요조차 없다고 여기는 듯했다. 하지만 아글라야 자신은 아마 다른 의견이었는지도 모른다.

이것은 우리의 주인공이 이 이야기의 무대에 이미 두번째로 나타나기 거의 직전에 일어난 일이었다. 겉으로 보기에, 이 무렵 페테르부르크에서는 불쌍한 므이쉬킨 공작을 이미 까맣게 잊은 듯했다. 지금 만약 그가 아는 사람들 사이에 갑자기 나타난다면, 마치 하늘에서 떨어지기라도 한 것처럼 여겨지리라. 그건 그렇고 우리는 어쨌든 또 한 가지 사실을 전함으로써 이 서론을 끝맺고자 한다.

콜랴 이볼긴은 공작이 떠난 뒤 처음엔 예전과 같은 생활을 계속하여, 김나지움에 다니고, 자기 친구인 입폴리트를 찾아가고, 장군을 감시하고, 집에서 바랴를 도와 심부름을 했다. 그러나 하숙인들은 금세 없어지고 말았다. 페르드이셴코는 나스타시야 필립포브나의 집에서 그런 일이 있은 지 사흘 만에 어디론가 이사를 하더니 무척 빨리 행방을 감춰버린 탓에, 그에 대한 온갖 소문도 잠잠해졌다. 어디선가 술을 퍼마시며 지낸다는 말도 있었지만, 확실치는 않았다. 공작도 모스크바로 떠났으니, 하숙업도 그것으로 끝장이 났다. 그후 바랴가 혼인을 하자, 니나 알렉산드로브나와 가냐는 그녀와 함께 이즈마일롭스키 연대* 에 있는 프치츠인의 집으로 이사했다. 이볼긴 장군으로 말하면, 그에게도 이와 거의 때를 같이하여 꿈에도 생각지 못했던 일이 하나 일어났다. 채무자 구치소에 들어가게 된 것이다. 장군을 그곳에 집어넣은 것은 그의 다정한 벗인 대위 부인으로, 이러저러한 때에 써준 총액 2천 루블가량의 채무증서 때문이었다. 이 모든 일은 장군으로선 그야말로 날벼락이었는데, 가엾은 장군은 '일반적으로 말해, 그야말로 인간의 고결한 마음에 대한 지나친 신뢰의 희생양이 된' 셈이었다. 그는 곤경을 면하려고 별생각 없이 차용증이며 어음을 버릇처럼 써주면서도, 이것들이 언젠가 효력을 가질 수도 있다는 건 예상치도 못했고, 늘 이건 그저 그뿐인 거라고만 생각했다. 그러나 그저 그뿐이 아님이 드러났다. "이러고서도 사람을 믿으란 말인가, 고결한 신뢰를 표하란 말인가!" 그는 타라소프 구치소의 새로운 친구들과 어울려 술병을 앞에 두고 앉아 이렇게 개탄하면서, 카르스 포위 작전과 죽었다가 다시 살아난 병사의 일

* 페테르부르크에서 이즈마일롭스키 연대의 근위 중대들이 자리잡고 있던 구역을 흔히 연대 이름으로만 부르곤 했다.

화 따위를 늘어놓았다. 하지만 그는 아주 잘 적응하며 지냈다. 프치츠인과 바랴는 그곳이 장군에게 딱 맞는 장소라고 말했고, 가냐도 이 의견에 전적으로 동의했다. 다만 가엾은 니나 알렉산드로브나만은 남몰래 쓰라린 눈물을 흘렸을뿐더러(식구들은 이에 놀라기까지 했다), 언제나 시름시름 앓으면서도 그런 몸을 이끌고 틈만 나면 이즈마일롭스키 연대로 남편을 면회하러 갔다.

그러나 콜랴의 표현대로 '장군의 사건' 이후, 아니 그보다는 누이가 혼인을 한 뒤부터 콜랴는 식구들의 간섭을 거의 받지 않게 됐고, 최근에는 밤에 집에 자러 들어오는 일조차 드물어졌다. 들리는 말로는, 그가 새로운 사람들을 많이 사귀었다고 했다. 그뿐만 아니라 채무자 구치소에서도 그는 아주 잘 알려져 있었다. 니나 알렉산드로브나가 콜랴 없이는 그곳에 다닐 수 없었기 때문이다. 하지만 이제 집에서는 그저 호기심에서라도 그에게 귀찮게 구는 사람은 없었다. 예전엔 그에게 그토록 엄했던 바랴도 이제는 그가 나돌아다니는 데 대해 한마디도 캐묻지 않았다. 그러나 식구들이 무척 놀란 것은, 가냐가 심한 우울증에 걸려 있음에도 불구하고 콜랴와 얘기를 주고받을 뿐만 아니라 심지어 때로는 완전히 친구처럼 친하게 어울린다는 점이었는데, 이것은 전에는 한번도 없었던 일로, 스물일곱 살인 가냐는 열다섯 살짜리 동생에게 당연히 눈곱만큼도 다정한 관심을 보이지 않고 거칠게 대했을 뿐만 아니라, 다른 식구들한테도 동생을 그저 엄하게 대할 것만 요구하며, 언제나 '귀를 잡아당겨주겠다'고 을러대기 일쑤여서, 콜랴에게 '마지막 남은 인간적 인내심'마저 바닥나게 하곤 했기 때문이다. 하지만 이젠 오히려 콜랴가 가냐에게 때로는 없어선 안 될 존재가 된 듯싶었다. 가냐가 그때 돈을 되돌려보냈다는 사실은 콜랴를 무척 놀라게 했다. 그래서 그는 웬만한 것에 대해선 형을 용서해주겠다 마음먹었다.

공작이 떠나고 석 달가량 지났을 때, 이볼긴가에서는 콜랴가 갑자기 예판친 집안 사람들과 교제를 시작해 그 집 처녀들에게 무척 환대를 받고 있다는 얘기를 들었다. 바랴가 곧바로 이 사실을 알아낸 것이다. 하지만 콜랴는 바랴를 통해서가 아니라 '완전히 자기 힘으로' 이들 가족과 교제를 텄다. 예판친가에서는 점차 그를 좋아하게 됐다. 장군 부인은 처음엔 그를 몹시 못마땅하게 여겼으나, '아부할 줄 모르는 솔직한 성격' 때문에 이내 그를 귀여워하게 됐다. 콜랴가 아부할 줄 모른다는 건 전적으로 옳은 말이었다. 그는 이따금 장군 부인에게 책이나 신문을 읽어주기도 했지만, 어디까지나 독자성을 지키며 이 집에서 완전히 대등한 관계를 지켜나가는 능력과 용기가 있었고—그러면서도 늘 친절했다. 하지만 두어 번 리자베타 프로코피예브나와 격렬한 언쟁을 벌인 끝에, 당신은 폭군이다, 앞으로 다시는 이 집에 발을 들여놓지 않겠다고 선언한 적도 있었다. 첫번째 논쟁은 '여성 문제'에서 비롯됐고, 두번째는 어느 계절이 검은방울새를 잡기에 가장 좋은가 하는 문제 때문이었다. 정말 곧이들리지 않겠지만, 장군 부인은 언쟁이 있고 사흘째 되던 날 하인을 시켜 그에게 쪽지를 보내, 꼭 와달라고 부탁했다. 콜랴는 뻗대지 않고 곧바로 나타났다. 다만 한 사람 아글라야만은 왜 그런지 늘 그에게 호의를 갖지 않고 깔보듯이 대했다. 그러나 그런 그녀에게도 콜랴 때문에 깜짝 놀랄 일이 기다리고 있었다. 한번은 콜랴가—부활절을 바로 앞둔 때였는데—단둘이 있는 때를 노려 아글라야에게 편지 한 통을 건네며, 다른 사람이 없는 데서 전해달라는 부탁을 받았다고만 말했다. 아글라야는 이 '건방진 꼬맹이'를 무섭게 노려보았지만, 콜랴는 기다리지도 않고 바로 나가버렸다. 그녀는 편지를 펼치고 읽어내려갔다.

'언젠가 당신은 나를 신뢰해주셨습니다. 지금쯤은 나를 완전히 잊으셨는지도 모르겠군요. 어찌하여 이렇게 당신에게 편지를 쓰게 됐을까요? 나도 잘 모르겠습니다. 하지만 당신에게, 다름 아닌 당신에게 나 자신의 존재를 상기시키고 싶은 참을 수 없는 바람이 내 가슴속에 생겨났습니다. 당신들 세 분 모두가 내게 절실히 필요했던 때가 얼마나 많았는지요, 하지만 세 분 가운데 오직 당신 한 분만을 나는 보고 있었습니다. 당신은 내게 필요한 분입니다, 너무나 필요한 분입니다. 나 자신에 대해 쓸 말은 전혀 없습니다, 얘기할 것도 전혀 없습니다. 그러려고 했던 것도 아닙니다. 나는 당신이 행복하시기만을 간절히 바랄 뿐입니다. 당신은 행복하신가요? 오직 이 말만을 당신께 하고 싶었습니다.

당신의 오빠 L. 므이쉬킨 공작'

이 짤막하고도 적잖이 요령부득인 편지를 읽고, 아글라야는 갑자기 얼굴을 확 붉히면서 생각에 잠겼다. 그녀가 어떤 생각을 했는지 그 흐름을 전달하긴 어려울 듯싶다. 아무튼 그녀는 '누구한테 보여줘볼까?' 하고 스스로에게 물었다. 하지만 왠지 부끄러운 마음이 들었다. 그래서 결국 비웃는 듯한 야릇한 미소를 띠며, 그 편지를 자신의 조그만 탁자 속에 던져넣었다. 이튿날 그녀는 다시 그 편지를 꺼내어, 단단하게 철해서 제본한 두꺼운 책 속에 끼워놓았다(필요할 때 더 빨리 찾을 수 있도록, 그녀는 자신의 서류를 늘 이렇게 해두었다). 그리고 일주일이 지난 뒤에야 그게 도대체 어떤 책이었는지 살펴보게 됐다. 『라만차의 돈키호테』였다. 아글라야는 숨이 넘어갈 듯 깔깔 웃어댔으나—왜 웃었는지는 알 수 없다.

그녀가 자신의 획득물을 두 언니 중 누구한테라도 보여줬는지, 그것도 역시 알 수 없다.

그러나 이 편지를 다시 한번 읽었을 때, 문득 이런 생각이 그녀의 머리에 떠올랐다. 정말 저 건방지고 잘난 척하는 꼬맹이가 공작의 통신원으로, 아마도 이곳에는 단 한 명밖에 없을 통신원으로 뽑혔다는 걸까? 그녀는 한껏 경멸에 찬 표정이었지만, 어쨌든 콜랴를 붙들고 캐물었다. 그러나 걸핏하면 모욕감을 느끼는 '꼬맹이'가 이번만큼은 그런 경멸 어린 표정에 전혀 개의치 않았다. 그가 아글라야에게 아주 간략하고 상당히 건조하게 설명한 바에 따르면, 공작이 페테르부르크를 떠나기 직전에 그는 만약의 경우를 위해 자신의 고정적인 주소를 공작에게 알려주고, 무슨 용무가 있으면 자기에게 맡겨달라고 했지만, 이것이 공작에게서 받은 첫 임무이자 첫 편지라고 했으며, 이렇게 말하면서 그는 자신의 말이 사실임을 증명하기 위해 자기 앞으로 온 편지를 보여주었다. 아글라야는 주저하는 기색도 없이 그것을 받아서 읽었다. 콜랴에게 온 편지에는 이렇게 쓰여 있었다.

'사랑하는 콜랴, 부디 여기 함께 보내는 봉인된 편지를 아글라야 이바노브나에게 전해주게. 건강하길 바라네.

자네를 사랑하는 L. 므이쉬킨 공작'

"어쨌거나 이런 젖내 나는 어린애를 믿고 부탁하다니 우스워." 아글라야는 콜랴에게 편지를 돌려주며 모욕적으로 내뱉고는, 같잖다는 태도로 그의 옆을 지나갔다.

콜랴도 이것만은 도저히 참을 수가 없었다. 그는 일부러 이번 방문을 위해 이유도 말하지 않고 가냐를 졸라서, 아직 완전히 새것인 초록색 목도리까지 빌려 목에 두르고 왔던 것이다. 그는 지독한 모욕감에 어쩔 줄 몰라했다.

II

6월 초순이었고, 페테르부르크에선 보기 드물게 벌써 일주일 동안이나 날씨가 화창했다. 예판친 가족은 파블롭스크*에 호화로운 별장을 소유하고 있었다. 리자베타 프로코피예브나가 갑자기 소란을 피우며 밀어붙이는 바람에, 식구들은 부랴부랴 준비해서 이틀도 채 지나지 않아 그리로 옮겨갔다.

예판친 가족이 옮겨간 지 이틀인가 사흘 만에, 레프 니콜라예비치 므이쉬킨 공작이 모스크바에서 아침 기차 편으로 페테르부르크에 도착했다. 역에서 그를 맞아주는 사람은 아무도 없었다. 하지만 공작이 기차에서 내릴 때, 누군가의 불타는 듯한 수상한 두 눈이, 기차로 도착

* 페테르부르크의 남쪽에 있는 작은 도시. 러시아 황실의 주요 거처였던 파블롭스크 궁전을 중심으로 발전한 곳으로, 별장들이 밀집해 있으며 넓은 공원이 있어 쾌적하다.

한 사람들을 에워싼 군중 속에서 갑자기 번쩍한 것 같았다. 그러나 그가 좀더 주의깊게 바라보았을 때는 이미 아무것도 눈에 띄지 않았다. 물론 그저 그렇게 느껴졌을 뿐이지만, 그 시선은 불유쾌한 인상을 남겼다. 그러잖아도 공작은 우울하고 생각에 잠긴 듯한 얼굴을 하고, 뭔가 걱정이 있는 것 같았다.

마차는 공작을 리체이나야 거리에서 멀지 않은 어느 여관으로 데려갔다. 꽤 누추한 여관이었다. 공작은 형편없는 가구를 들여놓은 어두침침하고 작은 방 두 개를 잡고는, 세수를 하고 옷을 갈아입은 뒤 먹을 것도 청하지 않고 서둘러 밖으로 나갔는데, 마치 시간을 허비하거나 아니면 자기가 찾아가려는 사람이 외출해버릴까봐 염려하는 듯이 보였다.

만약 반년 전 공작이 처음 페테르부르크에 도착했을 때 그를 알게 된 사람이 지금 그를 본다면, 아마도, 그때보다 훨씬 보기 좋아졌다고 단언할 것이다. 하지만 실은 별로 그렇지도 않았다. 다만 옷차림만큼은 완전히 달라졌다. 옷은 전과 달리 모두 모스크바의 훌륭한 재봉사가 지은 것이었다. 그러나 이 옷에도 결점은 있었다. 우선 지나치게 유행을 좇아 지은데다(성실하지만 별로 재능이 없는 재봉사들은 언제나 그런 식으로 옷을 짓게 마련이다), 정작 유행 같은 것엔 전혀 관심조차 없는 사람한테 그걸 입혔으니, 만약 아주 웃기 좋아하는 사람이 공작을 유심히 쳐다본다면, 아마 웃음이 절로 나올 만한 데를 찾아낼지도 모른다. 하지만 세상에 우스운 일이 어디 한두 가지인가?

공작은 마차를 잡아타고 페스키*로 향했다. 로쥐제스트벤스카야 거

* 페테르부르크 동쪽 지역으로, 주로 서민들이 거주했다.

리의 한 곳에서 그는 이내 어느 자그마한 목조 건물을 찾아냈다. 의외로 이 집은 예쁘장한 외관에 깔끔하고 아주 단정하게 손질이 된데다 집 앞엔 꽃들이 자라는 화단까지 있어, 공작은 적잖이 놀랐다. 거리 쪽으로 난 창들은 열려 있고, 거의 고함을 지르는 듯한 커다란 말소리가 그 창들을 통해 쉴새없이 들려왔는데, 누가 큰 소리로 낭독을 하거나 심지어 연설이라도 하는 듯싶었다. 목소리는 이따금 몇 사람의 낭랑한 웃음소리에 끊기곤 했다. 공작은 마당으로 들어가 조그만 현관 계단을 올라가서, 레베제프 씨를 찾았다.

"바로 저기 계세요." 양 소매를 팔꿈치까지 걷어올린 식모가 문을 열어주면서 손가락으로 '응접실'을 가리키며 대답했다.

짙은 하늘색 벽지를 바른 이 응접실은 내부 장식이 깔끔하긴 했으나 허세가 약간 들어가 있어, 둥근 탁자와 소파, 유리 덮개를 씌운 청동 시계, 창문 사이에 걸어놓은 좁고 긴 거울, 청동 사슬로 천정에서 드리운, 유리알이 주렁주렁 달린 아주 고풍스러운 자그마한 샹들리에 같은 것들로 꾸며놓았는데, 이 응접실 한복판에서 정작 레베제프 씨 자신은 안으로 들어서는 공작을 등지고 서서, 여름이면 흔히 그러듯 웃옷을 벗은 조끼 차림으로 자기 가슴을 쳐가며 어떤 주제에 대해 비통하게 연설을 하는 중이었다. 청중으로는, 두 손에 책을 들고 꽤나 명랑하고 영리한 얼굴을 한 열다섯 살가량의 소년, 상복으로 온몸을 감싸고 두 팔에 젖먹이를 안은 스무 살쯤 된 젊은 처녀, 역시 상복 차림에 입을 있는 대로 크게 벌리고 깔깔 웃어대는 열세 살짜리 소녀, 그리고 마지막으로 또 한 사람, 소파에 길게 드러누운 아주 괴상한 방청객이 있었는데, 크고 검은 눈을 가졌고 숱이 많은 머리를 길게 기른 그는 양쪽 볼과 턱에 이제 막 수염이 자라나기 시작한, 얼굴이 가무스름하고 제법 잘생긴 스무 살 안팎의 청년이었다. 이 청년은 레베제프의 연설을 자주 중단시키면서 연방 면박을 가하던 모양으로, 다른 청중이 웃어댄 것도 필시 그 때문인 듯했다.

"루키얀 치모페이치*, 아니, 루키얀 치모페이치! 제발 말 좀 들어요! 여기 좀 보라니까!…… 원, 당신한텐 죄다 헛일이야!"

분통이 터진 식모는 얼굴까지 온통 시뻘게져서 두 손을 내저으며 그냥 나가버렸다.

레베제프는 뒤를 돌아보다 공작을 발견하자 벼락이라도 맞은 양 잠시 꼼짝도 않고 서 있다가, 이윽고 비굴한 미소를 지으며 그를 향해 몇 걸음 달려왔으나, 도중에 또다시 얼어붙은 듯 멈춰 서서는 겨우 이렇게만 말했다.

"고-고-공작 각하!"

그러나 그는 여전히 침착을 되찾을 수 없었는지 갑자기 몸을 홱 돌려 밑도 끝도 없이, 팔에 아기를 안고 있는 상복 차림의 처녀를 향해 우선 돌진했는데, 그 바람에 처녀는 엉겁결에 비틀거리며 뒤로 몇 걸음 물러서기까지 했으나, 그는 곧바로 처녀를 그대로 놔두고, 이번에는, 조금 전의 웃음이 아직 가시지 않은 얼굴을 하고 다음 방으로 통하는 문지방에 서 있는 열세 살짜리 소녀에게 달려들었다. 소녀는 비명을 내지르며 쏜살같이 부엌으로 달아났다. 레베제프는 소녀를 더 위협하느라 뒤에서 발을 쾅쾅 구르기까지 하다가, 어리둥절해서 쳐다보는 공작

* 일상어에서 부칭 치모페예비치 대신에 자주 사용된다.

의 시선과 마주치자 변명을 했다.

“뭐…… 공작님께 경의를 표하기 위해서입죠, 헤-헤-헤!”

“그럴 필요까지야……” 공작이 말을 꺼내려 했다.

“곧, 곧, 곧…… 바람같이 돌아오겠습니다요!”

그러면서 레베제프는 재빨리 방에서 나갔다. 공작은 놀란 표정으로 처녀와 소년, 그리고 소파에 누워 있는 청년을 쳐다보았다. 다들 소리 내어 웃고 있었다. 공작도 따라 웃었다.

“연미복을 입으러 간 거예요.” 소년이 말했다.

“정말 난처하군.” 공작이 입을 열었다. “하마터면 나는…… 말해봐요, 아무래도 저 사람은……”

“술 취한 것 같다고요?” 소파에서 목소리가 이렇게 외쳤다. “천만에요! 기껏해야 서너 잔, 뭐, 다섯 잔쯤 했죠, 그 정도야 이미—습관인걸요.”

공작은 소파 쪽 목소리를 향해 몸을 돌리려 했으나, 바로 그때 처녀가 입을 열고는 귀여운 얼굴에 더없이 솔직한 표정을 띠며 말했다.

“아침엔 절대 많이 마시지 않으세요. 아버지한테 무슨 용무가 있으시면 지금 말씀하세요. 지금이 제일 좋아요. 저녁에 돌아오실 땐 많이 취해 계시니까요. 게다가 요즘은 대개 밤늦도록 우시면서 우리한테 성서를 읽어주세요, 어머니가 오 주일 전에 돌아가셨거든요.”

“저 사람은 분명 당신한테 대답하기가 곤란해서 달아난 거예요.” 소파의 청년이 웃기 시작했다. “내기를 해도 좋아요, 저 사람은 당신을 속여먹으려고 지금 머리를 굴리는 중일걸요.”

“오 주일밖에 안 됐습니다! 이제 겨우 오 주일!” 레베제프는 어느새 연미복으로 갈아입고 다시 방으로 들어서며 이렇게 말했는데, 연방 눈을 껌벅거리며 눈물을 훔치려고 주머니에서 손수건을 꺼내는 참이었다. "모두 고아랍니다!"

"아니, 왜 그렇게 구멍이 숭숭 난 옷을 입고 나오셨대요?" 처녀가 말했다. "저기 문 뒤에 새 프록코트가 있는데, 그게 안 보였나보죠?"

"입 닥쳐, 이 팔랑개비야!" 레베제프가 그녀에게 호통을 쳤다. "너, 정말!" 그는 발을 구를 듯이 을러댔다. 하지만 이번엔 그녀도 그저 웃음만 터뜨렸다.

"뭐 땜에 그렇게 겁을 주죠, 나는 타냐*가 아네요, 내가 뭐 도망갈 줄 알고. 그러다간 류보치카**만 깨우실 텐데, 경기라도 일으키면 어쩌려고…… 저렇게 소릴 지르실까!"

"아-아-안 돼! 말조심해라, 말조심……" 레베제프는 갑자기 소스라치게 놀라, 딸의 품안에서 자고 있는 아기한테 달려가더니, 겁먹은 얼굴로 여러 번 성호를 그어주었다. "주님, 지켜주시옵소서, 주님, 제발 지켜주시옵소서! 이 아이는 저의 갓난이, 제 딸 류보피입니다." 그는 공작을 돌아보며 말했다. "저와 정식으로 혼인한 옐레나, 요 며칠 전 해산을 하다 죽은 제 아내에게서 태어났지요. 그리고 상복을 입은 이 말라깽이는 제 딸 베라고요…… 하지만 이 녀석, 이 녀석, 오, 이 녀석은……"

"왜 중간에 멈추죠?" 청년이 소리쳤다. "그냥 계속해요, 당황하지 말고."

"각하!" 무슨 발작이라도 일으키듯 레베제프가 갑자기 외쳤다. "제마

---

* 타치야나의 애칭.

** 류보피의 애칭.

린 일가 살해 사건*에 대해 신문에서 읽으셨습니까?"

"읽었습니다." 공작은 조금 의아해하며 말했다.

"정말, 바로 저 녀석이 제마린 일가를 살해한 진범이죠, 바로 저놈이라고요!"

"아니, 그게 무슨 소립니까?" 공작이 말했다.

"즉, 비유적으로 말해서, 저놈이 제2의 제마린 일가의 제2의 살인범이란 겁니다, 만약 앞으로 그런 일이 또 일어난다면 말이죠. 저놈은 그럴 준비까지 하고 있어요……"

모두가 웃음을 터뜨렸다. 문득 공작의 머릿속에, 레베제프가 실은 자신이 여러 가지 물어올 것을 알고서, 뭐라고 대답하기 곤란한 나머지 그저 시간을 벌 생각으로 저렇게 꾸물대며 실없는 소리를 늘어놓는 게 아닐까 하는 생각이 퍼뜩 들었다.

"저 녀석은 모반을 일으키고 있어요! 음모를 꾸미고 있다고요!" 레베제프는 더이상 참을 수 없다는 듯 소리쳤다. "아니, 내가, 아니, 중상이나 일삼는 저런 녀석을, 그러니까, 저런 방탕하고 쓰레기 같은 녀석을 저의 친조카 놈이라고, 죽은 제 누이 아니시야의 단 하나밖에 없는 아들이라고 생각해야 옳단 말입니까?"

"제발 관둬요, 외삼촌은 취했어요! 공작, 이 사람은 말예요, 지금 변호업을 시작하겠다고 소송사건을 찾아다니고 있어요. 그래서 웅변술에 달려들어, 집에서 아이들과도 줄곧 고상한 문어체로만 얘기한다니까요. 닷새 전엔 치안판사들 앞에서 변론도 했어요. 그런데 대체 누굴

---

* 1868년에 김나지움 학생 비톨드 고르스키가 상인 제마린 일가를 살해한 사건.

변호했느냐 하면, 비열한 고리대금업자한테 전 재산 5백 루블을 강탈당하고 애걸복걸하는 노파가 아니라, 그 돈을 빼앗아 착복한 자이들레르인가 뭔가 하는 바로 그 유태인 고리대금업자였다고요, 그자가 주기로 한 사례금 50루블에 눈이 어두워서……"

"승소하면 50루블, 패소할 경우엔 단 5루블입니다." 갑자기 레베제프는 지금까지와는 완전히 다른 목소리로 이렇게 설명했는데, 언제 고함을 질렀느냐는 식이었다.

"뭐, 바보짓을 한 거죠, 재판도 이젠 옛날 같지 않아서, 거기서 그저 웃음거리만 됐거든요. 하지만 자기 딴엔 엄청 흡족해했죠. 뭐라고 말했는지 아세요? 공평무사하신 재판관님들, 정직한 노동으로 살아가는 불쌍한 앉은뱅이 노인이 마지막 빵 한 조각을 빼앗기려 한다는 점을 상기해주시기를, '모름지기 재판에서는 관용이 근본정신이 되게 하라'*라는 입법자의 현명한 말을 부디 상기해주시기를, 이러더란 말예요. 믿으실지 몰라도, 저 사람은 매일 아침 여기서 우리한테 이 연설을 그때 법정에서 했던 그대로 한 자도 틀림없이 되풀이하고 있답니다. 오늘로 다섯번째라고요. 당신이 오시기 직전에도 그러고 있었어요, 그 정도로 맘에 들었다는 건데, 자기 몸을 자기가 핥아주는 격이죠. 그런 주제에 또 누군가를 변론하려고 해요. 당신은 아마 므이쉬킨 공작이시죠? 콜랴가 나한테 당신 얘길 했어요, 이 세상에서 당신보다 현명한 사람은 여태 만나보지 못했다고……"

"아무렴! 아무렴! 이 세상에 공작님보다 현명한 사람은 없어!" 레베

* 알렉산드르 2세가 1856년 발표한 '종전' 선언문 중의 한 구절을 부정확하게 인용한 것.

제프가 재깍 맞장구를 쳤다.

"뭐, 그 친구가 허풍을 좀 쳤겠죠. 어떤 사람은 당신을 좋아하고, 어떤 사람은 당신에게 아첨할 테니까. 하지만 난 당신한테 아부할 생각이 전혀 없으니, 이 점만은 알아두셨으면 해요. 당신은 분별없는 분이 아닐 테니, 내가 옳은지, 저 사람이 옳은지, 판가름을 좀 해주시죠. 자, 공작이 우리의 심판관이 돼도 괜찮죠?" 그가 외삼촌을 돌아보며 물었다. "나는 정말 기뻐요, 공작, 마침 이런 때 와주셔서."

"좋아!" 레베제프는 결연히 외쳤으나, 어느새 또다시 모여들기 시작한 청중 쪽을 자기도 모르게 돌아보았다.

"대체 무슨 일이지요?" 공작이 미간을 찌푸리며 말했다.

그는 정말로 머리가 아팠고, 게다가 레베제프가 일부러 딴전을 피우면서 용건이 지연되는 걸 기뻐하고 있다는 확신이 점점 더 강하게 들었다.

"자초지종을 말씀드리죠. 나는 저 사람의 조카예요, 저 사람은 늘 거짓말만 해대지만, 아까 내가 자기 조카라고 한 그 말만은 사실이에요. 나는 학교를 마치지 못했지만 꼭 마치고 싶고, 반드시 내 뜻을 이룰 거예요, 나는 꿋꿋한 성격이니까요. 하지만 당분간은 먹고살기 위해 철도국의 25루블짜리 일자리를 받아들일 작정이에요. 그 밖에 솔직히 말씀드리면, 저 사람이 나를 두세 번 도와줬어요. 그런데 나한테 20루블이 있었는데, 그걸 노름에서 몽땅 잃고 말았어요. 자, 아시겠죠, 공작, 그 돈을 노름으로 죄다 날릴 정도로 나는 비열하고 형편없는 놈이었단 말예요!"

"상대는 무뢰한, 아주 무뢰한이었습니다요, 그런 놈한텐 돈을 지불할 필요도 없었어!” 레베제프가 소리쳤다.

“그래요, 무뢰한이었죠, 하지만 그자에게 돈을 지불해야만 했어요.” 청년이 말을 계속했다. “그가 무뢰한이라는 건 나도 증명할 수 있어요, 하지만 그자가 외삼촌을 때려눕혔다고 해서 그러는 건 아네요. 공작, 그자는 퇴역 중위로 군에서 쓸모가 없어 떨려난 장교인데, 전에는 로고진의 패거리에 끼어 있었지만 지금은 권투를 가르쳐요. 그 패거리는 로고진한테 쫓겨나서 요즘은 모두 여기저기서 얼쩡거리죠. 하지만 무엇보다 고약한 건, 그자가 무뢰한이고 날건달이고 좀도둑이라는 걸 잘 알면서도 내가 그런 인간과 마주앉아 노름을 했다는 사실, 그리고 마지막 1루블을 걸면서(우리는 ‘팔키’라는 노름을 했어요) 속으로, 이것마저 잃게 되면 루키얀 외삼촌한테 가서 발아래 엎드려 부탁하자—설마 거절하진 않겠지, 하고 생각했다는 사실이에요. 정말 비열하죠, 바로 이게 정말 비열한 거죠! 이거야말로 의식적인 비열함이에요!”

“암, 그거야말로 의식적인 비열함이지!” 레베제프가 되풀이했다

“첫, 의기양양해하지 말아요, 아직 얘기가 안 끝났으니까.” 조카는 기분이 상해서 소리쳤다. “벌써부터 좋아하긴. 공작, 나는 이곳으로 외삼촌을 찾아와서 모든 걸 털어놨어요. 내 행동은 어디까지나 고결했어요, 나는 자신을 조금도 봐주지 않았으니까요. 나는 외삼촌 앞에서 나 자신에게 욕을 있는 대로 다 퍼부었거든요. 여기 있는 모든 사람이 증인이에요. 철도국에 일하러 나가려면 어떻게든 이것저것 좀 장만해야 해요, 나는 온통 누더기를 두르고 있으니까요. 자, 이 신발을 좀 보시죠! 이런 꼴로는 직장에 나타날 수가 없고, 정해진 기한에 나타나지 않으면, 그 자리는 다른 놈 차지가 되겠죠. 그러면 나는 또다시 거지 신

세가 될 테고, 다른 직장은 언제나 또 찾게 될지. 내가 지금 외삼촌한테 부탁하는 돈은 고작 15루블이에요. 앞으로 다시는 이런 부탁을 하지 않을뿐더러 외삼촌에게 진 빚은 마지막 1코페이카까지 석 달 안에 몽땅 갚겠다고 약속해요. 나는 약속은 지킵니다. 꼬박 몇 달이라도 빵과 크바스*만으로 살아갈 수 있어요, 내겐 강인한 성격이 있으니까요. 석 달 일하면 75루블을 받게 돼요. 내가 외삼촌에게 빚지게 되는 돈은 예전 것까지 합쳐도 전부 35루블밖에 안 되니까 얼마든지 갚을 수 있다고요. 뭐, 이자야 원하는 대로 매기라죠, 제기랄! 도대체 외삼촌은 나라는 사람을 모르는 걸까요? 외삼촌한테 한번 물어보세요, 공작, 전에 빌려준 돈을 내가 갚았나 안 갚았나? 대체 왜 이번엔 빌려주지 않겠다는 거죠? 내가 그 중위한테 돈을 내줬다고 악이 받친 거예요. 다른 이유는 없어요! 저 사람은 바로 이런 인간이라니까요—자기한테나 남한테나 늘!"

"글쎄, 가지를 않아요!" 레베제프가 소리를 내질렀다. "여기 드러누워 가질 않는다고요."

"내가 그랬잖아요, 돈을 줄 때까지 절대 안 나간다고. 공작, 왜 웃으시죠? 내가 부당하다는 건가요?"

"웃는 건 아닙니다, 하지만 내 생각으론 정말 당신이 조금 부당한 것 같군요." 공작은 마지못해 대답했다.

"완전히 부당하다고 아예 까놓고 말하세요, 어물쩍하지 말고. '조금'이 다 뭐예요!"

* 러시아에서 대중적으로 마시는 음료. 보리나 호밀 등을 발효해 만든다.

"원한다면, 완전히 부당하다고 하지요."

"원한다면이라니! 웃겨! 아니, 당신은 정말 내 행동이 아주 낯간지러운 짓이라는 걸, 돈은 외삼촌 것이고 주든 말든 외삼촌 자유인데, 내 쪽에서 이러는 게 억지라는 걸 나 스스로 모른다고 생각하시나요? 하지만 공작…… 당신은 인생을 몰라요. 저런 사람들은 똑똑히 가르쳐주지 않으면 아무것도 이해하지 못한다고요. 저런 사람들한텐 똑똑히 가르쳐줘야 해요. 내 양심은 깨끗해요. 양심을 걸고 맹세하지만, 외삼촌한테 절대로 손해를 끼치지 않고 이자까지 붙여 되돌려주겠어요. 외삼촌은 이미 정신적 만족까지 얻었잖아요, 내가 머리를 조아리는 걸 봤으니까. 그 이상 뭐가 더 필요하죠? 아무한테도 도움이 안 된다면 대체 저 사람은 무슨 쓸모가 있겠어요? 죄송하지만, 저 사람 자신이 무슨 일을 하고 있는지 아세요? 어디 한번 물어보세요, 저 사람이 남한테 무슨 짓을 하고 있고 사람들을 어떻게 속여먹는지? 이 집은 또 어떻게 손에 넣었게요? 만약 저 사람이 당신을 아직 속여먹지 않았거나, 어떻게 하면 앞으로도 더 속여먹을까 하고 생각하지 않았다면, 내 목을 자르라고 내놓겠어요! 웃고 계시군요, 못 믿겠다는 건가요?"

"그건 당신의 일과는 아무 상관 없는 것 같은데요." 공작이 지적했다.

"나는 벌써 사흘째 여기에 누워서 안 본 게 없어요!" 청년은 공작의 말을 들으려고도 하지 않고 소리쳤다. "상상해보세요, 저 사람은 여기 있는 이 천사, 이제 어머니도 잃은 이 아가씨, 내 외사촌누이이자 자신의 딸인 이 아이를 의심해서, 혹시 얘가 애인을 숨겨놓지 않았나 하고 매일 밤 얘 방을 뒤지고 있다고요! 여기 나한테도 살그머니 와선 내가 누워 있는 소파 밑까지 뒤지죠. 하도 의심을 하다보니 머리가 돌아버린 거예요. 구석마다 도둑놈이 숨어 있는 게 보이나보죠. 밤새 일분일초가 멀다 하고 벌떡벌떡 일어나선 창문이 잘 잠겼는지 들여다보고 문을 일일이 점검하고 벽난로 안을 들여다보고, 이런 짓을 밤마다 일곱 번쯤 해요. 법정에서 사기꾼을 변론하면서, 정작 자신은 밤중에 세 번 정도는 일어나서 바로 여기 이 홀에서 무릎을 꿇고 반시간씩이나 이마를 바닥에 쿵쿵 찧어대며 기도를 하는데, 술에 취해서 그저 아무나 생각나는 사람을 위해 기도하고 뭐든 떠오르는 대로 경문을 외우지 않겠어요? 뒤바리 백작 부인*의 명복도 빌던걸요, 이 두 귀로 똑똑히 들었어요. 콜랴도 들었고요. 완전히 돌아버렸다니까요!"

"저것 보십시오, 들리시죠, 저 녀석이 나를 헐뜯는 게, 공작님!" 레베제프는 얼굴이 시뻘게져서 정말 제정신이 아닌 듯 고래고래 고함을 질렀다. "하지만 저 녀석은 이걸 몰라요, 내가 비록 주정뱅이에 건달에 강도에 악당인지는 몰라도, 바로 그런 내가 저 야유꾼이 아직 갓난아이였을 때 기저귀를 채워주고, 목욕통에 넣어 씻겨줬으며, 게다가 남편을 잃고 거지 신세가 된 누이 아니시야 곁에 역시 거지 신세나 다름없는 내가 매일 밤 붙어 앉아 밤새 눈도 한번 못 붙이고서 병든 두 모자를 간호해주고, 아래층 문지기 집에서 장작을 훔쳐오고, 저 녀석에게 노래를 불러주고 손가락을 튀기고 하면서 주린 배를 움켜잡고 저놈을 돌봐줬다는 걸 모른다고요! 그렇게 돌봐줬는데 이제 와서 나를 비웃잖습니까! 그리고 또 내가 정말로 언젠가 한번 뒤바리 백작 부인의 명복을 빌며 이마에 성호를 그었다 한들, 그게 네놈하고 무슨 상관이냐? 나는 말

* 잔 베퀴 뒤바리 백작 부인. 루이 15세의 정부였으며, 혁명재판소의 판결에 따라 단두대에서 처형당했다.

입니다, 공작님, 사흘 전에 난생처음으로 그녀의 전기를 사전에서 읽었답니다. 그래, 네놈은 그녀가, 뒤바리가 어떤 사람이었는지 알기나 해? 말해봐, 알아? 몰라?"

"뭐, 그런 걸 아는 사람은 외삼촌밖에 없을걸요?" 청년은 비아냥거리며 못마땅한 듯 중얼거렸다.

"그분은 비천한 신분을 딛고 일어서서 여왕처럼 통치를 한 분으로, 어느 위대한 여제는 그분에게 보낸 친필편지에서 그분더러 '*나의 사촌자매여*'라고 불렀다는 거야. 게다가 교황의 사절인 추기경은 르베 뒤 루아*를 위해(르베 뒤 루아가 뭔지 네까짓 게 알기나 해?) 그분의 벗은 발에 비단 양말을 신겨주겠다고 자청하고 나서면서 그걸 영광으로 여기기까지 했단 말이다—그 정도로 고귀하고 그지없이 거룩한 분이었어! 네가 이걸 알기나 해? 얼굴을 보니 모르는구먼! 그래, 그분이 어떻게 돌아가셨는데? 알면 대답해봐!"

"집어치워요, 귀찮다고요."

"그분이 어떻게 돌아가셨는지 얘기해주마. 그런 영광을 누린 뒤, 한때는 군주와도 같았던 그분을, 아무런 죄도 없는 그분을, 삼손이라는 형리가 그저 파리의 생선장수 아낙네들을 즐겁게 해주기 위해 단두대로 끌고 갔는데, 그분은 공포에 사로잡혀 도대체 무슨 일이 자기한테 일어나고 있는지조차 알지 못했지. 형리가 그분의 목을 칼 밑으로 들이대며 발길질로 그분을 밀어넣자—그 아낙네들은 웃어댔지만—그분은 '*앙코르 앵 모망, 므슈 르 부로, 앙코르 앵 모망!*' 하고 외치기 시

* 왕이 아침마다 의식을 갖추고 사람들을 맞는 왕실의 관습적인 행사.

작했다는 거야. '잠깐만 기다려줘요, 형리 양반, 잠깐만요!'라는 뜻이야. 그리고 바로 이 잠깐 동안에 주님이 아마도 그분을 용서해주실 거란 말이다. 왜냐하면 인간의 영혼에게 이 같은 미제르보다 더한 것은 상상할 수도 없기 때문이지. 네 녀석은 미제르란 말이 무슨 뜻인지나 알아? 암, 내가 방금 얘기한 그게 바로 미제르라는 거야. 백작 부인이 그렇게 잠깐만이라고 외쳤다는 대목을 읽었을 때, 나는 부젓가락으로 심장을 꽉 조이는 느낌이었어. 그리고 이 버러지 같은 놈아, 내가 밤에 잠자리에 들면서 대죄인인 그분의 영혼을 위해 기도드릴 생각을 했기로서니, 그게 네 녀석하고 무슨 상관이냐. 내가 그분의 영혼을 위해 기도드린 건, 아마 이 지구가 존재하는 이래 분명 누구 하나 그분을 위해 이마에 성호를 그은 적이 없거니와 그럴 생각조차 해본 적이 없을 거라서다. 하지만 저세상에 가 있는 그분도, 이 지상에 자신과 똑같은 죄인이면서 비록 단 한 번이나마 자신을 위해서도 기도드리는 사람이 나타났다는 사실을 알게 되면 기뻐할 거다. 아니, 왜 웃어? 너야 믿지 않겠지, 이 무신자 놈아. 하긴 네가 어찌 알겠냐? 게다가 네가 내 기도를 엿들었다는 것부터가 거짓말이야. 나는 그저 뒤바리 백작 부인 한 사람을 위해 기도한 게 아니니까. 나는 이렇게 기도했단 말이다. '주님, 큰 죄인인 뒤바리 백작 부인과, 그분과 비슷한 모든 사람의 영혼에 영원한 안식을 주시옵소서.' 그리고 이건 이미 완전히 다른 거야. 운명의 갑작스런 변화를 보여주는 본보기가 되어 온갖 시련을 겪고 지금은 저세상에서 몸부림치고 신음하며 기다리고 있는 그런 큰 죄인들이 많을 테니까. 네 녀석이 정말 내 기도를 엿들었다면, 내가 그때 너를 위해서도, 그리고 너 같은, 너와 비슷한 그런 철면피들, 모욕자들을 위해서도 기도했다는 걸 알 거다……"

"쳇, 됐어요, 충분해요, 기도해주고 싶은 사람이 있으면 실컷 해주라고요, 제기랄, 고함은 왜 질러요!" 조카가 짜증을 내며 말을 가로챘다. "저 양반은 우리 집안에서 글을 제일 많이 읽은 사람이랍니다, 공작, 모르셨죠?" 그는 왠지 겸연쩍은 미소를 띠며 덧붙였다. "지금도 늘 무슨 잡다한 책자며 회상록을 읽고 있죠."

"당신 외삼촌은 그래도…… 몰인정한 사람은 아니잖습니까." 공작이 꺼려하며 한마디했다. 그는 이 청년이 아주 싫어졌다.

"아니, 우리가 있는 데서 외삼촌을 너무 칭찬하시는 것 아닌가요! 보세요, 벌써 저렇게 손을 가슴에 얹고 입을 뾰족하게 내밀고 있군요, 금세 우쭐해진 거예요. 하긴 몰인정한 인간은 아닐지 몰라도 분명히 사기꾼이라고요, 그게 탈이죠. 게다가 주정뱅이란 말예요. 누구든 몇 년 동안 계속 마셔대면 다 그 꼴이 되지만, 외삼촌은 나사가 죄다 풀려서 모든 게 삐걱거린다고요. 외삼촌이 뭐, 죽은 외숙모를 존경했다 해두고…… 어쨌든 자기 애들은 사랑해요. 심지어 나까지도 사랑해서 유언장에도 내 앞으로 재산 일부를 물려준다고 확실히……"

"아-아무것도 안 물려줘!" 레베제프가 사납게 소리쳤다.

"이봐요, 레베제프." 공작이 청년에게서 몸을 돌리며 단호히 말했다. "내 경험으로 알고 있는데, 당신은 마음만 먹으면 아주 일을 잘 처리할 수 있는 사람입니다…… 지금 시간이 정말 없어서 그러는데, 만약 당신이…… 실례지만 당신의 이름과 부칭이? 그만 잊어버렸군요."

"치-치-치모페이."

"그리고?"

"루키야노비치."

방안에 있던 사람들 모두가 또다시 웃음을 터뜨렸다.

"거짓말예요!" 조카가 외쳤다. "저것도 거짓말예요! 공작, 이 사람은 절대 치모페이 루키야노비치가 아녜요, 루키얀 치모페예비치라고요! 아니, 외삼촌, 말해봐요, 뭐 땜에 거짓말을 했죠? 나 원, 루키얀이건 치모페이건 외삼촌한텐 매일반이잖아요, 게다가 공작한테도 그게 무슨 상관인데요? 거짓말하는 게 그저 습관이 돼버렸다니까요, 단언해요!"

"정말 그런가요?" 공작이 초조하게 물었다.

"루키얀 치모페예비치가 맞습니다." 레베제프는 당황해서 이렇게 시인하고는, 공손하게 눈을 내리깔고 또다시 가슴에 손을 얹었다.

"하지만 도대체 왜 그러시는 건지, 아아, 나 참!"

"자신을 낮추느라고요." 레베제프는 이렇게 속삭이며 더욱더 공손히, 더욱더 깊숙이 고개를 숙였다.

"아니, 자신을 낮출 일이 여기 뭐가 있습니까! 나는 그저 콜랴가 지금 어딨는지 알았으면 했는데!" 이렇게 말하고 공작은 몸을 돌려 나가려고 했다.

"콜랴가 어딨는지 내가 말해줄게요." 또다시 청년이 나섰다.

"아-아-안 돼!" 레베제프가 소리를 지르더니 숨을 헐떡이며 허둥대기 시작했다.

"콜랴는 밤에 여기서 잤지만, 아침이 되자 자기네 장군을 찾으러 나갔어요. 공작 당신이 뭣 때문인지 돈을 물고 그 '구치소'에서 장군을 빼냈잖아요. 장군은 바로 어제 여기 와서 자겠다고 약속해놓고 나타나지 않았어요. 필시 여기서 아주 가까운 '저울' 여관에서 잤겠죠. 그러니 콜랴도 거기 있거나 아니면 파블롭스크의 예판친 장군 별장에 가 있을걸요. 콜랴한테 돈이 좀 생겨서 어제부터 거기 가려고 했거든요. 그러니까 '저울' 아니면 파블롭스크에 있을 거예요."

"파블롭스크예요, 파블롭스크!…… 그럼 우린 저리로, 저기 정원으로 나가서…… 커피라도 한 잔……"

그러면서 레베제프는 공작의 손을 잡아끌었다. 그들은 방에서 나와 조그만 마당을 지나서 쪽문 안으로 들어갔다. 그곳엔 정말로 아주 아담하고 아름다운 정원이 있었는데, 좋은 날씨가 이어진 덕분에 나무들은 모두, 벌써 푸른 잎을 활짝 펼치고 있었다. 레베제프는 땅바닥에 고정해놓은 녹색 탁자 앞의 녹색 나무 벤치에 공작을 앉히고, 자신은 맞은편에 자리하고 앉았다. 일 분쯤 지나자 정말로 커피도 나왔다. 공작은 사양하지 않았다. 레베제프는 비굴한 표정을 하고 줄곧 공작의 눈치만 열심히 살폈다.

"당신이 이렇게 사는 줄은 정말 몰랐군요." 공작은 전혀 다른 생각을 하고 있는 듯한 표정으로 말했다.

"어-어미 없는 자식들이 있어서요." 레베제프는 몸을 꼬며 말을 시작하다가 입을 다물어버렸다. 공작은 멍하니 앞을 보았고, 자신이 물으려던 것은 이미 잊은 게 분명했다. 다시 일 분가량이 지났다. 레베제프는 계속 지켜보며 기다리고 있었다.

"음, 그게 뭐더라?" 공작은 문득 정신이 든 듯 말했다. "아, 그래! 이봐요, 레베제프, 우리 일이 뭔지 당신도 잘 알겠지요. 나는 당신의 편지 때문에 왔어요. 어서 말해봐요."

레베제프는 당황해서 뭔가 말하려 했지만, 그저 더듬거릴 뿐 한마디도 하지 못했다. 공작은 잠시 기다리다가 서글픈 미소를 지었다.

"당신 심정을 아주 잘 알 것 같군요, 루키얀 치모페예비치. 당신은 필시 나를 기다리지 않았을 겁니다. 그런 소식을 한 번쯤 알려준다 해서 내가 그 벽촌에서 올라오진 않으리라 여기고, 그저 양심의 가책을 덜기 위해 편지를 썼을 테니까. 하지만 나는 이렇게 찾아왔어요. 자, 그 정도면 충분하니, 그만 속여요. 두 주인을 섬기는 짓도 이제 그만두란 말입니다. 로고진이 여기 온 지 벌써 삼 주가 된다는 건 나도 다 알아요. 당신은 그때처럼 그 여자를 또 그에게 팔아넘긴 거죠, 아닌가요? 사실대로 말해주세요."

"그 악당 놈이 직접 알아낸 겁니다, 직접."

"그 사람을 욕하지 말아요. 물론 그 사람이 당신한테 고약한 짓을 했겠지만……"

"두들겨팼다고요, 마구 두들겨팼어요!" 레베제프가 아주 무섭게 열을 올리며 말을 받았다. "모스크바에선 길에 개를 풀어 나를 쫓게 했어요, 길 끝에서 끝까지요. 보르조이종 암캐였는데 아주 무시무시한 암캐였다고요."

"레베제프, 당신은 나를 어린애 취급하는군요. 말해봐요, 그녀는 이번에도 정말 모스크바에서 그를 버리고 달아났나요?"

"정말입니다, 정말예요, 이번에도 혼례를 코앞에 두고 달아났습니다. 저쪽에선 이미 이제나저제나 하고 기다리고 있는데, 그 여자는 이곳 페테르부르크로 도망쳐와선 곧장 저를 찾아와 '구해줘, 좀 숨겨줘, 루키얀, 그리고 공작에겐 말하지 마……'라더군요. 공작님, 그 여자는 그자보다 공작님을 더 무서워해요, 게다가 여기가—아주 똑똑해요!"

그러면서 레베제프는 교활한 표정으로 손가락을 이마에 갖다댔다.

"그래서 이번에도 그 둘을 만나게 해줬단 말인가요?"

"공작 각하, 저로선 별도리…… 별도리 없잖습니까?"

"뭐, 좋아요, 내 힘으로 모두 알아낼 테니까. 한 가지만 말해줘요, 지금 그 여자는 어디 있죠? 그 사람한테 가 있습니까?"

"오, 천만에요! 아니-아닙니다! 아직은 혼자 있습니다. 자기는 자유로운 몸이다, 라고 말하고 있어요, 아십니까, 공작님, 그 여자는 자기는 아직 완전히 자유로운 몸이라고 강하게 주장하면서, 입버릇처럼 그렇게 말해요! 전번 편지에도 썼다시피, 아직 그 여자는 페테르부르크스카야에 있는 제 처제의 집에 머무르고 있습니다."

"그럼 지금도 거기 있소?"

"거기 있어요, 날씨가 좋아서 파블롭스크에 있는 다리야 알렉세예브나의 별장에 가지 않았다면 말입니다. 그 여자는 계속, 자기는 완전히 자유로운 몸이라고 말하고 있어요. 어제도 니콜라이 아르달리오노비치에게 자신의 자유에 대해 엄청 자랑하더군요. 불길한 징조입지요!"

그러면서 레베제프는 이를 드러내고 벌죽 웃었다.

"콜랴는 그 여자에게 자주 가나요?"

"그 녀석은 경솔하고 종잡을 수 없는데다 비밀을 지킬 줄 몰라요."

"당신은 거기 가본 지 오래됐고요?"

"매일 갑니다, 매일."

"그럼 어제도 갔나요?"

"아-아뇨, 사흘 전에 갔습죠."

"당신이 좀 취해 있어서 정말 유감이군요, 레베제프! 그렇지 않으면 제대로 물어볼 텐데."

"처-처-천만에요, 전 아주 멀쩡합니다!"

이렇게 말하며 레베제프는 몸을 뒤로 쭉 폈다.

"마지막으로 봤을 때 그녀는 어떻던가요?"

"차-찾고 있는 것 같았습니다……"

"찾고 있어요?"

"뭔가 잃어버린 사람처럼 내내 뭔가 찾고 있는 것 같았습니다. 눈앞에 닥친 혼인에 대해선 생각만으로도 혐오감을 느끼며 수치스러워했죠. 그 남자 자체에 대해선 기껏해야 귤껍질 정도로나 생각하지, 그 이상은 아닙니다, 아니, 그러니까 그 이상이긴 하죠, 두려움과 공포를 느끼는 모양이니까요. 심지어 그 사람 얘기라면 꺼내지도 못하게 하고, 어쩔 수 없는 경우가 아니면 그 사람을 만나지도 않는데…… 그쪽에서도 그걸 너무나 잘 알아채고 있죠! 하지만 반드시 무슨 소동이 벌어지고야 말 겁니다!…… 불안정하고, 빈정대고, 한 입으로 두말하고, 걸핏하면 대드는 여자가 돼놔서……"

"한 입으로 두말하고 걸핏하면 대든다고요?"

"걸핏하면 대들어요. 지난번에도 무슨 얘기 때문에 제 머리털을 움켜잡을 뻔한걸요. 그래서 계시록으로 겨우 진정시켜줬죠."

"어떻게, 뭐라고요?" 공작은 잘못 들은 게 아닌가 싶어 되물었다.

"계시록을 읽어준다니까요. 그 숙녀는 굉장한 공상가입니다, 헤-헤! 게다가 저는 관찰 결과, 그 여자가 심각한 주제라면 자기와 아무 상관 없는 것에도 지나치게 열중한다는 걸 알아냈습니다. 그런 것들을 좋아하고 너무 좋아해서, 누가 그런 주제를 꺼내기만 해도 자기에 대한 특별한 존경의 표시로 받아들이거든요. 정말입니다요. 그런데 저는 계시록 해석에는 자신이 있고, 벌써 십오 년째 해석해오고 있습니다. 제가 그 여자에게, 우리는 셋째 말인 검은 말과, 손에 저울을 들고 그 위에 탄 자의 치세에 당도했다,* 왜냐하면 지금 이 시대에는 모든 것이 저울과 계약으로 결정되며, 모든 사람이 오직 자신의 권리만 찾고 있어, '한 데나리온**에 밀 한 되요 한 데나리온에 보리 석 되로다'***…… 하고 말하는 식인데, 그러면서도 자유로운 정신과 순수한 마음과 건강한 몸, 게다가 하느님이 주신 모든 선물까지 고스란히 소유하겠다고 하기 때문이다, 라고 말하자, 그녀는 제 의견에 동의하더군요. 그러나 그저 권리만으로는 그것들을 소유할 수 없으며, 그 뒤를 이어 푸르스름한 말과 죽음이라는 이름을 가진 자가 찾아오고, 그 뒤엔 이미 지옥이 따르고 있다……**** 우리는 만날 때면 이런 얘기를 하곤 하는데—이게 그녀에게 강하게 작용했습니다."

"당신 자신도 그렇게 믿습니까?" 공작은 의아하다는 시선으로 레베제프를 유심히 쳐다보았다.

"그렇게 믿고 있고 그렇게 해석하고 있습니다. 저는 헐벗은 거지이고, 인류의 소용돌이 속에서 하나의 원자에 불과합니다. 누가 이 레베제프를 존경하겠습니까? 누구나 비웃고, 누구나 대뜸 발길질부터 하

* 「요한계시록」 6:5. "셋째 생물이 말하되 오라 하기로 내가 보니 검은 말이 나오는데 그 탄 자가 손에 저울을 가졌더라."

** 로마의 은전으로, 한 데나리온은 당시 군인이나 노동자의 하루 품삯에 해당한다.

*** 「요한계시록」 6:6.

**** 「요한계시록」 6:8. "내가 보매 청황색 말이 나오는데 그 탄 자의 이름은 사망이니 음부(陰府)가 그 뒤를 따르더라."

려 드는데요. 그러나 여기 이 해석에서는 저는 고관대작과 대등합니다. 이건 지혜의 문제니까요! 어느 고관은 제 앞에서…… 예지로써 그것을 느끼고, 자신의 안락의자에 앉은 채 부르르 몸을 떤 일도 있습니다. 재작년 부활절을 앞둔 때였는데, 닐 알렉세예비치 각하께서—그때 저는 그분이 계신 관청에 아직 근무하고 있었지요—제 소문을 들으시고 표트르 자하르이치를 통해 당직실에 있는 저를 일부러 자신의 집무실로 불러들여 단둘이 있는 자리에서 물어보시더군요. '자네가 적그리스도의 교수라는 게 사실인가?' 저는 숨기지 않고 '그렇습니다'라고 대답하고는, 모든 것을 상세히 설명하고 제시했을뿐더러, 알레고리 두루마리까지 펼쳐 보임으로써 공포를 누그러뜨리기는커녕 오히려 은연중에 더욱 강하게 일으키고 숫자까지도 갖다댔습니다. 각하께서는 처음엔 코웃음을 치셨지만, 숫자와 모사화模寫畵를 보시곤 몸을 떨기 시작하더니, 책을 덮고 나가달라고 부탁하시면서 부활절을 맞아 포상하겠노라고 약속하셨는데, 그만 도마 주간*에 자신의 영혼을 하느님께 돌려드리고 말았습니다."

"그게 무슨 소린가요, 레베제프?"

"사실 그대로입니다. 점심을 잡숫고 오시다가 마차에서 떨어지셨는데…… 조그만 말뚝에 관자놀이를 부딪히셔서 어린애처럼, 정말 어린애처럼, 바로 그 자리에서 세상을 떠나셨습니다. 직원 명부에는 73세로 나와 있었지만, 흰머리에 얼굴이 발그레하고 온몸에서 향수 냄새를 풍기면서 언제나 방글방글 웃으시고 언제나 어린애같이 웃으셨지요. 그

---

* 정교회력에서는 부활절 주간 다음에 오는 주간을 사도 성 도마 주간이라 부른다.

때 표트르 자하르이치가 얼마 전의 일을 떠올리며, '자네 예언이 들어맞았어'라고 말하더군요."

공작은 몸을 일으키기 시작했다. 레베제프는 공작이 벌써 일어서는 것에 깜짝 놀라 당황하기까지 했다.

"이제 아주 냉담해지셨습니다요, 헤헤!" 그는 비굴한 말투로 기운을 내서 한마디했다.

"실은 몸이 좀 불편해요, 여독 때문인지 머리가 무겁군요." 공작이 미간을 찌푸리며 말했다.

"별장에라도 가시면 어떨깝쇼." 레베제프가 눈치를 살펴가며 은근히 권했다.

공작은 생각에 잠긴 채 서 있었다.

"저도 사흘쯤 있다가 식솔을 모두 데리고 별장으로 갈 생각입니다. 갓 태어난 어린것한테도 좋을 것 같고, 그동안 여기 이 집도 전부 손을 좀 보려고요. 역시 파블롭스크로 갑니다."

"당신도 파블롭스크로 간다고요?" 공작이 불쑥 물었다. "도대체 어찌된 일이죠, 여기선 모두가 파블롭스크로 가나요? 그리고 당신도 그곳에 별장이 있다는 얘긴가요?"

"모두가 파블롭스크로 가는 건 아닙죠. 이반 페트로비치 프치츠인이 헐값에 손에 넣은 별장 중 하나를 제게 양도한 겁니다. 아름다운 곳이에요, 지대가 높고 초록이 우거지고 생활비도 싸게 들고 우아하고 음악의 향기가 있지요, 그래서 다들 파블롭스크로 가죠. 하지만 저는 곁채에 들 거고, 별장 본채는……"

"세를 놓았나요?"

“아-아-아뇨. 아뇨, 완전히 그렇진 않굽쇼.”

“그럼 나한테 빌려주시지요.” 공작이 느닷없이 제안했다. 바로 이 말을 들으려고 레베제프는 별장 얘기를 꺼낸 성싶었다. 사실 이 생각은 삼분 전에 그의 머리에 떠오른 것이었다. 그렇다고 세들 사람이 없는 건 절대 아니었다. 별장에 세들겠다는 사람이 이미 나타났고, 아마도 별장을 빌리게 될 것 같다고 직접 통지까지 해온 상태였다. 레베제프도 그 사람이 '아마도'가 아니라 틀림없이 세를 들 거라는 사실은 확실히 알고 있었다. 하지만 방금 한 가지 생각이 번쩍 스쳤는데, 앞서 세를 들겠다던 사람의 말이 확실하지 않은 점을 이용해 공작에게 별장을 넘겨주자는 것으로, 그의 속셈에 따르면 이건 대단히 수지맞는 생각이었다. '한바탕 충돌이 벌어지고, 이 일의 완전히 새로운 국면이 전개될 것이다'라는 상상이 그의 뇌리에 갑자기 떠올랐다. 그는 공작의 제안에 뛸듯이 기쁜 나머지, 집세가 얼마냐고 공작이 터놓고 묻자 두 손을 내젓기까지 했다.

“뭐, 그럼 좋아요. 내가 알아서 하지요. 당신한테 손해가 되진 않을 겁니다.”

두 사람은 이미 정원을 나서고 있었다.

“그런데 공작님께…… 공작님께…… 만약 원하신다면, 존경하는 공작님, 아주 흥미 있는 사실 하나를 알려드릴 수 있어요, 바로 그 문제와 관계된 것인데요.” 레베제프는 기쁜 나머지 공작 곁에 찰싹 달라붙으며 속삭였다.

공작은 걸음을 멈추고 섰다.

“다리야 알렉세예브나도 파블롭스크에 별장이 있습죠.”

“그런데요?”

"어떤 여성분이 그 여자와 아주 절친한 사이인데, 보아하니 파블롭스크로 자주 그 여자를 방문할 생각인 것 같습니다. 어떤 목적이 있어서요."

"그런데요?"

"아글라야 이바노브나가……"

"아, 관둬요, 레베제프!" 공작은 어딘가 불쾌한 감정을 드러내며 말을 막았는데, 그의 말이 공작의 아픈 곳을 건드린 듯했다. "그건 모두…… 그런 게 아니에요. 그보다도, 언제 그리로 갈 생각인가요? 나는 빠를수록 좋아요, 지금 여관에 묵고 있으니까……"

이야기를 나누는 사이 그들은 정원 밖으로 나왔으나, 방으로는 들어가지 않고 곧장 마당을 가로질러 쪽문 쪽으로 다가갔다.

"그럼 이러면 어떨까요," 레베제프가 마침내 생각해냈다. "오늘이라도 당장 여관에서 나와 저희 집으로 옮기세요, 그리고 모레 저희와 함께 파블롭스크로 가시죠."

"고려해보지요." 공작은 생각에 잠긴 채 이렇게 말하고는 대문 밖으로 나갔다.

레베제프는 그의 뒷모습을 바라보았다. 그는 공작이 갑자기 산만해진 데 놀랐다. 공작은 대문을 나설 때 '잘 있어요'라는 인사도 잊었고 고개조차 끄덕이지 않았는데, 레베제프가 알고 있는 공작의 정중함이나 자상함과는 너무나 어울리지 않는 모습이었다.

III

벌써 열한시가 지나 있었다. 지금 시내에 있는 예판친가를 찾아간다 해도 공무로 바쁜 장군밖에 만날 수 없고, 게다가 그것마저 확실치 않다는 것을 공작은 잘 알고 있었다. 또 장군이라면 아마도 그를 사로잡듯이 해서 당장 파블롭스크로 데려가리라는 생각도 들었으나, 공작은 그전에 꼭 방문하고 싶은 곳이 한 군데 있었다. 예판친가에 가는 게 늦어져 파블롭스크 행을 내일로 미루는 한이 있더라도, 공작은 꼭 들르고 싶은 그 집을 찾아나서기로 결심했다.

하지만 어떤 의미에서 이 방문은 그에게 하나의 모험이었다. 그는 마음을 정하기가 어려워 망설였다. 그는 이 집이 사도바야 거리에서 멀지 않은 고로호바야 거리에 있다는 걸 알고 있던지라, 거기까지 가게 되면 마침내 최후의 결심이 서리라 기대하고 일단 그쪽으로 가기로 했다.

고로호바야와 사도바야가 만나는 네거리가 가까워오자, 그는 자신이 전에 없이 흥분해 있는 데 스스로도 놀랐다. 그는 자신의 심장이 이토록 고통스러울 만큼 세차게 뛰리라고는 예상치도 못했다. 어느 집 한 채가 아마도 그 독특한 외관 때문에 멀리서부터 그의 주의를 끌기 시작했는데, 공작은 '이게 분명히 바로 그 집이다'라고 혼잣말을 했던 것을 나중에 떠올렸다. 이상한 호기심에 이끌려 그는 자신의 추측이 맞는지 확인하려고 다가갔다. 추측이 맞는다면 왠지 심한 불쾌감을 느끼리라는 예감이 들었다. 이 집은 크고 음침한 삼층짜리 건물로, 아무런 건축예술적 장식도 없고 탁한 녹색이었다. 지난 세기 말에 지어진 이런 종류의 집들은 비록 그 수가 얼마 안 되고 아주 적긴 하지만, 페테르부르크의(여기에선 모든 게 너무도 빨리 변한다) 바로 이 거리들에서만큼은 거의 아무런 변형 없이 옛 모습 그대로 남아 있었다. 이 집들은 튼튼하게 지어졌으며, 벽이 두껍고 창문의 수가 극히 적다. 아래층 창문에는 더러 격자창살이 끼워져 있다. 아래층의 대부분은 환전상이 차지하고, 위층에는 환전상에서 일하는 거세파교도*가 세 들어 산다. 밖에서 보나 안에 들어가 보나 어쩐지 무뚝뚝하고 퉁명스러운 분위기이고, 모든 게 몸을 감추며 숨으려 드는 것 같이 느껴지는데, 왜 집의 외관만 봐도 그런 느낌이 드는지는—설명하기 어려울 듯싶다. 물론 건축에서 선線의 연결이라는 것은 자신만의 비밀을 지니고 있으리라. 이런 집에는 거의 예외 없이 상인들만 거주한다. 대문으로 다가가 문패를 쳐다본 공작은 '세습 명예시민 로고진의 집'이라고 새겨진 글씨를 읽었다.

그가 더이상 망설이지 않고 유리문을 열자, 문은 쾅 하고 요란한 소리를 내며 등뒤에서 닫혔다. 그는 정면 계단을 따라 이층으로 올라가기 시작했다. 어두운 석조 계단은 구조가 조잡하고, 주위의 벽은 붉은 도료로 칠해져 있었다. 로고진이 어머니와 동생과 함께 이 음산한 집의 이층 전체를 쓰고 있다는 것은 그도 아는 바였다. 공작에게 문을 열어준 하인은 주인에게 아뢰지도 않고 그를 안내하며 한참을 걸어갔다. 그들은 축연을 열 때 사용하는 듯한 어떤 홀을 통과했는데, '대리석 모양'의 무늬가 칠해진 벽, 참나무 모자이크 마룻바닥, 그리고 1820년대의

---

* 남성의 고환과 여성의 유방이 죄의 증거라고 여긴 신흥 종교를 믿던 신자들. 대도시나 수도에 살던 거세파교도 중에는 대단히 부유한 상인들이 많았고, 주로 환전상이나 금은 세공사, 은을 거래하는 상인 등으로 일했다.

투박하고 무거운 가구들로 장식된 이 넓은 홀을 지나, 이리 휘어 들어가고 저리 돌고 이단 또는 삼단짜리 계단을 몇 차례나 오르내리며 무슨 조그만 우리 같은 방을 몇 개나 지난 다음에야, 드디어 어느 방문을 두드렸다. 문을 연 사람은 다름 아닌 파르폰 세묘느이치였다. 공작을 보자 그는 얼굴이 새파랗게 질리며 기둥처럼 그 자리에 우뚝 섰는데, 경악한 시선을 한곳에 못박은 채 일그러진 입가에 뭔가 극도의 의혹이 담긴 미소를 띠고 얼마 동안 석상처럼 꼼짝 않는 걸로 봐서—아무래도 공작의 방문이 도저히 있을 수 없는 무엇, 거의 기적에 가까운 일로 여겨지는 모양이었다. 공작 자신도 뭔가 이런 종류의 반응을 예상하긴 했지만, 그 정도가 너무 심한 데는 오히려 어리둥절하기까지 했다.

"파르폰, 아마 내가 좋지 않은 때에 온 것 같군, 그렇다면 그냥 가겠네." 마침내 그가 당황한 어조로 입을 열었다.

"아니, 괜찮네! 마침 잘 왔어!" 파르폰은 비로소 제정신으로 돌아왔다. "자, 어서 들어오게!"

그들은 서로 허물없는 말투를 썼다. 모스크바에서는 두 사람이 자주 만나 오랫동안 얘길 나눌 기회가 있었고, 서로의 마음속에 잊지 못할 인상을 아로새겼던 순간도 여러 번 있었다. 하지만 최근 들어서는 석 달 남짓이나 만나지 못했다.

창백한 낯빛과 가늘게 스치는 듯한 경련은 로고진의 얼굴에서 아직 떠나지 않았다. 손님을 맞아들이긴 했으나, 그는 여전히 이상하리만치 혼란스러운 상태였다. 그가 공작을 안락의자가 있는 쪽으로 데려가 탁자 앞에 앉히는 동안, 공작은 우연히 그를 돌아보다가, 너무나 괴이하고 고통스러운 눈길과 마주치자 그만 그 자리에 멈칫 서버렸다. 무엇인가가 공작의 가슴을 꿰뚫는 듯했고, 동시에 그 무엇이—바로 몇 시간 전에 있었던 고통스럽고 음침한 그 무엇이 그의 머릿속에 떠올랐다. 앉지도 않고 그대로 선 채 그는 한동안 로고진의 눈을 똑바로 쳐다보았다. 그 눈은 처음 한순간 더욱 날카롭게 빛나는 것 같았다. 이윽고 로고진은 히죽 웃어 보였으나, 여전히 조금 혼란스러운 모습이었고 어찌할 바를 모르는 듯했다.

"왜 그렇게 뚫어져라 쳐다보고 있나?" 그가 중얼거리듯 말했다. "앉게!"

공작은 앉았다.

"파르폰" 하고 공작이 입을 열었다. "솔직히 말해주게, 자넨 내가 오늘 페테르부르크에 온다는 걸 알고 있었나, 아니면 몰랐나?"

"올 거라고는 생각했네, 거봐, 내가 틀리지 않았지." 그는 표독스럽게 씨익 웃더니 덧붙였다. "하지만 오늘 오는 것까지야 내가 어찌 알았겠나?"

대답 속의 물음에 담긴 뭔가 날카롭고, 돌발적이고, 이상하리만큼 흥분해 있는 어조는 공작을 더욱더 놀라게 했다.

"아니, 오늘이라는 걸 자네가 알았다 해도, 그렇게까지 흥분할 건 없잖나?" 공작이 당황해하며 나직이 말했다.

"그런데 그걸 왜 묻나?"

"아까 기차에서 내릴 때 본 눈이 자네가 지금 뒤에서 날 쳐다보던 눈과 아주 똑같아서 그러네."

"그럴 수가! 대체 누구의 눈이었을까?" 로고진은 미심쩍다는 듯 중얼거렸다. 공작에겐 그가 몸을 움찔한 것처럼 보였다.

"모르겠네. 사람들 틈에서 봤으니까. 그저 내 느낌이었는지도 모르지. 요즘 자꾸 그런 환각을 일으키게 됐거든. 나는 말일세, 파르폰 형제, 아직 발작이 일어나곤 하던 오 년 전과 거의 비슷한 증세가 있는 것 같아."

"그렇다면 아마 자네가 환각을 일으켰던 모양이군. 어쨌든 나는 모르는 일이야……" 파르폰이 중얼거렸다.

그의 얼굴에 상냥한 미소가 번졌으나, 그것이 지금 그에겐 전혀 어울리지 않았는데, 어딘가가 심하게 부서져서 파르폰 자신이 아무리 애를 써도 도저히 제대로 짜맞출 수 없을 것 같은 미소였다.

"어떤가, 다시 외국에라도 갈 생각인가?" 그가 이렇게 묻더니 불쑥 덧붙였다. "자네 기억하나, 우리는 지난가을에 프스코프에서 함께 기차를 타고 왔지, 나는 이 집으로 돌아오는 길이었고, 자네는…… 망토 차림에 각반을 차고 있었는데, 기억하나?"

그러면서 로고진은 느닷없이 소리내어 웃기 시작했는데, 이번엔 뭔가 노골적인 악의를 드러낼뿐더러, 어떤 식으로든 그것을 드러낼 기회를 잡게 돼 기뻐하는 눈치였다.

"자네는 여기서 아주 살기로 했나?" 공작이 서재를 둘러보며 물었다.

"그래, 여기가 내 집이야. 여기 말고 내가 어디서 살겠나?"

"자네하고 오랜만에 만나는군. 자네에 대해 이런저런 소문은 들었지, 자네가 아닐 거다 싶은 소문까지 말일세."

"사람들이 무슨 말인들 못 하겠나." 로고진이 무뚝뚝하게 대꾸했다.

"그래도 그 패거리는 죄다 쫓아버렸군. 하긴 이렇게 아버지가 물려준 집에 들어앉아 있으니, 이젠 못된 장난도 못하겠지. 잘됐지뭔가. 이 집은 자네 것인가, 가족 공동 소유인가?"

"어머니 집일세. 어머니는 이 복도 건너편을 쓰고 계셔."

"자네 동생은 어디 사나?"

"동생 세묜 세묘느이치는 별채에서 살아."

"동생에겐 처자가 있나?"

"홀아비야. 자네가 그걸 왜 묻지?"

공작은 로고진을 힐끗 쳐다봤으나 아무 대답도 하지 않았다. 그는 갑자기 생각에 잠겨 상대방의 질문을 못 들은 듯했다. 로고진은 재촉하지 않고 기다렸다. 둘 다 잠시 말이 없었다.

"나는 이쪽으로 오면서 백 걸음쯤 떨어진 곳에서 벌써 자네 집이란 걸 알았네." 공작이 말했다.

"그건 또 어떻게?"

"확실히는 모르겠어. 자네 집은 자네 가족 전체, 자네 로고진가의 삶 전체의 인상을 지니고 있어. 하지만 왜 이런 결론을 내렸느냐고 묻는다면—딱히 설명할 도리가 없네. 물론 다 실없는 소리겠지. 왜 이런 것들이 이렇게 나를 불안하게 하는지, 나도 두려울 지경이야. 전 같으면, 자네가 이런 집에 산다고는 생각도 못했겠지만, 아까 이 집을 보자마자 첫눈에 '그래, 그 친구는 틀림없이 저런 집에 살고 있을 거다!'라는 생각이 들었거든!"

"아하!" 로고진은 공작의 막연한 생각을 제대로 이해할 수 없었으므로 그저 모호한 미소를 지어 보였다. "이 집은 이미 할아버지 대에 지은 거야" 하고 그가 설명했다. "거세파교도인 흘루쟈코프 가족이 내내 살았지, 뭐, 지금도 우리집에 세 들어 살고 있지만 말이야."

"집이 너무 어둡군. 자넨 암흑 속에 앉아 있어." 공작이 서재를 둘러보며 말했다.

천장이 높고 어두침침한 커다란 방안에는 온갖 잡다한 가구가 가득 놓여 있었는데—가구는 대개, 큼직한 사무용 책상들, 뚜껑을 여닫을 수 있는 책상, 영업장부와 무슨 문서들이 보관된 책장 등이었다. 붉은색의 널찍한 모로코가죽 소파는 필시 로고진의 침대로 사용되는 듯싶었다. 로고진에 이끌려 자리에 앉은 공작은 자기 앞의 탁자 위에 책 두세 권이 놓인 것을 보았다. 그중 하나는 솔로비요프의 『역사』*였는데, 펼쳐진 채 책갈피가 끼워져 있었다. 벽에는 칙칙하게 퇴색한 금박 액자 속에, 검게 그을려 뭐가 뭔지 알아보기조차 몹시 힘든 어두운 유화가 몇 점 걸려 있었다. 그중에서도 전신 인물화 한 점이 공작의 눈길을 끌었다. 독일식 재단이긴 하지만 옷자락이 긴 프록코트를 입고 목에 메달을 두 개나 건 쉰 살 전후의 남자를 그린 초상화인데, 희끗거리는 짧고 아주 성긴 턱수염에, 주름투성이인 얼굴은 누런색이었고, 의심이 많고 속을 드러내지 않는 듯한 두 눈은 서글픈 빛을 띠고 있었다.

"이분은 자네 아버님이신가보군?" 공작이 물었다.

"바로 맞혔어." 로고진은 불쾌한 미소를 띠고 대답했는데, 마치 죽은 자기 아버지에 대해 당장 무슨 버릇없는 농담이라도 한마디 할 듯한 태도였다.

"그분은 구교도**가 아니셨나?" 공작이 물었다.

---

* 러시아 역사가 S. M. 솔로비요프의 『고대 러시아 역사』. 도스토옙스키는 이 책을 청소년을 위한 권장도서에 포함시켰다.

** 1650년대에 모스크바 대주교 니콘은 교회서와 예배서, 예배식을 개정하고 러시아정

"아니, 교회에 다녔어, 하긴 구교가 더 옳다는 말을 하곤 했지. 거세파교도들도 무척 존경했어. 이 방이 바로 아버지 서재였다네. 그런데 아버지가 구교도였는지는 왜 묻나?"

"혼례는 여기서 올릴 작정인가?"

"여-여기서." 로고진은 뜻밖의 질문에 흠칫 몸을 떨다시피 하며 대답했다.

"곧 올릴 건가?"

"자네도 알잖아, 그게 어디 나한테 달려 있나?"

"파르푠, 나는 자네의 적이 아니야, 무슨 일이든 자네를 방해할 생각은 추호도 없네. 이 말은 전에도 한번 지금과 거의 같은 상황이었을 때 분명히 천명한 바 있지만, 지금 다시 한번 되풀이하겠네. 모스크바에서 자네의 혼례가 준비되고 있을 때도 내가 아무런 방해를 하지 않았다는 건 자네도 알지 않나. 혼례를 거의 눈앞에 두고 그녀 쪽에서 처음 내게로 달려와서는 자네한테서 자기를 '구해달라'고 애원했어. 이건 그녀가 한 말을 자네한테 그대로 옮기는 걸세. 그러고 나서는 나한테서도 달아났지, 그걸 자네가 다시 찾아내서 혼례를 올리도록 얘기가 된 걸로 아는데, 듣자 하니 그녀가 또다시 자네한테서 도망쳐 이곳으로 왔다더군. 그게 사실인가? 레베제프가 그렇게 알려줘서 나도 여기로 온 걸세. 그런데 여기서 두 사람의 일이 또다시 잘 해결됐다는 얘길 바로 어제 기차 안에서 자네의 옛 친구 중 한 명한테 처음 들었다네, 알고 싶다면 이

교회를 개혁하려 했다. 이에 반발한 많은 고위 성직자들은 교회에서 이탈하여 분리파를 형성했는데, 이들은 러시아정교의 텍스트와 예배식을 변경하는 데 거세게 반대하며 과거의 러시아식 전통을 고수하고자 했기 때문에 구교도라고 불렸다.

름을 말해주지, 잘료제프야. 내가 여기 온 까닭은, 그녀를 기어이 설득해서 건강 회복을 위해 외국으로 보내기 위해서였어. 그녀는 심신이 몹시 피폐해졌고, 특히 정신이 그런 상태니까, 내 생각으론 아주 많은 보살핌이 필요해. 내가 직접 그녀를 데리고 외국으로 갈 생각은 없었네, 나 자신은 빠지고 그냥 뒤에서 이 모든 일을 다 처리해주려고 생각한 거야. 오직 있는 그대로 자네한테 말하는 걸세. 만약 자네와 그녀 사이에 이 일이 다시 잘 해결됐다는 게 정말 사실이라면, 나는 그녀 눈앞에 다시는 나타나지 않을뿐더러, 자네한테도 더이상 찾아오지 않겠네. 나는 언제나 자네한테 솔직했으니까, 내가 자네를 속이고 있지 않다는 건 자네 자신이 알 걸세. 나는 이 문제에 대한 내 생각을 한 번도 자네한테 숨기려 한 적이 없고, 자네와의 혼인은 그녀에게 파멸이 될 수밖에 없다고 언제나 말해왔잖나. 자네한테도 파멸이지…… 어쩌면 그녀보다 자네 쪽이 더 심할지도 몰라. 만약 두 사람이 다시 헤어진다면, 나는 무척이나 만족할 걸세. 하지만 내가 나서서 두 사람의 관계를 방해하고 깨뜨릴 생각은 전혀 없네. 제발 안심하고, 나를 의심하진 말아주게. 게다가 자네도 알다시피, 내가 언제 자네의 진정한 적수였던 적이 있었나 말일세, 그녀가 나한테 도망쳐왔을 때조차 말이야. 자네 지금 웃었지. 알고 있어, 자네가 왜 웃었는지. 하지만 그녀와 나는 그때 서로 다른 도시에서 따로따로 살았고, 이 모든 것은 자네도 분명하게 알고 있어. 전에도 자네한테 말했지만, 나는 그녀를 '연정으로 사랑하는 게 아니라, 연민의 정으로 사랑하고' 있네. 나는 이 정의가 정확하다고 생각해. 자넨 그때 내 말을 이해했노라고 했어. 정말 그랬지? 잘 이해했던 거지? 그런데 왜 그리 증오에 찬 눈으로 나를 바라보는 건가! 나는 자네를 안심시키러 온 거야, 자넨 내게 소중한 사람이니까. 나는 자네를 몹시 사랑하네, 파르푠. 하지만 이제 가보겠네, 그리고 다시는 찾아오지 않겠네. 잘 있게나."

공작은 일어섰다.

"잠시만 더 앉아 있게." 파르푠은 자리에서 일어나지도 않은 채 오른손으로 비스듬히 머리를 괴고서 말했다. "자넬 오랜만에 보는 거니까."

공작은 자리에 앉았다. 두 사람은 또다시 말이 없었다.

"나는 자네가 눈앞에서 없어지면 곧바로 자네한테 증오를 느낀다네, 레프 니콜라예비치. 자네를 만나지 못한 이 석 달 동안, 나는 매 순간 자네를 증오했지, 정말이야. 자넬 붙잡아다가 무슨 독이라도 먹여 죽여버리고 싶었단 말일세! 알겠나. 그런데 지금 자네와 같이 앉은 지 십오 분밖에 안 됐는데, 벌써 모든 증오심이 씻은 듯 사라지고, 자네가 전처럼 좋아졌어. 나하고 조금 더 같이 있어주게……"

"나와 함께 있을 땐 나를 믿지만, 내가 없으면 금세 믿음을 팽개치고 또다시 의심을 한단 말이지. 아마 아버지를 닮은 모양이군!" 공작은 자신의 감정을 숨기려 애쓰면서, 다정하게 웃으며 이렇게 대답했다.

"자네와 함께 앉아 있으면 자네의 목소리를 믿게 돼. 그야 물론 우리를, 나와 자네를 대등한 인간으로 여겨선 안 된다는 것쯤이야 잘 알지만……"

"그런 쓸데없는 소린 왜 덧붙이나? 자넨 또 역정이 난 게로군." 공작은 로고진의 태도에 놀라 이렇게 말했다.

"하지만 형제, 여기서 우리의 의견 따윈 아무 소용 없어." 로고진이 대꾸했다. "모든 게 우리의 의견을 묻지 않고 결정돼버렸단 말일세. 우리는 사랑하는 방식도 제각기이고, 모든 면에서 다르니까." 그는 잠시 입을 다물었다가 조용히 말을 이었다. "자네는 그 여자를 연민의 정으로 사랑한다지만, 내겐 그 여자에 대한 연민 같은 건 털끝만큼도 없어. 더구나 그 여자는 나를 세상 무엇보다 증오하거든. 나는 지금 밤마다 그 여자의 꿈을 꾸지. 언제나 그 여자는 다른 사내와 함께 나타나서 나를 비웃어. 이봐, 형제, 이건 실제로도 그래. 나하고 혼인하기로 해놓고서, 마치 신발이라도 갈아신듯 나 같은 건 까맣게 잊어버렸으니까. 자네가 믿을지 모르지만, 나는 그 여자한테 찾아갈 용기가 나지 않아서 닷새 동안이나 그 여자를 만나지 않았어. 틀림없이 '왜 왔어?'라고 물을 테지. 그 여자가 나한테 얼마나 수모를 줬는데……"

"수모를 주다니? 그게 무슨 소린가?"

"모르는 척하긴! 그 여자가 '혼례를 눈앞에 두고' 자네하고 같이 나한테서 달아났다고 방금 자네 입으로 그러지 않았나."

"하지만 자네 자신도 믿진 않겠지, 그녀가……"

"또, 그 여자가 모스크바에서 젬츄쥐니코프인지 뭔지 하는 장교 놈하고 어울려 나를 모욕한 건 어쩌고? 나는 확실히 알고 있어, 그 여자는 날 욕되게 했어, 자기 쪽에서 혼인 날짜까지 정해놓고 말이야."

"그럴 리가 없네!" 공작이 소리쳤다.

"나는 분명히 알고 있어." 로고진이 자신 있게 말했다. "그럼, 그런 여자가 아니라는 건가? 맞아, 형제, 그런 여자가 아니라는 건 말할 필요도 없지. 말해봤자 헛소리야. 자네와 함께 있을 땐 그런 여자가 아닐 테니까. 그런 짓을 하는 걸 보면 오히려 자기가 몸서리를 칠걸. 하지만 나하고 있을 땐 바로 그런 여자야. 진짜 그렇단 말이야. 나를 아주 인간쓰레기로 여기니까. 켈레르, 권투깨나 한다는 그 장교 놈하고의 일도 그저 나를 웃음거리로 만들려고 꾸며낸 짓이라는 걸 나는 다 알아…… 정말 그 여자가 모스크바에서 나한테 무슨 짓을 했는지, 자넨 아직 몰라! 돈, 돈은 또 얼마나 쓰게 했는데……"

"그럼…… 어째서 아직도 그 여자와 결혼하겠다는 건가!…… 나중에 어떻게 되려고?" 공작은 두려워하며 이렇게 물었다.

로고진은 무서우리만치 침통한 시선을 공작에게 힐끗 던졌을 뿐, 아무런 대답도 하지 않았다.

"나는 벌써 닷새째 그 여자한테 가지 않았어." 그는 일 분쯤 입을 다물고 있다가 다시 말을 이었다. "그저 쫓겨나지나 않을까, 늘 그 걱정뿐이야. 그 여자는 '나는 아직 나 자신의 주인이야, 마음만 내키면 너 같은 건 아예 내쫓아버리고 나 혼자 외국으로 가겠어'라고 말하지(외국으로 가겠다는 건 그 여자가 나한테 직접 한 말이야—그는 공작의 눈을 왠지 아주 유별나게 쳐다보며, 마치 주석이라도 달듯 이렇게 말했다). 하긴, 그저 나한테 겁을 주려고 그럴 때도 있어, 내가 어째 늘 가소로운 모양이니까. 하지만 어떤 땐 정말로 침울해져서 얼굴을 잔뜩 찌푸리고는 한마디도 안 해. 나는 바로 그런 게 무서워. 문득, 늘 빈손으로 가면 안 되겠구나 싶더군—그래서 뭘 들고 갔다가 되레 비웃음만 샀지, 나중엔 마구 화까지 내는 거야. 한번은, 그 여자가 예전에 제아무리 호화롭게 살았다 해도 아마 이런 건 아직 본 적도 없을 거다 싶어서, 아주 귀한 숄을 선물했는데, 그걸 카치카라는 하녀한테 줘버리더란 말일세. 그리고 언제 혼례를 올릴 건가 하는 얘기는 아예 입 밖에 내지도 못하게 해. 그저 그 여자한테 찾아가는 것조차 두려운 판에 신랑이 다 뭔가? 이렇게 앉아 있다가 더이상 참을 수 없게 되면, 몰래 그 여자가 사는 집 앞의 길을 살금살금 왔다갔다하거나, 어디 구석진 곳에 숨어 있는 거지. 한번은 정신을 바싹 차리고 그 여자의 집 대문 옆에서 거의 날이 샐 때까지 파수를 선 적도 있어—그땐 필시 무슨 일이 있다고 생각했으니까. 그런데 아마 그 여자가 창밖을 몰래 내다본 모양이야. '내가 널 속이는 걸 봤다 한들, 네가 날 어쩔건데?' 그러더군. 나는 참지 못하고, '너 자신이 잘 알겠지'라고 말해줬지."

"무엇을 안다는 건가?"

"그걸 내가 어떻게 아나!" 로고진은 표독스럽게 웃기 시작했다. "나는 그때 모스크바에서 오랫동안 그 여자를 감시했지만, 한 놈도 잡을 수가 없었어. 한번은 그 여자를 붙들고 이렇게 따졌지. '나와 혼인해서 점잖은 가정의 일원이 되겠다고 약속하더니, 이제 네가 어떤 계집인지 알겠어? 너는 대체 어떻게 돼먹은 계집이야?'"

"그녀에게 직접 그렇게 말했나?"

"말했지."

"그랬더니?"

"'나는 지금 네 아내가 되는 건 고사하고, 너를 내 하인으로 삼기도 싫어'라더군. 나는 '그렇다면 끝장을 보기 전엔 여기서 안 나가겠다!'라고 했지. 그랬더니 '그럼 당장 켈레르를 불러서 대문 밖으로 널 내던지라고 하겠어'라는 거야. 그래서 그 여자에게 덤벼들어 시퍼렇게 멍이 들도록 두들겨패줬지."

"설마!" 공작이 소리쳤다.

"사실이라니까." 로고진은 나직한 목소리로, 하지만 두 눈을 번쩍이며 확인해주었다. “꼬박 하루 하고도 반나절 동안 나는 자지도 먹지도 마시지도 않고, 그 여자의 방에서 나가지도 않고, 그 여자 앞에 무릎을 꿇고는 ‘네가 용서해주지 않는다면 죽는 한이 있어도 여기서 나가지 않겠다, 사람을 시켜 나를 끌어내면—그때는 물에 빠져 죽어버리겠다, 이제—네가 없다면 내가 어떻게 살 수 있겠어?’라고 말했지. 그 여자는 그날 종일 울고불고하면서 나를 칼로 찌르려 들질 않나, 마구 욕을 퍼붓질 않나, 정말이지 미치광이가 따로 없었어. 잘료제프, 켈레르, 젬쥬쥐니코프 같은 놈들을 죄다 불러와 나를 손가락질하며 온갖 창피를 주더군. ‘여러분, 오늘 우리 다 함께 극장에 갑시다, 저 사람은 나가고 싶지 않다니까 여기 앉아 있으라죠, 나는 저 사람한테 매인 몸이 아녜요. 그럼 댁은 여기 있어요, 파르폰 세묘느이치, 내가 없더라도 차는 내다 줄 거예요, 분명히 오늘 시장했을 테니까.’ 그러고는 극장에서 혼자 돌아왔어. ‘죄다 겁쟁이고 비열한 치들이야, 네가 무서워서 나한테까지 겁을 주려 하더군, 그 사람은 나가지 않을 거다, 어쩌면 당신을 찔러 죽일지도 모른다, 라고 지껄이면서 말이야. 나는 지금 침실로 들어가지만, 문은 잠그지 않겠어. 뭐, 내가 널 두려워해? 너도 그걸 똑똑히 알고 잘 봐둬! 차는 마셨어?’ ‘아니, 마시지 않겠어.’ ‘장하다고 해주고 싶지만, 이러는 거 너한텐 전혀 안 어울려.’ 그러고선 정말 말한 대로 하더군, 그 여자는 방문을 안 잠그고 잤다네. 아침에—방에서 나와 웃으면서, ‘정신 나간 거 아냐? 정말 굶어 죽으려고 그래?’라기에, ‘제발 용서해줘’라고 말했지. ‘용서할 생각 없어, 나는 너한테 시집 안 가, 이미 말했잖아. 정말 밤새 이 의자에 앉은 채 한잠도 안 잔 거야?’ ‘그래, 안 잤어.’ ‘참 잘났군! 그럼 계속 차도 안 마시고 식사도 안 할 참이야?’ ‘안

한다고 했잖아—그보다도 제발 용서해줘!' '이런 건 정말 너한테 어울리지 않아, 제발 좀 알아둬, 이건 소 잔등에 안장을 얹는 격이야. 이런 걸로 나한테 겁을 주려는 건 아니겠지? 네가 쫄쫄 굶고 앉았어도 난 아무렇지 않아. 흥, 누가 겁낼 줄 알고!' 그 여자는 화를 벌컥 냈지만 그것도 잠시였고, 또다시 나를 조롱하기 시작하더군. 그런데 내가 놀란 건, 어째서 이 여자한테 전혀 악의가 보이지 않을까 하는 거였어. 누구한테 한번 원한을 품으면 두고두고 잊지 않는 여자인데! 그때 문득 그런 생각이 들었다네. 이 여자는 나한테 무슨 대단한 원한을 품을 마음조차 일지 않을 정도로 나를 얕잡아보는 거다, 라고 말이야. 그건 사실이야. 한번은 그러더군. '로마 교황이 어떤 사람인지 알아?' '들은 적은 있어.' '이봐, 파르폰 세묘느이치, 당신은 세계사를 전혀 배운 적이 없구나.' '나는 아무것도 배운 게 없어'라고 했더니, 그러는 거야. '그럼 내가 당신한테 읽을 걸 줄게. 옛날에 한 교황이 있었는데, 어느 황제에게 몹시 화가 났어. 그러자 이 황제는 사흘 동안 식음을 전폐하고 교황이 머무는 성 앞에 맨발로 꿇어앉아, 겨우 용서를 받았다는 거야. 어떻게 생각해? 그 황제는 이 사흘 동안 그렇게 무릎을 꿇고 앉아 속으로 무슨 생각을 하고 무슨 맹세를 했을까?…… 잠깐, 내가 그 대목을 직접 읽어줄 테니.' 그러고서 발딱 일어나더니 책을 한 권 가져오더군. '이건 시야.' 그러면서 이 황제가 사흘 동안, 그 교황에게 복수하고야 말겠다고 맹세했다는 시구를 읽어주기 시작했어.* 그 여자가 '어때, 파르폰 세묘

* 하인리히 하이네의 시 「하인리히」. 신성로마제국의 황제 하인리히 4세와, 북이탈리아의 카노사성에 머무르던 로마 교황 그레고리오 7세 간의 권력다툼에 관한 일화를 다루고 있다.

노비치, 정말 마음에 들지 않아?'라기에 '지금 읽은 건 전부 맞는 얘기야'라고 했지. '아하, 맞는 얘기라고 제 입으로 말하는 걸 보니, 당신도 맹세하고 있는 모양이군, 저년이 나한테 시집만 오면 그땐 두고 보자, 죄다 되갚아주고 조롱해주겠다! 라고 말이지.' '잘 모르겠어, 그런 생각을 하고 있는지도 모르지.' '모르겠다니?' '그래, 모르겠어, 난 지금 그런 걸 생각할 겨를이 없어.' '대체 지금 무슨 생각을 하기에?' '네가 자리에서 일어나 내 옆을 지나가면, 나는 너를 바라보며 눈으로 너를 좇지, 네 옷자락 소리만 들려도 심장이 털렁 내려앉고, 네가 방에서 나가면 나는 네가 한 말 한마디 한마디를 떠올리며 어떤 목소리로 무슨 말을 했는지 되새겨. 어젯밤 내내 나는 아무것도 생각하지 않고, 네가 자면서 숨을 쉬는 소리를 계속 듣고 있었어, 두어 번 몸을 뒤척이는 소리까지……' 그 여자는 웃더군. '그럼 나를 두들겨팬 일은 까맣게 잊어버리고 생각하지도 않았겠네?' '생각했는지도 몰라, 모르겠어.' '내가 용서해주지 않고, 혼인도 해주지 않는다면?' '물에 빠져 죽겠다고 했잖아.' '아마 그전에 나를 죽이고 말겠지……' 이렇게 말하고는 무슨 생각에 잠기더군. 그러더니 화를 내며 나가버렸어. 한 시간이 지나자 몹시 침울한 얼굴로 다시 들어오더니 이러겠지. '파르폰 세묘노비치, 나는 당신한테 시집가겠어, 당신이 무서워서 그러는 게 아냐, 어차피 어떤 식으로 파멸하든 상관없으니까. 어디 간들 더 낫겠어? 자, 앉아, 이제 당신한테 식사를 내올 거야.' 그러면서 덧붙였어. '일단 당신한테 시집가면, 충실한 아내가 되겠어, 그 점에 대해선 의심하지 말고 걱정도 하지 마.' 그리고 잠시 입을 다물었다가 그러더군. '그래도 당신은 하인은 아냐, 전엔 당신이 완전히 하인 같은 인간이라고 생각했지.' 그 여자는 바로 그 자리에서 혼인 날짜를 정했어, 그래놓고 일주일 만에 나를 팽개치고 레베제프를 찾아 이곳으로 도망쳤지. 내가 여기까지 쫓아오자 이러는 거야. '내가 널 완전히 마다하는 건 아냐. 다만 내 마음이 내킬 때까지 더 기다리고 싶어, 나 자신의 주인은 아직 나니까. 너도 그러고 싶으면 기다려.' 우리는 지금 이런 상태에 있어…… 레프 니콜라예비치, 자넨 이 모든 것에 대해 어떻게 생각하나?"

"자네 자신은 어떻게 생각하나?" 공작은 슬픈 눈으로 로고진을 바라보며 되물었다.

"내가 생각하긴 뭘 생각해!" 로고진은 저도 모르게 버럭 소리를 질렀다. 그는 뭔가 더 말하려다가 입을 다물고는 끝 모를 비애에 잠겼다.

공작은 일어나서 또다시 돌아가려고 했다.

"여하튼 자네를 방해할 생각은 없네." 공작은 거의 우울한 어조로, 마치 자기 가슴속 깊이 숨겨진 어떤 생각에 답하듯 조용히 말했다.

"이봐, 자네에게 할 말이 있어!" 로고진은 갑자기 활기를 띠고 두 눈을 번쩍이기 시작했다. "어째서 자네는 나한테 그렇게 양보하려고 들지? 나는 그걸 모르겠어. 그 여자에 대한 사랑이 완전히 식은 건가? 전에는 그토록 애타하더니. 나도 봤단 말이야. 대체 이번엔 뭐 때문에 죽을힘을 다해 이 페테르부르크로 달려왔나? 연민 때문인가? (로고진의 얼굴은 심술궂은 냉소로 일그러졌다.) 헤-헤!"

"내가 자네를 속이고 있다고 생각하나?" 공작이 물었다.

"아니, 자네를 믿어, 하지만 뭐가 뭔지 도무지 이해가 안 가. 가장 확실한 건, 자네의 연민이 나의 사랑보다 훨씬 강할지도 모른다는 사실이지!"

당장이라도 터져나올 듯한 어떤 증오감이 그의 얼굴에서 활활 타올랐다.

"그런데 자네의 사랑은 증오와 다를 바 없어." 공작은 빙긋이 웃었다. "그 사랑이 사라져버린다면, 그때는 사태가 더 불행해질지도 모르지. 파르푠 형제, 자네한테 말해두고 싶은 건……"

"내가 칼부림이라도 할 거라고?"

공작은 몸을 흠칫 떨었다.

"자네는 지금의 이 사랑 때문에, 지금 자네가 받고 있는 이 모든 고통 때문에, 그녀를 몹시 증오하게 될 걸세. 내가 제일 이상하게 여기는 점은, 어떻게 그녀가 또다시 자네와 혼인하려 하느냐는 거야. 어제 그 얘기를 들었을 때는—차마 믿어지지 않았고 마음이 몹시 무거웠어. 그녀는 혼례를 눈앞에 두고 이미 두 번이나 자네를 마다하고 달아나지 않았나, 그러니 그녀에게 어떤 예감이 있다는 얘기야!…… 그런 그녀가 지금 자네한테서 뭘 바라는 걸까? 자네의 돈? 그건 얼토당토않은 소리지. 게다가 돈이라면 자네가 이미 웬만큼 낭비해버렸을 테니까. 그럼 그저 남편이 필요해서? 하지만 남편 될 사람은 자네 말고도 얼마든지 구할 수 있어. 누구든 자네보다야 낫겠지, 왜냐하면 자네는 반드시 찔러 죽이고야 말 테니까. 아마 그녀도 이젠 그 점을 너무나 잘 알고 있을 걸세. 아니면 자네가 그녀를 너무나 열렬히 사랑하기 때문에? 하긴 그게 이유일 수도 있겠지…… 바로 그런 사랑을 원하는 여자들이 있다고 들었으니까…… 다만……"

공작은 말을 멈추고 생각에 잠겼다.

"우리 아버지 초상화를 보고 왜 또 웃었나?" 로고진은 공작의 얼굴에 나타나는 모든 변화와 언뜻 스치는 작은 움직임 하나까지 아주 유심히 지켜보다가 이렇게 물었다.

"왜 웃었느냐고? 그냥 떠오른 생각인데, 만약 자네가 이런 불행과 마주치지 않았고 이 사랑이 자네를 사로잡지 않았더라면, 자넨 아마 꼭 자네 아버지처럼 될 걸세, 그것도 아주 빠른 시간 안에. 온순하고 말없는 아내와 단둘이 이 집에 들어앉아 어쩌다 한두 마디 무뚝뚝하게 던질 뿐 입을 꾹 다물고, 누구도 믿지 않을뿐더러 그럴 필요조차 전혀 못 느끼며 그저 음울한 얼굴을 한 채 잠자코 돈이나 벌어들이고 있겠지. 기껏해야 무슨 오래된 옛날 책이나 칭찬하고 구교도처럼 두 손가락으로 성호를 긋는 데 흥미를 느끼면서 말일세, 물론 이건 꽤 나이가 든 다음의 일이겠지만……"

"실컷 조롱하게나. 하지만 그 여자도 요전에 저 초상화를 살펴보며 똑같은 말을 하더군! 아무튼 별일이군, 두 사람이 이제 모든 점에서 똑같으니……"

"그녀가 자네 집에 왔었단 말인가?" 공작은 호기심을 느끼며 물었다.

"왔었네. 오랫동안 초상화를 바라보며 우리 아버지에 대해 이것저것 물어봤어. '당신도 꼭 저 아버지 같은 사람이 되겠지.' 그녀가 마침내 빙긋이 웃으며 그러더군. '파르푠 세묘느이치, 당신은 강한 열정을 지녔어, 만약 당신에게 분별마저 없었다면 정말 그 열정 때문에 시베리아로 유형을 갔을지도 모르지, 하지만 다행히 당신은 상당한 분별력을 지녔어'라고 말이야(정말 그렇게 말하더라니까, 자넨 이게 믿어지나, 응? 그 여자한테서 그런 말을 듣는 건 처음이었어!). '당신은 곧 지금 같은 어린애 장난을 죄다 그만두게 될 거야. 하지만 배운 게 전혀 없는 사람이니까, 그저 돈을 모으기 시작하며 아버지처럼 거세파교도들을 데리고 이 집에 들어앉게 될 테지. 그러다가 결국 자신도 거세파로 개종하게 될지 몰라. 그리고 그저 내 돈, 내 돈 하면서, 2백만이 아니라 1천만 루블까지도 모아서는 돈 자루 위에 올라앉아 굶어죽을 거야, 당신은 무엇에든 열정이 강해서 뭐든 극단까지 몰고 가는 성격이니까.' 거의 한 자도 틀리지 않고 정확하게 그렇게 말했어. 전에는 나한테 한 번도 그렇게 말한 적이 없었지! 언제나 허튼소릴 하거나 놀려댔거든. 이번에도 처음엔 깔깔거리며 시작했는데, 나중엔 아주 심각해지더군. 집을 쭉 돌아보면서, 왠지 공포감을 느끼는 눈치였어. 그래서 내가 '이걸 죄다 바꾸고 확 뜯어고치든가, 아니면 혼례식 전까지 다른 집을 사겠어'라고 하니까, '아니, 아니, 아무것도 바꿀 필요 없어, 이대로 살면 돼. 나는 당신의 아내가 되면 당신 어머니와 함께 살고 싶어'라고 말하는 거야. 그래서 그녀를 어머니에게 데려갔더니—마치 친어머니처럼 공손히 대하더군. 어머니는 벌써 이 년 전부터 반 멍청이가 돼버린 듯 정신이 영 온전치 못한 상태로 앉아만 있는데(어머닌 환자야), 아버지가 죽은 뒤로는 완전히 어린애처럼 돼서 무슨 말을 나눌 수도 없어. 일어서지도 못하고 앉아서 그저 사람만 보면 누구한테나 그 자리에서 꾸벅꾸벅 절을 해대지. 먹을 걸 갖다주지 않아도 아마 사흘쯤은 알아채지 못할 거야. 내가 어머니의 오른손을 잡아 손가락을 포개주며, '어머니, 축복해주세요, 나와 혼인할 사람이에요'라고 했더니, 그녀는 다정하게 어머니의 손에 입을 맞추고는 '당신 어머니는 슬픔을 많이 겪으신 것 같아 보여'라고 하는 거야. 또 여기 이 책을 보고는 그러더군. '아니, 당신이 웬일이야, 『러시아 역사』를 읽기 시작한 거야? (그녀는 언젠가 모스크바에서 나한테 그런 적이 있어. '하다못해 솔로비요프의 『러시아 역사』 같은 거라도 읽어서 교양을 좀 쌓는 게 어때, 당신은 아는 게 전혀 없잖아.') 좋아, 그렇게 계속 읽어. 우선 무슨 책부터 읽어야 할지 내가 목록을 써줄게, 그렇게 해도 괜찮겠어?' 전엔 나한테 한 번도, 단 한 번도 그런 식으로 말한 적이 없어서, 나는 심지어 놀랄 지경이었지. 그때 난 처음으로 그녀 앞에서 살아 있는 인간답게 숨을 내쉬었다네."

"그 말을 들으니 정말 기쁘군, 파르푠." 공작은 진심으로 기뻐하며 말했다. "정말 기뻐. 누가 알아, 아마도 하느님께서 자네와 그녀를 잘 결합시켜주실 거야."

"그런 일은 절대 없을 거야!" 로고진이 버럭 소리를 내질렀다.

"들어보게, 파르푠, 자네가 그녀를 그토록 사랑한다면, 정말 그녀의 존경을 받고 싶지 않은가? 그러길 원한다면, 왜 정말 그렇게 되리라고 기대하지 않지? 아까도 말했지만, 왜 그녀가 자네와 혼인하려는 건지, 나로서는 기이한 수수께끼야. 하지만 비록 내가 이 수수께끼를 풀 수 없다 해도, 거기엔 충분히 그럴 만한 이성적인 이유가 반드시 있을 거야, 어쨌든 그것만은 분명해. 그녀는 자네의 사랑을 확신하고 있고, 자네가 가진 여러 장점도 분명히 알고 있어. 달리는 설명이 안 돼! 자네가 방금 한 말이 이 사실을 확인해주지 않나. 그녀가 지금껏 자네를 대하던 태도나 말과는 완전히 다른 어조로 자네를 대할 수도 있다고 자네 입으로 그랬잖아. 자네는 의심이 많고 질투심이 강해서, 자네가 본 나쁜 점들만 과장해서 생각한 걸세. 하지만 그녀는 자네가 말하는 것만큼 그렇게 자네를 나쁘게 생각하지 않는 게 분명해. 그렇지 않다면, 그녀가 자네하고 혼인하는 건 의식적으로 물속에 몸을 던지거나 칼날 밑으로 들어가겠다는 의미일 테니까. 도대체 그게 있을 수 있는 얘기인가? 누가 의식적으로 물속에 몸을 던지거나 칼날 밑으로 들어가겠나?"

파르폰은 쓰디쓴 미소를 띤 채 공작의 열변을 듣고 있었다. 그의 확신은 이미 무엇으로도 흔들 수 없어 보였다.

"어째서 지금 그렇게 무서운 눈으로 날 쳐다보나, 파르폰!" 공작은 가슴이 짓눌리는 듯한 심정으로 자기도 모르게 이렇게 외쳤다.

"물속이나 칼날 밑으로라고!" 이윽고 로고진이 입을 열었다. "헤! 바로 그 때문에 나한테 시집오겠다는 거야, 분명 내 칼날을 기다리고 있으니까! 아니, 공작, 자넨 정말 문제의 핵심이 뭔지 아직도 알아채지 못했나?"

"무슨 말을 하는지 못 알아듣겠군."

"뭐, 정말 못 알아들을 수도 있겠지, 헤-헤! 사람들이 자넬 두고…… 그거라고들 하니까. 그 여자는 다른 놈을 사랑하고 있다고, 바로 그걸 알아야지! 내가 지금 그 여자를 사랑하는 것만큼이나, 그 여자도 지금 다른 놈을 사랑하고 있단 말이야. 그 다른 놈이 누군지 아나? 바로 자네야! 몰랐나, 자넨? 정말 몰랐나?"

"나라고!"

"자네야. 그 여자는 그날, 명명일 파티가 있던 바로 그때부터 자넬 사랑하게 된 거야. 다만 그 여자는 자네와 혼인하는 건 불가능하다고 생각하고 있지, 자네 얼굴에 먹칠을 하고 자네 평생을 망쳐놓게 될 테니까. 걸핏하면 '내가 어떤 여자인지 세상이 다 알잖아'라고 말해. 지금까지도 제 입으로 그렇게 단언하니까 말이야. 이건 전부 그 여자가 내 얼굴에 대고 직접 한 말이야. 자네를 파멸시키고 치욕에 빠뜨리는 건 두

렵지만, 나야 아무것도 아니니까 시집갈 수 있다, 이런 뜻이지—그 여자가 나를 얼마나 생각해주는지 알겠나, 똑똑히 알아두란 말씀이야!"

"그럼 어째서 그녀는 자네한테서 내게로 도망쳐 왔다가, 다시…… 나한테서……"

"자네한테서 다시 내게로 달아났느냐 이 말이지! 헤! 그 여자가 갑자기 이랬다저랬다 하는 게 어디 한두 번인가! 지금도 꼭 열병 환자처럼 제정신이 아냐. 나한테 이렇게 외치곤 하지. '물속으로 몸을 던지는 셈 치고 당신한테 시집가는 거야. 어서 식을 올려!' 자기 쪽에서 서두르며 날을 정하고는, 정작 그날이 점점 다가오면—겁이 나는지 아니면 다른 생각이 드는지 그거야 알 수 없지만—자네도 봤잖아, 울고 웃고 열병 환자처럼 난리를 치는 거야. 그 여자가 자네한테서 달아난 것도 이상할 게 뭐 있나? 그 여자가 그때 자네한테서 도망친 건, 자기가 자네를 얼마나 열렬히 사랑하는지 갑자기 깨달았기 때문이야. 더이상 자네 곁에 있기가 힘겨웠던 거지. 자넨 아까, 내가 그때 모스크바에서 그 여자를 찾아냈다고 말했지. 그렇지 않아—그 여자가 자네한테서 달아나 제 발로 내게 달려온 거라고. '날을 잡아, 나는 언제라도 좋아!'라면서 '샴페인을 내와! 집시한테 가자고!' 하고 소리치더라니까!…… 정말로 내가 없었다면, 그 여자는 벌써 오래전에 물속에 몸을 던졌을 걸세, 내가 장담해. 그 여자가 그러지 않는 건, 아마 내가 물보다 더 무섭기 때문일 거야. 나와 혼인하겠다는 것도 앙심 때문이지…… 자신 있게 말하지만, 그 여자가 시집온다면, 그건 분명 앙심에서 그러는 거야."

"자넨 그게 무슨…… 그게 무슨!……" 공작은 이렇게 외쳤으나, 말끝을 맺지 못했다. 그는 공포에 사로잡혀 로고진을 바라보았다.

"왜 말끝을 맺지 못하나?" 로고진이 이를 드러내고 웃으며 덧붙였다. "원한다면 내가 말해주지, 자넨 지금 속으로 이렇게 생각하고 있을걸. '아니, 이런 판국에 그 여자가 어떻게 저놈과 혼인한단 말인가? 어떻게 그 여자를 저놈한테 맡겨?' 자네가 무슨 생각을 하는지 훤히 알고 있어……"

"나는 그것 때문에 여기 온 게 아니야, 파르푠, 분명히 말하지만, 그런 생각은 해본 적도 없네……"

"그럴 수 있겠지, 그것 때문에 여기 오지 않았고 그런 생각은 해본 적도 없을 테지, 하지만 지금은 분명히 그렇게 돼버렸단 말이야, 하-하! 뭐, 이쯤 해두지! 자넨 왜 그렇게 당황하나? 그럼 정말 그걸 몰랐단 말인가? 내가 놀랄 지경이군!"

"그건 모두 질투 때문이야, 파르푠, 그건 모두 병이야, 자넨 모든 것을 터무니없이 과장해서 생각한 거야……" 공작은 몹시 흥분해서 중얼거렸다. "아니, 왜 그러나?"

"그대로 놔둬." 파르푠은 이렇게 말하며, 공작이 탁자 위의 책 옆에서 집어든 칼을 재빨리 낚아채 다시 제자리에 놓았다.

"나는 페테르부르크에 도착했을 때 이미 알고 있었던 것 같아, 뭔가 예감 같은 게 들었거든……" 공작이 계속 말했다. "페테르부르크에 오고 싶지도 않았네! 여기서 있었던 일을 모두 잊고 싶었어, 가슴속에서 말끔히 지워버리고 싶었던 거야! 그럼, 잘 있게…… 아니, 자네 왜 그러나?"

이렇게 말하는 동안 공작이 무심코 탁자에서 다시 그 칼을 집어들려 하자, 로고진은 또다시 그의 손에서 칼을 낚아채 탁자 위에 던졌다. 손잡이가 사슴뿔로 되어 있고 모양이 아주 단순한, 접을 수 없는 칼이었는데, 칼날은 길이가 3베르쇼크 반쯤 되고 너비는 거기에 알맞을 정도였다.

두 번이나 손에서 이 칼을 낚아챈 것에 공작이 유난히 신경쓰는 것을 보자, 로고진은 악의에 찬 분노를 감추지 못하고 칼을 집더니, 책갈피에 끼워 그 책을 다른 탁자 위로 던져버렸다.

"자네는 그 칼로 책장을 자르나?" 공작은 이렇게 물었지만, 아직도 어떤 강렬한 상념에서 헤어나지 못한 듯 왠지 멍한 모습이었다.

"응, 책장을 자르지……"

"정원용 칼이잖아?"

"맞아, 정원용이야. 정원용 칼로는 책장을 자르면 안 되나?"

"게다가 그건…… 완전히 아주 새 칼인데."

"새 칼인 게 뭐 어때서? 나는 이제 새 칼도 사면 안 된다는 거야?" 로고진은 마침내 미친듯이 격앙해서, 한마디 내뱉을 때마다 더욱더 신경질을 내며 소리질렀다.

공작은 몸을 움찔하며 로고진을 뚫어져라 응시했다.

"아니, 우리가 왜 이러나!" 공작은 완전히 정신을 차린 듯 갑자기 웃기 시작했다. "용서하게, 형제, 지금처럼 머리가 무거울 땐, 게다가 이 병 때문에도…… 나는 완전히, 완전히, 아주 멍해지고 우스꽝스러워지거든. 그런 걸 물을 생각은 전혀 없었네…… 무슨 얘기였는지도 기억이 안 나는군. 그럼 잘 있게나……"

"그쪽이 아닐세." 로고진이 말했다.

"깜박했군!"

"이쪽, 이쪽이야, 같이 가세, 내가 안내하지."

IV

두 사람은 공작이 아까 들어올 때 거쳤던 방들을 차례로 지났다. 로고진이 조금 앞장서서 걸었고, 공작이 그 뒤를 따랐다. 이윽고 넓은 홀로 들어섰다. 그곳의 벽면에는 그림 몇 점이 걸려 있었는데, 모두가 주교들의 초상 혹은 무엇을 그렸는지 알아볼 수조차 없는 풍경화뿐이었다. 다음 방으로 통하는 문 위에는, 가로가 2아르쉰 반쯤 되고 세로는 기껏해야 6베르쇼크를 넘지 않을* 꽤 기묘한 모양의 그림이 하나 걸려 있었다. 십자가에서 방금 내려진 구세주를 그린 것이었다. 공작은 무엇인가가 생각나는 듯 그 그림을 힐끗 쳐다보았으나, 걸음을 멈추지는 않고 그냥 문을 통과하려고 했다. 그는 마음이 몹시 무거워서, 한시바삐 이 집을 떠나고 싶었다. 하지만 로고진이 갑자기 그림 앞에서 걸음을 멈췄다.

"여기 이 그림들은 모두" 하고 그가 입을 열었다. "아버지가 경매에서 1루블이나 2루블씩 주고 산 것들이야, 아버진 그러길 좋아했지. 어느 감정가가 여기 이것들을 전부 살펴보고는 죄다 쓰레기라고 하면서, 그래도 여기 이것—문 위에 있는 이 그림 말일세, 이것 역시 2루블을 주고 산 것이지만, 이것만큼은 쓰레기가 아니라고 했어. 아직 아버지가

---

* 가로 약 200센티미터, 세로 약 30.5센티미터이다.

살아 있을 때, 이걸 350루블에 사겠다는 작자가 나타났고, 그후 이반 드미트리치 사벨리예프라는 상인 출신의 대단한 애호가가 4백까지 불렀는데, 그자가 지난주엔 내 동생 세묜 세묘느이치한테 5백을 제안했지. 하지만 내가 갖고 있기로 했네."

"그래, 이건…… 이건 한스 홀바인의 복제화야." 공작은 그림을 좀더 찬찬히 살펴보고 말했다. "나는 대단한 전문가는 못 되지만, 아주 훌륭한 복제화 같군. 이 그림*을 외국에서 본 적이 있는데, 지금도 잊을 수가 없어. 그런데…… 자넨 왜……"

로고진은 갑자기 그림을 내버려두고, 가던 길을 계속 걸어갔다. 물론, 로고진의 산만함과, 그에게서 아주 갑자기 나타난, 이상하리만큼 초조해하는 특별한 기분으로 미루어, 이 돌발적인 행동의 원인을 어느 정도 추측할 수는 있었다. 하지만 로고진이 자기 쪽에서 시작한 대화를 느닷없이 끊어버리고 아예 대꾸조차 않는 것이 공작에겐 아무래도 이상하게 여겨졌다.

"그런데 레프 니콜라이치**, 전에도 묻고 싶었는데, 자네는 신을 믿나, 안 믿나?" 로고진은 몇 걸음을 가다 말고, 또다시 불쑥 입을 열었다.

"이상한 질문을 다 하는군, 그리고…… 자네 눈초리가 왜 그런가!" 공작은 자신도 모르게 이렇게 한마디 덧붙였다.

"나는 저 그림을 보는 게 좋아." 로고진은 잠시 입을 다물고 있다가,

---

* 한스 홀바인의 작품 「무덤 속의 그리스도 주검」. 도스토옙스키는 카람진의 『러시아인 여행자의 편지』를 통해 이 그림을 알게 됐으며, 1867년 스위스 바젤 미술관에서 이 그림을 보고 큰 감명과 충격을 받았다.

** 일상어에서 부칭 니콜라예비치 대신에 자주 사용된다.

다시금 자신의 질문을 잊어버린 듯 이렇게 중얼거렸다.

"저 그림을!" 공작은 문득 떠오른 어떤 상념에 사로잡혀 갑자기 소리쳤다. "저 그림을 보노라면 오히려 신앙이 사라져버릴 사람도 있을 텐데!"

"그래서 사라지고 있지." 뜻밖에도 로고진은 불쑥 동의를 표했다. 그들은 이미 출입문 바로 앞까지 와 있었다.

"뭐라고?" 공작이 갑자기 멈춰 섰다. "그게 무슨 말인가! 나는 농담삼아 한 말인데, 그걸 그렇게 심각하게 받아들이다니! 그런데 내가 신을 믿는지는 왜 물었나?"

"아무것도 아냐, 그냥 물어본 걸세. 전부터 물어보고 싶었거든. 요즘은 믿지 않는 사람들이 많잖나. 그런데 어떤 친구가 술에 취해서 나한테 말하길, 우리 러시아엔 세계 어느 나라보다 신을 믿지 않는 사람들이 많다던데—그게 사실인가? (자네는 외국에서 살았으니까, 물어보는 거야.) 그 친구 말로는, '우리는 그들보다 앞섰기 때문에 그들보다 그러기가 더 쉽다'라더군……"

로고진은 신랄한 미소를 지었다. 그는 이렇게 묻고 난 뒤 갑자기 문을 열고는, 공작이 나갈 때까지 걸쇠의 손잡이를 붙든 채 기다렸다. 공작은 놀랐지만 그대로 밖으로 나왔다. 로고진은 그를 따라 층계참으로 나오더니 등뒤로 문을 닫았다. 두 사람은 자신들이 어디에 와 있는지, 이제 무엇을 해야 하는지 잊은 듯한 얼굴로 서로 마주보며 서 있었다.

"그럼 잘 있게." 공작이 손을 내밀며 말했다.

"잘 가게." 로고진은 공작이 내민 손을 굳게, 그러나 완전히 기계적으로 잡으며 말했다.

공작은 층계를 한 단 내려가다 말고 몸을 돌렸다.

"신앙 얘기 말인데," 공작은 미소를 지으며 말을 시작했는데(분명 로고진과 이렇게 헤어지긴 싫은 모양이었다), 갑자기 무언가가 떠오른 듯 활기마저 띠고 있었다. "신앙 얘기라면, 나는 지난주에 이틀 동안 네 사람과 각각 만날 기회가 있었네. 며칠 전 아침에, 새로 개통된 철도의 기차를 타고 가다가 S라는 사람과 네 시간가량 얘기를 나눴는데, 그 자리에서 처음 알게 된 사이였지. 그 사람에 대해선 전부터 들은 바가 많았고, 특히 무신론자라고들 하더군. 그는 정말로 학식이 굉장한 사람이어서, 나는 진짜 학자와 얘기를 나누게 돼 기뻤지. 더욱이 그는 보기 드물게 훌륭한 교양을 갖춘 사람이라, 나하고 말할 때도 자신과 대등한 지식과 이해력을 가진 사람처럼 대해주더군. 그는 신을 믿지 않아. 다만 한 가지 내가 놀란 건, 그가 그런 말을 하면서 내내 엉뚱한 얘기만 하는 것 같아서였다네. 전에도 나는 무신론자라는 사람들을 많이 만났고 그런 종류의 책을 많이 읽었지만, 그때마다 그들이 겉보기엔 무신론을 옹호하는 듯싶어도, 실은 전혀 그렇지 않다는 생각이 들어서 늘 의아했거든. 나는 그때도 그에게 이 점을 솔직히 말해봤지만, 필시 내 생각을 분명하게 말하지 못했거나 아니면 내 표현이 신통치 못했던 모양이야, 그 사람은 내 말을 전혀 이해하지 못했으니까…… 저녁에 나는 읍내의 여관에 들었는데, 그 여관에선 바로 전날 밤에 살인 사건이 일어나서, 내가 도착했을 때는 모두가 그 얘기였어. 나이도 지긋한데다 이미 오래전부터 잘 아는 친구 사이인 두 농부가 그날 저녁엔 술은 입에도 안 댄 채 차를 마음껏 마시고서, 한 방에서 같이 잠자리에 들려 했다는 거야. 그런데 그중 하나가 노란 구슬줄에 매단 은시계를 가지고 있었는데, 다른 한 사람은 그 이틀 동안 이 시계를 계속 엿봤다더군, 아마도 자기 친구가 그 시계를 가졌다는 사실을 전에는 몰랐던 모양이지. 이 사람은 도둑이 아닐뿐더러 정직하기까지 했고, 농부치고는 그리 가난하지도 않았어. 하지만 그 시계가 너무 맘에 들고 너무 탐이 난 나머지 결국엔 도저히 참을 수가 없었지. 칼을 꺼내 들고는, 친구가 몸을 돌린 사이 뒤에서 살금살금 다가가 겨냥한 채 눈을 하늘로 들어올려 성호를 긋고 마음속으로 비통한 기도를 올렸다는 거야. '주님, 부디 용서해주옵소서!' 그러고는 마치 양이라도 죽이듯 자기 친구를 단칼에 베어 죽이고 시계를 꺼내 가졌다지 않나."

로고진은 허리가 끊어지게 웃었다. 웃는 모습이 마치 무슨 발작이라도 일으킨 듯했다. 조금 전만 해도 그토록 침울하던 사람이 이렇게 웃는 것을 보니 이상하기까지 했다.

"나는 이런 얘기가 좋아! 아니, 이건 정말 최고야!" 그는 금방이라도 숨이 넘어갈 듯이 경련을 일으키며 소리를 질렀다. "한 사람은 신을 전혀 믿지 않는다고 우기고, 다른 한 사람은 살인하는 순간에도 기도를 드릴 정도로 믿고 있고…… 아냐, 여보게 공작, 이런 얘긴 도저히 지어낼 수 없는 거야! 하-하-하! 아니, 이건 정말 최고야!……"

"다음날 아침 나는 읍내를 좀 돌아다닐까 하고 밖으로 나왔지." 공작은 로고진이 좀 진정하기만을 기다려 말을 계속했지만, 로고진의 입술 위에선 아직도 발작적인 웃음이 경련을 일으키며 떨고 있었다. "문득, 나무 보도 위를 술에 취한 병사가 아주 엉망이 된 꼴로 비틀거리며 걷고 있는 걸 봤네. 그가 내게 다가오더니, '나리, 은십자가를 사지 않으시겠습니까, 단돈 20코페이카에 드리지요, 은으로 된 겁니다요!'라는 거야. 보니까, 그의 손엔 방금 목에서 벗은 게 분명한 십자가가 다 낡아빠진 하늘색 리본에 달린 채 놓여 있었는데, 다만 은이 아니라 순수한 주석으로 만든 십자가라는 것을 첫눈에 알아볼 수 있는, 완전한 비잔틴 양식의 큼직한 팔각 십자가*였어. 나는 20코페이카를 꺼내 건네주고, 십자가를 곧바로 목에 걸었지—그 병사의 얼굴을 보니, 어리숙한 나리를 속여먹어 흡족한 기색이 역력했는데, 십자가를 판 돈으로 술을 또 들이켤 생각인지 급히 사라지더군, 틀림없이 술집으로 갔을 걸세. 여보게, 그때 나는 러시아에 돌아온 뒤 내게 갑자기 밀어닥친 모든 것에 너무나 강렬한 인상을 받고 있었다네. 전에는 러시아라는 나라를 도무지 이해하지 못했거든, 나는 언어를 갖지 못한 존재처럼 자랐으니까. 그래서 외국에 가 있던 오 년 동안 러시아에 대한 내 기억은 어쩐지 모호하고 환상적이기만 했지. 이런 형편이니, 나는 그 병사와 헤어져 길을 걸어가면서 생각했네. 아니다, 자신의 그리스도를 판 저 병사를 비난하기에는 아직 이르다. 주정뱅이에다 나약하기 그지없는 저들의 마음속에 무엇이 숨겨져 있는지는 하느님만이 알고 계시니까. 한 시간 뒤, 여관으로 돌아가는 길에 나는 젖먹이를 안고 있는 한 아낙과 마주쳤다네. 아직 젊은 아낙이었고, 아이도 이제 육 주 정도 돼 보였어. 그때 아이가 태어나서 처음으로 엄마를 보고 웃은 모양이야. 그러자 아기 엄마가 갑자기 아주 경건하게, 너무나 경건하게 성호를 긋는 걸 나는 봤네. '왜 그러나, 젊은 아낙?' 하고 말했지(나는 그때 뭐든 마구 물어보고 그랬거든). '왜라뇨, 자기 아이가 처음으로 웃는 걸 본 엄마의 기쁨은, 죄인

* 팔각 십자가는 러시아정교회의 상징으로, 러시아 십자가, 정교회 십자가, 비잔틴 십자가, 성 나사로 십자가 등으로 불린다.

이 온 마음을 다해 기도드리는 것을 하느님이 하늘에서 내려다보시고 기뻐하시는 것과 언제나 똑같으니까요'라고 하는 거야. 이게 그 아낙이 내게 한 말이라네, 거의 글자 그대로 그렇게 말했어. 이건 너무나 심오하고 너무나 섬세하고 진정으로 종교적인 사상이야, 그리스도교의 모든 본질이 한데 표현된 그런 사상이란 말일세, 다시 말해, 하느님을 우리의 친아버지로 여기는 해석과, 아버지가 친자식에게 느끼는 기쁨을 하느님도 인간에게 느끼고 계시다는 인식이 남김없이 표현된―그야말로 그리스도의 가장 중요한 사상이지! 그런데 이걸 말한 게 단순한 아낙이었어! 물론, 어머니이지…… 그리고 누가 알겠나, 어쩌면 이 아낙이 아까 그 병사의 아내인지 말일세. 들어보게, 파르푠, 자넨 아까 나한테 물었지, 이게 내 대답일세, 종교적 감정의 본질은 그 어떤 논증과도, 그 어떤 과실이나 범죄와도, 그 어떤 무신론과도 아무 관계가 없네. 여기엔 그런 것들과는 다른 무엇, 그리고 영원히 다를 무엇이 있어. 여기엔 무신론 따위가 영원히 건드릴 수 없으며 영원히 엉뚱한 소리만 하게 될 그런 무엇이 있는 거야. 그러나 중요한 점은, 그것이 러시아인의 가슴속에서 가장 분명하고 가장 쉽게 발견된다는 사실이라네, 이게 바로 나의 결론이야! 이것이야말로 내가 우리 러시아에서 얻고 있는 가장 중요한 신념의 하나지. 해야 할 일이 있네, 파르푠! 우리 러시아땅에서 해야 할 일이 있어, 내 말을 믿어주게! 우리가 모스크바에서 만나 얘기를 나누곤 했던 시절을 떠올려보게…… 나는 이번에 이곳으로 돌아오고 싶은 생각이 전혀 없었다네! 이런 식으로 자네와 만나리라곤 정말 꿈에도 생각지 못했어! 뭐, 하지만 어쩌겠나!…… 이만 가보겠네, 잘 있게나! 부디 하느님께서 자넬 버리지 않으시길!"

그는 몸을 돌려 층계를 내려가기 시작했다.

"레프 니콜라예비치!" 공작이 첫번째 층계참에 이르렀을 때, 파르푠이 위에서 소리쳤다. "병사에게서 산 그 십자가를 지금 지니고 있나?"

"그래, 목에 걸고 있지."

공작은 다시 걸음을 멈췄다.

"좀 보여주게."

다시금 기이한 장면이 벌어졌다! 공작은 잠시 생각하다가 위로 올라가, 십자가를 목에서 벗지 않은 채 그대로 그에게 보여주었다.

"나한테 주게." 로고진이 말했다.

"이걸 왜? 하지만 자넨……"

공작은 이 십자가와 헤어지고 싶지 않은 눈치였다.

"걸고 다니려고, 대신 내 것을 벗어줄 테니 자네가 가지고 다니게."

"십자가를 교환하자는 얘긴가? 좋아, 파르푠, 그렇다면 나도 기뻐. 이것으로 우린 형제의 의를 맺는 걸세!"

공작은 자신의 주석십자가를, 파르푠은 자신의 금십자가를 벗어 서로 교환했다. 파르푠은 말이 없었다. 공작은 의형제의 얼굴에서 조금 전의 의혹, 조금 전의 거의 냉소와도 같은 쓰디쓴 미소가 여전히 사라지지 않는데다 적어도 순간순간 강하게 드러나는 것을 보고 슬픔과 놀라움을 금할 수 없었다. 이윽고 로고진은 공작의 손을 말없이 잡더니, 뭔가 결심하지 못하는 것처럼 얼마 동안 그대로 서 있었다. 그러다가 마침내 그를 갑자기 자기 뒤로 끌어당기며 들릴 듯 말 듯 한 소리로 말했다. "가세." 일층 층계참을 지나 그들은 아까 나온 문의 맞은편에 있는 문 앞에서 초인종을 울렸다. 이내 문이 열렸다. 머리에 수건을 동여

매고 허리가 완전히 꼬부라진 검은 옷 차림의 노파가 몸을 깊이 숙이며 로고진에게 말없이 절을 했다. 그는 노파에게 뭐라고 빠르게 묻더니 대답을 기다리지도 않고 공작을 안내하며 계속 몇 개의 방을 지났다. 방들은 어두침침했으나 왠지 차가운 느낌이 들 만큼 유난히도 깔끔했고, 새하얗고 깨끗한 덮개를 씌운 옛날식 가구들이 차갑고 준엄하게 자리하고 있었다. 로고진은 하인의 안내를 기다리지도 않고 공작을 곧바로 그리 크지 않은 어느 방으로 데려갔다. 응접실처럼 보이는 그 방은 마호가니로 만든 반들반들 윤이 나는 칸막이로 절반이 막혀 있었고, 양쪽에 문이 하나씩 달린 칸막이 너머는 아마 침실로 사용되는 듯싶었다. 응접실 한켠 벽난로 옆에는 몸집이 자그마한 노파가 안락의자에 앉아 있었는데, 언뜻 보기에도 아직 그다지 늙지 않았을뿐더러 꽤 건강하고 둥근 얼굴은 호감을 불러일으켰으나, 머리는 이미 호호백발에다 (첫눈에도 알아볼 수 있다시피) 완전히 어린아이로 돌아가버린 상태였다. 그녀는 검은 모직 옷에 역시 검은색 커다란 숄을 목에 두르고, 검은 리본이 달린 깨끗한 흰색 실내모를 쓴 차림이었다. 두 발은 앞에 놓인 의자에 올려놓았다. 그녀 옆에는 또 한 사람, 조금 더 늙어 보이는 깔끔한 노파가 있었는데, 필시 이 집의 식객인 듯싶은 이 노파 역시 검은 상복에 하얀 실내모를 쓰고 말없이 양말을 뜨고 있었다. 두 노파는 언제나 이렇게 말없이 시간을 보내는 것 같았다. 첫번째 노파는 로고진과 공작을 보자 미소를 보내며, 기쁨의 표시로 몇 번이나 상냥하게 고개를 숙였다.

"어머니," 로고진이 그녀의 손에 입을 맞추며 말했다. "이 사람은 내 절친한 친구인 레프 니콜라예비치 므이쉬킨 공작이에요. 나는 이 사람과 십자가를 교환했어요. 이 사람은 모스크바에 있는 동안 나를 친형제처럼 대해주고 나를 위해 많은 일을 해주었어요. 어머니, 친아들을 축복하듯 이 사람을 축복해주세요. 가만 계세요, 어머니, 그래, 그렇게요, 내가 어머니 손가락을 잘 포개드리죠……"

그러나 노파는 파르푠이 그렇게 해주기도 전에 오른손을 들어 세 손가락을 가지런히 모아서는 공작을 향해 경건하게 성호를 세 번 그었다. 그러고는 다시 한번 그를 향해 상냥하고 다정하게 고개를 끄덕였다.

"자, 이제 가세, 레프 니콜라예비치." 파르푠이 말했다. "오직 이러려고 자네를 데려온 거니까……"

두 사람이 다시 층계로 나왔을 때 로고진이 덧붙였다.

"사실 어머닌 사람들이 하는 말을 전혀 못 알아들으셔, 아까 내가 한 말도 알아들었을 리가 없지, 그런데도 자넬 축복해줬으니, 어머니 자신이 그러고 싶었다는 뜻이야…… 자, 그럼 잘 가게, 나나 자네나 이젠 헤어질 때니까."

그러면서 그는 자기 방들로 통하는 문을 열었다.

"하지만 헤어지는 마당에 포옹이라도 한번 하세, 이 이상한 친구야!" 공작은 부드러운 힐난이 담긴 눈으로 그를 바라보며 이렇게 외치고는, 상대방을 껴안으려 했다. 그러나 파르푠은 겨우 팔을 들어올리는가 싶더니 곧바로 다시 내렸다. 그는 망설이다가, 공작을 보지 않으려고 고개를 돌렸다. 공작을 포옹하고 싶지 않았던 것이다.

"걱정 말게! 자네의 십자가를 뺏긴 했지만, 시계 때문에 자넬 죽이진 않을 테니!" 그는 알아듣기도 힘들게 우물거리고는, 무엇 때문인지 갑자기 괴상한 소리를 내며 마구 웃어젖혔다. 하지만 순간 그의 얼굴이 돌변했다. 안색이 무섭게 창백해지고 입술이 파들파들 떨리면서 두 눈이 이글거리기 시작했다. 그는 팔을 들어올려 공작을 꽉 껴안더니 숨을 헐떡이며 말했다.

"그게 운명이라면 자네가 그 여자를 데려가게! 자네 여자야! 내가 물러서지!…… 이 로고진을 잊지 말게!"

그러고는 공작을 내버려둔 채 그를 쳐다보지도 않고 서둘러 자기 방으로 들어가더니, 등뒤로 문을 쾅 닫아버렸다.

V

벌써 시간이 꽤 늦어 두시 반 가까이 됐으므로, 공작이 예판친의 집을 찾아갔을 때 그는 나가고 없었다. 공작은 명함을 남겨두고, 곧장 '저울' 여관으로 가서 콜랴가 거기 있는지 알아보기로 했다. 만약 콜랴가 거기 없으면—쪽지라도 남겨놓자는 생각이었다. '저울'에서는 공작에게, 니콜라이 아르달리오노비치는 "이미 아침녘에 나가셨는뎁쇼, 하지만 가시면서 만약 누가 와서 찾으면 세시쯤엔 아마 돌아올 거라 전해달라고 하셨습니다요"라고 말해주었다. "만약 그분께서 말입죠, 세시 반까지도 돌아오지 않으면, 기차로 파블롭스크에 있는 예판친 장군 부인의 별장으로 출발한 거고 거기서 식사도 할 테니 그리 알라고 하셨습죠." 공작은 앉아서 기다리기로 하고, 이참에 점심을 먹을 요량으로 식사를 주문했다.

세시 반은커녕 네시가 되어도 콜랴는 나타나지 않았다. 공작은 밖으로 나가 발길 닿는 대로 기계적으로 걷기 시작했다. 초여름의 페테르부르크에는 이따금 너무도 아름다운 날들이—맑고 덥고 고요한 날들이 이어질 때가 있다. 마침 그날도 이런 드문 날 중 하루였다. 몇 시간 동안 공작은 목적도 없이 거닐었다. 그에게 이곳은 아직 낯선 도시였다. 그는 이따금 어느 집 앞의 교차로나 광장이나 다리 위에서 걸음을 멈추었다. 한번은 잠시 쉬려고 어느 과자점에 들르기도 했다. 어떤 때는 커다란 호기심을 가지고 행인들을 유심히 살펴보기 시작했으나, 대개는 행인들한테 눈길도 주지 않았을뿐더러, 지금 어딘지도 모른 채로 걷기 일쑤였다. 그는 고통스러울 정도로 불안하고 긴장된 상태였고, 동시에 고독에 대한 욕구를 어느 때보다 강하게 느끼고 있었다. 그는 혼자 있고 싶었고, 어떠한 출구도 찾지 않고 완전히 수동적인 자세로 이 모든 고통스러운 긴장에 자신을 그냥 내맡기고 싶었다. 자신의 영혼과 가슴속으로 홍수처럼 밀어닥친 문제들이 혐오스러울 뿐, 해결하고 싶은 생각도 없었다. '대체 왜, 과연 내가 이 모든 것에 책임이라도 있단 말인가?' 그는 자신이 무슨 말을 하는지도 거의 의식하지 못한 채 이렇게 중얼거렸다.

여섯시 무렵 문득 정신을 차려보니, 그는 차르스코예 셀로 철도의 플랫폼에 서 있었다. 이내 고독을 견딜 수 없게 되어버렸다. 새로운 충동이 마음을 뜨겁게 사로잡았고, 그의 영혼을 괴롭히던 암흑은 눈부신 빛을 받아 잠시 환하게 밝혀졌다. 그는 파블롭스크로 가는 표를 끊어, 한시바삐 그곳으로 떠나기만을 초조히 기다렸다. 그러나 물론 그 무엇인가가 그를 뒤쫓고 있었는데, 그것은 그가 어쩌면 그렇게 생각하고 싶었을지도 모를 환상의 산물이 아니라 현실이었다. 이미 기차에 올라 자리를 잡고 앉으려다 갑자기 그는 방금 산 기차표를 바닥에 팽개치고, 당혹스럽고 침울한 표정으로 다시 역을 나왔다. 얼마 뒤에 그는 거리에서 문득 무언가가 생각난 듯했는데, 이미 오래전부터 그를 불안하게 해온 매우 기이한 그 무엇의 정체를 갑자기 깨달은 듯했다. 그는 자신이 바로 지금 이 순간까지 조금도 알아채지 못했던, 하지만 이미 오래전부터 계속돼온 어떤 일에 줄곧 매달려 있었음을 이제야 비로소 분명히 의식한 것이다. 벌써 몇 시간 전부터, 아니 아까 '저울'에 앉아 있었을 때부터, 아니 심지어 '저울'에 가기 전부터, 그는 갑자기 자기 주위에서 뭔가를 찾으려 들곤 하는 것 같아 보였다. 그러다가 이따금 꽤 오래, 반 시간가량이나 잊을 때도 있었지만, 문득 또다시 주위를 불안하게 둘러보며 무엇인가를 찾기 시작했다.

그러나 이미 오래전부터 그를 지배하고 있었음에도 불구하고 지금껏 전혀 의식하지 못했던 이 병적인 움직임을 자신에게서 알아채기가 무섭게, 또다른 기억이 불현듯 눈앞에 떠올라 그의 마음을 온통 사로잡았다. 끊임없이 주위를 살피며 무엇인가를 찾는 자신을 발견한 바로 그 순간에, 자기가 어느 가게의 진열장 앞 보도에 서서 거기에 진열된 어떤 물건을 아주 열심히 살펴보고 있었다는 생각이 번쩍 든 것이다. 그는 무슨 일이 있어도 지금 당장 확인하고 싶었다. 자기가 방금, 어쩌면 불과 오 분 전에 그 가게의 진열장 앞에 서 있었던 게 과연 현실이었을까, 단순한 환각은 아니었을까, 무엇을 착각한 건 아닐까? 정말 그 가게와 그 물건이 실제로 존재하는 것일까? 사실 그는 오늘 자신이 특별히 병적인 심리 상태임을 느꼈는데, 예전에 그 병으로 인해 발작이 막 일어나려는 순간에 경험한 것과 거의 같은 기분이었다. 그렇게 발작이 일어나려 할 때엔 머리가 유난히 멍해져서, 특별히 주의하고 긴장해서 보지 않으면 사물이고 사람이고 자주 혼동하기조차 한다는 사실을 그는 알고 있었다. 하지만 자신이 그때 그 가게 앞에 과연 서 있었는지 그토록 확인하고 싶어하는 데는 특별한 이유가 있기도 했다. 가게 진열장에 전시된 상품 중엔 그가 시선을 못박고 은화 60코페이카라는 가격표시까지 확인했던 물건이 하나 있었는데, 지금 극도로 멍하고 불안한 상태에서도 그는 그것을 기억하고 있었다. 따라서 그 가게가 정말로 존재하고 그 물건이 실제로 여러 상품 사이에 진열돼 있다면, 그는 그때도 바로 그 물건 때문에 걸음을 멈추었을 것이다. 그렇다면 그 물건은, 방금 철도역에서 나와 머리가 몹시 무겁고 혼란스러운 상태에 빠져 있었던 때조차 그의 주의를 끌었을 만큼, 그에게 강한 힘과 의미를 지녔음을 뜻한다. 그는 거의 우수에 잠긴 눈으로 오른쪽을 보며 걸어갔으나, 심장은 불안과 초조함으로 쿵쾅거렸다. 하지만 바로 그 가게가 나타났다, 마침내 그는 그 가게를 찾아냈다! 이곳으로 되돌아와보자는 생각이 떠올랐을 때, 그는 오백 보밖에 안 되는 거리에 있었던 것이다. 과연 거기엔 60코페이카짜리 그 물건이 있었다. '아무렴, 60코페이카이지, 그 이상의 가치는 없으니까!' 그는 이렇게 다짐하듯 말하고는 웃음을 터뜨렸다. 그러나 그 웃음은 히스테리에 가까웠다. 숨이 막힐 듯이 가슴이 답답해졌다. 조금 전에 바로 여기 이 진열장 앞에 서 있었을 때, 마치 아까 그의 등뒤에 꽂히던 로고진의 눈길을 알아챘을 때처럼 갑자기 뒤를 돌아봤던 것이 이제 분명히 기억이 났다. 그는 자기가 착각하지 않았음을 확인하고(하기야 확인하기 전에도 완전히 믿고 있긴 했다), 가게 앞을 떠나 급히 걸음을 옮겼다. 반드시 이 모든 것을 한시바삐, 그리고 깊이 생각해봐야만 했다. 역에서 있었던 일도 결코 환각이 아니라, 그때까지 그를 괴롭혀온 모든 불안과 필시 연관되어 분명히 현실 속에서 그에게 일어난 어떤 사건이라는 게 이제 명백했기 때문이다. 그러나 마음속에 도사린 도저히 견딜 수 없는 어떤 혐오감이 다시금 그를 짓눌렀다. 그는 아무것도 생각하고 싶지 않았다. 그는 그 생각은 제쳐두고, 전혀 다른 것을 생각하기 시작했다.

이런저런 생각을 하다 그는, 자신의 뇌전증에는 거의 발작 바로 직전에 어떤 단계가 하나 있어서(물론 의식이 또렷한 상태에서 발작이 일어나는 경우에 한해서이지만), 우수와 정신적 암흑과 압박감 사이로 마치 그의 뇌가 갑자기 불꽃을 튀기듯 활발히 활동을 개시하고 그의 모든 생명력이 일시에 무섭게 분출하면서 팽팽히 긴장하는 듯한 순간 순간이 있다는 데 생각이 미쳤다. 그저 번개처럼 짧게 지속되는 이 순간순간에 자신이 살아 있다는 자기감각과 자기의식은 열 배 가까이 커지곤 했다. 이성과 감성이 더없이 환한 빛으로 밝혀지고, 그의 온갖 흥분, 온갖 의혹, 온갖 불안이 한꺼번에 진정되어, 밝고 조화로운 환희와 희망, 지혜와 궁극원인으로 충만한 그 어떤 최고의 평온경平穩境 속에 용해되는 것이다. 그러나 이 순간과 이 찬란한 광휘는 발작 자체가 시작되는 그 마지막 일 초(절대로 일 초를 넘기지 않는다)의 예감일 뿐이었다. 이 일 초는 물론 견디기 힘든 것이었다. 나중에 이미 건강한 상태로 돌아가 이 순간을 곰곰 생각하면서, 그는 곧잘 자신에게 이렇게 말하곤 했다. 최고의 자기감각과 자기의식, 즉 '드높은 실재'의 그 모든 섬광과 광휘는 그저 하나의 병이며, 정상적인 상태의 파괴에 불과하지 않은가, 만약 그렇다면 이것은 결코 드높은 실재가 아니라 오히려 가장 저열한 실재로 여겨야 하지 않을까. 하지만 그렇게 생각하면서도 그는 결국 지극히 역설적인 결론에 도달했다. '이게 병이라면 또 어떻단 말인가?' 그는 마침내 이렇게 결론지었다. '그 결과 자체가, 그 감각의 일순간이, 이미 건강한 상태로 되돌아와서 상기하고 검토해봐도 여전히 조화와 미의 최고단계를 나타내고, 여태까지 들어본 적도 짐작해본 적도 없는 충만함과 균형과 화해, 그리고 삶의 가장 드높은 총화와의 합일을, 기도와도 같이 황홀한 합일을 느끼게 해준다면, 그게 비정상적인 긴장이든 뭐든 무슨 상관이랴?' 마치 안개에 싸인 듯한 이 표현은 아직 너무도 어렴풋했으나, 그 자신에겐 지극히 명료한 것이었다. 이것이 실제로 '미와 기도'이며 '삶의 가장 드높은 총화'라는 것을 그는 도저히 의심할 수 없었고, 어떤 의혹을 품는 것마저 허용할 수 없었다. 이 순간에 그가, 판단력을 떨어뜨리고 정신을 왜곡하는 해시시나 아편, 술 따위가 불러내는 비정상적이고 실재하지도 않는 어떤 환영을 본 건 아니잖은가? 그는 그것을 병적인 상태가 끝난 다음에 건강한 두뇌로 분명히 판단할 수 있었다. 이 순간은 바로 자기의식—이 상태를 하나의 단어로 표현해야 한다면 자기의식일 것이다—이 자기의식과 아울러 최고로 직접적인 자기감각이 극도로 강화되는 순간일 따름이었다. 만약 그 순간에, 즉 발작이 일어나기 직전의 의식이 남아 있는 가장 마지막 순간에 그가 자신에게, '그렇다, 이 순간을 위해서라면 생애 전체를 내놓을 수도 있다!'라고 의식적으로 분명히 말할 수 있었다면, 그건 물론 이 순간이 그 자체로서 생애 전체와 비길 만한 가치를 지녔음을 뜻한다. 하지만 그는 자신의 추론이 변증법적인 타당성을 지녔다고 고집하려 들지는 않았다. 이 '최고의 순간들'의 명백한 결과가 다름 아닌 무감각, 정신적 암흑, 백치 상태임을 너무나 잘 알기 때문이다. 그리고 물론, 이 점에 대해 진지하게 논쟁할 생각도 없었을 것이다. 이 추론에는, 즉 이 순간에 대한 그의 평가에는 분명히 오류가 들어 있었지만, 그럼에도 불구하고 감각의 현실성이라는 것이 그를 적이 당혹스럽게 했다. 실제로 있었던 일인데, 도대체 어쩌란 말인가? 그런 감각 자체가 실제로 있었던 일 아닌가, 그 자신이 바로 그 마지막 일 초에 그렇게 말하지 않았던가, 이 일 초는 그가 지금 충만하게 느끼는 이 한없는 행복 때문에 아마 전 생애와도 맞먹는 가치를 지닐 수 있을 것이다, 라고. "이 순간에," 공작은 모스크바에서 로고진과 자주 만나던 때 그에게 이렇게 말한 적이 있었다. "이 순간에, 나는, 더이상 시간이 있지 아니하리니*라는 놀라운 말이 어쩐지 이해가 되는 것 같네." 그러고는 미소를 지으며 다시 덧붙였다. "필시 이 순간은, 뇌전증 환자인 무함마드가 엎어진 물항아리에서 물이 미처 쏟아져나오기도 전에 알라의 모든 집을 다 둘러보았다는 바로 그 일 초일 거야."** 그렇다, 그는 모스크바에서 로고진과 자주 만나 이것 말고도 여러 가지 얘기를 했다. '아까 로고진은 내가 그때 자기 형제였다고 말했지. 그가 그런 말을 한 건 오늘이 처음이야.' 공작은 이렇게 속으로 생각했다.

* 「요한계시록」 10:6. 계시록에서 이 말은, 예언자들에게 선포한 대로 신의 신비가 이루어지는 순간이 바로 눈앞에 다가왔음을 가리킨다.

** 어느 날 밤 대천사 가브리엘이 깨워서 일어난 무함마드가, 신비로운 말을 타고 메카로부터 예루살렘으로 여행을 하고, 천국에 가서 신과 천사들을 만나 얘기를 나누고, 불타는 지옥도 보았는데, 이 모든 것이 너무나도 짧은 순간에 이루어졌기 때문에, 다시 메카로 돌아온 무함마드는 대천사가 날아가면서 날개로 건드렸던 물항아리가 엎어지기 전에 손으로 붙잡을 수 있었다는 일화를 가리킨다.

그는 이런 생각을 하며, '여름 공원'*의 나무 밑 벤치에 앉아 있었다. 일곱시 무렵이었다. 공원은 텅 비었고, 어두운 무엇인가가 지는 해를 잠시 가렸다. 공기는 숨이 막히도록 답답한 게, 멀리서 다가오는 뇌우를 알리는 듯했다. 지금의 이 관조적인 기분에는 뭔가 그에게 유혹적인 것이 있었다. 그는 외부 사물 하나하나에 기억과 생각을 집중하며 매달리려 했고, 그러는 게 마음에 들었다. 그는 줄곧 무언가를, 눈앞에 다가온 시급한 무언가를 잊고 싶었으나, 주위를 둘러보면 곧바로 자신을 사로잡고 있는 어두운 상념, 그토록 벗어나고 싶은 그 상념이 또다시 떠오르는 것이었다. 그는 아까 여관에서 점심을 들면서, 어디서나 떠들썩하게 화제가 되고 있는 해괴하기 짝이 없는 최근의 한 살인 사건에 대해 종업원과 얘기한 게 생각났다. 그러나 그것을 떠올리자마자 갑자기 그에게 뭔가 이상한 일이 또다시 일어났다.

거의 유혹과도 같은, 물리칠 수 없는 이상한 욕망이 그의 의지력 전부를 단숨에 마비시켜버렸다. 그는 벤치에서 벌떡 일어나 공원을 나와서는 곧장 페테르부르크스카야 쪽으로 걷기 시작했다. 아까 이미 네바 강변 길에서 그는 어느 행인을 붙잡고 네바강을 지나 페테르부르크스카야로 가는 길을 물어보았다. 행인은 길을 가르쳐주었으나, 그는 그때 그리로 가지 않았다. 어쨌거나 오늘은 가봐야 아무 소용이 없었다. 그는 그것을 알고 있었다. 주소는 오래전에 알아두었다. 그러니 레베제프의 친척이 산다는 집은 쉽게 찾을 수 있을 터였다. 하지만 그는 지금 찾아가도 그녀를 만날 수 없으리라고 거의 확신하고 있었다. '틀림없이

* 18세기 초 표트르 1세의 지시로 페테르부르크 중심 지역에 만들어진 여름 정원 '레트니 사드'.

파블롭스크로 갔겠지, 그렇지 않다면 콜랴가 약속대로 '저울'에 뭐라도 남겼을 테니까.' 따라서 그가 지금 그곳으로 가려는 것은 물론 그녀를 보기 위해서가 아니었다. 그것과는 다른, 어둡고 고통스러운 호기심이 그를 유혹했다. 어떤 새로운 상념이 느닷없이 그의 머리에 떠오른 것이다……

하지만 그에게는, 자기가 길을 나섰고 어디로 가는지 안다는 사실만으로도 너무나 충분했다. 일 분가량 지나자 그는 또다시 자기가 가는 길을 거의 의식하지 못한 채 그저 걷고 있었다. '자신의 느닷없는 상념'에 계속 몰두한다는 게 이내 지독히도 역겨워져서 거의 견딜 수 없었다. 고통스러울 만큼 긴장해서 주의를 기울이며, 그는 눈에 들어오는 모든 것에 시선을 꽂았고, 하늘을 바라보았고, 네바강을 바라보았다. 문득 마주친 어린아이에게 말을 걸어보려고도 했다. 뇌전증 징후도 점점 더 심해지는 듯했다. 느린 속도이긴 하나 뇌우가 정말로 몰려오는 모양이었다. 먼 데서 벌써 천둥이 치기 시작했다. 몹시 후텁지근해지고 있었다……

이따금 신물이 나도록 싫증난 음악의 한 소절이 끈질기게 마음속에 떠오르듯, 웬일인지 아까 본 레베제프의 조카가 지금 자꾸만 생각이 났다. 게다가 이상하게도, 아까 레베제프가 자기 조카를 소개하며 제 입으로 얘기했던 그 살인자의 모습을 하고 눈앞에 계속 떠오르는 것이었다. 그렇다, 이 살인자에 대해 그는 불과 얼마 전에 읽은 바가 있었다. 러시아에 돌아온 뒤로 그는 이러한 사건에 대해 많이 읽고 들었으며, 이러한 것들을 집요하게 주시해왔다. 그래서 아까 종업원과 나눈 얘기에서도 바로 이 제마린 일가 살해 사건에 지나친 관심을 보이기까지 했다. 종업원이 그의 의견에 동의해주던 게 생각났다. 종업원도 그의 눈앞에 떠올랐다. 꽤 영리하고 착실하고 조심성 있는 젊은이였지만, '그래도 그가 어떤 사람인지는 하느님이나 아시겠지. 낯선 땅에서 낯선 사람들의 마음속을 알아내기는 어려우니까' 하고 그는 생각했다. 하지만 그는 러시아인의 영혼을 열정적으로 믿기 시작하던 참이었다. 오, 이 여섯 달 동안 그로선 완전히 새로운 것, 짐작지도 못한 것, 들어보지도 못한 것, 예상치도 못한 것을 얼마나 많고도 많이 겪었던가! 그러나 타인의 영혼이란 어둠 속과 같고, 러시아인의 영혼 역시 어둠 속이다. 적어도 많은 사람에겐 어둠 속이다. 예컨대 그는 로고진과 오랫동안 만나왔고, 가까이 지내왔고, '형제처럼' 지내왔지만—과연 그가 로고진을 알고 있을까? 게다가 때때로 여기엔, 이 모든 것엔 얼마나 큰 혼돈이 자리하고 있는가, 얼마나 뒤죽박죽이고 얼마나 추잡한가! 하지만 아까 그 레베제프의 조카라는 여드름투성이 녀석은 얼마나 밉살스럽고 뻔뻔하던지! 그런데 내가 대체 왜 이러나? (공작의 머릿속에서 망상이 이어졌다.) 과연 그 녀석이 그들 일가족을, 그 여섯 명을 죽이기라도 했단 말인가? 아무래도 내가 뭘 혼동하고 있는 것 같아…… 너무 이상해! 머리가 왜 이렇게 빙글빙글 돌까…… 그런데 레베제프의 큰딸, 어린애를 안고 서 있던 그 처녀는 얼마나 상냥하고 귀여운 얼굴이던가, 얼마나 청순하고 얼마나 앳된 표정이던가, 얼마나 아이 같은 웃음이던가! 그 얼굴을 거의 잊고 있다가 이제야 떠올린 게 이상할 지경이군. 레베제프는 그들에게 발을 굴러대지만, 분명 그들 모두를 몹시 사랑해. 그러나 2 곱하기 2 만큼이나 가장 확실한 건, 레베제프가 자기 조카도 무척 사랑하고 있다는 사실이야!

하지만 오늘 처음으로 그 집을 찾아간 그가 대체 무슨 근거로 그들을 그렇게 확실하게 단정짓고, 어째서 그런 판결을 내린단 말인가? 그런데 레베제프야말로 오늘 그에게 한 가지 문제를 던졌다. 그래, 그는 정말 그런 레베제프를 기대했던가? 과연 전에 그런 레베제프를 알았던가? 레베제프와 뒤바리라니—오, 맙소사! 어쨌거나 로고진이 살인을 한다 해도, 적어도 그렇게 닥치는 대로 죽이지는 않을 것이다. 그런 난장판은 없을 것이다. 도면에 따라 주문해 만든 흉기와 그 흉기 앞에 완전히 실성하다시피 한 여섯 사람! 과연 로고진에게도 도면대로 주문해 만든 흉기가 있을까…… 그에게도…… 하지만…… 로고진이 살인을 하리라는 게 정말 이미 정해진 일일까?! 공작은 갑자기 몸을 부르르 떨었다. "이렇게 냉소적이고 노골적으로 그런 추측을 하다니, 이거야말로 내가 죄악을 저지르는 게 아닌가, 저열하기 짝이 없지 않은가!" 그는 이렇게 소리치며 수치심에 얼굴을 확 붉혔다. 그는 경악한 나머지 못박힌 듯 길 위에 서 있었다. 모든 것이 한꺼번에 떠올랐다. 조금 전의 파블롭스크 역과 오늘 아침의 니콜라이 역, 로고진의 얼굴에 바로 대고서 그 눈에 관해 물었던 일, 지금 자신의 목에 걸고 있는 로고진의 십자가, 로고진이 직접 데려가 자기 어머니로부터 축복을 받게 해준 일, 아까 층계에서 로고진이 했던 경련적인 최후의 포옹과 최후의 포기 선언—그리고 이 모든 게 있은 뒤에 쉴새없이 주위에서 뭔가를 찾고 있는 자신을 깨달은 일, 그리고 그 가게, 그 물건…… 아아, 얼마나 저열한 짓인가! 그리고 이 모든 일이 있었는데도 그는 지금 '특별한 목적', 특별하고도 '느닷없는 상념'을 품고 그곳으로 가고 있는 것이다! 절망과 고뇌가 그의 영혼을 온통 사로잡았다. 공작은 한시바삐 자기 숙소인 여관으로 돌아가고 싶었고, 심지어 몸을 돌려 그쪽을 향해 걸음을 떼기까지 했다. 그러나 일 분도 지나지 않아 걸음을 멈추고 곰곰 생각해보더니, 다시 되돌아서서 아까 가던 길을 걷기 시작했다.

마침내 그는 이미 페테르부르크스카야에 와 있었고, 어느새 그 집 근처였다. 그러나 지금 그는 아까와 같은 목적, 아까와 같은 '특별한 상념'을 품고 그곳으로 가는 게 아니었다! 그리고 그게 어디 가능하기나 했겠는가! 그렇다, 그는 지금 예전의 그 병이 재발하고 있었고, 이건 의심의 여지가 없었다. 어쩌면 분명 오늘 중으로 발작이 일어날 것이다. 이 모든 암흑 상태도 발작의 전조이며, 그 '상념' 역시 발작의 전조다! 하지만 이미 암흑은 사라졌고, 악마는 쫓겨났고, 의혹 또한 자취를 감추어, 그의 가슴속엔 환희만이 가득하다! 그리고—그토록 오랫동안 그녀를 보지 못했으니 이제 꼭 만나봐야겠다, 그리고…… 그래, 지금이라도 로고진을 만나고 싶다, 둘이서 손을 꼭 잡고 함께 가면 얼마나 좋을까…… 그의 마음속은 깨끗하다. 과연 그가 로고진의 연적이란 말인가? 내일이라도 직접 로고진을 찾아가, 그녀를 만났다고 얘기할 것이다. 아까 로고진이 말했듯, 그가 이곳으로 날아오다시피 한 것은 오직 그녀를 만나기 위해서가 아니었던가! 어쩌면 여기서 그녀를 만날 수 있을지도 모른다, 그녀가 파블롭스크에 가 있다는 건 확실치 않으니까!

그렇다, 지금 이 모든 것을 분명히 해둘 필요가 있다, 모두가 서로의 마음을 분명하게 읽어야 하고, 아까 로고진이 외친 것 같은 암울하고 격렬한 포기 선언은 없어야 하며, 이 모든 것은 자유롭고…… 광명하게 이루어져야 한다. 로고진이라고 해서 과연 광명을 등진 사람이겠는가? 그는 그녀를 다른 방식으로 사랑한다고, 자신의 마음속에는 동정도 없고, '그 어떤 연민도' 없다고 말하고 있다. 물론 그러고 나서 '아마도 자네의 연민이 나의 사랑보다 훨씬 강할지도 모른다'라고 덧붙였지만, 그건 로고진 자신을 중상하고 있는 거다. 흠, 책을 읽는 로고진—이것 자체가 이미 '연민'이 아닌가, '연민'의 시작이 아닌가? 그 책을 가지고 있다는 사실만으로도 그가 그녀에 대한 자신의 관계를 완전히 자각하고 있음을 증명해주지 않는가? 그런데 아까 그가 한 얘기는? 아니, 그것은 단순한 욕정이라기보다는 좀더 심오한 감정이다. 그리고 과연 그녀의 얼굴이 오직 욕정만을 불러일으킬까? 더구나 지금 그 얼굴이 도대체 욕정을 불러일으킬 수나 있단 말인가? 그 얼굴은 고통을 불러일으켜 영혼을 온통 사로잡고, 그 얼굴은…… 그러자 문득 타는 듯이 고통스러운 추억이 공작의 마음속을 스쳐갔다.

그렇다, 그것은 고통스러운 추억이었다. 그는 불과 얼마 전에 그녀에게서 처음으로 광기의 징후를 알아채고서 얼마나 고통스러웠던가를 떠올렸다. 그때 그는 거의 절망과도 같은 것을 맛보았다. 그리고 그때 그녀가 그를 떠나 로고진에게 도망쳤을 때, 어떻게 그대로 내버려둘 수 있었을까? 앉아서 소식을 기다릴 게 아니라 직접 그녀 뒤를 쫓아가야 했건만. 그런데…… 정말 로고진은 아직도 그녀의 광기를 알아채지 못했단 말인가?…… 흠…… 로고진은 모든 것에서 다른 원인, 정욕적인 원인을 보고 있으니까! 그리고 그 광적인 질투는 또 어떤가! 하지만 자신은 아까 그런 추측으로 대체 무슨 말을 하려 한 것일까? (공작은 갑자기 얼굴을 붉혔는데, 뭔가가 가슴속에서 움찔한 것 같았다.)

하지만 무엇 때문에 이런 것을 떠올린단 말인가? 이건 그와 로고진

두 사람 모두 미치광이 짓을 하고 있는 셈이 아닌가. 하지만 공작 그에게는 이 여자를 정욕적으로 사랑한다는 것이 거의 생각도 할 수 없는 일인데다, 거의 잔인하고 비인간적인 일로까지 여겨졌다. 아무렴, 그럴 리가 있나! 그렇지 않아, 로고진은 자기 자신을 중상하고 있는 거다. 그는 고뇌할 수도 있고, 연민을 느낄 줄도 아는 커다란 가슴을 지닌 사람이다. 그가 모든 진실을 알게 되고, 이 상처투성이의 반미치광이 여자가 얼마나 불쌍한 존재인가를 확실히 알게 되면—그때는 전에 그녀 때문에 받았던 모든 고통을 과연 용서해주지 않겠는가? 그녀의 하인이 되고, 형제가 되고, 친구가 되고, 길잡이가 돼주지 않겠는가? 연민은 로고진 자신을 깨우쳐주고 가르쳐줄 것이다. 연민이야말로 모든 인류의 가장 중요하고, 어쩌면 유일한 생존법칙이니까. 오, 그는 로고진 앞에 얼마나 용서받지 못할 죄를, 얼마나 비열한 죄를 지었는가! 아니, '러시아인의 영혼이 어둠 속'이 아니라, 그 자신의 영혼이 어둠 속이다, 그래서 아까 그처럼 끔찍한 상상을 할 수 있었던 게 아니냐. 로고진은 모스크바에서 진정어린 따뜻한 말을 몇 마디 주고받았다 해서 그를 자기 형제라고 부르지 않는가, 그런데 그는…… 하지만 그가 그랬던 건 병 때문이고 섬망 때문이다! 그 모든 것은 다 해결될 것이다!…… 아까 로고진은 자신의 '신앙이 사라져간다'고 얼마나 침통하게 말했던가! 이 사람은 극심한 고통을 겪고 있는 게 틀림없다. 그는 '나는 저 그림을 보는 게 좋아'라고 말하지만, 실은 좋아하는 게 아니라, 말하자면, 그래야 할 필요를 느끼는 것이다. 로고진은 그저 정욕에 빠진 영혼이 아니다. 그는 여하튼 투사이다. 그는 안간힘을 다해 자신의 잃어버린 신앙을 되돌리려 한다. 지금 그는 고통스러울 정도로 신앙의 필요성을 느끼고 있다…… 그렇다! 무엇이라도 믿고 싶은 것이다! 누구라도 믿고 싶은 것이다! 그런데 그 홀바인의 그림은 얼마나 기이한가…… 아, 바로 이 거리다! 저기 보이는 저 집이 틀림없어, 정말 그렇구나, 16번지, '10등관 필리소바의 집'. 여기다! 공작은 초인종을 울리고서, 나스타시야 필립포브나를 만나러 왔다고 말했다.

집주인이 직접 나와, 나스타시야 필립포브나는 벌써 아침에 파블롭스크에 있는 다리야 알렉세예브나에게 갔는데, "어쩌면 거기서 며칠 머무를지도 모릅니다요"라고 대답했다. 필리소바는 몸집이 자그마하고 눈매가 날카롭고 얼굴이 갸름하고 턱이 뾰족한 마흔 살가량 된 여자였는데, 교활한 눈으로 공작을 뚫어져라 쳐다보았다. 그녀는 공작에게 이름을 물어보았다—일부러 은밀한 냄새를 풍기며 묻는 듯해서—공작은 처음엔 대답하기 싫었지만, 곧 마음을 돌려 나스타시야 필립포브나에게 자기 이름을 꼭 전해달라고 간청했다. 필리소바는 더없이 비밀스러운 얼굴을 하고 몹시 주의를 기울이며 이 간청을 들었으나, '염려 마세요, 다 아니까요'라고 말하고 싶어하는 눈치가 역력했다. 공작의 이름은 그녀에게 아주 큰 감명을 준 게 틀림없었다. 공작은 잠시 멍하니 그녀를 바라보다가 몸을 돌려 다시 여관을 향해 걷기 시작했다. 하지만 밖으로 나온 그의 얼굴은 필리소바 집의 초인종을 울릴 때와는 이미 다른 표정이었다. 또다시 그에게, 그것도 거의 순식간에 아주 심상찮은 변화가 일어난 것이다. 그는 다시금 창백하고 허약한 인간이 되어, 흥분과 고뇌에 휩싸여 걷고 있었다. 무릎이 후들거리고, 파래진 입술에는 망연자실한 미소가 흐릿하게 감돌았다. 그의 '느닷없는 상념'이 갑자기 사실로서 확인되고 입증된 것이다—그리하여 그는 또다시 자신의 악마를 믿기 시작했다!

그러나 과연 그게 사실로 확인됐단 말인가? 옳았음이 입증됐단 말인가? 그에게 또다시 찾아온 이 전율은, 이 식은땀은, 마음속의 이 어둠과 추위는 무엇 때문일까? 방금 그 눈을 또다시 보았기 때문일까? 하지만 그가 여름 공원에서 여기로 온 건 오직 그 눈을 보기 위해서가 아니었던가! 그게 바로 그의 '느닷없는 상념'이었잖는가. 그는 여기, 이 집 근처에서 '아까의 그 눈'을 반드시 만날 수 있다는 사실을 최종적으로 확인코자, 그 눈을 집요하게 보고 싶어한 것이다. 그토록 초조하게 원했던 마당에, 방금 실제로 그 눈을 보았다 해서 지금 어째서 그렇게 충격을 받고 짓눌려 있단 말인가? 마치 예기치도 못했던 것처럼! 그렇다, 그것은 오늘 아침 니콜라이 철도의 기차에서 내릴 때 군중 속에서 그를 향해 번뜩였던 바로 그 눈이었고(바로 그 눈이라는 사실에는 이제 털끝만큼의 의심도 없다!), 그리고 그뒤 아까 로고진의 집에서 의자에 앉을 때 어깨너머로 포착했던 바로 그 눈(완전히 바로 그 눈!)이었다. 그때 로고진은 부인을 했고, 얼음처럼 차갑고 일그러진 미소를 띠며 "대체 누구의 눈이었을까?"라고 되물었다. 그리고 바로 조금 전에 공작이 차르스코예 셀로 역에서—아글라야에게 가려고 기차에 오르다가 이날 벌써 세번째로 갑자기 그 눈을 또다시 봤을 땐—다짜고짜 로고진에게 다가가 '그게 누구의 눈이었느냐'라고 그에게 끔찍이도 따지고 싶었다! 하지만 공작은 그냥 역에서 달려나왔고, 이윽고 칼가게 앞에 서서 사슴뿔 자루가 달린 어떤 물건이 60코페이카라는 것을 확인하던 바로 그 순간에야 비로소 정신을 차렸다. 그리하여 그 해괴하고도 몸서리쳐지는 악마가 그에게 영영 달라붙어 다시는 떨어지려고 하지 않았다.

공작이 여름 공원의 보리수 그늘에 앉아 망아의 경지에 이르러 있을 때, 이 악마는 그에게, 만약 로고진이 이른 아침부터 그의 뒤를 밟으며 일거수일투족을 감시해야겠다고 생각했다면, 공작이 파블롭스크로 가지 않는 것을 알게 되는 경우(물론 이것은 로고진에게 치명적인 정보였다) 반드시 그리로, 페테르부르크스카야에 있는 그 집으로 갈 것이며, 오늘 아침만 해도 '그녀를 만나지 않겠다'느니 '자기가 페테르부르크에 온 건 그 때문이 아니다'라느니 하고 맹세했던 그를, 공작을, 거기서 기다리며 망을 볼 게 틀림없다고 속삭였다. 그래서 공작은 마치 경련이라도 일으킨 듯 쏜살같이 그 집으로 달려간 것이니, 그가 실제로 거기서 로고진을 만난다 한들 대체 뭐가 이상하단 말인가? 그는 그저, 음침하지만 충분히 이해할 만한 심정을 품은 한 불행한 인간을 보았을 뿐이다. 더구나 이 불행한 인간은 이제 몸을 숨기려고도 하지 않았다. 그렇다, 로고진은 아까 자기 집에선 무엇 때문인지 딱 잡아떼며 거짓말을 했으나, 차르스코예 셀로 철도의 역에서는 거의 몸을 숨기지 않고 서 있었다. 몸을 숨긴 쪽은 오히려 공작 그였지, 로고진이 아니었다. 그런데 방금 그 집 근처에서는, 오십 보가량 비스듬히 떨어진 길 건너 맞은편 보도에 팔짱을 끼고 선 채 기다리고 있었다. 거기서 로고진은 이미 전신을 드러내고 있었고, 일부러 그렇게 드러내고 싶은 듯했다. 그렇게 서 있는 품이 마치 폭로자나 재판관 같았지, 결코 그런…… 자 같진 않았다. 하지만 그런 자 같지 않다니, 대체 어떤 자 말인가?

그런데 과연 무엇 때문에 공작 그는 방금 로고진에게 직접 다가가지 않고, 두 사람의 눈이 서로 마주쳤는데도 마치 아무것도 못 본 척 몸을 돌려버렸을까. (그렇다, 두 사람은 눈이 마주쳤다! 그들은 서로를 바라보았다.) 아까는 공작 자신이 로고진의 손을 잡고 함께 그리로 가고 싶어하지 않았던가? 공작 자신이 내일 그를 찾아가서, 그 여자를 만나고 왔다고 말하려 하지 않았던가? 그 집으로 가는 길을 절반쯤 지났을 때 불현듯 영혼 가득 넘쳐흐르는 환희를 느끼며 그 스스로 악마를 떨쳐버리지 않았던가? 아니면 로고진 안에, 다시 말해 오늘 그가 보여준 모든 모습 안에, 그의 말, 동작, 행동, 시선, 이 모든 것 전체 안에, 공작의 무서운 예감과 악마의 선동적인 속삭임을 정당화해줄 수 있는 그런 무언가가 정말로 있었던 것일까? 바로 눈에 보이긴 해도 그것을 분석하거나 설명하기는 곤란할뿐더러 충분한 근거를 통해 입증하기도 불가능한 무엇, 그러나 그런 모든 곤란함과 불가능성에도 불구하고 더없이 선명하고 결코 격퇴할 수 없는 강력한 인상을 낳아, 자신도 모르게 아주 완전한 확신으로 변하게 하는 그런 무언가가 정말로 있었던 것일까?……

확신이라니—도대체 무슨 확신 말인가? (오, 이 확신, '이 저열한 예감'의 해괴함과 '비열함'이 공작을 얼마나 괴롭혔던가, 그리고 그가 스스로를 얼마나 비난했던가!) "감히 말할 수 있다면, 말해보라, 무슨 확신인가?" 공작은 비난과 도전이 뒤섞인 어조로 혼자서 끊임없이 중얼거렸다. "명료하게 말해봐, 용기가 있다면 네 생각을 전부 말해보란 말이다, 분명히, 정확히, 주저 없이! 오, 나는 파렴치한 놈이다!" 그는 얼굴을 붉히며 분개해서 되뇌었다. "이제 평생토록 어떻게 그 사람의 얼굴을 대한단 말인가! 오, 무슨 이런 날이! 오, 맙소사, 이 무슨 악몽인가!"

페테르부르크스카야에서 돌아오는 이 길고도 고통스러운 길이 끝나갈 즈음, 불현듯 어떤 물리치기 어려운 열망이 공작을 사로잡은 순간이 있었다—공작은 지금 당장 로고진을 찾아가 그를 기다렸다가 회오의 눈물을 흘리며 그를 포옹하고 모든 것을 고백함으로써 단 한 번에 이 일체의 것을 깨끗이 끝내고 싶었다. 하지만 그는 이미 여관 앞에 와 있었다…… 아까도 이 여관은 그의 마음에 들지 않았고, 복도며 건물 전체며 자기가 든 방이 첫눈에 싫었다. 이날 하루 동안 그는 다시 이 여관으로 돌아가야 한다는 사실을 몇 번이나 떠올렸고 그때마다 어떤 특별한 혐오감을 느꼈다…… '오늘 내가 왜 이러나, 병든 여자처럼 온갖 이상한 예감을 다 믿고 있으니!' 그는 이렇게 생각하며 신경질적인 냉소를 띤 채 대문간에서 걸음을 멈췄다. 거의 절망에 가까운 참을 수 없는 수치심이 밀물처럼 또다시 엄습해서, 그를 그 자리에, 대문으로 들어가는 바로 입구에 못박아버린 것이다. 그는 일 분쯤 그렇게 멈춰 서 있었다. 이런 일은 왕왕 있는 법이다. 불현듯 떠오르는 참을 수 없는 기억, 특히 수치와 결부된 회상은 으레 우리를 잠시 그 자리에 멈춰 서게 한다. '그렇다, 나는 비정한 인간이고 겁쟁이다!' 그는 침울하게 되뇌고는 홱 걸음을 떼놓았지만, 그러나…… 또다시 우뚝 멈춰 섰다……

그러잖아도 어두침침한 이 대문간이 이때는 유난히 어두웠다. 뇌우를 알리는 먹구름이 몰려와 저녁빛을 집어삼켰고, 공작이 여관으로 다가가던 바로 그때, 먹구름이 갑자기 빗장을 풀며 장대비를 퍼부었다. 그가 잠시 멈춰 섰다가 그 자리에서 발걸음을 홱 뗀 그 순간, 그는 대문 바로 입구, 즉 길에서 대문으로 들어서는 바로 입구에 서 있었다. 그때 그는 갑자기 대문 안 저쪽 어둑어둑한 곳, 층계가 시작되는 곳 바로 옆에 어떤 사람이 서 있는 것을 보았다. 그 사람은 뭔가를 기다리는 듯했으나, 휙 하고 재빨리 사라져버렸다. 공작은 이 사람을 똑똑히 보지 못했으므로, 그가 누구라고 물론 자신 있게 말할 수는 없었을 것이다. 더구나 그곳을 지나다니는 사람이 어디 한둘인가. 이 집은 여관이어서, 사람들이 끊임없이 층계에서 복도로, 복도에서 층계로 드나들며 바삐 오갔다. 그러나 공작은 갑자기, 자기는 이 사람을 알아보았으며 이 사람은 틀림없이 로고진이라는 아주 완전하고 결정적인 확신을 얻은 것만 같았다. 순간 공작은 그를 쫓아 급히 층계를 오르기 시작했다. 심장이 멎는 기분이었다. '이제 모든 것을 알게 될 거다!' 그는 기이한 확신을 가지고 속으로 중얼거렸다.

공작이 대문 통로 밑에서부터 달려올라간 층계는 일층과 이층의 복도로 통하고, 복도 양쪽으로 객실이 배치돼 있었다. 오래전에 지은 건물들이 다 그렇듯, 이 층계는 어둡고 좁은 석조 계단으로, 굵은 돌기둥을 가운데 둔 나선형 구조였다. 첫번째 층계참에는 이 기둥에, 폭이 기껏해야 한 보, 깊이는 반 보가량 되는, 벽참처럼 움푹 파인 곳이 있었다. 그래도 사람 한 명은 들어갈 만한 공간이었다. 꽤 어둡긴 했으나, 층계참까지 뛰어올라온 공작은 누군가가 여기 이 벽참에 무엇 때문인지 숨어 있다는 것을 곧바로 알아챘다. 갑자기 공작은 오른쪽을 보지 않고 그냥 지나쳐가고 싶었다. 그래서 이미 한 걸음을 내디뎠지만, 더 이상 참지 못하고 돌아다보았다.

순간, 아까의 그 두 눈, 바로 그 눈이 그의 시선과 마주쳤다. 벽참에 숨어 있던 사람도 거기서 이미 한 걸음 앞으로 나섰다. 일 초 동안 두 사람은 서로 얼굴을 맞대듯 하고 서 있었다. 갑자기 공작이 그의 어깨를 붙잡고 빛이 좀더 많이 들어오는 층계 쪽으로 돌려세웠다. 얼굴을 좀더 분명히 보고 싶었던 것이다.

로고진의 눈이 번뜩이기 시작했고, 얼굴은 광기어린 미소로 일그러졌다. 그의 오른손이 높이 올라가더니 그 안에서 무엇인가가 번쩍 빛났다. 공작은 그 손을 저지하려고도 하지 않았다. 그는 단지 자신이 이렇게 외친 것처럼 기억할 뿐이었다.

"파르폰, 난 믿지 않아!……"

그러자 갑자기 무언가가 그의 앞에 넓게 열린 것 같았다. 불가사의한 내면의 빛이 그의 영혼을 환히 비추었다. 이 순간은 아마도 반 초가량 지속됐을 것이다. 하지만 그는 그럼에도 불구하고, 그의 가슴에서 저절로 터져나와 어떤 힘으로도 저지할 수 없었을 그 무서운 비명의 시작을, 그것의 맨 첫 음향을, 또렷한 의식으로 분명히 기억했다. 다음 순간 그의 의식은 순식간에 꺼지고 완전한 암흑이 들이닥쳤다.

이미 오래전에 그를 떠났던 뇌전증 발작이 일어난 것이다. 알다시피, 뇌전증 발작, 이른바 본격적인 발작 자체는 순간적으로 일어난다. 이 순간에는 갑자기 얼굴, 특히 눈가가 끔찍하게 일그러진다. 급격한 움직임과 경련이 몸과 얼굴의 근육 전체를 점령하며, 뭐라 형용할 수 없고 무엇과도 비슷하지 않은 무시무시한 비명이 가슴속에서 터져나온다. 이 비명에는 소위 인간적이라고 할 만한 모든 것이 갑자기 사라져버려, 그걸 곁에서 보는 사람은 이 비명이 바로 그 사람의 것이라고는 상상할 수도 믿을 수도 없으며, 적어도 그러기가 매우 힘들다. 심지어는 이 사람 안에 들어 있는 다른 누군가가 비명을 지르는 것처럼 생각될 정도다. 적어도 많은 사람들이 자신이 받은 인상을 이렇게 밝힌 바 있고, 뇌전증 발작을 일으킨 사람을 보면서 많은 이들은 신비한 어떤 것까지 담긴, 참기 힘든 극도의 공포감을 느낀다. 이러한 갑작스러운 공포감이 그 순간의 다른 모든 무시무시한 인상과 결부되어 로고진을 돌연 그 자리에 얼어붙게 했고, 그럼으로써 이미 머리 위로 떨어지고 있던 피할 수 없는 칼날 세례로부터 공작을 구했다고 봐야 할 것이다. 그러고 나서 로고진은, 공작이 비틀비틀 뒷걸음질치다 갑자기 뒤로 벌렁 넘어져 돌계단에 뒷머리를 쾅 부딪히고는 곧장 층계 밑으로 굴러떨어지는 것을 보자, 그것이 발작이라는 사실을 미처 알아차릴 겨를도 없이 쏜살같이 달려내려와, 쓰러져 있는 공작 옆을 그대로 지나 거의 혼비백산하여 여관에서 달아나버렸다.

발작과 몸부림, 그리고 경련 때문에 환자의 몸은 최대 열다섯 단은 될 법한 층계의 맨 밑까지 굴러떨어졌다. 곧바로, 오 분도 채 지나지 않아 그는 누워 있는 상태로 발견됐고, 많은 사람들이 몰려들었다. 머리 주위에 흥건하게 고인 피는 사람들에게 의혹을 불러일으켰다. 이 사람 자신이 실수로 다친 것일까, 아니면 '무슨 범죄 행위가 있었던 것일까'. 하지만 곧 몇몇 사람이 뇌전증 발작임을 알아챘다. 그리고 종업원 중 하나는 그가 아까 아침에 여관에 든 손님이라고 말했다. 마침내 이 소동은 어떤 다행스러운 상황 덕분에 아주 원만히 해결되었다.

콜랴 이볼긴은 네시까지 '저울'에 돌아오겠노라 약속해놓고도 그냥 파블롭스크로 떠났다가, 갑자기 무슨 생각이 들었는지, 예판친 장군 부인이 베푸는 '식사 대접'을 사양한 채 페테르부르크로 되돌아와 서둘러 '저울'로 갔는데, 그가 그곳에 나타난 것은 저녁 일곱시 무렵이었다. 자기에게 남긴 쪽지를 보고 공작이 시내에 있다는 사실을 안 그는 쪽지에 적힌 주소대로 급히 공작을 찾아갔다. 여관에서 공작이 외출중이라는 말을 듣고, 그는 아래층으로 내려가 식당에서 차를 마시고 오르간

연주를 들으며 공작을 기다리기 시작했다. 그러다 우연히, 누군가가 발작을 일으켰다는 얘기를 듣자, 뭔가 확실한 예감이 들어 현장으로 달려 나갔는데, 역시 공작이었다. 즉시 응급처치를 한 다음, 공작을 그의 방으로 옮겼다. 공작은 얼마 후에 깨어났지만, 완전히 의식을 차린 것은 시간이 꽤 오래 지나서였다. 머리의 타박상을 진찰하러 온 의사는 외용 물약을 처방해주고, 타박상 자체는 조금도 우려할 정도가 아니라고 말했다. 그렇게 한 시간은 족히 지나 공작이 주위를 충분히 잘 알아볼 수 있게 되자, 콜랴는 그를 사륜마차에 태워 여관에서 레베제프의 집으로 데려갔다. 레베제프는 연방 굽실거리며 더없이 열성적으로 환자를 맞아들였다. 공작을 위해 별장으로 출발할 일정도 앞당겼으므로, 이틀 뒤에는 다들 벌써 파블롭스크에 와 있었다.

VI

레베제프의 별장은 그리 크진 않지만 쾌적하고 아름답기까지 했다. 세를 놓기로 한 부분은 특히 아름답게 꾸며져 있었다. 한길에서 방으로 들어가는 입구에 자리한 제법 널찍한 테라스에는 커다란 초록색 나무통에 심어놓은 등자, 레몬, 재스민이 여러 그루 늘어서 있어, 레베제프의 생각에 따르면 그지없이 유혹적인 광경을 만들어내고 있었다. 이 나무 중 몇 그루는 별장과 함께 손에 넣은 것인데, 레베제프는 그것들이 테라스에 더해주는 효과에 매혹된 나머지, 기회를 보아 경매에서 그런 나무통에 심은 똑같은 나무를 몇 그루 더 사서 완벽한 세트를 갖추기로 결심했다. 마침내 나무가 모두 별장으로 운반돼 보기 좋게 제자리에 배열되자, 레베제프는 그날 하루 몇 번이나 테라스 계단을 뛰어내려가 한길로 나가서는, 거기서 자신의 소유물을 흐뭇하게 바라보며, 그때마다 속으로 미래의 별장 임차인에게 요구할 금액을 올려보곤 했다. 몹시 쇠약해진데다 정신적 고뇌에 빠지고 몸에 상처까지 입은 공작은 이 별장이 무척 마음에 들었다. 하긴 파블롭스크로 옮겨오던 날, 즉 발작이 일어난 지 사흘째 되던 날, 공작 스스로는 속으로 여전히 회복되지 못했다고 느끼고 있었으나, 그래도 겉으로는 이미 건강한 사람과 거의 다름없어 보였다. 그는 이 사흘 동안 자기 주위에서 보는 사람들 모두에게 반갑게 대했다. 거의 곁을 떠나지 않는 콜랴에게도, 레베제프의 식구들 모두에게도(조카는 어디론가 사라지고 없었다), 레베제프 자신에게도 반갑게 대했다. 심지어 그는 아직 페테르부르크에 있을 때 문병을 왔던 이볼긴 장군까지도 기꺼이 맞아들였다. 이곳으로 옮겨왔을 때는 이미 저녁 무렵이었지만, 도착하자마자 갑자기 꽤 많은 사람들이 테라스에 모여들어 그를 에워쌌다. 맨 먼저 가냐가 왔는데, 공작이 알아보지도 못할 만큼—그사이 몹시 야위고 변해 있었다. 그다음엔 역시 파블롭스크에 별장을 가지고 있는 바랴와 프치츠인이 나타났다. 이볼긴 장군은 레베제프의 집에 거의 밤낮없이 눌러앉아 있는 형편이어서, 심지어 레베제프와 함께 이곳으로 옮겨온 게 아닌가 싶었다. 레베제프는 그가 공작에게 접근하지 못하도록 항상 자기 곁에 붙잡아두려고 애썼다. 레베제프는 장군을 친구처럼 대했는데, 두 사람은 이미 오래전부터 잘 아는 사이인 듯했다. 공작은 이 사흘 내내 그들이 이따금 긴 대화를 나누기도 하고 심심찮게 큰 소리를 지르며 심지어 유식한 주제인 듯싶은 것에 대해 논쟁까지 벌인다는 사실을 알아챘는데, 그런 것이 레베제프에게 적잖이 만족을 주는 모양이었다. 오히려 레베제프 쪽에서 장군을 필요로 하는 게 아닌가 싶기도 했다. 그러나 별장으로 옮겨온 첫날부터 레베제프는 공작에게 기울이는 주의를 자기 가족에게도 똑같이 보여주며 경계하기 시작했다. 공작을 성가시게 하면 안 된다는 구실로 그는 아무도 공작에게 다가가지 못하게 할 뿐 아니라, 딸들이 공작이 있는 테라스 쪽으로 가려는 눈치가 조금이라도 보이면 곧바로 그들에게 덤벼들어 발을 굴러대며 쫓아버렸는데, 아기를 안고 있는 베라도 예외는 아니었고, 제발 아무도 쫓아내지 말라고 공작이 아무리 애원을 해도 막무가내였다.

“첫째, 저애들을 그렇게 풀어주면 공경이라는 것을 전혀 모르게 됩니다. 그리고 둘째, 저애들 분수에 어긋나죠……” 그는 공작이 단도직입적으로 이유를 묻자 마침내 이렇게 설명했다.

“아니, 대체 무슨 말입니까?” 공작이 그를 나무랐다. “사실, 당신이 그렇게 감시하고 경계하는 건 나를 괴롭힐 뿐이에요. 혼자 있기 지루하다고 벌써 몇 번이나 말했는데, 그렇게 쉴새없이 손을 휘휘 내젓고 까치발로 걸어다니니 정작 당신 자신이 나를 더 우울하게 한단 말입니다.”

공작이 이렇게 핀잔을 준 까닭은, 레베제프가 환자에게 안정이 필수적이라는 구실로 식구들 모두를 쫓아버리면서 정작 자신은 이 사흘 내내 일 분이 멀다 하고 뻔질나게 공작의 방에 들어오는데, 매번 처음엔 문을 빼꼼 열어 머리를 들이밀고는, 마치 여기 있나? 달아났나? 하고 확인하려는 듯 방안을 둘러보다가, 그다음엔 이미 발꿈치를 들고 천천히 안락의자로 살금살금 다가와서는 때로는 불시에 자기 하숙인을 깜짝 놀라게 했기 때문이다. 그는 공작에게 필요한 게 없는지 끊임없이 물어보았고, 마침내 공작이 제발 좀 조용히 있게 해달라고 눈치를 주면 아무 말 않고 순순히 돌아서서 또다시 발끝을 들고 문 쪽으로 돌아가면서, 걸어가는 내내 두 손을 흔들어댔는데, 마치 자기는 그냥 별 의도 없이 왔을 뿐이다, 더이상 한마디도 하지 않겠다, 자, 이렇게 벌써 나오지 않았느냐, 이제 다시는 오지 않겠다, 라는 뜻을 나타내려는 것 같았으나, 십 분 또는 기껏 길어봐야 십오 분만 지나면 또다시 나타나곤 했다. 콜랴는 공작의 방에 마음대로 드나들 수 있었는데, 바로 이 점이 레베제프에겐 몹시 유감스러웠을 뿐만 아니라, 심지어 모욕과 분노마저 불러일으켰다. 콜랴는 레베제프가 반시간씩이나 문밖에 서서 자기와 공작이 나누는 대화를 엿듣는다는 것을 알아챘고, 이 사실을 물론 공작에게 알려주었다.

"당신은 나한테 이렇게 자물쇠를 채우면서, 나를 마치 자신의 소유물로 대하는 것 같군요." 공작은 항의를 했다. "적어도 이 별장에 와 있는 동안엔 그러지 않았으면 좋겠어요. 나는 누구든 맞아들이고 싶은 사람은 다 맞아들이고, 가고 싶은 곳은 어디든 다 갈 테니, 그리 알아요."

"그야 물론이지요." 레베제프는 두 손을 내저었다.

공작은 그를 머리부터 발끝까지 찬찬히 훑어보았다.

"그런데 루키얀 치모페예비치, 그 조그만 책장, 당신의 침대 머리맡에 걸려 있던 것 말인데, 그걸 이리 가져왔나요?"

"아뇨, 가져오지 않았습니다."

"그럼 그 집에 놔둔 건가요?"

"가져올 수가 있어야죠, 벽에서 뜯어내야 하는데…… 워낙 단단히 고정돼 있어서."

"그럼, 여기도 그런 게 있겠죠?"

"더 좋은 게 있지요, 더 좋은 게, 별장을 살 때 함께 샀거든요."

"아-아, 그렇군요. 그런데 아까 나한테 들여보내지 않은 사람이 누구죠? 한 시간 전에요."

"그…… 그건 장군이었습죠. 들여보내지 않은 건 사실이지만, 그런 사람은 공작님께 올 필요가 없어서. 공작님, 저도 그 사람을 깊이 존경합니다. 그 사람은…… 그 사람은 아주 훌륭한 분입지요. 곧이들리지 않으십니까? 뭐, 이제 곧 아시게 되겠죠. 그렇지만 공작 각하, 어쨌든…… 그 사람은 안으로 안 들이시는 게 좋을 겁니다요."

"물어봐도 괜찮다면, 그건 왜죠? 그리고 레베제프, 지금 왜 까치발을 하고 있는 거죠, 그리고 늘 무슨 비밀이라도 귀에 속삭여주려는 듯한 얼굴로 나한테 오는데, 도대체 왜 그러는 겁니까?"

"비열한 인간이 돼놔서요, 비열한 인간요, 저도 그걸 느끼고 있습니다." 뜻밖에도 레베제프는 감정이 격해져서 자기 가슴을 두드리며 대답했다. "그런데 장군은 공작님한텐 너무 손님 대접을 즐기는 사람이 아닐깝쇼?"

"너무 손님 대접을 즐기다뇨?"

"손님 대접을 즐긴다굽쇼. 첫째, 그 사람은 저희 집에 아주 눌러앉으려고 해요. 그건 좋습죠, 하지만 늘 큰소리를 치고, 누구하고나 금세 친척이 되려 한단 말입니다. 저하고도 벌써 몇 번이나 친척관계를 계산해봤는데, 동서지간이라더군요. 공작님도 자기 외가 쪽으로 종질이 된다던데요, 어제도 저한테 그랬다고요. 공작님이 그 사람의 조카라면, 결국 저하고도 친척이 되신다는 얘기죠, 공작 각하. 이런 건 아무것도 아닙니다요, 그저 사소한 약점이죠. 하지만 조금 전엔, 자기 평생 동안, 즉 소위보 시절부터 작년 6월 11일까지, 매일 이백 명 이상이 자기 집에 와서 식사를 했다고 우기더란 말입니다. 그렇게들 와서 일어날 생각도 않고, 점심 먹고, 저녁 먹고, 차 마시고 하면서 매일 열다섯 시간씩 삼십 년가량을 단 하루도 쉬지 않고 계속하는 바람에, 식탁보를 갈 틈조차 없을 지경이었다지 뭡니까. 한 사람이 일어나서 돌아가면 다른 사람이 오고, 공휴일이나 황제 축일에는 삼백 명까지도 왔대요. 러시아 건국 천년제 날에는 칠백 명까지도 받았다더군요. 이건 정말 너무 심하잖습니까요. 이런 얘기는—아주 나쁜 징조라굽쇼. 손님 대접을 이렇게 즐기는 사람을 자기 집에 맞아들이는 건 무섭단 말입니다. 그래서 생각했죠, 이 사람은 공작님이나 저한테나 너무 손님 대접을 즐기는 사람이 아닐까 하고요."

"하지만 당신은 그 사람하고 무척 친한 사이인 것 같던데?"

"형제처럼 지내면서, 그 사람 말은 농담으로 받아들이죠. 그 사람하고 동서지간이면 뭐 어떻습니까. 저한테야 오히려 영광이죠. 손님 이백 명이니, 러시아 건국 천년제니 하는 얘기에도 불구하고, 저는 그 사람이 아주 비범한 인물이라고까지 생각합니다. 진심으로 드리는 말씀입죠. 그런데 공작님, 방금 비밀이라는 말을 꺼내셨는가요, 제가 무슨 비밀이라도 알려주려는 듯한 얼굴로 공작님께 다가간다고 하셨습니다만, 공교롭게도 그 비밀이란 게 있습니다요. 방금, 바로 그 여성분께서 공작님과 비밀리에 꼭 만나고 싶다는 뜻을 전해왔거든요."

"무엇 때문에 비밀리에 만나요? 그럴 필요는 전혀 없어요. 오늘이라도 내가 직접 찾아가지요."

"그럴 필요는 전혀 없지요, 전혀." 레베제프는 손을 저었다. "그리고 그분은 공작님께서 짐작하고 계실 그런 것은 두려워하지 않아요. 참, 그 악당이 공작님의 건강을 물으러 매일같이 오는데, 알고 계십니까?"

"당신은 걸핏하면 그 사람을 악당이라 부르는데, 영 이상하군요."

"이상하게 여기실 건 전혀 없습니다, 전혀." 레베제프는 황급히 말을 돌렸다. "저는 다만 그분이 두려워하는 건 그자가 아니라 전혀 다른 사람, 완전히 다른 사람이라는 걸 말씀드리고 싶었습죠."

"그게 무슨 얘깁니까, 어서 말해봐요." 무슨 비밀이라도 있는 양 레베제프가 얼굴을 찌푸리며 젠체하는 걸 보자, 공작은 초조한 어조로 다그쳤다.

"그게 바로 비밀이란 말입니다."

그러면서 레베제프는 히죽 웃었다.

"누구의 비밀이란 말입니까?"

"공작님의 비밀이죠. 당신께서 직접 제게 금하지 않으셨습니까, 공작 각하, 당신 앞에서 그런 말을 하면 안 된다고……" 레베제프는 이렇게 중얼거리고는 상대방이 병적으로 초조해질 만큼 호기심을 품게 만들었다는 만족감을 실컷 즐기다가 불쑥 말을 끝맺었다. "그분은 아글라야 이바노브나를 두려워합니다."

공작은 미간을 찌푸린 채 잠시 말이 없었다.

"레베제프, 나는 정말로 당신의 별장을 떠나겠어요." 공작이 갑자기 말했다. "가브릴라 아르달리오노비치와 프치츠인 부부는 어디 있죠? 당신 방에 있나요? 당신은 그들까지 나한테 오지 못하도록, 당신 방으로 끌어들였군요."

"올 겁니다요, 곧 온다굽쇼. 장군도 뒤따라올 겁니다. 문이란 문은 다 열어두고 딸애들도 죄다, 아주 죄다 불러모으지요, 지금, 지금 당장." 레베제프는 겁이 난 듯, 연방 두 손을 내젓고 이 문에서 저 문으로 허둥지둥 오가며 소곤거렸다.

바로 이때 콜랴가 한길에서 들어와 테라스에 모습을 나타내며, 뒤에 손님들이, 즉 리자베타 프로코피예브나와 세 딸이 오고 있다고 알렸다.

"프치츠인 부부와 가브릴라 아르달리오노비치를 들여보낼까요, 말까요? 장군은 들여보낼까요, 말까요?" 레베제프는 콜랴의 보고에 깜짝 놀라 펄쩍 뛰기까지 했다.

"들여보내면 안 될 이유라도 있나요? 원하는 사람은 누구든 들여보내요! 분명히 말하지만, 레베제프, 무엇 때문인지 당신은 내가 사람들과 교제하길 꺼린다고 처음부터 생각한 모양인데, 그렇지 않아요. 당신은 계속해서 무슨 착각을 한 겁니다. 나는 누구 앞에서도 숨거나 몸을 피해야 할 이유가 전혀 없으니까." 공작은 소리내어 웃기 시작했다.

공작을 바라보며 레베제프는 자기도 웃을 의무가 있다고 생각했다. 몹시 흥분해 있긴 해도 그 역시 대단히 만족스러워하는 기색이었다.

콜랴가 전해준 소식은 사실이었다. 그는 이 소식을 알려주려고 예판친가의 사람들보다 불과 몇 걸음 앞서 온 것이어서, 곧바로 손님들이 양쪽에서 나타났는데—테라스로부터는 예판친가의 사람들이—옆의 방들로부터는 프치츠인 부부와 가냐, 그리고 이볼긴 장군이 들어왔다.

예판친가의 사람들은 공작의 병과, 그가 파블롭스크에 와 있다는 사실을 콜랴를 통해 이제야 알았고, 그 소식을 듣기 전까지 장군 부인은 답답한 의혹에 사로잡혀 있었다. 장군은 벌써 이틀 전에 공작의 명함을 가져와 가족에게 보여주었다. 이 명함을 보고 리자베타 프로코피예브나는, 공작이 이 명함을 남긴 뒤 곧바로 그들을 만나기 위해 직접 파블롭스크로 올 게 틀림없다고 분명히 확신했다. 딸들은, 반년 동안이나 편지 한 장 없던 사람이 이제 와서 그렇게 서둘러 올 리가 만무하고, 게다가 어쩌면 그들을 찾아오는 일 말고도 페테르부르크에서 할 일이 많을 거다—그 사람이 무슨 일로 왔는지 어떻게 알겠느냐고 자신 있게 말했지만, 소용이 없었다. 장군 부인은 이런 소리에 화를 버럭 내며, 공작은 적어도 내일 중으로, 물론 '이것도 이미 늦은 거겠지만', 여하튼 내일 중으로는 반드시 나타날 거라며 내기라도 걸 태세였다. 이튿날 리자베타 프로코피예브나는 오전 내내 기다렸고, 점심때까지도 저녁때까지도 기다렸으나, 그러다가 마침내 날이 이미 완전히 저물어버리자 온갖 것에 역정을 내며 집안 식구들 모두와 돌아가며 다퉜는데, 물론 온갖 말다툼거리를 다 찾아내면서도 공작 얘기는 입 밖에도 꺼내지 않았다. 그다음날도 온종일 공작에 대한 얘기는 한 번도 입에 올리지 않았다. 아글라야가 점심식사 자리에서 별생각 없이, 공작이 오지 않아서 *엄마*가 화를 내는 거라고 불쑥 말한 데 대해, 장군이 "하지만 그건 그 친구 잘못이 아니지"라고 곧바로 대꾸하자, 리자베타 프로코피예브나는 발딱 일어나서 화를 내며 식사 자리를 떠나버렸다. 마침내 저녁 무렵에 콜랴가 공작 소식을 한 보따리 가지고 나타나서, 공작에게 일어난 일을 자기가 아는 대로 모두 얘기해줬다. 그 결과 리자베타 프로코피예브나는 큰소리를 치게 됐지만, 어쨌든 콜랴는 단단히 혼쭐이 나야 했다. "며칠씩이고 여기서 내내 얼쩡거리는 걸 확 쫓아버리지도 못했건만, 직접 못 올 것 같으면 누굴 시켜서라도 알려줘야 할 거 아냐." 콜랴는 '확 쫓아버리지도 못했건만'이라는 말에 그 자리에서 화를 벌컥 내려다가 다음번으로 미루고 말았는데, 그 말이 그처럼 모욕적이지만 않았어도 아마 완전히 용서했을 만큼, 공작이 아프다는 소식에 리자베타 프로코피예브나가 안절부절못하고 걱정하는 모습이 마음에 와닿았기 때문이다. 그녀는 즉시 페테르부르크에 사람을 보내 내일 아침 첫 기차로 의학계의 어떤 최고 권위자를 모셔와야 한다고 한참 동안 고집을 부렸다. 하지만 딸들이 나서서 겨우 말렸는데, 그런 그들도 엄마가 즉각 문병 채비를 하고 나서자 엄마한테 뒤지려고 하지 않았다.

"그 사람은 임종의 침상에 누워 있어." 리자베타 프로코피예브나는 허둥대며 말했다. "우리가 여기서 격식이나 따지고 있을 때냐! 그 사람은 우리 집안의 친구야, 안 그래?"

"그래도 여울에게 물어보기 전엔 물에 들어가지 말라잖아요."* 아글라야가 한마디하려 했다.

"뭐, 그럼 가지 마라, 되레 잘됐구나. 예브게니 파블르이치**가 올 텐데, 아무도 맞아줄 사람이 없으니까."

물론 이 말을 듣자 아글라야는 곧바로 이들을 따라나섰지만, 실은 그러잖아도 함께 갈 생각이었다. 마침 아젤라이다와 함께 앉아 있던 S공작도 숙녀들을 수행해달라는 그녀의 청을 즉각 받아들였다. 그는 이미 전부터, 즉 예판친 가족과 교제를 시작했을 때부터 이들로부터 공작 얘기를 듣고 무척 흥미를 느끼던 참이었다. 알고 보니, 그는 공작과 친분

* 확실히 확인하기 전에 무모하게 굴지 말라는 뜻의 러시아 속담.
** 일상어에서 부칭 파블로비치 대신에 자주 사용된다.

이 있었고, 얼마 전에 어디선가 알게 돼 그후 두 주일가량 어느 소도시에 함께 산 적도 있었다. 그게 한 석 달 전이었다. S공작은 므이쉬킨 공작에 대해 많은 얘기까지 해줬고 그의 말투에서도 대체로 무척 호감이 느껴졌는데, 그런 까닭에 지금 진심으로 기뻐하면서 옛 지인을 방문하러 가고 있었다. 이반 표도로비치 장군은 이때 별장에 없었다. 예브게니 파블로비치도 아직 도착하지 않았다.

예판친가의 별장에서 레베제프의 별장까지는 삼백 보도 채 되지 않았다. 리자베타 프로코피예브나는 손님들이 떼 지어 공작을 에워싸고 있는 광경에 우선 불쾌한 인상부터 받았고—더구나 개중엔 그녀가 결단코 마다하는 인물까지 두셋 끼어 있었다. 그리고 둘째—그녀는 세련되게 차려입은 건강한 청년이 환히 웃으면서 자기들을 맞으러 나오는 걸 보자 깜짝 놀라고 만 것이, 자기가 기대했던 바인, 임종의 침상에 누워 죽어가는 사람은 어디서도 찾아볼 수 없지 않은가. 그녀는 너무 뜻밖이어서 우뚝 멈춰 서기까지 했으나, 그녀의 이런 모습에 콜랴는 굉장히 흐뭇했는데, 물론 그는 그녀가 아직 자기 별장을 나서기 전에, 죽어가는 사람은 정말 아무도 없고 임종의 침상 같은 건 없다고 분명히 설명해줄 수도 있었지만 일부러 그러지 않았으니, 장군 부인은 자기가 진정한 친구로 여기는 공작이 건강한 사실을 알고, 콜랴의 계산으로는, 틀림없이 분통을 터뜨릴 것이며, 그 꼴은 정말 우스꽝스러울 거라고 약삭빠르게 예상했기 때문이다. 더구나 콜랴는 버르장머리 없이, 리자베타 프로코피예브나의 약을 있는 대로 올려주려고, 자기 짐작이 맞았노라고 커다란 소리로 말하기까지 했는데, 그녀와 콜랴는 둘 사이에 맺어진 우정에도 불구하고 끊임없이, 그리고 때로는 아주 신랄하게 서로의 약점을 찔러대는 사이였다.

"조금만 기다려, 이봐, 서두르지 말라니까, 다 이긴 줄 알고 날뛰다간 큰코다쳐!" 리자베타 프로코피예브나는 이렇게 대꾸하면서, 공작이 권하는 안락의자에 앉았다.

레베제프, 프치츠인, 이볼긴 장군은 앞다투어 처녀들에게 의자를 권했다. 아글라야에겐 장군이 의자를 권했다. 레베제프는 S공작에게도 의자를 권하면서, 허리를 굽혀 각별한 존경을 표하는 것을 잊지 않았다. 바랴는 여느 때처럼 아주 반갑게 아가씨들과 소곤소곤 인사를 주고받았다.

"그건 사실예요, 공작, 나는 당신이 자리에 누워 있는 줄 알고 너무 겁이 나서 그렇게 생각했죠. 절대로 거짓말은 않겠어요, 방금 당신의 환한 얼굴을 보자 지독히 분한 생각이 들었다고요. 하지만 맹세코, 그건 내가 정신을 가다듬기 전 그저 한순간에 불과했어요. 나는 정신을 좀 가다듬고 나면, 말이고 행동이고 간에 언제나 더 현명해지거든요. 당신도 그럴걸요. 정말로 나한테 아들이 있어서 그 아이의 병이 나았다 해도, 아마 당신이 나은 것처럼 기쁘진 않을 거예요. 당신이 이 말을 곧이듣지 않는다면, 그건 내가 아니라 당신이 부끄러워해야 할 일이죠. 그런데 저 심술궂은 꼬맹이가 나한테 감히 돼먹잖은 장난까지 친단 말예요. 당신은 저 녀석을 비호해주는 모양인데, 그렇다면 당신한테 경고해두죠. 앞으로 때를 보아 저 녀석과 계속 알고 지내는 영광과 만족 따윈 깨끗이 거절해버릴 테니 그리 알라고요."

"대체 내가 뭘 잘못했죠?" 콜랴가 소리쳤다. "공작은 이제 거의 건강하다고 내가 아무리 말했어도, 당신은 믿으려 들지 않았을걸요, 공작이 임종의 침상에 누웠다고 상상하는 게 훨씬 재미있었을 테니."

"여기 오래 있을 건가요?" 리자베타 프로코피예브나가 공작에게 물었다.

"여름 내내, 어쩌면 더 오래 있을지도 모릅니다."

"혼자서요? 결혼은 안 한 건가요?"

"아뇨, 아직." 공작은 그를 겨눈 빈정거림이 너무 순진해서 빙긋 웃었다.

"빙글거릴 건 없어요, 흔히 있는 일이니까. 별장 때문에 물어본 건데. 왜 우리한테 오지 않았죠? 우리 별장의 별채가 텅 비었건만, 하긴, 뭐 본인 마음이죠. 이곳은 저 사람한테 세를 든 건가요? 저기 저 사람한테?" 그녀는 레베제프를 턱으로 가리키며 작은 소리로 덧붙였다. "그런데 저 사람은 왜 저렇게 계속 쩔쩔매고 있대요?"

이때 베라가 여느 때처럼 아기를 안고, 방에서 테라스로 나왔다. 레베제프는 몸 둘 바를 몰라 쩔쩔매면서도 이 자리를 뜰 생각이라고는 눈곱만큼도 없이 의자 주위를 서성이고 있었으나, 베라를 보자 갑자기 그쪽으로 달려들어서는 테라스에서 쫓아내려고 두 손을 휘두르며, 아주 제정신을 잃은 듯이 발까지 굴러댔다.

"저 사람 미친 거 아녜요?" 장군 부인이 불쑥 덧붙였다.

"아닙니다, 저 사람은……"

"그럼 술에라도 취한 모양이죠? 여기 당신 친구들은 점잖지 못하군요." 그녀는 나머지 손님들에게까지 눈총을 주며 잘라 말했다. "하지만 저 처녀는 정말 귀엽기도 해라! 누구죠?"

"베라 루키야노브나라고, 저기 저 레베제프의 딸입니다."

"아!…… 정말 귀여워라. 저애하고 친하게 지내고 싶은데."

하지만 레베제프가 리자베타 프로코피예브나의 칭찬을 잽싸게 알아듣고는, 딸을 소개하려고 이미 제 손으로 끌고 나오고 있었다.

"어미 없는 아이들, 어미 없는 고아들이랍니다." 그는 가까이 오면서 비통하게 울먹였다. "이 아이 품에 안긴 이 어린것도 어미 없는 자식으로, 이애의 여동생이지요. 얼마 전에 죽은 제 처 옐레나와의 지극히 정당한 혼인에서 태어난 딸아이 류보피인데, 제 처는 여섯 주 전에 산욕으로 주님의 부름을 받고 세상을 하직했답니다…… 예, 그렇습지요…… 그래서 이애가 어미 대신에, 비록 언니일 뿐이고, 언니 그 이상은, 그 이상은 아니지만……"

"이봐, 미안하지만 자넨 바보에 지나지 않는군. 뭐, 이쯤 해두겠네, 본인 스스로 알 거라 생각하니까." 리자베타 프로코피예브나는 몹시 못마땅해하며 불쑥 말을 잘라버렸다.

"지당하신 말씀입니다!" 레베제프는 더없이 공손하게 허리를 깊이 숙이며 절을 했다.

"저기요, 레베제프 씨, 당신이 계시록을 풀이한다던데, 사실인가요?" 아글라야가 물었다.

"정말로 사실입니다…… 십오 년째 되지요."

"나도 당신 얘길 들었어요. 신문에도 당신 얘기가 났던 것 같은데요?"

"아닙니다, 그건 다른 해석자 얘깁니다, 다른 사람입지요. 그 사람은 죽었고, 제가 그 사람을 대신하게 됐지요." 레베제프는 기뻐 어쩔 줄 몰라하며 말했다.

"그럼 며칠 내로 언제 나한테도 풀이를 해주세요, 서로 이웃 된 정리情理로요. 나는 계시록에 있는 말을 하나도 이해하지 못하겠어요."

"미리 말씀드리지 않을 수 없군요, 아글라야 이바노브나, 그건 죄다 이 사람의 야바위에 불과해요, 믿어주십시오." 갑자기, 어떻게든 대화를 시작해보려고 안절부절못하며 열심히 기회를 노리던 이볼긴 장군이 재빨리 끼어들었다. 그는 아글라야 이바노브나의 바로 옆에 앉아 있었다. "물론, 별장생활이란 나름의 권리가 있고 나름의 만족이 있지요." 그는 말을 계속했다. "계시록 풀이를 위해 저런 희대의 돌팔이를 불러들이는 것도 다른 일과 마찬가지로 심심파적이 될 수 있고, 심심파적치고는 지적인 면에서 흥미로운 것이기조차 합니다만, 나는…… 아니, 나를 의아한 눈으로 보고 계신 것 같은데요? 나는 이볼긴 장군입니다. 소개드릴 기회를 갖게 돼 영광이군요. 아글라야 이바노브나, 나는 당신을 안아준 적도 있습니다."

"만나뵙게 돼서 무척 반가워요. 바르바라 아르달리오노브나와 니나 알렉산드로브나와는 잘 아는 사이랍니다." 아글라야는 간신히 웃음을 참느라 웅얼거리듯 말했다.

리자베타 프로코피예브나는 얼굴이 시뻘게졌다. 뭔가 오랫동안 마음속에 쌓여온 것이 갑자기 한꺼번에 터져나오려고 했다. 아주 오래전이긴 해도 한때 교분이 있었던 이볼긴 장군을 그녀는 도저히 참을 수 없었다.

"여전히 거짓말을 잘도 하는군요, 이봐요, 당신이 저애를 안아준 적은 단 한 번도 없어요." 그녀는 분을 참지 못하고 그에게 쏘아붙였다.

"*엄마*, 잊으셨나 봐요, 이분은 정말 나를 안아줬어요, 트베리에서였죠." 아글라야가 갑자기 장군의 말을 확인해줬다. "우리가 트베리에서 살던 그때요. 나는 그때 여섯 살쯤 됐는데, 지금도 기억해요. 이분이 나한테 화살과 활을 만들어주고 활 쏘는 법을 가르쳐줘서, 나는 비둘기 한 마리를 쏴 맞혔죠. 저와 함께 비둘기를 쏴 맞혔던 일을 기억하세요?"

"나한텐 그때 마분지로 만든 투구와 긴 목검을 가져다주셨어요, 나도 기억해요!" 아젤라이다가 외쳤다.

"나도 그건 기억해요." 알렉산드라도 거들고 나왔다. "그때 너희는 다친 비둘기 때문에 다투다가 구석에서 벌을 섰잖아. 아젤라이다는 투구를 쓰고 목검을 찬 채로 서 있었지."

장군은 아글라야를 안아준 적이 있다고 말했으나, 그건 그저 대화를 시작하기 위해 그런 식으로 말한 데 불과했고, 젊은이들과 사귈 필요가 있다고 생각할 때엔 거의 언제나 그런 식으로 얘기를 시작하는 버릇이 있어 이번에도 그랬을 뿐이다. 그런데 이번에는 공교롭게도 사실을 말한 셈이 됐고, 공교롭게도 그 자신은 그게 실제로 있었던 일임을 까맣게 잊고 있었다. 그래서 방금 아글라야가 그와 둘이서 비둘기를 쏴 맞혔다는 얘기를 불쑥 꺼내자, 그의 기억은 한꺼번에 생생히 되살아나, 노인들이 먼 옛날에 있었던 어떤 일을 상기할 때 흔히 그러듯, 이 모든 것을 아주 세세한 부분까지 떠올렸다. 여느 때처럼 약간 취해 있는 불쌍한 장군에게, 이 추억의 어느 부분이 그토록 강하게 작용했는지는 말하기 어렵지만, 어쨌든 그는 갑자기 엄청난 감동을 받았다.

"기억하고말고, 죄다 기억하고말고!" 그가 소리쳤다. "나는 그때 2등 대위였지요. 당신은 아주 작고 귀여운 꼬마아가씨였어요. 니나 알렉산드로브나도…… 가냐도…… 나도 당신 집에…… 드나들었지. 이반 표도로비치는……"

"그런데, 한번 봐요, 지금 당신 신세가 어떻게 됐나!" 장군 부인이 말을 가로챘다. "그렇게 감동한 걸 보면, 고결한 감정까지 죄다 술값으로 날려버리진 않은 모양이군요! 하지만 자기 부인에게 죽을 고생을 시켰죠. 게다가 자식들은 무슨 수로 어떻게 이끌겠어요, 본인이 채무자 구치소나 드나드는 주제에. 당장 이 자리에서 나가요, 어서, 어디 다른 데로 가라고요, 문 뒤 어느 구석에라도 숨어 울면서, 죄 없던 지난날을 회상해봐요, 그러면 하느님이 용서해주실지도 모르죠. 어서 나가요, 나가라고요, 이건 절대 농담이 아니에요. 지난날을 회상하며 뉘우치는 것보다 더 좋은 속죄 방법은 없어요."

하지만 농담이 아니라고 새삼스레 강조할 필요는 없었다. 장군은 늘 술기운에 젖어 있는 사람들이 다 그렇듯 무척 감수성이 예민했고, 형편없이 나락으로 떨어진 술꾼들이 으레 그렇듯, 행복했던 지난날의 추억을 태연히 견뎌내지 못했다. 그가 일어나서 순순히 문 쪽으로 향하자, 리자베타 프로코피예브나는 이내 그가 측은해졌다.

"아르달리온 알렉산드로비치, 잠깐만요!" 그녀는 그의 등뒤에 대고 소리쳤다. "잠깐만 서봐요. 우리는 모두가 죄인이에요. 양심의 가책을 많이 덜었다고 생각되면, 나를 찾아와요. 앉아서 옛날얘기라도 합시다. 나야말로 어쩌면 당신보다 오십 배나 죄가 많을지도 모르죠. 아니, 지금은 그냥 헤어집시다, 어서 가세요, 여기는 당신이 있을 자리가 아니니까……" 그녀는 그가 돌아서려 하자 갑자기 기겁해서는 말했다.

"지금은 따라가지 않는 게 좋을 거야." 공작은 아버지를 쫓아 나가려던 콜랴를 만류했다. "안 그러면 일 분 뒤에 바로 화를 내고, 이 소중한 순간이 모두 허사가 될 테니까."

"옳은 말이야, 그냥 내버려둬. 반시간쯤 지나거든 가봐." 리자베타 프로코피예브나가 결정해버렸다.

"평생 단 한 번이라도 사실을 말했다는 게 이런 효과를 낳는군요. 눈물을 흘리게 만들었잖습니까!" 레베제프가 용기를 내어 한마디했다.

"흥, 이봐, 내가 들은 것들이 사실이라면, 자네도 틀림없이 좋은 사람일걸." 리자베타 프로코피예브나는 그를 한 방에 바로 눌러버렸다.

공작한테 모인 손님들이 다들 서로 어떤 관계인지 점차 명확해졌다. 물론 공작은 장군 부인과 그 딸들이 자신에게 보여준 관심이 얼마나 소중한 것인지 충분히 알 수 있는 상태였고 또 실제로도 알고 있었으므로, 병이 아직 완쾌되지 않았고 시간도 이미 늦었지만, 그래도 오늘 중으로라도, 저쪽에서 찾아주기 전에 자기 쪽에서 먼저 그들을 꼭 방문할 생각이었다고 솔직히 말했다. 리자베타 프로코피예브나는 공작의 손님들을 힐끗 쳐다보면서, 그건 지금이라도 실천할 수 있다고 대답했다. 예의바르고 인사성이 아주 밝은 프치츠인은 곧바로 일어나 레베제프가 쓰는 곁채로 물러나면서, 레베제프도 함께 데려가고 싶어했다. 그러나 레베제프는 곧 가겠다는 대답만 했다. 한편 바랴는 처녀들과 한창 얘기를 나누느라 그 자리에 그대로 남았다. 그녀도 가냐도 장군이 없는 것을 무척 다행으로 여겼다. 하지만 가냐 역시 프치츠인의 뒤를 이어 곧 자리를 떴다. 그는 예판친가의 사람들과 테라스에 함께 있던 그 몇 분 동안 줄곧 겸손하고 품위 있는 태도를 보였고, 머리끝에서 발끝까지 두 번씩이나 훑어보는 리자베타 프로코피예브나의 엄격한 시선에도 전혀 당황하지 않았다. 사실 그를 이전에 알았던 사람이라면 그가 무척 변했다고 생각할 법했다. 그게 아글라야의 마음에 몹시 들었다.

"지금 자리를 뜬 사람이 가브릴라 아르달리오노비치 아닌가요?" 그녀는 갑자기 다른 사람들의 얘기를 끊으면서 딱히 누구에게랄 것도 없이 큰 소리로 날카롭게 물었는데, 이따금 그녀는 이런 식으로 구는 걸 즐기곤 했다.

"그렇습니다." 공작이 대답했다.

"하마터면 못 알아볼 뻔했어요. 많이 변했군요…… 그것도 훨씬 좋은 쪽으로요."

"나도 그 사람에겐 정말 잘된 일이라고 생각합니다." 공작이 말했다.

"오빠는 한동안 몹시 앓았어요." 바랴가 기쁨과 동정을 드러내며 덧붙였다.

"뭐가 좋은 쪽으로 변했다는 거냐?" 리자베타 프로코피예브나는 화도 나고 어이가 없는지 펄쩍 뛰다시피 하며 물었다. "어째서 그렇게 생각하는데? 좋아진 건 하나도 없다. 네 눈엔 좋아진 게 대체 뭐냐?"

"'가난한 기사'보다 더 좋은 건 없잖아요!" 줄곧 리자베타 프로코피예브나의 의자 옆에 서 있던 콜랴가 불쑥 이렇게 외쳤다.

"나도 그렇게 생각해요." S공작이 이렇게 말하고는 소리내어 웃었다.

"나도 전적으로 동감예요." 아젤라이다도 엄숙히 선언했다.

"'가난한 기사'라니?" 장군 부인은 이해가 안 간다는 듯 짜증스럽게 좌중을 둘러보다가, 아글라야가 얼굴을 확 붉히는 것을 보자 화를 벌컥 내며 덧붙였다. "무슨 허튼소리냐! 어떤 '가난한 기사' 말인데?"

"엄마가 애지중지하는 저 꼬맹이가 남의 말을 비트는 게 어디 처음인가요!" 아글라야가 역정을 내며 코웃음치듯 대답했다.

아글라야가 화를 낼 때면(하긴 그녀는 걸핏하면 화를 내곤 했다) 거의 매번, 그 진지하고 단호해 보이는 표정에도 불구하고, 어딘가 아직 아이 같고, 조급한 어린 학생 같고, 억지로 감추려고 애쓰는 듯한 그 무엇이 그녀의 행동이며 말 하나하나에서 너무나 많이 엿보이는 까닭에, 사람들은 그런 그녀를 보며 이따금 웃음을 터뜨리지 않을 수 없었는데, 사람들이 도대체 왜 웃는지, '어떻게 웃을 수 있으며 어떻게 감히 웃는 건지' 도무지 이해할 수 없던 아글라야로선 더없이 부아가 치미는 노릇이었다. 이번에도 두 언니와 S공작이 웃음을 터뜨렸고, 레프 니콜라예비치 공작마저 무엇 때문인지 얼굴을 붉히며 빙긋이 웃었다. 콜랴는 깔깔거리며 의기양양해했다. 아글라야는 정색하면서 화를 냈는데, 그럴수록 갑절이나 더 귀여워 보였다. 당황한 표정과 그런 자신에게 부아를 내는 모습이 그녀에게 너무나 잘 어울렸기 때문이다.

"쟤가 엄마 말은 또 얼마나 엉터리로 비틀었는데요." 그녀가 덧붙였다.

"나는 당신 자신의 말을 인용하는 거라고요!" 콜랴가 소리쳤다. "한 달 전에 당신은 『돈키호테』를 뒤적이다가 '가난한 기사'보다 더 좋은 건 없다고 감탄하며 말했잖아요. 당신이 그때 누굴 두고 그렇게 말했는지는 모르겠네요. 돈키호테인지, 예브게니 파블르이치인지, 아니면 또 다른 어떤 사람인지, 아무튼 그 누군가를 염두에 두고 그렇게 말했고, 긴 대화도 나눴잖아요……"

"보자 하니, 이 녀석아, 주제넘게 지레짐작이 너무 지나치구나." 리자베타 프로코피예브나가 역정을 내며 그를 제지했다.

"뭐, 나만 그러나요?" 콜랴는 잠자코 있으려 들지 않았다. "그때 다들 그렇게 얘기했고, 지금도 그렇게 얘기하고 있는데요. 방금 S공작도, 아젤라이다 이바노브나도, 그리고 모두가 자신들은 '가난한 기사' 편이라고 선언했잖아요. 따라서 그 '가난한 기사'는 실제로 존재하고, 틀림없이 있단 얘기죠. 내 생각으론, 아젤라이다 이바노브나만 아니었다면 이미 오래전에 우린 모두 그 '가난한 기사'가 누군지 알게 됐을 거예요."

"내가 뭘 잘못했는데?" 아젤라이다가 웃었다.

"초상화를 그리지 않겠다고 했잖아요. 바로 그게 잘못이죠! 그때 당신에게 아글라야 이바노브나는 '가난한 기사'의 초상을 그려달라면서 자기가 생각해낸 그림의 주제까지 전부 얘기해줬잖아요, 그 주제 기억하시죠? 그런데 당신은 싫다면서……"

"아니, 내가 어떻게 그릴 수 있었겠어, 대체 누굴 그려? 그 주제에 따르면, 이 '가난한 기사'는

얼굴에 쓴 강철 격자 면갑面甲을
누구 앞에서도 올리지 않았네.

라고 돼 있는걸. 이러니 대체 어떤 얼굴을 그릴 수 있었겠어? 뭘 그리라는 건데, 격자 면갑을? 정체불명의 존재를?"

"무슨 소린지 통 모르겠구나, 격자 면갑이라는 건 또 뭐냐!" 장군 부인은 '가난한 기사'가 누구를 칭하는 건지(그게 누구를 칭하는지는 다들 이미 오래전부터 암묵적으로 알고 있었던 게 분명했다), 속으로 아주 분명히 알아채기 시작하면서, 더욱더 짜증을 냈다. 하지만 특히 레

프 니콜라예비치 공작마저 몹시 당황해 마침내 열 살짜리 소년처럼 아주 쩔쩔매고 있는 꼴을 보자, 그녀는 결국 폭발하고 말았다. "그래, 이 바보 같은 짓을 당장 끝내지 못하겠니? 그 '가난한 기사'가 어쨌다는 거냐? 설명 좀 해봐라. 내가 알아선 안 될 무슨 무서운 비밀이라도 있는 거야?"

그러나 다들 계속 웃어댈 뿐이었다.

"다름 아니라, 이상한 러시아 시가 한 편 있는데"라며 S공작이 마침내 끼어들었는데, 분명 이 대화를 얼른 얼버무리고 화제를 다른 데로 돌리고 싶은 눈치였다. "'가난한 기사'를 노래한, 시작도 끝도 없는 단편斷片입니다. 한 달 전쯤이었는데, 한번은 점심식사가 끝난 뒤 다함께 농담을 하고 웃으며 여느 때처럼 아젤라이다 이바노브나의 다음 그림을 위한 주제를 찾고 있었거든요. 아시다시피, 아젤라이다 이바노브나의 그림 주제를 찾는 일은 이미 오래전부터 온 가족의 공통된 과제잖습니까. 그때 '가난한 기사' 얘기가 나왔는데, 누가 맨 먼저 꺼냈는지는 기억에 없군요……"

"아글라야 이바노브나예요!" 콜랴가 외쳤다.

"그럴지도 몰라요, 다만 내 기억엔 없어서." S공작은 말을 계속했다. "우리 중 몇몇은 이 주제를 일소에 부쳤고, 다른 몇몇은 이보다 더 고상한 주제는 있을 수 없다고 선언했지만, '가난한 기사'를 그리려면 여하튼 모델이 될 얼굴이 필요했지요. 그래서 아는 사람들의 얼굴을 하나하나 떠올리며 검토해봤지만 적합한 얼굴이 하나도 없었고, 그걸로 이 일은 중단됐습니다. 그게 전붑니다. 어째서 니콜라이 아르달리오노비치가 지금 이 자리에서 그걸 모두 상기해서 끄집어낼 생각을 했는지, 도무지 알 수 없군요. 전에는 우스웠던 일도 이제 와서 보면 아무 재미가 없는데 말이죠."

"그건 무슨 또다른 돼먹잖은 생각이 숨어 있기 때문이죠, 아주 심술궂고 모욕적인 생각이." 리자베타 프로코피예브나가 매섭게 말했다.

"돼먹잖은 생각 같은 건 전혀 없어요, 깊디깊은 존경이 있을 뿐이죠." 천만뜻밖에도 아글라야가 엄숙하고 진지한 목소리로 갑자기 입을 열었는데, 어느새 자신을 완전히 추슬러서 조금 전에 보여준 당황한 빛은 깨끗이 눌러버린 모습이었다. 게다가 보아하니 그녀는 몇 가지 징후로 미루어, 지금 이 농담이 점점 더 깊숙이 들어가는 것을 은근히 기뻐하는 눈치였고, 그녀에게서 이러한 변화가 일어난 것은 공작의 당황한 정도가 점점 심해져 마침내 극도에 달했다는 것을 그의 얼굴에서 아주 똑똑히 읽을 수 있게 된 바로 그 순간이었다.

"다들 정신 나간 듯이 웃어대다가, 이번엔 느닷없이 깊디깊은 존경이라니! 죄다 미쳤구나! 어째서 존경인데? 얼른 말해봐라, 뜬금없이 왜 갑자기 깊디깊은 존경이 튀어나온 게냐?"

"깊디깊은 존경이라고 한 까닭은," 거의 적의마저 품은 어머니의 질문에 대해 아글라야는 여전히 진지하고 엄숙하게 말을 이었다. "이 시에는 이상을 품을 줄 아는 인간이 분명하게 그려져 있고, 둘째로, 그는 일단 자신의 이상을 정하면 그것을 믿으며, 일단 그것을 믿으면 그 이상을 위해 맹목적으로 자신의 삶 전체를 바칠 줄 아는 사람이기 때문이에요. 이런 일은 우리 시대에 늘 있는 게 아니죠. '가난한 기사'의 이상이 과연 무엇이었는지 이 시에서 얘기되진 않지만, 그건 분명 어떤 빛나는 형상, '순결한 아름다움의 형상'이었을 거예요. 사랑에 온 마음을 바친 기사는 어깨에 두르는 화려한 현장懸章 대신 묵주를 목에 걸고 다녔어요. 그리고 또, 어렴풋이 암시만 해줄 뿐인, 뭔지 모를 제명 같은 것을 자기 방패에 새겨넣어 가지고 다녔죠, 그건 철자 A. N. B.*였어요……"

"A. N. D.예요." 콜랴가 정정했다.

"하지만 나는 A. N. B.라고 불러요, 그리고 계속 그렇게 부르겠어요." 아글라야는 역정을 내면서 그의 말을 잘랐다. "어쨌거나 분명한 사실은, 이 '가난한 기사'에겐 자신의 숙녀가 누구이건, 무슨 짓을 하건, 그런 것은 이미 아무런 문제가 되지 않았다는 거예요. 자기가 그녀를 선택했고 그녀의 '순결한 아름다움'을 믿게 됐다는 것만으로 충분했고, 그후로는 이미 그녀 앞에 영원히 무릎을 꿇었으니까요. 설사 그녀가 나중에 도둑으로 밝혀지더라도 여전히 그녀를 믿고 그녀의 순결한 아름다움을 위해 창이 부러질 때까지 싸웠을 게 틀림없어요. 그의 공적도 바로 거기에 있어요. 시인은 이 놀라운 형상 속에 어느 순결하고 고상한 기사가 품고 있던 중세의 기사도적이고 플라톤적인 사랑이라는 거대한 개념 전체를 담아내려고 했던 것 같아요. 물론 이 모든 것은 하나의 이상이에요. '가난한 기사'에서 이 감정은 이미 궁극의 단계인 금욕

* 푸쉬킨은 가난한 기사에 관한 시를 두 번 썼다. 1829년에 쓴 14연짜리 시는 검열 때문에 발표되지 못했고, 상당 부분 수정한 8연짜리 시는 1835년에 쓴 미완성 희곡(뒤에 출판사가 「기사 시대의 장면들」이라는 제목을 붙였다)에 '시작도 끝도 없는 이상한 형태'로 삽입되었다. 첫번째 시에는 제8연에 'Ave, Mater Dei(하느님의 어머니, 찬양받으소서)'가 들어 있으나, 두번째 시에서는 제5연에 이니셜 A. M. D.로만 나온다. 아글라야는 이것을 A. N. B.로 바꿔 얘기하는데, 여기서 N은 나스타시야, B는 그녀의 성姓인 바라쉬코바를 나타낸다고 볼 수 있다.

주의에까지 이르렀죠. 솔직히 말해서, 이러한 감정을 품을 수 있다는 것은 많은 의미를 지니며, 이러한 감정은 그 자체로서 심오할뿐더러 한편으론 대단히 찬양할 만한 특성이라고 생각해요. 굳이 돈키호테를 언급할 필요는 없겠죠. '가난한 기사'는—바로 돈키호테예요, 다만 우스꽝스러운 돈키호테가 아니라 진지한 돈키호테죠. 나는 처음엔 '가난한 기사'를 이해하지 못하고 비웃었지만, 지금은 그를 사랑하고, 무엇보다, 그의 위업을 존경하고 있어요."

아글라야는 이렇게 말을 맺었는데, 진심에서 하는 말인지 농담으로 하는 말인지, 그녀의 얼굴만 보고는 판단하기조차 어려웠다.

"쳇, 그건 일종의 바보야, 그 기사라는 자나, 그의 위업이라는 거나!" 장군 부인이 잘라 말했다. "그건 그렇고 얘야, 너도 대단한 떠버리구나, 아주 강연을 하시더구먼. 하지만 내가 보기에, 너하고는 안 어울린다. 어쨌든 다시 그런 거 하지 말거라. 그런데 그 시라는 건 어떤 시냐? 한번 읊어나 보려무나, 분명 외우고 있을 테니! 나는 그 시를 꼭 알아야겠다. 한평생 시라면 딱 질색이었는데, 정말 그럴 만했군. 부탁이에요, 공작, 제발 참아줘요, 당신과 나는 아무래도 함께 참아야 할 것 같으니까." 그녀는 레프 니콜라예비치 공작을 보며 말했다. 그녀는 몹시 화가 나 있었다.

레프 니콜라예비치 공작은 뭐라고 말해보려 했으나, 당황이 가시질 않아 한마디도 할 수가 없었다. 하지만 자신의 '강연'에서 그토록 당돌한 발언을 쏟아냈던 아글라야만은 눈곱만큼도 당황하지 않고 오히려 기뻐하는 듯했다. 그녀는 발딱 일어나더니 아까처럼 진지하고 엄숙하게, 마치 미리 준비를 해두고서 누가 청해주기만을 기다린 것 같은 표정으로 테라스 한가운데로 걸어나와, 안락의자에 계속 앉아 있는 공작 앞에 섰다. 모두가 조금 놀란 눈으로 그녀를 쳐다보았고, 거의 모두가, S공작도, 두 언니도, 어머니도, 그녀가 꾸미는 이 새로운 장난을 언짢은 기분으로 지켜보고 있었는데, 아무래도 정도가 좀 지나친 듯했기 때문이다. 하지만 아글라야에겐 시 낭송을 시작하는 이 과장된 의식儀式과 행동 전부가 마음에 드는 모양이었다. 리자베타 프로코피예브나는 그녀를 당장 제자리로 쫓아버리려는 기색이었으나, 아글라야가 그 유명한 발라드를 막 암송하려는 바로 그때, 새로운 손님 두 명이 큰 소리로 말을 주고받으며 길에서 테라스로 들어섰다. 이반 표도로비치 예판친 장군과 그를 따라온 한 청년이었다. 자그마한 동요가 일었다.

VII

장군과 함께 온 청년은 스물여덟 살가량으로, 키가 크고, 늘씬하고, 얼굴이 매우 아름답고 영리하게 생긴데다, 크고 검은 두 눈에는 기지와 냉소가 가득 빛나고 있었다. 아글라야는 그에게는 눈길조차 주지 않고 여전히 과장된 표정으로 오직 공작만을 바라보며 공작 한 사람만을 상대로 시 낭송을 계속했다. 그녀가 어떤 특별한 의도를 가지고 계속 이런다는 게 공작에겐 분명해졌다. 그러나 새로 온 손님들이 그의 거북한 입장을 적어도 어느 정도는 가볍게 해주었다. 그들을 보자, 공작은 자리에서 일어나 멀리서 장군에게 상냥하게 고개를 숙여 보이며 시 낭송을 멈추게 하지 말아달라는 눈짓을 하고서는, 자신은 안락의자 뒤로 물러나 왼손을 등받이에 얹고 계속해서 발라드에 귀를 기울였는데, 말하자면 더 편안하기도 했고 안락의자에 앉아 있을 때처럼 그다지 '우스꽝스러워' 보이지도 않는 자세였다. 한편 리자베타 프로코피예브나는 안으로 들어오는 사람들에게 그 자리에 가만히 있으라고 두 번이나 명령조로 손짓을 했다. 그러는 동안에도 공작은 장군을 따라온 새로운 손님에게 무척 흥미를 느꼈다. 그가 틀림없이 예브게니 파블로비치 라돔스키일 거라 짐작했는데, 공작은 그에 대해 이미 여러 가지로 들은 바가 있었고, 그에 대해 생각해본 적도 한두 번이 아니었다. 다만 한 가지, 그가 평복 차림이라는 점이 의아하긴 했다. 예브게니 파블로비치가 무관이라고 들었기 때문이다. 시 낭송이 계속되는 내내 이 새로운 손님의 입가에는 조롱기 섞인 미소가 맴돌았고 마치 자기도 이미 '가난한 기사'에 대해 뭔가 들어본 바가 있다는 듯한 표정이었다.

'어쩌면 저 사람 자신이 생각해낸 일인지도 모르지' 하고 공작은 속으로 생각했다.

하지만 아글라야는 전혀 다른 모습이 되어 있었다. 처음 낭송을 하러 걸어나왔을 때의 그 과장되고 젠체하던 태도는 모두 사라지고, 이제는 시 작품의 정신과 의미에 너무도 진지하게 몰입하여 시의 단어 하나하나에 의미를 담으면서 한마디 한마디를 아주 꾸밈없이 낭송해갔기 때문에, 낭송이 끝날 즈음에는 모두의 주의를 사로잡았을 뿐만 아니라, 이 발라드가 지닌 고결한 정신을 온전히 전달해냄으로써 그녀가 아까 그토록 자신만만하게 테라스 한가운데로 걸어나오던 때의 그 부자연스럽고 과장된 엄숙함을 어느 정도 보상해주는 듯했다. 그 엄숙한 태도에서 지금은 오직 자신이 전달하려고 했던 것에 대한 무한하고도 어쩌면 순진하기까지 한 존경만을 볼 수 있을 따름이었다. 두 눈이 반짝이며, 영감과 환희의 떨림이 두어 번 보일 듯 말 듯 가볍게 그녀의 아름다운 얼굴을 스치고 지나갔다. 그녀가 낭송한 시는 이러했다.

옛날 어느 곳에 가난한 기사가 살았네,
그는 말이 없고 순박하였지,
겉보기엔 침울하고 창백했으나,
정신은 용감하고 올곧았노라.

그는 하나의 환영을 간직하고 있었지,
인간의 지혜로는 이해 못할 환영을—
그리하여 그의 가슴속엔
그 모습 깊이 아로새겨졌으니.

그때부터 그는 영혼을 불태우며
여인들에겐 눈도 주지 않았네,
무덤에 가는 그날까지
말 한마디 나누려 하지 않았지.

목에는 화려한 현장 대신
묵주를 걸고 다녔고,
얼굴에 쓴 강철 격자 면갑을
누구 앞에서도 올리지 않았네.

순결한 사랑으로 충만되어
달콤한 꿈을 믿으며
방패에는 자신의 피로
*A. M. D.*라고 새겨넣었지.

그리하여 팔레스타인의 광야에서
기사들이 절벽을 따라
전쟁터로 달려나가며
저마다 귀부인의 이름을 부를 때,

그는 외쳤노라, 열렬하게, 격렬하게,
하늘의 빛이여, 성스러운 로사여!
우레같이 우렁찬 고함소리에
이슬람의 무리는 놀라 달아났네.

머나먼 자신의 성으로 돌아온 기사는
문을 굳게 걸어 잠그고 살았네,
언제나 말없이, 언제나 슬프게,
그리하여 광인처럼 생을 마쳤지.*

* 푸쉬킨의 희곡 「기사 시대의 장면들」에서 가져온 시.

훗날 공작은 이 순간에 있었던 일을 모두 떠올리며, 그로서는 도저히 풀 수 없는 한 가지 의문에 몹시 당혹감을 느끼면서 오랫동안 고통스러워했다. 어떻게 그토록 진실하고 아름다운 감정을 그토록 노골적이고 심술궂은 조소와 함께 표현할 수 있었을까? 조소가 섞여 있었다는 데에는 의심의 여지가 없었다. 그는 이 점을 분명히 알고 있었고, 그렇게 생각할 만한 이유를 가지고 있었다. 아글라야는 시를 낭송하면서 자기 마음대로 글자 *A. M. D.*를 *N. F. B*로 바꾸었다. 그것은 결코 실수가 아니었고, 그가 잘못 들은 것도 아니었다—이 점에 대해 그는 털끝만큼도 의심할 수 없었다(이것은 나중에 사실로 증명됐다). 어쨌든 아글라야의 당돌한 행동은—물론 장난이긴 했으나 너무나 대담하고 경솔한 것이었고—미리부터 의도된 것이었다. '가난한 기사'에 대해선 벌써 한 달 전부터 다들 얘기해왔다지 않는가(그리고 '웃음거리'로 삼았다지 않는가). 그렇지만 나중에 공작이 아무리 기억을 떠올려봐도, 아글라야는 이 글자들을 가지고 장난을 치거나 무슨 조롱을 할 기색이 전혀 없었고, 심지어 거기 숨은 뜻을 선명하게 드러내 보일 셈으로 특별히 이 글자들에 무슨 힘을 넣지도 않았을뿐더러, 오히려 너무나 한결같이 진지하게, 너무나 순수하고 순진하고 자연스럽게 발음했기 때문에, 그 글자들이 발라드 속에 정말 있었고 책에도 그렇게 인쇄돼 있었던 것처럼 생각될 정도였다. 뭔가 무겁고 불쾌한 것이 공작의 마음을 쿡 찌른 듯한 느낌이었다. 물론 리자베타 프로코피예브나는 글자가 바뀐 사실도, 거기에 숨겨진 암시도 전혀 알아채지 못했다. 이반 표도로비치 장군은 그저 시를 낭송했다는 사실만 알았다. 나머지 청중 가운데 무척 많은 사람이 아글라야의 대담한 행동과 의도를 알아채고 놀라긴 했으나, 모두 입을 다물고, 내색하지 않으려고 애썼다. 하지만 예브게니 파블로비치는 (공작은 내기라도 걸 수 있었다) 모든 것을 알아챘을 뿐만 아니라, 자기가 알아챘다는 것을 겉으로 드러내려 하기까지 했다. 그의 미소에는 지나친 조롱기가 들어 있었다.

"정말 멋지구나!" 낭송이 끝나기가 무섭게 장군 부인은 진심으로 감탄하며 외쳤다. "누구의 시지?"

"푸쉬킨이잖아요, *엄마*, 우릴 부끄럽게 하지 마세요, 창피스럽게!" 아젤라이다가 소리쳤다.

"아니, 너희랑 함께 있으면, 나는 아주 바보가 돼버리는구나!" 리자베타 프로코피예브나가 마음이 상해서 대꾸했다. "창피하긴 하지! 집에 가자마자 푸쉬킨의 그 시를 보여다오!"

"우리집엔 푸쉬킨 시집이 한 권도 없을걸요."

"고릿적부터"라며 알렉산드라가 덧붙였다. "무슨 너덜너덜한 게 두 권 굴러다니긴 해요."

"그럼, 당장에 표도르나 알렉세이를 첫 기차 편으로 시내에 보내 사오라고 해야겠다, 알렉세이가 낫겠구나. 아글라야, 이리 온! 내게 키스해다오, 멋진 낭송이었어, 하지만—만약 네가 참된 마음으로 그걸 낭송했다면" 하고 그녀는 거의 속삭이듯 덧붙였다. "나는 너를 가엾게 여길 거고, 만약 그를 조롱할 마음으로 낭송했다면, 나는 네 감정에 찬동할 수 없어, 그러니까 어쨌든 아예 낭송하지 않는 편이 낫긴 했을 게다. 알겠니? 가봐라, 나중에 더 얘기하자, 그런데 우리가 여기 너무 오래 앉아 있었구나."

그러는 사이 공작은 이반 표도로비치 장군과 인사를 주고받았고, 장군은 그에게 예브게니 파블로비치 라돔스키를 소개했다.

"도중에 만나서 끌고 왔소, 막 기차에서 내렸다더군. 내가 여기 오는 길이고 또 우리 가족이 다 여기 있다는 걸 알고서……"

"그리고 당신도 여기 와 계시다는 얘길 들었죠." 예브게니 파블로비치가 말을 가로챘다. "벌써 오래전부터 꼭 당신과 알게 되고, 나아가 친하게 되길 원하던 터라, 이 기회를 놓치고 싶지 않았어요. 몸이 편찮으시다면서요? 조금 전에야 들었습니다……"

"이제 다 나았고, 당신을 알게 돼서 매우 기쁘군요. 말씀을 많이 들었는데, S공작과 당신 얘길 나누기까지 했답니다." 레프 니콜라예비치가 손을 내밀며 대답했다.

두 사람은 정중한 인사말을 주고받고 악수를 나눈 뒤 서로의 눈을 뚫어져라 쳐다보았다. 대화는 금세 좌중 전체에 퍼졌다. 공작은 예브게니 파블로비치의 평복 차림이 모든 사람을 왠지 너무 놀라게 해서, 그 밖의 다른 인상은 한동안 완전히 잊히고 사라질 정도라는 사실을 알아챘다(그는 지금 모든 것을 탐욕스러우리만치 재빨리 알아채곤 했는데, 어쩌면 전혀 존재하지 않는 것까지 눈치챘는지도 모른다). 이러한 복장의 변화에는 뭔가 특별히 중요한 까닭이 있을 거라 생각할 수도 있었다. 아젤라이다와 알렉산드라는 의아해하며 예브게니 파블로비치에게 이것저것 캐물었다. 그의 친척인 S공작은 몹시 불안한 얼굴을 하기까지 했다. 장군의 어조에선 흥분마저 느껴졌다. 오직 아글라야만은 군복과 평복 중 어느 것이 더 어울리는지 그저 비교해보고 싶다는 듯 잠시 예브게니 파블로비치를 호기심어린, 그러나 아주 차분한 눈으로 바라보았지만, 이내 시선을 돌리고는 더이상 그를 쳐다보지 않았다. 리자베타 프로코피예브나도 조금 불안한 표정이었으나, 역시 아무것도 물어보려 하지 않았다. 공작이 보기에, 예브게니 파블로비치는 장군 부인의 귀여움을 사지 못하는 듯했다.

"나도 깜짝 놀랐소, 정말 기절할 뻔했다니까!" 다들 물어대자 이반 표도로비치가 대답했다. "아까 페테르부르크에서 만났을 때만 해도 내 눈을 믿을 수 없었소. 아니, 왜 그렇게 갑자기? 나는 바로 그 점을 알고 싶은 거요. 의자를 부술 필요는 없다*는 게 자신의 제1원칙이라고 외치는 사람 아니오."

이렇게 시작된 대화에서 드러난 사실은, 예브게니 파블로비치가 벌써 아주 오래전부터 전역하겠다는 말을 해왔지만, 매번 그 말투가 그다지 진지하지 않았던 탓에 아무도 그 말을 믿을 수 없었다는 것이다. 그는 심각한 일에 대해 말할 때도 늘 그렇게 장난스러운 어조였기 때문에 도저히 진의를 파악할 수 없었고, 특히 상대방이 진의를 파악하는 것을 그 자신이 원치 않는 경우에는 더욱 그랬다.

"뭐, 잠시, 그저 몇 달 동안, 길어야 일 년 정도 휴직하겠다는 겁니다" 하고 라돔스키가 껄껄 웃었다.

"아니, 그럴 필요가 전혀 없잖소, 적어도 내가 당신 사정을 아는 한에는." 장군은 더욱 열을 올렸다.

"하지만 나도 영지를 한번 돌아보고 와야 하지 않을까요? 장군님도 직접 그렇게 조언하셨잖아요. 그리고 외국에도 나갔다 오고 싶고……"

어쨌든 대화는 곧 다른 데로 옮겨갔다. 하지만 옆에서 지켜보는 공

---

* 고골의 『감찰관』 1막 1장에 나오는 대사를 응용한 것으로. 무엇에 지나치게 열중하여 자제력을 잃거나 정도를 넘어서서는 안 된다는 뜻.

작이 느끼기엔, 여전히 좌중에 감도는 너무나 심상찮은 불안이 정도를 넘어서고 있었고, 거기엔 뭔가 특별한 것이 숨어 있는 게 틀림없었다.

"그럼 '가난한 기사'가 다시 등장했단 말이군요?" 예브게니 파블로비치가 아글라야에게 다가가며 물었다.

그러나 아글라야는 영문을 모르겠다는 양 의아한 눈으로 예브게니 파블로비치를 바라보았는데, 마치 둘 사이엔 '가난한 기사'에 관한 말이 나올 수도 없거니와 무엇을 묻는 건지조차 모르겠다는 표정이었다. 그걸 보며 공작은 무척 놀랐다.

"너무 늦었다고요, 지금 푸쉬킨을 사러 시내에 사람을 보내기엔 늦었어요, 늦었어!" 콜랴는 잔뜩 핏대를 올리며 리자베타 프로코피예브나와 다투고 있었다. "당신에게 수천 번이나 말하지만, 늦었다니까요."

"네, 그래요, 지금 시내로 사람을 보내기엔 늦었습니다." 예브게니 파블로비치는 재빨리 아글라야를 버려두고 그쪽으로 끼어들었다. "페테르부르크에선 가게들도 문을 닫았을 겁니다, 여덟시가 지났으니까요." 그는 시계를 꺼내며 자신 있게 말했다.

"지금껏 푸쉬킨 없이도 잘 지냈으니, 내일까진 참을 수 있을 거예요." 아젤라이다도 한마디했다.

"더구나 격에 맞지도 않아요," 콜랴가 덧붙였다. "상류사회 사람들이 문학에 특별한 관심을 갖는 건 말이죠. 예브게니 파블르이치한테 물어보세요. 빨간 바퀴가 달린 노란색 무개마차가 훨씬 더 어울리죠."

"또 책에서 끌어다 대는구나." 아젤라이다가 꼬집었다.

"저 친구는 책에서 가져오지 않으면 말을 못하죠." 예브게니 파블로비치가 맞장구를 쳤다. "평론집 같은 데서 긴 구절들을 통째로 인용하곤 하니까요. 나는 전부터 니콜라이 아르달리오노비치가 말하는 방식을 알고 있지만, 이번엔 책에서 인용한 게 아닙니다. 니콜라이 아르달리오노비치는 분명 빨간 바퀴가 달린 나의 노란색 무개마차를 두고 빈정댄 거예요. 하지만 나는 그 마차를 벌써 다른 것으로 바꿨는데, 당신이 한발 늦었군요."

공작은 라돔스키의 말에 귀를 기울이고 있었다…… 시종일관 점잖고 겸손하고 명랑한 태도라는 인상을 받았고, 대들다시피 하는 콜랴에게 완전히 대등한 입장에서 친구처럼 말하는 것에 특히 호감을 느꼈다.

"그게 뭐지?" 리자베타 파블로브나가 레베제프의 딸 베라에게 이렇게 물었는데, 베라는 아주 멋있게 장정된, 거의 새 것이나 다름없는 큼직한 책 몇 권을 손에 들고 부인 앞에 서 있었다.

"푸쉬킨이에요." 베라가 말했다. "저희 집에 있는 푸쉬킨요. 아빠가 갖다드리라고 해서요."

"뭐라고? 어째서 이걸 나한테?" 리자베타 파블로브나는 깜짝 놀랐다.

"선물이 아닙니다, 선물로 드리는 게 아니고말고요! 어떻게 제가 감히!" 레베제프가 딸의 어깨 뒤에서 튀어나왔다. "제값을 받고 드리려는 것입지요. 이건 저희 집에 비치된, 저희 가족의, 저희 소유의 푸쉬킨으로, 지금은 구할 수조차 없는 안넨코프판*인데—제값을 치러주신다면 드리겠습니다요. 이것을 마님께 양도함으로써 마님의 그지없이 고결한 문학적 감정의 고결한 갈증을 풀어드리게 되길 바라며, 공경하는 마

* 러시아 문학평론가 P. V. 안넨코프는 1855년부터 삼 년에 걸쳐 푸쉬킨의 자필 원고에 대한 연구를 바탕으로 푸쉬킨 전집을 발행했다. 이는 최초의 푸쉬킨 전집으로 총 일곱 권이었다.

음으로 기꺼이 제공하는 바입니다."

"아, 팔겠다는 말이군, 그럼 고맙네. 절대 손해보게 하진 않을 테니까. 다만 여보게, 제발 내 앞에선 그렇게 몸을 배배 꼬지 말게나. 이봐, 자네에 대해선 나도 들은 적이 있어, 책을 아주 많이 읽었다더군. 언제 한번 같이 얘기해보자고. 그럼 이건 우리 별장에 직접 가져다줄 수 있겠나?"

"황공하고…… 영광스럽사옵니다." 더없이 만족한 레베제프가 딸에게서 책을 빼앗으며 몸을 배배 꼬았다.

"그럼 됐네, 다만 한 권도 잃어버리지 말고 가져오게, 그렇게 황공해할 건 없어. 하지만 미리 말해둘 게 있어." 그녀는 그를 찬찬히 훑어보며 덧붙였다. "우리 별장 문지방까지만 들어오고, 그 이상은 안 돼, 나는 오늘 자네를 맞을 생각이 없으니까. 딸 베라라면 지금이라도 보내주고, 난 저애가 아주 맘에 드는군."

"왜 저 사람들이 왔단 말을 안 하시죠?" 베라가 참다못해 아버지를 보며 말했다. "저렇게 놔두면 제멋대로 들어올 거예요. 벌써 떠들어대기 시작했잖아요. 레프 니콜라예비치," 그녀는 이미 모자를 집어든 공작에게 말했다. "저기 아까부터 어떤 사람들이 당신을 만나겠다고 와 있어요. 네 사람이에요, 우리집에서 기다리면서 욕지거릴 해대고 있는데, 아빠가 이리로 들여보내지 않네요."

"어떤 손님들인가요?" 공작이 물었다.

"볼일이 있어 왔대요, 하지만 지금 들여보내지 않으면 길에서 기다리고 있다가 공작님을 못 가게 할 사람들이에요. 레프 니콜라예비치, 일단 만나주신 다음에 완전히 쫓아버리시는 편이 좋을 거예요. 저기서 가브릴라 아르달리오노비치와 프치츠인이 설득하고 있는데, 말을 듣지 않아요."

"파블리셰프의 아들입니다! 파블리셰프의 아들! 상대할 필요가 없어요, 없고말고요!" 레베제프는 두 손을 내저었다. "저런 녀석들의 말은 들어줄 필요가 없다굽쇼! 공작 각하, 저런 녀석들한테 신경을 쓰시는 건 격에 맞지 않습니다. 그러믄입쇼. 저놈들은 그럴 가치가 없어요……"

"파블리셰프의 아들이라고! 맙소사!" 공작은 몹시 당황해서 소리쳤다. "나도 알아요…… 하지만 나는…… 나는 그 일을 가브릴라 아르달리오노비치에게 맡겼는데. 조금 전에도 가브릴라 아르달리오노비치가 내게 말하기를……"

그러나 가브릴라 아르달리오노비치는 이미 집안에서 나와 테라스로 걸어오는 중이었고, 프치츠인이 그 뒤를 따르고 있었다. 제일 가까운 방에서 떠들썩한 소음과 함께, 여러 사람의 목소리를 눌러버리고 싶어 하는 듯한 이볼긴 장군의 커다란 음성이 들려왔다. 콜랴는 얼른 소음이 나는 쪽으로 달려갔다.

"이거 아주 재미있는데!" 예브게니 파블로비치가 큰 소리로 말했다.

'그러니까 저 친구도 이 일을 알고 있는 모양이군!' 하고 공작은 생각했다

"파블리셰프의 아들이라니? 도대체…… 파블리셰프한테 무슨 아들이 있다는 거요?" 이반 표도로비치 장군은 의아한 표정으로 이렇게 물으며 호기심에 찬 눈으로 모두의 얼굴을 둘러보다가, 이 새로운 이야기를 모르는 사람은 자기 혼자뿐이라는 사실을 알아채고 깜짝 놀랐다.

사실 흥분과 기대가 모두의 얼굴에 나타나 있었다. 공작은 순전히

자기 한 사람에 관한 이런 문제가 그처럼 그들 모두의 흥미를 강하게 끄는 것을 보고 깊이 놀라지 않을 수 없었다.

“지금 당장 당신이 이 일을 직접 마무리지으시는 게 좋을 거예요.” 아글라야가 왠지 자못 심각한 표정으로 공작에게 다가서며 이렇게 말했다. “그리고 우리 모두가 당신의 증인이 되게 해주세요. 공작, 저 사람들이 당신 얼굴에 먹칠을 하려고 하는 이상, 당신은 자신이 떳떳함을 당당하게 입증하셔야 해요. 당신이 반드시 그렇게 하시리라 믿고, 나는 미리 진심으로 기뻐하겠어요.”

“나도 이 비열한 청구 사건이 이제 아주 결판나면 좋겠어요.” 장군 부인이 외쳤다. “저 녀석들을 단단히 혼내줘야 해요, 공작, 사정 봐줄 것 없어요! 이 사건에 대해 귀가 아프도록 많이 들어서, 당신 때문에 얼마나 애를 태웠는지 몰라요. 하지만 어떤 녀석들인지 한번 보고는 싶군요. 그들을 이리 오라고 해요, 우린 다시 자리에 앉을 테니. 아글라야가 좋은 생각을 했어. 공작, 당신도 이 사건에 대해 뭐 좀 들은 게 있나요?” 그녀는 S공작을 돌아봤다.

“물론이죠, 댁에서 들었습니다. 하지만 나도 그 젊은이들의 얼굴을 꼭 보고 싶군요.” S공작이 대답했다.

“그 녀석들이 바로 니힐리스트라는데, 그렇죠?”

“아닙니다요, 니힐리스트는 아닙니다.” 레베제프가 한 걸음 앞으로 나섰는데, 그 역시 흥분해서 몸을 떨다시피 했다. “녀석들은 다른 족속입죠, 특별한 족속입니다요, 제 조카 놈이 그러는데, 녀석들은 니힐리스트보다 더 과격한 종자들이라더군요. 마님께선 자신이 옆에서 지켜보고 계시면 녀석들이 당황할 거라고 생각하시지만, 어림없습니다. 당황할 놈들이 절대 아닙죠. 그래도 니힐리스트들은 더러는 이것저것 아는 게 많고 심지어 학식까지 갖춘 자들이지만, 이 녀석들은—훨씬 과격합니다요, 왜냐하면 무엇보다 행동파니깝쇼. 사실 이것도 니힐리즘의 결과이긴 합니다만, 녀석들은 니힐리즘의 정도를 걸어온 게 아니라 그저 어디서 좀 주워들어 간접적으로 아는 데 불과하고, 게다가 잡지에 논문 같은 걸 실어 자신의 주장을 밝히는 게 아니라, 곧바로 행동으로 보여준단 말입죠. 예컨대 푸쉬킨 따위는 무의미하기 짝이 없다느니, 러시아는 반드시 몇 개로 분할해야 한다느니 하면서 그저 입으로 떠드는 게 아니라고요. 아니고말굽쇼, 만약 자기들에게 무엇이 아주 필요하다고 느낄 땐 어떤 장애 앞에서도 멈추지 않는 것을 곧바로 자신들의 권리라고 여긴단 말입니다, 설사 그것을 위해 사람을 여덟이나 해치워야 한다 해도 말입죠. 공작님, 어쨌든 저는 권하고 싶지 않아요, 공작님께서……"

그러나 공작은 이미 손님들에게 문을 열어주러 가고 있었다.

"당신은 중상하고 있어요, 레베제프." 공작이 웃으며 말했다. "당신 조카가 몹시 겁을 준 모양이군요. 저 사람 말을 믿지 마세요, 리자베타 프로코피예브나. 분명히 말씀드리지만, 고르스키나 다닐로프* 같은 자들은 아주 드문 예외일 뿐입니다. 저기 저 사람들은 그저…… 착각하고 있는 거예요…… 다만 여기서, 모두가 있는 데서 저 사람들과 얘기하고 싶진 않군요. 죄송합니다만, 리자베타 프로코피예브나, 저 사람들이 들어오면 잠깐 얼굴만 보여드리고 저쪽으로 데려가겠습니다. 자, 어

* 1866년에 고리대금업자 포포프와 그의 하녀를 살해한 모스크바 대학교 학생.

서 오세요, 여러분!"

그는 오히려 자신을 괴롭히는 다른 생각 때문에 불안했다. 그가 아마도 이 사건에서 승리가 아닌 치욕을 맛보리라 예견하고, 이 일이 바로 지금, 증인들이 이렇게 앉아 있는 이 시간, 이때 일어나도록, 혹시 누군가가 미리 꾸민 게 아닐까, 하는 생각이 그의 머리를 스쳤기 때문이다. 하지만 그는 자신이 이토록 '기괴하고 악의에 찬 의심'을 한다는 게 너무도 서글펐다. 만약 그의 마음속에 이런 생각이 숨겨져 있다는 사실을 누군가 알게 된다면, 그는 아마도 죽어버렸으리라. 새로운 손님들이 몰려들어온 그 순간에도, 그는 솔직히, 자기가 주위의 모든 사람 중 누구보다도 도덕적으로 가장 형편없는 자라고 여길 정도였다.

다섯 사람이 테라스로 들어왔는데, 새로운 손님이 넷이었고, 그들 뒤로 이볼긴 장군이 흥분한 나머지 열이 잔뜩 올라, 마치 심한 발작이라도 일어난 듯 고래고래 고함을 지르며 들어왔다. '저 사람만큼은 틀림없이 내 편이군!' 공작은 미소를 지으며 이렇게 생각했다. 콜랴도 그들 모두와 함께 슬쩍 안으로 들어왔다. 그는 방문객들 속에 끼어 있는 입폴리트에게 뭐라고 열심히 얘기하는 중이었다. 입폴리트는 귀를 기울이며 히죽히죽 웃고 있었다.

공작은 손님들을 자리에 앉혔다. 이들 패거리는 하나같이 애송이에다 심지어 미성년도 있어서, 이 돌발적인 사건 전체, 그리고 공작이 이 애송이들에게 이렇게 예절까지 갖추는 것이 오히려 어이없을 지경이었다. 이를테면 이 '새로운 사건'에 대해 아무것도 알지 못하고 이해하지 못하는 이반 표도로비치 예판친은 이런 애송이들을 보자 분개하기까지 해서, 만약 자기 부인이 공작의 이 사적인 이해관계에 자신이 보기엔 이상하다 싶을 만큼 열성적인 태도를 보이지 않았다면, 필시 어떻게든 항의했을 것이다. 하지만 그는 한편으론 호기심에서, 또 한편으론 사람 좋은 성격 때문에 그 자리에 남았는데, 어쨌든 자신의 권위가 통할 테니 도움을 줄 수도 있으리라고 기대했기 때문이다. 하지만 뒤에 들어온 이볼긴 장군이 멀리서 그에게 아는 체하며 고개를 끄덕여 보이자, 그는 또다시 화가 치밀었다. 그는 얼굴을 찌푸리며 한사코 입을 다물고 있기로 결심했다.

네 명의 젊은 방문객 중에는 그나마 서른 살가량 된 자가 하나 끼어 있었는데, 그는 '로고진의 일당이었던 퇴역 중위로, 희망자에게 15루블을 받으며 권투 사범 노릇을 하는 사내'였다. 짐작건대, 진정한 벗으로서 나머지 친구들의 사기를 북돋아주면서, 필요하다 싶으면 지원도 해주기 위해 동행한 모양이었다. 나머지 셋 중에 주역을 담당하는 우두머리는 '파블리셰프의 아들'이라는 자였지만, 그는 자신을 안치프 부르돕스키라고 소개했다. 그는 옷차림이 추레하고 지저분한 젊은이로, 팔꿈치가 기름때에 절어 거울처럼 반질반질한 프록코트에, 맨 윗단추까지 모조리 채운, 땟국물이 밴 조끼, 어디로 사라졌는지 잘 보이지도 않는 셔츠, 거기다 형편없이 더럽고 새끼처럼 꼬인 검은색 비단 머플러를 둘렀는데, 손은 씻지도 않았고, 얼굴은 여드름투성이에다 머리는 희끄무레한 아맛빛이었으며, 눈빛은, 이렇게 표현해도 괜찮다면, 순진할 정도로 뻔뻔했다. 키는 작지 않지만 몸이 여위었고, 나이는 스물두 살 정도로 보였다. 그의 얼굴엔 털끝만큼의 냉소나 반성도 나타나 있지 않았다. 오히려 자신의 권리와 정당성에 대한 완전하고도 아둔한 도취와 함께, 언제나 자신을 모욕당한 자로 여기고 싶어하는 기이하고도 끊임없는 욕망의 그림자가 어려 있었다. 그는 너무 흥분해서 급히 서두르고 더듬거리는 바람에 말을 한마디도 끝까지 완전하게 발음하지 못하는 듯했는데, 정말로 말더듬이가 아니면 외국인이 아닌가 싶을 정도였으나, 실은 순수한 러시아 태생이었다.

그와 함께 온 인물은, 첫째가 독자들도 잘 아는 레베제프의 조카, 둘째가 입폴리트였다. 입폴리트는 열일곱, 많아봐야 열여덟 살쯤밖에 안 된 아주 어린 청년으로, 영리해 보이지만 끊임없이 초조한 표정을 띤 얼굴에는 병색이 완연했다. 몸은 해골처럼 비쩍 말랐고, 창백하고 누르스름한 안색에 두 눈이 번쩍거리고, 양볼엔 두 개의 붉은 반점이 나타나 있었다. 그는 쉴새없이 기침을 했고, 말을 한마디 할 때마다, 아니 숨을 한번 쉴 때마다, 쌕쌕거리는 소리가 늘 따라나왔다. 폐병이 아주 심각한 상태에 이른 게 분명했다. 수명이 기껏해야 이삼 주 정도 남은 듯보였다. 그는 몹시 피곤해하며 누구보다도 먼저 의자에 몸을 던졌다. 나머지 일행은 테라스에 들어오면서 약간 쭈뼛거리고 거의 당황하기조차 했지만, 그래도 점잖은 표정을 지으며 행여 자신들의 품위를 해치지나 않을까 왠지 두려워하는 눈치였는데, 그 모습은 모든 무익한 사교상의 자질구레한 것들과 선입견, 나아가 자신들의 이익을 제외한 이 세상의 거의 모든 것을 거부하고 부정한다는 그들의 평판과는 이상하게도 어울리지 않아 보였다.

"안치프 부르돕스키입니다." '파블리셰프의 아들'이 서두르고 더듬거리면서 선언하듯 말했다.

"블라지미르 독토렌코라고 합니다." 레베제프의 조카는 마치 자기가 독토렌코라는 것을 자랑이라도 하듯 또박또박 분명하게 자신을 소개했다.

"켈레르요." 퇴역 중위가 웅얼거렸다.

"입폴리트 체렌치예프입니다." 마지막 사람의 입에서 뜻밖에도 새된 소리가 날카롭게 터져나왔다. 다들 이렇게 자기소개를 마친 뒤 마침내 공작의 맞은편에 일렬로 놓인 의자에 모두 자리잡고 앉더니 곧장 미간을 잔뜩 찌푸리고는 용기를 내기 위해 모자를 한 손에서 다른 손으로 옮겨 쥐며 하나같이 말을 꺼낼 태세를 취하긴 했으나, 하지만 모두 입을 꾹 다문 채 '안 되지, 이봐, 거짓말은 집어치워, 누가 속을 줄 알고!' 라고 말하는 듯한 도전적인 표정으로 무엇인가를 기다리고 있었다. 누구든지 한마디 입을 열기만 하면, 그 즉시 모두가 일시에 서로 말을 가로채며 앞다투어 지껄이기 시작할 것 같은 느낌이었다.

VIII

"여러분, 이중 한 분이라도 찾아오리라곤 전혀 생각지 못했습니다." 공작이 입을 열었다. "나 자신이 바로 오늘까지도 아팠고, 당신 문제는 (공작은 안치프 부르돕스키를 보며 말했다) 벌써 한 달 전에 가브릴라 아르달리오노비치 이볼긴에게 맡기면서 그 사실을 그때 당신에게도 통지했습니다. 그렇다고 내가 직접적인 해명을 마다하는 건 아닙니다만, 보시다시피, 때가 때이니만큼…… 나와 함께 다른 방으로 가는 게 어떻겠습니까, 그리 오래 걸릴 일이 아니라면 말입니다…… 지금 여기엔 내 친구들이 있으니까요. 그러니 내 말을 믿고……"

"친구 따위야…… 몇 명이 있어도 상관없어요, 하지만 이봐요." 레베제프의 조카가 아직 언성을 그리 높이진 않았으나 무척이나 훈계조로 갑자기 말을 가로챘다. "우리도 분명히 말해두겠는데, 당신은 우리를 좀더 정중히 대할 수 있지 않았느냐 말이오, 두 시간씩이나 하인 방에서 기다리게 할 게 아니라……"

"그리고, 물론…… 나도…… 그리고 이게 공작 방식이란 거지! 그리고 이건…… 당신은, 그러니까, 장군 행세를 하는데! 그런데 나는 당신의 하인이 아니라고! 그리고 나는, 나는……" 갑자기 안치프 부르돕스키가 몹시 흥분해서 더듬거리며 말을 받았는데, 파르르 떨리는 입술, 굴욕을 참지 못해 떨려 나오는 목소리, 입에서 마구 튀어나오는 침방울 탓에, 온몸이 당장이라도 파열해서 꽝 터져버릴 듯 보였지만, 너무 갑작스레 서둘러대는 바람에 열 마디째부터는 대체 무슨 소리를 하는 건지 통 알아들을 수가 없었다.

"진짜 공작 방식이었지!" 금이 간 것 같이 찢어지는 목소리로 입폴리트가 외쳤다.

"만약 나한테 이런 일이 일어났다면," 권투 사범이 으르렁거렸다. "그러니까, 고결한 사람인 나한테 바로 이런 행동을 했다면, 그렇다면 나는 부르돕스키의 입장에서…… 나는……"

"여러분, 나는 여러분이 여기 와 있다는 사실을 일 분 전에야 알았어요, 맹세합니다." 공작이 거듭 말했다.

"공작, 당신 친구들이 누구든 우리는 겁나지 않아요, 우리에겐 당당한 권리가 있다고요." 레베제프의 조카가 다시금 선언했다.

"하지만 당신은, 어디 한번 물어봅시다, 대체 어떤 권리를 가졌죠?"

입폴리트가 또다시 새된 소리로 외쳤는데, 이번엔 무섭게 흥분해 있었다. "무슨 권리로 부르돕스키의 문제를 당신 친구들의 심판에 맡기려는 거죠? 우리가 당신 친구들의 심판을 원하지 않을 수도 있는 것 아닙니까. 당신 친구들 심판이 어떤 것일지는 안 봐도 뻔하지!……"

"그러니까 부르돕스키 씨, 여기서 말하길 원치 않는다면," 대화가 이렇게 시작되는 데 몹시 놀란 공작이 마침내 기회를 잡아 겨우 끼어들었다. "그렇다면 방금 말했듯이 지금 다른 방으로 갑시다, 거듭 말하지만, 당신들이 모두 와 있다는 얘기를 조금 전에야 들었어요……"

"하지만 당신은 권리가 없어요, 권리가 없다고요, 권리가 없단 말예요…… 당신 친구들 따윈…… 쳇!……" 부르돕스키는 갑자기 사납고 경계하는 듯한 눈초리로 주위를 살피며 또다시 더듬더듬 뇌까렸는데, 불신과 꺼리는 마음이 커갈수록 그는 더욱더 흥분했다. "당신은 권리가 없어요!" 그는 이렇게 내뱉고서 툭 끊어버리듯 날카롭게 말을 멈추더니, 굵은 핏줄이 빨갛게 드러난, 근시에다 툭 튀어나온 눈알을 말없이 부릅뜨고 상체를 앞으로 완전히 내밀면서 묻듯이 공작을 응시했다. 이번엔 공작도 너무 놀란 나머지, 자신도 입을 다문 채 할말을 잊고 휘둥그렇게 뜬 눈으로 상대방을 바라보았다.

"레프 니콜라예비치!" 리자베타 프로코피예브나가 갑자기 그를 불렀다. "이걸 좀 읽어봐요, 지금, 지금 바로, 당신 일과 직접 관련된 거니까."

그녀는 그에게 유머주간지 한 부를 불쑥 내밀며 손가락으로 한 기사를 가리켰다. 이 신문은 레베제프가 리자베타 프로코피예브나에게 건네준 것인데, 그녀의 환심을 살 기회만 노리던 그는 한쪽 옆에 서 있다가, 아까 손님들이 테라스 안으로 들어올 때 얼른 그녀에게 달려가 아무 말 없이 자신의 옆 호주머니에서 이 신문을 꺼내, 선으로 표시해둔 난을 가리키며 그녀의 눈앞에 불쑥 내밀었다. 그것을 재빨리 훑어본 리자베타 프로코피예브나는 경악과 흥분을 금할 수 없었다.

"하지만 소리내어 읽지 않는 게 좋지 않을까요." 공작은 몹시 당황해서 말을 더듬거렸다. "혼자서 읽는 게 좋을 것 같은데요…… 이따가……"

"그럼 네가 읽는 게 낫겠다, 어서 읽어, 큰 소리로, 모두가 들을 수 있게!" 리자베타 프로코피예브나는 공작의 손이 신문에 닿기가 무섭게 재빨리 다시 낚아채며 콜랴에게 말했다. "모든 사람 앞에서 큰 소리로 읽어, 다들 알아들을 수 있게."

리자베타 프로코피예브나는 다혈질에다 무슨 일에나 금방 열중하는 성격이어서, 오래 생각할 것도 없이 단숨에 모든 닻을 걷어올리고 날씨를 알아보지도 않은 채 곧바로 망망대해로 나가는 식의 행동을 곧잘 하는 여자였다. 이반 표도로비치는 불안해서 몸을 들썩거렸다. 하지만 모든 사람이 첫 순간 무의식중에 모든 동작을 멈추고는 궁금증에 휩싸여 기다리는 동안, 콜랴는 신문을 펴들고, 레베제프가 얼른 달려와서 가리킨 곳을 소리내어 읽기 시작했다.

"프롤레타리아와 귀족 후손들, 밤낮없이 매일매일 벌어지는 강도 행위!

진 보! 개 혁! 정 의!

해괴한 사건들이 이른바 성스러운 루시*인 우리 나라에서 우리 시대

* 고대 러시아를 부르는 이름. 역사적이고 시적인 맥락에서 러시아를 일컬을 때도 사용된다.

에 일어나고 있다, 개혁과 기업 창달의 시대에, 민족 자각의 시대에, 매년 수억 루블이 외국으로 반출되는 시대에, 산업이 장려되고 노동자의 일손이 마비되곤 하는…… 등등의 시대에 말이다! 우리 시대가 어떠한 시대인지 일일이 열거하자면 한이 없을 테니, 독자 여러분, 곧장 본론으로 들어가기로 하자. 최근에 또하나의 해괴한 사건이 발생했는데, 이는 우리에게서 이미 구시대의 유물이 돼버린 지주귀족 계급의(*데 프로푼디스!*)* 어느 후손에게 있었던 일화로, 하기야 지주귀족 계급의 후손이라고는 해도 벌써 그 할아버지가 룰렛 도박판에서 재산을 깨끗이 날렸고, 아버지는 부득이 견습사관과 중위로 근무하다가 대개 그렇듯 대단치도 않은 액수의 공금을 잘못 관리했다는 죄목으로 군법회의에 회부돼 끝내 재판중에 죽고 말았으며, 그들의 자식은 우리 이야기의 주인공처럼 백치로 자라거나 혹은 심지어 형법에 저촉되는 일을 저지르지만, 어쨌든 교화와 교정을 고려하는 배심원들로부터 무죄평결을 받아내곤 한다. 혹은 또 이 후손들은 더없이 엉뚱한 일을 저질러 세상 사람들을 놀라게 하고, 그러잖아도 수치스럽기 짝이 없는 우리 시대에 수치를 더해준다. 우리의 주인공인 이 후손은 반년 전쯤 겨울에 외국식 각반을 차고 홑겹 망토를 두른 채 덜덜 떨면서, 백치 증세를 치료받았던(*그랬다고 하니까!*) 스위스로부터 러시아로 돌아왔다. 솔직히 말해서, 그가 지독한 행운아라는 사실을 인정하지 않을 수 없는데, 왜냐하면 스위스에서 치료받았다는 그 흥미로운 병은 제쳐두고라도(글쎄, 백치가 과연 치료 가능할까? 한번 상상해보시라!), 그는 '어떤 사람들에

---

* '깊은 곳에서'. 「시편」 130장 1절의 첫 두 단어. 죄를 뉘우치고 용서를 구하는 참회의 기도로, 죽은 이들을 위한 기도의 명칭이기도 하다.

겐 늘—행운이 따라다닌다!'라는 러시아 속담이 옳다는 것을 몸소 증명할 수 있을 인간이기 때문이다. 스스로 판단해보시라. 중위였다는 아버지가 중대의 공금을 갑자기 카드노름으로 몽땅 날렸거나 또는 어쩌면 부하를 과도하게 구타한 죄로(여러분, 옛날을 상기해보시도록!) 재판을 받다가 죽자, 그 아들인 우리의 남작은 젖먹이 때에 아버지를 잃었지만, 아주 부유한 어느 러시아 지주가 나타나 자비심에서 이 아이를 거두어 양육했다. 이 러시아 지주는—그를 일단 P라고 부르자—예전의 황금시대에는 농노를 사천 명이나 소유했던 자로(농노! 여러분은 이 말이 무슨 뜻인지 아시는가? 나는 모른다. 해석사전이라도 들춰봐야겠다. '고릿적 전설은 아니지만, 믿기 힘드니까'*), 아마도 여름엔 온천에서, 겨울엔 파리의 샤토 데 플뢰르에서 돈을 무진장 뿌리며 외국에서 빈둥빈둥 일생을 보낸 러시아의 나태족이나 무위도식자 중 하나였을 것이다. 과거 농노제 시대에 농노계급 전체가 지주들에게 갖다바친 돈의 최소한 3분의 1은 파리의 샤토 데 플뢰르 소유주의 주머니에 들어갔다고 확실히 말할 수 있다(그러니 그 소유주 또한 얼마나 행운아인가!). 각설하고, 무사태평인 P는 고아인 이 어린 귀족을 공작처럼 키우면서, 남자 가정교사들과 여자 가정교사들을(물론 예쁜 여자들이었다) 고용했는데, 자신이 직접 파리에서 데려오기까지 했다. 그러나 이 귀족 가문의 마지막 후손은 백치였다. 샤토 드 플뢰르에서 데려온 여자 가정교사들도 소용이 없었으니, 스무 살이 되도록 우리의 피양육자는 그 어느 나라 말도 하지 못했고, 러시아 말도 예외가 아니었다. 하기야

* 그리보예도프의 희곡 『지혜의 슬픔』 2막 2장에 나오는 대사.

러시아 말을 못한다는 건 용서해줄 수도 있는 일이다. 마침내 P의 러시아 지주다운 머릿속에 하나의 망상, 즉 스위스에서 이 백치에게 지성을 키워줄 수 있으리라는 망상이 떠올랐는데—어쨌든 망상치고는 논리적인 것이었으니, 무위도식자인 이 지주는 돈이면 지성도 시장에서 살 수 있고 스위스에서는 더더욱 그러리라는 상상을 자연스럽게 했을 테니 말이다. 그래서 오 년 동안 스위스에서 어느 유명한 교수에게 치료를 받게 했고, 돈도 수천 루블을 들였다. 물론 백치가 똑똑해질 리는 없었고, 더러는 그가 그래도 사람 비슷해졌다고들 말하지만, 그건 의심의 여지 없이, 그저 간신히 그랬다는 얘기이다. 그런데 P가 돌연 숨을 거두고 말았다. 유언은 당연히 없었다. 으레 그렇듯 눈에 불을 켠 상속자들이 떼거리로 몰려와 난장판이 벌어졌는데, 고인의 호의로 선천성 백치 증상을 스위스에서 치료받고 있다는 뉘집 가문의 마지막 후손 같은 건 안중에도 없었다. 이 후손은 비록 백치이긴 하지만, 교수를 속일 생각을 했고, 자기 은인의 죽음을 숨기고 이 년 동안 공짜로 치료를 받았다고 한다. 그러나 그 교수 자신도 대단한 협잡꾼이었다. 교수는 결국 돈이 오지 않는 것에 불안을 느낀데다 무엇보다 25세 무위도식자의 엄청난 식욕에 겁을 먹은 나머지, 그에게 자신의 낡은 각반 달린 구두를 신기고 이미 누더기가 된 망토를 입힌 다음, 자비롭게 삼등칸에 태워 *루슬란트**로 보냈다—더 생각할 것 없이 스위스에서 쫓아버린 것이다. 이제 행운이 우리의 주인공에게 등을 돌리는 듯 보였다. 하지만 천만의 말씀. 기근으로 몇 개의 현을 통째로 아사시키곤 하는 운명의 여

---

* 러시아를 뜻하는 독일어 단어.

신이, 마치 크르일로프의 먹구름*이 바싹 말라붙은 들판을 지나 망망대해 위에서 폭우를 퍼붓듯, 이 변변찮은 귀족에게 자신의 선물을 한꺼번에 남김없이 퍼붓는다. 그가 스위스를 떠나 페테르부르크에 나타난 것과 거의 때를 같이하여, 그의 어머니(물론 상인계급 출신이었다) 쪽 친척 한 사람이 모스크바에서 죽는데, 자식이 없는 늙은 홀아비 상인으로 텁석부리에 분리파교도였던 이 친척은 논란의 여지가 없는 완전한 순자산 수백만 루블의 현금을 유산으로 남기며, (정말로 이건 나와 당신들을 위한 것인지도 모르는데, 독자 여러분!) 이게 전부 우리의 주인공인 이 후손에게, 스위스에서 백치 증상을 치료받다 돌아온 우리의 남작에게 고스란히 돌아가게 되는 것이다! 자, 이젠 이미 완전히 다른 음악이 연주되기 시작했다. 전에는 각반 달린 구두를 끌며, 남의 첩 노릇을 하는 어느 유명한 미인의 꽁무니를 쫓아다녔던 우리의 남작 주위에 갑자기 수많은 친구가 모여들었고, 친척이라는 자들까지 나타났을 뿐만 아니라, 무엇보다 그와 정식으로 혼인하고 싶어서 몸이 달아 애를 태우는 양갓집 규수들이 무더기로 등장했는데, 사실 이보다 좋은 신랑감이 어디 있으랴. 귀족에다 백만장자에다 백치—이 모든 자격을 한몸에 갖췄으니, 이런 신랑감은 등불을 켜 들고 찾아봐도, 아니 주문을 해도 구할 수 없을 것이다!……"

"이게…… 이게 대체 무슨 소리요!" 이반 표도로비치가 극도로 분개해서 고함을 쳤다.

"그만하게, 콜랴!" 공작이 애원하는 목소리로 외쳤다. 사방에서 탄식

* 크르일로프가 쓴 우화 제목.

소리가 들려왔다.

"읽어! 무슨 일이 있어도 다 읽으라고!" 리자베타 프로코피예브나가 단호히 말했는데, 자신을 억제하려고 갖은 애를 쓰고 있는 게 역력했다. "공작! 만약 못 읽게 하면, 싸움도 마다하지 않겠어요."

어쩔 도리가 없었다. 잔뜩 흥분해 얼굴이 빨갛게 달아오른 콜랴는 떨리는 목소리로 계속 읽기 시작했다.

"그러나 우리의 벼락부자가 이른바 천상의 세계에서 노니는 동안, 전혀 예상치도 못한 방향에서 어떤 상황이 발생했다. 어느 날 아침, 침착하고 진지한 얼굴에 수수하고 고상한 옷차림을 한 어느 신사가 그를 방문하는데, 하는 말이 공손하지만 점잖고 이치에 맞으며 사상에서는 진보적인 성향이 뚜렷이 느껴지는 이 신사는 자신이 찾아온 목적을 두어 마디로 설명한다. 이 방문객은—유명한 변호사였다. 그는 한 청년으로부터 어떤 사건을 수임하여 그 청년을 대리하여 온 것이다. 이 청년은 비록 다른 성을 사용하긴 하지만, 실은 고인이 된 P의 틀림없는 친아들이었다. 호색한이었던 P는 젊은 시절에, 가난하지만 유럽식 교육을 받은 한 순결한 하녀를 유혹한 일이 있는데(여기엔 물론, 과거 농노계급에게 지주 귀족이 행사하던 권력이 개입돼 있었다), 이 관계가 곧 불가피한 결과를 가져오리라는 것을 알아채자, 서둘러 이 처녀를 장사도 하고 심지어 관청에도 다니는, 성품이 고상하고 전부터 그녀를 사랑해온 사람에게 시집보냈다. 처음 얼마 동안 그는 이 신혼부부를 도와주었다. 그러나 마음이 고결했던 남편은 곧 그의 도움을 거절했다. 시간이 좀 지나자, P는 그 처녀도, 그녀에게서 출생한 자기 아들도 점차 잊었고, 그후, 다들 아는 바와 같이, 아무런 조치도 취해놓지 않고 죽어버린 것이다. 한편, 어머니가 이미 정식으로 혼인한 뒤에 태어난 아들은 생부와는 다른 성을 취하여 자라났고, 의붓아버지의 고결한 마음씨 덕분에 완전히 친아들로 입적됐지만, 때가 되어 의붓아버지가 세상을 떠나자, 그는 다리도 못 쓰고 병에 시달리는 어머니와 함께 어느 먼 현에 남겨진 채 오직 자신의 힘만으로 살아나가야 했다. 그러다 그는 수도로 올라와 상인 가정에서 과외지도를 해주며 매일매일의 고결한 노동으로 돈을 벌었고, 그렇게 해서 처음엔 김나지움에서, 그다음엔 자신에게 유익한 강좌의 청강생이 되어 원대한 목표를 위해 자기 자신을 키워나갔다. 하지만 러시아 상인의 집에서 일 회에 10코페이카짜리 과외지도를 해서 무슨 많은 돈을 벌겠는가, 더구나 병든 앉은뱅이 어머니까지 부양하는 처지에? 결국 어머니는 멀리 떨어진 현에서 죽었지만, 그래도 그의 힘든 형편은 거의 조금도 나아지지 않았다. 여기서 하나의 물음이 제기된다. 즉, 정의에 입각하여 그 후손은 이 문제를 어떻게 판단해야 했을까? 물론 독자 여러분은 그가 이렇게 말했다고 생각하리라. '나는 평생 P로부터 온갖 혜택을 받아왔고, 나의 양육비와 가정교사비, 그리고 스위스에서 백치 증상을 치료받는 데 수만 루블이 들었다. 그런데 나는 지금 백만장자가 됐으나, P의 마음씨 고결한 아들은, 경솔하고 쉽게 잊어버리는 아버지의 과실과 관련해 털끝만큼의 죄가 없는데도, 과외 선생 노릇을 하며 굶주리고 있다. 나를 위해 쓰인 모든 것은 의당 그에게 가야 할 것들이었다. 나를 위해 지출된 그 막대한 금액은 사실 내 것이 아니었다. 그것은 운명의 여신의 눈먼 실수였을 뿐, 그 돈은 마땅히 P의 아들에게 가야만 했다. 그 돈은 내가 아니라 친아들을 위해 쓰여야 했으며, 그 돈이 나에게 쓰인 것은 그저—경솔하고 잘 잊어버리는 P의 망상적 변덕에서 비롯됐을 따름이다. 만일 내가 전적으로 고결하고 세심하고 정의로운 사람이라면, 유산으로 받은 돈의 절반을 그의 아들에게 양도해야 할 것이다. 그러나 나는 무엇보다 타산적인 인간일뿐더러, 이 사건에 법이 개입할 수 없음을 너무나 잘 아는 까닭에, 내가 가진 수백만 루블의 절반을 주진 않겠다. 그렇지만 P가 나의 백치 증상을 치료하는 데 쓴 수만 루블을 그의 아들에게 지금 돌려주지 않는다면, 그건 내 입장에서도 너무 비열하고 파렴치한 짓이리라(이 후손은 그게 타산적이지도 못하다고 덧붙이는 것을 잊었다). 이것은 오로지 양심과 정의의 문제이다! 왜냐하면, 만약 P가 나를 양육해주는 대신 자기 아들을 보살펴줬다면 나는 어떻게 됐겠는가?'

하지만 독자 여러분, 천만의 말씀! 이 후손들은 그런 식으로 생각하지 않는다. 청년의 뜻을 거스르다시피 하며 거의 억지로 설득해서 오로지 우정 때문에 그를 도와주려고 나선 변호사가 아무리 명예니, 고결함이니, 정의니 하는 의무를 내세우고 심지어 단순한 타산적 고려까지 끌어다 대며 설득해봐야, 스위스에서 돌아온 이 피양육자는 들을 생각도 하지 않았고, 대신 어떻게 했겠는가? 지금까지 얘기한 것은 모두 아무것도 아니다. 정말 용서할 수 없고 그 어떤 기이한 병을 구실로 내세워도 절대 묵과할 수 없는 사실은 바로 이것이다. 불과 얼마 전까지만 해도 자기 교수의 각반 달린 구두를 질질 끌고 다녔던 이 백만장자는, 과외 선생 노릇으로 자신의 목숨을 갉아먹고 있는 그 고결한 청년이 결코 동냥이나 원조를 구걸하는 게 아니라, 자신의 권리를, 비록 법적인 권리는 아닐지라도 자신의 당연한 권리를 요구하고 있다는 사실, 그것도 그 자신이 요구하는 게 아니라 그저 친구들이 그를 위해 나서고 있을 뿐이라는 사실조차 이해하지 못했다. 이 후손은 자신이 상속받은 수백만 루블로 다른 사람들을 법의 처벌 없이 짓밟을 수 있다는 데 도취해 거드름을 피우면서 50루블짜리 지폐를 한 장 꺼내, 뻔뻔스럽게도 적선이라는 형태로 고결한 청년에게 보냈다. 여러분, 믿어지지 않는다고? 아마 여러분은 비분강개하고 모욕감에 몸을 떨며 분노의 고함을 내지르리라. 하지만 그는 그런 짓을 감행했다! 물론 돈은 즉시 그에게 되돌려보내졌다, 더 정확히 말해, 그의 면상에 도로 내동댕이쳐졌다. 이제 남은 것은 이 문제를 어떻게 해결할 것인가 하는 점이다! 이것은 법률적인 문제가 아니므로, 남은 것은 단 하나, 여론의 심판뿐이다! 우리는 이 사연을 여러분에게 전하면서, 그 정확성을 보증하는 바이다. 듣자 하니, 우리의 가장 유명한 해학가 중 한 사람이 이 사연을 접하고서, 지방지뿐 아니라 중앙지의 풍속소묘란에도 능히 실릴 만한 아주 멋진 풍자시를 한 수 읊었다고 한다. 여기에 그 시를 소개한다.

슈나이더의 망토는 료바*의 장난감,
그렇게 다섯 해를 놀고먹으며
진척 하나 없는 뻔한 일로
허구한 날 시간만 때웠다네.

각반 달린 갑갑한 신발을 끌고 돌아와,
백만금의 유산을 손에 넣고는,

* 레프의 애칭.

러시아어로 하느님께 기도드리지만,
그는야 대학생을 등쳐먹은 자."

콜랴는 읽기를 마치자 신문을 얼른 공작에게 건네주고는, 아무 말도 없이 한쪽 구석으로 달려가 몸을 바싹 숨긴 뒤 두 손으로 얼굴을 가렸다. 그는 견딜 수 없이 수치스러웠고, 더러움에 아직 익숙지 않은 소년다운 감수성은 극도의 분노마저 느꼈다. 모든 것을 한꺼번에 파괴해버린 뭔가 아주 심상찮은 일이 일어난 것만 같았고, 자기 입으로 이 기사를 낭독했다는 사실만으로도 자신이 이 사건의 원인인 것처럼 여겨졌다.

하지만 다른 사람들도 모두 이와 비슷한 기분인 듯했다.

처녀들은 몹시 거북하고 수치스러웠다. 리자베타 프로코피예브나는 끓어오르는 분노를 속으로 꾹꾹 누르며, 이 사건에 개입한 게 역시나 몹시 후회스러운 듯 더는 입을 열지 않았다. 공작은 지나치게 수줍은 사람들이 이런 경우에 흔히 경험하는 느낌을 그대로 맛보고 있었다. 그는 다른 사람들의 행동이 너무나 수치스러운 나머지, 자신의 손님들한테도 부끄러워 처음 얼마 동안은 그들의 얼굴을 쳐다볼 용기조차 내지 못했다. 프치츠인, 바랴, 가냐, 심지어 레베제프까지—다들 적잖이 당혹스러운 듯한 표정이었다. 무엇보다 이상하게도, 입폴리트와 '파블리셰프의 아들'마저 왠지 몹시 놀란 것 같았고, 레베제프의 조카 역시 불만스러운 기색이었다. 오직 한 사람, 권투 사범만은 아주 태연히 앉아 콧수염을 꼬면서 근엄한 얼굴을 하고 있었는데, 눈을 약간 내리깔고는 있었으나 당황해서 그러는 게 아니라, 오히려 자신들의 승리가 너무나 분명해진 데서 오는 고결한 겸손 때문인 듯싶었다. 모든 점으로 보아, 그 기사가 무척이나 마음에 드는 게 분명했다.

"무슨 말 같지도 않은 수작이야." 이반 표도로비치가 낮은 목소리로 으르렁거렸다. "꼭 종놈 쉰 명이 모여서 쓴 것 같군."

"아-아니, 실례지만 귀하, 어떻게 그따위 추측으로 우릴 모욕할 수 있습니까?" 입폴리트가 온몸을 부들부들 떨며 따지고 들었다.

"그건, 그건, 그건 고결한 사람에게…… 그렇잖습니까, 장군, 고결한 사람이라면, 그건 너무나 모욕적인 말입니다!" 권투 사범 역시 갑자기 무엇 때문인지 몸을 부르르 떨더니, 손가락으로 콧수염을 배배 꼬고 어깨와 몸통 전체를 들썩거리며 으르렁댔다.

"첫째, 나는 당신들한테 '귀하' 소릴 들을 이유가 없고, 둘째로 나는 당신들한테 어떤 해명도 할 생각이 없소." 분이 머리끝까지 치솟은 이반 표도로비치는 퉁명스러운 어조로 이렇게 대답하고는 자리에서 벌떡 일어나 아무 말도 않고 테라스 출구 쪽으로 가더니 일동을 등지고 계단의 맨 윗단에 멈춰 섰는데, 지금도 자리에서 움직일 생각조차 하지 않는 리자베타 프로코피예브나에게 몹시 화가 나 있었다.

"여러분, 여러분, 이제 내게도 말할 기회를 주십시오, 여러분." 공작은 안타까운 마음에 흥분해서 소리쳤다. "제발 서로를 이해할 수 있도록 차근차근 얘기해봅시다. 여러분, 나는 이 기사 따윈 아무렇지도 않아요, 그건 그냥 두죠. 다만 여러분, 그 기사에 쓰여 있는 것들은 전부 거짓입니다. 여러분 자신도 그 점을 잘 알 테니, 이렇게 말하는 겁니다. 수치스럽기까지 한 일이죠. 만약 여러분 중의 누군가가 이걸 썼다면, 정말 경악을 금치 못할 일입니다."

"나는 방금 전까지도 이 기사에 대해선 전혀 몰랐어요." 입폴리트가 잘라 말했다. "나는 이 기사에 찬동하지 않아요."

"그걸 썼다는 건 알았지만…… 나 역시 그걸 발표하라고 권하진 않았을 거예요, 아직 시기상조니까요." 레베제프의 조카가 덧붙였다.

"나는 알고 있었어요, 하지만 나는 권리가 있어요…… 나는……" '파블리셰프의 아들'이 웅얼거렸다.

"뭐라고요! 그럼 당신이 이 모든 것을 직접 썼나요?" 공작은 호기심이 가득한 눈으로 부르돕스키를 쳐다보며 물었다. "설마 그럴 리가!"

"하지만 당신은 그런 질문을 할 권리가 없을 텐데요." 레베제프의 조카가 끼어들었다.

"나는 다만 부르돕스키 씨가 그런 일을 했다는 데 놀랐을 뿐이에요…… 하지만…… 내가 말하고 싶은 건, 당신들 스스로 이 문제를 이미 공개적으로 세상에 알린 마당에, 아까 내가 내 친구들 앞에서 이 얘기를 꺼냈을 때 왜 그렇게 화를 냈느냐 하는 겁니다."

"바로 그거야!" 리자베타 프로코피예브나가 분을 참지 못하고 중얼거렸다.

"아니 정말, 공작님, 잊으셨습니다요." 도저히 못 참겠는지 레베제프가 마치 열병에라도 걸린 듯 흥분해서 갑자기 의자 사이를 비집고 앞으로 기어나왔다. "잊으셨다굽쇼, 이놈들을 직접 맞아서 얘기를 들어준 것만 해도 공작님의 호의와 한없이 선량한 마음씨를 보여주신 것이고, 이놈들한텐 공작님께 그렇게 요구할 하등의 권리도 없단 말입니다. 더구나 공작님께선 이 일을 가브릴라 아르달리오노비치한테 이미 위임하셨고, 그것 역시 공작님이 한없이 선량한 분이시라 그렇게 해주신 거잖습니까, 그리고 공작 각하, 지금 귀하신 친구분들이 와 계신데, 모처럼의 이 귀한 모임을 이런 패거리 때문에 망칠 수는 없습니다요, 이 패거리는, 말하자면, 당장 문밖으로 내쫓아도 괜찮다굽쇼, 그렇게만 하라시면 저는 이 집의 주인 된 자격으로 아주 기꺼이 그렇게 합죠……"

"그래야 하고말고!" 갑자기 방 안쪽에서 이볼긴 장군의 말이 천둥소리처럼 울려나왔다.

"됐어요, 레베제프, 됐어요, 됐습니다……" 공작이 이렇게 입을 열었으나, 분노의 외침이 한꺼번에 터지면서 그의 말을 덮어버렸다.

"아뇨, 미안하지만 공작, 미안하지만 이제 이건 절대로 그만 됐다고 할 게 아닙니다!" 레베제프의 조카가 다른 목소리들을 눌러버리듯이 소리쳤다. "이제 이 문제를 분명하고 확실하게 결정지어야 합니다, 당신들은 이 문제를 제대로 이해하지 못하는 것 같으니까요. 이 문제에는 법률적으로 빠져나갈 수 있는 핑계가 들어 있죠, 그리고 당신들은 그것들을 근거로 우리를 문밖으로 내쫓겠다고 으름장을 놓고 있다고요! 그래, 공작, 당신은 우리를 그 정도로 바보로 여기는 겁니까, 이 문제가 법적인 근거를 전혀 가지고 있지 않으며 법적으로 따진다면 당신한테 단 1루블도 요구할 권리가 없다는 사실조차 알지 못하는 그런 바보로요? 하지만 우리는, 여기엔 비록 법적인 권리는 없을지라도 대신 인간적이고 자연적인 권리가 있다는 사실을 알고 있단 말입니다. 그건 상식과 양심의 목소리로부터 나오는 권리이고, 우리의 이 권리는 썩어빠진 인간이 만든 그 어떤 법전에도 나오지 않지만, 고결하고 정직한 인간이라면, 다시 말해 건전한 사고방식을 가진 인간이라면, 법전에 나오지 않은 점들에서조차 고결하고 정직해야 할 의무가 있다고요. 구걸이 아닌 요구를 한다는 오직 그 이유로, 무례하게도 이렇게 늦은 시간에 방문한다는 그 이유로(실은 우리가 늦은 시간에 온 게 아니라, 당신이 우리를 하인 방에서 기다리게 했던 거지만) 문밖으로 쫓겨날 것까지 각오하고(당신들이 방금 그렇게 위협했지요) 우리가 여기에 들어온 것은, 거듭 말하지만, 우리가 아무것도 두려워하지 않고 이곳에 온 것은, 당신에게서 다름 아니라 상식을 지닌 인간, 즉 명예와 양심을 지닌 인간을 기대했기 때문입니다. 그렇습니다, 정말로 우리는 당신의 식객이나 당신에게서 뭔가 얻어내려는 아첨꾼처럼 소심하게 눈치를 보며 들어온 게 아닙니다. 자유로운 인간답게 고개를 번쩍 쳐들고, 구걸이 아니라 자유롭고 당당한 요구를 하러 들어온 겁니다. (아시겠습니까, 구걸이 아니라 요구라고요, 명심하시란 말입니다!) 우리는 품위 있는 인간으로서 단도직입적으로 묻겠습니다. 당신은 자신이 부르돕스키 문제에서 옳다고 생각합니까, 옳지 않다고 생각합니까? 당신은 파블리셰프에게 은혜를 입었고 심지어 그분이 죽음에서 구해줬다는 사실을 인정합니까? 인정한다면(인정할 게 틀림없지만), 당신은 이제 수백만 루블을 물려받았으니, 가난에 시달리는 파블리셰프의 아들에게, 비록 지금은 부르돕스키라는 성을 사용하고 있지만, 보상할 의사가 있습니까, 혹은 그렇게 하는 것이 양심에 비추어 정당한 일이라고 생각합니까? 예입니까, 아니요입니까? 만약에 예라면, 즉 다시 말해서, 당신들이 당신네 언어로 이른바 명예니 양심이니 하고 부르는 것, 그리고 우리가 상식이라는 더 정확한 이름으로 부르는 것이 당신에게 있다면, 우리의 요구에 응하십시오, 그러면 이 문제는 끝납니다. 즉각 응하되, 우리 쪽의 애원이나 감사를 기다리진 마십시오, 그런 것들을 우리에게서 기대하지 마십시오, 왜냐하면 당신은 우리를 위해서가 아니라 정의를 위해서 그렇게 하는 것이니까요. 만약 우리의 요구에 응할 생각이 없다면, 즉 아니요라고 대답한다면, 우리는 즉시 돌아가겠습니다, 문제는 그것으로 종결됩니다. 하지만 우리는 당신의 증인들이 다 보는 앞에서 당신의 눈에 대고, 당신은 야비한 정신을 지닌, 저열한 발달 단계의 인간이라고 말하겠습니다. 지금부터 당신은 감히 자신을 명예와 양심을 지닌 인간이라 부르지 못할뿐더러 그럴 권리도 없다고, 당신은 너무 헐값에 이 권리를 사려 한다고 말하겠습니다. 내 말은 끝났습니다. 나는 질문을 제기했습니다. 그럴 용기가 있다면 이제 우리를 문밖으로 내쫓으시죠. 당신은 그렇게 할 수 있습니다, 당신에겐 그럴 힘이 있으니까요. 하지만 기억해두십시오, 우리는 그럼에도 불구하고 요구를 하고 있지 구걸을 하는 게 아닙니다. 우리는 요구하고 있단 말입니다, 구걸이 아니라!……"

레베제프의 조카는 극도로 흥분한 상태에서 말을 멈추었다.

"요구, 요구, 요구하고 있어요, 구걸하는 게 아니란 말입니다!……" 부르돕스키가 더듬더듬 이렇게 소리치더니 얼굴을 가재처럼 새빨갛게 붉혔다.

레베제프의 조카가 한바탕 연설을 늘어놓고 나자, 사람들은 약간 동요하는 기색이었고 개중엔 투덜거리는 사람마저 있었으나, 열병에 걸린 듯 흥분한 레베제프 한 사람을 제외하면 다들 하나같이 이 일에 개입하길 꺼리는 눈치였다. (이상하게도, 레베제프는 분명히 공작의 편을 들고 있음에도 불구하고, 지금 자기 조카의 연설이 끝나자 가족으로서의 긍지를 느끼며 적이 만족감을 느끼는 듯했다. 적어도 좌중을 둘러보는 그의 유별난 표정에는 일종의 만족감이 드러나 있었다.)

"내 견해로는," 공작은 무척 조용한 어조로 입을 열었다. "내 견해로는, 독토렌코 씨, 당신이 방금 얘기한 모든 것에서 절반은 완전히 사실입니다. 아니, 절반보다 훨씬 더 많은 내용이 사실이라 해도 좋습니다. 만약 당신이 한 말에서 뭔가 빠뜨리지만 않았더라면 나는 당신의 의견에 완전히 동의했을 겁니다. 당신이 정작 무엇을 빠뜨렸는지 나로선 정확히 말할 수 없고, 그럴 상황에 있지도 않지만, 그래도 당신의 말이 전적으로 옳다고 하기엔 분명히 뭔가가 부족합니다. 하지만 바로 본론으로 들어가는 게 좋겠군요, 여러분, 말해주십시오, 여러분은 무엇 때문에 이 기사를 실었나요? 이 기사 속의 한마디 한마디가 모두 비방이고 중상이잖습니까. 여러분, 내 생각에 여러분은 비열한 행동을 했습니다."

"저기요!……"

"이봐요, 공작!……"

"이건…… 이건…… 이건……" 흥분한 방문객들 쪽에서 일제히 이런 소리가 터져나왔다.

"그 기사로 말하면," 입폴리트가 새된 소리로 말을 가로챘다. "그 기사로 말하면 이미 당신한테 말했다시피, 나도 다른 친구들도 결코 찬동하지 않습니다! 그걸 쓴 건 바로 이 사람이에요." 그는 옆에 나란히 앉은 권투 사범을 가리켰다. "단정치 못한 글이죠, 인정합니다, 무식하게 썼고, 문체도 이 사람 같은 퇴역 군인들이나 쓰는 문체죠. 이 사람이 우둔하고 무엇보다 그저 나댄다는 데는 나도 동감입니다, 나도 날마다 이 사람의 얼굴에 대고 하는 말이니까요. 그렇지만 이 사람도 절반은 정당했어요, 공중에게 알린다는 것은 만인에게 주어진 법적인 권리이고, 따라서 부르돕스키에게도 그 권리가 있습니다. 황당무계한 소리를 써넣었다면, 본인이 책임을 져야죠. 내가 아까 일동을 대표해 당신 친구분들의 동석에 항의한 점에 대해서는 여러분에게 반드시 해명해둬야겠는데, 여러분, 나는 오직 우리의 권리를 천명하기 위해 그렇게 항의한 것일 뿐, 사실 우리는 오히려 증인들이 이 자리에 있어주길 원하며, 아까 여기로 들어오기 전에 우리 네 명은 그 점에 대해 이미 합의를 봤습니다. 당신의 증인이 누구이든, 설사 그게 당신 친구들이라 하더라도, 부르돕스키의 권리에 대해선 동의하지 않을 수 없을 테고(그건 수학적 정리처럼 확실하니까요), 그러니까 이 증인들이 당신 친구들이라면 오히려 더 좋습니다. 진실이 더욱더 명명백백해질 테니 말입니다."

"그건 사실이에요, 우리는 그렇게 합의를 봤습니다." 레베제프의 조카가 맞장구를 쳤다.

"여러분도 그러길 원했다면서, 아까는 왜 그렇게 첫마디부터 고함을 지르며 소란을 피웠나요?" 공작은 어이없어했다.

"그 기사로 말하자면, 공작," 아까부터 한마디하고 싶어 애를 태우던 권투 사범이 활기 띤 목소리로 유쾌하게 끼어들었다(짐작건대 부인들이 그 자리에 있다는 점이 크게 작용한 듯싶었다). "그 기사로 말하자면, 그건, 고백하지만, 실은 내가 쓴 거요. 저 병든 내 친구는 방금도 그 기사를 사정없이 깎아내렸지만, 나는 저 친구가 병약한 몸이라는 점을 생각해서 늘 그냥 봐주고 있소. 어쨌든 나는 그 기사를 쓴 뒤 내 절친한 친구가 맡고 있는 잡지에 통신문 형식으로 실었소. 다만 그 시는 사실 내가 쓴 게 아니라, 실은 어느 유명한 해학가의 펜 끝에서 나온 거요.

부르돕스키에게 그 글을 읽어주긴 했지만 다 읽어주진 않았는데, 그는 즉각 발표에 동의했소. 그러나 당신도 인정하겠지만, 동의가 없었다 해도 나는 얼마든지 게재할 수 있었소. 사실을 공개한다는 건 만인에게 주어진 보편적이고 고결하고 유익한 권리가 아니겠소. 공작 당신도 이 점을 부정하지 않을 만큼 진보적인 인간이길 희망하는 바요……"

"아무것도 부정하지 않겠습니다. 그러나 당신도 동의하겠지만, 그 기사는……"

"너무 신랄하다는 거요? 하지만 그 기사는, 당신도 동의하겠지만, 이른바 사회의 이익을 위해 쓴 것이고, 무엇보다, 이렇게 좋은 기회를 어떻게 놓칠 수 있겠소? 죄를 지은 장본인들로서야 더 불편하겠지만, 사회의 이익이 모든 것에 우선하니까요. 정확하지 못한 몇몇 사항, 이른바 과장에 대해 말하자면, 당신은 여기서 무엇보다 중요한 것이 기사를 쓴 동기이고, 그 목적과 의도가 제일 중요하다는 사실을 인정해야 할 거요. 유익한 본보기가 중요한 것이며, 세부적인 문제들은 나중에 검토하면 되니까. 그리고 끝으로, 문체를 두고서 뭐라고 그러는데, 여기엔 이른바 해학적 과제라는 것이 있단 말이지요, 그리고 끝으로—다들 그렇게 쓰지 않소이까, 당신도 동의하실 텐데요! 하-하!"

"하지만 그건 완전히 틀린 길입니다. 여러분에게 분명히 말하지만" 하고 공작이 외쳤다. "여러분은 내가 절대로 부르돕스키 씨의 요구에 응하지 않으리라는 전제하에 이 기사를 발표했고, 그래서 그것 때문에 나한테 겁을 주고 어떻게든 복수를 하려 했던 거겠지요. 하지만 여러분은 왜 내 의도를 그렇게 확신한 겁니까? 내가 어쩌면 부르돕스키의 요구에 응하기로 결심했는지도 모르잖습니까. 지금 모두가 있는 자리에서 여러분에게 솔직히 밝히겠습니다, 나는 그 요구를 받아들이겠습니다……"

"오, 이거야말로 현명하고 더없이 고결한 사람의 말이야, 현명하고 고결한 말이라고!" 권투 사범이 환성을 질렀다.

"맙소사!" 리자베타 이바노브나는 저도 모르게 탄식을 내뱉었다.

"더는 못 참겠군!" 장군이 중얼거렸다.

"잠깐만, 여러분, 잠깐만, 이 문제를 상세히 설명하겠습니다." 공작은 애원하듯 말했다. "오 주 전쯤 내가 Z에 있을 때, 부르돕스키 씨 당신의 전권대리인인 체바로프가 찾아왔습니다. 켈레르 씨, 당신이 쓴 기사에는 그가 대단히 호의적으로 그려져 있더군요." 공작은 권투 사범을 보고 이렇게 말하며 갑자기 웃음을 터뜨렸다. "하지만 나는 그 사람이 도무지 마음에 들지 않았어요. 나는 이 체바로프라는 사람이 이 일 전체를 꾸민 장본인이며, 그리고 솔직히 말해, 아마도 바로 이 사람이 부르돕스키 씨 당신의 순진한 성격을 이용해 이 모든 것을 시작하도록 사주했으리라는 사실을 첫눈에 알아챘습니다."

"당신은 그, 그렇게 말할 권리가 없어요…… 나는…… 나는 순진한 인간이 아니오…… 그, 그건……" 흥분한 부르돕스키가 더듬거리며 말했다.

"당신은 그런 추측을 할 어떤 권리도 없어요." 레베제프의 조카가 훈계하듯 끼어들었다.

"이건 최악의 모욕이야!" 입폴리트가 째지는 소리로 고함을 질렀다. "모욕적이고, 터무니없고, 이 문제 자체와는 아무 상관도 없는 추측이라고요!"

"미안합니다, 여러분, 미안합니다." 공작은 황급히 사과했다. "부디 용서하세요. 서로 완전히 터놓고 얘기하는 게 낫지 않을까 싶어 그랬던 건데, 하지만 여러분의 뜻대로, 여러분이 원하는 대로 하죠. 나는 체바로프에게, 내가 페테르부르크를 떠나 있는 관계로 즉시 내 친구에게 전권을 위임해서 이 문제를 들여다보도록 하고, 이 사실을 부르돕스키 씨 당신에게도 알려주겠노라고 말했습니다. 솔직히 말해, 여러분, 나는 이 일에 사기성이 짙다는 느낌이 들었는데, 왜냐하면 그때 체바로프가…… 오, 화내지 마세요, 여러분! 제발 화내지 말아요!" 공작은 또다시 부르돕스키가 모욕감에 어쩔 줄 몰라하고 그의 친구들도 흥분해서 항의하려 드는 것을 보자 놀라서 소리쳤다. "이 일에 사기성이 짙다고 여겼다는 말이 여러분 자신과 무슨 관계가 있을 리는 없잖습니까! 나는 그때 여러분 중 누구도 개인적으로 알지 못했고 성姓조차 몰랐으니까요. 나는 체바로프 한 사람만 보고 판단한 겁니다. 내가 이런 말을 하는 까닭은 단지…… 여러분이 아는지 모르겠지만, 나는 유산을 상속받은 뒤로 정말 지독하게 사기를 당해왔거든요!"

"공작, 당신은 지독히도 순진하군요." 레베제프의 조카가 빈정대듯 말했다.

"그런데도 공작이고 백만장자이지! 당신이 정말 선량하고 소박한 마음씨를 가졌는지 모르지만, 그래도 물론, 보편적인 법칙을 피할 수는 없어요." 입폴리트가 선언했다.

"그럴지도 모릅니다, 정말 그럴지도 몰라요, 여러분." 공작이 급히 말했다. "하지만 어떤 보편적인 법칙을 말하는 건지 모르겠군요. 어쨌든 얘기를 계속하겠으니, 공연히 화를 내진 말아요. 맹세코, 여러분을 모욕할 생각은 털끝만큼도 없으니까요. 그런데 여러분, 정말이지 대체 왜 그러십니까, 솔직하게 한마디를 꺼내기만 해도 당장 화부터 내잖습니까! 어쨌거나 내가 몹시 놀란 건, 첫째로, '파블리셰프의 아들'이 존재하고, 그것도 체바로프가 내게 설명한 바에 따르면, 아주 끔찍한 처지에 놓여 있다는 점이었습니다. 파블리셰프는 나의 은인이고, 내 아버지의 친구이기도 한 분입니다. (아아, 켈레르 씨, 당신은 왜 그 기사에서 내 아버지에 대해 그런 거짓말을 썼지요? 공금을 횡령하거나 부하에게 모욕을 준 일은 전혀 없었습니다—그 점에 대해선 전적으로 보증할 수 있는데, 대체 당신의 손은 어떻게 그런 중상을 써댄 겁니까?) 하지만 그건 또 그렇다 해도, 당신이 파블리셰프에 대해 쓴 것만큼은 도저히 참을 수가 없습니다. 당신은 이 고결하기 그지없는 분을 가리켜 음탕하고 경박한 인간이라 부르면서, 마치 그야말로 진실을 말하고 있다는 듯이 대담하고 독단적인 논조를 펼쳤는데, 하지만 이분이야말로 세상에서 가장 고결한 분이었습니다! 심지어 훌륭한 학자이기도 했고, 학계에서 존경받는 많은 인사와 서신을 교환하면서 학문을 장려하기 위해 막대한 돈을 썼습니다. 그분의 마음씨와 그분의 선행에 관해 말하자면, 오, 물론 당신은, 내가 그 당시 거의 백치나 다름없었고 아무것도 이해할 수 없었다고 제대로 썼습니다만(그렇지만 러시아어를 말하고 알아들을 줄은 알았습니다), 그래도 지금 내가 기억하는 것들을 모두 제대로 평가할 수는 있는데……"

"잠깐만," 입폴리트가 새된 목소리로 끼어들었다. "너무 감상적으로 나가는 것 아닌가요? 우리는 어린애가 아니란 말입니다. 당신은 본론으로 바로 들어가겠다고 했어요. 아홉시가 지났다는 걸 명심해주십시오."

"좋습니다, 좋습니다, 여러분." 공작은 즉시 동의했다. "나는 처음엔 좀 의심을 품다가, 내가 실수를 하고 있을 수도 있다, 파블리셰프에겐 실제로 아들이 있었을지 모른다, 라고 생각하기로 했습니다. 하지만 내가 몹시 놀란 건, 이 아들이 그처럼 경솔하게, 그러니까 내 말은, 자신의 출생 비밀을 그처럼 공개적으로 드러냄으로써, 무엇보다도 자기 어머니를 욕되게 한다는 사실이었습니다. 왜냐하면 체바로프는 이미 그때도 그 사실을 공개하겠다며 나를 협박했거든요……"

"무슨 멍청한 소리야!" 레베제프의 조카가 고함을 질렀다.

"당신은 권리가 없어요…… 권리가 없다고요!" 부르돕스키가 소리쳤다.

"아들은 아버지의 방탕한 행위에 어떤 책임도 없어요, 또 어머니에겐 죄가 없다고요." 이번엔 입폴리트가 핏대를 올리며 째지는 소리를 내질렀다.

"그러니 오히려 더 세심하게 보호했어야 하지 않을까요……" 공작이 조심스럽게 말했다.

"공작, 당신은 순진한 정도가 아니라, 상태가 더 심각한 것 같군요." 레베제프의 조카가 표독스럽게 웃었다.

"당신이 무슨 권리가 있다고 그런!……" 입폴리트가 부자연스럽기 짝이 없는 목소리로 외쳤다.

"아무 권리도 없어요, 아무 권리도!" 공작은 얼른 말을 가로막았다. "당신 말이 맞아요, 인정합니다. 하지만 그건 그냥 불쑥 떠오른 생각이었고, 나는 즉시 나 자신에게 이렇게 타일렀습니다. 내 개인적인 감정이 이 일에 영향을 미쳐서는 안 된다, 내가 파블리셰프에 대한 감사의 마음에서 부르돕스키 씨의 요구에 응하는 것을 자신의 의무로 이미 인정한다면, 어떤 경우에나, 즉 내가 부르돕스키 씨를 존경하건 존경하지 않건 간에, 그의 요구를 받아들이는 것이 마땅하기 때문이다, 라고 말이지요. 여러분, 내가 이 이야기를 꺼낸 이유는 그저, 아들이 자기 어머니의 비밀을 그처럼 공개적으로 폭로한다는 게 아무래도 부자연스럽게 여겨져서였습니다…… 요컨대, 나는 무엇보다 그런 이유에서, 체바로프가 사기꾼임이 틀림없고, 바로 그가 부르돕스키 씨를 속여 이와 같은 사기 행위를 저지르도록 사주했다는 확신을 얻게 됐습니다."

"이젠 더이상 못 참아!" 젊은 방문객들 쪽에서 이런 소리가 터져나왔고, 몇몇은 의자를 박차고 일어서기까지 했다.

"여러분! 그래서 나는, 불행한 부르돕스키 씨가 사기꾼들에게 쉽게 넘어가는 순진하고 의지할 데 없는 사람이라는 것, 그런 만큼 더욱더 나는 그를 '파블리셰프의 아들'로서 도와줄 의무가 있다는 것을 깨닫고, 첫째로 체바로프 씨의 영향에서 그를 구해내고, 둘째로 나의 헌신적인 우정으로 그를 이끌어주고, 셋째로 그에게 1만 루블, 즉 내 계산으로는 파블리셰프가 나를 위해 썼을 금액의 전부를 상환해주기로 결심했습니다……"

"뭐! 겨우 1만이라고!" 입폴리트가 소리쳤다.

"아니, 공작, 당신은 산수를 그리 잘하지는 않는군요, 아니면 너무 잘하든가, 겉으론 어리숙한 척하면서!" 레베제프의 조카도 소리쳤다.

"나는 1만에는 동의할 수 없어요." 부르돕스키가 말했다.

"안치프! 동의하게!" 권투 사범이 뒤쪽에서 입폴리트의 의자 등받이 너머로 상체를 수그리고 빠른 소리로, 하지만 또렷이 들리게 속삭였다. "일단 동의하고 다음에 또 보자고!"

"자-알 들어요, 므이쉬킨 씨." 입폴리트가 또다시 째지는 소리를 내질렀다. "잘 알아둬요, 우린 바보가 아니라고요, 분명 당신 손님들이나 저 숙녀들은 모두 그렇게 생각하겠지만, 우리는 그런 비열한 바보가 아니란 말이에요. 저기 봐요, 저 숙녀들께선 몹시 못마땅해서 우릴 보며 코웃음을 치고 있군요, 특히 저 상류사회 신사 양반요(그는 예브게니 파블로비치를 가리켰다), 물론 내가 아직 알게 될 영광을 갖진 못했지만, 무슨 소문은 들어본 것 같은 저 양반도……"

"잠깐, 잠깐만, 여러분, 당신들은 또다시 나를 제대로 이해하지 못했어요!" 공작은 흥분해서 그들에게 말했다. "첫째, 켈레르 씨, 당신은 그 기사에서 내 재산 규모를 아주 터무니없이 부풀려 썼습니다. 나는 결코 수백만 루블을 상속받지 않았어요. 내 재산은 아마 여러분이 추측하는 액수의 8분의 1, 혹은 10분의 1에 불과할 겁니다. 둘째, 나를 위해 스위스에서 수만 루블을 썼다는 건 사실무근입니다. 슈나이더는 매년 6백 루블을 받았고, 그것도 처음 삼 년뿐이었어요. 그리고 파블리셰프가 예쁜 여자 가정교사들을 데리러 파리로 간 적은 한 번도 없고요. 그것 역시도 중상입니다. 내 생각에, 나를 위해 쓴 돈은 전부해서 1만 루블에 훨씬 못 미치지만 어쨌든 1만으로 결정했고, 또 여러분도 동의하셔야 할 점은, 설령 내가 부르돕스키 씨를 끔찍이 사랑한다 해도 그에게 빚을 상환하면서 이보다 많은 금액을 제공할 수는 없다는 겁니다. 단순히 예의를 존중하는 마음 하나 때문에라도, 다시 말해 나는 그에게 빚을 갚는 것이지 적선을 하는 게 아니라는 점 때문에라도 그렇게 할 수는 없습니다. 여러분, 정말 모르겠군요, 어째서 이것을 이해하지 못합니까! 하지만 그 대신 나는 이후에 불행한 부르돕스키 씨의 운명에 적극 관여하여 우정으로써 이 모든 것을 보상할 생각이었습니다. 그는 분명히 속은 거예요, 만약 속지 않았다면, 그런 비열한 짓에 스스로 동의했을 리 만무하니까요, 예를 들어, 오늘 켈레르 씨의 그 기사에서 자기 어머니의 비밀을 폭로하는 것 같은 그런…… 아니, 왜 또 그렇게 흥분하나요, 여러분! 이래 가지고야 결국 서로를 전혀 이해하지 못하게 되잖습니까! 아, 역시 내 생각이 맞았군요! 내 추측이 옳았다는 것을 지금 이 두 눈으로 확인했습니다." 공작은 열심히 설득하면서 상대방의 흥분을 가라앉히려고 애썼으나, 그럴수록 그들의 흥분을 더욱 부추길 뿐이라는 사실을 눈치채지 못했다.

"뭐라고요? 뭘 확인했단 말인가요?" 그들은 미친듯이 화가 나서 그에게 다가왔다.

"자, 좀더 들어주십시오, 첫째로 나는 부르돕스키 씨를 아주 꼼꼼히 살펴본 결과, 이제 그가 어떤 사람인지 잘 압니다…… 그는 순진하지만 늘 남한테 속아넘어가는 사람입니다! 더구나 의지할 데 없는 사람이고…… 그래서 나는 그를 보호하지 않으면 안 됩니다. 둘째로, 나는 가브릴라 아르달리오노비치에게 이 문제를 위임한 후 줄곧 여행중이었고 페테르부르크에선 사흘 동안 병석에 누워 있었던 탓에 오랫동안 아무런 소식도 듣지 못했는데—갑자기 방금, 그러니까 불과 한 시간 전에 우리가 다시 만나자마자 그가, 자신은 체바로프의 의도를 전부 알아냈고 증거도 가지고 있다, 체바로프는 당신이 예상했던 바로 그런 인간이다, 라고 알려주는 겁니다. 여러분, 나는 많은 사람이 나를 백치로 여긴다는 사실을 잘 아는데, 체바로프는 내가 돈을 쉽게 내준다는 소문을 듣고서 나를 속이는 것쯤은 아무 일도 아니라고 여기고, 다름 아니라 파블리셰프에 대한 나의 감사의 정을 이용할 생각을 했던 겁니다. 하지만 중요한 것은 바로—끝까지 들어주세요, 여러분, 끝까지 들어주세요! 중요한 것은 바로—부르돕스키 씨가 결코 파블리셰프의 아들이 아니라는 사실이 지금 갑자기 드러나고 있다는 겁니다. 방금 가브릴라 아르달리오노비치는 내게 이 사실을 알려줬고, 확실한 증거를 확보했다고 단언하고 있습니다. 자, 여러분은 이 사실을 대체 어떻게 생각할까요, 이미 그 모든 짓을 저지른 마당에 도무지 믿을 수가 없겠지요! 하지만 잘 들어주십시오, 확실한 증거가 있다는 겁니다! 나도 아직 믿을 수가 없어요, 나 자신도 믿을 수가 없어요, 정말입니다. 가브릴라 아르달리오노비치가 아직 자세한 내용을 다 알려주지 않아 아직은 믿어지지 않지만, 체바로프가 사기꾼이라는 점만은 이제 더이상 의심할 여지가 없습니다! 여러분, 그는 불행한 부르돕스키 씨와, 친구를 돕겠다는 고결한 마음에서 여기까지 온 여러분 모두를 속였어요(부르돕스키 씨에게 도움이 필요하다는 건 분명하고, 그래서 여러분이 이렇게 왔다는 것을 나도 충분히 이해합니다!), 그는 여러분 모두를 속였고, 여러분 모두를 이 사기 행각에 끌어들였습니다, 이건 그야말로 사기이고 협잡이니까요!"

"아니, 사기라니!…… 어떻게 '파블리셰프의 아들'이 아니라고? 어떻게 그럴 수가!……" 사방에서 외치는 소리가 들려왔다. 부르돕스키 일행은 말로 표현할 수 없는 혼란에 빠졌다.

"물론 사기입니다! 이제 부르돕스키 씨가 '파블리셰프의 아들'이 아니라는 사실이 판명되면, 그 경우 부르돕스키 씨의 요구는 명백한 사기가 됩니다. (물론 그가 진실을 알고 있었다고 가정할 때 말이지요!) 하지만 무엇보다 중요한 것은, 저 사람이 속아넘어갔다는 점으로, 내가 저 사람을 변호하기 위해 이렇게 애를 쓰는 것도 그 때문이며, 저 사람의 순진함이 동정받을 만하고, 저 사람에겐 도움이 없으면 안 된다고 말하는 것도 그 때문입니다. 그렇지 않으면 저 사람 자신도 이 사건에서 사기꾼이 돼버리니까요. 나 자신은 저 사람이 아무것도 이해하지 못한다고 이미 확신합니다! 나 자신도 스위스로 가기 전까진 그러한 상태였고, 더듬더듬 두서없는 말을 지껄였고—무슨 말을 하고 싶어도 할 수가 없었지요…… 나는 그 점을 잘 이해합니다. 나 자신이 거의 똑같은 상태였으므로 저 사람을 깊이 동정할 수 있고, 이런 말을 할 권리가 있습니다! 그리고 끝으로, 그래도 나는—이제 '파블리셰프의 아들'은 더이상 존재하지 않고 이 모든 것이 사기라는 사실이 판명되고 있음에도 불구하고—그래도 나는 내 결심을 바꾸지 않겠으며, 파블리셰프를 기리는 마음에서 1만 루블을 돌려주겠습니다. 부르돕스키 씨가 나타나기 전에는 이 1만 루블을 파블리셰프를 기리기 위해 학교에 기부할 예정이었지만, 이제는 그 돈을 학교에 기부하든 부르돕스키 씨에게 주든 매한가지일 겁니다. 부르돕스키 씨가 비록 '파블리셰프의 아들'이 아니라 해도, '파블리셰프의 아들'과 거의 다를 바 없는 사람이고, 그 자신도 지독하게 사기를 당했으니까요! 여러분, 이제 가브릴라 아르달리오노비치의 얘기를 들어주십시오, 이로써 이 문제는 매듭짓기로 하죠, 화내거나 흥분하지 마세요, 앉아주십시오! 가브릴라 아르달리오노비치가 이제 모든 것을 설명해줄 겁니다. 실은 나 자신도 상세한 내막을 무척이나 알고 싶어요. 부르돕스키 씨, 가브릴라 아르달리오노비치는 당신 어머니를 뵈러 프스코프까지 다녀왔다는군요. 당신 어머니께선, 당신이 동의해줄 수밖에 없었던 그 기사 속에 쓰인 것처럼 돌아가신 게 결코 아니었습니다. 앉아주십시오, 여러분, 앉아주세요!"

공작은 자리에 앉았고, 의자를 박차고 일어섰던 부르돕스키 씨 일행도 다시 자리에 앉혔다. 마지막 일이십 분 동안, 공작은 몹시 흥분하여 다른 사람들의 목소리를 억누르고 다른 사람들이 말을 꺼내지 못하도록 애쓰면서, 조급하고 빠르고 커다란 소리로 온통 열중해서 말했지만, 이제는 물론, 방금 엉겁결에 내뱉어버린 몇 마디 말과 추측들을 쓰라리게 후회하지 않을 수 없었다. 만일 그가 그렇게 이성을 잃을 정도로 흥분하지만 않았더라면—자신의 몇몇 추측과 지나치게 솔직한 말을 그처럼 노골적으로, 그처럼 성급하게 입 밖에 내지는 않았을 것이다. 이제 자리에 앉자마자, 타는 듯한 후회가 심장을 아프도록 찔러댔다. 자신이 스위스에서 치료받았던 그 병을 부르돕스키도 앓고 있다고 그처럼 공개적으로 전제하고 나섬으로써 그를 '모욕'한 것은 물론이거니와, 그 밖에도 학교에 기부하려던 1만 루블을 그에게 주겠다고 한 제의 역시, 이제 와 생각하니, 마치 적선이라도 베푸는 듯 무례하고 경솔했을 뿐더러—더구나 사람들이 다 있는 자리에서 커다란 소리로 떠벌리지 않았던가. '조금 기다렸다가 내일 단둘이 있을 때 얘길 꺼냈어야 했는데' 하는 생각이 곧바로 들었다. '하지만 이젠 하는 수 없지! 그래, 나는 백치, 진짜 백치다!' 그는 형언할 수 없이 비통한 마음과 수치심이 솟구쳐, 자신에게 심판이라도 내리듯 이렇게 말했다.

그러는 사이, 지금껏 한쪽 옆에 머물며 굳게 침묵을 지켜오던 가브릴라 아르달리오노비치가 공작의 요청에 따라 앞으로 걸어나와 그의 옆에 서더니, 공작한테 위임받은 사건에 대해 침착하고 분명한 어조로 보고하기 시작했다. 모든 대화가 일시에 멎었다. 다들 비상한 호기심을 가지고 귀를 기울였고, 특히 부르돕스키 일행이 그랬다.

IX

"당신은 물론 부정하지 않겠지요." 가브릴라 아르달리오노비치는 곧바로 부르돕스키를 향해 이렇게 입을 열었는데, 브루돕스키는 놀란 나머지 눈을 휘둥그레 뜨고 그를 보면서 있는 힘을 다해 귀를 기울이고 있었으나, 몹시 당황한 기색이 역력했다. "당신은 부정하지 않을 것이고, 물론 진지하게 부정하기를 원치도 않을 겁니다. 존경하는 당신의 어머니가 10등관인 부르돕스키 씨, 즉 당신의 아버지와 정식으로 혼인한 뒤 정확히 이 년 만에 당신이 출생했다는 사실을 말입니다. 당신의 출생 시점을 실제로 증명하기란 너무나 쉬운 일이어서, 켈레르 씨의 기사에서 이 사실이 당신과 당신 어머니에게 지극히 모욕적인 방향으로 왜곡된 것은 켈레르 씨 자신의 지나치게 경박한 공상 탓이라고 설명할 수밖에 없는데, 그는 그렇게 해서 당신의 권리를 한층 더 명백하게 해주고 당신의 이익에 도움을 줄 수 있다고 생각했겠지요. 켈레르 씨는 당신에게 그 기사를 비록 전부는 아니어도 사전에 읽어줬다고 말하는데…… 그렇다면 이 대목까지 읽어주진 않았던 게 틀림없습니다……"

"사실, 거기까지 읽어주진 않았습니다." 권투 사범이 그의 말을 끊었다. "하지만 모든 사실은 확실한 소식통에게 들은 겁니다, 그리고 나는……"

"미안합니다만, 켈레르 씨," 가브릴라 아르달리오노비치가 그를 제지했다. "내 말부터 들으시지요. 분명히 약속드리지만, 당신이 쓴 기사에 대해서도 곧 다루게 될 테니, 그때 당신도 해명을 해주시고, 지금은 순서대로 보고를 계속하는 편이 더 좋겠습니다. 나는 아주 우연히, 내 누이동생인 바르바라 아르달리오노브나 프치츠이나의 도움을 받아, 그녀의 절친한 친구이자 이미 남편과는 사별한 지주 베라 알렉세예브나 주브코바에게서 편지 한 통을 입수했는데, 작고한 니콜라이 안드레예비치 파블리셰프가 이십사 년 전에 외국에서 이 부인에게 보낸 것이었습니다. 베라 알렉세예브나와 친해진 뒤에 나는 그녀의 조언에 따라 파블리셰프 씨의 먼 친척이자 한때는 막역한 친구 사이였던 퇴역 대령 치모페이 표도로비치 뱌조프킨을 찾아갔습니다. 이 사람한테서도 나는 두 통의 편지를 입수했는데, 역시 니콜라이 안드레예비치가 외국에서 보낸 것이었습니다. 이 세 통의 편지와 발송 날짜, 그리고 편지 속에 적시된 사실들로 미루어볼 때, 니콜라이 안드레예비치가 정확히 부르돕스키 씨 당신이 태어나기 일 년 반 전에 외국으로 떠났다는 (그리고 그곳에서 삼 년 동안 계속 체류했다는) 것이 수학적으로 증명되며, 여기엔 어떤 반박이나 의심의 여지조차 있을 수 없습니다. 그리고 당신의 어머니는, 당신도 알다시피, 한 번도 러시아 밖으로 나가본 적이 없지요…… 지금 이 자리에서 그 편지들을 읽진 않겠습니다. 이미 늦은 시각이니까요. 그저 만일을 위해 이 사실을 발표해두는 데에 그치고자 합니다. 하지만 만약 원하신다면, 부르돕스키 씨, 당장 내일 아침이라도 당신 쪽 증인들(몇 명이든 좋습니다)과 필적감정사들을 데리고 나를 찾아오십시오. 여러분은 내가 알려드린 사실이 명백한 진실임을 확신하지 않을 수 없을 것이고, 나는 그 점을 추호도 의심치 않습니다. 그렇게 되면 물론 이 문제는 완전히 와해되고 저절로 소멸될 것입니다."

또다시 사람들이 동요하고 크게 흥분하기 시작했다. 당사자인 부르돕스키는 의자에서 벌떡 일어섰다.

"만약 그렇다면, 나는 속은 겁니다, 정말 속은 거예요, 하지만 체바로프한테 속은 게 아니라, 아주 오래전부터 속아온 겁니다. 필적감정사도 증인도 부르지 않겠습니다, 당신 말을 믿습니다, 나는 포기하겠어요…… 1만 루블도 거절하겠습니다…… 안녕히 계십시오……"

그는 학생모를 집어들고, 밖으로 나가려고 의자를 옆으로 밀었다.

"부르돕스키 씨, 가능하시다면," 가브릴라 아르달리오노비치가 조용한 목소리로 부드럽게 그를 불러세웠다. "한 오 분만 더 계시지요. 이 문제와 관련해 몇 가지 대단히 중요한 사실이 더 드러나고 있는데, 특히 당신에게 지극히 중요한 사실이고 어쨌든 무척 흥미로운 것들이거든요. 내 의견으로는 당신도 반드시 알아두어야 할 것 같고, 이 일의 진상이 완전히 밝혀진다면, 당신도 아마 기분이 더 좋아질 겁니다……"

부르돕스키는 머리를 조금 떨구고 깊은 생각에 잠긴 듯한 표정으로 말없이 자리에 앉았다. 그와 함께 가려고 막 일어섰던 레베제프의 조카 역시 자리에 도로 앉았다. 그는 어쩔 줄 몰라하거나 기가 아주 죽진 않았지만, 그래도 어지간히 난처한 모양이었다. 입폴리트는 얼굴을 잔뜩 찌푸린 채 침울한 얼굴을 하고 있었으나, 무척 놀란 듯했다. 하지만 바로 이 순간 그는 심한 기침을 터뜨리기 시작하더니, 손수건까지 완전히 피로 물들여버렸다. 권투 사범은 놀라서 거의 겁을 먹은 상태였다.

"에이, 안치프!" 그가 처량하게 외쳤다. "내가 그때…… 그저께 자네한테 말했잖아, 자네가 진짜 파블리셰프의 아들이 아닐지도 모른다고!"

애써 참는 듯한 웃음소리가 터져나왔고, 그중 두어 명은 다른 사람들보다 더 크게 웃어댔다.

"켈레르 씨, 방금 당신이 말한 사실은" 하고 가브릴라 아르달리오노비치가 그의 말끝을 붙잡고 나왔다. "대단히 소중합니다. 그럼에도 불구하고 나는 가장 정확한 자료에 의거하여 이렇게 확언할 권리를 가지는데, 그것은, 부르돕스키 씨가 자신의 출생 시기를 물론 너무나 정확히 알고 있었지만, 파블리셰프 씨가 러시아에는 언제나 잠시 돌아올 뿐, 일생의 대부분을 외국에서 보내면서 당시에도 외국에 체류중이었다는 정황은 전혀 몰랐다는 점입니다. 더구나 파블리셰프가 그때 외국으로 떠났다는 사실은 그 자체가 그리 특별한 것도 아니어서, 이십여 년이 지난 후엔 그의 가까운 지인들조차 잘 기억하지 못할 정도이니, 그 당시 아직 세상에 태어나지도 않았던 부르돕스키 씨로서야 더 말할 나위도 없지요. 물론, 지금도 조사가 아주 불가능하지는 않다는 게 이번에 입증되긴 했습니다. 그러나 솔직히 말해서, 내가 입수한 자료들은 오로지 우연히 얻은 것일 뿐, 입수하지 못할 가능성이 대단히 컸습니다. 따라서 부르돕스키 씨나 심지어 체바로프가 설령 그런 조사를 할 생각을 했다 하더라도, 실제로는 거의 불가능한 일이었겠지요. 하지만 아마 그럴 생각조차 하지 않았을 겁니다……"

"실례지만 이볼긴 씨," 입폴리트가 갑자기 신경질적으로 그의 말을 끊었다. "뭣하러 그런 쓸데없는 소리를 자꾸 하는 겁니까? (말이 심했다면 용서하십시오.) 사건은 이미 명백해졌고, 주요한 사실에 대해선 우리도 믿기로 동의하는 바인데, 뭣 때문에 그 듣기 괴롭고 모욕적인 장광설을 계속 늘어놓냐고요? 당신은 아마 자신의 수사 솜씨를 자랑하고, 자기가 얼마나 뛰어난 예심판사이고 탐정인지 우리와 공작 앞에서 과시하고 싶은 모양이죠? 아니면, 부르돕스키가 이 사건에 말려든 건 아무것도 몰랐기 때문이라고 변명해주며 그를 변호하겠다는 생각인가요? 하지만 그건 주제넘다고요, 신사 양반! 부르돕스키는 당신의 변호와 변명이 필요 없어요, 잘 아실 텐데! 그는 수치심을 느끼고 있어요, 안 그래도 지금 괴롭다고요, 거북한 입장이란 말입니다, 당신은 그 점을 헤아리고 이해해줘야 하지 않느냐 이겁니다……"

"알았어요, 체렌치예프 씨, 그만하면 됐습니다." 가브릴라 아르달리오노비치는 간신히 그의 말을 제지했다. "진정하세요, 흥분하지 마십시오. 당신은 건강이 무척 좋지 않아 보이는데요? 진심으로 동정합니다. 정 그러시다면, 충분히 알아두어서 결코 무익하지 않으리라고 확신하는 사실 몇 가지만 그저 간략히 알려드리고 끝내기로 하죠." 그는 사람들이 이제 더는 못 기다리겠다는 듯 약간 동요하기 시작한 것을 눈치채고 이렇게 덧붙였다. "나는 그저 이 사건에 관심을 가진 모든 분에게 다음의 사실을 증거와 함께 알려드리고자 합니다. 부르돕스키 씨, 당신의 어머니가 파블리셰프의 호의와 배려를 누린 것은, 당신의 어머니가 니콜라이 안드레예비치 파블리셰프가 아주 젊은 시절에 사랑에 빠졌던 하녀의 여동생이라는 단 한 가지 이유 때문이었는데, 만약 그 하녀가 갑자기 죽지만 않았다면 틀림없이 혼인했을 정도로 그는 그녀를 몹시 사랑했습니다. 나는, 집안 내부의 이 사실이 어디까지나 정확하고 확실하지만, 이 일을 아는 사람은 불과 몇 명에 지나지 않았으며 심지어 완전히 잊히고 말았다는 증거를 가지고 있습니다. 이 밖에도 설명드릴 수 있는 것은, 당신 어머니가 아직 열 살배기 아이였을 때 파블리셰프 씨가 데려다가 친척을 대신해 양육했고 상당한 액수의 혼인지참금까지 따로 떼어놓았는데, 이 모든 배려가 파블리셰프의 수많은 친척 사이에 매우 뒤숭숭한 소문을 낳았다는 점입니다. 심지어 그가 자신의 양녀와 혼인할 거라고 생각한 이들도 있었지만, 그러나 결국 그녀는 스무 살 때 자신의 사랑을 좇아(이 사실 역시 아주 정확하게 증명할 수 있습니다) 토지측량사인 관리 부르돕스키 씨에게 시집갔습니다. 부르돕스키 씨, 나는 당신 아버지가 어떤 분이었는지 증명해줄 대단히 정확한 사실 몇 가지를 수집해둔 게 있는데, 당신 아버지는 아주 비실무적인 분이어서, 어머니의 지참금 1만 5천 루블을 받자 곧 관직을 팽개치고 상업에 뛰어들었으나 사기를 당해 자본금을 잃고는 괴로움을 못 이겨 술을 마시기 시작했고, 그 술 때문에 병이 들어 결국 당신 어머니와 혼인한 지 팔 년째 되던 해에 일찍 세상을 떠나고 말았습니다. 당신 어머니가 직접 증언해준 바에 의하면, 그후 어머니는 극심한 가난에 처했고, 파블리셰프가 해마다 6백 루블씩 보내주면서 늘 관대하게 도와주지 않았다면 벌써 굶어죽었을 거라고 했습니다. 또 그가 그 당시 어린 애였던 당신을 무척 귀여워했다는 증거도 수없이 많습니다. 이 증거들, 그리고 이번에도 당신 어머니가 확인해준 바를 종합해보면, 그가 당신을 귀여워한 까닭은, 무엇보다 당신이 어린 시절에 말더듬이에다 거의 불구나 다름없는 가엾고 불행한 아이였기 때문임이 분명합니다(정확한 증거에 의거해 내가 내린 결론입니다만, 파블리셰프는 학대받는 사람들, 자연에 의해 불운하게 태어난 사람들, 특히 그런 아이들에게 평생토록 특별한 온정을 품고 있었으며—이것은 이번 사건을 규명하는 데 대단히 중요한 사실이라 확신합니다). 끝으로 나는 다음의 주요한 사실을 더없이 정확하게 밝혀냈음을 스스로 자랑으로 삼을 만하다고 생각하는데, 파블리셰프가 당신에게 이처럼 특별한 애착을 보이자(당신은 그분의 노력으로 김나지움에 들어가 특별한 보호를 받으며 공부할 수 있었으니까요), 점차 그분의 친척과 하인들 사이에선 당신이 그분의 아들이며 당신 아버지는 그저 속아넘어간 남편에 불과하다는 생각이 싹트기 시작했습니다. 하지만 문제는, 이러한 추측이 그들 사이에서 정확하고 전반적인 확신으로까지 굳어진 것은 이미 파블리셰프가 말년에 이른 후였다는 건데, 집안사람들 모두가 유언장 때문에 겁을 내며 전전긍긍하고 있었던데다 최초의 사실들은 이미 까맣게 잊혀서 조사도 불가능해진 시기였던 겁니다. 이런 추측이 부르돕스키 씨 당신의 귀에까지 들어가서 당신을 온통 사로잡아버린 게 틀림없습니다. 내가 직접 만나뵈는 영광을 누릴 수 있었던 당신 어머니께서도 이런 소문을 모두 알고 있었지만, 아들인 당신마저 이 소문에 현혹된 줄은 아직 모르고 있더군요(나 역시 그런 얘기는 숨겼습니다). 부르돕스키 씨, 프스코프에서 당신의 존경하는 어머니를 만나뵀을 때, 어머니는 병고와 극심한 가난에 시달리고 있었는데, 파블리셰프가 죽은 뒤로 그렇게 됐다고 합니다. 어머니는 오직 당신 덕분에, 당신의 도움 덕분에 이 세상에 살고 있다고 감사의 눈물을 흘리며 말하더군요. 어머니는 당신의 미래에 많은 기대를 걸고 있고, 장차 당신이 성공하리라고 뜨겁게 믿고 있어요……"

"이건 정말 참을 수가 없군!" 갑자기 레베제프의 조카가 도저히 못 참겠다는 듯, 소리를 버럭 질렀다. "무엇 때문에 그런 소설을 늘어놓는 거요?"

"구역질나게 무례하군!" 입폴리트는 화가 나서 펄쩍펄쩍 뛰었다. 하지만 부르돕스키는 말 한마디 없이, 꼼짝도 하지 않고 앉아 있었다.

"무엇 때문이냐고요? 어째서냐고요?" 가브릴라 아르달리오노비치는 속으로는 음흉하게 결론을 내놓을 준비를 하면서, 능청스럽게도 놀란 표정을 지었다. "그건 첫째, 부르돕스키 씨도 이제는 아마, 파블리셰프 씨가 자신을 사랑해준 것은 관대함에서이지, 결코 아들이라서 그랬던 게 아니라는 사실을 완전히 인정하고 있을 겁니다. 부르돕스키 씨는 아까 켈레르 씨가 기사를 읽어주었을 때 그것이 진실임을 보증하고 찬성해주기 전에 이 한 가지 사실만큼은 반드시 알아둬야 했던 거지요. 이런 말을 하는 까닭은, 부르돕스키 씨 당신을 고결한 사람으로 여기기 때문입니다. 둘째, 이 사건과 관련해 심지어 체바로프 측에서도 그 어떤 갈취나 사기의 의도가 없었던 것으로 판명됩니다. 이것은 나로서도 중요한 점인데, 왜냐하면 아까 공작이 흥분한 나머지, 마치 나도 공작과 똑같은 견해를 가지고 이 불행한 사건을 갈취와 사기로 보는 것처럼 언급했기 때문입니다. 하지만 반대로, 이 사건은 모든 면에서 완전한 확신에 기초하고 있었고, 체바로프만 하더라도 어쩌면 실제로 굉장한 사기꾼인지도 모르지만, 이 사건에선 그저 잔재주 정도 피우는 수완가에다 대서代書장이에 불과합니다. 그는 변호인으로서 그저 한몫 단단히 벌게 되길 기대했으며, 그의 계산은 세심하고 그럴듯했을뿐더러 대단히 정확했습니다. 그는 공작이 쉽게 돈을 내주고, 작고한 파블리세프에게 감사와 존경의 정을 품고 있다는 점에 착안했습니다. 나아가 (이것이 가장 중요합니다만) 이미 잘 알려진 대로 공작이 명예와 양심의 의무에 대해 기사도적인 견해를 가지고 있다는 사실로부터 출발했던 겁니다. 그럼 부르돕스키 씨 자신은 어떠냐, 거기에 대해선 심지어 이렇게도 말할 수 있겠지요. 그는 스스로도 어떤 확신을 가지고 있던 차에 체바로프와 주위 친구들의 부추김을 받아, 자신의 이익 따윈 거의 조금도 염두에 두지 않고 거의 전적으로 진리와 진보와 인류에 이바지한다는 마음으로 이 일을 벌였다고 말입니다. 이런 사실들을 말씀드렸으니, 이제 부르돕스키 씨가 겉으로는 어떻게 보이든 어디까지나 결백한 사람임이 모두에게 명백해졌을 것이며, 공작은 이제 아까보다 더 빨리, 더 기꺼이, 그에게 친구로서의 조력과, 아까 학교와 파블리셰프에 대해 얘기하면서 언급했던 적극적인 도움을 제공할 수 있을 것입니다."

"그만두세요, 가브릴라 아르달리오노비치, 제발 좀 그만두세요!" 공작은 소스라치게 놀라서 외쳤지만, 이미 때가 늦었다.

"내가 말했잖습니까, 벌써 세 번이나 말했다고요." 부르돕스키가 신경질적으로 소리쳤다. "돈 같은 건 필요 없어요. 절대 안 받아요…… 뭣 때문에…… 싫다고요…… 젠장, 나는 가겠어!……"

그러면서 그는 테라스에서 확 달려나가려 했다. 하지만 레베제프의 조카가 그의 팔을 붙잡고 뭐라고 소곤거렸다. 그는 재빨리 되돌아오더니, 봉하지 않은 커다란 편지봉투를 주머니에서 꺼내 공작 옆에 있는 조그만 탁자 위에 획 던졌다.

"자, 돈이야!…… 당신은 감히…… 감히…… 이따위 돈을!……"

"250루블이에요, 당신이 체바로프를 통해 주제님게 적선이랍시고 보냈던 바로 그 돈 말이에요." 독토렌코가 설명했다.

"기사에선 50루블이라고 했는데!" 콜랴가 소리쳤다.

"내 잘못입니다!" 공작이 부르돕스키에게 다가서며 말했다. "내가 당신한테 정말 잘못했어요, 부르돕스키, 하지만 적선한다고 보낸 건 아닙니다, 믿어주세요. 나는 방금도 잘못했고…… 아까도 잘못했어요. (공작은 몹시 혼란스러운 상태였고, 맥없이 지친 표정에 말에도 두서가 없었다.) 나는 아까 사기 행위라고 말했지만…… 당신을 두고 한 말이 아닙니다, 내 실수예요. 나는 당신이…… 나와 같은 사람—환자라고 했어요. 하지만 당신은 나 따위의 인간이 아닙니다, 당신은…… 과외 선생 노릇을 하며 어머니를 부양하고 있어요. 나는 당신이 어머니를 욕되게 했다고 말했지만, 당신은 어머니를 사랑하고 있습니다. 어머니가 직접 그렇게 말씀하시잖습니까…… 나는 몰랐어요…… 아까 가브릴라 아르달리오노비치가 전부 얘기해주지 않아서…… 내 잘못입니다. 나는 감히 당신한테 1만 루블을 제공하겠다고 했는데, 하지만 내가 잘못했어요, 그건 그런 식으로 하면 안 되는 거였는데, 이젠…… 어쩔 도리가 없겠죠, 당신이 나를 경멸하고 있을 테니……"

"이건 진짜 정신병원이구나!" 리자베타 프로코피예브나가 소리쳤다.

"그래요, 정신병원이에요!" 아글라야도 참다못해 날카롭게 소리를 질렀으나, 그녀의 말은 사람들의 소음에 묻히고 말았다. 다들 이미 큰 소리로 얘기하며 각자 자기 의견을 내세웠는데, 어떤 사람들은 논쟁을 하고 어떤 사람들은 웃어댔다. 화가 머리 꼭대기까지 치민 이반 표도로비치 예판친은 자신의 위엄이 손상됐다는 얼굴을 하고 리자베타 프로코피예브나를 기다리고 있었다. 레베제프의 조카가 마지막으로 한마디 지껄이며 끼어들었다.

"정말이지, 공작, 당신을 인정해주지 않을 수 없군요, 그처럼 자신의…… 병을 (뭐, 예의상 병이라 해두죠) 이용할 줄 알다니. 당신이 우정과 돈을 제안한 방식이 너무나 교묘해서, 고결한 사람이라면 이제 그것들을 도저히 받아들일 수 없단 말입니다. 이건 너무 순진한 건지, 아니면 너무 능란한 건지…… 하긴 당신이 더 잘 알겠죠."

"여러분, 잠깐만." 그 사이에 돈 봉투를 열어본 가브릴라 아르달리오노비치가 갑자기 소리쳤다. "여기에 든 돈은 250루블이 아니라 백 루블밖에 안 됩니다. 나중에 무슨 오해가 없도록 말씀드리는 겁니다, 공작."

"그냥 두세요, 그냥 두시라니까." 공작은 가브릴라 아르달리오노비치에게 두 손을 저어 보였다.

"아니요, '그냥 두세요'가 아니죠!" 레베제프의 조카가 곧바로 물고 늘어졌다. "우리한텐 당신의 그 '그냥 두세요'가 너무 모욕적이에요, 공작. 우린 숨길 게 없어요, 우린 솔직하게 밝힌다고요. 맞아요, 거기엔 250 전부가 아니라 백 루블밖에 없어요, 하지만 어차피 매한가지 아닌가요……"

"아-아니죠, 매한가지가 아니죠." 가브릴라 아르달리오노비치가 도무지 못 알아듣겠다는 얼굴로 재빨리 끼어들었다.

"내 말을 가로채지 말아요. 우리는 당신이 생각하는 것처럼 그렇게 바보가 아니란 말입니다, 변호사 양반." 레베제프의 조카가 사납게 화를 내며 고함을 질렀다. "물론 백 루블은 250루블이 아니고 매한가지가 아니지만, 중요한 건 원칙입니다. 여기에선 주된 생각이 중요한 것이지, 150루블이 부족하다는 것 따윈 사소한 문제에 불과해요. 중요한 건, 부르돕스키가 공작 각하 당신의 적선을 받지 않고 그것을 당신 얼굴에 던져버린다는 사실이고, 이런 의미에서 보면 1백이나 250이나 매한가지란 말입니다. 부르돕스키는 1만 루블을 거절했어요, 당신도 봤잖아요. 만약 그가 정직하지 못한 인간이었다면 백 루블도 가져오지 않았을 겁니다! 그 150루블은 체바로프가 공작을 방문하는 데 쓴 여비로 지출됐습니다. 차라리 일 처리를 제대로 못하는 우리의 서투름과 미숙함을 비웃으시죠. 그러잖아도 당신들은 우리를 웃음거리로 만들고 싶어 안달했잖아요. 하지만 감히 우리더러 정직하지 못하다고는 하지 마십시오. 그 150루블은, 귀하, 우리가 공동으로 공작에게 갚겠습니다. 1루블씩 갚더라도 반드시 갚겠고, 이자까지 붙여서 돌려드리지요. 부르돕스키는 가난하고, 부르돕스키는 백만장자가 아닙니다. 그런데 체바로프가 여행에서 돌아와서는 계산서를 내놓는 겁니다. 우리는 이길 것으로 기대했고…… 그의 입장이라면 어느 누가 달리 행동했겠습니까?"

"어느 누가라뇨?" S공작이 소리쳤다.

"여기 있다간 내가 돌겠어!" 리자베타 프로코피예브나가 외쳤다.

"이건 그 변론을 연상시키는군요." 오랫동안 서서 지켜보던 예브게니 파블로비치가 웃음을 터뜨렸다. "어느 변호사가 얼마 전에 행한 그 유명한 변론 말입니다. 이 변호사는, 강도짓을 목적으로 여섯 명을 한꺼번에 살해한 자기 의뢰인을 위해 가난을 구실로 내세우면서, 느닷없이 이런 식으로 결론을 내렸다더군요. '제 의뢰인이 가난에 시달린 나머지 여섯 명을 살해할 생각을 하게 된 것은 너무나 자연스러운 일이며, 그의 입장이라면 대체 어느 누가 이런 생각을 하지 않았겠습니까?' 라고요. 대충 이런 식인데, 어쨌든 무척 재미있지요."

"관둬요!" 리자베타 프로코피예브나는 화를 못 이겨 부들부들 떨다시피 하면서 버럭 소리쳤다. "그런 헛소린 이제 집어치우라고요!……"

그녀는 아주 무섭게 흥분해서는 위협적으로 머리를 뒤로 번쩍 젖히고 거만하고도 격렬하고 성급한 도전적인 자세로 두 눈을 번득이며 좌중을 둘러보고 있었으나, 그 순간 누가 자기편이고 누가 적인지도 구별하지 못하는 듯했다. 이것은 오랫동안 억눌러오던 분노가 드디어 폭발하면서, 당장 누구에게든 마구 덤벼들어 곧바로 한바탕 싸움이라도 벌이지 않고는 못 배길 것 같은 상태가 되는 바로 그러한 순간이었다. 리자베타 프로코피예브나를 잘 아는 사람들은 그녀에게 어떤 특별한 일이 일어났음을 직감했다. 이반 표도로비치는 이튿날 S공작에게 "우리 집사람이 더러 그러긴 하지만, 그래도 어제처럼 심한 적은 아주 드물다네"라고 말하면서 알기 쉽게 설명까지 덧붙였다. "삼 년에 한 번쯤이나 그럴까, 절대로 더 자주 그러진 않아! 암, 절대로 더 자주 그러진 않지!"

"됐어요, 이반 표도로비치! 날 내버려둬요!" 리자베타 프로코피예브나가 소리쳤다. "왜 이제야 당신 팔을 내미는 거예요? 아까는 끌어내지도 않더니. 당신은 남편이고 가장이에요. 내가 당신 말을 듣지 않고 따라나가지 않으면, 내 귀를 잡고서라도 이 바보천치 같은 나를 끌어내야 했잖아요. 하다못해 딸애들 걱정이라도 했어야죠! 하지만 이젠 당신 없이 우리 힘으로 길을 찾겠어요, 이런 수치는 앞으로 일 년이 가도 잊을 수 없을 거야…… 잠깐만, 공작한테도 감사를 드리고 싶군요!……

고마워요, 공작, 여러모로 대접 잘 받았습니다! 덕분에 편히 앉아 젊은 이들 얘길 잘 들었으니…… 아니, 이건 비열해요, 비열해! 이런 난장판에 이런 추태, 이런 건 꿈속에서도 볼 수 없을걸! 아니, 정말 저런 인간들이 많은가요?…… 가만있어, 아글라야! 알렉산드라, 너도 가만있으라니까! 너희 일이 아냐!…… 내 옆에서 얼쩡거리지 말아요, 예브게니 파블르이치, 당신한텐 넌더리가 났으니까!…… 그래 당신은, 이봐요, 저 녀석들한테 용서까지 구하는 판이죠." 그녀는 다시 공작에게 화살을 돌렸다. "'감히 당신에게 거금을 제공하겠다고 하다니, 내가 잘못했습니다'라며…… 아니, 너는 왜 웃는 거냐, 이 허풍쟁이야!" 그녀는 갑자기 레베제프의 조카에게 덤벼들었다. "'우리는 거금을 거절합니다, 우리는 요구하는 것이지 구걸하는 게 아닙니다!'라고? 이 백치가 내일 당장 자기들을 찾아가 또다시 우정과 거금을 받아달라고 부탁할 것을 뻔히 알면서! 그래, 정말 찾아갈 건가요? 갈 거예요, 안 갈 거예요?"

"갈 겁니다." 조용하고 온화한 음성으로 공작이 말했다.

"글쎄, 이렇다니까! 네 녀석은 바로 이걸 계산에 넣고 있는 거야." 그녀는 다시 독토렌코를 향해 말했다. "돈은 이미 네 주머니에 들어와 있는 거나 마찬가지겠다, 그러니 네놈은 그저 우릴 속이려고 큰소리를 뻥뻥 치는 거야…… 어림없어, 이 녀석아, 다른 바보들을 찾아봐, 나는 네놈들 속을 꿰뚫어보고 있어…… 네놈들이 부리는 수를 훤히 꿰뚫고 있단 말이야!"

"리자베타 프로코피예브나!" 공작이 외쳤다.

"돌아갑시다, 리자베타 프로코피예브나, 너무 늦었어요, 공작도 함께 모시고 갑시다." S공작은 미소를 지으며, 되도록 침착하게 말했다.

딸들은 거의 겁을 먹은 모습으로 옆에 서 있었고, 장군은 그야말로 얼이 빠진 상태였다. 다른 사람들도 모두 놀란 얼굴이었다. 좀 멀찌감치 서 있던 몇 사람은 몰래 킥킥대며 소곤거리고 있었다. 레베제프의 얼굴은 감격의 절정에 이른 표정이었다.

"난장판과 추태는 말이죠, 마님, 어디서나 찾아볼 수 있습니다." 레베제프의 조카가 의미심장하게 말했으나, 역시 좀 당황한 듯했다.

"그래도 이런 정도는 아니지! 이런 정도는 아니라고, 이봐, 지금 네놈들이 보여준 것 같은 그런 난장판은 아니란 말이다!" 리자베타 프로코피예브나는 히스테리라도 일으킨 듯 표독스럽게 말을 받았다. "나를 좀 내버려두라니까," 그녀는 자기를 말리려는 사람들에게 이렇게 소리쳤다. "아니, 예브게니 파블르이치, 당신 자신이 방금 말한 대로, 심지어 변호인이 법정에서, 가난 때문에 여섯 사람을 죽이는 것보다 더 자연스러운 일은 없다고 제 입으로 선언했다면, 이제 정말 말세가 됐군요. 나는 여태 그런 소리를 들어본 적도 없어요. 하지만 이제 나도 모든 걸 깨달았어요! 그래, 이 말더듬이 녀석이 과연 사람을 죽이지 못할 것 같아요? (그녀는 그저 어리둥절해서 그녀를 바라보고 있는 부르돕스키를 가리켰다.) 내기를 해도 좋지만, 이 녀석은 사람을 죽이고도 남아요! 이 녀석은 아마 당신의 돈 만 루블을 받지 않을 거예요, 양심의 명령에 따라 받지 않는다는 거겠죠. 하지만 한밤중에 와서 당신을 죽이고 귀중품함에서 그 돈을 꺼내갈걸요. 양심의 명령에 따라 꺼내가는 거라고요! 이 녀석에겐 그게 비양심적인 일이 아니니까! 이것은 '고결한 절망의 폭발'이라느니, '부정'이라느니, 하고 귀신 씻나락 까먹는 소릴 지껄이겠죠…… 쳇! 모든 게 정반대로 뒤집혔고, 모두가 거꾸로 서서 걷기 시작했어요. 집안에서 고이 자라던 처녀가 느닷없이 길 한복판에서 마차에 뛰어올라, '엄마, 나 며칠 전에 카를르이치인가 이바느이치인가 하는 사람하고 혼인했어요, 안녕히 계세요!'라고 하는 게, 그래 당신들 생각엔 잘하는 짓인가요? 존경할 만하고 자연스러운 행동인가요? 여성 문제라는 소리인가요? 여기 이 꼬마(그녀는 콜랴를 가리켰다), 요 녀석까지도 며칠 전에 바로 그게 '여성 문제'라며 대들더군요. 아니, 아무리 바보 같은 어미일망정, 그래도 사람대접은 해줘야지!…… 네놈들, 아까 들어올 때 고개를 뒤로 딱 젖힌 그 꼴은 대체 뭐냐? '감히 가까이 다가오지 마라', 우리가 납신다, 이거겠지. '우리에게 모든 권리를 내놔라, 감히 우리 앞에서 입을 놀릴 생각도 마라. 우리한테 모든 존경을 표하라, 이 세상에서 볼 수 없는 존경까지도 표하라, 하지만 우리는 너를 가장 비천한 하인보다 더 못하게 대할 것이다!' 이런 태도였단 말이다. 진리를 추구하고 권리를 주장한다면서, 정작 그 기사에선 이 사람에 대해 이슬람교도처럼 온갖 중상모략을 했잖느냐 말야. 뭐가 어째? '우리는 구걸하는 게 아니라, 요구하는 겁니다. 당신은 우리한테서 어떤 감사의 말도 듣지 못할 것입니다, 왜냐하면 그건 당신이 당신 자신의 양심을 만족시키기 위해 하는 일이니까요!'라고? 흥, 무슨 그따위 도덕이 다 있어! 하지만 만약 너한테서 어떤 감사의 말도 들을 수 없다면, 공작도 너한테 이렇게 대답할 수 있다는 걸 알아둬. 자기는 파블리셰프를 전혀 고맙게 여기지 않는다, 파블리셰프 역시 자신의 양심을 만족시키기 위해 선행을 한 것뿐이니까, 라고 말이야. 하지만 네놈은 오직 공작이 파블리셰프에게 품은 감사의 정만을 믿고 있었을 뿐이야. 공작은 너한테 돈을 꾼 적도 없고, 너한테 빚을 진 것도 없으니, 공작의 그 감사의 정 말고는 네놈이 기대할 게 대체 뭐였겠어? 그런데도 어째? 고맙다는 말은 하지 않겠다고? 아주 돌았군! 유혹에 넘어간 처녀를 사회가 욕할 때, 사람들은 으레 그 사회를 야만적이고 몰인정하다고 여기는 법이야. 그리고 사회를 몰인정하다고 여긴다면, 그건 그 처녀가 그런 사회에서 살아가기 괴롭다는 것을 인정한다는 얘기지. 하지만 만약 그렇다면, 대체 어떻게 네놈은 그녀 얘기를 신문에 실어 이 사회 앞에 끌어내면서, 그게 그녀에게 고통인 것처럼 말하면 안 된다고 요구하느냐 말이야? 네놈들은 정신이 돌았어! 허영덩어리들이야! 하느님도 믿지 않고, 그리스도도 믿지 않는 인간들이야! 네놈들처럼 허영과 오만함에 사로잡힌 인간들은 결국엔 저희들끼리 서로 잡아먹고 말 거야, 두고 봐, 내 말이 틀리나. 이래도 이게 뒤죽박죽이 아니라고? 난장판이 아니라고? 추태가 아니라고? 그런데도 저 배알도 없는 양반은 이런 놈들한테 용서를 빌러 기어가겠다니! 그래, 네놈들 같은 인간이 정말 많은 거냐? 왜 히죽거려? 네놈들을 상대해서 내 얼굴에 흙칠을 했다고? 흙칠이야 이미 해버렸으니, 이젠 어쩔 수 없지!…… 그렇게 히죽거리지 말라니까, 이 악당 녀석아! (그녀는 갑자기 입폴리트에게 덤벼들었다) 숨도 간신히 쉬는 주제에 다른 사람들을 망쳐놓잖아. 네놈은 내 이 꼬마 녀석도 망쳐놨더구나(그녀는 다시 콜랴를 가리켰다). 얘는 그저 네놈 얘기만 헛소리처럼 시부렁대고 있어, 네놈은 이 녀석한테 무신론을 가르쳤지, 네놈은 하느님도 믿지 않아, 너 따윈 아직 흠씬 두들겨 맞아도 괜찮은 나이야, 이 도련님아, 쳇, 네놈들은 정말 죄다!…… 그래, 레프 니콜라예비치 공작, 내일 저 녀석들한테 갈 거냐고요, 정말 갈 건가요?" 그녀는 숨을 헐떡이다시피 하며 공작에게 또다시 물었다.

"갈 겁니다."

"그렇다면 이제 당신 같은 사람하곤 알고 지내고 싶지도 않아요!" 그녀는 몸을 홱 돌려 나가버리려다 갑자기 다시 돌아왔다. "그럼 이 무신론자한테도 가겠군요?" 그녀는 입폴리트를 가리켰다. "아니, 왜 네 녀석은 날 보고 히죽거리는 거냐!" 그녀는 괴상한 소리를 꽥 내지르더니, 더 이상 입폴리트의 신랄한 냉소를 참지 못하고 갑자기 달려들었다.

"리자베타 프로코피예브나! 리자베타 프로코피예브나! 리자베타 프로코피예브나!" 사방에서 이런 소리가 한꺼번에 터져나왔다.

"*엄마*, 부끄럽지도 않으세요!" 아글라야가 소리쳤다.

"염려 마세요, 아글라야 이바노브나." 대뜸 달려온 리자베타 프로코피예브나에게 팔을 붙잡힌 입폴리트가 침착하게 대답했다. 리자베타 프로코피예브나는 무엇 때문인지 그의 팔을 꽉 붙잡고는 앞을 가로막고 서서, 미친 사람처럼 사나운 시선으로 그의 얼굴을 뚫어버릴 듯 응시하고 있었다. "걱정 마세요, 당신 *엄마*께서도 이렇게 죽어가는 사람을 때릴 수 없다는 걸 금방 아실 테니까요…… 내가 왜 웃었는지 설명드릴 용의가 있어요…… 허락해주신다면 무척 기쁘겠습니다……"

그러면서 그는 갑자기 무섭게 기침을 하기 시작해, 꼬박 일 분 남짓 기침을 진정시키지 못했다.

"금방 죽어가면서도 여전히 연설이냐!" 리자베타 프로코피예브나는 그의 팔을 놓아주고, 그가 입술에서 피를 훔쳐내는 모습을 공포에 가까운 눈으로 바라보며 이렇게 외쳤다. "그래 가지고 말은 왜 하겠다는 거냐! 너는 바로 집으로 가서 누워야 해……"

"그러겠어요." 입폴리트는 잠긴 목소리로 거의 속삭이듯 조용히 대답했다. "오늘 집으로 돌아가면 곧바로 눕겠어요…… 두 주일 뒤면 죽을 거니까요, 나도 알고 있어요…… 지난주에 B-n이 나한테 직접 그렇게 선고했거든요…… 그래서 만일 허락해주시면, 여러분에게 작별 인사로 몇 마디 하고 싶어요."

"정말 정신이 나갔구나, 응? 헛소리 집어치워! 치료를 받아야지, 이 판에 얘기가 다 뭐야! 어서 가, 어서 가서 누워!……" 리자베타 프로코피예브나가 기겁을 하며 소리쳤다.

"이제 누우면, 정말 죽을 때까지 못 일어나는 거예요." 입폴리트는 빙그레 웃어 보였다. "어제도, 죽을 때까지 다시는 일어나지 않을 각오로 아주 누워버리고 말까 했지만, 아직 다리가 지탱해줘서 이틀만 더 미루기로 했어요…… 오늘 저 친구들과 함께 여길 오려고…… 다만 이젠 몹시 피곤하군요……"

"그럼 앉아, 어서 앉아, 왜 서 있니? 자, 여기 의자가 있으니까." 리자베타 프로코피예브나는 이렇게 외치며 직접 의자를 내밀었다.

"고맙습니다." 입폴리트는 조용히 말을 계속했다. "그럼 부인도 마주 앉아 함께 얘기해요…… 우리는 꼭 얘길 해야 해요, 리자베타 프로코피예브나, 나는 지금 꼭 그래야만 해요……" 그는 다시 한번 그녀에게 웃어 보였다. "생각해보세요, 나는 오늘 마지막으로 바깥 공기를 마시며 사람들과 함께 있어요. 하지만 두 주일 뒤면 분명 땅속에 있겠죠. 그러니까 이건 사람들과 자연과 나누는 일종의 작별인사예요. 나는 그리 감상적인 사람은 아니지만, 그래도 생각해보세요, 나는 이 모든 일이 여기 파블롭스크에서 벌어진 게 무척 기뻐요. 어쨌든 초록잎이 무성한 나무라도 볼 수 있잖아요."

"아니, 지금 무슨 얘기를 하겠다고 그래?" 리자베타 프로코피예브나는 점점 더 불안해졌다. "너는 완전히 열병 상태야. 아까는 째지는 소리를 내며 빽빽거리더니, 지금은 숨도 제대로 못 쉬고 헐떡이잖아!"

"곧 돌아가서 쉬겠습니다. 하지만 왜 나의 마지막 소원을 거절하시려는 거죠?…… 실은 리자베타 프로코피예브나, 나는 오래전부터 당신과 어떻게든 한번 만나고 싶었어요. 콜랴한테 당신 얘길 많이 들었거든요…… 나를 버리지 않는 사람은 거의 콜랴 한 사람뿐이죠…… 당신은 기발한 데가 있고 별난 데가 있는 분이세요, 방금 직접 봤어요…… 아시는지 모르지만, 나는 당신이 조금 좋아지기까지 했어요."

"맙소사, 그런데 나는 이애를 정말 때릴 뻔했네."

"아글라야 이바노브나가 부인을 막은 거예요. 내 말이 틀리지 않죠? 이분이 당신의 따님 아글라야 이바노브나시죠? 정말 아름다운 분이에요. 전에 한 번도 본 적이 없지만, 아까 첫눈에 그분이라고 짐작했어요. 죽기 전에 마지막으로 이 아름다운 분의 얼굴이라도 바라보게 해주세요." 입폴리트는 어딘가 어색하고 일그러진 미소를 지었다. "여기 공작도 계시고, 당신의 남편도 계시고, 모두가 모여 있어요. 왜 나의 마지막 소원을 거절하시죠?"

"의자 좀!" 리자베타 프로코피예브나는 이렇게 외쳤지만, 자기 손으로 의자를 끌어다가 입폴리트와 마주보고 앉았다. "콜랴," 그녀는 지시했다. "너는 곧 이 사람과 함께 출발해서 집에 데려다줘라, 내일은 꼭 내가 직접……"

"괜찮으시다면, 공작에게 차를 한잔 청하고 싶군요…… 몹시 피곤해서요. 저기, 리자베타 프로코피예브나, 부인께선 공작을 댁에 데려가

차를 함께 드실 생각이셨나본데, 그냥 여기 남아서 함께 시간을 보내주세요, 공작은 분명 우리 모두에게 차를 대접할 테니까요. 죄송합니다, 마음대로 이렇게 요구해서…… 하지만 나는 부인이 어떤 분인지 잘 알아요, 부인은 착한 분이에요, 공작도 그렇고요…… 우리는 모두 우스꽝스러울 만큼 착한 사람들입니다……"

공작이 당황해서 두리번거리자, 레베제프가 차를 준비하러 쏜살같이 방에서 달려나갔고, 베라도 뒤따라 달려갔다.

"맞는 얘기야." 장군 부인은 단호하게 결정을 내렸다. "그럼 얘기해보렴, 하지만 흥분하지 말고 될 수 있는 대로 조용히 말해야 해. 나는 네가 너무 측은해졌어…… 공작! 나는 당신 집에서 차를 얻어 마시고 싶진 않고, 당신은 나한테 차를 대접할 자격이 없는 사람이지만, 사정이 이렇게 됐으니, 그냥 여기 남겠어요, 그렇다고 내가 누구한테 용서를 비는 일은 절대 없을 거예요! 누구한테도! 터무니없지!…… 그래도 혹시 내가 당신한테 욕을 했다면, 공작, 용서해줘요…… 어쨌거나 당신이 원한다면 말예요. 하지만 나는 누구도 붙잡지 않겠어요." 그녀는 갑자기 몹시 화가 난 얼굴로 남편과 딸들을 돌아보았는데, 마치 그들이 자기에게 무슨 끔찍한 잘못이라도 저지른 것 같은 태도였다. "나 혼자서도 집에 갈 수 있으니까……"

그러나 그녀가 미처 말을 끝내기도 전에, 모두가 다가와서 그녀를 에워싸고 비위를 맞춰주려 애썼다. 공작은 즉시 모든 사람에게 남아서 차를 마시라고 권하면서, 지금껏 거기에 생각이 미치지 못한 점에 대해 사과했다. 장군까지도 몹시 상냥해져서, 리자베타 프로코피예브나의 기분을 달래주려고 무슨 말을 중얼거리며 "그렇지만 테라스 공기가 당신에게 좀 차지 않을까?" 하고 다정하게 묻기도 했다. 그는 심지어 입폴리트에게도 대학에 다닌 지 오래되었느냐고 물으려다 그만두었다. 예브게니 파블로비치와 S공작도 갑자기 몹시 상냥하고 명랑해졌고, 아젤라이다와 알렉산드라의 얼굴에는 아직도 남아 있는 놀란 표정 사이로 만족감마저 떠오르고 있었는데, 한마디로, 리자베타 프로코피예브나의 위기가 지나간 것을 모두 기뻐하는 눈치였다. 다만 한 사람 아글라야만은 얼굴을 찌푸린 채 조금 떨어진 곳에 말없이 앉아 있었다. 다른 사람들도 모두 그대로 남았다. 누구 한 사람, 심지어 이볼긴 장군마저 자리를 뜨려 하지 않았으나, 이볼긴 장군은 레베제프가 옆을 지나가며 뭐라고 소곤대자 곧바로 어디 구석으로 자취를 감췄는데, 필시 그리 유쾌하지 않은 소리였던 게 분명했다. 공작은 부르돕스키와 그 일행에게도 일일이 다가가, 모두 차를 마시고 가라고 권했다. 그들은 뻣뻣한 표정으로, 자기들은 입폴리트를 기다리겠다고 웅얼거리고는, 이내 테라스의 맨 뒷구석으로 물러나 거기서도 역시 한 줄로 나란히 앉았다. 레베제프의 집에 자기 식구들이 마실 요량으로 아까부터 차가 준비돼 있었는지, 차는 금방 나왔다. 시계가 열한시를 쳤다.

X

입폴리트는 베라 레베제바가 내온 차로 입술을 축인 뒤 찻잔을 탁자 위에 내려놓고, 갑자기 당황했는지 겸연쩍은 듯한 얼굴로 주위를 둘러보았다.

"이 찻잔을 보세요, 리자베타 프로코피예브나," 그는 웬지 이상하게 허둥댔다. "이 자기 찻잔은요, 아마 아주 훌륭한 백색 점토로 만든 것 같은데, 늘 레베제프의 유리장에 열쇠까지 채워 고이 모셔두는 거랍니다. 여태 한 번도 내놓은 적이 없어요…… 하긴 다들 그러죠, 이건 레베제프의 아내가 혼수로 장만해온 겁니다…… 그게 이 사람들 풍속이거든요…… 그런데 이걸 우리한테 내놓은 거예요, 물론 부인께 공경을 표하기 위해서죠, 그만큼 부인을 모시게 돼 기뻤다는 얘기입니다……"

그는 또 뭔가를 덧붙이고 싶었으나, 생각이 나지 않았다.

"몹시 허둥거리는군요, 그럴 줄 알았습니다!" 갑자기 예브게니 파블로비치가 공작의 귀에 대고 소곤거렸다. "하지만 저게 위험하죠, 안 그런가요? 이건 아주 확실한 징조예요, 이제 곧 홧김에 무슨 해괴한 일을 저질러서, 리자베타 프로코피예브나도 더는 눌러앉아 있지 못하게 될 겁니다."

공작은 묻는 듯한 눈으로 그를 쳐다봤다.

"당신은 해괴한 일을 두려워하지 않죠?" 예브게니 파블로비치가 덧붙였다. "나도 그래요, 오히려 원하는 바죠. 사실 나는 그저 우리의 친애하는 리자베타 프로코피예브나가 혼이 나는 꼴을 꼭 보고 싶어요, 그것도 바로 오늘, 지금 당장요, 그걸 보기 전엔 돌아가지 않을 작정입니다. 아니, 당신은 신열이 나는 모양이군요."

"나중에 얘기하고, 저 사람들을 방해하진 맙시다. 네, 나는 몸이 좀 안 좋아요." 공작은 침착하지 못한 어조로 조바심까지 내면서 대답했다. 그는 자신의 이름이 나오는 걸 들었는데, 입폴리트가 자기 얘기를 하고 있었다.

"믿어지지 않으세요?" 입폴리트는 신경질적으로 웃었다. "당연히 그러시겠죠. 하지만 공작은 조금도 놀라지 않고 대번에 믿을 겁니다."

"듣고 있어요, 공작?" 리자베타 프로코피예브나가 공작에게 얼굴을 돌렸다. "듣고 있죠?"

주위에서 웃음소리가 일었다. 레베제프는 안절부절못하고 앞으로 나와 리자베타 프로코피예브나의 바로 눈앞에서 맴돌았다.

"이애 말을 들으니, 글쎄 바로 이 아첨쟁이, 당신의 별장 주인이…… 아까 읽은 그 기사, 당신 얘기를 쓴 기사를 그 양반한테 고쳐줬다잖아요."

공작은 놀라서 레베제프를 쳐다보았다.

"왜 잠자코 있죠?" 리자베타 프로코피예브나는 발을 구르기까지 했다.

"저기, 그게," 공작은 레베제프에게 계속 시선을 고정한 채 중얼거렸다. "나도 이제, 저 사람이 고쳐줬다는 걸 알겠습니다."

"사실인가?" 리자베타 프로코피예브나가 재빨리 레베제프를 돌아보며 말했다.

"틀림없는 사실입니다, 마님!" 레베제프는 한 손을 가슴에 얹고 주저없이 확고하게 대답했다.

"무슨 장한 일이라도 한 것 같군!" 그녀는 의자에서 펄쩍 튀어오를 듯한 기세였다.

"제가 비열합니다, 비열합지요!" 레베제프는 이렇게 중얼거리고는 가슴팍을 쾅쾅 쳐대기 시작하며 점점 더 깊숙이 머리를 조아렸다.

"자네가 비열하건 말건, 그건 내 알 바 아니네! 비열한 놈이라고 하면, 그걸로 끝날 줄 아나보지. 그리고 공작, 다시 한번 말하지만, 이따위 인간들하고 어울리다니 부끄럽지도 않나요? 나는 절대로 당신을 용서할 수 없어요!"

"공작님께선 저를 용서하실 겁니다!" 레베제프는 감동해서 자신 있게 말했다.

"오직 고결한 마음에서," 갑자기 켈레르가 앞으로 튀어나오더니, 우렁우렁 울리는 커다란 목소리로 똑바로 리자베타 프로코피예브나를 향해 입을 열었다. "오직 고결한 마음에서, 마님, 저는 곤경에 처한 친구를 배신하지 않으려고, 아까 들으신 것처럼 저 사람이 우리를 밖으로 쫓아내야 한다고 말했음에도 불구하고, 기사의 수정에 관해선 줄곧 입을 다물고 있었습니다. 진실을 명백히 해두기 위해 솔직히 말씀드리는데, 저는 실제로 은화 6루블을 주고 저 사람에게 그 일을 의뢰했지만, 절대로 문체를 위해서가 아니라, 실은 제가 대부분 모르던 사실들을 알아내기 위해, 저 사람이 확실한 정보를 가진 것으로 보고 의뢰했던 겁니다. 각반 달린 구두나, 스위스 교수 집에 있을 때의 식욕이나, 250루블을 50루블이라고 쓴 것 등, 이런 것들은 모두 저 사람이 은화 6루블을 받고 손을 본 것이지만, 문체를 고치진 않았습니다."

"저도 이 말만은 해둬야겠습니다." 사람들의 웃음소리가 점점 더 크게 퍼지는 가운데, 레베제프가 열병에 걸린 사람처럼 초조하게, 하지만 왠지 설설 기는 목소리로 말을 가로챘다. "저는 기사의 전반부만 고쳤습니다, 중간에 서로 의견이 맞지 않아 한군데를 두고 언쟁까지 하고는, 후반부엔 전혀 손을 대지 않았으니깝쇼, 거기 무식하게 쓴 부분은(무식한 부분이 한두 군데가 아닙죠!) 죄다 절대로 제 탓이 아닙니다요……”

“그런 게 문제가 아냐!” 리자베타 프로코피예브나가 버럭 고함을 질렀다.

“한 가지 물어보겠소.” 예브게니 파블로비치가 켈레르에게 말했다. “기사를 손본 게 언제요?”

“어제 아침입니다.” 켈레르가 보고했다. “그때 만난 자리에서 우리는 서로 비밀을 지키기로 맹세했습니다.”

“어제 아침이라면 저 사람이 공작 당신 앞에 엉금엉금 기면서 충성을 맹세하던 때잖아! 정말, 같잖은 인간들이구먼! 자네의 푸쉬킨은 필요 없네, 자네 딸도 나한테 보낼 것 없어!”

리자베타 프로코피예브나는 자리에서 일어서려다가, 입폴리트가 웃고 있는 것을 알아채자 화를 발칵 내며 돌아보았다.

“뭐야, 넌, 이봐, 나를 여기서 웃음거리로 만들려고 한 거겠지!”

“천만에요,” 입폴리트는 입술을 일그러뜨리며 웃었다. “하지만 리자베타 프로코피예브나, 부인의 너무나 색다른 성격에는 놀라지 않을 수 없군요. 솔직히 말해, 나는 일부러 레베제프 얘기를 꺼냈던 겁니다. 그게 부인에게 어떻게 작용할지를, 그리고 오직 부인에게만 그런 효과를 내리라는 것도 나는 알고 있었거든요. 공작이야 틀림없이 용서해줄 거고, 아마 벌써 용서했을 테니까요…… 심지어 저 사람을 용서해줄 구실을 머릿속에서 이미 찾아냈는지도 모르죠, 그렇지 않나요, 공작, 안 그런가요?”

그는 숨을 헐떡이고 있었다. 그의 기이한 흥분은 말을 한마디씩 할 때마다 더욱더 커져갔다.

“그래서?……” 리자베타 프로코피예브나는 그의 어조에 놀라며, 화가 난 목소리로 말했다. “그래서?”

“부인에 대해선 전부터 많이 들었어요, 바로 지금 같은 얘기를…… 그리고 무척 기쁘게도…… 부인을 아주 존경하게 됐어요.” 입폴리트는 말을 이어갔다.

그는 이렇게 말하면서도, 바로 그 말로 전혀 다른 것을 말하려고 하는 듯했다. 그의 말에는 냉소의 그림자가 어려 있었으나, 동시에 그는 터무니없이 흥분하여 의심에 찬 눈으로 주위를 둘러보며 눈에 띄게 허둥대고 한마디할 때마다 더듬거려서, 이 모든 것이 폐병을 앓는 얼굴, 그리고 미칠 듯한 분노가 담긴 이상하게 번쩍이는 눈빛과 어우러져, 저도 모르게 계속 사람들의 주의를 끌었다.

“정말이지 놀랄 뻔했습니다, 하기야 내가 상류사회를 전혀 모르긴 하죠(그 점은 인정합니다), 어쨌든 부인은 아까 자신의 격에 전혀 어울리지 않는 우리 일행과 함께 남았을 뿐만 아니라, 저…… 아가씨들까지 남게 해서 그 추잡한 얘기를 듣게 하셨으니까요, 하긴 아가씨들도 이미 소설에서 다 읽으셨겠죠. 어쩌면 내가 잘 알지 못하는지도 몰라요…… 머릿속이 뒤죽박죽이어서. 어쨌거나 부인 말고 어느 누가 이런 꼬마의(하긴 뭐, 꼬마죠, 그것도 인정해요) 부탁을 받아들여, 일부러 남아…… 저녁을 함께 보내며 온갖…… 상대를 해주고…… 그리고…… 이튿날이면 그걸 수치스러워할 수 있겠어요…… (하지만 이 표현이 적절치 않다는 데 나도 동의해요.) 나는 이 모든 것을 아주 높이 찬미하며 깊이 존경하는 바이지만, 부인의 남편이신 각하께선 이런 게 죄다 불쾌하신 모양이군요, 얼굴만 봐도 알 수 있죠…… 히-히!” 그는 완전히 갈피를 잃고 히히 웃어댔으나, 갑자기 기침이 터져나오는 바람에 이 분가랑은 말을 계속할 수 없었다.

"아예 숨이 넘어가는구나!" 엄격한 호기심을 가지고 그를 살펴보던 리자베타 프로코피예브나가 차갑고 날카롭게 말했다. "자, 꼬마야, 네 얘긴 그만 됐다. 끝낼 때야!"

"실례지만 여보게, 나도 자네한테 한마디하겠네." 이반 표도로비치가 끝내 참지 못하고 갑자기 화가 난 어조로 입을 열었다. "내 아내는 우리 가족의 친구이자 이웃인 레프 니콜라예비치 공작의 손님으로 여기 와 있네, 그리고 젊은이, 어쨌든 자네가 리자베타 프로코피예브나의 행동에 대해 왈가왈부하거나, 내 얼굴에 무엇이 쓰여 있느니 어쩌니 하며 맞대놓고 큰 소리로 떠드는 건 주제넘은 짓일세. 암. 그리고 내 아내가 여기 남은 건, 여보게," 그는 한마디씩 덧붙일 때마다 더욱더 분개하다시피 하며 말을 이어갔다. "그건 우선 놀라서이고, 또 이상한 젊은이들을 좀 보고 싶다는, 누구나 이해할 수 있는 현대적인 호기심 때문이야. 나 자신이 남은 것도, 거리에서 뭔가를 보게 돼 잠깐 걸음을 멈추는 것과 같단 말일세, 한번 봐둘 만한 그 어떤…… 그 어떤…… 그 어떤……"

"진기한 광경 같은 거지요." 예브게니 파블로비치가 얼른 말해줬다.

"맞아, 아주 정확해." 뭔가 비교를 하려다가 조금 허둥대던 장군 각하가 기뻐하며 말했다. "바로 그런 진기한 것을 보는 마음이란 말이지. 하지만 어쨌거나 나로서 가장 놀랍고, 그리고 문법상 이런 표현이 적절한지 모르겠네만, 가장 안타깝기조차 한 일은, 젊은이, 자네가 전혀 깨닫지조차 못한다는 거야, 즉, 리자베타 프로코피예브나가 지금 자네 곁에 남은 건, 자네가 아프기 때문이고—만일 자네가 정말로 죽어가고 있는 게 맞다면—이른바 연민 때문이며, 자네의 애처로운 말 때문이라는 걸 말일세, 그리고 여보게, 어떤 경우에도 내 아내의 이름과 성품과 지위에 오점 따윈 절대로 남을 수 없다는 사실을 명심해두게…… 리자베타 프로코피예브나!" 장군은 얼굴이 시뻘게져서 말을 맺었다. "이제 돌아갈 생각이면, 착한 공작한테 작별인사부터 하고……"

"가르침에 감사드립니다, 장군님." 입폴리트가 생각에 잠겨 그를 바라보며 뜻밖에도 진지한 어조로 장군의 말을 끊었다.

"그만 가요, *엄마*, 아직도 멀었나요?……" 더이상 못 참겠다는 듯 아글라야가 의자에서 벌떡 일어나며 화가 나서 말했다.

"괜찮다면 이 분만 더 기다려줘요, 여보, 이반 표도로비치." 리자베타 프로코피예브나는 품위 있는 태도로 남편을 돌아보았다. "아무래도 얘는 신열이 끓어서 그냥 헛소리를 하는 것 같아요. 저 눈을 봐도 분명하잖아요, 이애를 이대로 버려둘 순 없어요. 레프 니콜라예비치! 얘를 오늘밤 당신 집에 머물게 할 순 없을까요? 오늘 페테르부르크로 데려갈 순 없잖아요. *친애하는 공작*, 따분하시죠?" 그녀는 무엇 때문인지 갑자기 S공작에게 말을 건넸다. "이리 온, 알렉산드라, 네 머리를 좀 다듬어야겠구나, 얘야."

그녀는 다듬을 필요도 전혀 없는 딸의 머리를 매만져주고 키스를 해줬다. 그저 그러려고 딸을 부른 거였다.

"나는 부인께서 아직 발전할 수 있는 능력이 있다고 봤습니다……" 입폴리트가 깊은 상념에서 깨어나며 다시 입을 열었다. "그래요! 나는 이런 말을 하려고 했어요." 그는 갑자기 뭔가가 생각난 듯 기뻐했다.

"정말로, 부르돕스키는 진심으로 자기 어머니를 보호하고 싶어해요, 그렇지 않나요? 그런데 그게 오히려 어머니를 욕되게 하는 결과가 됐죠. 공작으로 말하면, 그는 부르돕스키를 돕고 싶어하고, 순수한 마음에서 그에게 따뜻한 우정과 큰돈을 제공하려는 거예요, 그리고 아마 당신들 중 그에게 혐오를 느끼는 사람은 아무도 없겠죠, 그런데도 이 두 사람은 서로 불구대천 원수처럼 돼버렸단 말예요…… 하-하-하! 당신들은 다들 부르돕스키가 당신들이 보기엔 자기 어머니한테 아름답지 못하고 우아하지 못하게 대한다 해서, 그를 미워하고 있죠, 안 그런가요? 그렇죠? 맞죠? 당신들은 모두 형식의 아름다움과 우아함을 끔찍이도 사랑하니까요, 오직 그것들만 고집하잖아요, 안 그런가요? (당신들한텐 오로지 그게 전부라는 것을 나는 오래전부터 눈치챘거든요!) 하지만 잘 알아두세요, 아마 당신들 중 누구도 자기 어머니를 부르돕스키만큼 사랑하진 않았을 겁니다! 공작, 당신은 가네치카를 통해 부르돕스키의 어머니에게 돈을 몰래 보내줬죠, 나는 알아요, 정말이지 내기라도 걸고 싶군요(히-히-히! 하고 그는 히스테리가 일어난 듯한 웃음소리를 냈다), 내기라도 걸겠다고요, 이젠 부르돕스키가 당신을 맹비난할걸요, 형식이 섬세하지 못하고, 자기 어머니에 대한 존경이 빠졌다고 말이죠, 두고 봐요, 내 말이 틀리나, 하-하-하!"

그러고서 그는 또다시 숨을 헐떡이며 기침을 시작했다.

"그래, 다 끝났니? 이제 다 했니, 다 얘기했어? 자, 그럼 이제 가서 자, 신열이 심하니까." 리자베타 프로코피예브나는 그에게서 불안한 시선을 거두지 않으며 초조하게 말을 가로막았다. "오, 맙소사! 또 말을 하는구나!"

"당신은 웃고 있는 것 같은데요? 왜 당신은 계속 나를 비웃죠? 나도 알아챘단 말예요, 왜 계속 나를 비웃는 거냐고요?" 입폴리트는 불안과 짜증이 뒤섞인 목소리로 갑자기 예브게니 파블로비치에게 대들었다. 그는 정말로 웃고 있었다.

"나는 다만 당신에게 묻고 싶었을 뿐입니다, 입폴리트…… 씨, 미안하군요, 당신 성을 잊어버려서."

"체렌치예프 씨입니다." 공작이 말했다.

"아아, 체렌치예프, 고맙습니다, 공작, 아까도 말해줬는데 그만 깜박 잊어서요…… 체렌치예프 씨, 내가 묻고 싶었던 건, 듣자 하니 당신은 창 너머로 사람들과 십오 분만 얘기하면 모두가 즉시 당신의 말에 완전히 동의하고 곧바로 당신의 뒤를 따라나설 거라 생각한다던데, 그게 사실인가요?"

"충분히 그런 말을 했을 수 있어요……" 입폴리트는 마치 뭔가를 떠올리는 듯이 이렇게 대답했다. "틀림없이 그렇게 말했습니다!" 그는 다시금 활기를 띠고 예브게니 파블로비치를 단단한 시선으로 쳐다보며 불쑥 덧붙였다. "그게 뭐 어쨌다는 건데요?"

"아무것도 아닙니다, 전혀, 그저 참고삼아, 확실히 알아두려고요."

예브게니 파블로비치는 입을 다물었으나, 입폴리트는 계속 그를 쳐다보며 초조히 기다렸다.

"그럼, 뭐죠, 이제 끝난 건가요, 네?" 리자베타 프로코피예브나가 예브게니 파블로비치에게 물었다. "이봐요, 어서 끝내요, 저애는 이제 잠을 자야 할 때이니까. 아니면 끝낼 말이 없나요?" (그녀는 몹시 화가 나 있었다.)

"그럼 아마 이런 말을 더 할 수 있겠죠." 예브게니 파블로비치는 미소를 지으며 말을 이었다. "체렌치예프 씨, 당신의 동료들로부터 내가 들은 모든 것, 그리고 방금 당신이 그토록 의심할 바 없는 재능을 동원해 설명해준 모든 것은, 내가 보기엔, 권리의 대승리 이론으로 귀결되는 것 같군요, 모든 것을 뒤로 물리치며, 모든 것에 관계없이, 심지어 다른 모든 것을 배제하고, 심지어 그 권리라는 것의 본질이 어디에 있는지조차 연구해보지 않으면서 말입니다, 안 그런가요? 혹시 내가 착각하고 있나요?"

"물론 착각이죠, 나는 무슨 얘기인지도 모르겠군요…… 그래서요?"

저쪽 구석에서도 투덜거리는 소리가 일었다. 레베제프의 조카는 낮은 소리로 뭐라고 중얼댔다.

"아니, 더 할 말은 별로 없습니다." 예브게니 파블로비치가 말을 계속했다. "내가 지적하고 싶었던 건 다만, 이러한 이론은 곧바로 힘의 권리, 즉 개개의 주먹과 개인적 욕구의 권리로 단번에 비약할 수 있다는 겁니다, 하긴 세상에서 웬만한 일은 대개 그런 식으로 결말이 나곤 했지요. 프루동*도 힘의 권리에서 멈췄으니까요. 미국전쟁 때에도 가장 진보적이라는 많은 자유주의자가 자기들은 농장주의 편이라고 선언했죠, 흑인은 어디까지나 흑인으로 백인종보다 열등하며, 따라서 힘의 권리는 백인의 것이라는 관점에서……"

"그런데요?"

"내 말은, 그러니까 당신도 힘의 권리를 부정하진 않겠지요?"

---

* 프랑스 사회주의자 피에르조제프 프루동. 최초로 스스로를 아나키스트라고 칭한 사상가이며, 사유재산을 배격하고 정의를 가치의 척도로 삼아야 한다고 주장했다.

"그래서요?"

"꽤나 따지길 좋아하는군요. 내가 지적해두고 싶었던 것은 그저, 힘의 권리는 호랑이와 악어의 권리, 심지어 다닐로프와 고르스키와도 그다지 거리가 멀지 않다는 점입니다."

"잘 모르겠군요, 그래서요?"

입폴리트는 예브게니 파블로비치의 말을 거의 듣고 있지 않았는데, 그런데요? 그래서요? 라는 말도 관심이나 호기심에서 나온 게 아니라, 그저 오래전부터 입에 붙어버린 대화상의 습관 때문인 듯싶었다.

"더 할 말은 없습니다…… 그게 전붑니다."

"그렇다고 내가 당신에게 화를 내는 건 절대 아닙니다." 뜻밖에도 입폴리트는 갑자기 이렇게 말을 맺고는, 얼굴에 미소까지 지으며 거의 무의식적으로 손을 내밀었다. 예브게니 파블로비치는 처음엔 흠칫 놀랐으나, 곧 아주 정색을 하고 마치 사과라도 받아주듯 그가 내민 손을 가볍게 잡았다.

"한마디만 더 하지 않을 수 없군요." 예브게니 파블로비치가 조금 전과 마찬가지로 어쩐지 애매하게 정중한 어조로 다시 입을 열었다. "내 얘기를 끝까지 주의깊게 들어주어서 고맙습니다. 내가 수없이 많이 관찰해온 바에 의하면, 우리 나라의 자유주의자들은 누가 자신만의 특별한 신념을 갖는 것을 절대로 용인하지 못하고, 상대방에게 즉각 욕설로 응수하거나 아니면 더 심한 수단으로 보복하기 일쑤거든요……"

"전적으로 맞는 말이네." 이반 표도로비치 장군이 한마디하고는, 지루해죽겠다는 얼굴을 하고 뒷짐을 진 채 테라스 출구 쪽으로 물러가더니 지긋지긋하다는 듯 하품을 했다.

"자, 이봐요, 당신 얘긴 그만하면 됐어요." 리자베타 프로코피예브나가 예브게니 파블로비치에게 불쑥 이렇게 선언했다. "당신 얘긴 물릴 만큼 들었으니까……"

"이제 가야겠어요." 갑자기 입폴리트가 깜짝 놀란 듯 당황해서 주위를 둘러보더니, 걱정스러운 얼굴로 자리에서 일어났다. "공연히 여러분을 붙잡고 있었군요. 여러분에게 모든 걸 얘기하려 했는데…… 나는 여러분 모두가…… 마지막으로…… 하지만 그건 내 망상에 불과했어요……"

그는 이따금 발작처럼 활기를 되찾고, 실제로 거의 의식이 혼미한 상태에서 갑자기 잠깐씩 빠져나와, 온전한 의식을 가지고 문득문득 기억을 떠올리며 말을 하는 듯싶었는데, 하지만 그가 하는 말은 대개가 토막난 것들로, 이미 오래전부터 고독한 병상에서 잠 못 이루는 길고도 무료한 시간에 수없이 생각하고 곱씹어온 말들 같았다.

"그럼 안녕히!" 그가 갑자기 날카로운 소리로 말했다. "내가 여러분에게 아주 쉽게 '안녕히'라고 말한다고 생각하시겠죠? 하-하-하!" 그는 자신의 서투른 질문에 스스로도 짜증을 내며 조소하더니, 하고 싶은 말이 계속 생각대로 나오지 않아 울화통이 터지는 양 갑자기 신경질적으로 언성을 높이며 말했다. "각하! 제 장례식에 꼭 와주시면 영광이겠습니다, 물론 그런 영광을 베풀어줄 만하다고 여기신다면 말입니다, 그리고…… 여러분도 모두 장군님과 함께 꼭!……"

그는 또다시 웃기 시작했다. 하지만 그것은 이미 광인의 웃음이었다. 리자베타 프로코피예브나는 깜짝 놀라 그에게 다가가 손을 잡았다. 그는 그녀를 뚫어져라 응시하며 여전히 웃고 있었으나, 그 웃음은 더이상 계속되지 않고 그의 얼굴 위에 얼어붙은 듯 정지해 있었다.

"아세요? 나는 나무를 보려고 여기 온 거예요. 저기 저 나무들요…… (그는 공원의 나무들을 가리켰다.) 우스울 것 없잖습니까, 아닌가요? 그게 우스울 건 전혀 없잖습니까?" 그는 정색을 하고 리자베타 프로코피예브나에게 이렇게 묻고는 갑자기 생각에 잠겼다. 그러다가 잠시 뒤 다시 고개를 들고 호기심어린 눈빛으로 사람들 속에서 누군가를 찾기 시작했다. 그는 예브게니 파블로비치를 찾고 있었는데, 예브게니 파블로비치는 오른쪽으로 아주 가까이, 아까와 같은 자리에 서 있었으나—그는 그새 그것을 잊고 주위를 계속 두리번거렸다. "아, 아직 가지 않으셨군요!" 마침내 그는 예브게니 파블로비치를 찾아냈다. "아까 당신은, 내가 창문 너머로 십오 분 동안 얘기하고 싶어했다며 내내 비웃었지요…… 하지만 아십니까, 나는 열여덟 살이 아니에요. 나는 그토록 오랫동안 병상에 누워 그토록 오랫동안 창밖을 바라보며 그토록 오랫동안 생각하고 또 생각했어요…… 모든 것에 대해…… 생각했습니다…… 죽은 자에겐 나이가 없다는 걸 아시겠죠. 나는 바로 지난주에, 밤중에 문득 눈을 떴을 때 이 생각을 했어요…… 그런데 당신들이 제일 두려워하는 게 뭔지 아세요? 당신들은 우리를 깔보면서도, 우리의 진정성을 가장 두려워해요! 이것 역시 그날 밤에 병상에 누워 생각한 것이죠…… 리자베타 프로코피예브나, 내가 아까 부인을 웃음거리로 만들려 했다고 생각하시나요? 천만에요, 나는 부인을 웃음거리로 만들지 않았어요, 나는 다만 부인을 찬양하고 싶었을 따름이에요…… 콜랴 얘기로는, 공작이 부인을 아이라고 했다던데…… 그 말이 맞아요…… 음, 그게 뭐더라…… 뭔가 또 말할 게 있었는데……"

그는 두 손으로 얼굴을 가리고 생각에 잠겼다.

"맞아, 그거예요. 아까 당신들이 작별인사를 나누려고 할 때, 문득 그런 생각이 들었어요. 여기에 이렇게 사람들이 있지만, 이들도 곧 영원히 사라질 것이다, 영원히! 저 나무들 역시 사라지고—벽돌벽만, 내 창문 맞은편에 있는…… 메이에르 집의 붉은 벽만 남겠지…… 어때, 저 사람들한테 이 모든 것을 말해봐…… 한번 해봐, 말해보라니까. 오, 바로 저기에 미녀가 있구나…… 하지만 너는 죽은 사람이야, 죽은 사람이라고 자기소개를 하라니까, '죽은 자는 뭐든지 말할 수 있다'라고 말해봐…… 공작 부인 마리야 알렉세브나도 꾸짖지 못할 거라고 말이야,* 하-하!…… 당신들 웃고 계신 건 아니죠?" 그는 의심스러운 눈빛으로 모두를 둘러보았다. "그런데 아시나요, 그렇게 자리에 누워 있노라면 많은 생각이 머리에 떠오르곤 해요…… 아세요, 나는 자연이란 조롱하길 무척 좋아한다는 확신을 얻었어요…… 아까 부인께선 내가 무신론자라고 말씀하셨지만, 그거 아세요, 이 자연이란 것은…… 왜 또 웃으시지요? 당신들은 지독히도 잔인한 사람들이군요!" 그는 모두를 둘러보며 서글픈 분노가 담긴 목소리로 갑자기 이렇게 말했다. "나는 콜랴를 망치지 않았습니다." 그는 이번에도 문득 생각난 듯, 진지하고 확신에 찬, 완전히 다른 어조로 말을 맺었다.

"여기에 너를 비웃는 사람은 아무도 없어, 아무도, 안심해!" 리자베타 프로코피예브나는 가슴이 미어질 듯했다. "내일 다른 의사가 올 거야.

---

* 그리보예도프의 희극 『지혜의 슬픔』의 마지막 대사 "아아! 맙소사! 공작 부인 마리야 알렉세브나가 뭐라고 말할지!"를 연상시키는 구절. 이 희곡의 주인공 파무소프는 사교계의 여론을 좌지우지하는 이 부인을 몹시 두려워한다.

네 예전 의사가 오진했어. 자, 앉아, 제대로 서 있지도 못하잖아! 잠꼬대 같은 소리만 하고…… 아아, 지금 얘를 어떡하면 좋지!" 그녀는 허둥대며 그를 안락의자에 앉히려고 애썼다. 눈물방울이 그녀의 볼에서 반짝였다.

입폴리트는 깜짝 놀란 듯이 가만히 서서 한 손을 들어올려 조심스레 뻗더니 눈물방울을 살짝 건드렸다. 어딘가 아이 같은 미소가 그의 얼굴에 떠올랐다.

"나는…… 부인을……" 하고 그는 기쁘게 입을 열었다. "부인은 모르실 거예요, 내가 얼마나 부인을…… 저애가 늘 신이 나서 부인 얘길 해줬어요, 저기 저애, 콜랴 말예요…… 나는 저애의 그런 열광이 좋아요. 나는 절대로 저애를 망치지 않았어요! 나는 저애만을 친구로 남겨놓고 가요…… 모두를 친구로 남겨놓고 싶었죠, 모두를—하지만 그럴 사람이 아무도 없었어요, 정말 아무도 없었어요…… 나는 활동가가 되고 싶었어요, 내겐 그럴 권리가 있었어요…… 오, 나는 하고 싶은 게 너무나 많았어요! 하지만 이젠 아무것도 원하지 않아요, 아무것도 원하고 싶지 않아요. 이젠 아무것도 원하지 않기로 맹세했어요. 내가 없어도 사람들은 진리를 탐구하겠죠, 그러라죠! 정말로 자연은 조롱하길 좋아해요! 어째서 자연은," 그는 갑자기 열을 올리며 말을 계속했다. "어째서 자연은 그저 나중에 조롱할 목적으로 가장 훌륭한 존재들을 창조하는 걸까요? 자연은, 지상에서 모두가 완벽하다고 인정했던 유일한 존재를 창조해놓고…… 그 존재를 사람들에게 제시하면서, 한편으론 엄청난 유혈의 원인이 될 말을 해야만 하는 운명을 그에게 부여해놓았어요, 그 피가 한꺼번에 쏟아진다면 인류는 필시 그 피 속에 가라앉고 말걸요. 오, 내가 죽는 건 잘된 일이에요! 살아 있으면 나 역시 무슨 무서운 거짓말을 하게 되겠죠, 자연이 그렇게 끌고 갈 테니까!…… 나는 아무도 망쳐놓지 않았어요…… 나는 모든 사람의 행복을 위해, 진리의 발견과 전파를 위해 살고 싶었어요…… 창문 너머로 메이예르 집의 외벽을 보면서 나는, 십오 분만 말할 기회를 준다면 모두를, 모든 사람을 설득할 수 있을 텐데, 라고 생각했죠, 그러다가 평생에 단 한 번…… 많은 사람과는 아니어도 이렇게 부인과 함께할 기회를 갖게 됐죠! 하지만 그래서 무엇을 얻었죠? 아무것도 얻지 못했어요! 얻은 게 있다면 부인의 모멸뿐이죠! 그러니 나는 쓸모없는 존재예요, 그러니 나는 바보고, 그러니 이제 죽을 때가 된 거라고요! 추억마저 하나 남기지 못한 채 가게 됐어요! 소리도, 발자취도, 업적도 남기지 못했고, 아무런 신념도 전파하지 못했어요!…… 이 멍청이를 비웃지 말아주세요! 잊어주세요! 모든 것을 잊어주세요…… 제발 잊어주세요, 그렇게 잔인하게 굴진 마시고요! 정말이지, 이렇게 폐병에 걸리지 않았더라면 나는 자살이라도 했을 거예요……"

그는 아직 더 많은 얘기를 하고 싶은 듯했으나, 말을 다 마치지 못하고 안락의자에 몸을 던지더니, 두 손으로 얼굴을 가린 채 어린애처럼 엉엉 울기 시작했다.

"아, 이제 얘를 어쩌면 좋담?" 리자베타 프로코피예브나는 이렇게 소리치며 그에게 얼른 다가가 손으로 그의 머리를 감싸고 자신의 가슴에 꼭, 아주 꼭 끌어안았다. 그는 경련을 일으키며 흐느꼈다. "자-자-자! 자, 울음을 그쳐, 자, 그만 울어, 너는 착한 녀석이니 하느님께서도 용서해주실 거야, 네가 몰라서 그런 거니까. 자, 그만 됐어, 사내답게……

이러면 나중에 부끄럽잖아……"

"나한테는 집에," 입폴리트가 고개를 들려고 애쓰며 말했다. "남동생과 여동생들이 있어요, 아직 어린애들, 아무 죄도 없는 가여운 애들이에요…… 그 사람*은 그애들을 망쳐놓고 말 거예요! 부인이, 성녀와도 같은 부인이…… 부인 자신이 아이와 같은 분이시니, 그애들을 구해주세요! 그애들을 그 사람한테서 빼내주세요…… 그 사람은…… 아아, 수치스러워…… 오, 그애들을 도와주세요, 제발 도와주세요, 하느님께서 백배로 보상해주실 거예요, 제발 도와주세요, 제발!……"

"뭐라고 말 좀 해봐요, 이반 표도로비치, 이제 어떡할지!" 리자베타 프로코피예브나는 애가 타 죽을 듯이 소리쳤다. "부탁이니, 그렇게 위엄이나 부리며 침묵을 지키진 말란 말예요! 당신이 결정을 내리지 않으면, 나는 여기 남아 밤을 새울 테니 그리 알아요. 당신의 독재 밑에서 나도 당할 만큼 당해왔으니까요!"

리자베타 프로코피예브나는 화가 나서 불같이 다그치며 즉각적인 대답을 기다렸다. 하지만 이런 경우, 그 자리에 있는 사람들은 비록 그 수가 많더라도 대개는 침묵과 소극적인 호기심으로 답하면서 어떤 일도 떠맡지 않으려 들고, 시간이 한참 지난 뒤에야 자기 생각을 말하는 법이다. 여기 이 자리에 있는 사람 중에도 끝까지 말 한마디 하지 않고 내일 아침까지라도 마냥 앉아 있을 이들이 있었으니, 예를 들어 바르바라 아르달리오노브나가 그런 인물로, 그녀는 저녁 내내 좀 멀찍이 떨어져 앉아 입을 꾹 다문 채 비상한 호기심을 가지고 줄곧 귀를 기울이고

* 입폴리트의 어머니인 대위 부인을 가리킨다.

있었는데, 어쩌면 그럴 만한 이유가 있었을지도 모른다.

"내 생각엔, 여보," 장군이 입을 열었다. "지금 이 경우에 필요한 건, 우리가 이렇게 소동을 피우는 게 아니라, 말하자면 어서 간병인을 구하는 일이오, 그리고 또 하룻밤 동안 곁에서 돌봐줄 믿을 만하고 착실한 사람도 아마 필요할 거요. 어쨌든 공작에게 물어봅시다…… 그리고 환자를 즉시 안정시켜야 해요. 그런 다음 내일 다시 적당한 조치를 취할 수 있을 거요."

"곧 열두시예요, 우린 가겠습니다. 저 친구는 우리와 함께 가나요, 아니면 당신 집에 남게 할 겁니까?" 독토렌코가 짜증을 내며 공작에게 퉁명스럽게 물었다.

"괜찮다면 여러분도 그의 곁에 남아줘요." 공작이 말했다. "방은 있으니까."

"각하," 뜻밖에도 켈레르 씨가 감격한 모습으로 장군 앞으로 달려왔다. "오늘밤에 보살펴줄 믿음직한 사람이 필요하다면, 제가 기꺼이 친구를 위해 희생하겠습니다…… 저 친구는 정말 대단한 사람입니다! 저는 이미 오래전부터 저 친구를 아주 훌륭한 사람으로 생각해왔습니다, 각하! 저는 물론 교양이 부족한 인간입니다만, 저 친구가 비평을 하면, 한마디 한마디가 바로 진주이지요, 진주가 쏟아져나온단 말입니다, 각하!……"

장군은 구제불능이라는 표정으로 외면하고 말았다.

"저 사람이 여기 남는다면 대환영입니다, 물론 저 상태로 기차를 타긴 매우 힘들 테니까요." 공작은 리자베타 프로코피예브나의 신경질적인 물음에 이렇게 밝혔다.

"그런데 당신, 지금 반쯤 졸고 있는 거 아녜요? 이봐요, 만약 싫다면, 이애를 우리집으로 데려가겠어요! 맙소사, 이 사람도 다리를 제대로 못 가누잖아! 정말 아픈 건가요, 네?"

리자베타 프로코피예브나는 실은 아까 공작이 다 죽어가며 누워 있지 않은 걸 보고 그저 외관만으로 그의 건강 상태를 지나치게 좋게 판단했으나, 엊그제까지만 해도 그를 괴롭혔던 병과 그에 따른 고통스러운 기억, 부산했던 이날 저녁으로 인한 피로, '파블리셰프 아들' 사건, 그리고 방금 벌어진 입폴리트 사건—이 모든 것은 공작의 병적으로 예민한 감수성을 극도로 자극해서 실제로 거의 열병 상태로까지 몰고 갔다. 그러나 그 밖에도 지금 그의 눈에는 어떤 다른 염려, 심지어 두려움마저 나타나 있었다. 공작은 입폴리트가 또 무슨 일을 저지르지 않을까 싶어 그를 불안하게 지켜보았다.

갑자기 입폴리트가 무섭도록 창백한 얼굴로 몸을 일으켰는데, 잔뜩 찡그린 얼굴엔 절망에 가까운 지독한 수치심이 드러나 있었다. 그 표정은 주로, 증오와 두려움에 차서 모두를 바라보는 시선과, 파르르 떨리는 입술 위에 맴도는 무기력하고 일그러진 냉소에서 나타났다. 그는 곧 눈을 내리깔고 여전히 그렇게 냉소를 지으며, 테라스 출구에 서 있는 부르돕스키와 독토렌코 쪽으로 비틀거리며 걸어갔다. 이들과 함께 돌아가려는 것이었다.

"그래요, 바로 이럴까봐 염려한 겁니다!" 공작이 소리쳤다. "분명 이렇게 될 줄 알았습니다!"

입폴리트가 미칠 듯한 증오를 드러내며 공작 쪽으로 몸을 홱 돌렸는데, 그의 얼굴 근육 하나하나가 경련을 일으킨 듯 파들파들 떨면서 말을 하고 있는 것 같아 보였다.

"아하, 바로 이럴까봐 염려했다고요! 당신 생각에 '분명히 이렇게 될 줄 알았다고요'? 그럼 잘 알아두시지요, 내가 여기 있는 사람 중에 누군가를 증오한다면," 그는 입에서 거품을 튀기면서 쉰 목으로 쇳소리를 내지르며 울부짖었다. "(나는 당신들 모두를, 모두를 증오해요!)—하지만 당신, 바로 당신, 예수회원의 영혼을 가진 자, 당밀 영혼을 가진 자, 백치에, 백만장자에, 자선가인 당신을 이 세상 누구보다, 그 무엇보다 가장 증오해요! 나는 오래전에 당신 소문을 들었을 때부터 당신이란 사람을 꿰뚫어보고 증오했어요, 내 마음속의 증오를 전부 동원해 당신을 증오해왔단 말예요…… 방금 있었던 일도 죄다 당신이 꾸민 수작이에요! 나를 발작 상태로 몰고 간 것도 당신이라고요! 당신은 죽어가는 사람을 망신시켰어요, 내가 아까 비열하게 소심해졌던 것도 당신, 당신, 당신 때문이라고요! 내가 계속 살게 된다면, 나는 당신을 죽일 거예요! 당신의 선행 따윈 필요 없어요, 나는 누구한테든, 당신 듣고 있나요, 누구한테든 아무것도 받지 않겠단 말예요! 아까는 열에 들떠 헛소리를 한 것뿐이니까, 감히 우쭐대지 말라고요!…… 나는 당신네 모두를 증오해요, 영원히!"

그러면서 그는 아예 숨을 쉬지 못하고 헐떡였다.

"아까 눈물을 보인 게 창피해진 거예요!" 레베제프가 리자베타 프로코피예브나에게 소곤댔다. "'분명히 이렇게 될 줄 알았습니다!'라뇨, 야아, 정말, 공작님도 대단해요! 마음을 꿰뚫어본 겁니다요……"

하지만 리자베타 프로코피예브나는 그에게 눈길조차 주지 않았다. 그녀는 거만하게 허리를 쭉 펴고 고개를 뒤로 젖힌 채 서서, 경멸과 호기심이 뒤섞인 눈으로 '이 건달들'을 지켜보았다. 입폴리트가 말을 끝내자, 장군은 어깨를 으쓱해 보였다. 그녀는 그게 무슨 뜻이냐는 듯 노기를 띠고 남편을 머리에서 발끝까지 훑어보다가, 이내 공작에게 얼굴을 돌렸다.

"고맙군요, 우리 집안의 괴상한 친구이신 공작님, 덕분에 이렇게 유쾌한 저녁을 보냈답니다. 지금 속으로 분명히 기뻐하고 계시겠죠, 당신의 바보짓에 우리까지 끌어들이는 데 성공하셨으니까…… 그만 됐어요, 우리 집안의 다정하신 친구분, 어쨌든 고마워요, 적어도 당신을 잘 살펴볼 기회를 주셨으니 말이죠!……"

그녀는 화가 잔뜩 나서 망토 매무새를 가다듬기 시작하며, '건달들'이 떠나기를 기다렸다. 이때 '건달들' 쪽으로 전세 마차 한 대가 굴러왔는데, 벌써 십오 분 전에 독토렌코가 김나지움 학생인 레베제프의 아들을 시켜 불러오게 한 마차였다. 장군은 자기 아내의 말이 끝나자마자 곧바로 자기도 한마디하며 끼어들었다.

"사실 말이지, 공작, 꿈에도 생각지 못했네…… 그토록, 정말 그토록 다정한 사이였는데…… 급기야 리자베타 프로코피예브나도……"

"아니 어떻게, 아니 어쩜 이런 일이 다 있죠!" 아젤라이다가 이렇게 소리치고는 재빨리 공작에게 다가와 손을 내밀었다.

공작은 얼빠진 표정으로 그녀에게 미소를 지어 보였다. 갑자기, 열이 몹시 오른 빠른 속삭임이 그의 귀청을 태워버릴 듯 아프게 찔렀다.

"지금 당장 이 추잡한 인간들을 내쫓지 않으면, 한평생, 한평생 당신만을 증오할 거예요!" 아글라야가 이렇게 속삭인 것이었는데, 그녀는 화가 치밀어 제정신이 아닌 듯했으나 공작이 그녀를 쳐다보기도 전에 얼굴을 홱 돌려버렸다. 하지만 내쫓고 말고 할 그 무엇도, 그 누구도, 이미 없었다. 병자인 입폴리트를 그새 어찌어찌 싣고서 마차가 떠나버렸기 때문이다.

"어떡하죠, 이반 표도로비치, 이 일이 오래 계속될까요? 당신 생각은 어때요? 저 못된 애송이들한테 앞으로도 계속 당해야 할까요?"

"그건 여보, 나도…… 나도 물론 생각이 있고, 또 공작도……"

이반 표도로비치는 그래도 공작에게 손을 내밀었으나, 악수도 하지 못하고 급히 리자베타 프로코피예브나를 쫓아갔는데, 그녀는 분을 삭이지 못하고 요란스럽게 테라스에서 내려가는 중이었다. 아젤라이다와 그녀의 약혼자, 그리고 알렉산드라는 진심에서 우러나오는 상냥한 태도로 공작과 작별인사를 나누었다. 예브게니 파블로비치도 그 속에 끼어 있었는데, 그 혼자만은 명랑한 태도였다.

"역시 내 생각대로였습니다! 다만 당신까지 딱하게 이 일로 애를 먹어 안타깝군요." 그는 더없이 다정한 미소를 지으며 속삭였다.

아글라야는 작별인사도 하지 않고 돌아가버렸다.

하지만 이날 저녁의 일은 이것으로 완전히 끝난 게 아니었다. 리자베타 프로코피예브나는 전혀 생각지도 못한 또하나의 만남을 감내해야만 했다.

그녀가 계단에서 한길로 미처 내려가기도 전에(공원을 빙 에워싼 길이었다), 갑자기 두 필의 백마가 끄는, 눈부시게 멋진 반포장 사륜마차가 공작의 별장 옆을 쏜살같이 달려갔다. 마차에는 화려하게 차려입은 두 귀부인이 앉아 있었다. 하지만 마차는 십 보도 채 못 가 별안간 멈춰 섰다. 귀부인 중 한 명이 그냥 지나칠 수 없는 잘 아는 사람이라도 갑자기 본 듯, 급히 뒤를 돌아보았다.

"예브게니 파블르이치! 당신이야?" 낭랑하고 아름다운 목소리가 느닷없이 이렇게 외쳤는데, 그 소리에 몸을 움찔한 사람은 공작 말고도 누군가가 더 있었으리라. "세상에나, 정말 기뻐, 드디어 당신을 찾아냈군! 당신한테 연락을 취하려고 급히 사람을 시내로 보냈는데…… 그것도 둘씩이나! 온종일 당신을 찾고 있을 거야!"

예브게니 파블로비치는 벼락이라도 맞은 양 계단 위에 우뚝 서 있었다. 리자베타 프로코피예브나도 그 자리에 멈춰 섰으나, 예브게니 파블로비치처럼 기겁해서 온몸이 굳어버린 정도는 아니었다. 그녀는 오 분 전에 그 '건달들'을 쏘아보던 때처럼 차가운 경멸을 드러내며 이 불손한 여인을 거만하게 쳐다보았으나, 이내 그 꿰뚫는 듯한 시선을 예브게니 파블로비치에게 옮겼다.

"새 소식이 있어!" 낭랑한 목소리가 계속 울려왔다. "쿱페르의 어음 건은 걱정하지 마! 로고진이 3만 루블에 죄다 사들였어, 내가 설득했지. 앞으로 석 달쯤은 안심해도 좋아. 비스쿠프와 그 떨거지들하고도 잘 아는 사이니까 분명 잘 해결될 거야! 뭐, 어쨌든 모든 게 잘돼가고 있다는 소리야. 기뻐해. 그럼 내일 봐!"

마차는 움직이기 시작하더니 금세 눈앞에서 사라졌다.

"저거 미친 여자군!" 예브게니 파블로비치는 결국 분이 치밀어 얼굴이 시뻘게진 채, 어이없다는 듯 주위를 둘러보며 소리쳤다. "무슨 소린지 도무지 모르겠어! 어음이라니 무슨 놈의 어음? 저 여잔 대체 누구야?"

리자베타 프로코피예브나는 그를 이 초가량 더 지켜보았으나, 마침내 몸을 획 돌려 빠른 걸음으로 자기 별장을 향해 걷기 시작했고, 모두가 뒤를 따랐다. 정확히 일 분 뒤, 몹시 흥분한 예브게니 파블로비치가 테라스에 있는 공작에게 다시 나타났다.

"공작, 그게 무슨 말인지 정말 모르시오?"

"전혀 모르겠군요" 하고 공작은 대답했으나, 자신도 극도의 병적인 긴장 상태에 빠져 있었다.

"모르신다고요?"

"모릅니다."

"나도 모르겠군요." 예브게니 파블로비치는 느닷없이 웃음을 터뜨렸다. "맹세코, 나는 그 어음하고 아무 상관도 없어요, 정말로, 명예를 걸고 하는 말이니 믿어주십시오!…… 아니, 왜 그러시죠, 졸도라도 하실 듯한데?"

"오, 아닙니다, 아녜요, 정말입니다, 괜찮아요……"

XI

사흘째 되는 날에야 예판친 가족의 마음이 완전히 누그러졌다. 공작은 늘 그렇듯이 이번에도 많은 점에서 자신을 탓하며 진심으로 벌을 기다렸으나, 그래도 처음엔, 리자베타 프로코피예브나가 정말로 그에게 화를 낼 리는 만무하며 오히려 그녀 자신에게 화가 난 거라고 속으로 완전히 확신하던 터였다. 그래서 이 적대관계가 이토록 오래 계속되자, 그도 사흘째부터는 암담하기 그지없는 궁지에 내몰리고 말았다. 거기엔 여러 가지 사정이 개입돼 있었는데, 그중 주된 요인은 하나였다. 이 한 가지 사정은 사흘 내내 공작의 의구심에 힘입어 점점 더 심각한 것이 되어갔다(공작은 얼마 전부터 상반된 두 가지 극단적인 면 때문에 자신을 꾸짖고 있었는데, 그것은 과도하고 '분별없을 정도로 끈질기게' 다른 사람을 믿는 마음, 그리고 그와 동시에 '음침하고 비열하게' 남을 의심하는 마음이었다). 한마디로, 마차 위에서 예브게니 파블로비치에게 말을 건넸던 그 제멋대로인 여인의 일이, 사흘째 되는 날이 끝나갈 즈음엔 공작의 머릿속에서 위협적인 수수께끼의 차원으로 자라난 것이다. 이 사건의 다른 측면은 전부 제쳐두고, 공작에게 그 수수께끼의 본질은, 이 새로운 '기괴한 사건' 역시 다름 아닌 자신에게 무슨 잘못이 있는 것일까, 아니면 그저…… 라는 서글픈 의문에 있었다. 그러나 잘못이 또 누구에게 있는지에 대해서는, 그는 끝까지 말하지 못했다. N. F. B.라는 글자에 관해서라면, 그건 그가 보기에도 그저 악의 없는 장난, 심지어 아주 어린애 같은 장난에 불과했고, 그 문제에 대해 얼마간이라도 생각한다는 것 자체가 부끄러울뿐더러 어떤 면에선 거의 불명예스럽기까지 한 일로 여겨졌다.

하지만 공작 자신이 주된 '원인'을 제공한 그 난장판 '저녁'이 지난 바로 다음날 아침, 그는 기쁘게도 S공작과 아젤라이다의 방문을 받았다. '무엇보다 공작의 건강 상태를 알아보러 들렀다'면서, 둘이 함께 산책을 나온 김에 찾아왔다. 아젤라이다는 방금 공원에서, 길게 휘어진 가지마다 새로 난 푸른 잎이 가득 달려 있고 줄기에 커다란 구멍과 깊게 파인 틈새가 있는 아주 멋진 고목 한 그루를 보고, 이 나무를 꼭, 꼭 그려보겠다고 마음먹었다! 그래서 공작을 찾아와서도 꼬박 반시간 동안이나 그 얘기만 했다. S공작 또한 여느 때처럼 상냥하고 다정한 태도로 공작에게 옛날 일을 묻기도 하고 그들이 처음 알게 됐던 때를 떠올리기도 했는데, 그런 까닭에 어제 일에 대해서는 거의 아무 말도 입에 오르지 않았다. 그러다가 마침내 아젤라이다가 더이상 참지 못하고 싱긋 웃더니, 실은 *몰래* 왔노라고 고백했다. 고백은 그것으로 끝났지만, *몰래* 왔다는 사실만으로도 그녀의 부모가, 다시 말해 특히 리자베타 프로코피예브나가 뭔가 심기가 몹시 불편한 상태임을 알아챌 수 있었다. 그녀에 대해서도, 아글라야에 대해서도, 심지어 이반 표도로비치에 대해서도 아젤라이다와 S공작은 그에게 와 있는 동안 단 한 마디도 꺼내지 않았다. 다시 산책을 나서면서도 그들은 공작에게 함께 가자고 청하지 않았다. 자기 집으로 초대하겠다는 말은 암시조차 없었다. 아젤라이다의 입에서 무심코 튀어나온 한마디 말은 이와 관련해 대단히 시사적이기까지 했다. 그녀는 자기가 그린 수채화 한 점에 대해 얘기하다가 갑자기 그걸 무척 보여주고 싶어했다. "어떡하면 더 빨리 보여드릴 수 있을까요? 가만! 콜랴가 우리 별장에 들르면 오늘 중으로 그애를 통해 보내드리죠, 아니면 내일 내가 공작과 산책 나올 때 직접 가져올게요." 그녀는 망설이던 끝에 드디어 이렇게 결론짓고는, 이 문제를 이처럼 모두에게 좋은 쪽으로 매끄럽게 해결한 것을 기뻐했다.

마침내 작별인사도 이미 거의 마쳤을 때, S공작이 문득 생각났다는 듯이 물었다.

"아, 참, 레프 니콜라예비치, 어제 마차에서 예브게니 파블르이치한테 소리쳤던 그 여성분이 누군지, 혹시 모르십니까?"

"나스타시야 필립포브나입니다," 공작이 말했다. "그럼 그 여자였다는 걸 여태 모르셨나요? 그녀와 함께 타고 있던 사람이 누군지는 나도 모릅니다만."

"압니다, 소문은 들었으니까요!" S공작이 말을 받았다. "하지만 그 여자가 외친 말이 대체 무슨 뜻일까요? 솔직히, 그게 나한텐 정말 수수께끼입니다…… 나한테나 다른 사람들한테나."

이렇게 말하는 S공작은 몹시 의아해하는 게 분명했다.

"그 여자는 예브게니 파블로비치가 발행한 무슨 어음 얘길 한 겁니다." 공작은 아주 단순하게 대답했다. "그 어음이 어떤 고리대금업자한테서 로고진에게 넘어갔는데, 그 여자가 부탁해서 그렇게 된 것이고, 로고진은 예브게니 파블르이치에게 얼마간 시간을 주겠다는 얘기지요."

"그 얘긴 나도 들었습니다, 들었지요, 하지만 공작, 그럴 리가 없잖습니까! 예브게니 파블르이치가 어음을 발행했을 리가 만무해요! 그만한 재산을 가진 사람인데…… 하긴, 예전에 경솔함 때문에 무슨 일들이 좀 있어서 내가 구해주기까지 했지만…… 그러나 그만한 재산을 가진 사람이 고리대금업자한테 어음을 건네주고 그것 때문에 쩔쩔맨다는 건—도저히 있을 수 없는 일이에요. 그리고 그가 결코 나스타시야 필립포브나와 말을 놓고 지낼 만큼 가까운 사이일 리 없으니—바로 이게 제일 큰 수수께끼란 말이지요. 그는 무슨 일인지 전혀 모르겠다고 맹세하고 있고, 나도 그의 말을 전적으로 믿습니다. 하지만 문제는, 공작, 내가 당신한테 묻고 싶었던 건, 혹시 당신은 뭐라도 알고 계신 게 없나요? 그러니까, 어떻게 아주 우연히 무슨 소문이라도 들은 게 없습니까?"

"아니요, 아무것도 알지 못합니다. 분명히 말해두지만, 나는 이 일과 아무 관련이 없어요."

"아아, 공작, 무슨 그런 이상한 말씀을 하십니까! 오늘 당신은 정말이지 당신답지 않네요. 내가 과연, 당신이 그런 일에 관련됐다고 상상이나 했을 법합니까?…… 정말, 당신은 오늘 몸 상태가 좋지 않은 것 같군요."

그는 공작을 껴안고 키스를 했다.

"'그런' 일이라니, 대체 어떤 일 말인가요? 내가 보기엔 어떤 '그런' 일도 없는 것 같은데요."

"그 여성분은 예브게니 파블르이치에게 있지도 않고 있을 수도 없는 어떤 성품을 사람들이 보는 데서 그에게 들씌워, 그의 어떤 일을 어떤 식으로든 방해하려고 한 게 틀림없습니다." S공작은 사뭇 메마른 어조로 이렇게 대답했다.

레프 니콜라예비치 공작은 당황스러웠으나, 그래도 여전히 묻는 듯한 표정으로 S공작을 뚫어지게 바라보았다. 하지만 S공작은 말이 없었다.

"그럼 그저 어음 문제가 아니라는 건가요? 어제 그 여자가 한 말 그대로가 아니란 얘기예요?" 공작은 마침내 더는 기다릴 수 없다는 듯 이렇게 중얼거렸다.

"그래서 하는 말 아닙니까, 한번 생각해보세요, 예브게니 파블르이치와…… 그 여자, 거기다 로고진 사이에 대체 무슨 관계가 있을 수 있겠습니까? 거듭 말하지만, 예브게니 파블르이치는 엄청난 재산을 가지고 있어요, 그건 내가 확실히 압니다. 게다가 또다른 재산을 백부한테서 받기로 돼 있고요. 나스타시야 필립포브나는 그저……"

S공작은 다시 입을 다물었는데, 아무래도 공작에게 나스타시야 필립

포브나 얘기를 계속하기가 꺼려지는 성싶었다.

"그러니까 어쨌든 그가 그 여자를 알고 있다는 거로군요?" 레프 니콜라예비치 공작이 잠시 침묵하다가 불쑥 이렇게 물었다.

"그런 것 같더군요, 그 친구는 바람둥이니까요! 하지만 그랬다 해도 벌써 아주 오래전의 일이에요, 이미 옛날얘기죠, 한 이삼 년 됐을 겁니다. 전부터 토츠키와 잘 아는 사이였거든요. 지금은 절대 그런 일이 있을 리 만무하고, 그처럼 말을 놓고 지낼 리가 절대 없어요! 아시다시피, 그 여자는 그동안 쭉 여기에 없었습니다. 그 어디에도 없었죠. 그 여자가 다시 나타났다는 사실조차 아직 모르는 사람이 많은 형편입니다. 내가 그 마차를 본 것도 겨우 사흘 정도 되니까요."

"아주 멋진 마차였어요!" 아젤라이다가 말했다.

"그래요, 멋진 마차였소."

어쨌든 두 사람은 레프 니콜라예비치 공작에게 더없이 친근하고 이른바 형제자매와도 같은 호감을 표하며 돌아갔다.

하지만 우리의 주인공에게 이 방문은 어떤 중대한 의미를 지니고 있었다. 설사 그 자신도 이미 어젯밤부터(어쩌면 더 일찍부터) 많은 의혹을 품고 있었다 해도, 바로 그들의 방문이 있기 전까지는 자신의 의구심이 완전히 합당한 것이라고 결론 내릴 수가 없었다. 그러나 이젠 모든 게 명백해졌다. S공작은 사건을 물론 잘못 해석했으나, 그래도 진실의 주위를 맴돌고 있었고, 여하튼 거기에 음모가 숨어 있다는 점을 알아챈 것이다. (하지만 어쩌면 그도 속으로는 아주 정확히 이해하고 있을 거야—이런 생각이 공작에게 잠시 떠올랐다—다만 그 말을 하고 싶지 않아서 일부러 잘못된 해석을 내놓는 건지도 모르지.) 무엇보다 분명한 사실은, 방금 그들이(특히 S공작이) 어떤 해명을 듣고자 하는 기대에서 그에게 들렀다는 점이다. 그렇다면 그는 이 음모에 가담한 자로 의심받고 있는 게 틀림없다. 나아가, 만일 이 모든 것이 정말이고, 또 실제로 그처럼 중대한 일이라면, 그녀에겐 반드시 어떤 무서운 목적이 있을 텐데, 대체 어떤 목적일까? 무서운 일이다! '그래, 그녀를 어떻게 제지한단 말인가? 일단 자신의 목적을 확신하고 있다면, 절대로 제지할 수 없는 그녀가 아닌가!' 공작은 이것을 이미 경험으로 알고 있었다. '미치광이야. 미치광이.'

그러나 이날 아침에는 이것 말고도 해결해야 할 일이 너무도, 너무도 많이 쌓여 한꺼번에 모조리 밀어닥쳤고, 그 모두가 즉각적인 해결을 요구하는 것들이어서, 공작은 몹시 우울했다. 그의 마음을 조금이나마 위로해준 것은 베라 레베제바로, 그녀는 류보치카를 안고 그에게 와서 깔깔 웃어대며 뭔가를 한참 동안 얘기해줬다. 그녀를 따라 여동생이 입을 뻐끔 벌린 채 들어왔고, 뒤이어 김나지움 학생인 레베제프의 아들도 찾아왔는데, 그는 지상의 여러 물샘에 떨어졌다는 계시록의 '쑥별'* 이, 자기 아버지의 풀이에 의하면, 유럽을 뒤덮은 철도망을 의미한다고 단언했다. 공작은 레베제프가 그렇게 풀이한다는 게 믿어지지 않았으므로, 결국 두 사람은 기회 닿는 대로 그에게 직접 물어보기로 했다. 공작은 베라 레베제바에게서, 켈레르가 벌써 어제부터 그들 집에 죽치고 있으며, 모든 낌새로 보아 오랫동안 그들 집에서 나갈 것 같지 않다는 걸 알게 됐는데, 켈레르는 함께 어울릴 사람들을 발견했을뿐더러 이볼

---

* 「요한계시록」 8장에 나오는, 천사의 나팔소리를 따라 여러 강과 물샘으로 떨어져 물을 더럽히는 별.

긴 공작과는 친구처럼 의기투합했다는 것이다. 하지만 켈레르 본인의 설명으로는, 그가 이 집에 머무는 유일한 목적은 자신의 교양을 보완하기 위해서라고 했다. 아무튼 공작은 날이 갈수록 레베제프의 아이들에게 점점 더 호감을 느꼈다. 콜랴는 온종일 보이지 않았다. 아침 일찍 페테르부르크로 출발한 것이다. (레베제프 역시 날이 밝기가 무섭게 무슨 볼일 때문에 나가고 없었다.) 하지만 공작은 그에게 오늘 꼭 들르기로 한 가브릴라 아르달리오노비치의 방문을 초조한 마음으로 기다리고 있었다.

가브릴라 아르달리오노비치는 오후 여섯시가 조금 넘어, 식사가 막 끝났을 때야 찾아왔다. 공작은 그를 보자마자, 적어도 이 사람은 사건의 진상을 속속들이 알고 있는 게 틀림없다는 생각이 들었다—더구나 바르바라 아르달리오노브나와 그녀의 남편 같은 조수를 두고 있으니, 어찌 모를 수 있으랴? 그러나 가냐와 공작의 관계에는 여전히 어떤 묘한 구석이 있었다. 예를 들어 공작은 그에게 부르돕스키 사건의 처리를 맡기고 그 일을 특별히 부탁하기까지 했다. 하지만 이 같은 신뢰와 이전에 있었던 그 무엇에도 불구하고, 둘 사이에는 마치 서로 입 밖에 내지 않기로 약속이라도 한 듯한 어떤 항목들이 언제나 존재했다. 이따금 공작은, 어쩌면 가냐 쪽에서도 그야말로 친구로서의 완전한 솔직함을 원할지 모른다 싶기도 했다. 이를테면 지금도 가냐가 들어오자마자, 공작은 바로 이 순간이야말로 모든 점에서 그들 사이를 가로막고 있는 얼음장을 깨뜨릴 때라는 더없이 굳은 확신을 그의 얼굴에서 읽은 듯한 느낌이었다. (하지만 가브릴라 아르달리오노비치는 급했다. 레베제프의 집에서 누이가 기다리고 있었기 때문이다. 두 사람은 어떤 일 때문에 서두르고 있었다.)

그러나 가냐가 공작에게서 성급한 질문이나 무심코 입 밖에 내는 소식, 우정의 토로가 연이어 쏟아질 것을 정말로 기대했다면, 그건 물론 그의 큰 오산이었다. 그가 찾아와 머무른 이십 분 내내 공작은 아주 깊은 생각에 잠겨서는 거의 멍하니 있기까지 했다. 기대했던 질문들, 아니 더 분명히 말해, 가냐가 기다리는 어떤 중요한 질문은 절대로 나올 성싶지 않았다. 그래서 가냐도 가능한 한 삼가면서 이야기하기로 했다. 그는 이십 분 동안 쉬지 않고 얘기를 계속하며 아주 가볍고 기분좋은 잡담을 웃으면서 빠르게 이어갔지만, 정작 중요한 문제는 언급조차 하지 않았다.

이런저런 얘기 끝에 가냐는 나스타시야 필립포브나가 이곳 파블롭스크에 온 지 겨우 나흘 정도밖에 안 되는데도 벌써 사람들의 주목을 받고 있다고 말해줬다. 그녀는 마트로스카야 거리인가 하는 곳 어디에 있는 다리야 알렉세예브나의 작고 볼품없는 집에서 살고 있지만, 마차는 파블롭스크에서 거의 첫손가락에 꼽힐 만한 것이라 했다. 그녀 주위엔 늙고 젊은 구애자들이 이미 떼를 지어 모여 있고, 때로는 말을 탄 자들이 그녀의 마차를 호위한다는 얘기도 있었다. 나스타시야 필립포브나는 여전히 몹시 까다로워서, 선별된 사람들만 자기 가까이에 오게 했다. 하지만 그런데도 그녀 주위엔 완전히 근위대 같은 것이 형성돼, 필요한 경우 그녀를 위해 나설 사람은 얼마든지 있었다. 별장 거주자들 가운데 정식 약혼까지 한 어떤 사내는 그녀 때문에 약혼녀와 이미 한바탕 싸우기까지 했고, 어떤 늙은 장군은 그녀를 두고 자기 아들에게 거의 저주를 퍼부었다. 그녀는 이제 막 열여섯 살이 된 아주 귀엽게 생긴 소녀 한 명을 자기 마차에 종종 태우고 다니는데, 그 소녀는 다리야 알렉세예브나의 먼 친척이었다. 이 소녀는 노래를 잘 불러서—그들의 조그만 별장은 저녁마다 사람들의 주의를 끌었다. 그러나 나스타시야 필립포브나는 매우 정숙하게 처신할뿐더러, 옷차림 또한 화려하지 않으면서도 매우 뛰어난 미적 감각을 보여줘서, 귀부인들이 모두 그녀의 '미적 감각과 아름다움, 그리고 마차를 부러워한다'는 것이다.

"어제의 괴상한 행동은" 하고 가냐가 말했다. "물론 미리 계획된 것이고, 물론 괘념해선 안 됩니다. 그 여자에게 무슨 일을 걸어서 따지고 들려면, 그 여자를 고의로 감시하거나 중상해야 하는데, 그마저도 지체하면 안 되니까요." 가냐는 이렇게 말을 맺으면서, 공작이 틀림없이 '왜 어제의 행동을 미리 계획된 것이라 부르는가? 그리고 왜 지체하면 안 되는가?'라고 물어올 것이라 내심 기대했다. 그러나 공작은 묻지 않았다.

예브게니 파블로비치에 관해서는 특별히 묻기도 전에 가냐가 이번에도 자진해서 상세히 설명을 늘어놓았으나, 아무런 이유도 없이 대화를 그쪽으로 끌고 갔기 때문에 무척 이상한 느낌마저 들었다. 가브릴라 아르달리오노비치의 의견에 따르면, 예브게니 파블로비치는 나스타시야 필립포브나와 전혀 모르는 사이였고, 지금도 그저 아주 살짝 아는 정도에 불과한데, 나흘 전쯤 산책을 하다가 누군가를 통해 그녀에게 자신을 소개할 기회가 있었고, 그뒤 다른 사람들과 함께 그 집에 겨우 한 번 들른 게 다였기 때문이다. 어음에 관해선, 실제로 그랬을 수도 있다고 했다(가냐는 이 점을 확실히 알고 있다고까지 했다). 예브게니 파블로비치는 물론 엄청난 재산을 가지고 있으나, '영지와 관련해 몇 가지 일이 다소 어수선한 상태'라는 것이다. 이 흥미로운 대목에서 가냐는 갑자기 입을 다물었다. 그는 나스타시야 필립포브나가 어제 보여준 돌발행동에 대해선 앞서 슬쩍 언급한 것 이외에 단 한 마디도 하지 않았다. 마침내 바르바라 아르달리오노브나가 가냐를 데리러 와 잠시 앉아 있으면서, 예브게니 파블로비치가 오늘, 그리고 어쩌면 내일도 페테르부르크에 머무를 것이고, 자기 남편(이반 페트로비치 프치츠인)도 거의 전적으로 예브게니 파블로비치의 일 때문에 역시 페테르부르크에 가 있을 건데, 아무래도 거기서 정말 무슨 일이 벌어진 모양이라고 (역시 묻지도 않은 얘기를) 알려줬다. 밖으로 나가면서 그녀는, 오늘 리자베타 프로코피예브나의 심기가 몹시 사나운 눈치이지만, 무엇보다 이상한 일은 아글라야가 식구들 모두와, 그러니까 아버지와 어머니뿐만 아니라 두 언니하고도 다툰 것이라며, '이건 정말 좋지 않아요'라고 덧붙였다. 이 마지막 소식(공작에겐 대단히 의미 있는 소식)을 슬쩍 흘리듯 알려주고 오빠와 누이동생은 가버렸다. 가네치카는 '파블리셰프의 아들' 건에 대해서도 아무런 말이 없었는데, 아마도 일부러 겸손함을 보이기 위해서이거나 아니면 '공작의 심정을 헤아려서' 그런 거겠지만, 그래도 공작은 그의 수고 덕분에 이 사건이 마무리된 데 대해 다시 한 번 감사를 표했다.

공작은 드디어 혼자 남게 되자 무척 기뻤다. 그는 테라스에서 내려와 길을 건너 공원으로 들어갔다. 그는 중요한 한 걸음에 대해 심사숙고해보고 결심을 하고 싶었다. 그러나 이 '걸음'은 심사숙고할 걸음의 하나가 아니라, 심사숙고 같은 건 관두고 그저 결심해야 할 걸음에 속했다. 그는 갑자기 이 모든 것을 여기에 내팽개치고, 그가 떠나왔던 곳으로, 어디론가 아주 먼 곳, 인적 없는 두메산골로 훌훌 떠나고 싶은 격렬한 욕망을 느꼈다, 지금 당장, 심지어 아무에게도 작별을 고하지 않고 그냥 떠나고 싶었다. 이곳에 단 며칠이라도 더 머무르다가는 분명 돌이킬 수 없이 이 세계에 끌려들어갈 것이고, 이 세계가 앞으로 그의 숙명이 되리라는 예감이 들었다. 그러나 생각이 십 분을 넘어가기도 전에 그는, 도망을 친다는 건 '있을 수 없다', 그것은 소심함과도 다를 바 없다, 그의 앞에는 중대한 과제가 놓여 있으며, 지금 그에겐 이 과제들을 해결하지 않거나, 적어도 해결하기 위해 온 힘을 기울이지 않을 그 어떤 권리조차 없다, 라고 곧바로 결론을 내렸다. 이런 생각을 하면서 집으로 돌아갔으니, 산책은 십오 분도 채 하지 못한 셈이었다. 이 순간 그는 자신이 한없이 불행하게 느껴졌다.

레베제프는 여전히 집에 없었으므로, 저녁녘에 켈레르는 공작의 방에 어렵잖게 밀고 들어올 수 있었는데, 술에 취하진 않았으나 심정을 토로하며 고백을 하고 싶어했다. 그는 단도직입적으로, 자기가 찾아온 것은 공작에게 자신의 생애 전부를 얘기하기 위해서이며, 파블롭스크에 그냥 남은 것도 그 때문이라고 밝혔다. 이 사내를 내쫓는다는 건 도저히 불가능한 일이었다. 그는 무슨 일이 있어도 나갈 것 같지 않았다. 켈레르는 아주 장황하고 짜임새 없는 얘기를 늘어놓을 태세였지만, 거의 몇 마디 하기도 전에 느닷없이 결론으로 뛰어넘어가더니, 자기는 (오로지 신에 대한 불신에서) '도덕의 모든 환영幻影'을 잃어버리고 마침내 도둑질까지 하기에 이르렀노라고 선언했다. "당신은 이런 일을 상상이나 할 수 있겠습니까!"

"좀 들어봐요, 켈레르, 내가 당신이라면, 특별한 필요도 없는데 구태여 그런 고백을 하진 않을 겁니다." 공작이 입을 열었다. "하긴 아마도 자신을 중상하려고 일부러 그러는 거겠죠?"

"당신한테, 오직 당신 한 사람한테만, 그것도 오직 나 자신의 발전을 도모하기 위해 털어놓는 겁니다! 다른 사람한텐 절대 안 해요. 내가 죽으면, 이 비밀은 내 수의 자락 밑에 넣어 저세상으로 가져가겠습니다! 하지만 공작, 알아주셨으면 좋겠군요, 그저 알기나 해주셨으면 좋겠다고요, 요즘 세상에 돈을 구하기가 얼마나 힘든지! 이렇게 됐으니 한번 묻고 싶군요, 우리 같은 사람이 대체 어디서 돈을 손에 넣겠습니까? 대답은 딱 하나예요. '금이나 다이아몬드를 가져와, 그걸 담보로 돈을 줄 테니', 그러니까 하필이면 나한테 없는 것을 요구한단 말입니다, 상상이 가시나요? 나는 결국 화가 치밀어 계속 거기 서서 뻗대봤죠. '그럼 에메랄드도 잡아주나요?' 내가 그렇게 묻자, '에메랄드도 잡아주지'라기에 '아, 아주 잘됐군' 하고 말하고는 모자를 쓰고 밖으로 나왔다고요. 귀신한테나 물려가라지, 비열한 자식들! 정말, 더러워서!"

"당신한테 정말 에메랄드가 있었나요?"

"에메랄드는 무슨! 오, 공작, 당신은 아직도 인생을 밝고 순진하게, 말하자면 목가적으로까지 보고 있군요!"

마침내 공작은 안됐다기보다 부끄러운 듯한 마음이 들었다. 그의 머릿속엔 이런 생각마저 스쳤다. '이 사람에게 어떤 좋은 영향을 줘서 그래도 뭔가 쓸모 있는 인간으로 만들 수는 없을까?' 자기가 직접 영향을 주는 건 몇 가지 이유에서 매우 적당치 못하다고 여겼는데—자기비하에서 그러는 게 아니라 사물을 바라보는 어떤 독특한 시각 때문이었다. 두 사람은 점차 이야기에 열중해서, 헤어지기도 싫을 정도에 이르렀다. 켈레르는 어떻게 그런 것까지 얘기할 수 있는지 상상조차 할 수 없는 일들을 놀랄 만큼 솔직하게 털어놨다. 그런 얘기로 넘어갈 때마다 그는 자기는 참회하고 있고 가슴속에 '눈물이 넘쳐흐른다'고 엄숙히 맹세하면서도, 마치 그런 행동을 자랑이라도 하는 듯한 말투인데다가 때로는 너무나 우습게 얘기를 해서, 그도 공작도 결국엔 미친 사람들처럼 커다란 소리로 웃기까지 했다.

"당신에겐 어린아이 같은 신뢰와 놀랄 만큼 정직한 면이 있군요, 그게 무엇보다 중요한 겁니다." 마침내 공작이 말했다. "그것만으로도 상당한 속죄가 된다는 걸 아십니까?"

"나는 고결합니다, 고결해요, 기사처럼 고결한 인간입니다!" 켈레르는 감동해서, 다짐하듯 되풀이했다. "하지만 공작, 그건 그저 몽상에 잠겨 있을 때, 또는 이른바 허세를 부릴 때나 그렇지, 실제로는 전혀 그렇지 못하단 말입니다! 왜 그럴까요? 정말 알 수가 없습니다."

"낙담하지 말아요. 이제 당신은 나한테 자신의 비밀을 전부 털어놨다고 확실히 말할 수 있겠죠. 적어도 내가 보기엔, 당신이 얘기한 것에다가 이제 더이상 덧붙일 건 없을 성싶은데, 그렇잖아요?"

"없다고요?!" 켈레르는 딱하다는 듯이 외쳤다. "오, 공작, 당신은 아직도 인간을 그렇게, 말하자면 스위스식으로 이해하고 있군요."

"정말 아직도 덧붙일 게 있단 말인가요?" 공작은 약간 놀라며 말했다. "그럼, 당신은 나한테 대체 뭘 기대한 건가요, 켈레르, 솔직히 말해봐요, 왜 나를 찾아와서 그런 참회담을 늘어놓은 거죠?"

"당신한테요? 뭘 기대했느냐고요? 첫째, 당신의 순박함을 보는 것만으로도 기분이 좋거든요. 당신과 앉아서 얘기하는 게 유쾌하단 말입니다. 적어도 내 앞에 고결하기 그지없는 사람이 앉아 있다는 걸 아니까,

둘째…… 둘째로는……"

그는 말을 우물거렸다.

"아마 돈을 빌리고 싶었겠죠?" 공작은 아주 진지하고 꾸밈없이, 심지어 조금 수줍어하는 듯한 어조로 얼른 말해줬다.

켈레르는 갑자기 움찔했다. 그는 여전히 놀란 빛을 띠고 재빨리 공작의 눈을 똑바로 바라보더니, 주먹으로 탁자를 세차게 꽝 내리쳤다.

"아니, 바로 이런 식으로 사람을 완전히 당황하게 하는군요! 원, 이럴 수가, 공작. 한편으론 황금시대에도 찾아볼 수 없을 만큼 그렇게 순박하고 그렇게 순진한 양반이, 다른 한편으론 갑자기 그토록 심오한 심리관찰로 사람의 마음을 화살처럼 꿰뚫잖습니까. 하지만 공작, 설명 좀 해주시죠, 나는…… 나는 완전히 두 손 들었으니까요! 물론 최종적인 목적은 돈을 빌리는 거였죠, 하지만 당신은 그게 마치 나무랄 필요가 전혀 없는 일인 듯이, 마치 아주 당연한 일인 듯이, 나한테 돈 얘기를 물었단 말입니다."

"그래요…… 당신으로서는 그러는 게 당연하기도 하죠."

"화가 나진 않았나요?"

"아뇨…… 왜 화를 내죠?"

"들어보십시오, 공작, 나는 엊저녁부터 여기 있었는데, 그 이유는 첫째로 프랑스의 대주교 부르달루*에게 각별한 존경을 표하기 위해서이고(레베제프의 방에서 세시까지 술병 마개를 땄죠), 내가 남은 두번째

* 루이 14세 시기에 뛰어난 웅변술로 사회악을 폭로했던 예수회 소속의 유명한 설교가 루이 부르달루. 켈레르는 그의 성이 탁하고 맛이 없는 음료를 가리키는 러시아어 단어 '부르다'와 프랑스산 포도주 '보르도'와 발음이 비슷한 점을 이용해 언어 유희를 하고 있다.

이유는, 이게 제일 중요한 건데(모든 십자가에 걸고 맹세하지만, 나는 틀림없는 진실만을 말합니다!), 당신 앞에서 모든 것을 이른바 진심으로 참회하고, 그럼으로써 자신의 발전을 도모하기 위해서였습니다. 이런 생각을 하면서 나는 눈물에 젖어 세시가 조금 넘어서야 잠자리에 들었죠. 이제 내가 고결하기 그지없는 사람이라는 걸 믿으실지요? 그런데 내면적인 눈물과 또 이른바 외면적인 눈물에(잘 기억하고 있지만, 나는 마침내 소리를 내며 흐느껴 울었으니까요!) 흠뻑 젖어 막 잠이 들려는 바로 그 순간, '어떨까, 그 사람한테 참회하고 나서 마지막에 돈을 좀 꿀 수는 없을까?'라는 악마 같은 생각이 하나 떠오르더군요. 그래서 이른바 '눈물 소스를 친 페네제르프*'와도 같은 참회 대본을 준비한 겁니다, 바로 이 눈물로 길을 부드럽게 닦아놓고 당신한테 아첨해서 150루블을 건네받으려고 말이죠. 비열하다고 생각하지 않습니까?"

"하지만 그건 결코 사실이 아니고, 그저 하나가 다른 하나와 우연히 만나 합쳐진 겁니다. 두 가지 생각이 함께 떠오른 것이고, 아주 흔히 있는 일이지요. 나도 끊임없이 그런 경험을 해요. 어쨌든 좋은 일이라고는 생각지 않지만요, 그리고 말이죠, 켈레르, 나는 무엇보다 그 때문에 나 자신을 몹시 책망하곤 한답니다. 당신이 방금 나 자신의 얘기를 한 것 같은 기분이군요. 이따금 나는 이렇게 생각하기까지 했어요." 공작은 깊은 관심을 가지고, 매우 진지하고 성실한 어조로 말을 계속했다. "모든 사람이 다 그렇다, 라고 말이지요, 그러면서 나 자신을 합리화하

* 조미용 향초(香草)를 통칭하는 프랑스어 fines herbes를 러시아어식으로 읽은 것.

려 들기 시작했는데, 이 이중적인 생각과 싸우기란 지독하게 힘드니까요. 내가 직접 경험한 일입니다. 어디서 그 생각들이 오고, 어떻게 생기는 것인지는 오직 신만이 알겠죠. 하지만 당신은 그걸 곧바로 비열함이라 부르고 있어요! 그런 말을 듣고 보니 이제 나도 다시금 그 이중적인 생각이 두려워지는군요. 아무튼 나는 당신을 심판하는 사람이 아닙니다. 하지만 그래도 내 생각으론, 그걸 곧바로 비열함이라 불러선 안 될 것 같은데, 당신 생각은 어떤가요? 당신은 눈물로 돈을 우려내려고 술책을 쓰긴 했지만, 당신의 참회엔 그저 돈 이외에 다른 고결한 목적도 있었다고 당신 스스로 맹세하잖습니까. 그 돈은, 말하자면, 필시 술판을 즐기는 데 필요한 것이겠죠, 그렇죠? 그래도 그런 참회를 하고 나서 그러는 건 아무래도 나약하다고밖엔 볼 수 없어요. 하지만 그렇다고 해서 어떻게 술놀음을 한순간에 끊는단 말인가요? 그것 역시 불가능해요. 그럼 대체 어떡해야 할까요? 당신 자신의 양심에 맡기는 게 제일 좋겠죠, 당신의 생각은 어떻습니까?"

공작은 몹시 궁금해하며 켈레르를 바라보았다. 이중적 생각에 대한 문제가 벌써 오래전부터 그를 사로잡고 있었던 것 같았다.

"아니, 이런데도 당신을 백치라고 하다니, 정말 납득이 안 가는군요!" 켈레르가 소리쳤다.

공작은 얼굴을 약간 붉혔다.

"설교자 부르달루라도 나 같은 놈을 관대히 봐주진 않을 텐데, 당신은 나를 용서해줬고 인간적인 판결을 내려줬습니다! 나 자신을 벌하는 뜻에서, 그리고 내가 감동했음을 증명해드리기 위해, 150루블 건은 포기하겠으니, 25루블만 주십시오, 그거면 됩니다! 더는 필요 없습니다,

적어도 앞으로 두 주일 동안은. 두 주일이 지나기 전엔 절대로 돈을 빌리러 오지 않겠습니다. 아가쉬카의 비위를 맞춰줄까 했지만, 그년은 그럴 가치가 없습니다. 오, 친애하는 공작, 주님께서 당신에게 축복을 내리시길!"

방금 돌아온 레베제프가 마침내 공작의 방으로 들어와, 켈레르의 손에 25루블이 들려 있는 것을 보고는 눈살을 찌푸렸다. 하지만 켈레르는 돈을 받자마자 잽싸게 달아나 금세 자취를 감췄다. 레베제프는 이내 그의 욕을 늘어놓기 시작했다.

"당신의 말은 부당해요, 그 사람은 정말 진심으로 뉘우치고 있었어요." 공작이 마침내 한마디했다.

"아니, 그렇게 뉘우치는 게 무슨 소용이 있습니까! 그건 제가 어제 '제가 비열합니다, 비열합니다'라고 한 것과 똑같다고요, 어디까지나 말뿐이라굽쇼!"

"그럼 당신은 그저 말로만 그런 거였나요? 그걸 나는……"

"뭐, 당신한테는, 당신한테만은 사실대로 말씀드리죠, 당신은 사람을 꿰뚫어보시니까. 말과 행동, 거짓과 진실—이 모든 것이 제 속엔 함께 있어요, 아주 솔직하게 말씀드리는 겁니다. 제 경우에, 진실과 행동은 진심으로 뉘우칠 때 나타나죠, 믿으시든 믿지 않으시든 그건 당신 뜻이지만, 맹세코 그렇단 말입니다. 하지만 말과 거짓은 악마와도 같은 (그리고 언제나 존재하고 있는) 생각, 즉 어떻게 하면 저기 저 사람을 낚을 수 있을까, 어떻게 하면 참회의 눈물로 속여넘겨 이득을 챙길 수 있을까 하는 생각에 들어 있다 이겁니다! 맹세코 그렇습니다! 다른 사람에겐 이런 말을 하지 않겠지만—비웃거나 침을 뱉을 테니까요, 하지만 공작님, 당신은 인간적으로 판결해주시는 분이잖습니까."

"아니, 이봐요, 그 사람도 방금 나한테 똑같은 얘길 했는데." 공작이 소리쳤다. "게다가 당신들은 둘 다 무슨 자랑이라도 하는 말투 아닌가요! 당신들은 정말 놀랍기까지 하네요, 다만 그 사람이 당신보다는 진실하군요, 당신은 그걸 본격적인 생업으로 삼고 있으니까. 뭐, 그 얘긴 관둡시다, 이맛살 좀 찌푸리지 말아요, 레베제프, 손을 가슴에 얹지도 말고요. 그런데 나한테 무슨 할말이 있는 건가요? 괜히 들를 리는 없고……"

레베제프는 얼굴을 찡그리며 몸을 배배 꼬았다.

"물어볼 게 하나 있어서 온종일 당신을 기다렸어요. 평생 단 한 번이라도 첫마디부터 바른대로 대답해줘요. 당신은 어제의 그 마차 사건에 얼마간이라도 관련돼 있는 건가요, 아닌 건가요?"

레베제프는 또다시 얼굴을 일그러뜨리고 히히거리기 시작하며 두 손을 비비고 나중엔 재채기까지 해댔으나, 뭐라고 말을 꺼낼 결심은 여전히 내리지 못했다.

"내가 보기엔, 관련된 것 같은데."

"하지만 간접적으로, 오로지 간접적으로예요! 정말 사실대로 말씀드리는 겁니다! 굳이 관련됐다면, 그저 그 어떤 분께 우리집에 그러그러한 모임이 있고 이러이러한 분들이 와 있다는 걸 적당한 때를 봐서 알려준 것뿐입니다."

"나는 당신이 아들을 그곳으로 보냈다는 걸 알아요, 그애가 아까 직접 말해줬는데, 당신은 대체 왜 그런 음모를 꾸미는 겁니까!" 공작이 참지 못하고 소리쳤다.

"제가 꾸민 일이 아닙니다, 절대로 제가 아니고 말고요." 레베제프는 두 손을 내저었다. "그건 다른 사람들, 다른 사람들이 꾸민 짓이고, 음모라기보다는 이른바 공상이라는 거지요."

"대체 무슨 소린가요? 제발 좀 분명히 설명해봐요. 이 일이 나한테 직접 관계가 있다는 걸 정말 모르겠나요? 더구나 예브게니 파블로비치의 평판에 먹칠을 하는 짓이란 말이에요."

"공작님! 공작 각하!" 레베제프는 또다시 몸을 꼬았다. "제가 사실대로 모두 말씀드리게 해주셔야 말이죠. 전에도 사실대로 말씀드리려고 했지요, 한두 번이 아니라고요. 하지만 공작님이 제 말을 가로막는 바람에……"

공작은 잠시 입을 다물고 무언가를 생각했다.

"그럼, 좋아요. 사실대로 말해봐요." 그는 무거운 어조로 말했는데, 마음속으로 큰 갈등을 겪은 듯했다.

"아글라야 이바노브나가……" 레베제프는 곧바로 입을 열었다.

"그만, 그만둬요!" 공작은 분노 때문에, 하지만 아마 수치심 탓도 있을 텐데 얼굴이 새빨개져서 미친듯 소리쳤다. "그럴 리가 없어요, 그건 전부 헛소리야! 그건 전부 당신 자신이, 아니면 당신 같은 미치광이들이 지어낸 거지. 더이상 당신한테서 그런 소릴 듣고 싶지 않아!"

저녁 늦게, 이미 열시가 지난 시각에 콜랴가 새로운 소식을 한 보따리 안고 나타났다. 두 가지 종류의 소식으로, 페테르부르크와 파블롭스크에 관한 것들이었다. 그는 페테르부르크 소식은 나중에 다시 얘기할 생각으로 우선 중요한 것들만 서둘러 얘기한 다음(주로 입폴리트와 어제의 사건에 관한 소식이었다), 급히 파블롭스크 소식으로 넘어갔다. 그는 세 시간 전에 페테르부르크에서 돌아왔으나 공작에게 들르지 않고 곧바로 예판친가를 찾아갔다. "거긴 정말 난리가 났어요!" 물론 그 첫째 원인은 마차 사건이지만, 그 밖에도 콜랴나 공작이 모르는 무슨 일이 일어난 게 분명했다. "나는 물론 염탐질을 하지 않았고, 누구한테 캐물을 생각도 하지 않았어요. 그래도 나를 반갑게, 아주 반갑게 맞아줘서, 뜻밖이기까지 했죠. 하지만 공작님, 당신 얘긴 한마디도 나오지 않았어요!" 무엇보다 중요하고 주목할 만한 일은 조금 전에 아글라야가 가냐 때문에 식구들과 다퉜다는 점이었다. 자세한 사정은 모르지만—가냐 때문이라는 것만은 확실하며("한번 상상해보세요!"), 심지어 대판으로 다퉜다니, 뭔가 중요한 일이 있는 게 분명했다. 장군은 늦게서야 집에 왔는데, 낯을 잔뜩 찌푸린 채, 예브게니 파블로비치와 함께 왔으며, 가족들은 예브게니 파블로비치를 무척 반갑게 맞았고, 예브게니 파블로비치 자신도 여느 때보다 놀랄 만큼 명랑하고 상냥했다. 하지만 가장 중요한 소식은, 리자베타 프로코피예브나가 자기 딸들과 앉아 있던 바르바라 아르달리오노브나를 아주 조용히 자기 방에 불러들여, 집에서 영원히, 하지만 더없이 정중하게 쫓아냈다는 것인데, "바랴 누나한테서 직접 들었어요"라고 콜랴는 말했다. 그러나 바랴가 리자베타 프로코피예브나의 방에서 나와 그 집 딸들과 작별인사를 했을 때, 딸들은 그녀가 자기들 집에 영원히 출입을 금지당한 사실도, 그녀가 마지막으로 작별인사를 한다는 사실도 알지 못했다.

"하지만 바르바라 아르달리오노브나는 일곱시에 내 방에 와 있었는데?" 공작이 놀라며 물었다.

"쫓겨났을 때가 일곱시가 조금 넘어서였거나 여덟시였으니까요. 바랴 누나가 너무 안됐어요, 가냐 형도 그렇고…… 물론 두 사람은 늘 무슨 계략을 꾸미고 있죠, 그러지 않고선 못 배기는 모양이에요. 두 사람이 무슨 은밀한 계획을 세우고 있는지 나는 한 번도 알 수 없었고, 알고 싶지도 않아요. 하지만 착하고 친절하신 공작님, 가냐 형한테도 진심이 있다는 건 확실히 말씀드릴 수 있어요. 형은 물론 여러 면에서 타락한 인간이지만, 또 여러 면에서 찾아보고 발견해낼 만한 가치 있는 점들도 지녔어요. 전에 내가 형을 이해하지 못한 데 대해, 절대로 나 자신을 용서하지 못할 거예요…… 바랴 누나에게 이런 일이 생긴 지금, 내가 계속 그 집을 드나들어도 되는지 모르겠군요. 사실, 나는 맨 처음부터 완전히 독자적인 별개의 입장을 취했지만, 그래도 잘 생각해봐야 할 것 같아요."

"형을 너무 불쌍히 여길 건 없네." 공작이 그에게 말했다. "일이 이미 그 정도에 이르렀다면, 가브릴라 아르달리오노비치가 리자베타 프로코피예브나의 눈에 위험한 존재로 보인다는 뜻이고, 그건 곧 그가 품고 있는 어떤 희망들이 근거가 없지 않다는 얘기니까."

"뭐라고요, 희망이라니, 무슨!" 콜랴가 깜짝 놀라 소리쳤다. "설마 그렇게 생각하시는 건 아니겠죠, 아글라야가…… 아니, 그럴 리가 없어요!"

공작은 잠자코 있었다.

"공작님, 당신은 지독한 회의론자이시군요." 이 분가량 지나 콜랴가 이렇게 덧붙였다. "내가 보니까, 당신은 언제부터인가 아주 심한 회의론자가 돼가고 있어요. 아무것도 믿지 않고 늘 억측만 하려 들거든요…… 이런 경우에 내가 '회의론자'라는 말을 맞게 쓴 건가요?"

"맞는 것 같군, 나도 확실히는 모르지만."

"하지만 '회의론자'라는 말은 내 쪽에서 철회하겠어요, 대신 새로운 설명을 찾아냈어요." 콜랴가 갑자기 소리쳤다. "당신은 회의론자가 아니라 질투쟁이예요! 당신은 콧대 높은 어느 아가씨 때문에 가냐 형에게 지독한 질투를 느끼는 거라고요!"

콜랴는 이렇게 말하고 벌떡 일어나, 마치 여태 한 번도 웃어볼 수 없었던 사람처럼 깔깔거리며 웃었다. 공작의 얼굴이 새빨개진 것을 보자 콜랴는 더 신이 나서 웃어댔다. 공작이 아글라야 때문에 질투한다고 생각하니, 더없이 기분이 좋았던 것인데, 하지만 공작이 진심으로 괴로워하는 걸 보자, 곧바로 웃음을 그쳤다. 그러고 나서 그들은 한 시간 혹은 한 시간 반가량이나 근심어린 표정으로 몹시 심각하게 얘기를 주고받았다.

이튿날 공작은 어떤 미룰 수 없는 일이 있어 한나절 내내 페테르부르크에 머물렀다. 그는 오후 네시가 지나서야 파블롭스크로 돌아가려다가 역에서 이반 표도로비치와 마주쳤다. 이반 표도로비치는 재빨리 공작의 손을 잡고 왠지 겁이라도 나는 듯 주위를 두리번거리더니, 함께 가자며 일등칸으로 끌고 갔다. 그는 뭔가 중대한 일에 대해 얘기하고 싶어 안달이 나 있었다.

"첫째로, 공작, 내게 화내지 말게나, 만약 내 쪽에서 잘못한 게 있다면—잊어주게. 어제도 자네한테 들를까 했지만, 리자베타 프로코피예브나가 어떻게 생각할지 몰라서…… 우리집은…… 그야말로 지옥이야, 수수께끼를 내는 스핑크스가 들어와 앉았다니까. 나는 그저 서성거릴 뿐, 도무지 아무것도 모르겠어. 자네에 대해 말하자면, 내 생각으론 우리 중 자네가 제일 죄가 가벼운 것 같네, 물론 자네 때문에 여러 가지 일이 일어나긴 했지만 말일세. 이보게, 공작, 박애주의자가 된다는 건 기분좋은 일이지만, 그렇다고 대단히 기분좋은 일은 아니거든. 아마 자네도 벌써 그 열매를 먹어봤겠지. 물론 나도 선량하고 친절한 마음을 사랑하고, 리자베타 프로코피예브나를 존경하네, 하지만……"

장군은 한참 동안 이런 식으로 얘기를 더 늘어놓았으나, 말에 도무지 두서가 없었다. 그로서는 도저히 이해할 수 없는 그 무엇 때문에 몹시 충격을 받고 혼란에 빠진 게 분명했다.

"자네가 이 문제와 아무 관련 없다는 거야 나로선 의심의 여지가 없어." 마침내 그가 조금 분명하게 말하기 시작했다. "하지만 당분간은 우리집을 방문하지 말아주게, 친구로서 부탁하는 거니까, 앞으로 이 바람이 잠잠해질 때까진 오지 말게. 예브게니 파블르이치에 관해 말하자면," 그는 유난히 열을 올리며 외쳤다. "그건 전부 아무 의미도 없는 중상이야, 중상 중의 중상이지! 그건 모략이야, 여기엔 음모가 숨어 있네, 모든 걸 전부 뒤집어엎고 우리 사이에 분란을 일으키려는 거야. 이보게, 공작, 이건 자네한테 은밀히 말하는 거지만, 우리와 예브게니 파블르이치 사이엔 아직 아무 말도 얘기된 게 없네, 알겠나? 우리는 아무런 구속도 받고 있지 않단 말일세—하지만 그 말이 아마 나올 거야, 그것도 빠른 시일 안에, 심지어, 아마 아주 빠른 시일 안에! 그러니까 이건 훼방을 놓자는 수작이라고! 하지만 왜? 무엇 때문에?—그걸 알 수가 없어! 놀라운 여자이지, 무슨 짓을 할지 도무지 종잡을 수 없는 여자야, 나는 밤잠도 제대로 못 잘 정도로 그 여자가 무서워. 게다가 그 멋진 마차며 하얀 말들, 정말 시크하잖은가, 이거야말로 프랑스어로 시크라고

하는 바로 그거란 말일세! 누가 그걸 그 여자한테 제공할까? 정말이지 나는 죄를 범했네, 그저께 나는 그게 예브게니 파블르이치일 거라고 생각했으니까. 하지만 그럴 리 없다는 게 밝혀지고 있고, 만약 그럴 리가 없다면, 대체 무엇 때문에 그 여자는 이 일에 훼방을 놓으려 할까? 이게, 바로 이게 수수께끼란 말일세! 예브게니 파블르이치를 자기 곁에 붙잡아두려고? 그러나 거듭 말하지만, 맹세코 그는 그 여자하고 모르는 사이인데다, 그 어음은—지어낸 얘기야! 더구나 뻔뻔스럽게도 한길 너머로 그에게 반말로 소리치다니! 이건 순전히 간계야! 분명한 건, 이런 간계를 경멸로써 물리치고 예브게니 파블르이치에겐 존경을 배가해야 한다는 것이지. 리자베타 프로코피예브나에게도 그렇게 말해줬네. 이제 자네한테 내 가장 비밀스러운 생각을 말해주겠네. 나는 그 여자가 나한테 개인적인 복수를 하는 거라고 굳게 확신하고 있어, 자네도 알다시피 예전에 있었던 일에 대해서 말일세, 뭐 그렇다고 내가 그 여자에게 무슨 잘못을 저지른 건 절대 아닐세. 다만 생각하면 한 가지 낯뜨거운 일이 있어서. 나는 그 여자가 영영 사라져버린 줄 알았는데, 지금 이렇게 다시 나타나다니. 말 좀 해보게, 대체 그 로고진이란 자는 어디에 처박혀 있나? 나는 그 여자가 벌써 오래전에 로고진 부인이 된 줄 알았네."

한마디로 장군은 완전히 갈팡질팡했다. 기차가 달리는 거의 한 시간 내내 그는 혼자서만 말했고, 여러 가지 의문을 제기하곤 스스로 그걸 해명하면서 공작의 손을 꽉 쥐곤 했는데, 적어도 공작에게 한 가지 사실, 즉 자신은 어떤 점에서도 공작을 의심할 생각조차 하지 않는다는 한 가지만큼은 확인시켜줬다. 공작에게 이 점은 매우 중요했다. 마지막으로 장군은 페테르부르크 어느 관청의 장長으로 있는 예브게니 파블르이치의 백부 얘기를 했다. "요직에 있고 나이는 칠십인데, 도락가에 미식가이고 대체로 유혹에 잘 넘어가는 노인이지…… 하! 하! 그 영감이 나스타시야 필립포브나의 소문을 듣고 어떻게 해보려고 꽤나 애를 썼다는 걸 알고 있네. 아까 들러봤더니, 몸이 아파 접견을 사절하고 있다는데, 부자야, 대단한 부자에다 영향력도 있고…… 제발 오래오래 건강해야 할 텐데, 하지만 어쨌거나 모두 예브게니 파블르이치 차지가 되겠지…… 암, 암…… 하지만 그래도 나는 무서워! 뭐가 무서운지 모르겠지만, 그래도 무섭단 말일세…… 공중에 뭔가가 마치 박쥐처럼 맴돌고 있는 것 같아, 재앙이 떠도는 것 같다니까, 무서워, 나는 무섭단 말일세!……"

그리고 마침내 사흘째 되는 날에야, 이미 앞에서도 썼듯이, 예판친가와 레프 니콜라예비치 공작 사이에 정식으로 화해가 이루어졌다.

XII

오후 일곱시였다. 공작은 공원에 갈 채비를 하고 있었다. 갑자기 리자베타 프로코피예브나가 혼자서 테라스로 들어왔다.

"첫째, 감히 엉뚱한 생각은 말아요." 그녀가 말을 꺼냈다. "당신한테 용서를 빌러 온 건 아니니까. 어림없어! 전적으로 당신 잘못이지."

공작은 아무 대꾸도 하지 않았다.

"잘못했나요, 안 했나요?"

"당신만큼 나도 잘못했습니다. 하지만 당신이나 나나, 우리 두 사람 다 고의로 잘못한 일은 전혀 없어요. 나도 그저께는 내가 잘못했다고 여겼지만, 지금은 판단이 달라져서, 그렇게 보지 않습니다."

"그건 또 무슨 소리예요! 뭐, 좋아요. 그럼 잘 들어요, 어서 앉아요, 나는 서 있을 생각이 없으니까."

두 사람은 앉았다.

"둘째, 그 못된 애송이들 얘기는 한마디도 꺼내지 말아요! 나는 십 분 동안만 여기 앉아 당신과 얘기하겠어요. 당신한테 물어볼 말이 있어 온 거니까(대체 무슨 일로 왔나 싶었겠죠?), 만약 그 건방진 애송이들 얘길 한마디라도 꺼내면, 나는 그대로 일어나서 가버릴 거고, 그리되면 당신하곤 완전히 절교예요."

"좋습니다." 공작이 대답했다.

"그럼 묻겠어요. 당신은 두 달이나 두 달 반 전쯤, 부활절 무렵에 아글라야에게 편지를 보낸 일이 있죠?"

"보-보냈습니다."

"대체 어떤 목적으로? 편지 내용은 뭐였죠? 편지를 보여줘요!"

리자베타 프로코피예브나는 두 눈이 활활 불타면서, 초조한 나머지 온몸을 떨다시피 했다.

"나한텐 그 편지가 없습니다." 공작은 깜짝 놀랐고 몹시 두려웠다. "그 편지가 아직 온전하다면, 아글라야 이바노브나한테 있을 겁니다."

"어물쩍 넘길 생각 말아요! 무슨 말을 썼죠?"

"어물쩍 넘기려는 게 아닙니다, 양심에 꺼려지는 것도 없고요. 하지만 이유를 모르겠군요, 왜 내가 편지를 쓰면 안 되는지……"

"잠자코 있어요! 할말이 있으면 나중에 하고. 편지 내용이 뭐였죠? 낯은 왜 붉히나요?"

공작은 잠시 생각했다.

"리자베타 프로코피예브나, 무슨 생각을 하시는지 모르겠군요. 그 편지 때문에 몹시 심기가 불편하시다는 것밖엔 모르겠습니다. 당신도 시인하시겠지만, 나는 그런 질문에 답하지 않을 수도 있어요. 하지만 내가 그 편지에 대해 결코 양심에 꺼려지는 바가 없고 그 편지를 쓴 일을 후회하지 않을뿐더러 그것 때문에 얼굴을 붉힐 이유도 없다는 사실을 증명하기 위해(그러면서 공작은 거의 갑절이나 더 얼굴을 붉혔다), 당신께 그 편지를 암송해드리겠습니다, 외우고 있는 것 같으니까요."

이렇게 말하고서 공작은 그 편지를 거의 한마디도 틀리지 않게 그대로 암송했다.

"쳇, 아주 횡설수설이군! 그래, 그 헛소리가 당신 생각으론 대체 무슨 뜻이죠?" 리자베타 프로코피예브나는 잔뜩 긴장해서 편지 내용을 듣고 난 뒤에 날카롭게 물었다.

"나 자신도 완전히는 모르겠습니다. 하지만 내 감정이 진실했다는 것만은 압니다. 그때 그곳에서 나는 충만한 삶과 놀라운 희망의 순간을 경험하곤 했으니까요."

"어떤 희망이었죠?"

"설명하기 어렵지만, 아마도 당신이 지금 생각하고 계실 그런 희망은 아니었습니다…… 음, 한마디로, 미래에 대한 희망과, 나도 아마 그곳에서 낯선 사람이 아니고 이방인이 아닐지 모른다는 기쁨이었겠지요. 내가 조국에 있다는 게 갑자기 너무 좋아졌거든요. 그래서 햇빛이 눈부신 어느 날 아침, 펜을 들어 그녀에게 편지를 썼던 겁니다. 왜 하필 그녀에게였는지는—모르겠습니다. 곁에 친구가 있었으면 싶을 때가 더러 있지 않습니까. 나 역시 친구를 원했었나봅니다……" 공작은 잠시 입을 다물었다가 이렇게 덧붙였다.

"그애에게 연정을 품고 있는 것 아네요?"

"아-아닙니다. 나는…… 나는 누이동생에게 쓰는 심정이었으니까요. 서명도 오빠라고 했습니다."

"흥, 일부러 그랬겠죠. 다 알아요."

"이런 질문에 대답하기 정말 괴롭습니다, 리자베타 프로코피예브나."

"괴롭다는 건 알아요, 하지만 당신이 괴롭건 말건 나한텐 아무 상관없어요. 잘 들어요, 그리고 하느님 앞에 서 있다는 마음으로 사실대로 대답해줘요. 지금 나한테 하는 말이 거짓말인가요, 아닌가요?"

"거짓말이 아닙니다."

"연정을 품고 있지 않다는 게 정말이라고요?"

"완전히 정말인 것 같습니다."

"이거 봐요, '같다'라뇨! 편지는 그 애송이를 시켜 전했죠?"

"니콜라이 아르달리오노비치에게 부탁해서……"

"애송이라니까요! 애송이!" 리자베타 프로코피예브나는 발끈하며 말을 가로챘다. "나는 니콜라이 아르달리오노비치가 누군지 전혀 몰라요! 애송이라고요!"

"니콜라이 아르달리오노비치이지요……"

"애송이라잖아요!"

"아닙니다, 애송이가 아니라 니콜라이 아르달리오노비치입니다." 마침내 공작은 무척 나직하지만 확고한 어조로 이렇게 대답했다.

"뭐, 좋아요, 이봐요, 좋다고요! 이것도 당신의 괘씸죄 목록에 달아 두죠."

그녀는 잠시 흥분을 억누르며 숨을 가다듬었다.

"그럼 '가난한 기사'라는 건 뭐죠?"

"전혀 모르겠습니다. 나하곤 무관합니다. 무슨 농담이겠지요."

"뜻밖에 기분좋은 말을 듣는군! 다만 그애가 어떻게 당신한테 관심을 가질 수 있었을까요? 그애는 자기 입으로 당신을 '병신'이니 '백치'니 하고 불렀는데요."

"그것까지 내게 전해주실 필요는 없을 텐데요." 공작은 책망하듯, 그러나 거의 속삭이듯이 말했다.

"화내지 말아요. 그애는 응석받이로 자라서 제멋대로이고 미치광이 같은 데가 있어요, 누가 좋아지면, 꼭 큰 소리로 욕하거나 맞대놓고 조롱하거든요. 나도 옛날엔 똑같았죠. 다만 부탁인데, 이봐요, 우쭐대진 말아요, 그애는 당신 여자가 아니니까. 그리되리라곤 믿고 싶지 않아요, 그런 일은 절대 없을 거예요! 나는 그저 당신이 지금 당장이라도 무슨 방도를 강구하라고 이런 말을 하는 것뿐이니까. 자, 당신은 그 여자와 결혼하지 않았다고 나한테 맹세해요!"

"리자베타 프로코피예브나, 아니, 무슨 그런 말씀을?" 공작은 깜짝 놀라서 펄쩍 뛰다시피 했다.

"하지만 거의 결혼할 뻔했잖아요?"

"거의 결혼할 뻔은 했지요." 공작은 이렇게 중얼거리며 고개를 떨궜다.

"그럼 뭐죠, 그 여자한테 반한 건가요, 그래요? 이번에도 그 여자 때문에 온 거고요? 그 여자 때문에?"

"결혼하려고 온 건 아닙니다." 공작이 대답했다.

"당신한텐 이 세상에 성스러운 것이 있나요?"

"있습니다."

"그럼 그 여자와 결혼하러 온 게 아니라고 맹세해요."

"무엇이든 원하시는 것에 걸고 맹세합니다!"

"그 말을 믿겠어요. 자, 이제 나한테 키스해줘요. 이제야 비로소 마음 놓고 숨을 쉬겠군요. 하지만 잘 알아둬요. 아글라야는 당신을 사랑하지 않아요, 그러니 방도를 강구하라고요. 내가 이 세상에 살아 있는 한, 그 애가 당신한테 시집가는 일은 절대 없을 테니! 알아들었나요?"

"알겠습니다."

공작은 얼굴이 너무 새빨개져서, 리자베타 프로코피예브나를 똑바로 쳐다보지도 못했다.

"잘 새겨들어요. 나는 하느님의 뜻처럼 당신을 기다리면서(당신은 그럴 만한 가치가 없는 사람이었어요!), 밤마다 눈물로 베개를 적셨죠—이봐요, 당신 때문은 아니니까 걱정할 건 없어요, 내게는 그것과는 다른 나만의 슬픔, 영원하고 언제나 똑같은 슬픔이 있어요. 하지만 내가 그토록 초조히 당신을 기다렸던 까닭은, 하느님께서 당신을 친구이자 친동생으로 내게 직접 보내주셨다고 지금도 믿기 때문예요. 나한텐 벨로콘스카야 할머니밖에 없는데, 그분마저 멀리 떠났고 또 그게 아니더라도 나이가 들어 양처럼 우둔해지셨거든요. 그럼 이제 예, 아니요로 간단히 대답해줘요. 당신은 무엇 때문에 그 여자가 그저께 마차에서 그렇게 소리쳤는지 알고 있나요?"

"맹세코 나는 그 일과 아무 관계가 없고, 아무것도 모릅니다!"

"좋아요, 그렇게 믿겠어요. 이제는 나도 그 일을 달리 생각하지만, 어제 오전만 해도 모든 잘못이 예브게니 파블르이치에게 있다고 여겼어요. 그저께 온종일, 그리고 어제 오전에도 그렇게 생각했죠. 물론 이젠 다른 사람들의 주장에 동의하지 않을 수 없어요. 이건 그들이 그 어떤 이유로, 그 무엇 때문에, 그 어떤 목적을 위해, 그를 바보 놀리듯 조롱한 게 명백해요(하지만 웃음거리가 됐다는 사실 하나만으로도 이미 의심스럽죠! 더구나 꼴사납기도 하고요!)—하지만 아글라야는 절대로 그 사람한테 보내지 않을 거예요, 당신한테 이걸 분명히 말해두겠어요! 그가 훌륭한 사람이라 해도 마찬가지예요. 나도 전에는 마음이 흔들렸지만, 이젠 확실하게 결심했어요. '우선 나를 관에 넣어 땅속에 파묻으시죠, 그런 다음에나 딸을 내주세요'라고 오늘 이반 표도로비치한테 아예 쐐기를 박아놨어요. 알겠죠, 내가 당신을 얼마나 신뢰하는지 알겠죠?"

"알고말고요."

리자베타 프로코피예브나는 공작을 뚫어져라 쳐다보았다. 예브게니 파블르이치에 관한 얘기가 그에게 어떤 인상을 주었는지 무척 알아내고 싶은 듯했다.

"가브릴라 이볼긴에 대해선 아는 게 전혀 없나요?"

"그러니까…… 많이 알고 있습니다."

"그 사람이 아글라야와 연락하고 있다는 건 알았나요, 몰랐나요?"

"전혀 몰랐습니다." 공작은 놀란 나머지 몸을 흠칫 떨기까지 했다.

"어떻게, 가브릴라 아르달리오노비치가 아글라야 이바노브나와 연락하고 있다고요? 그럴 리가!"

"바로 얼마 전부터예요. 누이동생이 겨울 내내 쥐새끼처럼 우리집에 들락거리며 자기 오빠를 위해 길을 닦아놨거든요."

"믿을 수 없군요." 공작은 잠시 흥분해서 이것저것 생각해보더니 확고한 어조로 거듭 말했다. "만약 그랬다면 내가 틀림없이 알았을 겁니다."

"그럼, 그 사람이 제 발로 찾아와서 당신 가슴에 얼굴을 묻고 눈물을 흘리며 고백했을 거라는 말이군요! 오, 당신은 정말 얼뜨기예요, 얼뜨기! 모두가 당신을 속이고 있다고요, 마치…… 마치…… 아니, 그런 사람을 믿다니, 당신은 부끄럽지도 않아요? 그 사람이 늘 당신을 감쪽같이 속여먹고 있다는 걸 정말 모른단 말예요?"

"그가 이따금 나를 속인다는 건 나도 잘 압니다." 공작은 낮은 소리로 마지못해 대답했다. "그리고 내가 안다는 사실을 그도 알아채고……" 그는 이렇게 덧붙였으나 말을 끝맺지 못했다.

"알면서도 믿는다니! 아주 제대로 됐군! 하긴 당신이야 당연히 그러겠죠. 놀랄 게 뭐 있담! 맙소사! 이런 사람이 세상에 또 있었을까! 첫! 하지만 그 간카인지 바리카인지가 나스타시야 필립포브나를 그애하고 연결시켜준 걸 아나요?"

"누구하고요?!" 공작이 외쳤다.

"아글라야요."

"믿을 수 없습니다! 그럴 리가! 대체 무슨 목적으로?"

그는 의자에서 벌떡 일어났다.

"증거가 있는데도 나 역시 믿을 수 없어요. 그애는 아주 제멋대로예요, 공상이나 좇고 정신이 돌았다고요! 못돼먹은 애예요, 못됐죠, 아주 못됐어요! 못돼먹었다고 천년만년 확인해줄 수 있어요! 우리집 딸애들은 지금 죄다 그 모양이에요, 물에 젖은 암탉 같은 알렉산드라마저 그러니까. 하지만 아글라야한텐 아예 손을 쓸 수가 없어요. 어쨌든 나 역시 믿어지지가 않아요! 어쩌면 믿고 싶지 않아서 그럴지도 모르지만." 그녀는 혼잣말처럼 덧붙였다. "왜 당신은 우리집에 오지 않았죠?" 그녀는 갑자기 공작 쪽을 또다시 돌아보았다. "사흘 내내 왜 한 번도 오지 않았냐고요?" 그녀는 성급하게 다시 한번 소리쳤다.

공작은 그 이유를 얘기하기 시작했지만, 그녀가 다시 말을 가로챘다.

"모두가 당신을 바보 취급하며 속이고 있어요! 당신은 어제 시내에 다녀왔죠. 내길 해도 좋지만, 당신은 그 비열한 녀석 앞에 무릎을 꿇고, 만 루블을 받아달라며 애걸복걸했을걸요!"

"전혀 아닙니다. 그럴 생각조차 하지 않았습니다. 그를 만나지도 않았고, 더구나 그는 비열한 사람이 아니에요. 나는 그에게서 편지를 받았습니다."

"그 편지를 보여줘요!"

공작은 가방에서 편지를 꺼내 리자베타 프로코피예브나에게 건넸다. 편지에는 이렇게 쓰여 있었다.

'존경하는 공작, 사람들이 보기에 나는 물론 자존심을 가질 하등의 권리도 없는 놈입니다. 사람들의 의견에 따르면, 나는 그러기엔 너무나 무가치한 존재이지요. 그러나 그건 다만 사람들의 눈에 그럴 뿐, 당신의 눈에는 그렇지 않을 겁니다. 존경하는 공작, 나는 당신이 아마도 다른 사람들보다 훌륭하리라고 너무도 굳게 믿는 바입니다. 나는 독토렌코에게 동의하지 않으며, 이 확신과 더불어 나는 그와 길을 달리합니다. 나는 결코 당신으로부터 단돈 1코페이카도 받지 않겠으나, 당신이 내 어머니를 도와주신 데 대해서는 감사를 표해야 할 의무가 있다고 생각합니다, 설령 그것이 나의 나약한 성격에서 나온 행동이라 해도 말입니다. 아무튼 나는 당신을 전과는 달리 보고 있으며, 이 점을 당신에게 알릴 필요가 있다고 생각했습니다. 그러나 이후로 우리 사이에는 이 이상 그 어떤 관계도 있을 수 없다는 것을 말씀드려둡니다. 안치프 부르돕스키.

추신. 2백 루블에 못 미치는 그 금액은 앞으로 반드시 갚아드리겠습니다.'

"무슨 이따위 횡설수설이 다 있어!" 리자베타 프로코피예브나가 편지를 뒤로 내던지며 결론지었다. "읽을 가치도 없었네. 당신은 왜 싱글거려요?"

"인정하시죠, 당신도 그걸 읽고 기분이 좋아지셨을 텐데요."

"무슨 소리! 허영이 뚝뚝 흐르는 이런 횡설수설에? 정말로 당신은 이 사람들이 오만과 허영으로 머리가 죄다 돌아버렸다는 걸 모르나요?"

"압니다, 하지만 그는 자기 잘못을 인정했고, 독토렌코와 절교까지 했어요. 더구나 허영심이 강한 만큼, 그런 결심을 하기가 더 힘들었을 겁니다. 오, 당신은 정말 어린아이 같은 분이세요, 리자베타 프로코피예브나!"

"아니, 나한테 뺨이라도 한 대 맞고 싶어요?"

"아뇨, 그럴 생각은 추호도 없습니다. 편지를 보고 기뻐하시면서도 굳이 그걸 감추려 드시니까 그러는 겁니다. 왜 자신의 감정을 부끄러워하시죠? 당신은 매사에 그러시거든요."

"이제 감히 한 발짝이라도 내게 다가올 생각 말아요." 리자베타 프로코피예브나는 분노 때문에 얼굴이 시퍼래져서 자리에서 벌떡 일어섰다. "지금 이 순간부터 내 옆에 당신의 그림자조차 얼씬거리지 못하게 할 테니까!"

"하지만 사흘 뒤면 당신이 직접 찾아오셔서 댁으로 초대하실 겁니다…… 아니, 부끄럽지도 않으세요? 그건 당신의 가장 훌륭한 감정인데, 왜 그걸 수치스러워하시죠? 그러시면 스스로를 괴롭힐 뿐입니다."

"죽어도 당신을 초대하지 않아요! 당신 이름도 잊어버리겠어요! 아니, 벌써 잊었다고요!!"

그녀는 공작에게서 홱 몸을 돌리고 급히 걸어가기 시작했다.

"그렇게 말씀하시지 않아도 나는 이미 댁에 출입이 금지된 몸입니다!" 공작이 그녀의 뒤에 대고 소리쳤다.

"뭐-어라고요? 누가 금지했죠?"

그녀는 바늘에 찔리기라도 한 듯 순간적으로 몸을 돌렸다. 공작은 대답하기 망설여졌다. 무심코 한 말이지만 엄청난 실언을 했다고 느꼈다.

"누가 당신 출입을 금지했느냔 말예요?" 리자베타 프로코피예브나는 미친듯이 고함을 질렀다.

"아글라야 이바노브나가……"

"언제? 어서 말-해-요!!!"

"아까 아침에, 절대로 댁에 찾아오지 말라는 말을 전해왔습니다."

리자베타 프로코피예브나는 기둥처럼 꼼짝 못하고 서 있었으나, 속으로 뭔가를 헤아려보는 중이었다.

"뭘 보냈죠? 누굴 보냈던가요? 그 애송이를 통해서요? 구두로요?" 갑자기 그녀는 또다시 소리쳤다.

"쪽지를 받았습니다." 공작이 말했다.

"어딨죠? 이리 줘요! 어서!"

공작은 잠시 생각했지만, 결국 조끼 주머니에서 아무렇게나 접힌 종잇조각을 꺼냈는데, 거기엔 다음과 같이 적혀 있었다.

'레프 니콜라예비치 공작! 그 모든 일이 있고 나서도 우리 별장을 찾아와 나를 놀라게 할 생각이라면, 당신을 반기는 사람들 속에서 나를 발견하실 수는 없을 테니, 명심하시기 바랍니다. 아글라야 예판치나.'

리자베타 프로코피예브나는 일 분쯤 곰곰 생각에 잠겼다. 그러다가 갑자기 공작에게 달려들어 그의 손을 움켜쥐더니 다짜고짜 끌고 가기 시작했다.

"어서! 어서 가요! 지금 당장, 빨리요!" 그녀는 극심한 흥분과 초조감에 휩싸여 소리쳤다.

"그렇지만 당신은 나를 곤경에 처하게……"

"어떤 곤경요? 정말 숙맥 같은 양반이야! 그래서야 어디 남자라고나 하겠어요! 흥, 이제 모든 걸 내 눈으로 직접 알아내고 말 테니……"

"그럼 모자라도 쓰고 가게 해주십시오……"

"자, 여기 있어요, 정말이지 꼴사나운 머리덮개구먼, 어서 갑시다! 어떻게 제대로 된 모양 하나 고를 줄 모를까!…… 이건 그애가…… 이건 그애가 아까 그 일이 있은 뒤에…… 흥분해서 쓴 거예요." 리자베타 프로코피예브나는 공작의 손을 한시도 놔주지 않고 잡아끌며 중얼거렸다. "아까 내가 당신을 두둔하면서, 우리집에 오지 않는 걸 보니 바보라고 큰 소리로 말했거든요…… 그랬더니 걔가 흥분해서…… 그렇지 않다면야 그따위 어이없는 편지를 썼을 리가 없지! 그런 점잖지 못한 편지를! 고상하고 교양 있고 현명한, 그래, 현명한 처녀가 그런 점잖지 못한 편지를!…… 흠!" 그녀는 계속 중얼거렸다. "당신이 오지 않으니까 자기도 물론 화가 나 있었죠, 다만 백치한텐 이런 식으로 쓰면 안 된다는 걸 미처 생각지 못했지, 백치는 글자 그대로 받아들이니까, 그리고 또 실제로 그렇게 됐거든. 아니, 당신은 뭘 엿들어요?" 그녀는 괜한 소리를 무심코 지껄였다는 걸 깨닫고 버럭 소리를 질렀다. "그애한텐 당신 같은 어릿광대가 필요해요, 이런 어릿광대는 오랫동안 보지 못했으니까요, 그래서 당신을 부르는 거예요! 나도 기뻐요, 기뻐, 그애가 이제 당신을 웃음거리로 만들 테니! 당신은 그런 대우를 받을 만하죠. 게다가 그애는 그렇게 할 줄 알아요, 오, 얼마나 잘하는데!……"

(2권으로 이어집니다)

문학동네 세계문학전집 발간에 부쳐

세계문학은 국민문학 혹은 지역문학을 떠나 존재하는 문학이 아니지만 그것들의 총합도 아니다. 세계문학이라는 용어에는 그 나름의 언어와 전통을 갖고 있는 국민문학이나 지역문학의 존재를 인정하면서 그것을 넘어서는 문학의 보편적 질서에 대한 관념이 새겨져 있다. 그 용어를 처음 고안한 19세기 유럽인들은 유럽문학을 중심으로 그 질서를 구축했지만 풍부한 국민문학의 전통을 가지고 있는 현대의 문학 강국들은 나름의 방식으로 세계문학을 이해하면서 정전(正典)의 목록을 작성하고 또 수정한다.

한국에서도 세계문학 관념은 우리 사회와 문화의 변화 속에서 거듭 수정돼왔다. 어느 시기에는 제국 일본의 교양주의를 반영한 세계문학 관념이, 어느 시기에는 제3세계 민족주의에 동조한 세계문학 관념이 출현했고, 그러한 관념을 실천한 전집물이 출판됐다. 21세기 한국에 새로운 세계문학전집이 필요하다는 것은 명백하다. 우리의 지성과 감성의 기준에 부합하는 세계문학을 다시 구상할 때가 되었다.

문학동네 세계문학전집은 범세계적으로 통용되는 고전에 대한 상식을 존중하면서도 지난 반세기 동안 해외 주요 언어권에서 창작과 연구의 진전에 따라 일어난 정전의 변동을 고려하여 편성되었다. 그래서 불멸의 명작은 물론 동시대 세계의 중요한 정치·문화적 실천에 영감을 준 새로운 작품들을 두루 포함시켰다.

창립 이후 지금까지 한국문학 및 번역문학 출판에서 가장 전문적이고 생산적인 그룹을 대표해온 문학동네가 그간 축적한 문학 출판 경험을 바탕으로 새로운 세계문학전집을 펴낸다. 인류가 무지와 몽매의 어둠 속을 방황하면서도 끝내 길을 잃지 않은 것은 세계문학사의 하늘에 떠 있는 빛나는 별들이 길잡이가 되어주었기 때문이다. 우리가 자부심과 사명감 속에서 그리게 될 이 새로운 별자리가 독자들의 관심과 애정에 힘입어 우리 모두의 뿌듯한 자산이 되기를 소망한다.

세계문학전집 205
백치 1

1판 1쇄 2021년 11월 25일
1판 3쇄 2024년 3월 10일

지은이 표도르 도스토옙스키 | 옮긴이 김희숙

책임편집 박신양
디자인 김마리 최미영 | 저작권 박지영 형소진 최은진 서연주 오서영
마케팅 정민호 서지화 한민아 이민경 안남영 왕지경 정경주 김수인 김혜원 김하연 김예진
브랜딩 함유지 함근아 고보미 박민재 김희숙 박다솔 조다현 정승민 배진성
제작 강신은 김동욱 이순호 | 제작처 영신사

펴낸곳 (주)문학동네 | 펴낸이 김소영
출판등록 1993년 10월 22일 제2003-000045호
주소 10881 경기도 파주시 회동길 210
전자우편 editor@munhak.com | 대표전화 031)955-8888 | 팩스 031)955-8855
문의전화 031)955-1927(마케팅), 031)955-3560(편집)
문학동네카페 http://cafe.naver.com/mhdn
인스타그램 @munhakdongne | 트위터 @munhakdongne
북클럽문학동네 http://bookclubmunhak.com

ISBN 978-89-546-8343-2 04890
978-89-546-0901-2 (세트)

잘못된 책은 구입하신 서점에서 교환해드립니다.
기타 교환 문의 031) 955-2661, 3580

www.munhak.com

1, 2, 3 안나 카레니나 레프 톨스토이 | 박형규 옮김
4 판탈레온과 특별봉사대 마리오 바르가스 요사 | 송병선 옮김
5 황금 물고기 르 클레지오 | 최수철 옮김
6 템페스트 윌리엄 셰익스피어 | 이경식 옮김
7 위대한 개츠비 F. 스콧 피츠제럴드 | 김영하 옮김
8 아름다운 애너벨 리 싸늘하게 죽다 오에 겐자부로 | 박유하 옮김
9, 10 파우스트 요한 볼프강 폰 괴테 | 이인웅 옮김
11 가면의 고백 미시마 유키오 | 양윤옥 옮김
12 킴 러디어드 키플링 | 하창수 옮김
13 나귀 가죽 오노레 드 발자크 | 이철의 옮김
14 피아노 치는 여자 엘프리데 옐리네크 | 이병애 옮김
15 1984 조지 오웰 | 김기혁 옮김
16 벤야멘타 하인학교 - 야콥 폰 군텐 이야기 로베르트 발저 | 홍길표 옮김
17, 18 적과 흑 스탕달 | 이규식 옮김
19, 20 휴먼 스테인 필립 로스 | 박범수 옮김
21 체스 이야기 · 낯선 여인의 편지 슈테판 츠바이크 | 김연수 옮김
22 왼손잡이 니콜라이 레스코프 | 이상훈 옮김
23 소송 프란츠 카프카 | 권혁준 옮김
24 마크롤 가비에로의 모험 알바로 무티스 | 송병선 옮김
25 파계 시마자키 도손 | 노영희 옮김
26 내 생명 앗아가주오 앙헬레스 마스트레타 | 강성식 옮김
27 여명 시도니가브리엘 콜레트 | 송기정 옮김
28 한때 흑인이었던 남자의 자서전 제임스 웰든 존슨 | 천승걸 옮김
29 슬픈 짐승 모니카 마론 | 김미선 옮김
30 피로 물든 방 앤절라 카터 | 이귀우 옮김
31 숨그네 헤르타 뮐러 | 박경희 옮김
32 우리 시대의 영웅 미하일 레르몬토프 | 김연경 옮김
33, 34 실낙원 존 밀턴 | 조신권 옮김
35 복낙원 존 밀턴 | 조신권 옮김
36 포로기 오오카 쇼헤이 | 허호 옮김
37 동물농장 · 파리와 런던의 따라지 인생 조지 오웰 | 김기혁 옮김
38 루이 랑베르 오노레 드 발자크 | 송기정 옮김
39 코틀로반 안드레이 플라토노프 | 김철균 옮김
40 어두운 상점들의 거리 파트릭 모디아노 | 김화영 옮김
41 순교자 김은국 | 도정일 옮김
42 젊은 베르테르의 슬픔 요한 볼프강 폰 괴테 | 안장혁 옮김
43 더블린 사람들 제임스 조이스 | 진선주 옮김
44 설득 제인 오스틴 | 원영선, 전신화 옮김
45 인공호흡 리카르도 피글리아 | 엄지영 옮김
46 정글북 러디어드 키플링 | 손향숙 옮김
47 외로운 남자 외젠 이오네스코 | 이재룡 옮김
48 에피 브리스트 테오도어 폰타네 | 한미희 옮김
49 둔황 이노우에 야스시 | 임용택 옮김
50 미크로메가스 · 캉디드 혹은 낙관주의 볼테르 | 이병애 옮김

51, 52 염소의 축제 마리오 바르가스 요사 | 송병선 옮김
53 고야산 스님 · 초롱불 노래 이즈미 교카 | 임태균 옮김
54 다니엘서 E. L. 닥터로 | 정상준 옮김
55 이날을 위한 우산 빌헬름 게나치노 | 박교진 옮김
56 톰 소여의 모험 마크 트웨인 | 강미경 옮김
57 카사노바의 귀향 · 꿈의 노벨레 아르투어 슈니츨러 | 모명숙 옮김
58 바보들을 위한 학교 사샤 소콜로프 | 권정임 옮김
59 어느 어릿광대의 견해 하인리히 뵐 | 신동도 옮김
60 웃는 늑대 쓰시마 유코 | 김훈아 옮김
61 팔코너 존 치버 | 박영원 옮김
62 한눈팔기 나쓰메 소세키 | 조영석 옮김
63, 64 톰 아저씨의 오두막 해리엇 비처 스토 | 이종인 옮김
65 아버지와 아들 이반 투르게네프 | 이항재 옮김
66 베니스의 상인 윌리엄 셰익스피어 | 이경식 옮김
67 해부학자 페데리코 안다아시 | 조구호 옮김
68 긴 이별을 위한 짧은 편지 페터 한트케 | 안장혁 옮김
69 호텔 뒤락 애니타 브루크너 | 김정 옮김
70 잔해 쥘리앵 그린 | 김종우 옮김
71 절망 블라디미르 나보코프 | 최종술 옮김
72 더버빌가의 테스 토머스 하디 | 유명숙 옮김
73 감상소설 미하일 조셴코 | 백용식 옮김
74 빙하와 어둠의 공포 크리스토프 란스마이어 | 진일상 옮김
75 쓰가루 · 석별 · 옛날이야기 다자이 오사무 | 서재곤 옮김
76 이인 알베르 카뮈 | 이기언 옮김
77 달려라, 토끼 존 업다이크 | 정영목 옮김
78 몰락하는 자 토마스 베른하르트 | 박인원 옮김
79, 80 한밤의 아이들 살만 루슈디 | 김진준 옮김
81 죽은 군대의 장군 이스마일 카다레 | 이창실 옮김
82 페레이라가 주장하다 안토니오 타부키 | 이승수 옮김
83, 84 목로주점 에밀 졸라 | 박명숙 옮김
85 아베 일족 모리 오가이 | 권태민 옮김
86 폭풍의 언덕 에밀리 브론테 | 김정아 옮김
87, 88 늦여름 아달베르트 슈티프터 | 박종대 옮김
89 클레브 공작부인 라파예트 부인 | 류재화 옮김
90 P세대 빅토르 펠레빈 | 박혜경 옮김
91 노인과 바다 어니스트 헤밍웨이 | 이인규 옮김
92 물방울 메도루마 슌 | 유은경 옮김
93 도깨비불 피에르 드리외라로셸 | 이재룡 옮김
94 프랑켄슈타인 메리 셸리 | 김선형 옮김
95 래그타임 E. L. 닥터로 | 최용준 옮김
96 캔터빌의 유령 오스카 와일드 | 김미나 옮김
97 만(卍) · 시게모토 소장의 어머니 다니자키 준이치로 | 김춘미, 이호철 옮김
98 맨해튼 트랜스퍼 존 더스패서스 | 박경희 옮김
99 단순한 열정 아니 에르노 | 최정수 옮김

100 열세 걸음 모옌 | 임홍빈 옮김
101 데미안 헤르만 헤세 | 안인희 옮김
102 수레바퀴 아래서 헤르만 헤세 | 한미희 옮김
103 소리와 분노 윌리엄 포크너 | 공진호 옮김
104 곰 윌리엄 포크너 | 민은영 옮김
105 롤리타 블라디미르 나보코프 | 김진준 옮김
106, 107 부활 레프 톨스토이 | 박형규 옮김
108, 109 모래그릇 마쓰모토 세이초 | 이병진 옮김
110 은둔자 막심 고리키 | 이강은 옮김
111 불타버린 지도 아베 고보 | 이영미 옮김
112 말라볼리아가의 사람들 조반니 베르가 | 김운찬 옮김
113 디어 라이프 앨리스 먼로 | 정연희 옮김
114 돈 카를로스 프리드리히 실러 | 안인희 옮김
115 인간 짐승 에밀 졸라 | 이철의 옮김
116 빌러비드 토니 모리슨 | 최인자 옮김
117, 118 미국의 목가 필립 로스 | 정영목 옮김
119 대성당 레이먼드 카버 | 김연수 옮김
120 나나 에밀 졸라 | 김치수 옮김
121, 122 제르미날 에밀 졸라 | 박명숙 옮김
123 현기증. 감정들 W. G. 제발트 | 배수아 옮김
124 강 동쪽의 기담 나가이 가후 | 정병호 옮김
125 붉은 밤의 도시들 윌리엄 버로스 | 박인찬 옮김
126 수고양이 무어의 인생관 E. T. A. 호프만 | 박은경 옮김
127 맘브루 R. H. 모레노 두란 | 송병선 옮김
128 익사 오에 겐자부로 | 박유하 옮김
129 땅의 혜택 크누트 함순 | 안미란 옮김
130 불안의 책 페르난두 페소아 | 오진영 옮김
131, 132 사랑과 어둠의 이야기 아모스 오즈 | 최창모 옮김
133 페스트 알베르 카뮈 | 유호식 옮김
134 다마세누 몬테이루의 잃어버린 머리 안토니오 타부키 | 이현경 옮김
135 작은 것들의 신 아룬다티 로이 | 박찬원 옮김
136 시스터 캐리 시어도어 드라이저 | 송은주 옮김
137 고독한 산책자의 몽상 장자크 루소 | 문경자 옮김
138 용의자의 야간열차 다와다 요코 | 이영미 옮김
139 세기아의 고백 알프레드 드 뮈세 | 김미성 옮김
140 햄릿 윌리엄 셰익스피어 | 이경식 옮김
141 카산드라 크리스타 볼프 | 한미희 옮김
142 이 글을 읽는 사람에게 영원한 저주를 마누엘 푸익 | 송병선 옮김
143 마음 나쓰메 소세키 | 유은경 옮김
144 바다 존 밴빌 | 정영목 옮김
145, 146, 147, 148 전쟁과 평화 레프 톨스토이 | 박형규 옮김
149 세 가지 이야기 귀스타브 플로베르 | 고봉만 옮김
150 제5도살장 커트 보니것 | 정영목 옮김
151 알렉시 · 은총의 일격 마르그리트 유르스나르 | 윤진 옮김

152 말라 온다 알베르토 푸겟 | 엄지영 옮김
153 아르세니예프의 인생 이반 부닌 | 이항재 옮김
154 오만과 편견 제인 오스틴 | 류경희 옮김
155 돈 에밀 졸라 | 유기환 옮김
156 젊은 예술가의 초상 제임스 조이스 | 진선주 옮김
157, 158, 159 카라마조프가의 형제들 표도르 도스토옙스키 | 김희숙 옮김
160 진 브로디 선생의 전성기 뮤리얼 스파크 | 서정은 옮김
161 13인당 이야기 오노레 드 발자크 | 송기정 옮김
162 하지 무라트 레프 톨스토이 | 박형규 옮김
163 희망 앙드레 말로 | 김웅권 옮김
164 임멘 호수 · 백마의 기사 · 프시케 테오도어 슈토름 | 배정희 옮김
165 밤은 부드러워라 F. 스콧 피츠제럴드 | 정영목 옮김
166 야간비행 앙투안 드 생텍쥐페리 | 용경식 옮김
167 나이트우드 주나 반스 | 이예원 옮김
168 소년들 앙리 드 몽테를랑 | 유정애 옮김
169, 170 독립기념일 리처드 포드 | 박영원 옮김
171, 172 닥터 지바고 보리스 파스테르나크 | 박형규 옮김
173 싯다르타 헤르만 헤세 | 권혁준 옮김
174 야만인을 기다리며 J. M. 쿳시 | 왕은철 옮김
175 철학편지 볼테르 | 이봉지 옮김
176 거지 소녀 앨리스 먼로 | 민은영 옮김
177 창백한 불꽃 블라디미르 나보코프 | 김윤하 옮김
178 슈틸러 막스 프리슈 | 김인순 옮김
179 시핑 뉴스 애니 프루 | 민승남 옮김
180 이 세상의 왕국 알레호 카르펜티에르 | 조구호 옮김
181 철의 시대 J. M. 쿳시 | 왕은철 옮김
182 카시지 조이스 캐럴 오츠 | 공경희 옮김
183, 184 모비 딕 허먼 멜빌 | 황유원 옮김
185 솔로몬의 노래 토니 모리슨 | 김선형 옮김
186 무기여 잘 있거라 어니스트 헤밍웨이 | 권진아 옮김
187 컬러 퍼플 앨리스 워커 | 고정아 옮김
188, 189 죄와 벌 표도르 도스토옙스키 | 이문영 옮김
190 사랑 광기 그리고 죽음의 이야기 오라시오 키로가 | 엄지영 옮김
191 빅 슬립 레이먼드 챈들러 | 김진준 옮김
192 시간은 밤 류드밀라 페트루솁스카야 | 김혜란 옮김
193 타타르인의 사막 디노 부차티 | 한리나 옮김
194 고양이와 쥐 귄터 그라스 | 박경희 옮김
195 펠리시아의 여정 윌리엄 트레버 | 박찬원 옮김
196 마이클 K의 삶과 시대 J. M. 쿳시 | 왕은철 옮김
197, 198 오스카와 루신다 피터 케리 | 김시현 옮김
199 패싱 넬라 라슨 | 박경희 옮김
200 마담 보바리 귀스타브 플로베르 | 김남주 옮김
201 패주 에밀 졸라 | 유기환 옮김
202 도시와 개들 마리오 바르가스 요사 | 송병선 옮김

● 문학동네 세계문학전집은 계속 출간됩니다